中国历代通俗演义

後漢通俗演義

蔡东藩 ● 著

下

中国书籍出版社
China Book Press

图书在版编目（CIP）数据

后汉通俗演义：全2册/蔡东藩著．—北京：中国书籍出版社，2015.10

（中国历代通俗演义）

ISBN 978 - 7 - 5068 - 5236 - 4

Ⅰ.①后… Ⅱ.①蔡… Ⅲ.①章回小说 - 中国 - 现代 Ⅳ.①I246.4

中国版本图书馆 CIP 数据核字（2015）第 249856 号

后汉通俗演义 （下）

蔡东藩　著

图书策划	武　斌　崔付建	
责任编辑	刘　娜	
责任印制	孙马飞　马　芝	
出版发行	中国书籍出版社	
地　　址	北京市丰台区三路居路 97 号（邮编：100073）	
电　　话	（010）52257143（总编室）　　（010）52257153（发行部）	
电子邮箱	chinabp@ vip. sina. com	
经　　销	全国新华书店	
印　　刷	阳谷毕升印务有限公司	
开　　本	880 毫米×1230 毫米　1/32	
字　　数	755 千字	
印　　张	28. 75	
版　　次	2016 年 1 月第 1 版　　2021 年 2 月第 2 次印刷	
书　　号	ISBN 978 - 7 - 5068 - 5236 - 4	
总 定 价	980. 00 元（全十一卷）	

第五十一回

受一钱廉吏迁官　劾群阉直臣伏阙

却说第五种见忤权阉，被徙朔方，已是冤屈得很，哪知单超更计中有计，叫他前往朔方，实是一条死路，不使生归。蛇蝎心肠。原来朔方太守董援，乃是单超外孙，一闻第五种将到，自然摩厉以须，即欲将种处死。种前为高密侯相，尝优待门下掾孙斌，斌此时已入京当差，侦知超谋，亟语友人闾子直甄子然道：“盗憎主人，由来已久；今第五使君当投裔土，偏有单超外孙，为彼郡守，是明明前去送死哩！我意欲追援使君，令得免难；若我奉使君回来，计惟付汝二人，好为藏匿，方可无虞！”闾甄二人齐声应诺。于是斌率侠客数人，星夜追种；行至太原，幸得相遇，当然格毙送吏，由斌下马让种，斌随后步行，一昼夜行四百里，才得脱归，就将种交与闾甄二家，匿处数年。至单超已死，徐州从事臧旻，为种讼冤，始得邀赦还乡，正命考终。幸有义友。惟单超于延熹二年病死，诏赐东园秘器，及棺中玉具；到了出葬时候，复发五营骑士，与将作大匠，筑造坟茔，更令将军侍御史护丧，备极显赫。嗣是左悺贝瑗徐璜唐衡等四侯，越觉骄横，统皆起第宅，筑楼观，穷工极巧，备极繁华；又多取良人美女，充作姬妾，衣必绮罗，饰必金玉，几与宫中妃嫔相似，假夫妻有何乐趣？所有仆从婢媪，亦皆乘车出入，倚势作威。都中人为作短歌道：“左回天，贝独坐；徐卧虎，唐两堕。”两堕，谓随意所为，不拘一格，或作“两为雨"者误。四侯权焰熏天，只苦不能生育，于是收养螟蛉，或取自同宗，或乞诸异姓，甚且买奴为子，谋袭封爵；兄弟姻戚，都得乘势攀援，出宰州郡。单超弟安，得为河东太守；弟子匡，得为济阴太守；左悺弟敏，得为陈留太守；贝瑗兄恭，得为沛相；徐璜弟盛，得为河内太守；兄子宣，得为下邳令。这班权阉家属，统是无德无能，但知作威作福，可怜那无辜百姓，枉受折磨，无从呼吁。就中有下邳令徐宣，尤为暴虐，莅任以后，有所需求，定要弄他到手，不管甚么理法。故汝南太守李暠，籍隶下邳，生有一女，却是美貌似花，守身如玉。宣早闻她德容兼工，求为姬妾。李暠虽已去世，究竟是故家世族，怎肯将黄堂太守的女儿，配做阉人子弟的次妻？当然设词谢绝。哪知宣怀恨在心，既做了下邳令，就潜遣吏卒，闯入暠家，竟将暠女劫取了来，暠女宁死不从，信口辱骂，惹得徐宣性起，指挥奴仆，将暠女褫去外衣，赤条条的绑于柱中，要她俯首受污；暠女倔强如故，宣反易怒为笑，取出一张软弓，搭住箭干，戏把暠女作为箭靶，接连射了好几箭，断送了名媛性命；反掷弓地上，大笑不止；当下将女尸拖出，藁葬城东。令人发指。暠家失去娇女，自然向太守鸣冤；偏太守惮宣威势，不敢案验，一味的延宕过去，经暠家再三催请，终无音响。可巧有个东海相黄浮，刚正著名，不畏强御，当由暠家具词申控，果然朝进冤词，夕蒙批准。下邳为东海属县，浮正好秉公办理，立饬干吏传到徐宣，面加讯鞠，宣尚狡词抵赖，再将宣家属一并拘入，无论老少长幼，各自审问，免不得有人招认，一经质对，宣亦无从狡展；惟还仗着乃叔势力，不肯服罪，浮竟命左右褫宣衣冠，将他反剪，喝令推出斩首。掾史以下，争至浮前谏阻，浮奋然道："徐宣国贼，淫凶无道，今日杀宣，明日我即坐罪，死亦瞑目了！"好一个铁面官。说着，即起座出辕，亲自监斩，榜罪通衢，暴尸市曹，都中无不称快。独徐璜得宣死耗，大为怨恨，便入白桓帝，捏造谎言，只说黄浮得了私贿，妄害侄儿；桓帝信以为真，即将浮革职论罪，输作左校。嗣复令左悺兄胜，为河东太守，皮氏县长赵岐，耻为胜属，即日弃官归里；岐为京兆人氏，总道归田守志，可以无虞，哪知京兆尹换一新官，乃是唐衡兄玹，与岐有隙，诬称岐窃帑逃回，饬吏收捕；岐先得风声，走匿他处，吏役无可报命，索性把岐家族，尽行拘去，迫令将岐交出，岐闻全家被系，奔窜益远，哪里还敢投案？唐玹即将岐家族数十人，一体骈戮，只有岐隐姓埋名，逃至北海市中，卖饼为生。北海人孙嵩，见岐仪容雅秀，料非凡品，因即载与俱归，藏置复壁中。后来诸唐失势，岐乃复出，再拜并州刺史。事见后文。

　　且说太尉黄琼，因病免官，继任为太常刘矩。矩系沛人，前为雍邱令，以礼化民，民有争讼，辄传引至前，提耳训告，说是忿恚可忍，县署不可入，使他归家自思，两造闻言感悟，往往罢去，因此狱讼空虚，循声卓著；累迁为朝中首辅，颇号得人。未几司空虞放，亦因事免归，再召黄琼为司空，琼固辞不获，勉强就职，月余复乞休归去；乃进大鸿胪刘宠为司空。宠籍隶东莱，曾出守会稽，除烦苛，禁非法，郡中大治，被征为将作大匠，襆被起行，途遇五六老叟，各赍百钱，奉作赆仪。宠慰谕道：“父老远来送行，得毋太苦？”诸老叟齐声道：“山谷衰民，未识朝仪，但知前时太守，专务苛征，郡吏奉令催迫，日夜不绝，无人敢安；今自明府下车以来，吏不追呼，犬不夜吠，小民何幸，得遇使君？乃闻朝廷征公内用，无从挽留，不得已来此送公，明知百钱不足为赆，惟思公两袖清风，不愿多受，区区奉敬，聊表诚意罢了！”宠温颜答道：“我政何能尽如叟言？只是烦劳父老，未便却情。”说至此，即将诸老叟所奉各钱，选出大钱一枚，总算收受，余皆却还，遂与诸老叟拱手告别；后人称为刘宠一钱，便是为此。可传不朽。宠入都为将作大匠，转调大鸿胪，超迁司空，与刘矩同为东汉良辅，且当时司徒种暠，亦有重名，三人齐心辅政，阉竖等稍稍敛迹，号称清平。故太尉李固幼子燮，奉诏征入，见四十八回。向姊文姬辞行，文姬戒燮道："我家血食将绝，幸存我弟，得延一脉，重见天日，此去不患不得官，惟得官以后，宜杜绝交游，勿妄往来，更不可恨及梁氏，或有怨言；否则牵连主上，祸且重至了！"好姊姊。燮唯唯而去，入朝得为议郎。已而王成病逝，燮追忆旧恩，依礼奉葬，每遇四节，必特设上宾位置，虔诚奉祀，王成保护李燮，亦见前文。这也可谓以德报德，不负恩人了。延熹三四年间，西羌复叛，护羌校尉段颎，屡次出讨，无战不捷；可奈羌众刁顽，出没无常，此去彼来，彼仆此起，累得河西一带，鸡犬不宁。烧当烧何诸羌，先寇陇西金城，已被段颎击退；嗣又有先零羌零吾羌等，进寇三辅，转入并凉二州，段颎复调集湟中义从诸兵，前去堵截。偏凉州刺史郭闳，贪功忌能，多方牵掣颎军，使不得进，义从诸兵，役久思归，陆续溃叛，郭闳且上书劾颎，反咎他不能抚下，遂致朝廷震怒，逮颎下狱，输作徒刑。河西失一长城，羌众愈炽。时皇甫规为泰山太守，平定剧贼叔孙无忌，威震一方，他本家居安定，熟悉羌情，因闻叛羌猖獗，志在奋效，乃即慨然上疏道：

自臣受任，志竭愚钝，实赖兖州刺史牵颢之清猛，中郎将宗资之信义，得承节度，幸无咎誉。今猬贼就灭，泰山略平，复闻群羌并皆反逆，臣生长邠岐，年已五十有九，昔为郡吏，再更叛羌，预筹其事，有误中之言；臣素有痼疾，恐犬马齿穷，不报大恩，愿乞尤官，备单车一介之使，劳来二辅，宣国威泽，以所习地形兵势，佐助诸军。臣穷居孤危之中，坐观郡将，已数十年矣，自鸟鼠山至东岱，其病一也。力求猛敌，不如清平，勤明吴孙，未若奉法，前变未远，臣诚戚之；是以越职尽其区区，伏赐垂鉴。

这疏呈入，有诏令规为中郎将，使持节监关中兵，往讨诸羌。规受命西行，既至凉州，立即部署兵马，出击羌众，斩首至八百级，羌众乃退；规复晓谕威信，随机招抚，相率畏怀，互为劝降，投诚至十数万人。到了次年，沈氏羌又入寇张掖酒泉，规发降羌往御，适值暮春霪雨，疫气熏蒸，军中陆续传染，十死三四，规亲至营帐，巡视将士，三军感奋，壁垒一新，羌人望风震慑，遣使乞降。安定太守孙儁，属国都尉李翕，督军御史张禀，贪残狼藉，多杀降羌；凉州刺史郭闳，汉阳太守赵熹，又皆倚恃权贵，不遵法度，规按罪条奏，或免或诛，羌人更不胜感激，翕然听命。沈氏羌豪滇昌饥猛等，带领十余万口，共诣规营，长叩请罪；当由规善言抚慰，扶令起身，延入座中，晓示祸福利害，滇昌等应声如响，欢跃而去。看官试想！如皇甫规这番功绩，应该从优议叙，晋锡崇阶；谁知朝中腐竖，因他劾去私党，且没有甚么私赠，竟在桓帝面前，交相谮构，反谮规贿嘱群羌，虚词降服。桓帝糊涂得很，遽下玺书责规。规忧愤交并，因复上书自讼道：

四年之秋，戎蠢丑戾，爰自西州，侵入泾阳，旧都惧骇，朝廷西顾，明诏不以臣愚驽怠，使率军就道；幸蒙威灵，得振国命，羌戎诸种，大小稽首，所省之费，约一亿以上，以为忠臣之义，不敢告劳，故耻以片言自及微效。然比方先事，庶免罪悔，前践州界，先奏郡守孙儁，次及属国都尉李翕，督军御史张禀；旋又劾凉州刺史郭闳，汉阳太守赵熹，陈其过恶，执据大辟。凡此五臣，支党半国家，下至小吏，所连及者复有百余，吏托报将之怨，子思复父之耻，载贽驰车，怀粮步走，交构豪门，竞流谤读。云臣私贿诸羌，仇以钱货。若臣以私财，则家无担石，如物出于官，则文簿易考。就臣愚惑，信如言者，前世尚遗匈奴以宫姬，镇乌孙以公主，今臣但费千万以怀叛羌，则良臣之才略，兵家之所贵，将有何罪负义违理乎？自永初以来，将出不少，复军有五，动资巨亿，有旋车完封，输入权门，而名成功立，厚加爵赏；今臣还督本土，纠举诸郡，绝交离亲，戮辱旧故，众谤阴害，固其宜也！臣虽污秽，廉洁无闻，今见复没，耻痛实深，传称鹿死不择音，谨冒昧略上！

桓帝得书，虽然免谴，但仍将规召还都中，使为议郎。中常侍徐璜左悺，尚欲向规求赂，屡遣私人问规功状，规终不一答；璜等恼羞成怒，再将前案提起，迫规就吏。规毅然对簿，词不少屈。亲友属僚，多劝规从权贬节，且各欲为规醵资，馈遗权阉，规誓死不从。于是罗织成狱，说是余寇未绝，坐系廷尉，罚令至左校署充工；可悲，可叹！幸亏三公从中解救，又有太学生张凤等三百余人，诣阙陈书，代规鸣冤，规始得赦罪，罢遣归家。会南中变起，长沙零陵一带，盗贼啸聚，进攻桂阳；艾县贼又相继响应，焚长沙，掠益阳；零陵武陵诸蛮，复乘势蠢动，四出劫掠。御史中丞盛修，奉诏往讨，反为贼败；南郡太守李肃，弃城逃生；主簿胡爽，叩马谏诤，被肃杀死，朝廷捕肃处斩；廙恤爽子，特令太常冯绲为车骑将军，督兵剿贼。绲见前时所遣将帅，往往被宦官陷害，因请中常侍一人偕行，监察军费，乃命张敞监军；前武陵太守应奉，有德及民，舆情翕服，绲又调令同往。及抵长沙，便使奉晓谕贼众，贼果释械请降；进击武陵蛮，斩首四千级，受降十余万，荆州平定。绲归功应奉，荐为司隶校尉，自乞骸骨归里，有诏不许。惟宦官向绲索赂，不得如愿，遂嗾使监军张敞，奏称绲挈美婢二人，戎服从军，又至江陵勒石纪功，妄为夸张，请下吏案验；尚书令黄儁，谓绲无罪，才得罢议。赵年桂阳复乱，由太守陈奉讨平，绲终坐此免官。狐鼠凭城，难为功狗。前冀州刺史朱穆，复起为尚书，目睹宦官骄横，不忍缄默，因申疏力谏道：

　　案本朝故事，中常侍参选士人，建武以后，乃悉用宦者，自延平以来，寝益贵盛，假貂珰之饰，处常伯之任，天朝政事，一更其手，权倾海内，宠贵无极，子弟亲戚，并荷荣任，故放滥骄溢，莫能禁御。凶狡无行之徒，媚以求官，恃势怙宠之辈，渔食百姓，穷破天下，空竭小民，愚臣以为可悉罢省，遵复往初，率由旧章；更选海内清净之士，明达国体者，以补其处，则陛下可为尧舜之君，众僚皆为稷契之臣，兆庶黎民，蒙被圣化矣！

　　疏入不省，朱穆待了数日，未见批答，乃入朝进见，伏阙面陈道："臣闻汉家旧典，尝置侍中中常侍各一人，省览尚书事，又有黄门侍郎一人，传发书奏，这三人统用士族。自和熹太后临朝，不接公卿，始用阉人为常侍小黄门，通命两宫，嗣是以后，权倾人主，穷困天下，今宜一律罢遣，博选耆硕，与参政事，方可追复前规，再臻盛治。愿陛下勿疑！"桓帝听着，默不一答，面上且现出怒容。穆伏不肯起，当由左右传旨令退，好多时方才起来，徐徐退去。宦官恨穆切直，屡加诋毁，穆愤不得伸，疽发背上，未几病终，享年六十有四。总计穆居官数十年，蔬食布衣，家无余产，公卿共表穆立节忠清，虔恭机密，守死善道，宜蒙旌宠；桓帝乃下诏褒叙，追赠穆为益州太守。先是穆父颉为陈相，修明儒术，颉殁后，由穆与诸儒考依古义，谥为贞宣先生；及穆病逝，陈留人蔡邕，复与门人述穆体行，谥为文忠先生。前太尉黄琼，家居二年，老病益剧，自思权阉当道，未能力除，常引为己憾。特草成遗疏千言，使人赍至阙廷，由小子节录如下：

陛下初从藩国，爰升帝位，天下拭目，谓见太平；而即位以来，未有胜政。诸梁秉权，竖宦充朝，重封累职，倾动朝廷；卿校牧守之选，皆出其门，羽毛齿革明珠南金之宝，殷满其室，富拟王府，势回天地；言之者必族，附之者必荣，忠臣惧死而杜口，万夫怖祸而木舌；塞陛下耳目之明，更为聋瞽之主。故太尉李固杜乔，忠以直言，德以辅政，念国忘家，陨殁为报，而坐陈国议，遂见残灭，贤愚切痛，海内伤惧。又前白马令李云，指言宦官罪秽宜除，皆因众人之心，以救积薪之敝；弘农杜众，知云所言宜行，惧云以忠获罪，故上书陈理之，乞同日而死；所以感悟国家，庶云获免。而云既不辜，众又并坐，天下尤痛，益以怨结，故朝野之人，以忠为讳。尚书周永，昔为沛令，素事梁冀，借其威势，坐事当罪，越拜令职；及见冀将衰，乃阳毁示忠，遂因奸计，亦取封侯；又黄门协邪，群辈相党，自冀兴盛，腹背相亲，朝夕图谋，共构奸宄，临冀当诛，无可设巧，复记其恶，以要爵赏。陛下不审别真伪，复与忠臣并时显封，使朱紫共色，粉墨杂糅，所谓抵金玉于沙砾，碎珪璧于泥涂，四方闻之，莫不愤叹。臣至顽弩，世荷国恩，身轻位重，勤不补过；然惧于永殁，负衅益深，敢以垂绝之日，陈不讳之言，庶有万分，无恨三泉。

这本奏章，也是自知必死，尽言规主；怎奈桓帝沈迷不醒，看了这班刑余腐竖，好似再造恩人，无论他如何凶横，总是不忍撵逐，坐使赤胆忠心的黄世英，<small>琼字世英。</small>饮恨以终。讣闻朝廷，总算予谥忠侯，追赠车骑将军。小子有诗叹道：

> 临死犹闻上谏章，良言未用志难偿；
> 臣躯虽逝忠常在，赢得千秋一字香。

黄琼既殁，四方名士，争往会葬，多至六七千人；独有一儒生前来吊丧，举动行止，与众人迥不相同。欲知此人来历，待至下回表明。

东汉时代，循吏颇多，往往升任三公，匡辅王室，而朝政未闻有起色者，君失其明，内蔽群小，而三公不能久任故也。试观刘宠之卸任会稽，仅受一钱，其生平之廉洁可知；及擢任司空，与刘矩种暠同心辅政，应不难坐致太平，然而庸主之昏迷如故，虽有良辅，无能为力；况置三公如奕棋，不久而皆闻罢免耶？段颎皇甫规冯绲等，并有功加罪，朱穆力诤而不用，黄琼死谏而不从，汉之为汉，大势可知。宁待党锢祸起，正士一空，而始见东京之沦替欤？

第五十二回

导后进望重郭林宗　易中宫幽死邓皇后

却说黄琼殁后，会葬至六七千人，就中有一儒生，行至冢前，手携一筐，从筐中取出絮包，内裹干鸡，陈置墓石，再至冢旁汲水，即将干鸡外面的絮裹，漉入水内，絮本经酒渍过，入水犹有酒气，当下取絮酬墓，点点滴滴，作为奠礼；复向筐内探出饭包，借用白茅，然后拜哭尽哀，起身携筐，掉头竟去。会葬诸人，先见他举动异常，不便过问，惟在墓旁敛坐默视，到了该生去后，方交头接耳，猜及姓名。太原人郭泰，首先开口道："这定是南昌高士徐孺子呢！"陈留人茅容，素善高谈，便应声道："郭公所言，想必无讹；容当追往问明便了！"说着，即据鞍上马，向前急追，约行数里，果得追及，问明姓氏，确系徐稚，表字孺子。容便沽酒设肉，与为宾主，两人小饮颇酣，性情款洽。容乘间谈及国事，稚微笑不答；惟问至稼穑，方一一相告。待至饮罢，彼此起身揖别，稚始与语道："为我谢郭林宗，泰字林宗。大树将颠，非一绳所能维，何必栖栖皇皇，不遑宁处呢？"见识独高。容即返告郭泰，泰不叹息。或向泰进言道："茅生非不可与言，孺子乃未肯与谈国事，岂非失人？"泰摇首道："孺子为人，清廉高洁，饥不可得食，寒不可得衣，今为季伟饮食，明是视为知己，刮目相看；若不答国事，便所谓智可及，愚不可及哩！"看官听说，这季伟就是茅容表字，容家居陈留，年至四十余，在野躬耕，与同侪避雨树下，众皆蹲踞，惟容整襟危坐，郭泰适过道旁，见容造次尽礼，就揖容与语，借着寻宿为名，意欲寓居容家；容坦然允诺，留泰归宿。黎明即起，杀鸡为黍，泰总道是饷客所需，未免过意不去，哪知容是杀鸡奉母，及与泰共餐，只有寻常菜蔬，未得一脔。泰食毕与语道："君真高士，郭林宗尚减牲缩膳，储待宾客，君乃孝养老母，好算是我良友了！"因劝令从学，终成名士。泰明能知人，素好奖引士类，后进多赖以成名。钜鹿人孟敏，尝负甑堕地，不顾而去，可巧泰与相值，召问敏意，敏直答道："甑已破了，回顾何益？"泰见他姿性敏快，亦劝令游学，果得成名。陈留人申屠蟠，九岁丧父，哀毁过礼，服阕犹不进酒肉，约十余年；当十五岁时，闻得同郡孝女缑玉，为父报仇，杀死夫从母兄李士，被系狱中，他即邀集诸生，替玉讼冤道："如玉节义，足为无耻子孙，隐加激励；就使不遇明时，尚当旌表庐墓，况一息尚存，遭际盛明，怎得不格外哀矜呢？"颇有侠气。外黄令梁配，览书感动，乃减玉死罪，但处轻刑。乡人称为义童。惟因家世贫贱，不得已佣作漆工，泰闻蟠义侠有声，特往与相见，假资勉学，蟠遂得以经艺名家。此外教授子弟，不下千人，惟不愿出仕，故太尉黄琼等，屡次辟召，泰终不应。有人从旁劝驾，泰喟然道："我夜观乾象，昼察人事，天已示废，如何再能支持呢？"

　　话虽如此，但尚周游京邑，诱掖后进，不遗余力。

　　时有蒲亭长仇香，以德化民，尝令子弟就学，期年大化；有顽民陈元不孝，被母告发。香亲至元家，为陈人伦孝行，反复晓谕，元不禁感泣，立誓悔过，终为孝子。考城令王奂，闻香贤名，召为主簿，且与语道："君在蒲亭，使陈元不罚而化，政绩可嘉；但古人有言：'嫉恶如鹰鹯。'君得毋尚少此志么？"香答说道："鹰鹯究不若鸾凤，香所以不愿出此哩！"奂叹息道："枳棘非鸾凤所栖，百里非大贤所驻；今日太学诸生，曳长裾，蜚声誉，皆不若主簿，何苦郁郁居此，埋没一生？"香辞以无资，奂持捐俸一月，遣令入都。栽培名士，当效郭王。香既进太学，与同郡符融毗连邻舍。融性喜交游，宾客不绝，见香闭门自处，便乘暇过语道："京师为人文渊薮，英雄四集，君奈何不与结交？"香闻言正色道："天子设太学，难道使诸生徒骋游谈么？"说得符融嗒然若丧，俯首趋出。既而融转告郭泰，泰投刺往访，与谈数语，当即起拜道："君足为泰师，不止为泰友哩！"嗣香学成归里，仍然杜门谢客，无心仕进，隐居终身；惟泰往来如故，虽系屠沽卒伍，向他问业，无不收受。陈国童子魏昭，慕泰重名，踵前相请道："经师易遇，人师难求，愿为先生供给洒扫！"泰即令为弟子，随时指导，旋即成材。扶风人宋果，行为粗暴，太原人贾淑，性情险恶，皆经泰曲示裁成，化为善士。因此远近景仰，无不归怀。泰尝至陈梁间，途中遇雨，巾坠一角，时人乃故意仿效，号为林宗巾，可见得人心向慕，远近从同了。前光禄勋主事范滂，与泰相识，或问范滂道："郭林宗究系何等人？"滂应声道："隐不违亲，贞不绝俗；天子不得臣，诸侯不得友。此外非我所敢知呢！"后来泰丁母忧，悲戚过甚，竟至呕血，杖而后起，出视庐前，见有生刍一束，置诸地上，因即问明旁人，才知有人吊丧，置刍自去。当下因感生慨道："这又是徐孺子所为！《诗经》有云：'生刍一束，其人如玉。'我有何德，足以当此？"其实徐稚寓意，仍教他蛰居空谷，毋致縻维的意思，就是徐稚前祭黄琼，亦无非追怀旧谊，自表余情，并不是慕琼勋名，来赶这场热闹。从前琼在家授徒，稚辄过访经义，及琼备历显阶，却绝迹不赴，琼遣吏辟召，亦俱谢绝。他如陈蕃为豫章太守时，悬榻待稚，稚间或往来；见前文。嗣闻蕃入为尚书令，也不复往谒；蕃将稚名登诸荐牍，又屡征不起，蕃却在朝多年，屡退屡进，平时辄因事匡谏，往往未见施行。无道则隐，何不效徐孺子？先是侍中爰延，在宫值差，桓帝尝问延道："卿视朕为何如主？"延以中主相对，桓帝又问为何因，延复说道："尚书令陈蕃，任事即治；中常侍黄门，与政即乱；臣故知陛下可与为善，可与为非。"论颇平允。桓帝虽随口称善，进延为五官中郎将，但究不能重任陈蕃。会因客星经犯帝座，延又劝桓帝任贤去邪，终不见从，延称病引去；蕃仍守原职，未闻乞休。及调任光禄勋，正值车驾出幸河南，校猎广成苑中，陈蕃上疏谏阻，略言时当三空，不应畋游，三空是田野空，朝廷空，仓库空，却是确中时弊，并非虚言；偏桓帝游兴方浓，未肯中止，再加一班左右近臣，巴不得乘舆出幸，好乘此予取予求，自饱欲壑。于是奉驾南行，沿途需索，不可胜计，到了罢猎回宫，已皆贪囊充牣，喜跃而归。小人无一不贪财。

太尉刘矩，司空刘宠，俱因灾异相寻，坐谴免官，司徒种暠，又复病殁，桓帝特进太常杨秉为太尉，卫尉许栩为司徒，周景为司空。秉即杨震次子，父子相继为太尉，士论称荣；周景在卫尉任内，正直无私，素与杨秉气谊相投，至同列台阶，遂联名上奏，请将中官子弟，悉数罢斥，桓帝总算依从，黜免使匈奴中郎将燕瑗，肯州刺史羊亮，辽东太守孙谊等五十余人，再起皇甫规为度辽将军，往镇朔方。规莅任数月，即奏举武威太守张奂，才略兼优，宜为主帅，自己愿为奂副。朝廷准如所请，乃迁奂为度辽将军，规为使匈奴中郎将。奂本酒泉人氏，曾为梁冀故吏，坐党梁氏，致遭禁锢；皇甫规常与友善，荐牍七上，乃得起为武威太守。武威僻处西陲，民多愚野，经奂严加赏罚，济以教养，风俗一新，百姓无不悦服，为立生祠；至迁任度辽将军，并得皇甫规为辅，爱威并用，夷夏归心，幽并二州，安静了好几年。惟桓帝耽情游乐，屡思南巡，自广成苑校猎以还，倏忽一载，乃复鼓动游兴，托言至章陵祭祖，启跸出都，<u>章陵即舂陵县，事见前文。</u>翠华一出，扈从万计，比前此校猎广成时，热闹加倍，途次征求费役，更形骚扰；独护驾从事胡腾，看不过去，上言天子无外，乘舆所幸，即为京师，臣请以荆州刺史，比司隶校尉，臣自同都官从事。桓帝依议施行，腾乃得严申约束，遇有阉宦私索等情，立令州县报闻，州县如有徇隐，罪与同科，得此一举，才觉纪律肃然，莫敢干扰。车驾到了章陵，谒祭园庙，颁赐守令以下，多寡有差；再启行至云梦泽，临览汉水，复还幸新野，遍祀湖阳新野两公主各祠，<u>两公主，系光武帝祠。</u>然后返驾入都，时已为延熹八年的残腊了。越年正月，诏遣中常侍左悺，前往苦县，致祭老子。真是多事，且由宦官主祭，老子有灵，岂肯就飨？待至左悺复命，凑巧权阉得罪，悺亦被劾，声势隆隆的左回天，到此亦无术求生，只好自寻死路了。说起权阉得罪的祸根，起自益州刺史侯参。参为中常侍侯览亲弟，倚兄势力，贪暴横行，凡民间财产丰富，即诬以大逆，诛灭全家，没入财物，前后得赃无数，怨积全州。事为太尉杨秉所闻，因即据实纠弹；有诏用槛车逮参，参在道自杀。京兆尹袁逢，至旅舍阅参行李，共有三百余车，统载金银珍玩，光耀满目，特上书报闻，秉乃再劾侯览，请一并放黜，语云：

臣案国旧典，宦竖之官，本在给使省闼，司昏守夜；而今猥受过宠，执政操权，其阿谀取容者，则因公褒举，以报私惠；有忤逆于心者，必求事中伤，肆其凶忿；居法王公，富拟国家，饮食极肴膳，仆妾盈绮素，虽季氏专鲁，穰侯擅秦，<u>穰侯即秦昭王舅。</u>何以尚兹？案中常侍侯览弟参，贪残元恶，自取祸灭，览固知衅重，必有自疑之意，臣愚以为不宜复见亲近；昔齐懿公刑邴歜之父，夺阎职之妻，而使二人参乘，卒有竹中之难，《春秋》书之，以为至戒。盖郑詹来而国乱，事见《公羊传》。四侯放而众服；四侯，即四凶。以此观之，容可近乎？览宜即屏斥，投畀有虎，若斯之人，非恩所宥，请免官送归本郡，全其余生，则忧足弭而为德亦大矣。

桓帝览奏，还是不忍罢览，再令尚书召秉掾属，用言诘问道："公府外职，乃奏劾近官，经典汉制，曾有此故事否？"掾吏答道："春秋时，赵鞅兴甲晋阳，入除君侧，经义不以为非，传谓除君之恶，唯力是视，汉丞相申屠嘉，面责邓通，文帝且为请释，本朝故事，三公职任，无所不统，怎说不能奏劾近官呢？"理由充足。尚书无词可驳，还白桓帝；桓帝不得已罢免览官。司隶校尉韩缜，复奏列左悺罪恶，及悺兄太仆左称；悺与称胆怯心虚，自恐不能逃罪，并皆仰药毕命。瑗又劾贝瑗兄恭，历任沛相，受赃甚多，亦应按赃治罪，诏即征恭下狱。瑗入宫陈谢，缴还东乡侯印绶。桓帝令瑗免官，贬为都乡侯，瑗归死家中。时单超唐衡早卒，徐璜亦死，子弟本皆袭封，至此并降为乡侯，这就是五侯的结局。只有左悺自尽，余皆令终，不可谓非幸遇。皇后邓氏，专宠后庭，母族均叨恩宠，兄子康已早封淮阳侯，康弟统复袭后母封邑，得为昆阳侯，邓后母宣，曾封昆阳君，至是，宣殁，故令统袭封。统从兄会，却袭后父香封爵，得为安阳侯，统弟秉，又受封淯阳侯，就是后叔父邓万世，尝拜官河南尹，与桓帝并坐博弈，宠幸无比。约莫有六七年，邓后色已寝衰，桓帝又别选丽姝，充入后宫，先后不下五六千人，就中总有几个容貌超群，赛过邓后，桓帝得新忘旧，自然把邓后冷淡下来；邓后不免怀忿，时有怨言，又因桓帝所宠，莫如郭贵人，因与她积成仇隙，互搬是非。郭贵人甫承宠眷，一言一语，皆足移情，桓帝素来昏庸，怎能不为所盅惑？那郭贵人乐得媒孽，遂把那邓后行止，随时潜毁，说得她如何

骄恣，如何妒忌，惹动桓帝怒意，于延熹八年正月，废去皇后
邓氏，撵往暴室，活活幽死。河南尹邓万世，及安阳侯邓会，
并连坐下狱，相继瘐死；邓统等亦逮系暴室，褫夺官爵，黜归
本郡，财产俱没入县官，邓氏复败。前度辽将军李膺，再起为
河南尹，适值宛陵大姓羊元群，自北海郡罢官归来，赃罪狼
藉，膺表陈元群罪状，欲加惩治；哪知元群行赂宦官，反说膺
挟嫌中伤，竟将膺罢官系狱，输作左校。前车骑将军冯绲，复
入为将作大匠，迁官廷尉，案验山阳太守单迁，因他情罪从
重，笞死杖下；迁为故车骑将军单超亲弟，中官与有关系，遂
飞章构成绲罪，亦与李膺同为刑徒。中常侍苏康管霸，霸占良
田美产，州郡不敢诘，大司农刘祐，移书州郡，将二阉占有产
业，悉数没收。二阉当然泣诉桓帝，桓帝大怒，亦将刘祐下狱
论罪，输作左校。太尉杨秉，正欲为三人讼冤，不意老病侵
寻，竟致不起。秉中年丧妻，不复续娶，居官以清白见称，绰
有父风，尝自谓我有三不惑，酒、色与财，及病殁时，年已七
十有四。桓帝赐茔陪陵，特进陈蕃为太尉，蕃奉诏固辞道：
"不愆不忘，率由旧章，臣不如太常胡广；齐七政，训五典，
臣不如议郎王畅；聪明亮达，文武兼资，臣不如弛刑徒李膺；
愿陛下就三人中，简贤授职，臣却不敢滥厕崇阶！"桓帝优诏
不许，蕃乃受命就任，入朝白事，屡言李膺冯绲刘祐三人冤
屈，应即日赦宥，赐还原职，桓帝置诸不答；蕃复跪请再三，
反复陈词，备极恳切，仍未见桓帝允许，乃流涕起去。司隶校
尉应奉，见蕃屡请不准，独上疏申讼道：

> 昔秦人观宝于楚，昭奚恤莅以群贤，梁惠王玮其照乘
> 之珠，齐威王答以四臣；夫忠贤武将，国之心膂。窃见左
> 校弛刑徒前廷尉冯绲，大司农刘祐，河南尹李膺等，执法
> 不挠，诛举邪臣肆之以法，众庶称宜；昔季孙行父亲逆君

命，逐出莒仆，于舜之功二十有一，今膺等投身强御，毕
力至罪，陛下既不听察，而猥受谮诉，遂令忠臣同怨元
恶，自春迄冬，不蒙降恕，遐迩观听，为之叹息。夫立政
之要，记功忘失，是以景帝舍安国于徒中，景帝时，韩安国
为梁大夫坐法抵罪，后复起为梁内史。宣帝征张敞于亡命。敞
为京兆尹，杀人亡命，会冀州乱，复征为刺史。前绳讨蛮荆，
均吉甫之功；周尹吉甫征服猃狁。祜数读若朔。临督司，有
不吐茹之节；膺威著幽并，遗爱度辽；今三陲蠢动，王旅
未振，易称雷雨作解，君子以赦过宥罪，乞原膺等，以备
不虞，是臣等所无任翘望者也。

经此一疏，却蒙桓帝听从，便将三人赦罪。陈蕃屡言不听，
应奉一疏即行，为蕃计已可引身退去。已而桓帝拟立继后，意在采
女田圣，圣家世微贱，独生得妖娆艳冶，姿态绝伦，桓帝得了
此女，又将郭贵人撇诸脑后，日夕与田圣同处，相猥相倚，如
漆投胶；因此欲将圣册立为后。司隶应奉，伏阙固净，力言田
氏单微，不足为天下母。太尉陈蕃，亦申言后宜慎选，不如册
立窦贵人，却是世家旧戚，足配圣躬。桓帝无可如何，乃立窦
贵人为继后。后为窦融玄孙，窦武女儿，即章帝后从祖弟的孙
女，入宫未几，得为贵人，既已正位中宫；父武得进任城门校
尉，受封槐里侯。惟窦后姿色，不及田圣，桓帝因公论难违，
勉强册立，所以御见甚稀，有名无实；那桓帝的爱情，仍然专
属田圣一人。小子有诗叹道：

溺情无过绮罗丛，欲海沉迷太不聪；
二十年来昏浊甚，徒教妇寺乱深宫！

欲知后事如何，且看下回续叙。

　　隐不违亲，贞不绝俗，乃郭林宗一生确评。林宗生遭衰世，已知大局之不可复支，惟悲天悯人之衷，始终未怼，不得已栽培后进，使之成材，为斯文留一线之光；孔孟之辙环天下，教授生徒，犹是志耳。彼陈蕃李膺诸人，知进而不知退，毋乃昧机。且于邓后之废死，蕃正在朝辅政，不闻出言谏诤，延至继立中宫，方谓田氏微贱，不如选立窦贵人，夫邓后何罪？不过为儿女私嫌，竟遭幽死；窦后何德？乃请立为后；厥后北寺之冤，已隐伏于后位之废立时矣。徐孺子尝诫郭林宗，而于下榻之陈蕃，反未闻预为规谏，抑独何也？

第五十三回

激军心焚营施巧计　信谗构严诏捕名贤

　　却说桂阳太守陈奉，前已剿平长沙贼党，<u>见五十二回。</u>复破灭桂阳贼李研，桂阳乃安。惟余贼卜阳潘鸿等，逃入深山，伏处年余，觑得兵防少弛，又四出劫掠，蹂躏居民；还有艾县残贼，亦与卜潘二贼连合，大为民患。荆州刺史度尚，颇有胆略，招募蛮夷杂种，悬赏进讨，大破贼众，连平三寨，夺得珍宝甚多。卜潘二贼，仍窜入山谷间，党羽犹盛，尚欲穷捣贼巢，殄绝根株；只士卒已腰囊满盈，不愿冒险再入，彼此逍遥自在，各无斗志；尚乃想出一法，向众扬言道："卜阳潘鸿，乃是多年积贼，能战能守，未易驱除，我兵已经劳苦，且与贼相较，还是彼众我寡，一时不便轻进；今宜征发诸郡兵马，并力击贼，方可图功，尔等可随时习劳，出外射猎，毋使游惰，待至诸郡兵到，大举进剿，岂不是一劳永逸么？"士卒闻言，很是喜悦，当即成群结队，共出游猎，每日获得禽兽，充入庖厨，足供大嚼，众情愈加踊跃，遂至倾寨俱出，四处弋射，尽兴始归；不意到了营旁，统是惊心怵目，叫苦连天；原来那几座营盘，都已变做灰烬，所有平时珍积，被祝融氏收拾尽净了。<u>却是奇绝。</u>看官阅此，还道是营中失火，谁知却是度尚的秘计。尚见军心懈弛，无非为骄富所致，因特诱他出猎，密令心腹将士，暗地纵火，毁去各营，使他失所凭借，然后可以再用。大众未知尚谋，正在自悔自恨，涕泪交并，可巧尚来营巡

视，故意顿足道："我令汝等出猎习劳，实为平贼起见，今营
中无故被毁，致失汝等蓄积，怕不是由贼狡计，前来放火么？
这都是我失防闲，致遭此害，我定要向贼求偿呢！"说至此，
见大众并皆感泣，又继续宣言道："卜潘二贼的财货，足富数
世，诸君若能努力击贼，便可悉数取来，区区小失，不足介
意，明日就进捣贼巢便了！"虽是一番权谋，但欲驱策骄兵，亦不
得不尔。众皆应声道："愿如尊命！"尚心中大喜，饬各军秣马
蓐食，待旦即发。未几已是黎明，便传出号令，全军启行，自
己亦披挂上马，扬鞭急进，驰抵贼寨。卜阳潘鸿等贼，甫经起
食，一些儿没有防备，被官军长驱杀入，如削瓜刈草一般，卜
潘二贼，弃食出奔，由吏士抢步赶上，乱刀交挥，任他两贼如
何凶悍，已剁得有头无尾，血肉模糊；余贼大半饮刀，剩了几
个脚长的毛奴，虽得侥幸逃生，也已心胆交碎，情愿改过自
新，变做平民；荆州大定，群寇悉平。尚以功得封右乡侯，调
任桂阳太守；越年征还京师，改命任胤为桂阳太守。荆州兵目
朱盖等，戍役日久，财赏不足，复愤恚作乱，与桂阳贼胡兰等
合并，共计三千余人，进攻桂阳，焚掠郡县。任胤胆小如蟆，
弃地逃走；贼众辗转迫胁，多至数万，移扰零陵。太守陈球，
婴城拒守，掾吏向球进说道："贼势甚盛，明公不如挈家避
难，尚可自全！"球勃然发怒道："太守分国虎符，受任一方，
岂可顾全妻孥，折损国威？如敢再言奔避，立斩勿贷！"掾吏
乃咋舌退去。球即削木为弓，断矛为矢，引机扳发，射死贼党
多人。贼攻城不下，因决城外流水，灌入城中，球相视地势，
据高屯兵，反引水淹贼，贼众惊骇，乃将流水泄去。内外相拒
十余日，全城无恙。朝廷再授尚为中郎将，使率幽、冀、黎
阳、乌桓步骑二万六千人，往救零陵，尚连败贼众，又与长沙
太守抗徐等，调集各郡士卒，合力讨击，大破胡兰。兰急不择
路，骤马乱奔，尚督兵追及，张弓搭箭，射倒兰马，兰颠扑地

上，当由眼快脚快的军士，赶出一刀，了结贼命；余贼失去头颅共约三千五百级，朱盖等窜往苍梧。诏赐尚钱百万，抗徐等亦受赏有差。尚系山阳人，徐系丹阳人，两人为同时名将。至朱盖等入苍梧境，复被交趾刺史张磐击退，仍还荆州，后来为零陵太守杨璇讨平，这且无庸细表。

且说李膺遇赦后，复起为司隶校尉，他本生性刚直，不肯诡随，虽已迭经挫折，仍然风裁严峻，执法不阿。小黄门张让弟朔，为野王令，贪残无道，甚至刑及孕妇，一闻膺为校尉，便即惧罪入京，匿居乃兄第舍。果然膺闻风往捕，亲率吏卒至让家，四处搜寻，不见形影，及见室有复壁，即令吏卒毁壁入视，得将张朔觅着，一把抓住，押赴洛阳狱中，讯鞫得供，立即处斩。让遣人说情，已经无及；没奈何入诉桓帝，谓膺专擅不法。桓帝召膺入殿，当面诘责，问他何故不先奏请，便即行诛？膺从容答说道：“昔晋文公执卫成公，归诸京师，《春秋》不以为非；《礼》云公族有罪，虽加三宥，有司尚可执宪不从。且孔子为鲁司寇，七日即诛少正卯，今到官已越一旬，自恐稽迟获罪，不意反欲速见讥；就使臣罪至死，还望陛下宽限五日，使臣得殄除元恶，然后退就鼎镬，也所甘心了！”元恶何能尽除？徒使权阉侧目，膺亦可以休矣！桓帝听着，因他理直气壮，不能再诘，乃旁顾张让道：“这是汝弟有罪，应该加戮，不得专咎司隶呢！”遂令膺退去，张让亦只好趋出。嗣是黄门常侍，皆屏足帖息，虽经休沐，不敢复出宫省；桓帝怪问原因，众阉并叩头泣语道：“畏李校尉！”是时朝廷日乱，纲纪颓弛，惟膺不屈不挠，好似中流砥柱，士人或得邀容接，辄相欣庆，号为登龙门。龙将烧尾，奈何？奈何？太尉陈蕃，荐引议郎王畅，进为尚书，出任河南太守，奋厉刚猛，与李膺齐名；太学诸生三万余人，常钦慕陈蕃李膺王畅等人，交口赞美，编出三语道：“天下楷模李元礼，不畏强御陈仲举，天下俊秀王叔茂。"元礼仲举叔茂，便是李膺陈蕃王畅三人的表字。自从太学生有此标榜，遂致中外承风，竞相臧否，孰忠孰奸，孰贤孰不肖，往往意为褒贬，信口歌谣。于是君子小人，辨别甚清，君子与君子为一党，小人与小人为一党，小人只知为恶，党派却结得牢固，不至分争。君子与君子，有时为了学说不同，政见不同，却互生龃龉，又从一党中分出两党来，两党相诽，久持不下，反被小人从旁窃笑，乘隙攻入，得将党人二字，加到君子身上。暗君不察，疑他结党为非，听信谗言，滥加逮捕，闹得一塌糊涂，这就叫做党祸。小人原属可恨，君子亦不能无咎。

看官听着，待小子叙明东汉党祸的源流。一朝大狱，应该特别叙明。先是桓帝为蠡吾侯时，曾向甘陵人周福受业，及入承大统，便擢福为尚书；又有甘陵人房植，曾一任河南尹，也有重名。福字仲迟，植字伯武，乡人替他作歌道："天下规矩房伯武，因师获印周仲迟。"据此两语，似乎房植的名望，驾过周福，惟两人既相继通显，自然各置宾僚；福门下无不助福，往往优福劣植，植门下无不助植，又往往优植劣福，两造互争优胜，积不相容，免不得各树党徒，寝成仇隙，党人的名号，就从甘陵的周房两家，发生出来。既而汝南太守宗资，用范滂为功曹，南阳太守成瑨，用岑晊为功曹，并委他褒善纠违，悉心听政，二郡又有歌谣道："汝南太守范孟博，南阳宗资主画诺；南阳太守岑公孝，弘农成瑨但坐啸。"宗资南阳人，成瑨弘农人，孟博系范滂表字，公孝系岑晊表字，歌中寓意，是归美范滂岑晊二人，名为功曹，实与太守无二，冤冤相凑，衅启南阳。宛县人张泛，为桓帝乳母外亲，拥有资财，工雕刻术，尝琢玉镂金，私贿中官，中官与为莫逆交，往来甚密，泛得恃势骄横，肆行无忌，宛吏不敢过问。南阳功曹岑晊，因宛县为南阳属地，特劝太守成瑨，捕泛入狱，泛慌忙通讯中官，乞为救护，中官即为代请，颁下赦文，旋又促瑨诛死张泛，然后宣诏施赦。小黄门赵津，家居晋阳，贪残放恣，太原太守刘瓆，亦将津捕入狱中，遇赦不赦，把津处死。中常侍侯览，时已复官，即使张泛妻上书讼冤，并向桓帝前谮诉瑨瓆，说他不奉诏命，罪同大逆。桓帝顿时大怒，立征瑨瓆下狱，饬令有司审谳，有司仰承中旨，复称两人俱当弃市。同时山阳太守翟超，使张俭为督邮，巡视全境。侯览家在防东，残害百姓，大起茔冢，俭举奏览罪，被览从中搁置，壅不上闻，惹得俭容忍不住，竟督吏役，毁去览冢，籍没资财。览怎肯罢休？泣诉桓帝，归罪太守翟超，超又被逮下狱，当由有司定案，与前东海相黄浮同科，并输左校。黄浮事，见五十一回。司空周景，时已免官，由太常刘茂代任，太尉陈蕃，邀茂一同入谏，请赦瑨瓆超浮四人，桓帝不从，中常侍复从中媒蘖，茂恐为所构，不敢复言。独陈蕃不甘隐默，再上疏力谏道：

　　臣闻齐桓修霸，务为内政，春秋于鲁，小恶必书，宜先自整饬，后乃及人。今寇贼在外，四肢之疾，内政不理，心腹之患；臣寝不能寐，食不能饱。实忧左右日亲，忠言以疏，内患渐积，外难方深，陛下超从列侯，继承天位，小家蓄产，百万之资。子孙尚耻愧失其先业，况乃产兼天下，受之先帝，而欲惰怠以自轻忽乎？即不爱己，不当念先帝得之勤苦耶？前梁氏五侯，毒遍海内，天启圣意，收而戮之，天下之议，冀当小平；明鉴未远，覆车如昨。而近习之权，复相煽结，小黄门赵津，大猾张泛等，肆行贪虐，奸媚左右；前太原太守刘瓆，南阳太守成瑨，纠而戮之，虽言赦后，不当诛杀，原其诚心，在于去恶。至于陛下，有何惓惓？而小人道长，荧惑圣聪，遂使天威为之发怒，各加刑谪，已为过甚；况乃重罚，令伏欧刀乎？又前山阳太守翟超，东海相黄浮，奉公不挠，嫉恶如仇，超没侯览财物，浮诛徐宣之罪，并蒙刑坐，不蒙赦恕；览之骄纵，没财已幸，宣犯衅过，死有余辜！昔丞相申屠嘉，召责邓通，洛阳令董宣，折辱公主，而文帝从而请之，光武加以重赏，未闻二臣有专命之诛。而今左右群竖，恶伤党类，妄相交构，致此刑谴，臣闻是言，当复啼诉。陛下深宜割塞近习预政之源，引纳尚书朝省之事，公卿大官，五日一朝，简练清高，斥黜佞邪，如是天和于上，地洽于下，休祯符瑞，岂远乎哉？陛下虽厌恨臣言，臣但知为国效忠，冀回上意，用敢昧死奏闻！

桓帝览疏，非但不从蕃请，并且下诏责蕃；黄门中常侍等，恨蕃加甚，只因蕃为名臣，一时未敢加害，故蕃尚居官如故。平原人襄楷，诣阙陈书，力为瑨瓆讼冤，终不见报；会因河水告清，楷以为清属阳，浊属阴，河水当浊而反清，是阴欲乘阳之兆；又桓帝尝就濯龙宫中，亲祀老子，用郊天乐，楷书中亦曾提及，谓黄老清虚，好生恶杀，省欲去奢，今陛下厉行诛罚，博采妇女，全与黄老相反，祭祀何益？词意很是激切，桓帝惟置诸不理。楷复上书纠劾宦官，文中有云："殷纣好色，妲己是出；叶公好龙，真龙游廷。今黄门常侍，并犯天刑，陛下乃宠遇日甚，臣愚以为继嗣未兆，实坐此弊！"这数语激动一班阉竖，大起哗声。桓帝年已逾壮，未得一子，也不免触起懊恼，即召楷入朝，令尚书问状。楷直答道："古时本无宦官，自武帝末年，屡游后宫，始令阉人侍从，设置官职，这乃先朝弊政，不足为法！"尚书等斥楷违经诬上，应即论罪，竟把楷收送洛阳狱中，还是桓帝搁置不提，才免死刑。符节令蔡衍，议郎刘瑜，表救成瑨刘瓆，言亦切直，并坐罪免官；瑨与瓆竟搒死狱中，惟岑晊张俭，在逃未获。瑨晊毕命，事由旺俭二人启衅，乃璜璃死，而旺俭逃生，以义相绳，未免负友。俭有清名，望门投止，辗转至东莱，匿李笃家。外黄令毛钦，闻风往捕，笃与语道："张俭知名天下，所为无罪，明府素行清正，何忍拘及名士？"钦抚笃背道："蘧伯玉耻独为君子，足下如何自专仁义？"笃又答道："笃虽好义，明府今日，也分得一半了！"钦叹息自去，笃复送俭出塞，方得幸存。旺窜往齐鲁，亲友亦竞为收容，惟前新息长贾彪，闭门不纳；彪曾有重望，在新息长任内，见贫民多弃子不育，特严令禁止，有犯与杀人同科，数年间户口蕃庶，民间称为贾父。至不纳岑旺一事，为众所疑，彪喟然道："《传》云：'相时而动，无累后人！'公孝要君致衅，自贻伊戚，我岂可私相容隐么？"足令岑旺自愧。后来旺走匿江夏山中，得疾乃终。一案未了，一案又起，河内有术士张成，颇善占验，预料朝廷当赦，纵子杀人。司隶校尉李膺，收捕成子下狱，越日果有诏大赦，成子应当脱罪，膺独援杀人抵命的故例，不肯轻恕，竟将成子加诛。成尝挟术干时，交通宦官，宦官便替成报怨，嗾使成弟子牢修上书，劾膺交结太学游士，共为部党，诽谤朝廷，败坏风俗。桓帝误为听信，严旨逮捕党人，班行郡国，布告天下，案经三府。当由太尉陈蕃，展览党人名籍，俱系海内闻人，便皱眉捻须道："今欲逮捕诸人，统是忧国忠公，驰誉四海的名士；就使子孙有过，尚应十世加宥，况本身未著罪状，奈何无端收捕呢？"说着，遂将党人名籍却还，不肯署名。桓帝越加动怒，索性将司隶校尉李膺，罢官系狱；株连太仆杜密，御史中丞陈翔，及陈实范滂等，共二百余人，陆续捕入；或已闻风避匿，经有司悬金购募，务获到案。党人并非大盗，为何这般严酷？

　　杜密颍川人，累迁北郡泰山太守，调任北海相，监视宦官子弟，有恶必惩；及去官还家，每见守令，多所陈托。同郡刘胜，亦自蜀郡告归，闭门扫轨，不复见客。颍川太守王昱，尝向密称美刘胜，说他清高绝俗，密知昱讽己，奋然说道："刘胜位为大夫，见礼上宾，乃知善不荐，闻恶无言，隐情惜己，自同寒蝉，这乃是当世罪人！密却举善纠恶，使明府赏罚得中，令闻休扬，岂非有裨万一么？"无道则隐，奈何不知？昱闻言怀惭，待遇加厚。嗣入朝为尚书令，迁官太仆，嫉恶甚严，与李膺名行相次，时人号为李杜；膺既得罪，密自然不能脱身，与同连坐。陈翔系汝南人，官拜议郎，出任扬州刺史，尝举发豫章太守王永，私赂中官，吴郡太守徐参，倚兄中常侍徐璜权势，在职贪秽，永与参因此被黜，宦竖与他结嫌，亦将他列名党案，逮入狱中。陈实本与宦官无仇，不过因名盛遭忌，致被罗织。有人劝实逃亡，实叹息道："我不就狱，众无所恃？"乃挺身入都，自请囚系。范滂本反对傀人，一闻逮捕，便昂然入狱，狱吏谓犯官坐系，应祭皋陶，滂正色道："皋陶为古时直臣，若知滂无罪，且当代诉天帝；如或不然，祭亦何益？"众闻滂言，并皆罢祭。度辽将军张奂，已就征为大司农。由中郎将皇甫规升任度辽将军，闻朝廷大兴党狱，遍拘名士，自耻不得与列，径拜表上陈道："臣前荐大司农张奂，便是附党，又臣输作左校时，由太学生张凤等为臣讼冤，便是党人所附；臣应同入党案，受罪坐罚！"桓帝得书，却搁置一旁，并不批答。想是宦竖与规无嫌。就中恼了一位大臣，复毅然申奏，力为党人辩诬，正是：

　　谗口嚣嚣真罔极，忠言谔谔总徒劳。

　　欲知何人出为辩诬，容至下回再表。

　　国家设兵，原以防盗，盗去不击，乌用兵为？观度尚之计激军心，似以诈谋使人，不足为法，然尚之所用以击贼者，乃蛮夷杂种耳；平素未曾训练，第因一时之募集，驱使从戎，若非设法以鼓动之，安能令其再接再厉，捣平贼巢耶？故尚之所为，权道也，非正道也！孔子所谓可与权者，尚其有焉。若李膺等虽素怀刚正，而当国家开道之秋，不如洁身远害，天地闭，贤人隐，古有明言，乃以一时之矫激，祸及海内，宁非愚忠？徐孺子谓大木将颠，非一绳所能维；郭林宗谓天之所废，不可复支，正洞明权变之言，故卒能超然于党祸之外；刘胜甘作寒蝉，亦此物此志云尔。李杜虽忠，其如未识权宜何也？

第五十四回

驳问官范滂持正　嫉奸党窦武陈词

却说桓帝延熹八年，大兴党狱，缉捕至二百余人，恼动了一位大臣，不忍坐视，因复上疏极谏，这人为谁？就是太尉陈蕃。疏中有云：

> 臣闻贤明之君，委心辅佐，亡国之主，讳闻直辞；故汤武虽圣，兴由伊吕，桀纣迷惑，亡在失人。由此言之，君为元首，臣为股肱，同体相须，共成美恶者也。伏见前司隶校尉李膺、太仆杜密、太尉掾范滂等，滂曾为太尉黄琼掾史。正身无玷，死心社稷，以忠忤旨，横加考案，或禁锢闭隔，或死徙非所，杜塞天下之口，盲聋一世之人，与秦焚书坑儒，何以为异？昔武王克殷，表闾封墓；今陛下临政，先诛忠贤，遇善何薄？待恶何优？夫谗人似实，巧言如簧，使听之者惑，视之者昏；然吉凶之效，存乎识善，成败之机，在于察言。人君者，摄天地之政，秉四海之维，举动不可以违圣法，进退不可以离道规，谬言出口，则乱及八方，何况髡无罪于狱、杀无辜于市乎？昔禹巡狩苍梧，见市杀人，下车而哭之曰："万方有罪，在予一人！"故其兴也勃焉。又青徐灾旱，五谷损伤，民物流迁，茹菽不足，而宫女积于房掖，国用尽于罗绮，外戚私门，贪财受赂，所谓禄去公室，政在大夫，昔春秋之末，

周德衰微，数十年间，无复灾眚者；天之于汉，悢悢无已，悢悢犹眷眷也。故殷勤示变，以悟陛下，除妖去孽，实在修德。臣位列台司，忧责深重，不敢尸禄惜生，坐观成败，如蒙采录，使身首分裂，异门而出，所不恨也！

桓帝已信任宵小，决除党人，看了陈蕃奏疏，也疑他是党中魁硕，大为拂意；再加阉竖乘隙进谗，交毁陈蕃，遂传出一道诏旨，责蕃辟召非人，将他罢免，再起周景为太尉。景颇持躬亮直，但见蕃因言获戾，未敢再陈；此外更乐得置身局外，箝口避灾。迁延过了一年，党人尚未邀赦，当由前新息长贾彪，义愤填膺，在家叹语道："我不西行，大祸不解！"因即辞家人都，进谒城门校尉窦武，及尚书霍谞，请为党人申理。武乃缮疏进奏道：

臣闻明主不讳讥刺之言，以探幽暗之实；忠臣不恤谏争之患，以畅万端之事；是以君臣并熙，名奋百世。臣幸得遭盛明之世，逢文武之化，岂敢怀禄逃罪，不竭其诚？陛下初从藩国，爰登圣祚，天下逸豫，谓当中兴；自即位以来，未见善政，梁邓诸恶，虽或诛灭，而常侍黄门，续为祸虐，欺罔陛下，竞行谲诈，自造制度，妄爵非人，朝政日衰，奸臣日盛。伏寻西京放恣王氏，佞臣执政，终丧天下，今不虑前事之失，复循覆车之轨，臣恐秦二世之难，必将复及，赵高之变，不朝则夕！

近者奸臣牢修，造设党议，遂收前司隶校尉李膺、太仆杜密、御史中丞陈翔、太尉掾范滂等，逮考连及数百人，旷年拘系，事无左证。臣惟膺等建忠抗节，志在王室，此诚陛下稷契伊吕之佐，而虚为奸臣贼子之所诬枉，天下寒心，海内失望，惟陛下留神澄省，即时理释，以厌人鬼喁喁之心！臣闻古之明君，必须贤佐以成政道；今台阁近臣陈蕃胡广，及尚书朱寓荀绲刘祐魏朗刘矩尹勋等，皆国之贞士，朝之良佐，尚书郎张陵妢皓范康杨乔边韶戴恢等，文质彬彬，明达国典，内外之职，群材并列；而陛下委任近习，专树饕餮。外干州郡，内干心膂，宜以次贬黜，案罪纠罚，抑夺宦官欺国之封，案其无状诬罔之罪，信任忠良，平决臧否。使邪正毁誉，各得其所，则咎征可消，天应可待矣！

窦武既将疏呈入，复缴上城门校尉及槐里侯印绶，自愿罢官，桓帝不许，仍将印绶发还。尚书霍谞，又表请释放党人，桓帝亦稍稍感悟，乃使中常侍王甫，就狱讯问。时党人皆锢住北寺狱中，为黄门所管辖。一应人犯，类皆三木囊头，奄立阶下，王甫依次传入，逐加诘问，有几个略为辩白，有几个不愿多谈；滂独数次前进。王甫启口诘滂道：“君为人臣，不知忠国，反勾结部党，自相褒举，评论朝廷，虚词交构，究竟意欲何为？宜供出实情，不得欺饰！”滂答说道：“孔子有言：‘见善如不及，见恶如探汤。’滂欲使善善同清，恶恶同污，不料朝廷反目为朋党，难道善反为恶，恶反为善么？”甫又诘问道：“如君等互相推举，迭为唇齿，稍有不合，即加排斥，这是何意？”滂仰天长叹道：“古人修善，自求多福，今日修善，反陷大戮；身死以后，愿将尸首埋葬首阳山侧，上不负皇天，下不愧夷齐！”慨当以慷。甫听了滂言，也憣然改容，乃命并解桎梏，返报桓帝。李膺等又多引入宦官子弟，说他同党，宦臣亦不禁惶惧，乃向桓帝进言，以为天时当赦，桓帝才将狱中二百余人，一概释放；但尚留名三府，禁锢终身。一面下诏改元，号为永康。范滂出狱后，往候尚书霍谞，并不为谢，或咎滂何不谢谞，滂答语道：“春秋时叔向坐罪，祁奚入援，未闻叔向谢恩，祁奚炫惠，滂亦效法古人，何必称谢？"叔向祁奚皆晋人。说毕，即出都还至汝南。南阳士大夫，在道欢迎，有车数百辆，滂叹息道："这乃反使我速祸哩！"遂从间道还乡，不复见客。余人亦统皆归里。从前钩党诏下，郡国都希旨举奏，多至百数；惟平原相史弼，不奏一人，诏书前后迫促，髡笞掾吏，且使从事坐待传舍。弼往见从事，谓平原实无党人。从事作色道："青州六郡，五郡有党，敢问平原有何治化，独无党人？"弼亦峻词相拒道："先王疆理天下，划界分境，水土异宜，风俗不同，他郡有党，平原自无，怎得相比？若徒知趋承上司，诬害良善，是平原民居，户户可入党籍了！弼宁死不敢从命！"也是个硬头子。从事且惭且恨，回朝复旨。将加弼罪名，会因党禁从宽，只令弼罚俸一年；平原士人，幸免牵连，这都是史弼的厚惠，保全甚多。会稽人杨乔，由城门校尉窦武荐引，入朝为郎。乔容仪伟丽，奏对详明，桓帝爱他才貌，欲将公主配乔；乔见群阉当道，正士一空，料知将来无甚善果，因即上书固辞。桓帝不许，定要将爱女嫁乔为妻，且令太史择吉成婚，乔竟誓死相拒，绝粒数日，一命告终。好一个现成帝婿，弃去不为，反且如此拼生，真是奇闻！无非是想做夷齐。

　　是年仲夏，京师及上党地裂；到了仲秋，东方大水，渤海溃溢，郡国官吏，转受中官嘱托，讹言瑞应：巴郡报称黄龙现，西河报称白兔来，魏郡报称嘉禾生、甘露降，种种虚诬，无一非贡谀献媚，取悦上心。大司农张奂，因鲜卑乌桓复叛，受命为中郎将，再出督幽并凉三州，及度辽乌桓二营。乌桓素闻奂威名，不战即降；独鲜卑大酋檀石槐，恃勇不服，虽然引兵暂退，仍复觊觎边疆。朝廷虑不能制，遣使封檀石槐为王，拟与和亲。檀石槐不肯受命，自分属地为东西北三部，各置酋长管领，有时辄出掠幽并凉诸州。桓帝方耽恋酒色，宠幸金壬，私幸天下无事，只有西北一带，稍闻寇患，无庸多忧，不如及时行乐，与采女田圣等，朝夕纵欢，享受温柔滋味；待至精髓日涸，疾病交侵，尚封田圣等九女为贵人，勉与绸缪，结果是脾肾皆亏，无可救药，好好一个三十六岁的皇帝，竟至德阳前殿，奄卧不起，瞑目归天。*淫荒之主，怎得延年？* 总计桓帝在位，改元多至七次，为东汉时所仅见，历数亦不过二十一年。三立皇后，无一嫡嗣，此外贵人数十，宫女百千，也不闻诞育一男。*寡欲方可生男，否则，多妻何益？* 窦皇后情急失措，急召乃父窦武，入议立嗣，武复转问侍御史刘倏，拟向宗室中选立贤王，倏沈吟良久，方答出一个解渎亭侯宏。宏系河间王开曾孙，祖名淑，父名苌，世封解渎亭侯，母为董氏，宏袭封侯爵，年才十二。倏举宏为对，明明是奉承窦后，好教她援引故例，借口嗣君幼弱，亲出临朝。窦武告知窦后，果然隐合后意，即使倏持节迎宏，偕同中常侍曹节，与中黄门虎贲羽林兵千人，星夜驰往河间，迓宏入都。先是桓帝初年，京师有童谣云："城上乌，尾毕逋，公为吏，子为徒，一徒死，百乘车，车班班，入河间，河间姹女工数钱，以钱为室金为堂，石上慊慊春黄粱，梁下有悬鼓，我欲击此丞卿怒。"当时有人听此童谣，无从索解。及窦氏定策禁中，迎宏至夏门亭，由窦武带领群臣，奉宏入宫，即皇帝位，才将童谣起头的八语，逐条推测，有迹可寻。城上乌二句，是譬喻桓帝高居九重，专知聚敛；公为吏二句，是言蛮夷叛逆，父为军吏，子为卒徒，同时外征；一徒死二句，是前一人出征死事，后又遣兵车继讨；车班班二句，是刘倏至河间迎宏，更明白易解了；尚有后五语未曾应验，仍留作疑团，无人剖晰。后来宏即位二年，母董氏进为太后，喜积金钱，鬻官得贿，充满堂室，才知姹女数钱两语，已为谶兆；至石上慊慊三语，乃指董太后贪心未足，常使人春黄粱为食，忠臣义士，欲击鼓谏阻，反被丞卿怒斥。可见得自古童谣，俱非无因，但不知由何人创造，成此预谶哩！半属后人附会，不能援作铁证。闲文少表。

且说桓帝告崩，已是永康元年的残冬，及解渎亭侯宏入宫即位，已在次年正月，是为灵帝，当即改元建宁。窦后已早自尊为皇太后，临朝称制；不待桓帝出葬，便将贵人田圣等一并处死，泄除宿忿，开手即杀宫妃，怪不得后来多难。一面授窦武为大将军，首握朝纲。太尉周景，因病乞休旋即逝世，司徒许栩，已先罢职，由太常胡广继任；司空刘茂，亦已免官，代任为光禄勋宣酆。窦太后追溯前事，忆及自己得正位中宫，全赖陈蕃周景两人；见五十二回。景已病殁，无可报德，乃特进陈蕃为太傅，使与大将军窦武，及司徒胡广，参录尚书事；复将司空宣酆免职，迁长乐卫尉王畅为司空；奉葬桓帝于宣陵，追尊嗣皇祖淑为孝元皇，夫人夏氏为孝元皇后，父苌为孝仁皇，墓号慎陵，母董氏生存无恙，号为慎园贵人，又加封窦武为闻喜侯，武子机为渭阳侯，从子绍为鄠侯，靖为西乡侯，一门四人，同沐侯封。当由涿郡人卢植，代为寒心，特献书讽武道：

植闻嫠有不恤纬之事，漆室有倚楹之戒，"嫠不恤其纬，而忧宗周之陨。"语见《左传》，漆室女倚柱悲吟，忧国伤怀，事见《列女传》。忧深思远，君子之情。夫士立诤友，义贵切磋，《书》陈谋及庶人，《诗》咏询于刍荛，植诵先王之书久矣，敢爱其瞽言哉！今足下之于汉朝，犹旦奭之在周室，建立圣主，四海有系，诸公以为吾子之功，于斯为重；天下聚目而视，攒耳而听，谓准之前事，将有景风之祚。窃绎春秋之义，王后无嗣，择立就长，年均以德，德均则决之卜筮；今同宗相后，披图按牒，以次建之，何勋之有？岂横叨天功，以为己力乎？宜辞大赏，以全身名，又比者世祚不竞，仍求外嗣，可谓危矣！而四方未宁，盗贼伺隙，恒岳渤碣，尤多奸盗，将有楚人胁比，尹氏立朝之变；并见《春秋》。宜依古礼，置诸子之官，征王侯爱子，宗室贤才，外崇训导之义，内息贪利之心，简其良能，随用爵之，是亦强干弱枝之道也！

窦武得书，总道嗣君新立，大权在握，一时断不至变动，何必听信植言，自弃富贵？当下将来书搁置，不复留意。窦太后更封太傅陈蕃为高阳乡侯，中常侍曹节为长安乡侯；节当然乐受，惟蕃累疏固辞，章至十上，竟不受封。但与大将军窦武，同心辅政，征用前司隶李膺，太仆杜密，宗正刘猛，庐江太守朱寓等，并列朝廷；又引前越隽太守荀昱为从事中郎，前太邱长陈实为掾吏，共参政事；志在除奸，窦太后也却悉心委任，言听计从。不过妇女见识，容易动摇，往往喜人谀言，厌闻正论。灵帝有乳母赵娆，随帝入宫，宫中号为赵夫人，性情狡黠，善揣人意，镇日里入侍太后，话长论短，深得太后欢心；还有一班女尚书，系内官总名。也俱受赵娆笼络，串同一气，日夕营私，中常侍曹节王甫等，复诌事太后，与赵娆等朋比为奸，交相煽蔽，太后反皆视为好人，有所请求，无不允许，因此屡出内旨，封拜多人。以阴遇阴，更易相惑。看官试想，如女子小人的荐引，何有贤才？太后误为听信，不待窦武、陈蕃商量，便即授命，武与蕃不便封驳，又不忍坐视，自然懊怅异常。蕃嫉恶尤甚，尝与武会晤朝堂，私下语武道："曹节王甫等，在先帝时，已操弄国权，浊乱海内，百姓汹汹，无不痛心；今若不设计诛奸，后必难图！"武点首称善，蕃心下大喜，推席而起，欢颜别去。武乃复引同志尹勋为尚书，令刘瑜为侍中，冯述为屯骑校尉，密商大计。适值五月朔日，日食告变，有诏令公卿以下，各言得失，蕃即前往语武道："昔御史大夫萧望之，为一石显所困，竟致自杀，况今有

石显数十辈呢？近如李杜诸公，祸及妻子，皆由权阉煽乱，正
士罹殃，蕃年将八十，尚有何求？但欲为朝廷除害，佐将军立
功，所以暂留不去；今正可为了日食，斥罢宦官，上塞天变，
且赵夫人及女尚书，摇惑太后，亦宜屏绝。请将军从速措置，
毋贻后忧！"武依了蕃言，便进白太后道："向来黄门常侍，
只令给事省内，看守门户，主管近署财物，今乃使干预政事，
谬加重任，子弟布列，专为贪暴，天下汹汹，都为此故，宜一
概诛黜，扫清宫廷！"窦太后徐答道："汉朝故事，世有宦官，
但当稽察有罪，酌量加惩，怎可同时尽废呢？"武乃先讦中常
侍管霸苏康，挟权专恣，应即加诛，太后总算依议，当由武收
捕管霸苏康，下狱处死。武又请诛曹节等人，偏太后犹豫未
忍，迁延不报，陈蕃不暇久待，即上疏申请道：

> 臣闻言不直而行不正，则为欺乎天而负乎人；危言极
> 意，则群凶侧目，祸不旋踵，钧此二者，臣宁得祸，不敢
> 欺天也！今京师嚣嚣，道路喧哗，竞言曹节侯览公乘昕王
> 甫郑飒，与赵夫人诸女尚书，并乱天下，附从者升进，忤
> 逆者中伤，方今一朝群臣，如河中木耳。泛泛东西，耽禄
> 畏害，陛下前始摄位，顺天行诛，苏康管霸，并伏其辜，
> 是时天地清明，人鬼欢喜；奈何数月，复纵左右？元恶大
> 奸，莫此之甚！今不急诛，必生变乱，倾危社稷，其祸难
> 量，愿出臣章宣示左右，并令天下诸奸，知臣嫉恶，不敢
> 为非，则宫禁清而治道可冀矣！

蕃上此疏，满望太后感念旧惠，如言施行，谁知太后仍然
搁起，并不听用。去恶宜速，岂空言所可济事？况太后是个女流，
难道能纤手除奸吗？那一班油头粉面的妖娆，及口蜜腹剑的腐
竖，已是愤恨异常，竟与这窦武陈蕃，势不两立了！俗语说得

好："和气致祥，乖气致戾。"为了朝局水火，遂致上苍示儆，发现端倪。小子有诗叹道：

> 天变都从人事生，吉凶悔吝兆先呈；
> 漫言冥漠无凭证，星象高悬已著明。

欲知天变如何，待至下回详叙。

观范滂对簿之词，原足上质鬼神，下对衾影；即其不谢霍谞，非特自白无私，且免致中官借口，谤及谞身，滂之苦衷，固可为知者道，难为俗人言也；然时当乱世，正不胜邪，徒为危言高论，终非保身之道，此范滂之所以终于不免耳。及桓帝告崩，窦后临朝，陈蕃有德于窦后，而进列上公，窦武更位极尊亲，手握兵柄，二人同心，协谋诛奸，似乎叱嗟可办；然必不动声色，密为掩捕，使妇寺无从预备，一举尽收，然后奏白太后，声罪加诛，吾料太后亦不能不从，肃清宫禁，原反手事耳！计不出此，乃徒向太后絮聒，促令除奸，何其寡谋乃尔？且陈蕃疏中，固尝云危言极意，则群凶侧目，祸不旋踵，彼既明知诛恶之宜速，处事之宜慎，奈何尚请宣示左右耶？谋之不臧，语且矛盾，识者已知其无能为矣。

第五十五回

驱蠹贼失计反遭殃　感蛇妖进言终忤旨

却说灵帝元年八月，太白星出现西方，侍中刘瑜，颇知天文，暗思星象示儆，危及将相，免不得瞻顾徬徨，因即上奏太后道："太白侵入房星，光冲太微，象主宫门当闭，将相不利，奸人为变，宜亟加防！"一面又致书窦武陈蕃，略言星辰错缪，不利大臣，请速决大计，毋自贻祸。武与蕃乃再协商，筹定计议，先令朱㝢为司隶校尉，刘祐为河南尹，虞祁为洛阳令，然后奏免黄门令魏彪，另用小黄门山冰代任，且使冰入白太后，收捕长乐尚书郑飒，送入北寺狱中。陈蕃向武进言道："若辈既经收捕，便当处死，何必送他入狱，多烦考讯哩？"蕃言甚是，但徒杀一郑飒，何足济事？武不肯从，即使山冰会同尚书令尹勋，侍御史祝瑨，就狱讯飒；飒供词连及曹节王甫，勋与冰即据词复奏，使侍中刘瑜呈人。武踌躇满志，总道曹节王甫等有权无力，唾手可取，不必防备他变，遂放心出宫，归府待信。蚕蜂尚且有毒，况权阉蟠踞有年，怎可不为之备？刘瑜呈人奏章，也即退出；不料出纳奏章的内官，持了奏本，先去告知长乐宫内的五官史朱瑀。瑀闻郑飒被收，已怀疑惧，且与曹节、王甫等人，素相亲善，彼此互为倚托，自然时刻留心；当下索取奏本，私自展阅，看了数行，已经怒起，及阅毕后，更觉忍耐不住，自言自语道："中官不法，自可诛夷；我辈何罪？乃尽欲加诛呢？"说着，眉头一皱，计上心来，便大声喧呼道："陈蕃、窦武，奏白太后，将废帝为大逆，此事如何了得？"一面说，一面遍召长乐宫从吏，黉夜入商。当时应召驰至，计得共普张亮等十七人，歃血共盟，谋诛窦武、陈蕃，然后报告曹节、王甫。节仓猝惊起，入语灵帝道："外间喧呶，将不利圣躬，请速出御德阳前殿，宣诏平乱！"宵小诡谋，煞是可畏！灵帝年才十三，怎知内外隐情？当即依了节言，出御前殿。节与阉党拔剑相随，踊跃趋出，乳母赵娆，亦从至殿中，在旁拥护，传令闭诸禁门，召入尚书官属，取出亮晃晃的白刃，胁作诏书；尚书官属，无不贪生，就使心恨阉人，到此亦为威所迫，不敢不依言缮写。节也托称帝意，拜王甫为黄门令，使他持节至北寺狱，收系尹勋出冰。冰等时已就寝，闻有中使到来，急忙披衣出迎，兜头一看，乃是王甫，且见他张目宣诏，声势汹汹，心下不禁怀疑，返身复入；甫即抢上一步，厉声吆喝道："山冰汝敢不奉诏么？"道言未绝，手中已拔出佩剑，竟向山冰背后劈去，刀光一闪，冰已倒地。尹勋也从梦中惊醒，出外接诏，又被王甫手起剑落，结果性命。

甫即就狱中放出郑飒，还入长乐宫，竟去劫迫太后，索取玺绶，窦太后尚未起床，玺绶已被人取出，献与王甫。汝不忍人，人将忍汝！甫令谒者守住南宫，扃阁门，断复道，令郑飒等持节，及侍御史谒者，往捕窦武陈蕃。武闻变驰入步兵营，与兄子步兵校尉窦绍，张弓拒使，射死数人，且召集北军五校士数千人，屯守都亭，向众宣言道："黄门常侍等造反，汝等能尽力诛奸，当有重赏！"军士尚将信将疑，勉听武命。郑飒慌忙奔还，报知曹节王甫；节复矫诏令少府周靖行车骑将军，使与护匈奴中郎将张奂，率五营兵士讨武。奂方自北方受征，还都不过二三日，未知底细，一闻宫中急诏，当即奉命出来，与靖会合。王甫又招集虎贲羽林诸将士，出来应奂，途中遇着陈蕃，与官属诸生八十余人，持刀入承明门，将至尚书门前，八十余人，何足济事？此来意欲何为？因即摆开兵马，将蕃截住；
蕃等攘臂奋呼道："大将军忠心卫国，黄门胆敢叛逆，怎得反
诬窦氏呢？"甫应声诟詈道："先帝新弃天下，山陵未成，武
有何功，乃父子兄弟，并得侯封，时常设乐张宴，妄取掖庭宫
人，私下纵欢，旬日间积资巨万？这四语是诬陷窦武。大臣若
此，尚得说是有道么？公为宰辅，且与相阿党，岂非不忠？此
外更不必说了！"说着，即指挥军士，将蕃围住，蕃拔剑叱
甫，词色愈厉，甫悍然不顾，竟令军士一拥齐上，拘拿陈蕃；
蕃年已垂老，又没有甚么武力，所领官属诸生，多是文质彬
彬，如何敌得住军吏？眼见是束手就缚，无策逃生。总计蕃等
八十余人，一大半被他捕去，押送北寺狱中。黄门从官，统是
权阉羽翼，见了陈蕃捕到，便奋拳伸足，相率殴踢道："死老
魅尚敢减损我等人员，剥夺我等廪饩么？"蕃怎肯忍气，自然
反唇相讥，恼动这班狐群狗党，报告曹节王甫，索得伪诏，将
蕃害死。时已天明，张奂引兵出屯朱雀掖门，王甫领军继至，
差不多有数千人，与窦武两下对垒；甫又使军士大呼武军道：
"窦武为逆，汝等皆系禁兵，应当宿卫宫省！为什么从逆抗
命？如肯翻然知悟，反正来降，朝廷自当加赏，毋得多疑！"
营府素畏服中官，且见张奂王甫等，自内出来，持节指麾，总
应亲受帝命，方得如此张皇，因此心怀顾虑，不愿助武。张奂
领兵多年，善觇敌势，遥望武军懈弛，就麾军进攻，气势甚
锐；武军既已疑武，复遭奂军压迫，料知情势不佳，不如见机
往降，还可免罪受赏，于是彼弃甲，此倒戈，纷纷投入奂军。
自朝至暮，武手下只剩百余骑，怎能支持？不得已拍马逃走；
武从子绍亦即随奔。奂与王甫驱军追击，到了洛阳都亭，得将
武等围住；武与绍惶急万分，自思无路可脱，先后拔剑自刎。
奂即将二人枭首，缴与王甫，甫令悬首都亭，示众三日；奂有
重名，应知窦武忠正，奈何助奸戮忠？本编以追杀窦武，归咎张奂，具

有良史书法。随即还兵收捕窦氏宗族，及亲戚宾佐，一体骈戮；惟将窦武妻妾贷死，徙往日南。先是窦武生时，与一蛇同出母胎，家人未敢杀蛇，送往林中；及武母殁后，举棺出葬，有大蛇蜿蜒到来，用首触柩，泪血并流，历时乃去；智士已目为不祥，至是始验。武有孙辅，年只二岁，亏得掾吏胡腾，闻风先至武家，将辅抱匿他处，才得幸存。他如侍中刘瑜，与屯骑校尉刘述，均被捕戮，家族诛夷。曹节王甫，复迫窦太后徙往南宫；且乘隙报怨，诬称虎贲中郎将刘淑，暨前尚书魏朗，俱与窦武等通谋，遣吏捕拿，二人皆愤急自尽。余如公卿以下，前经窦武陈蕃荐举，尽行黜免，甚至两家门生故吏，无一逃罪，悉数禁锢。

议郎巴肃，本与武等同谋，曹节等未明情迹，但因他为武等荐引，免官归里，后来查悉肃与通谋，复派朝使前往拘戮；肃得知消息，不待朝吏到家，便诣县投案。县吏素重肃名，解去印绶，欲与俱亡。肃慨然道："既为人臣，有谋不敢隐，有罪不逃刑；肃本与谋除奸，不幸失败，何敢逃罪？愿随窦陈二公于地下，使后世知有渤海巴肃，如君盛情，死且感念，今实不愿相累呢！"可谓义士。县令很是叹息，将肃交与朝使。朝使宣诏诛肃，肃引颈就刑，毫无惧容。铚令朱震，为太傅陈蕃故友，弃官入都，收葬蕃尸；蕃家属或死或徙，只有蕃子逸在逃，向震投依，震尚恐被捕，嘱逸隐姓埋名，避匿甘陵县境。后来果被发觉，系震下狱，一再考讯，胁令供逸所在，震抵死不肯承认，甚至全家被拘，连日搒掠，仍然不得实供，方得将案情延搁；直至黄巾贼起，朝廷大赦，震始得释，逸亦安归。就使窦武遗骸，亦由胡腾收埋。武孙辅，赖腾保护，与令史张敞，遁入零陵，诈云已死，自己改名谋生，以辅为子，费尽许多辛苦，养辅成人，替他娶妇，及赦诏屡颁，尚未敢遽言本姓；至献帝建安年间，荆州牧刘表，辟辅为从事，方知辅为窦武后裔，使还窦氏，仍奉武祀。这也是天鉴孤忠，不使绝后，所以有朱震胡腾诸义士，极力保全；虽是颠连困苦，终得一线留遗。试看那宦官后来结果，究竟还是忠臣子孙，垂亡不亡，勿谓乱世时代，果可怙恶不悛哩！苦口婆心。

　　且说曹节王甫等害尽忠良，扬扬得志，节迁官长乐卫尉，封育阳侯；甫迁官中常侍，仍守黄门令如故；宋瑀、共普、张亮等，皆为列侯；张奂仍拜大司农亦受侯封。嗣奂悔悟前失，深恨为曹节等所卖，上书固让，缴还侯印，有诏不许。悔已迟了。越年三月，灵帝尊母董贵人为孝仁皇后，由慎园迎入都中，特置永乐宫奉养，如皇太后仪。过了月余，有青蛇从空坠下，蟠绕御座，历久方去；翌日又遇大风雨雹，霹雳四震，拔起大木百余株；有诏令群臣直言。大司农张奂因乘机上疏道：

　　臣闻风为号令，动物通气；木生于火，相须乃明；蛇能屈伸，配龙腾蛰；顺至为休征，逆来为殃咎，阴气专用，则凝精为雹。故大将军窦武，太傅陈蕃，或志宁社稷，或方直不回，前以谗胜，并伏诛戮，海内默然，人怀震愤。昔周公葬不如礼，天乃动威；周成王葬周公于成周，天大雷电，以风偃禾拔木，乃改葬毕示不敢臣，语见《尚书大传》。今武蕃忠良，未邀明宥，妖眚之来，皆为此也，宜急为改葬，徙还家属；其从坐禁锢，一切蠲除。又皇太后虽居南宫，而恩礼不接，朝廷莫言，远近失望，宜思大义顾复之报，以全孝道而慰人心，则国家幸甚！

　　灵帝看到此疏，却也感动，转语中常侍等，欲亲往南宫定省，中常侍等并皆色变，慌忙拦阻；究竟灵帝年纪尚轻，胸无主宰，又复延宕过去。司徒胡广，已代陈蕃为太傅，录尚书事。广一任司空，再任司徒，三登太尉，又迁太傅，居官三十余年，颇能炼达故事，熟悉朝章，只是素性优柔，专知和颜悦色，取媚当时，所以同流合污；任令宫廷如何变乱，一些儿不遭迁累。京师有俚语云："万事不理问伯始，天下中庸有胡公。"伯始即胡广表字，万事不理，却是胡广一生的确评；若中庸二字，乃是圣贤至德，难道逢迎为悦的胡广，也能当此美名？可见舆论悠悠，非真足信。此外如宗正刘宠，代王畅为司空，进任司徒，再继刘矩为太尉；平素清廉有余，刚断不足，故虽忧心时事，究未敢直言贾祸，匡正朝廷。至若许栩许训等，相继为司徒，刘嚣桥玄等，相继为司空，才具不过平常，在任又属不久，更无容赘述了。_{表明四府沿革，免致渗漏。}张奂见四公在位，各无建白，因又与尚书刘猛等，共荐李膺等足备三公，曹节王甫，闻言衔恨，当即请旨谴责；奂与猛自囚廷尉，数日始得释出，尚令罚俸三月，聊示薄惩。郎中谢弼，蒿目时艰，满怀愤懑，特上书奏谏道：

臣闻和气应于有德，祆异生乎失政。上天告谴，则王者思其愆；政道或亏，则奸臣当其罚。夫蛇者阴气所生；鳞者甲兵之符也。《鸿范传》曰："厥极弱时，则有蛇龙之孽。"又荧惑守亢，_{荧惑与亢，皆星名。}徘徊不去，在有近臣谋乱，发于左右；不知陛下所与从容帷幄之内，亲信者为谁，宜急放黜，以消天戒。臣又闻惟虺惟蛇，女子之祥；伏惟皇太后定策宫闱，援立圣明。《书》云："父子兄弟，罪不相及。"

窦氏之诛，岂宜咎延太后，幽隔空宫？愁感天心，如有雾露之疾，陛下当有何面目以见天下？昔周襄王不能敬事其母，夷狄遂致交侵，孝和皇帝不绝窦氏之恩，前世以为美谈。礼为人后者为之子，今以桓帝为父，岂得不以太后为母哉？《援神契》曰：_{《援神契》纬书名。}"天子行孝，四夷和平。"方今边境日蹙，兵革蜂起，自非孝道，何以继之？愿陛下仰慕有虞蒸蒸之化，俯思凯风慰母之念！

臣又闻爵赏之设，必酬庸勋，开国承家，小人勿用；今功臣久疏，未蒙爵秩，阿母宠私，乃享大封；大风雨雹，亦由于兹。又故太傅陈蕃，辅相陛下，勤身王室，夙夜匪懈，而见陷群邪，一旦诛灭，其为酷滥，骇动天下，门生故吏，并罹徒锢；蕃身已往，人百何赎，宜还其家属，解除禁锢。夫台宰重器，国命所系，今之四公，惟刘宠断断守善，余皆素餐致寇之人，必有折足复𬲹之凶，《易》曰："鼎折足，复公𬲹。"𬲹，鼎实也。折足复𬲹，喻不胜任。可因灾异，并加罢黜！亟征故司空王畅，司隶李膺，并居政事，庶灾变可消，国祚惟永。臣山薮顽暗，未达国典，伏见陛下因变求言，明诏令公卿以下，无有所隐；用敢不避忌讳，冒死渎陈，惟陛下裁察。

这书呈入，阉党大哗，即欲将弼加罪；但因灵帝为了邪妖天变，下诏求言，若遽至收弼，不免与前诏相背，乃只说他党同罪人，不宜在位，出谪为广陵府丞；弼不愿就职，辞官回家，阉宦尚未肯干休，查得弼家居东郡，特简曹节从子绍为东郡太守，前往监束。绍即诬构弼罪，将他拘系，几次讯鞫，硬要他供认罪伏；弼明明无辜，怎肯自诬？终落得刑杖交加，枉死狱中。暗无天日。故太尉杨秉子赐，方进为光禄勋，灵帝常令他侍讲殿中，问及蛇妖征验，赐博通经术，因即据经奏对道：

臣闻和气致祥，乖气致戾；休征则五福应，咎征则六极至。夫善不妄来，灾不空发；王者心有所维，意有所想，虽未形颜色，而五星为之推移，阴阳为其变度。以此而观，天之与人，岂不符哉？《尚书》曰："天齐乎人，假我一日。"我，指君主言，此为《尚书》中语。是其明征也。夫皇极不建，则有蛇龙之孽，《诗》云："惟虺惟蛇，女子之祥。"故春秋两蛇斗于郑门，昭公殆以女败；昭公之立，由于祭仲女之泄谋，逐去厉公，故得入立，至蛇斗见兆，昭公遇弑，故云以女败。康王一朝晏起，关雎见机而作。佩玉晏鸣，关雎叹之。事见《鲁诗》，今已佚亡。夫女谒行则谗夫昌，谗夫昌则苞苴通，故殷汤以此自戒，终济亢旱之灾。商初七年大旱，汤祈天自责，卒得大雨。惟陛下思乾刚之道，别内外之宜，崇帝乙之制，受元吉之祉，见《易·泰卦》。抑皇甫之权，割艳妻之爱，见《诗小雅》。则蛇变可消，祯祥立应。殷戊宋景，其事甚明，殷王太戊时，桑谷拱生于朝，太戊修德，而桑谷死；宋景公时，荧惑守心，景公修德，而星退舍，并见《史记》。幸垂察焉。

看赐奏对，也是隐斥权奸；不过语从含混，未尝指明阉党，但就妇女上立说。此时灵帝尚未立后，只有乳母赵娆，一介女流，未能周知外情，因此赐尚得无恙；惟所请各条，终归无效，徒付诸纸上空谈罢了。小子有诗叹道：

> 哀朝谁复重忠贤，主暗臣邪总不悛！
> 尽有良言无一用，何如刘胜作寒蝉？

内政虽乱，外事还幸顺手，当由边疆传入捷报，乃是东西羌一律讨平。欲知功出何人，待至下回再表。

> 窦武之死，其失在玩；陈蕃之死，其失在愚。彼曹节王甫等，蟠踞宫廷，根深蒂固。太后嗣主，俱在

若辈掌握之中；即使谋出万全，尚恐投鼠忌器，奈何事已发作，尚出轻心耶？武之误事不一端，而莫甚于出宫归府，不先加防；蕃与武密谋已久，仍不能为万全之计，至闻变以后，徒率官属诸生，持刃入承明门，岂寥寥八十余人，遂足诛锄阉党乎？诛阉不足，送死有余，何其愚也？然则二族之横被诛夷，迹固可悯，而实由自取。刘瑜尹勋以下，更不足讥焉，张奂为北州豪杰，甘作阉党爪牙，罪无可恕；至妖异迭见，乃请改葬蕃武，朝谒太后，欲盖已往之愆，宁可得耶？谢弼官卑秩微，犯颜敢谏，虽曰徒死，不失为忠，是又不得以张奂例之矣。

第五十六回

段颎百战平羌种　曹节一网殄名流

却说并凉外面的羌种，叛服无常，自从段颎皇甫规等，依次出讨，屡破羌人，西境少安；至段颎皇甫规先后被谗，征还受罪，羌众复炽。见五十一回。规已起任度辽将军，独颎尚输作刑徒；未得起复。会西州吏民，陆续诣阙，为颎讼冤，颎乃得免罪入朝，拜为议郎，出任并州刺史。会有滇那等羌，入寇武威酒泉张掖诸郡，焚掠庐舍，势甚猖狂，凉州几被陷没。朝廷闻警，乃复命颎为护羌校尉，乘驿赴任，滇那等素惮颎威，不待交锋，便即请降。还有当煎勒姐诸羌种，互相勾结，抗拒如故，颎连年出击，屡破诸羌；当煎勒姐诸羌人，并皆败北；再由颎率兵穷追，转战山谷间，大小经数十次，共斩首二万三千级，获生口数万人，马牛羊八万余头，收降部落万余，西羌瓦解；颎因功得封都乡侯。既而鲜卑诱引东羌，与共盟诅，使寇河西，中郎将张奂，方出督幽并凉三州，见五十四回。主张招抚；东羌或率种愿降，惟先零羌不肯从命。再由度辽将军皇甫规，遣使宣谕先零；先零朝降暮叛，狡黠异常，嗣复进掠三辅；奂乃遣司马尹端董卓出击，阵斩豦首万余人，三辅少安。董卓始此。时尚为桓帝末年，有诏问颎以驭羌方略，颎独驳去规奂两人计划，力主征讨，朝廷准如所议，听令出兵。颎即率兵万余人，赍半月粮，进剿先零羌；自彭阳直指高平，行抵逢义山，望见前面布满羌人，辎重牲畜，累累不绝，颎众不免惊惶；独颎神色自如，下令军中，分为数队，前张强弩，次持长矛，又次挟利刃，共列三重，再用轻骑分驻两旁，成左右翼，然后召语将士道："今去家已数千里，进可图功，退必尽死！各应努力向前，祸福安危，决在今日了。"亦一激将法。随即向众大呼，麾令杀敌，众皆应声腾跃，逐队奋进，先驱为强弩队，扯弓并射，箭如飞蝗，羌众纷纷避箭；阵势已动，当由长矛利刃两队，乘隙杀人，一番乱搅，好似虎入羊群，无坚不破；再由颎亲率左右两翼，包抄过去，虏众大骇，顿时大溃，颎从后追剿，斩首至八千余级，获牛羊二十八万头，乃收兵回营，露布告捷。适灵帝即位，窦太后临朝，进拜颎为破羌将军，赐钱二十万，召颎子一人为郎中；敕中藏府颁给金钱彩物，犒赏军前，颎既奉诏，复领轻骑追羌，驰出桥门谷，进抵走马水，侦知败羌屯集奢延泽中，即倍道兼行，一昼夜行二百余里，果见羌众在前，麾骑突上，喊杀声震动天地，羌众不意颎至，无暇抵敌，都是回头就跑，略略迟慢，便把性命丢脱；及逃至向落川，距奢延泽已数十里，方见颎军止追，乃收集溃羌，暂图休息。颎又遣骑司马田晏，率五千人出羌东，假司马夏育，率二千人出羌西；东西并进，夹攻逃羌。羌人也已预防，持械待着，可巧田晏先至，便兜头拦住，与晏鏖斗，晏部下只五千人，未及羌众半数，致为羌人所围。两下里拼死力争，正杀得难解难分，那西路已驰到，夏育攻入围场，援应晏军，晏趁势杀出，与育驱击羌众，羌众复败，窜至令鲜水上，倚流自固。晏使人飞报颎营，颎自往接应，会同晏育两军，再向前行。到了令鲜水旁，军士已皆饥渴，水为羌众所据，无从汲饮，当由颎勒众齐进，驱虏过水，虏连败心惊，因复却走，颎军才得取水解渴，炊饭疗饥；饥渴既解，精神又振，更逾水击羌，且战且追，直抵灵武谷。羌众背山为阵，拟决一死战；颎见他立住不动，已料透羌人心意，索性披甲先登，怒马突

阵，又是一激将法。将士无不感奋，相率随上，一当十，十当
百，杀得羌众弃甲曳兵，四处奔散。颍复穷追至三日三夜，斩
馘无算；到了泾阳，军士皆脚下生茧，方停足不追，余羌俱窜
入汉阳山谷间，颍拟休养数旬，再进军荡平余羌。适中郎将张
奂，奏称东羌虽破，余种难尽，段颍性轻志急，胜负无常，不
如用恩济威，庶无后悔，朝廷乃止颍再进，谕令审慎。颍已决
志平羌，复书申请道：

臣本知东羌虽众，而软弱易制，所以前陈愚虑，思为
永宁之算；而中郎将张奂，谓虏强难破，宜用招降，圣朝
明鉴，信纳謇言，故臣谋得行；奂计不用，事势相反，遂
怀猜恨，信叛羌之诉，饰词润意，云臣兵累见折衄，又言
羌一气所生，不可诛尽，山谷广大，不便穷搜，流血污
野，伤和致灾。臣伏念周秦之际，戎狄为害，中兴以来，
羌寇最盛，诛之不尽，虽降复叛，今先零杂种，累以反
复，攻没县邑，剽掠人物，发冢露尸，祸及死生，上天震
怒，假手行诛。昔邢为无道，卫国伐之，师兴而雨，臣动
兵涉夏，连获甘澍，岁时丰稔，人无疾疫；上占天心，不
为灾伤；下察人事，众和师克，自桥门以西，落川以东，
故宫县邑，更相通属，非为深险绝域之地，车驰安行，无
应折衄。案奂为汉吏，身当武职，驻军二年，不能平寇，
徒欲修文戢戈，招降犷敌。诞辞空说，僭而无征，何以言
之？昔先零为寇，赵充国徙令居内；煎当乱边，马援迁之
三辅，始服终叛，至今为梗；故远识之士，以为深忧。今
旁郡户口单少，数为羌所创毒，而欲令降徒，与之杂居，
是犹树枳棘于良田，养虺蛇于内室也！故臣奉大汉之威，
建长久之策，欲绝其根本，不使能殖，本规三年之费，用
计五十四亿；今才期年，所耗未半，而余寇残烬，将向殄

灭。臣每奉诏书，军不内御，愿卒斯言，一以委臣，临时量宜，不失权便，务使羌虏殄而西徼常安，则臣庶足报国恩于万一，区区此意，不尽欲言。

时朝廷方有内变，宰辅权阉，互相私斗，至有窦陈骈戮等事，未遑顾及外情，所以颎虽复奏，不闻详细批答；但遣谒者冯禅，抚慰汉阳散羌，羌众正在穷蹙，情急愿降，受抚约四千人。段颎闻报，复上言春令方交，百姓甫在野农耕，羌虽暂降，县官无廪粟济给，必当复为盗贼，不若乘虚进兵，一鼓平羌等语，朝廷又搁置不报。颎竟自发兵，再击东羌；行至凡亭山，与羌垒相距四五十里，即命田晏夏育，率五千人屯据山上，羌人率众来争，蚁聚山下，仰首大呼道："田晏夏育曾否在此？可来与我决一死生！"无非是恐吓伎俩。晏育听了，当然动愤，便鼓励将士，下山力战，卒破群羌；羌众向东奔溃，走入射虎谷中，分守诸谷上下门。颎欲乘此殄虏，先遣千人，截羌去路，结木为栅，广二十里，长四十里；又命晏育等率七千人，衔枚夜上西山，结营穿堑，俯临羌垒，更使司马张恺等，率三千人上东山，与为犄角。羌酋望见山上旗帜，才觉惊慌，亟引众来攻东山，断截水道，颎自领步骑往援，杀退羌众，乘胜会集东西山将士，进攻射虎谷上下门，一鼓捣破，遍搜深岩穷谷，屠戮殆尽。共诛羌酋以下万九千级，夺得牛马驴骡毡裘庐帐，不可胜计，未免太酷，颎之不得令终，当亦由好杀所致。单剩冯禅所抚四千人，尚获生全，分置安定汉阳陇西三郡，于是东羌乃平。统计段颎两年用兵，先后经百八十战，斩首凡三万八千六百余级，获牲畜至四十二万七千五百余头，费用四十四亿，军士只死亡了四百余人。朝廷论功行赏，进封颎为新丰侯，食邑万户。颎驭军仁恕，士卒罹伤，辄亲自省视，手为裹创，在营数年，未尝一日安寝，上下甘苦同尝，故人人感德，乐为效死。当时皇甫规张奂，并以防边著名，颍与他鼎足并峙。规字威明，奂字然明，颍字纪明，三人皆籍隶凉州，世称为凉州三明，这且待后再表。

且说李膺、杜密等人，自经陈窦失败，复致连坐，一体废锢。偏是声名未替，标榜益高，前此尝号窦武、陈蕃、刘淑为三君，三君皆死，海内无不痛惜。此外尚有八俊、八顾、八及、八厨诸名称：八俊就是李膺、杜密、荀昱、王畅、刘祐、魏朗、赵典、朱寓，俊字的意义，无非说他是人中英杰；八顾系是郭泰、东慈、巴肃、夏馥、范滂、尹勋、蔡衍、羊陟，顾字的意义，谓能以德引人；八及乃是张俭、岑晊、刘表、陈翔、孔昱、范康、檀敷、翟超，及字的意义，谓能导人追宗；八厨便是度尚、张邈、王孝、刘儒、胡母班、秦周、蕃向、王章，厨字的意义，谓能仗义疏财。这三十二人，除尹勋巴肃被戮外，统尚留存，士人竞相景慕；惟阉竖视为仇雠，每下诏书，辄申党禁。中常侍候览，为了张俭毁冢一事，衔怨甚深，见五十三回。嘱使乡人朱并上书告俭。并素奸邪，为俭所弃，当然仰承览意，诬称俭与同乡二十四人，私署名号，图危社稷，封章朝上，诏令夕颁，即饬有司严捕俭等。长乐卫尉曹节，复讽朝臣奏发钩党，请将故司空虞放，及李膺杜密朱寓荀昱刘儒翟超范滂诸人，一并逮治。灵帝年方十四，召问曹节等道："如何叫做钩党？"节应声道："就是私相钩结的党人！"灵帝又问道："党人有何大恶，乃欲加诛？"节又答道："谋为不轨！"灵帝更问道："不轨欲如何？"节直答道："欲图社稷？"灵帝乃不复言，准令逮治。看他所问数语，好似痴呆，怪不得为宵小所迷。李膺有同乡士人，得知风声，急往语膺道："祸变已至，请速逃亡！"膺慨然道："事不辞难，罪不逃刑，方不失为臣；我年已六十，死生有命，去将何往？"乃径诣诏狱，终被掠死；妻子徙边，门生故吏，并被禁锢。侍御史景毅子顾，为膺门徒，尚未及遣，毅独叹息道："本谓膺贤，遣子师事，怎得自幸漏名，苟安富贵呢？"遂自表免归，时人称为义士。汝南督邮吴导，奉诏往捕范滂，滂家居征羌县中，导至驿舍，闭户暗泣。滂闻声即悟道："这定是不忍捕我，为我生悲哩！"当下赴县诣狱。县令郭揖，见滂大惊，出解印绶，引与俱亡，且与语道："天下甚大，何处不可安身？君何故甘心就狱？"滂答说道："滂死方可杜祸，何敢因罪累君？况母年已老，滂若避死，岂不是更累我母么？"揖乃遣吏迎滂母子，使与诀别。滂向母拜辞道："季弟仲博，素来孝敬，自能奉养，儿愿从我父龙舒君共入黄泉，滂父显，曾为龙舒侯相。存亡并皆得所，望母亲割舍恩情，勿增悲感，譬如儿得病身亡罢了！"母闻言拭泪，复咬牙徐语道："汝今得与李杜齐名，死亦何恨？若既获令名，又求寿考，天下事恐未必有此两全呢！"此母亦一奇妇人。滂长跪受教，起身嘱子道："我欲使汝为恶，恶岂可为？使汝为善，我生平原不为恶！"说至此，不禁呜咽，挥手令去，遂随吴导入都，亦即被掠死狱中。余如前司空虞放，司隶校尉朱㝢，沛相荀昱，任城相刘儒，山阳太守翟超等，并皆被捕，一并冤死，妻子皆流往边疆。

更可恨的是权阉肆毒，任意株连，平日稍有嫌隙，即把他名列党籍，非锢即戮，或与宦官素无仇怨，但有重名，播闻远近，亦就指为党人，一网打尽。因此党狱连坐，共死百余人。再令州郡捕风捉影，辗转钩连，或死或徙，或废或禁，又不下六七百人。惟郭泰名列八顾中，却能和光同尘，不为危言激论，所以怨祸不及，幸得免累，但探闻正人名士，枉死甚众，不由的悲从中来，私自挥泪道："《周诗》有言：'人之云亡，邦国殄瘁。'今汉室亦蹈此辙，灭亡恐不远了！但未知瞻乌爰止，究在谁屋呢？""瞻乌爰止，于谁之屋"亦《诗经》中语。独张俭亡命未归，始终不得捕获，侯览定欲杀俭，令郡国严缉到案，如有收匿，与俭同罪。郡国官吏，应命侦查，四处搜缉，遇有前时留俭的人家，便即收讯，笞杖交下，往往至死。鲁人孔褒，与俭为至交，俭曾亡奔褒门，褒适外出，有弟融年才十六，出门应客。俭询知褒不在家，面有窘色，融转叩行踪，俭又因他年轻，未便遽告，免不得言语支吾。融即笑语道："兄虽外出，难道我不能为君作主么？"乃留俭居宿，数日方去。郡吏闻风往捕，俭已脱走，遂将褒融二人，系狱就讯。融首先认罪道："俭来融家，原有此事，今已他去，未知何往；惟融兄在外，融实留俭，若要坐罪，融愿承当，与兄无涉！"褒待融说毕，当即接口道："彼来求我，弟本不知，罪当坐褒。"郡吏得供，反致疑惑不定，因复传讯孔母。孔母答道："妾夫已殁，应为家长，家事处分，应归家长担任，妾甘心认罪！"郡吏见他一门争死，仍难定谳，乃将供词申奏朝廷，有诏竟令褒坐罪，释母及融；融由是显名。史称融为孔子二十世孙，表字文举，父名伷，曾为泰山都尉。融幼有异禀，年四岁时，与诸兄食梨，舍大取小，家人问为何因？融答说道："我乃小儿，法当取小梨。"家属便呼奇童。不愧为孔氏子孙。及年十岁，随父诣京师，适李膺为河南尹，严肃门禁，除当代名士，及通家世好外，概不接见，融欲往视膺，独至膺府门前，顾语门吏道："我是李公通家子弟，特来求见，敢烦通报！"门吏见他年幼有仪，料非凡品，因即入内白膺。膺以为通家子弟，不能不许他进见，特令门吏引入；及见面后，并不相识，惟觉融趋承尽礼，举止大方，却也暗暗称奇。乃开口问融道："童年到此，定必高明，但未识令祖令父，与仆果有恩旧否？"融从容道："先祖孔子，与明公先祖李老君，同德类义，相为师友，可见得是累世通家了！"虽似辩言，却有至理。膺不禁叹赏，宾佐亦啧啧称羡。大中大夫陈炜后至，阖座便将融言转告，炜顺口说道："小时了了，大未必奇！"融应声道："如君所言，少小时宁可呆笨，勿可聪明么？"炜不能答。膺却大笑道："高明若此，他日必为伟器！"融乃辞去。越三年，即丁父忧，哀恸逾恒，扶而后起，乡里又称为孝子；至与兄褒争死法庭，孝且兼悌，自然名誉益隆。孔融少年履历，随笔叙过。惟张俭已出塞远扬，终得免戮，只晦气了几个亲友。陈留人夏馥，即前八顾中之一。闻俭亡命，牵累多人，不禁窃叹道："孽由己作，空污良善；一人逃死，祸及万家，还要求甚么生活呢？"遂剪须发，逃入林虑山中，自隐姓名，为冶家佣，日亲烟炭，形容毁瘁，阅二三年，无人知为夏馥。馥弟静载送缣帛，反惹动馥怒，愤然与语道："弟奈何载祸相饷？幸速携还！"静乃退归。汝南人袁闳，恐遭党累，意欲投迹深山，只因老母尚存，未便远遁，乃筑土室，不设门户，但开一小窗，子身伏处室中，从窗间纳入饮食；母或思闳，有时往视，闳方开窗应答，母去便将窗掩住；虽兄弟妻挐，不得相见，如是历十有八年，竟在土室中病终。故太丘长陈实，家居颍川，也是一时名士，与中常侍张让同乡，让遭父丧，郡吏并皆会葬，惟名士裹足不前，实却屈节往吊，让因此感实，所有颍川名士，赖实解免，多得全身。陈留人申屠蟠，前闻李膺范滂等，非议朝政，为世所重，独引为深忧道："昔战国时代，处士横议，国君且拥篲先驱，后来终有焚书坑儒的大祸；今日恐复见此事了！"遂避迹梁砀间，因树为屋，自同佣人，及钩党狱兴，蟠得脱然无累，徜徉终日。小子有诗咏道：

　　箕山颍水尚逃名，乱世如何反自鸣？
　　多少英雄流血后，才知智士善全生。

蹉跎过了二年，灵帝行加冠礼，颁下赦文，惟党人不赦。阉人凶焰，横亘神州。欲知后事变迁，且看下回续叙。

　　西羌之为汉患，历有年所，诚能举兵荡平，未始非一劳永逸之计；然吾闻圣王之待夷狄，叛则讨之，服则舍之，非好为姑息养奸，实体上天好生之德，不忍芟夷至尽也。张奂主抚，段颎主剿，皆属一偏之见；虽后来颎得平羌，然斩首至三万八千余级，得无所谓血流汗野，伤和致灾乎？况外侮可平，内蠹不可去，钩党狱兴，名流尽殄；曹节王甫等之斲丧国脉，比羌患不啻倍蓰，豺狼当道，安问狐狸？张纲可作，吾知其愤且益甚矣。惟李膺杜密范滂诸人，不知韬晦待时，徒以一朝之标榜，祸及身家，株连亲友，是岂不可以已乎？而郭林宗申屠蟠辈，则偶乎远矣。

第五十七回

葬太后陈球伸正议　规嗣主蔡邕上封章

　　却说窦太后徙居南宫，已经二年，灵帝并未往省，张奂谢弼，相继进谏，俱为阉人所阻，事见前文。会灵帝选定皇后宋氏，朝廷称贺，宋氏为执金吾宋酆女，由建宁三年选入掖庭，册为贵人，越年正位中宫，晋封酆为不其乡侯。后既正位，当然至永乐宫朝见灵帝生母孝仁皇后，即董贵人，见五十五回。独未闻过谒南宫。既而灵帝天良发现，暗思自己入承帝统，全仗窦太后从中主持，大恩究不可忘，因于十月朔日，率群臣往朝南宫，亲至窦太后前，奉馈上寿；窦太后亦改忧为喜，畅饮尽欢。黄门令董萌，素受窦太后恩眷，至此见灵帝省悟，乐得乘间进言，屡为窦太后诉冤；灵帝乃常遣董萌过省，一切供奉，比前加倍。偏曹节王甫等，引为深恨，反诬萌谤讪永乐宫，下狱处死，窦太后又失一臂助。灵帝复为阉党所迷，将南宫置诸脑后，不再往朝。越年颁诏大赦，改元熹平。中常侍侯览，调任长乐宫太仆，骄奢益甚，夺人妻女，破人居屋，怨满通衢，甚至同党亦被他侵迫，互生嫌疑；有司始得举劾览罪，策收印绶，下狱自杀。多行不义，必自毙。惟曹节王甫揽权如故，窦太后为节甫所排，频年抑郁，饮恨不休，嗣闻生母复流死日南，连尸骸都不得归葬，益觉得哀思百结，无限酸辛。也是自贻伊戚。古人有言，女子善怀，况如窦太后的始荣终悴，不堪回首，怎能不恹恹成疾，促丧天年？熹平元年六月，竟在南宫中病逝。阉竖积怨窦氏，但用衣车载太后遗骸，出置城南市舍；曹节王甫，居然入白灵帝，请用贵人礼殡殓。灵帝摇首道："太后亲立朕躬，统承大业，朕方自愧不孝，怎得反降太后为贵人哩？"还算有些良心。于是棺殓如仪，举哀发丧。曹节等复欲别葬太后，进冯贵人配祔桓帝，灵帝未以为然，因诏令公卿集议朝堂，特派中常侍赵忠监议。仍用阉人监议，可见曹节等势力。时太傅胡广已死，太尉刘宠早经免职，后任又掉换数人，继起为太仆李咸。咸自超迁太尉后，屡患疾病，告假养疴，闻得朝廷集议，欲将窦太后别葬，因即力疾起床，令家人捣好椒毒，取纳袖中，便与妻子诀别道："若窦太后不得配食桓帝，我誓不生还了！"说着，遂乘舆入朝，遥见群僚已萃集一堂，差不多有数百人，乃下车徐进，按席坐着；好一歇不闻人声，彼此面面相觑，无敢先言，因也暂忍须臾。少顷由赵忠开口道："诸公既已到齐，应该即时定议！"坐旁方有人起立道："皇太后以盛德良家，母临天下，宜配先帝，何必多疑？"咸闻言正中心坎，忙视发言的大臣，乃是廷尉陈球，正思接口赞成，那赵忠已微笑道："陈廷尉既有此意，应即操笔立议！"球并不推辞，就取过纸笔，随手草成数行，遍示大众。但见纸上写着：

> 皇太后自在椒房，有聪明母仪之德；遭时不造，援立圣明，承继宗庙，功烈至重。先帝晏驾，因遇大狱，迁居空宫，不幸早世，家虽获罪，事非太后；今若别葬，诚失天下之望。且冯贵人冢，尝被发掘，骸骨暴露，魂灵污染，生平固无功于国，何足上配至尊？臣球谨议。冯贵人冢，尝为盗所发，事在建宁三年。

大众览毕，都无异词，惟赵忠面色陡变，强颜语球道：

"陈廷尉创建此议，可谓胆略独豪。"球应声道："陈窦已经受冤，皇太后尚无故幽闭，臣常痛心，天下亦无不愤叹；今日为国直言，就使朝廷罪臣，臣也甘心！"这数语更拂忠意，顿时扬眉张目，欲出恶声。咸至是不能再忍，便起语道："臣意与廷尉陈球相同，皇太后不宜别葬。"群僚听着，方才同声附和道："应如此言！"公等碌碌，所谓因人成事者也。忠自觉势孤，未便多嘴，乃悻悻入内；李咸、陈球等也陆续退归。偏是曹节、王甫，尚在灵帝前力争，说是梁后家犯恶逆，别葬懿陵，即桓帝后。武帝尝黜废卫后，以李夫人配食，今窦氏罪深，怎得合葬先帝等语。李咸探知消息，因复抗疏力谏，略云：

　　　　臣伏惟章德窦后，虐害恭怀，安思阎后，家犯恶逆，而和帝无异葬之议，顺朝无贬降之文；事并见前文。至于卫后，孝武皇帝身所废弃，不可以为比。今长乐太后，尊号在身，亲尝称制，且援立圣明，光隆皇祚，太后以陛下为子，陛下岂得不以太后为母？子无黜母，臣无贬君，宜合葬宣陵，一如旧制！臣咸谨昧死以闻。

灵帝览奏，决计依议，始奉窦太后梓宫，合葬宣陵，追谥为桓思皇后。既而朱雀阙下，发现无名揭帖，有"曹节王甫，幽杀太后，公卿皆尸位苟禄，莫敢忠言，天下当大乱"云云。曹节王甫，慌忙报知灵帝，自白无辜。有诏令司隶校尉刘猛，从严查缉，十日一比，猛因谤书切直，不愿急捕，迁延至一月有余，未得主名。节甫遂劾猛玩宕，左迁为谏议大夫。适护羌校尉段颎，班师东归，入为御史中丞，阉党素与往来，颇相友善，因此奉诏代猛，受任司隶校尉。当下派吏四出，捕得太学游生等千余人，拘系狱中，逐日考讯，亦无左证；徒累得一班士子，冤苦吞声。曹节等又嘱颎追劾刘猛，摭拾他罪；猛因此落职，罚作左校刑徒。颎为平羌功臣，何苦作阉人走狗？大司农张奂，调任太常，因与宦官屡有违言，致为所忌，且与段颎争论羌事，积不相容；并见前两回中。又有前司隶校尉王寓，依倚权阉，向奂有所请托，奂谢绝不允，遂由寓设词构陷，劾奂曾阿附党人，罪坐废锢。段颎更欲投井下石，逐奂回籍，授意郡县，迫令自裁。奂不胜惶惧，因致书谢颎道：

> 小人不明，得过州将，司隶管辖河南洛阳三辅三河弘农七郡，奂回籍经过，故书称州将。千里委命，以情相归，足下仁笃，照其辛苦；使人未返，复获邮书，恩诏分明，前已写白，而州期切迫，无任屏营，父母朽骨，孤魂相托，若蒙矜怜，壹流咳唾，则泽流黄泉，施及冥冥，非奂生死所能报塞。夫无毛发之劳，而欲求人丘山之用，此淳于髡所以拍髀仰天而笑者也。诚知言必见讥，然犹不能无望，何者？朽骨无益于人，而文王葬之；死马无所复用，而燕昭宝之；党同文昭之德，岂不大哉？凡人之情，冤则呼天，穷则叩心；今呼天不闻，叩心无益，诚自伤痛，俱生圣世，独为匪人；孤微之人，无所告诉，如不哀怜，便为鱼肉，企心东望，无所复言。

颎得书后，也觉得心生恻隐，不忍害奂，乃饬州郡好意看待，送奂西归。奂既返敦煌，闭户著书，不闻世事，才得幸全。未几又由中常侍王甫，察得渤海王悝，与同党郑飒董腾交通，密告段颎，使他从速查究；颎又奉命维谨，再兴大狱，惨戮多人。这渤海王悝，系是桓帝亲弟，前曾袭封蠡吾侯，桓帝系蠡吾侯翼长子，入嗣帝位，故令弟悝袭封，事见前文。嗣因渤海王鸿，身后无子，乃令悝过继，承鸿遗封，得为渤海王。鸿为质帝生父，即千乘王伉孙。桓帝延熹八年，有司奏悝有邪谋，因降

悝为瘿陶王，只食一县；悝潜谋复国，尝使人入都钻营，贿托
中常侍王甫，代为申请，得能仍复旧封；当谢钱五千万缗，王
甫满口应许。既而桓帝驾崩，遗诏赐复悝封，悝喜如所望；惟
探得复封原因，乃是桓帝顾念亲亲，有此遗命，并非由王甫代
为转圜，于是将五千万钱的原约，视为无效。哪知甫贪婪得
很，屡遣心腹吏向悝索钱，始终不得如愿，乃阴伺悝过，为报
怨计。先是朝廷迎立灵帝，道路曾有流言，谓渤海王悝，恨不
得立，蓄有异图，当时亦无暇详究；后来中常侍郑飏，与中黄
门董腾，串通渤海，常有书信往来，为王甫所侦知，遂令段颎
出头告发，收郑飏等，送北寺狱，锻炼周章。尚书令廉忠，也
是王甫爪牙，阿附甫意，诬奏郑飏等谋迎立悝，大逆不道；再
经曹节从旁证实，不由灵帝不信，立即诏饬冀州刺史，拘悝下
狱；复遣大鸿胪宗正廷尉三官，同赴渤海，逼悝自尽。悝有妃
妾十一人，子女十七人，伎女二十四人，皆系死狱中。就是傅
相以下诸僚属，亦责他辅导不忠，冤冤枉枉的杀死多人。郑飏
董腾，既由廉忠指为祸首，哪里还能生活，自然一并受诛。飏
应处死，余实可怜。甫得进封冠军侯，曹节亦增邑四千六百户；
宫廷内外，要算曹王二宦官权势最盛，父兄子弟，并为公卿列
校，牧守令长，布满天下。节弟破石为越骑校尉，贪淫骄纵，
探得营吏妻有美色，即胁令献入，营吏怎敢违抗？只好与妻诀
别，嘱使前往；哪知妻却有烈性，晓得三从四德，执意不行，
结果是服毒自尽，完名全节。可哀可敬，惜乎姓氏失传。破石闻
知，尚责营吏防守不严，革去职使。看官你道是冤不冤呢？惨
不惨呢？艳福原难消受，况是一个寻常营吏。

嘉平二年，春季大疫，病死甚多，夏季地震，海水四溢；
灵帝不知反省，往往归咎大臣，太尉李咸免官，进司隶校尉段
颎为太尉，司徒桥玄许栩，司空许训来艳杨赐，先后任免，命
大鸿胪袁隗为司徒，太常唐珍为司空，颎与宦官通同一气，故

得超迁。隗系故太尉袁汤第三子，承父遗荫，少历显宦，中常侍袁赦，认与同宗，常相推重，所以隗得进列三公。珍乃故中常侍唐衡弟，显是宦官亲党，台辅诸公，并作群阉耳目，国事更不问可知了。堂堂宰辅，援系腐竖，可耻孰甚！会稽人许生，首先发难，自称越王，传檄四方，指斥时政，不到月余，聚众万数，东攻西略，占夺了好几座城池；诏令扬州刺史臧旻，丹阳太守陈夤，并力剿贼，好多日不能扫平。许生反占号阳明皇帝，连败官军，还是吴郡司马孙坚，具有智勇，召募壮士千余人，作为臧旻陈夤的先驱，才得一再破贼，捣入会稽，枭下了许生头颅，戡定东南。孙坚始此。但已是两年扰乱，被难的人民，害得十室九空，试问从何处求偿呢？灵帝方宠信宦官，听令横行，管甚么民间疾苦？四府三公，又多仰阉人鼻息，专严党禁；且议出一种钳制吏职的规条，叫做三互法。凡世俗有姻谊相关，及两州人士，不得交互为官，名为革除情弊，实是杜绝朋党。自是选用牧守以下，辄多禁忌，辗转需时。幽并二州，屡有寇患；鲜卑骑士，出没塞下，庸吏被黜，狡吏乞休，往往悬缺不补，防务更坏。议郎蔡邕上书进谏道：

伏见幽冀旧壤，铠马所出，比年兵饥，渐至空耗；今者百姓虚悬，万里萧条，阙职经时，吏人延属，而三府选举，逾月不定，臣窃怪之！论者每云当避三互，不得不出以审慎，愚以为三互之禁，禁之薄者，今得申以威灵，明其宪令，在任之人，岂不戒惧？顾斤斤然坐设三互，自生留阂耶？昔韩安国起自徒中，朱买臣出于幽贱，并以才宜还守本邦；又张敞亡命，擢授剧州，岂宜顾循三互，继以末制乎？三公明知二州之要，所宜速定，当越禁取能，以救时敝，而不顾争臣之义，苟避轻微之科，选用稽滞，以失其人。臣愿陛下上则先帝，蠲除近禁，其诸州刺史器用

可换者，无拘日月三互，以差厥中，则责成有属，而边境
可期宁谧矣！

　　书奏不省，邕亦不便再谏，只好容忍过去。惟邕字伯喈，
籍隶陈留；六世祖勋，前汉时曾为郿令，嗣因王莽篡位，弃官
入山，高隐以终；及邕父棱亦素行清白，殁谥为贞定公。邕事
母至孝，与叔父从弟三世同居，不分财产，乡里交相推美，名
重一时。又平居博览书史，兼及术算音律诸学，雅善鼓琴，桓
帝时五侯骄恣，征邕入都，欲命他鸣琴悦耳，邕行至偃师，称
疾折回，不肯赴召；至桥玄为司徒，辟为掾属，方才应命。未
几受宫郎中，校书东观；又未几迁为议郎。邕因五经文字，拾
自烬余，沿讹袭谬，疑误后学，乃与五官中郎将堂谿儿，光禄
大夫杨赐，谏议大夫马日磾等，奏请正定六经文字；灵帝本好
经学，当即依议。邕即手录五经，用古文篆隶三体，依次缮
成，镌碑刻石，竖立太学门外，使后学得所取正；于是中外士
子，多来摹写，每日车马杂沓，填塞街衢。通经所以致用，徒正
书法，实为末事。灵帝亦自造皇羲篇五十章，颁示天下；又使能
文善赋的生徒，待制鸿都门。嗣且如能工尺牍，书板为牍，长一
尺，所以抄录词赋。及善书鸟篆，亦引召至数十人；侍中祭酒乐
松贾护，又招徕了许多俗士，使他奏陈闾里趣闻，冀动上听。
果然灵帝年少好奇，看了这班俗士奏本，好似燕书郢说，无奇
不搜，乐得朝披暮阅，消遣闲情；一面饬使源源续陈，优给廪
饩。还有几个市贾小民，不知他如何运动，得称为宣陵孝子，
名闻廊庙，居然受拜郎中，暨太子舍人。好造化。永昌太守曹
鸾，痛心时事，以为收揽俗子，何如赦宥名流？乃特为党人申
讼，书中有云：

　　　　夫党人者，或耆年渊德，或衣冠英贤，皆宜股肱王

· 505 ·

室，左右大猷者也。而久被禁锢，辱在涂泥；谋反大逆，尚蒙赦宥；党人何罪，独不开恕乎？所以灾异屡见，水旱洊臻，皆由于斯；宜加恩赦宥，以副天心！不胜万幸。

邕将此书呈入，还望灵帝俯首采纳，立赦党人；不意赦书并未下降，缇骑却已到来，竟令邕缴出印绶，褫去冠带，平白地加上锁链，牵入槛车，送至槐里狱中。槐里令且奉诏审问，阴承风旨，刑讯了好几次，打得曹鸾皮开肉绽，体无完肤。鸾又气又痛，绝食数天，一道忠魂，遽归冥府。灵帝还说应该处死，更下诏州郡，重申党禁，坐及五族，连门生故吏的父子兄弟，亦须免官禁锢，不准起复；这真是错中加错，冤上添冤了！古人说得好："天视由民，天听由民。"当此政刑两失，民情愤郁，怎能不上感天心？俄而疾风暴雨，俄而震雷陨雹，禾稼受害，大木皆拔；最奇的御殿后面，槐树被风掀起，又复倒竖；灵帝也觉惊心，下诏引咎，且令群臣各陈政要，俾见施行。蔡邕因复上封事道：

臣伏读圣旨，虽周成遇风，询诸执事；宣王遭旱，密勿只畏，无以或加。臣闻天降灾异，缘象而至，霹雳数发，殆刑诛繁多之所生也。风者天之号令，所以教人也，夫昭事上帝，则自怀多福；宗庙致敬，则鬼神以著；国之大事，实先祀典，天子圣躬所当恭事。臣自在宰府，及备朱衣，迎气五郊，而车驾稀出；四时致敬，屡委有司，虽有解除，犹为疏废，故皇天不悦，显此诸异。《洪范传》曰："政悖德隐，厥风发屋折木。"坤为地道。《易》称女贞，阴气愤盛，则当静反动，法为下叛。夫权不在上，则雹伤物，政有苛暴，则虎狼食人，贪利伤民，则蝗虫损稼；且本年六月二十八日，太白与月相迫，兵事恶之，鲜

卑犯塞，所从来远矣。今之出师，未见其利，上违天文，
下逆人事，诚当博览众议，从其安者。臣不胜愤懑，谨条
陈七事以闻。

七事大纲：一肃祭祀，二纳忠谏，三求贤才，四去谗人，
五屏浮士，六严考课，七惩诈伪，通篇约有数千言，不及细
录。灵帝积迷不返，怎能悉见施行？但至初冬迎气北郊，总算
车驾亲行；此外如宣陵孝子等，已授太子舍人，到此乃出为丞
尉罢了。小子有诗叹道：

> 信谗愎谏最堪忧，七事徒陈愿莫酬；
> 果使见机宜早作，多言无益反招尤。

是年秋日，更发兵北讨鲜卑，蔡邕又伸前议，谏阻北征。
欲知灵帝是否肯从，且至下回再叙。

　　窦太后徙居南宫，虽由自取，然于窦武、陈蕃之
欲诛权阉，太后固未尝与谋；曹节、王甫非不知太后
之无能为，但既杀窦武，不能不归狱太后，为斩草除
根之计；其所以逼徙南宫，不即害死者，尚恐清议难
逃耳。然灵帝为太后所援立，应知感念旧恩，入宫一
谒，又复绝迹不朝，至于太后殁后，且因阉竖之议为
改葬，瞻顾徬徨，微陈球之抗议于先，李咸之赞同于
后，几何不令太后之遗恨无穷也！蔡邕一文学士，所
陈奏议，未始非守正之谈，然或嫌迂远，或涉虚浮，
才有余而忠不足，吾于邕犹有余憾焉。但曹鸾一言而
即遭掠死，国家无道之秋，固未足与陈说论者。邕之
所失，在可去而不去耳，文字之间，固无容苛求也。

第五十八回

弃母全城赵苞破敌　蛊君逞毒程璜架诬

却说鲜卑大酋檀石槐，自恃强盛，未肯服汉，且连年寇掠幽并诸州；朝廷以田晏夏育两人，曾随段颎破灭诸羌，勋略俱优，特任田晏为护羌校尉，夏育为乌桓校尉，分守边疆。既而晏坐事论刑，意欲立功自赎，特使人入托王甫求为统将，愿击鲜卑；夏育亦有志徼功，上言鲜卑寇边，自春至秋，不下三十余次，请征幽州诸郡兵马，出塞往讨，大约一冬二春，便可殄灭鲜卑等语。灵帝乃召群臣会议，或可或否，聚讼纷纷。议郎蔡邕，前曾谓不宜用兵鲜卑，至此仍坚持前议，再行申说道：

> 自匈奴遁逃，鲜卑强盛，据其故地，称兵十万，才力劲健，意智益生；加以关塞不严，禁网多漏，精金良铁，皆为贼有，汉人逋逃，为之谋主，兵利马疾，过于匈奴。昔段颎良将，习兵善战，有事西羌，犹十余年；今育晏才策，未必过颎，鲜卑种众，不弱于曩时，而虚计二载，自许有成，若祸结兵连，岂得中休？当复征发众人，转运无已，是为耗竭诸夏，并力蛮夷。夫边陲之患，手足之疥癣，中国之困，胸背之痈疽；方今郡县盗贼，尚不能禁，况此丑虏，而可伏乎？昔高祖忍平城之耻，吕后弃嫚书之诟；方之于今，何者为甚？天设山河，秦筑长城，汉起塞垣，所以别内外，异殊俗也。苟无蠦国内侮之患则可矣，

岂与群螳较胜败，争往来哉？虽或破之，岂可殄尽？夫专
胜者未必克，挟疑者未必败；众所谓危，圣人不任，朝议
有嫌，明主不行也。昔淮南王安谏伐越曰："天子之兵，
有征无战，"言其莫敢校也，今欲以齐民易丑虏，皇威辱
外夷，就如其言，犹已危矣；况乎得失未可量也？臣闻守
边之术，李牧善其略，保塞之论；严尤申其要遗业犹在，
文章俱存；循二子之策，守先帝之规，臣曰可矣！幸垂
察焉。

灵帝见了邕议，竟不肯从。王甫在内，蔡邕何能抗争？即拜
田晏为破鲜卑中郎将，使领万骑出云中，作为正师；再令夏育
出高柳，中郎将臧旻出雁门，作为偏师，三路并进，约有三四
万人，出塞二千余里，方与鲜卑兵相遇。鲜卑大酋檀石槐，召
集东西中三部头目，来敌汉军，汉军远行疲乏，不堪一战；那
檀石槐以逸待劳，尽锐争锋，叫汉兵如何招架？眼见得纷纷败
下，为虏所乘，晏育旻三将，各自顾全生命，回头乱跑，所有
辎重车徒，尽行弃去，甚至所持汉节，也并抛失；三路人马，
十死七八，只剩得残骑数千，零零落落，奔回原营。朝廷闻
报，拘还晏育旻三将，并下诏狱；由三将倾家出赀，赎为庶
人。鲜卑既得胜仗，寇掠尤甚。广陵令赵苞，素有清节，政教
修明，蒙擢为辽西太守，地当虏冲，由苞缮治城堡，训练士
卒，战守有赀，屹为重镇；就职逾年，乃遣使至甘陵故里，迎
接老母妻孥，好多日不见到来，未免系念。忽有候吏入报道：
"鲜卑兵万余人，突来犯边，前锋已经入境，不久要到城下
了！"苞闻报大怒道："蠢尔鲜卑，敢来犯我疆界么？我当前
去截击，使他片甲不回，方免后患！"说着，即召齐将士，慷
慨晓谕，饬令为国效忠，将士等皆踊跃从命；当下调集兵马二
万骑，由苞亲自督领，出城搦战。约行了一二十里，便见前面

尘头大起，虏兵蜂拥前来。于是倚险列阵，截住虏踪，那虏众
被苞阻住，也即停止；苞正拟麾兵突上，不料敌阵中驱出囚
车，约有数具，左右各押着虏兵，持刃大喝道："赵苞快下马
受缚，免得诛灭全家！"苞闻声出马，举目一瞧，好似万箭穿
胸，险些儿晕倒地上。原来囚车里面，不是别人，正是白发鬖
鬖的老母，与那娇颜稚齿的妻儿。自从苞饬迎家眷，母妻等相
偕赴任，路过柳城，遇着鲜卑游骑，把他们掠去，询知为辽西
太守眷属，即挟为奇货，号召骑士万余人，进攻辽西，意欲借
此胁苞。苞见家眷被劫，怎不惊心？况母子恩情，何等深重？
此时为虏所缚，惨同羊豕，若要不降，必致杀母；若要遽降，
岂不负君？进退徬徨，激出了许多涕泪，凄声遥语道："为子
无状，本欲将所得微俸，奉养朝夕，不意反为母祸！昔为母
子，今为王臣，至我不得顾私毁公，罪当万死！如何塞责？"
说至此，即听母声遥应，呼己小字道："威豪！人各有命，怎
得相顾自亏忠义？从前王陵母陷入楚中，对着汉使，伏剑勉
陵；我愿效陵母，尔亦当如陵忠汉便了！"苞待母说罢，竟打
定主意，回首大呼道："大小将士，幸与我努力杀贼，上雪国
耻，下报家仇！"道言未绝，即由军吏一齐杀出，骤马上前；
虏兵凶横得很，一声喊起，把苞母及妻子等，立刻杀死，取首
级掷入苞军，苞军虽然急进，已是不及救护，但抢得数具囚
车，及车内的无头尸骸。苞母原是贤烈，苞亦未免太忍。苞至此
悲愤填膺，还顾甚么利害，当即挺刃当先，与虏拼命，部下二
万人，也个个激动义愤，执着大刀阔斧，冒死捣入鲜卑阵中，
霎时间摧破虏阵，剁死虏兵无算，虏众不可支持，自然四溃；
苞赶至数十里外，见残虏已鼠窜出境，只得收兵还城；随将母
妻子各尸，买棺殡殓，上表陈述军情，且请辞职归葬。灵帝得
表，忙即遣使吊慰，加封苞为鄃侯，准令还葬母尸，厚赐赗
恤。苞奉诏回乡，已将母尸等葬讫，顾语乡人道："食禄避

难，不得为忠；杀母全义，亦不得为孝；我还有甚么面目媮息
人世呢？"乡人欲上前劝解，不料苞骤然心痛，用手椎胸，呕
出紫血数升，突至仆倒地上，乡人忙将他舁入家中，奄卧床
间，只呼了几声母亲，便即灵魂出窍，驰往冥途去寻那老母妻
孥了。阅至此，令人酸鼻。苞本为中常侍赵忠从弟，与忠素不相
协，耻谈门族，就官以后，从未致忠一书；所以苞既病殁，忠
亦不为请谥，但教自己威福不致损失，管什么兄弟宗亲？灵帝
亦只宠左右，不看重内外臣工。太傅一职，悬缺不补，太尉司
徒司空三官，一岁数易，段颎为太尉后，复由陈耽许训刘宽孟
戫数人互为交替；只刘宽尚知自好，廉慎有余。到了熹平七年
间，日食地震，相继不绝，反无缘无故的下诏改元，号为光
和，大赦天下。太尉孟戫罢免，竟授常山人张颢为太尉。颢为
中常侍张奉弟，因兄得官，出为梁相，适有喜鹊飞翔府前，由
役吏与鹊为戏，用竿拨鹊，便致堕落，役吏忙去拾取，哪知鹊
滚地一变，化成圆石，役吏非常惊愕，取石献颢，颢命将圆石
椎破，内有金印，印上有"忠孝侯印"四个篆文，因此喜出
望外，便致书兄奉，夸为瑞征。鹊何能变石？想俱由张颢捏造出
来。奉入侍时，觑隙与灵帝谈及，又托永乐宫门吏霍玉，代为
揄扬，灵帝竟为所惑，召颢入都，使为太常；未几即迁官太
尉，想他做个太平宰相。余如司徒司空，亦换去袁隗唐珍杨赐
刘逸陈球袁滂来艳等人，更迭就任，多约数月，少只数旬。看
官试想，世上能有这般大材，速成治道么？无非依宜官为进退。
光和元年四月，都中又闻地震，侍中署内，有雌鸡变作雄鸡；
到了五月，有白衣人入德阳殿内，与中黄门桓贤相遇。贤喝问
何事，白衣人却厉声道："梁德夏叫我上殿，汝为何阻我？"
贤不知梁德夏为何人，正要将他扭住，详讯来历，偏赶到白衣
人身前，一手抓去，落了个空，白衣人也不知去向了；贤不胜
骇异，查问宫廷内外，亦不闻有梁德夏，只好约略奏报，留作

疑案。至六月间，又有黑气堕入温德东庭中，长十余丈，形状
似龙，好一歇方才散去；再过一月，有青虹出现玉堂殿庭，种
种怪异，人相惊扰。灵帝乃召光禄大夫杨赐，谏议大夫马日
磾，议郎蔡邕张华，太史令单扬等，诣金商门，引入崇德殿，
使中常侍曹节王甫两人，就问灾异原因，并及消变方法。惟杨
赐蔡邕，引经据谶，奏对较详，节与甫还白灵帝，灵帝又特诏
问邕，使他直陈得失，许用皂囊封上。汉制惟奏闻密事，得用皂
囊封入。邕见灵帝推诚下问，不必再有忌讳，乃直揭时弊，密
上封章道：

> 臣伏惟陛下圣德允明，深悼灾咎，褒臣末学，特垂访
> 及，斯诚输肝沥胆之秋，岂可顾患避害，使陛下不闻至戒
> 哉？臣伏思诸异，皆亡国之怪也；天于大汉，殷勤不已，
> 故屡出祅变，以当谴责，欲令人君感悟，改危即安。今灾
> 眚之发不于他所，远则门垣，近在寺署，其为监戒，可谓
> 至切。蜺堕鸡化，皆妇人干政之所致也；前者乳母赵娆，
> 贵重天下，生则资藏侔于天府，死则丘墓逾于园陵，此时
> 赵娆已死。两子受封，兄弟典郡；继以永乐宫门吏霍玉，
> 依阻城社，又为奸邪。今道路纷纷，复云有程大人者，察
> 其风声，将为国患，宜严为提防，明设禁令，深惟赵霍，
> 以为至戒。今圣意勤勤，思明邪正。而闻太尉张颢，为玉
> 所进；光禄勋伟璋，有名贪浊；又长水校尉赵玹，屯骑校
> 尉盖升，并叨时幸，荣富优足；宜念小人在位之咎，退思
> 引身避贤之祸！伏见廷尉郭禧，纯厚老成；光禄大夫桥
> 玄，聪达方直；前太尉刘宠，忠实守正，并宜为谋主，数
> 见访问。夫宰相大臣，君之四体，委任责成，优劣已分，
> 不宜听纳小吏，雕琢大臣也。又尚方工伎之作，鸿都辞赋
> 之文，可且消息，以示惟忧。《诗》云："敬天之怒，不

敢戏豫。"天戒诚不可戏也。宰府孝廉，士之高选，近者
以辟召不慎，切责三公；而今并以小文超取选举，开请托
之门，违明王之典，众心不餍，莫之敢言。臣愿陛下忍而
绝之，思惟万几，以答天望。圣朝既自约厉，左右近臣，
亦宜从化；人自抑损，以塞咎戒，则天道亏满，鬼神福廉
矣。臣以愚戆，感激忘身，敢触忌讳，手书具对。夫君臣
不密，上有漏言之戒，下有失身之祸，愿寝臣表，无使尽
忠之吏，受怨奸仇，则臣虽万死，感且不朽矣。

　　灵帝启封展阅，却也不胜叹息。曹节适立在后面，早已眈
眈注视，只恨相距太远，一时看不清楚，又未便抢前明视，正
在心中躁急；凑巧灵帝起座更衣，乃即趋近一瞧，已知大略，
虽于自己无甚关碍，但据蔡邕劾奏诸人，统是自己同党，总不
免暗里怀嫌；当下传告左右，遂将蔡邕表奏的内容，宣扬出
去。咎在灵帝一人。邕与大鸿胪刘郃，素不相平，叔父蔡质，
方为卫尉，又与将作大匠阳球有隙，球即中常侍程璜女夫。想
系程璜的干女婿，否则璜为阉人，怎得有女？璜因邕章奏中，曾有
程大人将为国患等语，恐他指及己身，不如先发制人，免被劾
去；乃阴使人飞章发密，诬称蔡邕叔侄，屡将私事托郃，郃不
肯相从，遂致邕怀怨望，谋害郃身。灵帝又为所迷，即令尚书
向邕诘状，邕上书自讼道：

　　　　臣被召问，以大鸿胪刘郃，前为济阴太守，臣属吏张
　　宛，休假百日，汉制吏休假百日，例当免职。郃为司隶，又
　　托河内郡吏李奇，为州书佐，及营护故河南尹羊陟，侍御
　　史胡母班，郃不为用，致怨之状，臣屏营怖悸，肝胆涂
　　地，不知死命所在。窃自寻案，实属宛奇，不及陟班，小
　　吏进退，无关大体；臣本与陟姻家，岂敢申助私党？如臣

叔侄欲相伤陷，当明言台阁，具陈恨状；所缘内无寸事，而谤书外发，宜以臣对与郘参验。臣得以学问特蒙褒异，执事秘馆，操管御前，姓名貌状，微简圣心。今年七月，臣诣金商门，问以灾异，赍诏申旨，诱臣使言，臣实愚戆，唯识忠荩，出言忘躯，不顾后害；遂讥刺公卿，内及宠臣，实欲以上抒圣虑，救消灾异，为陛下建康宁之计。陛下不念忠臣直言，宜加掩蔽，诽谤猝至，便用疑怪，尽心之吏，岂得容哉？诏书每下百官，各上封事，欲以改政思谴，除凶致吉，而言者不蒙延纳之福，旋被陷破之祸，今皆杜口结舌，以臣为戒，谁敢为陛下尽忠孝乎？臣季父质连见拔擢，位在上列，臣被蒙恩渥，数见访逮；言事者因此欲陷臣父子，破臣门户，非复发纠奸伏，补益国家者也。臣年四十有六，孤特一身，得托名忠臣，死有余荣；恐陛下于此，不复闻至言矣！臣之愚犹，职当咎患，而前者所对，质不及闻。而衰老白首，横见引逮，随臣摧没，并入陷坑，诚冤诚痛！臣一入牢狱，当为楚毒所迫，促以饮章。饮，犹隐也，言原告姓名，无可对问。辞情何缘复问，死期垂至，冒昧自陈，愿身当事戮，乞质不并坐，则身死之日，犹更生之年也。惟陛下加餐，为万姓自爱！

邕书虽似详明，可奈程璜在内反对，定要将邕加害，坚请灵帝收邕下狱，彻底查讯：灵帝本来糊涂，因即依议，邕遂被拘至洛阳狱中，连蔡质一并逮治。有司不敢忤旨，且受程璜暗中嘱托，锻炼成谳，奏称邕私怨废公，谋害大臣，罪坐大不敬，应该弃市；幸亏邕命不该绝，得着一个大救星，从中缓颊，才得起死回生。这大救星不属公卿，却仍出自中常侍间，姓吕名强，表字汉盛，与程璜同为阉人，同作内官，偏生性与璜等不同，倒是一个清正公忠的好侍臣。鹤立鸡群，应加褒扬。

他知蔡邕无罪，不忍坐视，便挺身出来，至灵帝前叩首保邕，力为诉冤；灵帝乃使强传诏，减邕死罪一等，受髡钳刑，充戍朔方，质亦坐徙，家属同科。将作大匠阳球，得知此信，忙使刺客预伏要路，待邕出都就戍，将他刺死；哪知刺客颇感邕义，佯为受命，索给路费，至钱财到手，却一溜烟似的逃向他处，竟不返报。球候久不至，料知无成，再遣使人赍着金帛，追赂戍所监守官。监守官得了贿赂，反将详情告邕，教他戒备；因此邕与质等幸得生存。偏宫闱中又起风波，帝后间且遭谗构，好好一位宋皇后，并无什么大过，竟为逆阉王甫所谮，遽致身死家灭，说将起来，更觉令人发指。宋后不过中姿，且简言寡笑，未善趋承，因此正位以后，并不得宠，后宫妃妾，各思乘机夺嫡，互播蜚言，灵帝已不免怀疑；渤海王悝妃宋氏，系是宋后的姑母，悝被王甫陷害，夫妇同死，见前回。甫恐宋后报怨，趁机下手，约同大中大夫程阿，捏言宋后听信左道，咒诅皇上；再经妃嫔等从旁诬证，构成冤狱，遂由灵帝下诏废后，收还玺绶，徙居至暴室中，活活幽死，后父酆及兄弟等，并皆被诛。后来宫内侍臣，怜后无辜，各出私囊，凑集钱物，收葬后尸，及酆父子遗骸，归葬宋氏旧茔皋门亭。小子有诗叹道：

　　　　历朝废后总伤伦，况复谗言出寺大；
　　　　汉季外家多赤族，冤如宋氏最酸辛！

　　宋后枉死，王甫等权焰益张。当有一位公正的尚书，上书进规，欲知尚书姓名，容至下回再详。

　　　　赵苞之弃母全城，后人多悯其全忠，而惜其昧义；夫君与亲一也，亲不可弃，犹之君不可忘，为赵苞计，不如退兵守城，徐为设法，或啗以重利，或佯为乞降，务使母得生还，然后再谋却敌；万一不能如愿，则为君弃母，亦为后人所共谅，奈何锐图杀贼，忍视老母之遽膏锋刃乎？故苞之失不在于昧义，而在于少智；设令智士处此，当不若是之冒昧进战也。蔡邕之屡谏不从，已可引去；乃尚徘徊于廊庙之间，致为奸人所陷害。微吕强，身家已夷灭矣，邕其亦有才无智欤？若曹节程璜诸人，罪不容于死，何足责焉。

第五十九回

诛大憝酷吏除奸　受重赂妇翁嫁祸

却说涿人卢植，前曾献书窦武，劝令辞封让贤，武不能用，遂致枉死，见五十四回。嗣由朝廷征为博士，出拜九江卢江各郡太守，并有政绩，入补议郎，转为侍中，进授尚书。植身长八尺二寸，声如宏钟，少时与北海人郑玄，并师事马融，博古通今，能识大义。融为明德皇后从侄，明德皇后，即明帝后马氏。家富才豪，不拘小节，居处服饰，好尚奢华，常在高堂中悬绛纱帐，前授生徒，后列女乐，弟子依次讲授，免不得纷心靡丽，窥及声色。独植受学数年，未尝转眄，却是难能。融以是另眼相看。及学成辞归，亦阖门教授生徒，秉性刚毅，有志济时，光和元年，已迁擢为尚书，见宋氏无辜遭祸，与各种秕政相寻，不由的触动热诚，因上阵八事，请即施行。语繁不及备录，由小子撮要如下：

　　一、用良，谓宜使州郡核举贤良，随方委用。

　　二、原禁，谓历届党锢，多非其罪，应悉加赦宥。

　　三、御疠，谓宋后家属，无罪横尸，致成疫疠，当一律妥埋，以安游魂。

　　四、备寇，谓侯王之家，赋税减削，愁穷思乱，必致非常，宜使给足，以防未然。

　　五、修体，应征有道之人，若郑玄诸徒，陈明洪范，禳解灾咎。

六、尊尧，谓郡守刺史，一月数迁，宜依黜陟，以彰能否，纵不九载，可满三岁。尧帝时，九载考绩，故植以尊尧为条目，但当时三公屡易，不止郡守刺史，植言尚失之偏见。

七、御下，谓请谒希荣诸散习，概宜禁塞，迁举之事，责成主者。

八、散利，谓天子之体，理无私积，宜弘大务，蠲略细微。

这八事陈将进去，灵帝竟无一采行；惟宋后家属，听令内侍收葬，不再过问。太尉张颢，任职半年，无甚建树，且因天灾迭见，把他免官，用太常陈球为太尉；又司空来艳病殁，进屯骑校尉袁逢为司空。逢即前司徒袁隗胞兄，承父袁汤遗荫，袭爵安国亭侯，灵帝入嗣，逢曾居官太仆，预议迎立，故尝增封三百户。隗先为司徒，逢继为司空，虽是世家显宦，实由中常侍袁赦推荐，故先后超迁。附阉宦以增荣，行谊可知。隐士袁闳，就是逢隗从子，常私语家人道："我先公福祚留贻，后世不能修德承家，乃好慕荣利，与乱世争权，恐不免为晋三却了！"三却，并为晋厉公所杀，事见《春秋左传》。为此居安思危，所以蛰居土室，久伏不出；遇有从父馈遗，一介不受，甚至母殁丁忧，亦未闻出室送葬；乡人目为狂生。哪知他无穷感慨，激成畸行，从前箕子佯狂，接舆避世，都操这种主意，看官幸勿视同怪物呢！回应五十六回。陈球夙怀忠直，做了两个月太尉，便被阉党排挤，借着日食为名，坐致策免，更任光禄大夫桥玄为太尉。玄亦有重名，历任司徒司空，均因朝廷昏乱，无力挽回，自劾求去。灵帝因他素孚物望，屡罢屡召，及升任太尉，就职月余，又复托病乞休，有诏赐假养疴；又逾两月，仍以衰病告辞，乃再起段颎为太尉，使玄食大中大夫禄俸，就医里舍。玄有十龄幼子，独游门外，猝有三盗持杖，把玄子执登门楼，向玄求货。玄不肯照给，遣使往报司隶校尉，促令捕盗。时将作大匠阳球，调任司隶，接得玄报，忙率河南尹洛阳令等，围守玄家，但恐盗杀玄子，未敢过迫。玄瞋目大呼道："奸人无状，玄岂为了一子性命，轻纵国贼么？"遂迫令进攻，阳球乃驱众人室，将要登楼，盗已将玄子杀死，然后下楼拼命，被众格毙。玄因上书奏请，凡天下有掳人勒赎等情，并当严捕治罪，不准以财货相赎，开张奸路。于是盗贼无从要挟，劫质罕闻，都下粗安。

　　偏灵帝因内帑未充，尝嫌桓帝不能作家，特想出一条敛钱的方法，就西园开张邸舍，卖官鬻爵，各有等差，二千石官阶，定价二千万；四百石官阶，定价四百万；如以才德应选，亦须照纳半价，或三分之一；令长等缺，随县好丑，定价多寡；富家先令入钱，贫士至赴任后，加倍输纳。明明是叫他剥民。这令一下，无论何种人物，但教有钱可买，便可平地升官，一班蝇营狗苟的鄙夫，乐得明目张胆，集资买缺；将来总好在百姓身上，取偿厚利。因此西园邸内，交易日旺，估客如林。好一座贸易场。灵帝见逐日得钱，盈千累万，自然喜欢。还有永乐宫中的董太后，嗜钱如命，闻得灵帝有这般好买卖，也即出来分肥，且令灵帝扩张生意，就是三公九卿，亦可出卖。灵帝却也遵教，不过少存顾忌，暗令左右私下贸易，公价出钱千万，卿价百万。约阅数月，内库充牣，永乐宫中，亦满堆金钱。灵帝大喜，召问侍中杨奇道："朕比桓帝何如？"奇系杨震曾孙，震长子牧孙。颇有祖风，承问即答道："陛下与桓帝，亦犹虞舜比德唐尧！"答得甚妙。灵帝作色道："卿真强项！不愧杨震子孙，他日死后，必复致大鸟了！"大鸟事，见前文。遂出奇为汝南太守，奇亦不愿在内，拜命即去。过了一年，即光和二年。春令大疫，遣中常侍等出施医药，接连是暮春地震，孟夏日食，灵帝专归咎大臣，策免司徒袁滂，司空袁逢，另任大鸿胪刘郃为司徒，太常张济为司空；惟太尉段颎，独得内援，不致免官。

谁知天下事多出人料，往往求福得祸，乐极生悲。颎所恃惟王甫，甫恶贯满盈，伏法受诛，连颎也因此坐罪，一并送命。甫有养子二人，一名萌，曾为司隶校尉，转任永乐少府；一名吉，亦为沛相，平时皆贪暴不法，吉尤残酷，凡杀人皆磔尸车上，榜示大众，夏月腐烂，用绳穿骨，传示一郡，臭气熏途，远近俱为疾首。吉却靠甫声势，任至五年，杀人万计。阳球为将作大匠时，尝闻报发愤道："若阳球得为司隶，断不令此辈久生！"阳球亦酷吏之一，且陷害蔡邕，罪恶亦甚，惟为吉动愤，尚算秉公。已而果为司隶校尉，方拟举劾王甫父子，适甫使门生王彪，至京兆境内，估榷官财物七千余万，多受私赇，为京兆尹杨彪所发。彪系杨赐子。甫正休沐里舍，颎亦方以日食自劾，还府待命。阳球闻彪已上弹章，又乘甫颎等不在宫廷，当即入阙面陈，极言甫颎等种种罪状；灵帝也觉动怒，即命阳球查究此事。球受命出朝，立派全班吏役，先拿王甫段颎，再拘甫养子永乐少府萌，并将沛相吉，一并逮至，收系洛阳狱中，亲加审讯，严词逼供。王甫等。狡赖异常，怎肯招认？那阳球是著名酷吏，从前历任守令，理奸惩恶，动辄骈诛，至是积愤多时，怎肯轻轻放过？当下喝令左右，取出多少刑具，加在甫身，甫熬刑不住，甚至晕绝，良久始苏。萌仰首语球道："我父子果当伏诛，也请顾念先后任使，稍为宽假，贷我老父！"萌前为司隶，故有此语。球拍案叱道："尔等罪大恶极，死有余辜！尚欲论及先后，想我宽假么？"萌乃对骂道："尔前事我父子，不啻奴仆；奴仆敢反侮主人，临厄相挤，恐尔亦将自及了！"无瑕者，乃可录人，球未能免疵，故遭此反詈。球怒上加怒，再令左右将萌拖倒，用泥塞口，棰楚交至，立即挞死；甫与吉亦同毙杖下，颍亦自杀。球令将甫尸露置夏城门，大书揭示道："贼臣王甫。"一面籍没甫产，家属尽徙南方。甫既伏辜，球尚欲劾去曹节等人，因敕中都官从事道："且先去权贵大猾，然后议及余子。若公卿豪右如袁家儿辈，从事自能办理，何烦校尉费心？"既欲尽除宵小，不宜先自泄谋。这数语传达出去，权臣莫不震惧，连曹节也不敢出宫。会冲帝母虞贵人病逝，发丧出葬。冲帝为虞美人所出，事见前文，惟加封贵人，系灵帝时事。百官送殡往还，曹节等亦曾在列。节见甫尸暴露，不禁洒泪道："我辈可自相食，奈何使犬舐余汁哩？"说着，又嘱诸常侍勿留里舍，亟相引入殿，面白灵帝道："阳球乃有名酷吏，不宜使作司隶，纵令毒虐！"灵帝点首，即命节传诏，徙阳球为卫尉。球方因虞贵人安葬，奉命祭陵，节托尚书令即日召球，促就卫尉职任。球闻召驰回，进见灵帝，叩首陈请道："臣原无奇才，猥蒙陛下委为鹰犬，得诛王甫段颍诸奸，但尚是狐狸小丑，未足宣示天下。愿再假臣一月，必食豺狼鸥鸮，各使伏辜！"说至此，更叩头流血，但闻殿上呵声道："卫尉敢抗诏不从么？"球尚不肯止，至呵叱再三，不得已受职拜谢，怏怏趋出。曹节等又不必避忌，横行如故，中常侍朱瑀，与节相类。郎中审忠，不忍缄默，乃抗疏上奏道：

臣闻理国，得贤则安，失贤则危；故舜有臣五人，而天下治，汤举伊尹，不仁者远。陛下即位之初，未能亲揽万几，皇太后念在抚育，权时摄政，故中常侍苏康管霸，应时诛殄。太傅陈蕃，大将军窦武，考其党羽，志清朝政，朱瑀曹节等，知事觉露，祸及其身，遂兴造逆谋，作乱王室，撞蹋省闼，执夺玺绶，迫胁陛下，聚会群臣，离间骨肉母子之恩，遂诛蕃武及尹勋等。因共割裂城社，自相封赏，父子兄弟，备蒙尊荣，素所亲厚，布在州郡，或登九列，或据三司；不惟禄重位尊之贵，而苟营私门，多蓄财货，缮修第舍，连里竟巷。盗取御水，以作渔钓，车马服玩，拟于天家，群公卿士，杜口吞声，莫敢有言，州牧郡守，承顺风旨，故蛊螟为之生，夷寇为之起。天意愤盈，积十余年。故频岁日食于上，地震于下，所以谴戒人主，欲令觉悟。昔殷高宗以雊雉之变，获中兴之功；近者神祇启悟陛下，发赫斯之怒，诛及王甫父子，路人士女，莫不称善，若除父母之仇。诚怪陛下复忍孽臣之类，不悉殄灭。昔秦信赵高，以危其国，吴使刑人，身遘其祸；春秋时，吴子余祭，使阍守舟，为阍所弑。今以不忍之恩，赦夷族之罪，奸谋一成，悔亦何及？臣为郎十五年，皆耳目闻见，瑝等所为，诚皇天所不复赦；愿陛下留漏刻之听，裁省臣表，扫灭丑类，以答天怒，与瑝考验，有不如言，愿受汤镬之诛，虽妻子并徙，亦臣所甘之如饴者也！谨不胜翘切待命之至。

忠将此疏呈入，早已拼生待诏，不意似石沉大海一般，多日不见复报。还是大幸。中常侍吕强，与曹节等志趣不同，由灵帝封为都乡侯，强固辞不受，因闻审忠陈言不省，也续陈一疏道：

臣闻高祖立约，非功臣不侯，所以重天爵，明劝戒也。中常侍曹节等，品卑人贱，谄谀媚主，佞邪徼宠，有赵高之祸，未受辕裂之诛；陛下不悟，妄授茅土，开国承家，小人是用，又并及家人，重金兼紫，交结邪党，下毗群佞，阴阳乖刺，稼穑荒芜，民用不康，咎不由兹。臣诚知封事已行，言之无及，所以冒死干触，进陈愚忠者，实愿陛下损改既谬，从此一止。臣又闻后宫采女，数千余人，衣食之费，日数百金，近时谷虽贱，而户有饥色，案法当贵，而令更贱者，由赋发繁数，以解县官，寒不敢衣，饥不敢食。

民有斯厄，而莫之恤，宫女无用，填积后庭，天下虽复尽力耕桑，犹不能供。昔楚女悲愁，西宫致灾；注见前。况终年积聚，岂无愁怨乎？又承诏书当于河间故国，起解渎之馆，陛下龙飞即位，虽从藩国，然处九天之高，岂宜有顾恋之意？且河间疏远，解渎邈绝，而欲劳民殚力，未见其便。又今外戚四姓之家，及中官公族无功德者，造起馆舍，约有万数，楼阁相接，丹青素垩，不可殚言，丧葬逾制，奢丽过礼，竞相仿效，莫肯矫正。《谷梁传》曰："财尽则怨，力尽则怼。"此之谓也。

又闻前召议郎蔡邕，对问于金商门，邕不敢怀道迷国，而切言极对，毁刺贵臣，讥呵宦竖，陛下不密其言，至令宣露，群邪膏唇拭舌，竞欲咀嚼，造作飞条，陛下同受诽谤，致邕刑罪，室家徙放，老幼流离，岂不负忠臣哉？今群臣皆以邕为戒，上畏不测之诛，下惧刺客之害，臣知朝廷不得复闻忠言矣。故太尉段颎，武勇冠世，习于边事，垂发服戎，功成皓首，历事二主，勋烈独昭，陛下既已式序，位登台司，而为司隶阳球所诬胁，一身既毙，而妻子远播，天下悯怅，功臣失望，宜征邕更加授任，反颎家属，则忠臣路开，众怨以弭矣！

灵帝得疏，仍然不省。前太尉陈球，方为永乐少府，志在除奸，特与司徒刘郃结交，秘密筹谋。郃兄倏尝为侍中，因与大将军窦武同党，连坐致死，郃为兄衔怨，故亦欲诛灭权阉，冀销宿恨。事未及发，球复致书劝郃道：

公出自宗室，位登台鼎，天下瞻望，社稷镇卫，岂得雷同容容？无违而已！今曹节等放纵为害，而久在左右，又公兄侍中，受害节等，永乐太后所亲知也，今可表徙卫尉阳球为司隶校尉，以次收节等诛之，政出圣主，天下太平，可翘足而待也！

郃见球书，意亦相同，但恐节等势大，未敢遽决。会有尚书刘纳，触忤宦官，被贬为步兵校尉，因闻郃欲报兄仇，特向郃进谒，谈及曹节等贻祸国家，不可不除。郃颦眉自叹道："我亦常作此想，只因宦竖耳目甚多，一或不慎，事尚未成，反恐受祸。"纳慨然道："公为国栋梁，危不持，颠不扶，焉用彼相？"焉，作何字解，本出《论语》。郃方答说道："承君勖我，敢不勉力？但君亦须为我臂助！"纳应声道："这却不待公嘱，纳已愿为效死了！"死期原是将至。郃忆陈球来书，拟使阳球复职，阳为诛奸能手，理应先与说明，乃乘暇会球，表明情意；球本有此志，自然极口赞成。怎奈屏后有一小妻，在内悄立，已听得明明白白。这小妻正是中常侍程璜女儿，待球送客入内，方才回房，两人面色，都与常时不同，球本偏爱小妻，料已被窃听了去，不如和盘说出，叫她先报程璜，说明诛死节等，与璜无干；倘能相助，事后当共享富贵。计非不妙，惟与妇寺会商，多难成事。那小妻满口答应，即托词归宁，转告乃父。程璜虽与曹节同党，但节等果死，内政可以自专，未始非利，乐得卖个情面，由他做去；因嘱女儿返报阳球，许守秘密。偏被曹节闻风，自去见璜，先说了一派兔死狐悲的话儿，感动璜心，再从袖中取出黄金，置诸几上，作为赠礼；随后复用虚词恫吓，说得程璜又惊又惧，又感又惭，不由的倾吐肺腑，竟将阳球所报的密谋，一一告知。女夫也不管了。节且邀同程璜，及党与等入白灵帝，齐声奏请道："刘郃等常与藩国交通，声名狼藉，近又与步兵校尉刘纳，永乐少府陈球，卫尉阳球，私遗书疏，谋为不轨，若非从速捕治，旦夕必有祸变！
臣等死不足惜，恐有碍圣躬，所以急切奏闻！"灵帝见他人多
语合，谅非虚诬，不禁大发雷霆，命节等带领卫士，往拿刘郃
刘纳陈球阳球，四人无从抗辩，各束手受缚，同入狱中，眼见
是棰楚交施，依次毕命。小子有诗叹道：

> 外言入阃本非宜，秘策如何嘱爱姬？
> 弄巧不成终一跌，杀身害友悔嫌迟！

过了一年，灵帝又要册立皇后了，欲知何人为后，待至下
回报明。

汉季之中常侍，谁不曰可杀？惟庸主如桓灵，方
信而用之。虽阉党亦有自相残灭之时，但与正士相
抗，则一致同谋，曹节所谓我辈自相残食，不使犬得
舐汁，即此意也。阳球之欲歼阉党，未始非志士所
为，观其严鞫王甫父子，五毒交加，虽曰酷虐，而施
诸凶竖，尚为相当之报应，不足为阳球责也。独球既
嫉视权阉，乃纳程璜之女，列作宠姬，卒至机事不
密，终为小妻所误，而轻丧生命，是宁非自作自受
乎？且刘郃陈球诸人，亦横遭牵累，同时毕命，可慨
孰甚？《传》有之，谋及妇人，宜其死也，璜女不欲
害其夫，而其夫卒因此致毙，此女子小人所以不可与
谋也夫！

第六十回

挟妖道黄巾作乱　毁贼营黑夜奏功

却说宋皇后被废后，忽忽间已过两年，尚未册立继后，六宫无主，当由内外臣工，一再申请，乞立继后，以宣阴化；灵帝乃立贵人何氏为皇后。后出身微贱，本是一个屠家女儿，父名真，家居南阳，营业积资，每思攀援权贵，博些微名，凑巧宫中招选采女，遂囊金出都，赂遗中官，得将女儿充选；也是这女应该大贵，生成一副花容玉貌，比众不同，身长七尺一寸，肌肤莹艳，骨肉婷匀。灵帝素来好色，瞧着这个美人儿，哪有不喜欢的道理？衾裯使抱，列作小星，几度春风，含苞结种，十月满足，生下一男，取名为辩。时后宫常生子不育，灵帝恐再蹈覆辙，特令乳媪抱辩出宫，寄养道人史子眇家，号曰史侯。名为皇帝，何亦做村妪思想？因即册何女为贵人，甚有宠幸，至是竟得立为皇后，征后兄进为侍中，嗣复追封后父真为车骑将军，兼舞阳侯，号后母兴为舞阳君。后性刚多忌，既得正位，尚恐他人夺宠，随时加防。偏有赵国佳人王氏，为前五官中郎将王苞孙女，也得应选入宫，姿色与何后相同，才具比何后较胜，能书能算，应对尤长，灵帝又不肯放过，再令她入侍巾栉，好几次鸾颠凤倒，更种成欢叶爱苗，灵帝因她身怀六甲，晋号美人。汉制宫中妃媵，贵人以下为美人。何皇后略有所闻，侦察愈严，常图陷害；还是王美人生性聪敏，备豫不虞，有时进谒正宫，往往用帛束腰，不令大腹宣露。无如胎中儿日

· 526 ·

大一日，美人腹亦日胀一日，累得王氏朝夕不安，只恐隐瞒不住，当下购服堕胎药，饮将下去，满望胎得堕落，还可保全性命；哪知药竟无灵，胎终不动，夜间复得梦兆，屡次负日前行，心中暗想：莫非应生贵子，未便使堕？于是不再服药，听天由命，也是这个胎中儿该有三十年帝号，所以安居腹中，无论如何刺激，总得保存过去。好容易过了十月，不坼不劈，脱离母胎，侍女报知灵帝，灵帝自然心欢，替他取下一名，是一协字。协既产出，王美人身尚未健，须服药调治；那何后阴谋设计，密遣心腹内侍，赍着鸩毒，走至王美人宫内，觑隙置入药中，王美人虽然伶俐，究竟防不胜防，服毒以后，呜呼毕命！可怜。灵帝闻丧，亲往验视，看她四肢青黑，料是中毒，禁不住泪下潸潸；再经查究起来，察出何后下毒情由，顿时怒不可遏，即欲将何后废去。慌得何后又惊又惧，急忙贿嘱曹节、张让等人，代为缓颊，竭力斡旋。果然钱可通神，奸能蒙主，曹节等从中吁请，得使何后位置，仍然稳固，毫不动摇。惟灵帝预防一着，令将王美人所生子协，寄居永乐宫，请董太后留心抚养；董太后却一口应承，协始安然无恙，免遭暗算。灵帝尚悼亡心切，凭着生平才学，撰成《追德赋》《令仪颂》两篇，词旨缠绵，如泣如诉。但身为天子，不能庇一妇人，终觉得乾纲失纽，薄幸贻讥，虽有哀词，无从共谅；因此遗制失传，徒有篇名流播罢了。惟灵帝不但好色，并且好游，特在雒阳宣平门外，筑起两座大花园，署名毕圭苑，分列东西，东毕圭苑，周一千五百步，西毕圭苑，周三千三百步；又在两苑旁增造灵昆苑，规制与两苑相同，苑中布置，备极繁华，小子也无暇细述。灵帝尚嫌不足，更在阿亭道筑造台观，高至四百尺，又特置园圃署，用宦官为令，再就后宫中设市列肆，使诸采女相率贩卖，由灵帝自作肆主，易服为商，握算持筹，估赢较绌。其实灵帝究非商人，怎知情伪？所有肆中货物，辄被诸采女窃去，甚至彼多此少，人有我无，弄得暗争明斗，吵闹不休，只瞒过灵帝一双眼睛。灵帝反自鸣得意，昼督诸女贸易，夕拥诸女酣宴，把朝政置诸不顾，一味儿纵乐寻欢。宫女以外，尚有一班阉人子弟，入宫服役，玩弄狗马，灵帝俱赏赐爵禄，使着进贤冠带绶。进贤冠，系汉朝文官服饰。又往往用四驴驾车，由帝亲自执辔，驰驱苑中，京师互相仿效，驴价与马价相齐。有时郡国贡献方物，必令先输例钱，纳入中署，叫作导行费，一人聚敛，四海沸腾。中常侍吕强，夙具忠诚，因上疏进规道：

> 天下之财，莫不生之阴阳，归之陛下，本无公私之别；而今尚书方敛诸郡之宝，中御府积天下之缯，西园引司农之藏，中厩聚太仆之马；而所输之府，辄有导行之财，调广民困，费多献少，奸吏因其利，百姓受其敝；又阿媚之臣，好献其私，容谄姑息，自此而进。旧典选举，委任三府，三府有选，参议掾属，咨其行状，度其器能，受试任用，责以成功，若无可察，然后付之尚书，尚书举劾，请下廷尉复按虚实，行其赏罚。今但任尚书，或复敕用，如是三公得免选举之负；尚书亦复不坐，责赏无归，岂肯空自苦劳乎？夫立言无显过之咎，明镜无见玼之尤，如恶立言以记过，则不当学也；不明镜之见玼，则不当照也。愿陛下详思臣言，不以记过见玼为责，则圣德懋而天下安矣！

灵帝沈迷不醒，怎肯听从？四府三公，又多凭宦官好恶，随势进退，还有什么公是公非？自从太尉段颎，与司徒刘郃，相继诛死，后任为刘宽、杨赐，两人皆负重望，足谐舆论；惟司空张济，趋奉权阉，赃私狼籍。哪知宽与赐任职年余，并皆罢去，独张济居位如故，另用许馘为太尉，陈耽为司徒。馘品行贪鄙，不亚张济；惟陈耽尚有清操，不久免职，再起袁隗为司徒，三公并系阉人党与，浊乱可知。天变人异，历年不绝，日食星孛，河决山崩，最奇怪的是洛阳女子，生下一个婴儿，两头四臂，似人非人，为此种种妖异，遂引出无数妖人来了。时钜鹿郡有张氏弟兄三人，长名角，次名宝，又次名梁。角读书不成，误入左道，自号大贤良师，诱惑愚民，设坛讲授，所谈一切，无非是假托黄老，以伪乱真。会值民间大疫，十病九危，角得乘间行私，查得几个医疫古方，刬合成药，用水煎汁，倾入瓶内，为人治病，病人踵门求药，他便将药水取出，假意烧符持咒，令病人跪拜坛前，然后给药与饮，有数人命不该死，饮下药水，果得病退身安，于是奉角为神，辗转称扬；每日至角处求医，多约百余人，少亦数十。角复自称为太平道人，另遣门徒周游四方，转相诱惑，大约过了十多年，凡青、徐、幽、冀、荆、扬、兖、豫八州人民，无不知有张大贤良师，交相倾慕，甚且弃卖财产，争赴张门，奔波跋涉，虽死不辞。因此十余年间，徒众多至数十万名，郡县未识角意，反誉角善道教化，为民所归。独司徒杨赐引为深忧，尝与掾吏刘陶相语道："张角等诳惑百姓，必为后患，现今势已蔓延，若即令州郡捕讨，恐反激成速变。我意欲饬刺史二千石，简别流人，各使归籍，待至邪党散去，贼目自孤，那时派吏往捕，不劳可获！卿以为此法善否？"果行是言，何至骚扰八方？陶应声道："这正如孙子所云：'不战屈人。'怎得谓非善策呢？"赐即将所拟计策，列入奏章，条陈上去，多日不见施用，赐乃因病乞休。刘陶更申前议，乞请照行，略言张角阴谋日甚，四方谣言，谓角等潜入京师，觇视朝政，欲图不轨，州郡互相忌讳，不欲上闻，宜亟下明诏，购捕角等，赏以国土，有敢回避，与贼同科。灵帝仍不以为意，将原疏留中不报。

角逍遥法外，私置三十六方，大方万余人，小方六七千，各立渠帅，位等将军；何不尽称道人？讹言"苍天当死，黄天当立，岁在甲子，天下大吉"。老天也有生死语，真奇怪。阴令徒党混入京中，夜用白土为书，自京城寺门，以及大小官署，皆写成甲子二字。甲子岁次，就是灵帝光和第七年，大方贼帅马元义，先收荆扬无赖徒数万人，与张角约期起兵，自己辇运金帛，至京师贿通中常侍，约为内应。中常侍曹节已死，赵忠、张让、夏恽、郭胜、段珪、宋典、孙璋、毕岚、栗嵩、高望、张恭、韩悝等十二人，皆得封侯，贵盛无比；又有封谞、徐奉，亦得邀宠，但不及赵忠、张让的威权。灵帝尝谓张常侍是我父，赵常侍是我母，所以两人势焰直同皇帝。阉人可呼为父母，张角等应不愧为祖师。封谞、徐奉虽是赵忠、张让的羽翼，但因势力不及两人，也未免阳奉阴违；既得马元义私赂，遂不顾灵帝恩眷，竟与他订定私约，愿为内援。元义大喜，立即报知张角，约期三月五日，内外并起。角有门徒唐周，独上书告变，于是遣吏密捕元义，一鼓擒住，就在洛阳市中，处以辗刑，且诏令三公司隶，查究宫省直卫，及内外吏民，遇有与角交通，当即处死，诛杀至千余人；并敕冀州刺史，严拿张角兄弟。角等闻事已败露，星夜举兵，自称天公将军，号弟宝为地公将军，梁为人公将军，所有徒众，统令头上包裹黄巾，作为标记，因此时人呼为黄巾贼。角党三十六方，同时响应，燔烧官府，劫掠州郡，遂致烽火连天，中外俱震。灵帝迭接警报，也觉得焦急起来，乃命何皇后兄进为大将军，加封慎侯，使率左右羽林兵五营，出屯都亭；复就函谷、太谷、广成、伊阙、辗辕、旋门、孟津、小平津八关，派员扼守，赐名八关都尉，严遏黄巾。偏是贼势浩大，官军多望风披靡，莫敢争锋，警信传达京师，几乎一日数至；灵帝不得已大会群臣，共议讨贼方法。北地太守皇甫嵩，方述职还都，入朝与议，力请赦除党

禁，并发中藏私钱，西园厩马，班赐军前，鼓励士心。这两事
为灵帝所厌闻，但到此无可如何的时候，也不便固执成见，因
再询诸中常侍吕强。强乘势进言道："党锢久积，人情怨愤，
若再不赦宥，将与张角合谋，为患滋甚，后悔无及！今请先考
核左右，诛贪惩浊，复大赦党人，察量二千石刺史能否拨乱致
治，虽有盗贼，亦无虑不平了！"灵帝乃颁下赦书尽弛党禁，
凡从前坐罪被徙诸徒，一体放还；独张角不赦。遂诏求列将子
孙，大发天下精兵，使尚书卢植为北中郎将，督领北军五校
士，往讨张角，再进皇甫嵩为左中郎将，谏议大夫朱儁为右中
郎将，共发五校三河骑兵，并募壮丁四万余人，分讨颍川黄巾
贼。三将俱晓畅戎机，热心报国，一经简选，当即分道进兵；
途次探悉盗贼诡谋，尚有勾通内侍消息，自然据实奏陈。封
谞、徐奉，曾私交贼党马元义，元义诛死，两人慌忙得很，只
恐谋泄并诛，因将所得金帛，转赠张让，求他代为转圜；让即
为入白，寥寥数语，便把封徐两人的逆谋，刷洗净尽。阿父训
令，为皇儿的应该服从。至三将奏报到京，灵帝复诘责诸常侍
道："汝等常谓党人欲危社稷，概令禁锢，今党人且为国用，
汝等反敢通贼，应斩与否，可令汝等自说！"诸常侍连忙跪
下，叩头流涕道："这皆是王甫、侯览等所为，臣等实未知
情，乞陛下恩宥！"好一条推诿法。灵帝见他们哀求情状，又不
禁心中怜惜，谕令起身；但将封谞、徐奉两人，下狱治罪。诸
常侍尚怀疑惧，陆续求退，各自诏还京外子弟，不令为吏。灵
帝还要温语慰留，叫他们安心守职。独吕强看不过去，劝灵帝
速惩逆党，毋再养奸，灵帝才诛封谞、徐奉，余皆不问。赵
忠、夏恽，与封、徐交谊颇深，遂共谮吕强，谓与党人共毁朝
廷，屡读《霍光传》，志在废立，且强兄弟出为郡吏，并贪秽
不法，应即究治。灵帝不察真伪，便令小黄门持剑召强。强不
觉动怒道："我死，内乱不可复止！大夫欲尽忠国家，怎能坐

对狱吏，枉受棰楚呢？"说着，便取过小黄门手中持剑，向颈一挥，流血毕命。死得可惜。小黄门见强已自杀，当即返报。赵忠等又进谗言道："强未知所问，便即自尽，显系情虚畏罪，惶急轻生！尚有强亲族留存，须再加明审，休使漏网！"灵帝因复收强亲属，没入财产。侍中向栩，上书论事，讥刺阉党，又为张让所诬，说他与张角通谋，欲为内应，即收送黄门北寺狱，把他处死。郎中张钧，复上书指斥宦官，有云：

> 窃惟张角所以能兴兵作乱，万民所以乐附之者，其源皆由十常侍多放父兄子弟、婚亲宾客，典据州郡，辜榷财利，侵掠百姓；百姓之冤，无所告诉，故谋议不轨，聚为盗贼，宜斩十常侍，悬首南郊以谢百姓！又遣使者布告天下，方可不烦师旅，而大寇自消矣。

灵帝得书，取示张让等人，叫他们自阅。又要断送张钧性命了。让等看毕，统吓得形色仓皇，各免冠徒跣，叩首谢罪，乞自诣洛阳诏狱，并出家财补助军饷。何不依之？灵帝又心怀不忍，谕令起着冠履，照常办事，且愤然道："钧真狂奴，难道十常侍中，竟无一善人么？"张让等始谢恩而退。钧却不管死活，申疏如前，益惹动权阉怒意，阴嘱御史构成钧罪，拘系狱中，指为学黄巾道，搒死杖下。前司徒杨赐，复起拜太尉，代许馘后任，灵帝召赐入问，商及讨贼事宜，赐上言欲禁外寇，先黜内奸，明明是救时良策。偏灵帝心怀不悦，竟将赐免官，改用太仆邓威为太尉，并罢去司空张济，特遣大司农张温为司空；一面诏饬三中郎将，限期平贼。左中郎将皇甫嵩，右中郎将朱儁，各统一军，驰赴颍川。儁与黄巾贼波才相遇，两下交锋，儁军败退；波才进攻皇甫嵩，嵩暂避贼锋，退保长社，凭城自固。各处黄巾贼，闻得官军败退，越加猖狂，南阳黄巾贼

张曼成，攻杀太守褚贡；汝南太守赵谦，又被黄巾贼杀败；幽
州刺史郭勋，及太守刘卫，均为黄巾贼所杀。那颍川黄巾贼波
才，复乘胜进围长社，皇甫嵩婴城拒守。部下兵不过数千，俯
瞰城下贼众，约有数万，不由的相顾失色。嵩下令军中道：
"贼势虽盛，我自有计破他，汝等但能静守，听我号令，包管
破贼！"军士闻知，稍稍安定，协力守城，波才攻扑数次，因
城上矢石交下，不能得手。时当仲夏，天气溽暑，贼众多结草
为营，罢战乘凉，嵩乃召语军吏道："兵有奇变，不在多寡，
今贼众依草结营，正好用计破灭了！"军吏问是何计，嵩不慌
不忙，说出一条火攻的计策，且嘱咐道："贼众借草自蔽，一
遇火烧，必致四延，延烧以后，还有不惊乱么？我若乘势出
兵，四面绕击，定可大胜，灭贼建功，就在今夜哩！"军吏听
着，齐称好计。嵩即令军士各束草炬，每人一扎，待至黄昏将
静，俱执炬登城；可巧大风四起，天昏如墨，各军士用火熱
炬，齐向贼营中抛去，草遇火燃，火随风炽，霎时间烟焰冲
天，贼众大惊。嵩复使锐士开门出城，四逼贼营，再纵火大
呼，声彻郊野，城上亦举燎相应，慌得贼众骇愕万分，不知所
措；嵩又从城中鼓噪而出，麾动部兵，驰突贼阵，贼皆股栗，
觅路乱奔。经嵩驱兵进击，杀得群贼尸横遍野，血落成渠。转
眼间已是天明，忽又有一彪军杀到，截住贼众去路，为首一员
将弁，细目长须，仪容不俗。看官欲问他来历，乃是一位汉末
枭雄，特奉朝命，来此杀贼。正是：

　　　　欲平贼党非难事，且看枭雄已出场。

　　欲知此人为谁，且待下回报明。

　　　　黄门用事，引出黄巾，以内贼召外贼，古今来衰

乱之征，大都如是，何疑乎张角？角之所为，殆亦一
篝火狐鸣之小智耳。封谞、徐奉，与贼相应，灵帝既
已察觉，应立申国宪，置诸死刑，顾必待诸内外之奏
请，晚矣！且张让等日侍左右，亦有通贼之嫌，乃姑
息勿诛，使之反噬正人；吕强为内侍中之忠且直者，
而迫之使死，向栩、张钧，皆以直言受戮，昏愦如
此，天下宁有不乱乎？皇甫嵩用火攻计，燔烧贼众，
此为兵法上之所易知者；但施诸乌合之贼，即此已
足。波才小丑，原不足道；而张角之破灭，亦借此为
先声之举，莫谓皇甫非良将才也！

第六十一回

曹操会师平贼党　朱儁用计下坚城

却说黄巾贼波才，被中郎将皇甫嵩击败，觅路乱奔，途次又为官军所阻；为首将领，乃是骑都尉曹操。奸雄发轫。操字孟德，小名阿瞒，系沛国谯郡人，本姓夏侯氏，因父嵩为中常侍曹腾养子，故冒姓为曹；少时机警过人，长好游猎，放浪无度，不治生产。有叔父恨操无行，尝白诸曹嵩，嵩因即责操，操心中记着，偶与叔父相值，即翻身倒地，状若中风；叔父忙向嵩报明，嵩急往抚视，操已起立。嵩问操道："汝病已全愈否？"操答言无病，嵩复问道："汝叔谓汝中风，怎说无病？"操佯作惊疑道："儿并未中风，想系叔父恨儿，乃有是言！"父可欺，何人不可欺？嵩信以为真，遂听令放荡，不复过问。乡人见他斗鸡走狗，行同无赖，相率鄙夷，独梁人桥玄，曾为太尉。南阳人何颙，不同俗见，视操为命世才，尝语操道："天下将乱，非人才不能济事，将来欲安天下。所赖惟君！"何颙亦言汉室将亡，惟操可安天下。未免高视阿瞒。操因此自负，常与两人往来。桥玄复嘱操道："君尚未有名，可交许子将，当得蜚声，幸勿自误！"操应命自去。这许子将系许劭表字，劭为前司徒许训从子，籍隶汝南，具知人鉴，与从兄靖，俱负重名，凡乡里人物，一经评骘，往往垂为定论，他且性好褒贬，每月一更，故汝南人称他为月旦评。及操往见劭，劭正为郡功曹，延操入室，互谈世事，操却应对如流，惟劭随便酬酢，或吐或茹，累得操烦躁起来，禁不住质问道："操奉桥公训诲，特来访君，君素善衡鉴，请看操为何如人？"劭微笑不答。已经瞧透。操愤然道："见善即当称善，见恶即当言恶，奈何善恶不分，徒置诸不答呢？"劭为操所逼，方应声道："汝系治世能臣，乱世奸雄！"确是至论。操毫不动怒，反大喜道："君真可谓知己了！"操亦自认为奸雄。遂别劭还里。年二十，得举孝廉，进拜郎官，调任洛阳北部尉，甫入廨舍，即缮治四门，特设五色棒十余条，悬挂门首，一面张示立禁，如有违犯，不论贵贱，一体棒责。小黄门蹇硕，方得灵帝宠眷，有叔父提刀夜行，适犯禁令，操饬左右将他拿住，用棒打死。嗣是豪贵敛迹，无人敢犯，操遂扬名中外，迁顿丘令，复受征为议郎。黄巾贼起，朝廷授操骑都尉，使率军士数千人，往助皇甫嵩、朱儁，讨颍川贼。操引兵驰抵长社，正值贼众败走，乐得乘贼危急，截杀一阵，贼众心慌意乱，哪里还敢对敌？但得冲开死路，连忙抱头窜去，操挥兵杀贼多人，夺得旗鼓马匹，不可胜计。待至残贼尽遁，皇甫嵩亦领兵赶到，与操相会，自然欢洽，当下合兵追贼，长驱直进，朱儁亦到来会师，三路兵联成大队，逐贼出境；波才等收众再战，复为官军所败，击毙至数万人，颍川乃平。皇甫嵩上表告捷，有诏封嵩为都乡侯，嵩益加感奋，邀同朱儁、曹操，进讨汝南陈国诸贼；贼目波才，方逃至阳翟，打家劫舍，抢夺民粮，一闻嵩等又到，慌忙集众对敌，已是不及，嵩、儁、操三面兜拿，得将残贼剿灭净尽，波才无路可奔，眼见是妻子就戮了。么么小丑，有什么好结果？嵩等再驰抵西华，适有贼目彭脱，在该地猖獗害民，未曾经过大敌，冒冒失失，来与嵩等接仗，交战至一二时，已被嵩等捣破阵势，纷纷溃散，嵩下令招降，贼多匍匐乞命，彭脱见不可支，夺路遁去；汝南陈国诸贼众，俱至嵩营投诚，两郡又平。嵩上书白状，将首功让诸朱儁，并言操亦杀贼有功，这是皇甫嵩好处。朝廷加封儁为西乡侯，赐号镇贼中郎将，迁操为济南相；复令嵩讨东郡，儁讨南阳，操赴济南任事，于是三人受诏，分途告别。是时北中郎将卢植，连破张角，斩获至万余人，角走保广宗，由植追至城下，筑围凿堑，造作云梯，正拟誓众登城，为歼贼计；不意都中来了小黄门左丰，赍着诏书，来视植军，植瞧他不起，勉强迎入，淡淡的酬应一番，丰含有怒意，匆匆辞行，或劝植厚送赆仪，植摇首不答，听令还都。丰星夜驰归，入白灵帝道："广宗贼容易破灭，可惜卢中郎固垒息军，连日不动，臣看他是要留待天诛了！"灵帝听了，不禁怒起，立派朝使带着槛车，拘植入都，另调河东太守董卓为东中郎将，代植后任。说起这个董卓，本是陇西郡临洮县人，表字叫作仲颍，素性粗猛，兼有膂力，平时能带着两鞬，左右驰射。鞬即弓袋。陇西一带，羌胡杂居，卓尝往来寨下，交结羌豪，羌豪见卓多力，并皆畏服，桓帝末年，曾入为羽林郎，从中郎将张奂征羌，得为军司马，转战有功，见前文。迁拜郎中，赐缣九千匹。卓慨然道："我得叙功，全靠军士。"乃将缣分赏军士，一无所私。后来如何专欲自恣？嗣出任并州刺史，转为河东太守，至是奉诏为东中郎将，持节至广宗军营。军中因卢植被拘，心怀不服，再加卓颐指气使，满面骄倨，越使军心生贰，不愿效劳；张角却从城中突出，来攻董卓，卓麾兵与战，兵皆退走，卓亦禁遏不住，只好返奔；却被张角追至下曲阳，夺去许多辎重，满载还城，留弟张宝屯守，与卓相拒。卓自知不敌，没奈何上表乞师，灵帝严旨谴卓，勒令罢职，特遣皇甫嵩进兵讨角。嵩正进剿东郡，生擒黄巾贼卜己，斩首七千余级，荡平郡境，既接朝廷诏命，移讨张角，便兼程驰诣广宗。角得了重病，不能起床，既善符水，何不自医？但遣季弟梁出城迎战。梁部下多系剧贼，且新得战胜，气焰甚张，嵩军虽亦精锐，但两下里旗鼓相当，接战多时，兀自不分胜负；嵩鸣金收军，退至十里外下寨，闭营休士，静觇贼变。翌日令谍骑往探，见城外贼营如昨，惟众心惶惶，似有大故，仔细侦查，才知张角已死。当即向嵩报知，嵩喜出望外，传令军士，三更造饭，五更攻贼，军士依令部署，待至鸡鸣，一拥齐出，由嵩亲自督领，直抵贼阵；贼未肯让步，出营厮杀，约莫战到午后，贼党渐渐疲乏，阵势少乱，嵩急鸣战鼓，驱兵向前，兵士各猛力齐进，冲破贼阵，东斫西刹，滚落许多贼头。贼众骇奔，张梁也欲逃回，偏被官军杀至，不及回马，拼着死命，左右遮拦，百忙中一着失手，已为官军搠倒，从马上跌落马下，已经死去，再经兵刃交加，立成糜烂；只首级由快手割去尚是完全无缺，向嵩报功。嵩见张梁已死，乘势抢城，城中贼夺门出走，又由嵩分兵追杀，赶至河滨，贼忙不择路，齐投河中，河水方涨，湮没了好几万人，嵩得入广宗；见署中摆着棺木，料是张角尸骸，即令破棺戮尸，传言京师；惟角弟宝尚驻守下曲阳，未曾伏诛，乃复邀同钜鹿太守郭典，往击张宝，连战连捷，阵斩宝首，余贼多降，差不多有十余万众。事见《皇甫嵩传》。罗氏《三国演义》谓宝由贼党严政所杀，不知何据？三张并了，贼渠已歼，首功应推皇甫嵩，当由灵帝论功行赏，进嵩为左车骑将军，领冀州牧，封槐里侯。嵩请减免冀州一年田租，暂苏民困，有诏依议。百姓为嵩作歌道："天下大乱兮市为墟，母不保子兮妻失夫，赖得皇甫兮复安居。"嵩在军中，善能抚循士卒，故甚得众心；及治理民政，恩威兼济，莫不畏怀。独有一前信都令阎忠，挟策干时，劝嵩入清君侧，创建奇功，大略说是：

昔韩信不忍一餐之遇，而弃三分之业，利剑已扬其喉，方发悔恨之叹者，机失而谋乖也。今主上势弱于刘项，将军权重于淮阴，指挥足以振风云，叱咤可以兴雷

电，赫然奋发，因危抵颓；崇恩以绥先附，振武以临后
服；征冀方之士，动七州之众，羽檄先驰于前，大军响振
于后，蹈流漳河，饮马孟津，诛阉宦之罪，除群凶之积，
虽僮儿可使奋拳以致力，女子可使褰裳以用命，况厉熊罴
之卒，因迅风之势哉？功业已就，天下已顺，然后请呼上
帝，示以天命，混齐六合，南面称制，移宝器于将兴，推
亡汉于已堕，实神机之至会，风发之良时也。夫既朽不
雕，衰世难佐，若欲辅难佐之朝，雕朽败之木，是犹逆坂
走丸，迎风纵棹，岂云易哉？且今竖宦群居，同恶如市，
上命不行，权归近习，昏主之下，难以久居，不赏之功，
谗人侧目，如不早图，后悔无及矣！议虽不经，却是奇论。

　　嵩见了这种议论，未敢遽从，因召忠面语道："嵩实庸才，
不足与语此举，且人未忘主，天不祐逆；若妄想大功，转致速
祸，不如委忠本朝，谨守臣节，就使遭谗，也不过放废而止；
死有令名，犹且不朽。如君所言，乃系反常，嵩不敢闻命！"
嵩犹足为社稷臣，非操、卓所得比。忠见计议不用，因即亡去。后
来梁州贼王国等，劫忠为主，号为车骑将军，忠感恚致疾，竟
致毕命；这且搁过不提。且说镇贼中郎将朱儁，往略南阳，南
阳黄巾贼张曼成，屯众宛下，约百余日，为南阳新任太守秦颉
击毙。贼党更推赵弘为帅，余焰复盛，攻陷宛城，有众十数
万。朱儁到了南阳，与太守秦颉，及荆州刺史徐璆，合兵万八
千人，围攻赵弘，两月不下。廷臣闻儁日久无功，奏请征儁问
罪，司空张温进谏道："古时秦用白起，燕任乐毅，并皆旷年
历岁，方得克敌；中郎将朱儁，前讨颍川，已著功效，今引师
南指，必有方略，将来自足平贼，臣闻临军易将，兵家所忌，
何若宽假时日，责令成功？"灵帝乃止，但传诏军前，促令急
攻。儁慷慨誓师，定期歼贼；可巧赵弘领众出城，前来劫营，

被儁军一鼓杀出，并力上前，将弘刺死。余贼逃回城中，又推了一个贼目，叫作韩忠，婴城固守；儁探得城中贼党，尚有数万，自恐兵少难敌，乃张围结垒，特筑土山，高出城头，俯瞰城内动静。儁登高凝视，沈吟良久，忽得了一条奇计，便返入垒中，擂鼓发兵，使攻城西南隅，贼帅韩忠，忙率众守御西南，儁却悄悄的带领亲兵，约有四五千人，绕至东北，架梯命攻，佐军司马孙坚，奋勇先登，引兵入城；韩忠闻东北失守，吓得魂驰魄散，忙弃去西南隅，退保内城，遣人乞降。徐璆、秦颉，及儁部下司马张超，俱欲收降息兵，儁独不许，且表明意见道："行军要诀，须察时宜，往往有形同势异，不可拘执。从前秦、项纷争，民无定主，故高祖尝纳降赏附，劝示群雄；今海内一统，惟黄巾贼胆敢造反，若乞降即纳，如何劝善？贼急乃请降，缓复图变，纵敌长寇，终非良策，不若讨平为是！"说着，即将贼使叱去，更督兵力攻内城，贼众料无生路，冒死抵拒，无懈可乘。儁再登土山，默视城中，司马张超，随侍在侧，儁回顾张超道："我已想得破城的方法了：贼因外围周匝，内城逼急，乞降不受，欲出不得，没奈何与我死战；试想万人一心，尚不可当，况多至数万呢？我意在暂时撤围，纵敌出城，贼既得出，必无心恋战，势散心离，方容易破灭了！"儁颇知兵法。张超听了，很是赞成，当下传令撤围，退出外城。贼帅韩忠，不知是计，还道儁军有变，因此退去，于是号召贼众，倾城出追，儁且战且行，诱忠离城十余里，然后翻身杀转，与贼鏖斗，且更分兵抄出贼后，断贼归路。韩忠正在厮杀，回望后面亦有官军旗帜，才知中了儁计，急忙拍马退回，偏儁军不肯放松，步步紧逼，无法脱身；后面的官兵，也来夹攻，害得腹背受敌，进退两难，不得已横冲出去，觅路逃生。怎奈贼势愈蹙，官军愈张，待至有路可奔，已是遍地贼尸，惨不忍睹；有一大半弃去韩忠，各走各路，忠只好落荒狂窜，飞马乱逃。约走了数十里，身已疲困，马亦劳乏，手下不过数百骑，正拟下马休息，不意官军从后追到，一霎时围裹拢来，四面八方，都是黑森森的旌旗，亮晃晃的刀械，就使韩忠背上生翼，也是无从飞去，眼见得存亡呼吸，命在须臾；忠尚想求生，凄声乞降。当有军吏报知朱儁，儁许令投诚，解围一面，放出忠马；忠至儁前叩首悔过，儁还恐忠有狡谋，令左右将他缚住，牵至城下。城内已虚若无人，任令官军进去，忠亦随入，甫过城闉，突有一将兜头拦住，手起剑落，把忠劈作两段。看官道是何人杀忠？原来是南阳太守秦颉，颉恨忠前次固守，多费兵力，所以不从儁令，将忠杀死；无故杀降，亦属非理。儁未免叹息，但因颉从征有功，不便发作，只好含忍过去。哪知溃贼多闻风生疑，仍然啸聚，再拥孙夏为头目，还屯宛境，要想夺回城池。儁接得探报，趁着贼心未固，急引兵往攻孙夏；夏复败走，窜入西鄂城南的精山中，儁未敢轻纵，追蹑贼踪，穷搜山谷，斩首至万余级，贼乃骇散，不复成群，宛城始安。儁一再奏捷，受封右车骑将军，振旅班师。先是护军司马傅燮，随嵩、儁等出讨黄巾，尝在营中抒发谠论，上陈阙廷，及转战南北，屡歼贼渠，积功甚多，应加懋赏；偏中常侍赵忠，嫉燮直言，从中谗毁，不但掩没燮功，还要将燮治罪，幸灵帝尚有微明，回忆燮奏牍中，曾有预言，因此不欲罪燮，模糊过去；但如傅燮的汗马功劳，却已搁过一旁，也不复提及了。小子有诗叹道：

国家赏罚有明经，宵小谗言怎可听？
功罪不分昏愦甚，从知灵帝本无灵！

欲知傅燮所陈何词，容至下回补叙。

　　黄巾之平，皇甫嵩为首功，朱儁其次焉者也。曹操虽奉命出讨，往助嵩、儁，但不过因人成事，略有微劳，而本回标目，特举操名者，殆因操之发迹，实始于此；他日之挟天子，令诸侯，为三国时代之第一奸雄，不得不大书特书，预为揭示耳，非真主宾倒置也。朱儁与皇甫嵩齐名，而谋略不及皇甫嵩，颍川之役，微皇甫嵩，儁且一蹶不振矣；若汝南、陈国之平贼，亦赖嵩为主帅，而儁得分功，至移讨宛城，两月不下，必待朝廷之督促，方苦心焦思，用谋破贼，然亦幸遇赵弘、韩忠之犷悍无谋，乃得为儁所算耳。惟罗氏《三国演义》，演写张角等种种妖术，且将刘、关、张三人，亦夹入嵩、儁二军中，语多臆造，不足为据；本回概不阑入，所以存其真也。

第六十二回

起义兵三雄同杀贼　拜长史群寇识尊贤

却说护军司马傅燮，系北地灵州人氏，本字幼起，嗣慕南容三复白圭，南容春秋时鲁人，事见《鲁论》。乃改字南容。身长八尺，仪表过人，郡将举燮为孝廉，因得出仕；后闻郡将丁忧，也弃官行服，借报知遇；及为护军司马，独谓国家大患，不在贼寇，实在阉人，所以从军出征，尚在营中拜表道：

　　臣闻天下之祸，不由于外，皆兴于内；是故虞舜升朝，先除四凶，然后用十六相，明恶人不去，则善人无由进也。今张角起于赵魏，黄巾乱于六州，此皆衅发萧墙，而祸延四海也。臣受戎任，奉辞伐罪，始到颍川，战无不克，黄巾虽盛，不足为庙堂忧也。臣之所惧，在于治水不自其源，末流弥增其广耳。陛下仁德宽容，多所不忍，故阉竖弄权，忠臣不进，诚使张角枭夷，黄巾变服，臣之所忧，甫益深耳。是扼要语。何者？夫邪正之人，不宜共国，亦犹冰炭不可同器；彼知正人之功显，而危亡之兆见，皆将巧词饰说，共长虚伪。夫孝子疑于屡至，市虎成于三夫，若不详察真伪，忠臣将复有杜邮之戮矣。秦白起死于杜邮亭。陛下宜思虞舜四罪之举，速行谗佞放殛之诛，则善人思进，奸凶自息。臣闻忠臣之事君，犹孝子之事父也，子之事父，焉得不尽其情？使臣身备铁钺之戮。陛下稍用其言，国之福也。

自蘷有此奏，方得感动灵帝，幸免谴罚，惟有功不封，只命为安定都尉。还有豫州刺史王允，与讨黄巾，搜得贼中文件，有中常侍张让宾客私书。允将原书奏报，灵帝召让诘责，让叩头陈谢，且言"书从外来，安知非诈，不能作为确证"云云。说得灵帝也起疑心，竟被他花言巧语，瞒骗过去。让既得免罪，索性诬允欺君罔上，应该逮治，灵帝竟偏信让言，逮允下狱。及朱儁班师回朝，授为光禄大夫，宫廷内外，庆贺贼平，灵帝不胜喜慰，诏改光和七年为中平元年。时将岁暮，还要改元，真是多此一举。惟颁出一道赦文，却便宜了好几个罪犯：王允亦遇赦得释，就是前北中郎将卢植，因解进京，减死一等，也因此释放出狱，还复自由。回应前回，笔不渗漏。再经皇甫嵩上书举植，盛称植行师方略，乃复起植为尚书。植有一个高足弟子，与植同郡，乘乱起兵，出讨黄巾余孽，立了一些功劳，由校尉邹靖，登名荐牍，使列仕版，就职安喜县尉。这人为谁？乃汉景帝子中山靖王刘胜裔孙，名备字玄德。特笔提出，表明汉裔。胜子贞尝封涿县陆城亭侯，因酎金欠佳，坐谴革爵，汉武时宗庙祭祀，命宗藩献金，号为酎金，酎金不佳，例当夺封。贞遂留居涿县，好几传生出刘备。备祖雄与父弘，世为郡县吏，弘早病逝，单剩下妻子二人，家乏遗资，寡妇孤儿，形影相吊，不得已贩履织席，权作生涯。住宅东南角上，有大桑树，高约五丈余，浓荫满地，好似车盖一般，往来行人，互相诧异，里民李定，颇知相法，谓此家必出贵人。备幼时尝与村儿共戏树下，指树与语道："我将来当乘此羽葆盖车。"少成若天性。叔父刘子敬，闻言相戒道："汝勿妄语，恐灭我门！"何胆小乃尔？备乃不复言。年至十五，母使游学，因与同宗刘德然、辽西公孙瓒，俱往拜卢植为师。德然父元起，独怜备家贫，出资赒给。元起妻劝阻道："我与彼各自一家，为何不惜钱财，时常给与。"不脱村妇心性。元起叹道："我同宗中有此佳儿，定非凡器，奈何不分财济贫呢？"既而备年力渐强，身体日壮，长至七尺五寸，耳大垂肩，手垂过膝，目能自顾两耳，性喜狗马，又爱音乐；惟与人相接，宽厚和平，语言不烦，喜怒不形，豪侠少年，往往乐与交游，备亦好士不倦，休休有容。当时有两大壮士，同至备家，得备欢迎，遂结为生死交，始终不渝。一个是河东解县人，姓关名羽，初字长生，改字云长，朱颜赭面，凤眼蚕眉，美须髯，擅膂力，在本县杀死土豪，逃难亡命，奔至涿郡，适与刘备相遇，谈论甚欢，遂成至友；一个是世居涿郡，姓张名飞，表字翼德，《三国志》作益德。豹头环眼，燕颔虎须，平素粗豪使酒，直遂径行，独见了刘备、关羽，却是流瀣相投，格外莫逆。莫非前缘。相传三人尝结义桃园，誓为异姓兄弟，不愿同日生，只愿同日死。备年最长，次为关羽，又次为张飞，依序定称，不啻骨肉，食同席，寝同床，出入必偕，不离左右。会闻黄巾贼起，意欲仗义起兵，为国讨贼，只苦粮草马匹，无从筹办；三个异姓弟兄，单靠着六条臂膀，如何成事？正愁虑间，凑巧有豪贩两人，引着伙伴，驱马前来，刘备眼快心灵，即向两人问讯，彼此互答，才知两人是中山大商，贩马为业，一叫张世平，一叫苏双。当由备延入庄中，置酒相饷，殷勤款待，两人申说沿途多贼，不便贩卖，所以奔投僻处，为避寇计；备即与语道："我正欲纠集义徒，前往杀贼，可惜手无寸铁，无财无马，甚费踌躇。"两人便同声接入道："这有何难？我等当量力相助便了！"少顷饮毕，即取出白金数百两，良马数十匹，慨然持赠。也是侠客。备乐得领受，谢别二客，就招集乡勇，铸造兵械。备自制双股剑，关羽制青龙偃月刀，张飞制丈八蛇矛，各置全身盔甲，配好马匹，领着徒众，往投校尉邹靖。靖见三人气宇轩昂，不禁起敬，因即留居麾下，待至黄巾入境，便率三人同去截击。云长的宝刀，翼德的利矛，初发新硎，连毙剧贼，就是刘玄德的双剑，也得诛寇数人，发了一回大利市。句法新颖。邹靖得了三雄，立将黄巾贼驱出境外，上书奏闻，不没备功；朝廷因备起自布衣，只予薄赏，但命备为安喜县尉。

备奉命就职，辞了邹靖，带着关张二人，同诣安喜。约有数月，忽由都中颁下诏书，凡有军功得为长吏，当一律汰去。备也为惊心，转思县尉一职，官卑秩微，去留听便，何妨静候上命。又过了好几日，闻郡守遣到督邮，已入馆舍，县令忙去迎谒，备亦不得不前往伺候；哪知督邮高自位置，只许县令进见，不准县尉随入，备只得忍气退回。翌日又整肃衣冠，至馆门前投刺求谒，待了多时，才有一人出报，说是督邮抱病，不愿见客。备明知督邮藐视县尉，托词拒见，一时又不便发怒，勉强耐着性子，懊怅回来。关张两人，见备两次空跑，问明情由，禁不住愤急起来。张飞更性烈如火，便欲至馆舍中抓出督邮，向他权借头颅，刘备一再禁阻，飞阳为顺从，觑得一个空隙，竟抢步趋出，与督邮算帐去了。俄而备查及张飞，不见形影，料他必去闯祸，慌忙带着关羽等人，驰往督邮馆舍；将至门前，已听得一片喧闹，声声骂着害民贼。老张声音，初次演写。备急走数十步，才见督邮被张飞揪住，且骂且打，放开巨掌，在督邮头上乱捶，当即高声喝住。督邮又痛又愤，已是神志昏迷，及闻备喝阻声音，方将灵魂儿收转躯壳，喘息一番，复要拉着架子，向备叱问道："这……这个野奴！乃是由汝差来么？"备尚未及答，督邮又说道："我奉命到此，正要黜逐汝等狂夫，汝却目无尊长，反且差人打我，敢当何罪？"这数语激动备怒，也不禁接口道："我也奉府君密教，特来拿汝！"此君也要使诈了。张飞在旁，闻备亦这般说法，胆气又壮，仍将督邮一把抓去，遥望左近有一系马桩，便牵过督邮，攀落马桩旁边的柳条，当作绳索，将督邮缚住桩上，再用柳条为鞭，尽力扑打，差不多有一二百下；快人快事。备又上前阻住张飞。飞大嚷道："兄长积功甚大，只得了一个小小官儿，不做便罢，我今杀死这贼！却为民间除一污吏，有何不可？"说至此，竟回取佩刀，要将督邮结果性命。——吓得督邮浑身发抖，不能不改口哀求道："玄德公恕我无知，乞饶性命！"何前倨而后恭？备方转怒为笑道："汝早知如此，我等自然好好伺候，何必受此一顿痛打哩？"说至此，便取出印绶，系督邮颈上，且与语道："烦汝交还印绶，我也不愿在此为官，当与汝长辞了！"言已即回。张飞正取刀来杀督邮，当由备将他拦转，共返署中，草草收拾行装，飘然引去。那督邮手下，非无从卒，但看了张飞虎威，统皆自顾性命，不敢向前；等到张飞已经去远，才敢走至树旁，解放督邮，督邮满身疼痛，由从卒扶至馆舍，医治了好几日，方得少痊，还报郡守。郡守详申省府，遣人捕拿，刘关张三人早已远扬他方，无从拘获了。《三国志·刘先主纪》谓先主入缚督邮，杖二百，罗氏《演义》属诸张飞，较为合理，姑从之。

　　且说中平二年二月，南宫云台，忽然失火，毁去灵台乐成等殿，延及北阙，复向西燃烧，如章德殿、和欢殿等，尽被毁去，宫中宿卫，竭力抢救，四面沃水，偏似火上添油，越浇越猛；等到火势渐息，已是大半乌焦，所有龙台凤阁，尽变做瓦砾荒场，残焰熊熊，尚是不绝，半月后始火尽烟消。灵帝不知修省，仍拟兴工再筑，规复原状，可奈国库告罄，一时腾不出这般巨款，未免忧劳；中常侍张让、赵忠，为帝设法，请加征天下田赋，每亩十钱，积少成多，已足修复宫室，更铸铜人。灵帝当即依议，颁诏郡国，按亩加征。乐安太守陆康，上疏谏阻，略言春秋时代，鲁宣税亩，即生蝗灾；哀公增赋，孔子以为非理。怎可聚夺民物，妄兴土木，违弃圣训，自蹈危亡？这数语原是激切，与张让、赵忠等大相反对。让与忠即谮康谤毁圣明，等诸亡国，应以大不敬论罪。有诏用槛车征康，囚诣廷尉；还亏待御史刘岱，力为解免，方得贷罪归田。于是诏发州郡材木文石，令内侍督工监造，内侍贪得无厌，往往向州郡索赂，稍不如意，便说他材木文石，不能合用，强令折价贱卖，另行购办；至第二次解到都下，又不肯即受，终致材料朽腐，宫室连年不成。又遣西园骑从，分道四出，督促州郡。州郡官吏，欲免罪谴，不得不贿托朝使，乞为转圜，一面却克剥百姓，私加赋税，作为挹注；暗地里还想中饱若干。看官试想，百姓已困苦不堪，那上供朝廷的款项，实行报解，十成中不过四五成。朝廷尚嫌不足，令牧守荐举茂才、孝廉，俱当责助修宫钱；甚至简放官吏，亦必使先到西园，议定缴价，然后得赴任供职。新简钜鹿太守司马直，素有清名，西园允许减价，但尚索钱三百万，直怅然道："为民父母，顾可剥夺人民，上应时求，这却非我所忍为呢！"遂辞疾不行，迭经朝廷催迫，没奈何单车就道。到了孟津，复上书极谏时弊，并致书家人，与他永诀，竟服药自杀。衰乱时代，原是速死为幸。灵帝得直遗疏，稍稍感动，乃暂罢修宫钱，惟大小官吏，仍须纳资西园，方得到任。司徒袁隗因事免官，继任为廷尉崔烈。烈本冀州名士，至是因宫中傅母程夫人，纳钱五百万，才得超迁，但名誉因此骤衰。灵帝尚嫌价值太廉，顾语左右道："悔不少靳诏命，若昂价求沽，定可得千万钱！"亏他说出。程夫人从旁应声道："崔公名士，怎肯买官？赖我设法张罗，方能得此，难道尚嫌不足？"灵帝听了，也不加责，一笑作罢。市侩家也不应如此，堂堂帝室，乃有这般笑话，真是古今罕闻。

惟是朝政日非，吏民交怨，免不得流为盗贼，一倡百和，所在横行，盗目各有绰号，不可殚述，大约声如雷震，便号为雷公；骑坐白马，便号为白骑；多须号为氐根，或号髭丈八；

大眼就号作大目；他如浮云、白雀、杨凤、眭固、苦蝤等名目，各有所因，传为绰号；大群约二三万，小群亦六七千。常山贼褚燕，轻勇趫捷，贼党呼为飞燕，互相惮服，陆续趋附，依黑山为巢穴，愈聚愈众，多至百万人，时号黑山贼。河北郡县，无不受害，朝廷不能讨，遣使饵以官爵，诱令投诚；褚燕乃上表乞降，诏授燕为平难中郎将，使领河北诸山谷事。燕虽尝拜命，仍旧纵众殃民，未肯帖然就范，朝廷也无可如何，得过且过，置作缓图。惟陇西一带，驻守非人，湟中杂胡，乘势图变，推胡人北宫伯玉为将军，勾结先零羌种，与枹罕河关诸盗，一同作乱。金城人边章、韩遂，素有胆略，著名西州，群盗劫入寨中，使主军政，攻掠州郡，戕杀金城太守陈懿，及护羌校尉伶征。陇右刺史左昌，拥兵不救，长史盖勋，极言力谏，反触动昌怒，但给勋数百人，使他出屯河阳，抵御贼锋；更派从事辛曾、孔常，与勋同往，阳为助守，阴实监制，意欲伺勋偾绩，然后加罪。哪知勋素孚物望，连盗贼都不敢相侵。边章等绕出河阳，竟至冀城攻昌。昌忙使人移檄，召还辛曾、孔常、盖勋。曾等疑不肯赴，勋怒说道："古时庄贾后期，穰苴奋剑，本列国时齐国故事。公等不过位居从事，难道还比古时监军权力更重么？"庄贾曾为齐监军，故勋言若是。曾等闻言知惧，乃与勋还兵救昌。勋至城下，见边章指挥群盗，猖獗异常，因高声呼章道："汝本望重西州，奈何反联合寇贼，违叛朝廷？"章答说道："左使君若早从君言，发兵临我，庶可自改，今负罪已重，势难再降，计惟退避三舍，权谢高贤！"说罢，即引军撤围，扬长自去。既而左昌玩寇坐罪，革职去官；后任刺史，叫作宋枭。或作宋泉。枭见陇右多盗，拟令民讲读经书，使知大义，想是一个迂儒。乃召勋与语道："凉州人民寡学，故屡致叛乱，今不如多写《孝经》，遍使诵习，待至家谕户晓，乱自可弭了！"勋答说道："昔太公封齐，崔杼弑君；

伯禽侯鲁，庆父篡位。齐鲁岂乏士人，何为至此？今不亟求靖难方法，徒欲济以文治，恐不止结怨一州，反将取笑朝廷，勋以为决不可行！"枭不以为然，竟将己意申奏，果被诏书诘责，召令还京。会新任护羌校尉夏育，为羌人所围，勋率州兵往援，终因众寡不敌，败退下来；羌众随后尾追，勋部下多半溃散，单剩得百余骑兵，还算跟着。勋结阵自固，怎奈羌人四蹙，孤弱难支？百余骑又战死一半，勋亦身中三创，马又负伤，不能再战，索性下马危坐，指着木表道："我当就死此地，为国殉身，也不足惜了！"羌众见勋已力尽，各欲上前杀勋，独有一羌渠跃马拦阻道："盖长史乃系贤人，汝等若将他杀死，岂非负天？"羌人也知重贤。勋闻言审视，系是勾就种羌帅滇吾，向曾相识，但此身已拼着一死，不愿向滇吾说情，因瞋目叱骂道："死反虏，晓得什么天道？快来杀我罢了！"滇吾毫不动怒，反趋近勋旁，下马相见，且愿让马与勋；勋仍不肯允，滇吾乃挥动徒众，把勋拥去，到了自己寨中，请勋上坐，呼众罗拜，再出酒肴相待，备极殷勤。转瞬间已是旬日，方拨羌骑数十人，送勋入寨，回至汉阳。朝廷闻勋忠义动人，征为讨虏校尉。小子有诗咏道：

> 羌虏猖狂也畏天，持刀未敢害忠贤；
> 一营罗拜申诚意，赢得名臣姓氏传。

勋虽生还，寇终未平，满朝公卿，又为了凉州乱事，会议征讨事宜。欲知如何定议，请看下回便知。

刘先主起自寒微，以一贩履织席之贫民，独能具有大志，交结英雄，为国讨贼，较诸曹阿瞒之已为朝吏，奉遣出兵，其难易固属不同，其忠义亦自有别，

正不特一为汉裔，一为阉奴已也。关张两人，或刚或
暴，而与刘先主交游，偏能沆瀣相投，誓同生死，此
正可见刘先主之驾驭英雄，自有令人倾倒、乐为用命
者，怒鞭督邮一事，阅者称快，安得举天下后世之贪
官污吏，尽付英雄之鞭笞乎？盖勋位不过长史，独能
远谐物望，为世所钦；边章已入寇党，避而远之；滇
吾本为虏帅，敬而礼之。盗贼夷狄，犹向慕贤者若
此，人生亦何苦纵恶，而自丧声名，甘为此万年遗
臭也？

第六十三回

请诛奸孙坚献议　拼杀贼傅燮捐躯

　　却说凉州乱事，连年未平，朝臣奉诏会议，又觉得聚讼盈廷，莫衷一是；司徒崔烈，且欲弃去凉州。时安定都尉傅燮，已入为议郎，亦得与议，听了崔烈言论，不由的鼓动热肠，正色厉声道："司徒可斩！斩了司徒，天下乃安！"好大胆！三语说出，四座皆惊，烈亦为变色；尚书欲顾全崔烈面目，不得不劾燮妄言。灵帝召燮问状，燮从容答道："凉州为天下要冲，国家藩卫，今牧御失人，乃使一州叛逆。烈为宰辅，不思弭寇，反欲轻弃万里疆场。若使虏众得居此地，士劲甲坚，入寇内地，试问国家将如何抵御？这岂不是社稷深忧么？"灵帝乃依了燮言，诏令左车骑将军皇甫嵩，回镇长安，相机讨贼。贼党边章、韩遂等，入掠三辅，嵩引兵出战，得将贼党击退。偏中常侍张让、赵忠，与嵩有嫌，反说他屡战无功，徒糜军饷；灵帝竟不分皂白，收还嵩左车骑将军印绶，降嵩为都乡侯。原来嵩讨张角时，路过邺中，见赵忠宅居逾制，奏请没收，张让又向嵩求赂钱五千万，嵩亦不许，两人由此生恨，屡谋害嵩；且因嵩平张角，称为首功，若把嵩摔去，好将功劳夺归内廷，自己可以受赏。果然阴谋得遂，嵩被排斥，昏昏沈沈的汉灵帝，坐受群小荧惑，说是前讨张角，内侍参议有功，竟封张让、赵忠等十三人为列侯。独不记张让通贼书么？一面使司空张温，代为车骑将军，并召前中郎将董卓，使为破虏将军，归温节制，出讨凉州诸贼。温调集诸郡兵马，约得十余万人，进屯善阳，边章引众来攻，温与战失利，卓亦败退。已而时届仲冬，天气严冷，夜间有流星如火，光长十余丈，照彻贼营，贼众疑为不祥，欲归金陵；卓得此消息，心下大喜，复邀同右扶风鲍鸿等，向晨攻贼；贼皆有归志，不愿力战，一哄儿弃营西走，倒被卓等驱杀一阵，斩首数千级，还营报功。温令卓往讨叛羌，另派荡寇将军周慎，追击边章。章方败走榆中，据城固守，慎即欲进攻。前佐军司马孙坚，方由温奏调至军，参议军事，坚因向慎献策道："贼新入榆中，必无粮储，定当由外输入；坚愿得万人，截贼粮道，将军率大兵为后应，贼不能久守，自然骇走；若窜入羌中，并力往讨，便可荡平，凉州得从此安靖了！"慎不从坚议，遂引兵围榆中城。边章闻慎军将到，先拨分贼党，往驻葵园；待至慎军攻城，坚守勿战，却密令葵园贼众，断慎粮道。慎乏食生惊，弃去辎重，狼狈遁还。

　　就是董卓一路人马，行抵望垣北隅，突遇羌胡大队，蜂拥前来，急切不能退避，致为所围，兵既被困，饷又不继，急得董卓彷徨终日，左思右想，幸得了一条良策，立命军士照行。卓本倚水立营，就从水旁筑起一坝，佯为捕鱼，暗中却将水势堵塞，腾出淤地，乘着宵深更静，拔寨潜走，悄悄的从坝下过军，待贼闻知，出来追击，卓军已经过尽，决塞放水，反将贼众淹死多人，贼慌忙走还；卓得全师引归，反屯扶风。适边章与韩遂争功，两不相协，章致书张温，自请投降，实是一缓兵计。温乐得应允，收兵退回长安，并将前后军情，奏报阙廷。灵帝览奏，见战功多出董卓，因特封卓为斄乡侯，食邑千户，调任并州牧；当下颁诏付温，使温转告董卓。卓已得知封侯消息，便即志高气盈，睥睨一切，及温使人往召，竟不奉命。温待久不至，再遣属吏赍诏召卓，卓方徐徐到来，入帐见温，并未谢及奏叙的惠德，且满面露着骄容，居然有压倒张温的气象。已是跋扈。温看不入眼，出言谯让，卓竟反唇相讥，并谓西征诸将，全属无用，若非我董卓功劳，怎能使贼畏服？温又愤然与语道："边章等名虽乞降，心实难恃，将军既智勇兼全，还当再接再厉，扫平群贼，方得上报国恩！"卓亦抗声说道："贼已降我，无故往攻，岂不是自失威信么？卓志在杀贼，却不愿师出无名！"说着便起座自去。温见卓如此倨傲，也不起送，但闷闷的坐在帐中。旁边恼了一位参军，向前密语道："将军奈何放卓出营？"温见是孙坚，便屏去左右，问为何因？坚答说道："卓不自知罪，反敢大言不惭，将军何不申明军法，说他不肯应召，有违节度，立命斩首？"温惊顾道："卓颇有威名，若将他杀死，西行何依？"坚慨然道："明公亲率大军，威震天下，何恃一卓？况卓有三罪，不杀何待？卓抗辞不逊，慢言无礼，便是一罪；边章韩遂，跋扈经年，理当按时进讨，卓反谓不宜往攻，沮军疑众，便是二罪；卓受任无功，应召稽留，乃尚趾高气扬，妄自尊大，便是三罪。古时名将，杖钺临众，往往先斩悍将，借示威名；如穰苴斩庄贾，魏绛戮杨干，故事可征，并非创例；今明公不忍诛卓，纵令骄恣，自亏威重，后悔恐无及了！"温若果听坚言，何至养痈贻患？温终不能决，挥坚使退，坚乃趋出，叹惜不已。未几有诏书颁到长安，进温为太尉，三公在外拜命，由温为始。温虽不能除卓，但颇重坚才，荐为议郎。坚为将来东吴始祖，小子应将他出身履历，补叙详明：

坚字文台，系吴郡富春县人，就是孙武子后裔，世为郡吏，历代祖墓，并在富春城东，墓上辄有五色云罩住，光延数里。乡父老少见多怪，常互相告语道："这非寻常云气，看来孙氏子孙，必将兴旺了！"及坚母怀妊，梦有人剖腹出肠，取绕吴郡阊门，不禁失声大呼，突致惊寤，回忆梦境，尚觉可怖；翌日出告邻母，邻母劝慰道："安知非将来吉征？何必多忧？"既而生子名坚，头角峥嵘，状貌伟岸。好容易长大成人，出为县吏。十七岁时，与父共载船至钱塘，遥见有海贼数十人，掠得商人财物，在岸上分赃，坚即白父道："速击海贼！"父摇手阻坚，嘱勿妄动。哪知坚已取得一刀，划船近岸，耸身跃上，大呼杀贼，手中刀东西指挥，如招人状；壮哉文台！贼惊出意外，还道坚招呼官军，当即抛弃财物，分头窜散；坚尚持刀追去，剁死一贼，携首还船。嗣是扬名郡县，由郡守召为郡尉，迁官司马。会稽贼许生造反，逾年未平，亏得坚召募勇士，会合州郡兵马，阵斩许生父子。见前文，《三国志》作许昌。刺史臧旻，上奏坚功，朝命未尝加赏，但使他做了三任县丞。至黄巾乱起，始由右中郎将朱儁保荐，历年从军，前文中已经叙及，无庸小子絮述了。惟自张温出征后，司空一职，悬缺不补，会灵帝查阅案牍，得杨赐、刘陶所上奏章，曾云遣散张角党羽，然后诛及渠魁，事见六十回。当时置诸不理，遂致蔓延。此时张角虽平，前言俱在，灵帝也自觉悔悟，因加封赐为临晋侯，使代张温为司空；且封刘陶为中陵乡侯，使任谏议大夫。赐就职不过月余，便即病殁，灵帝也为辍朝三日，素服举哀，优加赗赠，令公卿以下会葬，予谥文烈。长子杨彪袭爵。那谏议大夫刘陶，既入为言官，常思补衮尽职，因复上疏言事道：

　　臣闻事之急者，不能安言，心之痛者，不能缓声。窃见天下前遇张角之乱，后遭边章之寇，每闻羽书告急之声，心灼内热，四体惊悚。今西羌逆类，私署将帅，皆多段颎时吏，晓习战阵，识知山川，变诈万端；臣常惧其轻出河东冯翊，抄西军之后，东至函谷，据厄高望。今果已攻河东，恐更豕突上京，如是则南道断绝，车骑之军孤立，关东破胆，四方动摇，威之不来，呼之不应，虽有田单陈平之策，亦计无所施。况三郡人民，皆已奔亡，南出武关，北徙壶谷，冰骇风散，唯恐在后，今其存者尚十之三四，军吏士民，悲愁相守，民有百走退死之心，而无一前斗生之计；西寇寝前，去营咫尺，胡骑分布，已至诸陵。将军张温，天性精勇，而主者旦夕迫促，军无后殿，假令失利，其败不救。臣自知言数见厌，而言不自裁者，以为国安则臣蒙其庆，国危则臣亦先亡也。谨复陈当今要急八事，乞须臾之间，深垂纳省，则国家幸甚，臣等幸甚！

书中所陈八事，不能尽述，大旨无非归罪宦官，说他欺君害民，酿成大乱。中常侍张让、赵忠等，得悉陶书，无不切齿，遂共白灵帝道："前因张角事发，诏书晓示威恩，臣等并皆改悔；今四方安静，陶乃嫉害圣政，专言盗贼；试想州郡并未上闻，陶何由得知底细？显见他与贼通情，所以先来恫喝，要想把臣等尽置死地，方好任所欲为。愿陛下勿为所欺！"是为肤受之愬。灵帝视让、忠如父母，总道他痛痒相关，不至诬妄，遂下诏谴陶，收系黄门北寺狱。狱为黄门所掌，当然归阉人鞫问，横加搒掠。陶自知必死，张目顾问宦官："朝廷已经省悟，加恩臣身，今为何又误信谗言？陶恨不与伊吕同俦，反与三仁并命！"殷有三仁，即微子、箕子、比干。说至此，竟用手扼吭，气闭身亡。前司徒陈耽，亦尝反抗宦官，张让、赵忠，索性将他罗织在内，拘系狱中，亦被掠死。赵忠反超任车骑将军。忠欲位置私人，更追论讨贼功臣，凡从前并未从军，只教是阉党走狗，多纳贿赂，便说他与讨黄巾，奏请授官。执金吾甄举，往见赵忠道："傅南容前在东军，有功不侯，天下失望；今将军亲当重任，应该进贤理屈，下副众心！"忠也为点首，待甄举辞去后，即遣弟城门校尉赵延，往访傅燮，乘间与语道："南容肯稍答我常侍，万户侯便可立致了！"燮正色道："人生通塞，乃是命中注定，若有功不赏，何莫非命？燮岂可妄求私赏哩？"说得赵延无言可答，返报乃兄。乃兄忠越加衔恨，惟因燮为众所推，未敢加害；但将他调任汉阳太守。燮抵任数月，已是中平三年。贼帅韩遂，杀死同党边章，及北宫伯玉，纠众十余万，进围陇西，太守李相如，不能御贼，反与贼连和，猖獗益甚。汉阳贼王国，又自号合众将军，起应韩遂，四出寇掠。凉州刺史耿鄙，号召六郡兵马，进讨贼众，令治中陈球为先驱。球素性贪婪，为民所怨，鄙亦未协舆情，傅燮知鄙出必败，乃向鄙进谏道："使君统政日浅，民未知教。孔子有言：'以不教民战，是谓弃民。'今若率平素不教诸人，越陇讨贼，恐十举十危。且贼闻大军将至，必万众一心，与为对垒，锋不可当。使君又统领新兵，上下未和，万一内变，虽悔何追？愚意不若息军养威，明赏必罚，阴加训练，贼得逍遥境外，必谓我决不能战，自致骄盈，由骄生衅，同恶相残；使君率已教人民，讨已离盗贼，尚患不能奏功么？今不为万全计策，反自就危途，窃为使君不取呢！"鄙自恃兵多，不从燮言，即日引军起行。甫经狄道，果有别驾应贼，先杀陈球，后杀耿鄙。鄙司马扶风人马腾，亦拥兵不救，自主一方。王国、韩遂等，遂进围汉阳；城中兵少粮尽，燮尚拼死守住。贼党中有北地胡骑数千，与燮同里，凤受燮恩，见燮登城抵御，各跪叩城下，愿送燮还乡；燮将他叱退。燮子干年甫十三，从父在任，知父性刚气锐，恐不能免，因向燮跪谏道："国家昏乱，致令大人不容朝廷；今天下已叛，孤城决难自守，乡里羌胡，凤怀恩德，欲送大人弃城归里，大人不如从权允许，还乡以后，率励义徒，俟至天下有道，再出未迟！"燮听得数语，便慨叹道："汝难道知我必死么？古人有言：'圣达节，次守节。'我闻暴如殷纣，伯夷且不食周粟，饿死首阳；今朝廷昏德，尚不如纣，我岂可自绝伯夷？况前时不能高隐，居位食禄，怎得见危即去？我已决死此地，汝有才智，后当自勉！主簿杨会，便是我程婴，可以托孤，我死亦瞑目了！"程婴保孤事，见列国晋时。干流涕哽咽，不能复言，左右亦皆泣下。忽由故酒泉太守黄衍，叩城求见，燮传令放入，干乃起入帐后，待衍进来。燮延令入座，问明来意，衍实为王国所遣，来作说客，因开口语燮道："成败事已可预知，君能先机起事，上可为霸王事业，下亦不失为伊吕，看来天下终非汉有，明府如果有意，衍等当奉为君师，愿受驱策，幸勿失此时机哩！"燮不禁变色，拔剑置席道："汝亦做过大汉臣吏，反为贼来下说词么？本当斩汝，徒污我刃，我权寄汝头颅，回报叛贼，毋再妄想！"衍怀惭自去。燮即传齐将士，开城搦战，与贼众接仗多时。贼众自恃势盛，上前围燮，环绕数匝，燮尚冒死冲突，格毙贼党数十人；怎奈兵残力竭，外无援应，终落得捐躯殉国，毕命沙场。燮子干由杨会护出，得归故里。朝廷闻燮阵亡，赐谥壮节，且予干世荫。后来干已长成，具有才名，仍得出仕，官至扶风太守。可见得忠臣有后，食报非迟。当时还有一位名贤，在家寿终，大将军何进，遣使吊祭，海内赴丧，多至三万余人。这人为谁？就是前太邱长陈实。实为太邱长后，隐居不出，党锢狱兴，实亦连坐，系囹。见前文。实居乡有年，平心率物，遇有争讼，辄求判正，无不悦服；里人多感叹道："宁为刑罚所加，毋为陈公所短。"会遇岁歉民饥，有窃贼夜入实家，隐踞梁上，实已瞧见，故意不言，但呼子孙训戒道："人不可不自勉，恶人非生性使然，传染恶习，遂致不返；试看梁上君子，便可了然！"贼在梁上听着，大惊投地，叩头谢罪。实徐语道："看君状貌，不似恶人，若能改过迁善，自可不虑贫困了！"乃令子孙取绢二匹，赠与窃贼，贼拜谢而去；非陈仲弓，不能为此。于是一县无复盗窃。前太尉杨赐及司徒陈耽，入朝拜官，群僚毕贺，赐等以实未为相，自己反先登台辅，尝引为惭恨；大将军何进等，屡次派人敦聘，实终不肯出，婉谢来使道："实久谢人事，饰巾待终罢了，幸君善为我辞！"嗣后闭门悬车，栖迟养老，至中平四年夏季，考终家中，享寿八十四岁；吊祭诸徒，共至墓前瞻拜，代为刊石立碑，谥曰文范先生。遗有六子，纪谌最贤，孙群亦有盛名，事见后文。小子有诗赞道：

> 到底仁人克善终，光前裕后子孙隆；
> 宣城书法今犹在，千古争传陈仲弓。
> 《后汉书》为宋宣城太守范晔所著。

老成凋谢，丧乱弘多，欲知后来变端，且至下回胪叙。

董卓曾受朝命，归车骑将军张温节制，温召卓不至，显违主帅，其跋扈情形，已见一斑。孙坚劝温诛卓，温独不从，虽若谨守臣道，不敢专诛，但闾以外将军制之，汉文曾有明训，温果能为国除奸，就使得罪被戮，较诸他日之受害于卓，为益多矣。哀哉温之临事寡断，卒酿成无穷之祸也。傅燮困守孤城，可去不去，迹亦近拘；然城存与存，城亡与亡，本人臣之大义，幼子泣请而不从，虏使进言而被斥，见危授命，大义凛然，虽死且不朽矣！语云："板荡识忠臣！"信然！

第六十四回

登将坛灵帝张威　入宫门何进遇救

　　却说灵帝中平年间，朝政日紊，国势愈衰，灵帝只知信任阉人，耽情淫乐。今岁造万金堂，明岁修玉堂殿；铸铜人四具，分置苍龙玄武门外；制黄钟四架，分悬玉堂云台殿中；又特在平门左右，用铜范成天禄虾蟆，天禄善名。中设机捩，口中喷水，谓可除秽辟邪。种种构造，统系掖庭令毕岚监工。就是一班刑余腐竖，亦无不建筑第宅，侈拟皇宫，灵帝常登台顾景，为消遣计；赵忠等恐他望见私第，向前进言道："人主不宜登高，登高恐百姓乖离！"出自何典？是即赵高指鹿为马之类。忠亦姓赵，总算善承世德。灵帝遂不敢登台，阉党益肆行无忌，但教瞒过一人耳目，还怕甚么百官万民？哪知内蠹不休，适召外侮，西羌连年扰攘，未曾告平，鲜卑豪酋檀石槐，虽已病死，部落犹众，仍然出没塞下，屡寇幽并诸州。他如腹地的盗贼，真是群起如毛，几难尽述。江夏散兵赵慈，戕杀南阳太守秦颉，纠众作乱，幸亏荆州刺史王敏，发兵破灭，得诛赵慈。未几中牟令落皓，及主簿潘业，又被荥阳贼杀死，当由河南尹何苗督师往剿，毙贼多人，暂时告靖。长沙贼区星，零陵贼观鹄，又相继造反，朝廷命议郎孙坚出守长沙，先斩区星，后斩观鹄，荆湖始平。偏渔阳人张纯、张举，接连发难，攻杀右北平太守刘政，辽东太守杨终及护乌桓校尉公綦稠；举自称天子，纯号弥天将军，同掠幽冀二州。外如休屠各胡，亦乘隙为变，入寇西河，击杀郡守邢纪，转攻并州，刺史张懿与战，不幸败亡。黄巾余孽郭太等，因西河为胡所掠，也在白波谷揭竿，联络胡人，分扰太原河东。左屠各胡复胁迫南单于，一同叛命，骚扰朔方。冀州刺史王芬，因见乱端四起，日夜戒备，累得寝食不安；适故太尉陈蕃子逸，自成所赦归，往谒王芬，谈及天下大乱，俱由阉竖专权所致，芬亦为叹息。旁有术士襄楷在座，奋袖起谈道："天文不利宦官，看来黄门常侍，均要族灭了！"陈逸大喜道："果有此事，不但国家可安，即如我先人埋冤地下，亦得从此伸雪，含笑九原！"芬亦接口道："若果天象有凭，芬愿为国家驱除阉贼！"襄楷指手划脚，力言阉人夷灭，不出一二年。语颇不谬，但未识何人能除阉党？为术终疏。芬乃召集豪俊，筹备饷械，上书言盗贼日滋，攻劫郡县，宜厚蓄兵马，分途剿平。灵帝不加理会，且欲北巡河间旧宅，指日起行。芬等闻信，遂欲用兵劫驾，尽诛黄门常侍，乘势废立。济南相曹操，已入拜议郎，与芬本系相知，芬因操足智多谋，遂使人与言秘计，乞为内援。操摇首道："废立二字，乃天下最不祥的名目；古人惟伊尹、霍光，行过此事。伊、霍位居首辅，诚能动众，所以事出有成；今诸君未及古人，漫思造作非常，期在必克，这岂不是求安反危，图福得祸么？"阿瞒毕竟性灵。遂嘱来使还白王芬，务求慎重，切勿卤莽从事。芬尚未信操言，又召平原人华歆、陶邱洪，共定大计。洪欲应召前往，歆急为劝阻道："废立大事，伊霍不过幸成，芬才疏望浅，怎能成事？不如勿行！"洪乃中止。会北方有赤气亘天，夜半愈盛，横贯东西，太史奏言北方有阴谋，不宜出巡，灵帝乃无心北幸，并敕王芬罢兵。俄而征芬还都，芬疑是秘谋泄露，不敢应命，当即解去印绶，私走平原；尚恐朝廷拘拿，仓皇自尽。陈逸、襄楷，幸得免累，就是议郎曹操等，亦毫不牵连，这都是芬谋未泄，故俱得无恙；徒断送王芬一命罢了。死得无名。

且说太常刘焉，本前汉鲁恭王后裔，鲁恭王名余，系景帝子。徙居竟陵，因属汉朝宗室，得通仕籍，由中郎迁至太常。他见朝政多阙，祸乱相寻，乃建言刺史太守，由赂得官，刻剥百姓，乃致离叛，应急选清名重臣，出任牧伯，剿抚兼施，方可削平世乱等语。这计议尚未得行，有侍中董扶与焉友善，私下与语道：“京师将乱，闻益州分野，却有天子气，未知属诸何人？”焉含糊对答，心下却觊觎非常，恨不得即赴益州。可巧益州乱起，刺史郤俭苛敛害民，为黄巾余党马相所杀，相僭称皇帝。钞掠巴蜀，警耗连达都中，刘焉得复申前议，进白灵帝，灵帝即命焉为益州牧，封阳城侯，出平蜀郡，焉喜如所望，受命即行。到了荆州东界，前途多盗，不便西进，逗留了好多日；也是他时来福凑，官运亨通，益州伪皇帝马相，被益州从事贾龙起兵，连战皆捷，诛戮无遗，因遣史卒迎焉入蜀，奉为州主。益州治所，本在雒县，焉以郤俭被杀，恐多不利，乃徙治绵竹，招携纳叛，笼络人心。侍中董扶，闻焉既得志，亦求为蜀郡西部属国都尉，灵帝准令赴蜀，扶便西往，为焉参谋，不必细述。同时宗正刘虞，也是汉家支派，为东海王强后人，强为光武帝子。以孝廉被举，累迁至幽州刺史，恩信及民，内外翕服，后来因事去官；至黄巾作乱，复起为甘陵相，亦善抚绥，进为宗正，奉职无阙。自张纯、张举作乱渔阳，幽州大扰，灵帝已遣骑都尉公孙瓒往讨，复因虞前在幽州，为民所服，乃特命为幽州牧，持节赴镇。汉制设州统郡，州有刺史，位置在郡守上，但比郡国守相，尚差一等；汉成帝时，方改称州牧，位次九卿，权同守相；光武中兴，又规复旧制，仍改州牧为刺史；自经刘焉、刘虞两人任命，于是复有州牧，得操重权，中原分裂，就从此开端了。为群雄割据张本。灵帝迭闻寇警，也不免忧从中来，默思小黄门蹇硕，身材壮健，具有武略，比诸车骑将军赵忠，强弱不同，不如令他专任戎事，保护宫廷；乃将赵忠撤销兵权，特授蹇硕为上军校尉，屯卫西园。蹇硕以下，更设校尉七人。虎贲中郎将袁绍，为中军校尉；屯骑校尉鲍鸿，为下军校尉；议郎曹操，为典军校尉；赵融为助军左校尉；冯芳为助军右校尉；赵、冯并为议郎。谏议大夫夏牟为左校尉；淳于琼为右校尉，琼亦为谏议大夫。俱归蹇硕调度，共称西园八校尉。七人为宦官爪牙，俱不值得。

　　会由术士望气告变，说是京师将有大兵，恐致两宫喋血，灵帝意图厌禳，特征四方兵会集京师，就平乐观作讲武场，观中筑一大坛，上建十二重华盖，高约十丈，坛东北另设小坛，复建九重华盖，高约九丈。四面张着赤帜，分列步骑数万人，结成方阵，借壮外观。灵帝亲擐甲胄，跨马临军，使大将军何进为前驱，秉旄仗钺，直抵坛前，御驾就大坛驻足，自立大华盖下；复用手挥进，令趋就小坛，在小华盖下立着，然后传令各军，操演阵法，军士一齐应令，万马齐奔，东驰西驱，前后继进，形色上似甚整齐；映入灵帝眼中，但觉得五花八门，赏心夺目。你要张幕看戏！大众即演戏一出与你看看。当下想入非非，竟自称一个徽号，叫做无上将军；就令左右书于旗上，作为大纛，向前导引，随即纵辔离坛，跃马四驰，就阵中绕行一周。只听得军吏喧声，齐呼万岁，不由的兴致越高，精神越奋；再兜了两个圈子，方将兵符交付何进。返驾入宫。讨虏校尉盖勋随着，即回首顾语道："朕今日讲武，规模如此，卿以为善否？"勋应声道："臣闻先王耀德不观兵，今寇贼远距京师，陛下乃在都中列阵，臣恐未足扬威，徒自黩武罢了！"灵帝听着，忽觉感悟道："卿言甚是！朕见卿恨晚，群臣从未有此言呢！"勋拜谢而退，途遇中军校尉袁绍，略述问答情形，且与语道："主上聪明过人，但为左右所蔽，不免荧惑，真是可惜！"绍即前司空袁逢庶子，素好游侠，目睹阉寺擅权，素加愤恨，至是听得勋言，便邀至私宅，谋诛阉党，彼此约定，待机乃发。太尉张温，时已征还，左迁为司隶校尉；温举勋为京兆尹；灵帝方欲使勋内任，随时顾问，不愿相离，偏蹇硕等忌勋正直，劝灵帝依从温言，乃拜勋为京兆尹。勋既被外调，所有机谋，眼见得不能如约了。忽闻凉州贼警，日甚一日，陈仓为贼渠王国所围，危急异常，灵帝复拜皇甫嵩为左将军，并使董卓为前将军，受嵩节制，同救陈仓。嵩与卓合兵二万人，行至中途，屯兵不进，卓请速赴陈仓，嵩独未许，卓愤然道："卓闻智士不后时，勇士不留决；将军受命前来，无非为陈仓起见，速救方可保城，否则必为贼有了！"嵩驳斥道："君言错了！从来百战百胜，不如不战屈人。陈仓虽小，城守完固，王国虽强，未必能攻下坚城；我待贼疲敝，然后出兵往击，贼乃骇溃，这乃所谓不战屈人哩！"卓拗他不过，只得静待。约莫过了八十多日，陈仓尚是守住，王国却解围退去；嵩闻国退去，便下令军中，从速追击。卓又入请道："兵法有言穷寇勿追，今我兵追国，便是与兵法相背了！试想困兽犹斗，况国尚势盛，怎可穷追哩？"嵩复驳说道："我前不速击，是避贼锐气；今欲往追，是乘贼势衰；国众已走，莫有斗志，不得以穷寇相比。君且为后拒，试看我前驱追贼，必能成功，不怕王国不死哩！"已操胜算。说罢，即麾军前进，使卓为后应，果然连得胜仗，斩首万余级，国竟窜死；卓自愧无功，遂与皇甫嵩有嫌。越年征卓为少府，令将部曲归嵩管辖；卓诡词乞留，迁延不赴。嵩兄子郦在军中，向嵩进言道："本朝失政，天下倒悬；若欲安危定倾，责在叔父，次为董卓。今叔父与卓有怨，势不两容。卓奉诏委兵，乃上书抗辩，已是逆命，又因京师浊乱，踌躇不进，更是怀奸；且卓凶戾无亲，将士不附，叔父现为元帅，何妨声罪致讨，上显忠义，下除凶害，岂不是桓文盛业么？"嵩叹息道："专命有罪，专诛亦未尝无罪；为今日计，不如据实陈奏，请主上自行裁夺便了！"遂不从郦言，但上了一篇弹文。灵帝颁诏责卓，卓恨嵩益深；嵩原不能讨卓，灵帝也不能制卓，卓坐是专恣，要从此斫丧汉室了！张温可诛卓而不诛，皇甫嵩可讨卓而不讨，虽是两人胆怯，亦关汉朝气数。

　　惟王国窜死，凉州略平；幽州由两张作乱，尚未平定。自称弥天将军的张纯，曾做过中山守相，失官以后，因凉州叛乱，致书前车骑将军张温，愿督同乌桓突骑，往徇凉州，温置诸不答，纯遂与同郡张举，攻杀校尉太守，霸占一隅。就是张举亦尝任泰山太守，失职生怨，谋为不轨，居然想身登九五，南面称尊。上文用总叙法，略而不详，故此处再用补笔。骑都尉公孙瓒，奉使出征。瓒本前中郎将卢植门徒，见六十二回。由小吏起家，辽西侯太守奇瓒状貌，妻以爱女，瓒从此发迹，随军有年。至是往讨两张，引兵至蓟，适值张纯攻略蓟中，由瓒一马当先，率军直上，奔入贼阵，贼皆披靡，瓒追杀至数十里外，方才安营。纯既败走，复去诱同乌桓部酋邱力居等，再寇渔阳、河间、渤海，进入平原，瓒更引兵往击，至石门山，大破贼虏，纯等远走塞外，连妻子尽行弃去；张举亦立脚不住，随纯同奔。瓒却未肯回马，追贼出塞，向北深入，进至辽西管子城，反为邱力居等所围，相持至二百余日，粮尽食马，马尽食弩楯，险些儿饿死全军，犹幸天降大雪，虏亦饥寒，撤围远去，直奔柳城，瓒乃得驰归。有诏进瓒为降虏校尉，封都亭侯。可巧幽州牧刘虞，亦持节到任，与瓒相见，瓒再拟扫虏，虞独欲招降，探得张纯、张举两人，遁入鲜卑，因遣使至鲜卑中，晓谕利害，劝令送两张首级。鲜卑酋步度根，檀石槐孙。犹豫未决，纯客王政，却将纯刺死，枭首送虞，邱力居素慕虞名，亦遣使请降；公孙瓒独心怀忮忌，阴使人邀截胡使，胡使探悉情由，绕道诣虞。虞乃上书请罢屯兵，但留瓒率万人驻守右北平。瓒始未惬，遂与虞结下怨仇，连年不解了。与董卓相去不远。灵帝因虞有功，拟加重赏；会值太尉马日磾免官，乃超拜虞为太尉。自从张温降职司隶，后任太尉，两年中改换四五人，如司徒崔烈、大司农曹嵩、永乐少府樊陵，以及射声校尉马日磾，迭升迭降，好似奕棋一般；就是光禄大夫许相，继杨赐为司空，再代崔烈为司徒，也不过历职年余，终致罢免；惟光禄勋丁宫，迁任司空司徒，还算任职较长；司空刘弘，也是由光禄勋超迁，才略都不过平庸。且当群阉擅权时候，三公俱若赘疣，窃位苟禄，备员全身，乃是当日三公的避灾总诀，无庸一一絮述了。语虽简略，意仍周匝。

且说中平六年四月，灵帝有疾，卧床数日，不能视朝，公卿以下，各请册立太子，杳无复音；待至旬余，不闻召入大臣，宣扬末命。只上军校尉蹇硕，却出入寝宫，得与灵帝商决后事。始终信任宦官。正想依旨宣布，不料灵帝病变，仓猝归阴。硕秘不发丧，矫诏召大将军何进，入受顾命。进接了诏旨，匆匆入宫；甫至宫门，正与硕司马潘隐相遇。隐举手示意，叫他休入。进与隐本系故交，慌忙退归营中，隐亦随至，向进报告道："御驾已崩，蹇硕欲杀将军，迎立皇子协为帝，愿将军另图至计！"进不觉大惊，亟引兵往屯百郡邸，汉时郡国百余，皆置邸，京师总邸，叫作百郡邸。静听后命。俄而何后又派人召进，进详细问明，方敢驰入，究竟宫内有何隐情，由小子直道其详：原来灵帝长子辩，为何后所生，轻佻无仪，灵帝意欲舍嫡立庶，又恐何后与兄，共有违言，所以迟延未发。上军校尉蹇硕，为灵帝所亲信，早已窥透上意，密劝灵帝遣进西征，灵帝当即依议，命进西击韩遂；进亦知灵帝不怀好意，未肯轻出，乃奏遣袁绍募兵徐兖，俟绍还都，方可西行。蹉跎了一二年，灵帝病竟不起，自知顾命难宣，没奈何与蹇硕密商，叫他拥护次子；硕欲先诛何进，然后立皇次子协，偏又为潘隐所败露，不能逞谋，乃只好听命何后，立皇长子辩为嗣主。进既已问明原委，自然放胆

入宫，奉皇子辩即位，尊何后为皇太后。辩年才十四，未能亲
政，当由何太后临朝，大赦天下，改元光熹；灵帝尚未发丧，何便
要改元？封皇弟协为渤海王，命后将军袁隗为太傅，与何进同录
尚书事。进既秉朝政，遂思除去蹇硕，为报怨计，可巧袁绍还
京，为进参谋，不但欲将硕加诛，且拟尽诛宦官，扫清宫禁。
进因袁氏累世贵宠，引绍为助，且征何颙为北军中候，荀攸为
黄门侍郎，郑泰为尚书，与同心腹，期在必成。蹇硕亦暗地加
防，因致中常侍赵忠、宋典等密书，使同党郭胜投递；胜与进
同籍南阳，素相关照，竟趋至大将军府，出书示进。进展书一
阅，不由的吃了一惊。正是：

　　　　外戚内阉争死命，败家亡国兆凶机。

欲知书中所说何事，容至下回叙明。

　　　整军经武，本人主之要图，况盗贼四起，寇乱相
　　寻，宁尚可不修武备耶？但如灵帝之所为，则以兵事
　　为儿戏，张威不足，召辱有余；蹇硕一阉竖耳，遽授
　　为上军校尉，袁绍以下，皆归节制，试思天下有义勇
　　之将士，肯听阉人之驱策欤？袁绍辈不足道，智如曹
　　操，乃甘就职，正其所以为奸雄也。若平乐观中之讲
　　武，设坛张盖，夸示威风，灵帝自以为耀武，而盖勋
　　乃以黩武为对，犹非知本之谈。黩武二字，惟汉武足
　　以当之，灵帝岂足语此？彼之所信任者，妇寺而已，
　　如皇甫嵩、朱儁诸才，皆不知重用；甚至一病不起，
　　犹视蹇硕为忠贞，托孤寄命，《范史》谓灵帝负乘，
　　委体宦孽，征亡备兆，小雅尽缺，其亦所谓月旦之定
　　评也乎？

第六十五回

元舅召兵泄谋被害　权阉伏罪奉驾言归

却说何进见了郭胜，就胜手中取书展览，顿致惊惶失色。书中约有数百言，有数语最足惊人，略云：

> 大将军兄弟秉国专朝，今与天下党人，谋诛先帝左右，扫灭我曹，但知硕典禁兵，故且沈吟。今宜共闭上阁，急捕诛之！

进踌躇多时，方问郭胜道："赵常侍等已知悉否？"胜答说道："彼虽知悉，亦未肯与硕同谋；大将军但嘱黄门令，收诛蹇硕，片语便可成功了。"进依了胜言，即使胜转告黄门令，诱硕入宫，当即捕戮，一面宣示硕罪。所有硕部下屯兵，概不干连，移归大将军节制，屯兵得免牵累，自然愿听约束，各无异言。惟骠骑将军董重，为永乐宫中董太后从子，本与何进权势相当，两不相下；再加皇次子协，寄养永乐宫，颇得董太后宠爱，所以董太后与重密谋，拟劝灵帝立协为储，将来好挟权自固。偏与灵帝说了数次，灵帝始终为难，不便遽决，终致所谋无成；及何后临朝，何进秉国，只恐董氏出来干政，辄加裁抑。董太后很是不平，东宫愤詈道："汝恃乃兄为将军，便敢鸱张恃势，目无他人？我若令骠骑断何进头，势如反掌，看他如何处置呢？"大言何益？语为何太后所闻，即召进入商，叫他除去董氏，免致受害。进即出告三公，及亲弟车骑将军何苗，共奏一本，略言孝仁皇后常使故中常侍夏恽、永乐太仆封谞等，交通州郡，娄索货赂，珍宝尽入西省，败坏国纪，向例藩后不得留居京师，舆服有章，膳羞有品；今宜仍遵祖制，请永乐后仍还本国，不得逗留云云。这奏章呈将进去，立由何太后批准，派吏迫董太后出宫；何进且举兵围骠骑府，勒令董重交出印绶；重惶急自杀，董太后亦忽然暴崩。或谓由何进使人下毒，事关秘密，史笔未彰，大约是不得善终，含冤毕命。一双空手见阎王，何苦生前作恶？中外人士，多为董氏呼冤，才不服何进所为了。何太后乃为灵帝发丧，出葬文陵；总计灵帝在位二十一年，寿只三十有四。补叙灵帝历数，笔不少漏。就是董太后遗柩，亦发归河间，与孝仁皇合葬慎陵；渤海王协，却被徙为陈留王。校尉袁绍，复向何进献议道："前窦武欲诛内竖，反为所害，无非因机事不密，坐堕忠谋；当时五营兵士，俱畏服中宫，窦反欲倚以为用，怪不得自取灭亡。今将军兄弟，并领劲兵，部曲将吏，又皆系英俊名士，乐为效命，事在掌握，这真是天赞机缘呢！将军宜为天下除患，垂名后世，幸勿再迟！"进也以为然，遂入白太后，请尽黜宦官，改用士人。何太后沈吟半晌，方答说道："中官统领禁省，乃是汉家故事，何必尽除？且先帝新弃天下，我亦未便与士人共事，得过且过，容作缓图。"妇人之仁，往往误事。进不敢再争，唯唯而出。袁绍迎问道："事果有成否？"进皱眉道："太后不从，如何是好？"绍急说道："骑虎难下，一或失机，恐将遭反噬了！"进徐答道："我看不如杀一儆百，但将首恶加罪，余何能为？"绍又说道："中官亲近至尊，出纳号令，一动必至百动，岂止杀一二人，便可绝患？况同党为恶，何分首从？必尽诛诸竖，方可无忧！"进本是优柔寡断的人物，终不能决。哪知张让、赵忠等，已微闻消息，忙用金珠玉帛，赂遗进母舞阳

君，及进弟何苗，与为结好。天下无难事，总教现银子，当由
舞阳君母子，屡至太后宫中，替宦官善言回护，曲为调停，并
言大将军专杀左右，权力太横，非少主福。得了金银，连骨肉都
可不顾，阿堵物之害人如是？说得太后也为动容，竟与进渐渐疏
远，不复亲近。进越觉失势，未敢遽谋；独袁绍在旁着急，又
为进划策，请召四方猛将，及各处豪杰，引兵入都，迫令太后
除去阉人。失之毫厘，谬以千里。进依了绍计，即欲檄召外兵，
主簿陈琳谏阻道："谚云：'掩目捕雀，是讥人自欺！'试想捕
一微物，尚且不宜欺掩，况国家大事呢？今将军仗皇威，握兵
权，龙骧虎步，高下在心，若欲诛宦官，如鼓洪炉，如燎毛
发，容易得很；但当从权立断，便可成功，乃今欲借助外臣，
嗾令犯阙，这所谓倒持干戈，授人利柄，非但无功，反且生乱
呢！"进置诸不睬，竟令左右缮好文书，遣使四出。典军校尉
曹操，闻信窃笑道："自古以来，俱有宦官，但世主不宜假彼
权宠，酿成祸乱；若欲治罪，当除元凶，一狱吏便足了事，为
何纷纷往召外兵，自贻伊戚？我恐事一宣露，必致失败呢！"
见识原高，乃不去进谏，其奸可知。已而前将军董卓，自河东得
檄，即嘱来使返报，指日入京；进闻报大喜，侍御史郑泰入谏
道："董卓强忍寡义，贪欲无厌，若假以政权，授以兵柄，将
来必骄恣不法，上危朝廷；明公望隆勋戚，位据阿衡，欲除去
几个权阉，何须倚卓？且事缓变生，殷鉴不远，但教秉意独
断，便可有成。"进仍不肯听。泰出语黄门侍郎荀攸道："何
公执迷不悟，势难匡辅，我等不如归休了！"攸尚无去意，独
泰毅然乞归，退去河南故里，安享天年。所谓见机而作，不俟终
日。尚书卢植，亦劝进止卓入都，进愎谏如故；且遣府掾王
匡、骑都尉鲍信，还乡募兵，并召东都太守乔瑁，屯兵成皋，
武猛都尉丁原，率数千人至河内，纵火孟津，光彻城中。就是
董卓也引兵就道，从途中遣使上书，请诛宦官，略云：

　　中常侍张让等，窃幸承宠，浊乱海内；臣闻扬汤止
沸，莫若去薪，溃痈虽痛，胜于养毒，昔赵鞅兴晋阳之
甲，以逐君侧之恶，今臣鸣鼓如洛阳，请收让等，以清奸
秽，不胜万幸！

　　何太后得了此书，还是游移观望，不肯诛戮宦官；实是不
能。问苗亦为诸宦官袒护，慌忙见进道："前与兄从南阳入都，
何等困苦？亏得内官帮助，得邀富贵。国家政治，谈何容易？
一或失手，覆水难收，还望兄长三思！现不若与内侍和协，毋
轻举事！"进听了弟言，又累得满腹狐疑，忐忑不定。乃使谏
议大夫种邵，赍诏止卓，卓已至渑池，抗诏不受，竟向河南进
兵。邵晓谕百端，劝他回马，卓疑有他变，令部兵持刃向前，
竟欲害邵，邵也无惧色，瞋目四叱，且责卓不宜违诏；卓亦觉
理屈，才还驻夕阳亭，遣邵复命。袁绍闻知，惧进变计，因向
进胁迫道："交构已成，形势已露，将军还有何疑，不早决
计？倘事久变生，恐不免为窦氏了！"进乃令绍为司隶校尉，
专命击断，从事中郎王允为河南尹，绍使洛阳武吏，司察宦
官；且促董卓等驰驿上书，谓将进兵平乐观中。何太后乃恐慌
起来，悉罢中常侍小黄门，使还里舍；惟留进平日私人，居守
省中，诸常侍小黄门等，皆诣进谢罪，任凭处置。进与语道：
"天下汹汹，正为诸君贻忧。今董卓将至，诸君何不早去？"
众闻言，默然趋退。绍复劝进从速决议，进又不肯从。一个是
多疑少决，逐日迁延；一个是有志求成，欲速不达；两人虽是
同谋，不能同意。直至绍再三怂恿，仍激不起懦夫心肠。如何
干事。绍竟私行设法，诈托进命，致书州郡，使捕中官亲属，
归案定罪。越弄越坏。中官得此消息，遂至惊慌。张让子妇，
系何太后女弟，让急不暇择，跑回私第，一见子妇何氏，便匍
匐地下，向她叩头，奇极。慌得他子妇连忙跪下，惊问何因。

让流涕说道："老臣得罪，当与新妇俱返故乡；惟自念受恩累世，今当远离宫殿，情怀恋恋，愿得再见太后，趋承颜色，然后退就沟壑，死亦瞑目了！"原来为了此事，俗语谓"欲要好，大做小"。想即本此。子妇见让这般情形，自然极力劝尉，情愿出头转圜，让乃起身他去。让子妇匆匆出门，亟往见母亲舞阳君，乞向太后处说情，仍令张让等入侍，太后毕竟女流，难拂母命，不得不任事如故。偏何进为袁绍所逼，入白太后，面请答应下去，于是尽诛中常侍以下。并选三署郎官，监守宦官庐舍；何太后不答一言，进只得退出。有其兄，必有其妹，始终误一疑字。张让、段珪等，见进入宫，早已动疑，潜遣私党蹑踪随入，伏壁听着，具闻何进语言，当即返告让、珪，让、珪遂悄悄定计，又令私党数十人，各怀利刃，分伏嘉德殿门外，且诈传太后诏命，召进议事；进还道太后依议，贸然竟往，甫入殿门，已由张让等待着，指进发言道："天下扰扰，责在将军，怎得尽归罪我侪？从前王美人暴殁，先帝与太后不协，几致废立，我等涕泣解救，各出家财千万为礼，和悦上意始得挽回；事见前文。今将军不忆前情，反欲将我等种类，悉数诛灭，岂非太甚？现在我等也不能再顾将军，赌个死活罢了！"无瑕者，乃可戮人，进亦太不自思。进无言可对，瞿然惊起，离座欲出，让哪里还肯放过？招呼伏甲，汹汹直上，尚方监渠穆，拔刀争先，奋力砍进，进手无寸铁，如何招架，竟被渠穆砍倒地上，再是一刀，枭落首级。自寻死路，怎得不死？段珪就擅写诏敕，命故太尉樊陵为司隶校尉，少府许相为河南尹，罢去袁绍、王允两人；这伪诏颁示尚书，各尚书不免生疑。卢植与进有旧，更为惊愕，急至宫门外探信，且请大将军出宫共议，不料宫内有人大呼道："何进谋反，已经伏诛！"声才传出，即掷出一个鲜血淋淋的头颅，植慌忙审视，正是进首，当即俯首拾起，驰入大将军营中，取示将士，将吏吴匡、张璋，且悲且愤，挥兵直指南宫；就是袁绍亦已闻变，立遣从弟虎贲中郎将袁术，往助吴匡、张璋。宫门尽闭，由中黄门持械守阁，严拒外兵，袁术等在外叫骂，迫令宫中交出张让等人，好多时不见影响，天已垂暮，索性在青琐门外，放起火来，火势猛烈，照彻宫中。张让等也觉惊心，入白太后，只言大将军部兵叛乱，焚烧宫门，太后尚未知进死，惊惶失措，当被让等掖住太后，并劫少帝、陈留王，及宫省侍臣，从复道往走北宫。

尚书卢植，早已料到此着，擐甲执戈，在阁道窗下守候，遥见段珪等拥逼太后，首先入阁，便厉声呼道："珪等逆贼，既害死大将军，还敢劫住太后么？"珪乃将太后放松，太后急不择路，就从窗外跳出，植急忙救护，幸得免伤。始终难免一死，何如死在此时？是时袁术、吴匡、张璋等，已攻入南宫，搜诛阉竖，止得小太监数名，杀死了事，独未见常侍黄门等人。适值袁绍趋至，术等具述情形，绍即与语道："逆阉虽众，今日已无生路，逃将何往？惟樊陵、许相两人，甘为逆党，不可不除！"说着，即矫诏召入樊陵、许相，一并处斩，可巧车骑将军何苗，也闻警驰来，绍即与潜赴北宫，行抵朱雀阙下，兜头碰见中常侍赵忠，立由绍麾众拿下；忠自北宫前来探视，冤冤相凑，被绍拘住，自然叱令枭首。忠见何苗在旁，还想求救，凄声呼语道："车骑忍见死不救么？"苗虽未答说，却已侧目向绍，似有欲言不言的苦衷，无非为他平日馈遗。待至忠首砍落，更不禁露出惨容。吴匡等素怨何苗不与乃兄同心，且见他形色惨沮，越觉可疑，遂传语部兵道："车骑与杀大将军，吏士能为大将军报仇否？"道言未绝，众皆应命，当即把苗抓去，砍作两段，弃尸苑中。兄弟同死，可谓两难？绍尚想拦阻，已是不及，乃引众突入北宫，关住大门，分头搜寻阉党，见一个，杀一个，见十个，杀十个，无论老少长幼，但看他颔下无须，尽行杀毙，接连杀至三千余人；有几个本非宦官，只因年轻须少，也被误杀，同做刀下鬼奴。想是与阉党同命，应该同日致死。只张让、段珪诸权阉，尚未伏诛，料他伏处内宫，守住太后、少帝、陈留王，于是引兵再进，深入搜查；惟何太后子身留着，余皆不见，至问及太后，太后亦不甚明悉，但言尚书卢植，救我至此，卢尚书向我说明，皇帝兄弟，被张让等劫出宫外，不知何往，现卢尚书已保驾去了。绍乃仍请何太后摄政，并派官吏往追少帝、陈留王。究竟少帝、陈留王两人，被张让等劫往何方？原来张让、段珪，因外兵已入北宫，势难再留，乃与残兵数人，劫迫少帝兄弟，步出北门，夜走小平津；公卿无一相从，连传国玺都不及携取。到了夜半，才由尚书卢植，及河南中部掾闵贡，相继赶来，贡手下带得步卒数人，既谒过少帝兄弟，便叱责张让、段珪道："乱臣贼子，尚想逃生，我今日却不便饶汝了！"说着，即拔剑出鞘，信手乱挥，劈倒了几个阉奴；独张让、段珪，陪立少帝左右，急切无从下手，因用剑锋指示，勒令自杀；让与珪无力抗拒，没奈何向帝下跪，叩首泣辞道："臣等死了，愿陛下自爱！"语罢起身，见前面便是津涯，因急走数步，一跃入水，随波漂去。这真叫做浊流了。

　　贡见让、珪等皆死，乃与卢植扶住少帝兄弟，觅路趋归。少帝与陈留王向在宫中抚养，年龄尚稚，从未走过夜路，并且满地荆棘，七高八低，天色又黑暗得很，虽是有人扶着，尚觉得步步为难；幸有流萤三五成群，透出微光，飞到身旁好似前来导引，因此尚见路影，踯躅南行。约走数里，路旁始有民家，门外置有板车，下有轮轴，闵贡瞧着，便令随卒取车过来，也无暇敲门问主，就请少帝兄弟，并坐车上，由步卒在后推轮，慢慢儿行到雒驿，听得驿中柝声，已转五更，天空中雾露迷蒙，少帝等又皆困倦，料难再行，才就驿舍中留宿。俄顷便已天明，卢植先起，面白少帝，愿赴召公卿，来此迎驾，少帝当然依议，植即辞去。闵贡以驿舍不便久留，也即动身，驿舍中只有两马，一马请少帝独坐，贡与陈留王共坐一马，出舍南驰；方有朝中公卿，陆续趋到，扈驾同趋。经过北邙山下，忽见旌旗蔽日，尘土冲天，有一大队人马到来，截住途中，百官统皆失色，少帝辩更觉惊慌，吓得涕泪交流，不知所措。惊弓之鸟。嗣见旌旗开处，突出一员大将，眉粗眼大，腰壮体肥，穿着满身甲胄，径至驾前，群臣惊顾，并非别人，乃是前将军董卓，稍稍放心。慢着。卓本在夕阳亭候命，经袁绍伪书敦促，因引兵再进，至显阳苑，望见都中火起，料有急变，便趁夜趱程，驰抵都城西偏，天已破晓，探悉公卿前去迎驾，因亦移兵北向，往迓少帝；可巧在北邙山前相遇，就跃马进谒。陈留王见帝有惧色，传诏止卓，当由侍臣向前，高声语卓道："有诏止兵！"卓张目道："诸公为国大臣，不能匡正王室，至使乘舆摇荡，卓前来迎驾，并非造反，为什么反要禁阻呢？"侍臣无语可驳，乃引卓谒帝。帝惊魂未定，好似口吃一般，不能详言，还是陈留王从容代达，抚慰以外，并略述祸乱原因，自始至终，无一失言。小时了了，大未必佳。卓暗暗称奇，隐思废立，面上尚不露声色，即请御驾还宫。先是京师有童谣云："侯非侯，王非王，千乘万骑上北邙。"至是果验。及少帝还宫后，即日颁诏，大赦天下，改光熹年号为昭宁，只传国玺已经失去，查无下落。汉已垂危，还要甚么传国玺？

　　骑都尉鲍信，前奉何进差遣，从泰山募兵还都；既见时局大变，就往白袁绍道："董卓拥兵入都，必有异志，今不早图，必为所制，可乘他新至疲劳，乘隙捕诛，除去此獠，国家方有宁日呢！"绍惮卓多兵，且因国家新定，未敢遽发，免不得语下沈吟，信长叹数声，拱手告退，仍引还所招新兵，弃官归里。小子有诗咏鲍信道：

良谋不用便还乡，智士见机幸免殃；
若使后来常匿采，沙场未必致身亡。

鲍信战死兖州，事见后文。

袁绍不敢诛卓，卓遂肆行无忌，欲逞异图。究竟卓如何横行，待至下回再表。

何进之谋诛宦官，反为所害，其事与窦武相同，而情迹少异。武之失，在于轻视宦官；进之失，则又在重视宦官。轻视宦官，故有临事出阁之疏，为人所制而不之觉；重视宦官，故有驰檄召兵之误，被人暗算而不之防，要之皆才略不足，优柔寡断之所致耳。且与武同谋者为陈蕃。蕃以文臣而致败，败在迁拘；与进同谋者为袁绍，绍以武臣而致败，败在粗豪。然蕃死而绍不死，卒得歼灭阉竖二千人，此由若辈恶贯已盈，必尽歼乃可以彰天罚，天始假手绍等，使之屠戮，非真视蕃为少优也。况引狼入室，绍实主谋，鲍信进诛卓之方，犹不失为中计，而绍又不能信从；绍非特害进，并且覆汉，其罪亦弥甚矣！若太后、少帝及陈留王，被劫宦官，几濒于死，妇人小子，知识愚蒙，任人播弄，尚不足怪焉。

第六十六回

逞奸谋擅权易主　讨逆贼歃血同盟

　　却说董卓引兵入都，步骑不过三千人，自恐兵少势孤，不足服众，遂想出一法，往往当夜静时，发兵潜出，待至诘旦，复大张旗鼓，趋入营中，伪言西兵复至，都中人士，竟被瞒过，还道日夜增兵，不知多少。既而何进兄弟所领部曲，均为卓所招徕，卓势益盛。武猛都尉丁原，表字建阳，有勇善射，何进曾令他屯兵河内，威吓宫廷；见前回。及众阉伏诛，少帝还驾，乃征原为执金吾。原麾下有一主簿，少年英武，力敌万人，姓吕名布，字奉先，籍隶九原，为原所爱，待遇极优。卓欲笼络吕布，特遣心腹吏李肃，与布结交，赠他名马一匹，叫作赤兔，浑身如火，每日能行千里，此外尚有许多珍宝，作为送礼，引得布心花怒开，非常感激。肃却说出一种交换条件，叫他刺杀丁原，转投董卓。可恶。布竟为财物所卖，不管甚么主仆情义，觑个空隙，将原刺死，携首送入卓营。卓盛筵相待，备极殷勤，面许布为骑都尉，布大喜过望，屈膝下拜，愿认卓为义父。主仆不可恃，父子果可恃么？卓复取出金帛若干，令布招诱丁原旧部，尽归麾下；因此卓声焰益横。会天雨不止，卓讽有司上奏，劾免司空刘弘，即由自己代任；又闻得蔡邕才名，征令入都。邕为中常侍程璜所谮，流戍朔方，见五十八回。嗣遇赦得还，尚恐不免，亡命江湖十二年，取柯亭竹为笛，得焦尾桐为琴，徜徉山水，倒也放浪自由；偏董卓派吏征召，与邕相遇，迫令就道，邕称疾不赴。卓得吏返报，不禁大怒道："我力能诛人家族，蔡邕敢违我命，是自寻灭门大祸，休想再逃！"说着，又檄令州郡召邕，即日诣府，否则逮狱问罪。邕不得已入都见卓，卓使为祭酒，敬礼有加，阅日迁官侍御史，又阅日转补侍书御史，又阅日擢拜尚书，三日间周历三台，荣宠的了不得。旋有诏出邕为巴郡太守，复由卓留为侍中。卓已得握大权，遂有心废立，自思袁氏四世三公，可倚为党援，压服人心，因擢举前司徒袁隗为太傅，且召司隶校尉袁绍，婉颜与语道："今上冲暗，不合为万乘主，每念灵帝昏庸，令人愤唈；今陈留王年虽较稚，智却过兄，我意欲立他为帝，卿意以为何如？"绍直答道："汉家君临天下，垂四百年，恩泽深厚，兆民仰戴；今上尚值冲年，未有大过宣闻天下，公欲废嫡立庶，恐众心未服，还请三思！"卓勃然道："天下事操诸我手，我欲废立，谁敢不从？"绍又答道："朝廷岂无公卿？公亦不宜专断，且绍亦须禀明太傅，方可报命。"卓闻言愈怒，拔剑置案道："竖子敢尔！岂谓董卓刃不利么？"全无大臣体态。绍亦奋然道："天下健夫，岂独董公？"一面说，一面也横引佩刀，作揖而出，匆匆趋至上东门，解去印绶，悬诸门首，当即跨马加鞭，自奔冀州去了。引狼入室，不为狼吞，还是幸事。卓尚不肯罢议，遂召集百僚，会议大事，公卿以下，不敢不至。卓首先开口道："皇帝暗弱，不足奉宗庙，安社稷，今欲仿伊尹、霍光故事，改立陈留王，可好么？"大众听了，彼此相觑，莫敢发言。卓又继说道："我闻霍光定策，延年按剑，如有人敢阻大议，应该军法从事！"忽有一人出答道："昔太甲既立不明，伊尹乃放诸桐宫，昌邑王嗣位仅二十七日，罪过千余，故霍光将他废去，改立宣帝；今皇上春秋方富，行未有失，怎得以前事相比呢？"卓不禁大愤，怒目瞋视，乃是尚书卢植，当即拔剑起立，恶狠狠的向植扑去，植离席趋避，百官皆散；卓尚未肯干休，追植出来，旁边走过侍中蔡邕，将卓拦住，劝他息怒；议郎彭伯，亦趋前谏卓道："卢尚书海内大儒，有关人望，若先加害，反使天下不安！"卓乃止步不追；惟怒尚未解，趋入朝堂，迫令他尚书草诏，罢免植官。植匆匆出都，恐卓遣人行刺，绕道还乡；果然卓派吏往追，长途未见植踪，方才退归。卓复将废立草议使人持示太傅袁隗，隗不敢反抗，报称如议。九月甲戌日，卓至崇德前殿，会同太傅袁隗等，胁何太后策废少帝，说是皇帝在丧不哀，无人子礼，不宜为君，应该废立，当由太傅袁隗，扶出少帝，解去玺绶，使就北面，何太后为威所迫，未敢发言，只有珠泪两行，滔滔不绝。妇人只此伎俩。哪知董卓厉害得很，不但废去少帝，还要幽禁太后，因复当众宣议道："太后尝逼死永乐太后，背妇姑礼，无孝顺心；古时伊尹放太甲，霍光废昌邑王，著在典册，后世称扬，今太后宜如太甲，皇帝宜如昌邑，方可上追成宪，下慰舆情！"百官闻言，虽然意中反对，但畏卓凶横，只好唯唯从命。卓即令尚书缮好册文，在朝宣读道：董卓敢颁册文，莫非汉祖宗不成？

孝灵皇帝，不究高宗眉寿之祚，早弃臣子，皇帝承绍，海内侧望；而帝天姿轻佻，威仪不恪，在丧慢惰，缞如故焉，凶德既彰，淫秽发闻，损辱神器，忝污宗庙；皇太后教无母仪，统政荒乱，永乐太后暴崩，众论惑焉，三纲之大，天地之纪，而乃有阙，罪之大者。陈留王协，圣德伟茂，规矩邈然，丰下兑上，有尧图之表；居丧哀戚，言不及邪，岐嶷之性，有周成之懿；休声美称，天下所闻，宜承洪业，为万世统，可以承宗庙，兹废皇帝为弘农王，皇太后还政，徙居永安宫；谨奉陈留王为皇帝，应天顺人，以慰臣民之望。

尚书读毕，即由卓率领百僚，拥出陈留王协，奉上皇帝玺绶，掖登御座，南面受朝；就是废帝辩，亦使列朝班，以兄拜弟，陈留王协年才九岁，睹此情形，很觉不安，但已为董卓所制，不得不权示镇定，拱手受成，史家称为献帝，就是汉家的末代主儿。当下颁诏大赦，改昭宁元年为永汉元年。少帝于四月嗣位，九月被废，相距仅五月间，改元两次。至献帝既立，又复改元，一岁中有四个年号，也是奇闻。朝贺既毕，献帝还宫，卓即勒令弘农王辩，带同宫妃唐姬，出居外邸；一面迫何太后迁居永安宫。何太后只得迁移，但满腔悲愤，无处发泄，免不得带哭带骂，口口声声，咒诅董卓老贼。亲手铸成大错，骂卓何益？徒自速死。当有人报知董卓，卓派吏赍着鸩酒，至永安宫中，胁令何太后饮下；何太后求生不得，一吸立尽，毒发而亡。你要害死王美人、董太后，自然有此惨报。计自献帝登基，相距不过三日，卓令献帝至奉常亭举哀，公卿但白衣会葬，不成丧礼；惟与灵帝尚得合墓，追谥为灵思皇后。董卓且因永乐太后，与己同姓，力为报怨，既将何太后鸩死，复查得何苗遗骸，已经有人棺殓，索性再令剖发，把尸支解，抛掷道旁；又拘苗母舞阳君，一并处死，裸弃枳棘中，不准收葬。《后汉书·何皇后纪》，舞阳君为乱兵所杀，惟《三国志》及《纪事本末》皆云由卓杀死，今从之。卓自为太尉，奉老母为池阳君，令太尉刘虞为大司马，大中大夫杨彪为司空，进豫州刺史黄琬为司徒；凡公卿以下，至黄门侍郎子弟，各得选一人为郎，服役省禁，补前时宦官遗缺；至若承宣帝命，伺候皇后，专委侍中给事黄门侍郎，分充职使，共计得一十二人。又追理陈蕃、窦武，及诸党人宿冤，悉复爵位，遣使吊祭，擢用子孙。所有宦官家产，一体抄没，纤毫不遗。卓复自封郿侯，加斧钺虎贲；未几又晋位相国，入朝不趋，赞拜不名，剑履上殿。使司徒黄琬为太尉，司空杨彪为司徒，光禄勋荀爽为司空。爽为前当涂长荀淑子，幼年好学，十二岁能通《春秋》《论语》；至桓帝时，入拜郎中，陈言不用，弃官自去；嗣因钩党狱兴，遁居海上十余年。董卓入朝废立，虽然凶暴，尚欲牢笼物望，要结人心。尚书周毖，城门校尉伍琼，因劝卓力矫前弊，征用天下名士；卓乃命召荀爽及陈纪、即陈寔子。韩融、系前嬴县长韩韶子。郑玄、申屠蟠，蟠与玄谢病不至。爽为吏所迫，受命为平原相，行至宛陵，复调回都中，迁官光禄勋，视事只阅三日，即超拜司空。陈纪、韩融，皆不得已就征，纪为侍中，融为大鸿胪。卓又举尚书韩馥为冀州牧，侍中刘岱为兖州刺史，孔伷为豫州刺史，张邈为陈留太守，张咨为南阳太守，数人皆非卓亲旧，得邀简放，总算是推贤进士，冀博美名。惟回忆袁绍抗命，尚有余恨，特悬赏购拿，严令递下；周毖、伍琼，却与绍为故交，乘间说卓道：“废立大事，原非常人所能为；袁绍不达大体，因惧出奔，并无他志。今若购拿过急，反至激成变乱，袁氏树恩四世，门生故吏，充满天下，万一与公相拒，收豪杰，聚徒众，独霸一方，恐山东非公所有了，不如从宽赦宥，拜为郡守，绍喜得免罪，必且感公，何至再生他变呢？”卓乃拜绍为渤海太守，封邟乡侯，又使袁术为后将军，曹操为骁骑校尉。术终恐罹祸，奔往南阳；操亦不愿事卓，出都东归。罗氏《演义》中有曹操献刀事，史传不载，恐系附会。行至成皋，过故人吕伯奢家，适伯奢外出，家中留有五子，与操素相认识，当然接待，留操食宿；操本是个多心人，夜卧床中，不遑安枕，忽闻宅后有磨刀声，不禁跃起，侧耳细听，又模模糊糊的有快杀两字，更觉动疑，暗想我背卓潜逃，莫非卓已派人到此，叫他杀我？不如速走为是，当下启扉欲行，偏被吕子闻知，出来挽留，形色似觉慌张，益足令人生怖，于是不问虚实，竟拔出佩刀，劈死吕子；转思一不做，二不休，索性闯入后宅，杀个净尽，吕家未曾防着，见操持刀进来，不及逃避，被操一阵乱斫，除伯奢五子外，又杀死妇女三人；搜至厨下，却见一猪被缚，尚未宰割，才知自己错疑，误杀好人，不由的凄然泪下，嗣又转念道："宁我负人，毋人负我！"操之奸由此二语。遂掉头不顾，黄夜出奔。道出中牟，正遇亭长巡逻，见操夜行带刀，疑为匪类，把他拦住；问讯姓氏，操不肯自说姓名，语多支吾，亭长疑上加疑，便将操执送县中。县廨有一功曹，曾与操见过一面，知为乱世英雄，因向县令前代为缓颊，始得释放。罗氏《演义》指县令为陈宫，史无实据，故亦从略。操侥幸脱身，匆匆东去。卓因操不别而行，也曾行文缉拿，但自恃威权，以为无人敢抗，就使操等不服，潜踪自去，也是无关轻重，不足为忧；所以拿获与否，未尝严究。且因得志以后，恋及财色，尝纵兵搜索豪富，见财便取，见色便虏，号为搜牢。洛中贵戚甚多，往往积有资财，拥娇妻，蓄美妾，坐享荣华，一经搜牢令下，都害得倾家荡产，连床头的美人儿，也被掠入相国府中，不知生死。董卓在府中坐待，每遇兵士抢掠回来，必亲自查验，最贵的珍宝，输入内藏，最好的妇女，充入下陈；余皆散给将士，令得分尝一脔。也算是与众同乐。卓尚嫌不足，又从宫中取出采女，无论已幸未幸，但教姿色可人，便即牵归；甚至娇娇滴滴的公主，亦被他掠回，每日逼令侍寝，轮流取乐。可怜这妙年女郎，含苞未吐，枉遭那硕大无朋的淫贼，恣情蹂躏，求生不得，求死不能，岂不是无辜招殃么？总是怕死之故。

转瞬间已是年暮，有诏除光熹、昭宁、永汉三个年号，仍称中平六年，越年元旦，乃改号初平，百官俱先至相国府贺谒，然后由董卓带领入宫，朝见献帝。及退班散去，卓回至府中，召集一班粉面油头，通宵筵宴，醉赏升平。约莫过了旬余，又要安排元宵灯席，大庆团圞。忽由外面递入警报，乃是关东牧守，合兵声讨，公然要他身家性命，取谢国人；卓也不禁着忙，再令干吏往探消息，原来事起东郡，由太守桥瑁发生。瑁为故太尉桥玄族子，曾为兖州刺史，颇著循声；及调任东郡太守，正值董卓废立，逆恶昭彰，海内豪雄，多欲起兵讨卓，只因先发无人，未敢轻举，瑁有志讨逆，亦恐势孤力弱，不足济事，乃诈作三公密敕，移书州郡，陈卓罪恶，征兵赴难。时冀州牧韩馥，由卓推举，到任数月，探得渤海太守袁绍，日夕募兵，有图卓意，自思渤海隶属冀州，正好遣吏监束，使绍不得妄动，方得报卓知遇；主见已定，偏接到桥瑁移文，展阅一周，又累得满腹狐疑，乃召问诸从事道："今果当助董氏呢？还是助袁氏呢？"语尚未毕，即有治中从事刘子惠，挺身出答道："起兵为国，何论袁董？"两言可决。馥被他提醒，面有惭色，乃致书与绍，听令起兵。绍得韩馥赞成，越加胆壮，遂派使四出，约同举义。东郡太守桥瑁，与冀州牧韩馥，当然如约。绍从弟后将军袁术，山阳太守袁遗，也即响应；还有豫州刺史孔伷，兖州刺史刘岱，陈留太守张邈，广陵太守张超，河内太守王匡，均复书答绍，同时并举。前典军校尉曹操，逃归陈留，散家财，募义徒，为讨卓计，又得孝廉卫兹，出资帮助，集成了五千人，一闻袁绍起事，即率兵往会。就是前骑都尉鲍信，引兵返里，并未遣散，反多招了万余名，合得步兵二万，骑兵七百，辎重五千余乘，与弟鲍韬督练成军，援应各州郡义师。袁绍引军至河内，与王匡合兵；韩馥留驻邺城，督运军粮；袁术屯鲁阳，余军屯集酸枣，设坛祭天，歃血为盟。各牧守互相推让，莫敢先登，突有广陵郡功曹臧洪撩衣登坛，操盘歃血，当即向众宣言道：

　　汉室不幸，皇纲失统；贼臣董卓，乘衅纵害，祸加至尊，虐流百姓，大惧沦丧社稷，翦复四海。今由渤海太守袁绍等，纠合义兵，并赴国难，凡我同盟，齐心戮力，以致臣节；陨首丧元，必无二志。有渝此盟，俾坠其命，无克遗育，皇天后土，祖宗明灵，实共鉴之！

洪字子原，系广陵人，为故匈奴中郎将臧旻子，前曾举孝廉为郎，因乱弃官，还隐家中；太守张超，延为功曹，起兵向义，实由洪怂恿出来。洪身长八尺，状貌魁梧，声如闳钟，当登坛宣众时，说得慷慨激昂，声泪俱下，大众听了，无不动容。歃血既毕，遂由各牧守推选盟主，群言袁绍四世三公，应为领袖；绍辞让至再，经大众合词要求，然后应允。徒以门生推举，未免失真。绍自号车骑将军，领司隶校尉，使曹操行奋武将军，一面传檄天下，历数董卓罪恶，杀有余辜。于是长沙太守孙坚，承檄起兵，袭杀荆州刺史王睿，直指南阳；前西园假司马张杨，回籍募兵，道经上党，接得绍檄，也即在上党发难，纠合义徒数千人，进趋河内。共计讨卓人马，先后得十有四路，陆续会集，伐鼓渊渊，振旅阗阗，也好算得一场豪举了。反衬下文。小子有诗叹道：

> 仗义联盟德不孤，为王讨逆效前驱；
> 当年若果同心力，元恶何忧不立诛？

既而檄文传入京师，连董卓亦得瞧着，卓又惊又愤，复想出一条逆谋，嘱使郎中令李儒照行。欲知他如何行逆，下回再当说明。

> 少帝之废，谁致之？何太后致之也！何太后以屠家女，得为国母可称万幸，假令知足不辱，谦尊而光，则衅隙无自而生，祸难即可不作；何至母子兄弟，同归于尽，而国祚且为之阴移软？夫惟其鸩死王美人，逼死董太后，念念为嗣子计，又念念为母族

计，而后苍苍者乃嫉恶之。千里草，何青青？正天之
巧为驱集，所以死悍后而彰恶报也。董卓为汉末乱
贼，人人得而诛之；关东各路之兴师，名正言顺，谁
曰不宜？独惜各牧守有讨贼之举，而无讨贼之才；且
推袁绍为牛耳长，使主齐盟，绍固一引卓祸汉者，奈
之何以门望相推也？当时之智勇较优，厥惟曹操、孙
坚二人，然观于后来，皆非汉家柱石，韩馥以下无讥
焉。罗氏《演义》，乃更以孔融、陶谦、马腾、公孙
瓒羼入之，四子并未讨卓，安能与列？虽曰小说，亦
不应穿凿失真，一至于此也。

第六十七回

议迁都董卓营私　遇强敌曹操中箭

却说郎中令李儒，受了董卓的密嘱，依言行事。看官道是何谋？原来卓因关东兵起，檄文指斥罪恶，第一件便是废去少帝。暗思少帝虽已废为弘农王，但尚留居京邸，终为后患，不如斩草除根，杀死了他，免得他虑；乃嘱李儒往鸩弘农王。儒即携鸩酒至弘农王邸中，托词上寿，举酒献王道："请饮此酒，可以辟邪！"弘农王摇手道："我无疾，何须饮此酒？想是汝来毒我呢！"儒逼令取饮，弘农王皱眉不答，儒竟张目道："董相国有令，怎得不从？就使不饮此酒，难道还想延年么？"*为虎作伥，可恨可杀。*时王妃唐姬在侧，情愿代饮，儒又叱道："相国并不令汝死，怎得相代？"弘农王自知难免，遂与唐姬永诀，涕泣作歌道：

> 天道易兮我何艰？弃万乘兮退守藩！
> 逆臣见迫兮命难延，逝将去汝兮适幽玄！

歌罢，且令唐姬起舞。唐姬且舞且泣，且泣且歌道：

> 皇天崩兮后土颓，身为帝兮命夭摧；死生路异兮从此乖，奈我茕独兮心中哀！

弘农王闻歌悲咽，相向失声。李儒在旁催逼道："相国立

・586・

等回报，岂一哭便能了事么？"弘农王乃取过鸩酒顾语唐姬道："卿为王妃，不能再为吏民妻，幸此后自爱！"唐姬泣不能仰，弘农王已将鸩酒饮下，须臾毒发，晕死地上，年只一十五岁。或云十八岁。李儒见王已死，当即返报董卓。唐姬抚尸枕股，大哭一场，待至棺殓粗毕，复有吏人前来，迫姬出邸，姬对柩拜别，归赴颍川母家。父瑁曾为会稽太守，见女青年守嫠，意欲改嫁，姬矢志靡他，因听令居住，后文慢表。

　　且说董卓既鸩死弘农王，乃召百僚会议，欲大发兵马，出击关东各路义师。突有一人插嘴道："为政在德不在众！"卓才听得一语，便怒目注视，见是尚书郑泰，便叱问道："如卿所言，兵果无用么？"泰答说道："泰非谓兵可勿用，但以为山东诸牧守，虽然发难，不必烦劳大兵。试想光武以来，中国无警，百姓安逸，忘战日久。仲尼有言：'不教民战，是谓弃之。'今山东州郡连结，看似强盛，实皆乌合，不能为害，这是第一件不烦大兵。明公起自西州，出为国将，练习兵事，屡践战场，名振当世，人怀慑服，这是第二件不烦大兵。袁本初绍字本初。系公卿子弟，生长京师，张孟卓邈字孟卓。乃东平长者，坐不窥堂，孔公绪徒清谈高论，吹枯嘘生，并无甚么韬略，足为公敌，这是第三件不烦大兵。山东将士，素少精悍，勇不若孟贲，捷不若庆忌，但教偏师一出，即可成功，这是第四件不烦大兵。就使果有健将，也是尊卑无序，王命不加，徒然恃众怙力，星分棋峙，胜不相让，败不相救，怎肯同心共胆，持久不敝？这是第五件不烦大兵。泰虽诡词对卓，但此条实为泰所料，不幸多言而中。关西诸军，夙习兵事，近来又屡与羌斗，妇女尚能戴戟操矛，张弓发矢，况为勇夫壮士，使当关东散卒，定可全胜，这是第六件不烦大兵。现在天下所畏，无过并凉人及羌胡义从，公得收作爪牙，遣使拒敌，譬如驱虎赴羊，一可当百，何庸多兵自扰？这是第七件不烦大兵。且明公将吏，统是干城腹心，周旋日久，恩信相结，忠诚可任，智谋可恃，少许足胜人多许，这是第八件不烦大兵。泰闻战有三亡，以乱攻理者亡，以邪攻正者亡，以逆攻顺者亡，今明公秉国平正，讨灭阉竖，忠义卓著，有此三德，待彼三亡，奉辞伐罪，何人敢当？这是第九件不烦大兵。东州郑玄，学赅古今，北海邴原，清高直亮，众望所归，足为儒生矜式，彼诸将若就询计划，非不可虑，但燕赵六国，终为秦灭，吴楚七国，卒败荥阳，成败利害，凭诸理势，如郑玄邴原诸人，怎肯赞成逆谋，造乱长寇？这是第十件不烦大兵。明公若因刍议所陈，稍有可采，正不必四出征发，惊动天下；否则弃德恃众，反损威望，非徒无益，反且有害呢！"这一番话，说得董卓呵呵大笑，满口夸奖道："公业泰字公业。真不愧智士呢！"遂面授泰为将军，使统诸军，出击关东，泰也觉暗喜，拜谢而出。

看官阅过前文，应知郑泰已经归里，为何又出任尚书？回应六十五回。原来董卓搜罗名士，征泰入朝，泰不得已，应召而至，受职尚书。他见卓凶横不道，也想设法除奸，一时无从下手，巧遇关东兵起，乐得乘间进言，好教卓倚作股肱，可以联络外人，暗中摆布。及卓使为将军，正中心坎，当即部署兵马，即拟起行；谁知有人窥透泰意，向卓效忠道："郑公业智略过人，尝思结谋外寇，今反资以兵甲，令就党与，窃为明公担忧呢！"卓乃止泰出兵，留为议郎，嗣是格外加防，特擢义子吕布为中郎将，侍卫左右，行止不离。难道就靠得住么？侍御史扰龙宗，诣卓白事，未解佩剑，即由卓叱他无礼，呼布击死。越骑校尉伍孚，代为不平，尝在朝服内，披着小铠，怀着利刃，意欲伺便刺卓。一日入阁启事，交代明白，便即辞出；卓因孚素有重望，特别敬礼，起送数步，孚见卓子身相送，还道命该断绝，就故意回头拦阻，乘隙取出藏刀，向卓砍去；卓眼明手快，立即侧身闪过，再仗着两臂气力，牵住孚腕，不使再动；那吕布早已瞧着，抢前救卓，将孚揪倒地上。卓怒问道："谁教汝反？"孚亦回晋道："汝非我君，我非汝臣，有什么反不反呢？汝乱国弑主，罪大恶极，天下孰不想食汝肉，寝汝皮！今日是我死日，故来诛汝。可惜可恨，不能磔汝市朝，以谢天下！”卓闻言益怒，立命将孚牵出，置诸极刑。或说即伍琼，但史称琼与周毖同死，当是两人。孚既杀死，警报日急，不但关东军事，日有所闻；还有白波贼帅郭太，连年骚扰，聚众至十余万，寇太原，破河东，气焰甚盛。白波贼见六十四回。卓亟遣女夫中郎将牛辅往讨白波贼，另派中郎将徐荣等，带领重兵，出屯近畿，阻遏关东各路人马。会都中有童谣云：“西头一个汉，东头一个汉，鹿走入长安，方可无斯难。”卓偶有所闻，证诸图谶，亦是汉运将终，因即思迁都长安，借避兵锋。当下与公卿商议，公卿等皆不欲西迁，只是惮卓凶威，未敢反抗，大都默默无言。时车骑将军朱儁，方为河南尹，卓因儁多年宿将，外示亲昵，阴实嫉忌，恐他交通关东，乃表迁儁为太仆，使副相国，即日派出朝使，赍诏召儁。儁辞不肯受，且语朝使道：“国家西迁，必辜民望，且反足示弱，使关东益张声势，殊属非宜。”朝使诘问道：“召君受拜，君乃谢绝，不问迁都事宜，君偏觍觍有词，这是何故？”儁答说道：“臣本不才，怎堪为相国副手？若迁都计议，须公诸舆论，何妨直言？”朝使又问道：“迁都尚未决定，事不外闻，君果从何处得来？”儁微笑道：“董相国已商诸公卿，且与臣亦曾说过，所以得闻。”朝使不能再诘，乃返报董卓，取消太仆成命。卓复大集百僚，再议迁都事宜，太尉黄琬，司徒杨彪，司空荀爽等，并皆列席，卓先倡议道：“昔高祖都关中，计十有一世，及光武帝都洛阳，至今也十有一世；我看天运循环，应仍还都长安，方为适宜。”大众仍面面相觑，莫敢发言。惟司徒杨彪起语道：“移都改制，事关重大，即如盘庚迁亳，实避河患，殷民尚且胥怨，必待再三晓谕，始无异辞；今无故迁都，必致百姓惊动，糜沸蚁聚，反且增忧，不如仍旧为是！”卓驳说道：“《石苞室谶》曾云汉终十一帝，若非速迁，难道就此罢休么？"彪复说道："《石苞》谶语，多属邪言，不可凭信，况关中经王莽祸乱，未曾修复，所以光武帝改都洛邑，今历年已久，百姓安乐，何必迁乔入谷，自蹈危机？"卓作色道："关中物产丰饶，形势利便，故秦得并吞六国；若因宫阙残破，陇右材木甚多，运输最便，杜陵南山下，有瓦窑数千处，并工营造，指日可成，百姓何足与议？尽管西迁便了！"彪又说道："关东方起乱兵，若闻我迁都，必更西进，不可不防！"卓狞笑道："这更可无虑了！我既迁居长安，居高临下，势若建瓴，且有陇西劲旅，驱逐乱众，可令他出沧海之外，请君不必劳心！"彪尚将易动难安，宁逸毋劳，絮絮的说了数语，惹得董卓性起，扬眉张须道："公欲阻挠大计么？"太尉黄琬从旁婉劝道："这系国家大事，杨公所言，未始无见，还请三思！"卓斜目视琬，忿然不答。司空荀爽，见卓声色逼人，恐害及彪等，乃从容进言道："相国本意，想亦不愿多劳，无非因山东兵起，未可立平，所以迁地为良，据关自固，这也是秦汉开国的至计呢！"聊为解嘲。卓听得此说，意乃少解，面色渐平。黄琬、杨彪、荀爽等，也即退出。卓竟借灾异为名，奏免黄琬、杨彪二人，另进光禄勋赵谦为太尉，太仆王允为司徒。适尚书周毖，与城门校尉伍琼，同至卓前，谏阻迁都，卓并不一保，二人又复力谏。卓不觉触起前恨，拍案痛叱道："卓入朝时，二君劝用善言，故卓辄依议；今韩馥等受官赴任，反举兵图卓；袁绍为二君所保荐，今且为戎首，若再听二君计议，恐卓命要从此断送了！卓不负二君，二君负卓太甚！"说至此，竟翻转脸皮，叱令左右牵出两人，同时斩首。二人虽是枉死，不得与伍孚并论。复使司隶校尉宣璠，率领吏士，往杀太傅袁隗，及太仆袁基；系袁术兄。所有两家眷属，无论男女老小，全体骈戮，共死五十余人，把一大堆尸骸，载至春城门外，同埋一穴。黄琬、杨彪，尚留寓都中，只恐连坐被诛，慌忙至相国府中，自谢前时失言；卓嘉他悔过，复表琬、彪为光禄大夫。琬为黄琼孙，彪为杨震曾孙，畏死媚贼，俱未免有愧祖风。

随即决计西迁，先使文武百官，扈跸出都，再驱洛阳人民数百万口，尽徙长安；宫廷内外，没一人情愿西行，只为董卓所迫，不敢不草草整装，准备起程。哪知董卓凶恶得很，严定限期，不准捱延时日，豪家富室，总有若干财产，匆匆不及安排，吁请宽限，卓却斥他违命不道，派吏收捕，斩首示威，并将财产籍没，充作军糈。可怜官民人等，弃其田园庐舍，只带得些须细软物件，扶老携幼，仓皇就道；随着献帝车驾，陆续前行，途中步骑驱蹙，更相践踏，再经道旁盗窃乘隙偷夺，无论贫富贵贱，都害得颠沛流离，饥苦冻馁，甚至饿莩载道，暴骨盈途。谁为为之？孰令致之？卓尚拥着兵马，屯驻洛阳毕圭苑中，饬令军士纵火，尽毁宫庙民庐，二百里内，统成赤地，鸡犬不留。于己无益，何苦为此？又使吕布发掘诸陵，及公卿以下坟墓，收取珍宝，充入私囊。难道自己好长生不老，受享终身？一面再遣将士，出击关东诸军。会闻河内太守王匡，进兵河阳津，窥取洛阳；卓用疑兵前往挑战，潜使锐卒从小平津偷渡，绕出匡军背后，前后夹攻，大破匡军，拿住许多军士，各将布帛缠束，外用膏油浇灌，然后引火焚身，从下至上，好多时才得烧死，号声震地，臭气熏天，真是耳不忍闻，目不忍睹。那王匡败还河内，报知袁绍，绍正得悉隗、基族灭，很是悲愤，檄令各军猛进，不料匡军败还，各路夺气，连袁绍也不胜彷徨。本初原是无能。奋武将军曹操宣言道："举义兵，诛暴乱，大众已合，还有何疑？设使董卓挟持天子，据守旧京，东向以临天下，虽无道横行，尚足为患，今乃焚烧宫阙，劫迁车驾，海内震动，不知所归，这真是天怒人怨，诛锄首恶的时机。若能并力西讨，一战就可平定了！"到底还是曹阿瞒。各军帅皆虎头蛇尾，莫敢先进，绍亦逡巡不发。国仇家怨，不思急报，做甚么盟主？只陈留孝廉卫兹，本来与操同志，至此亦欲与操同行，商诸太守张邈，得兵数千，愿为操助。操毅然独进，自率部曲为先锋，使卫兹为后进，经成皋，达荥阳，一路顺风，所向披靡。董卓闻操为先锋，西向进兵，沿途连破数垒，劲气直达，不由的惶急起来，暗想关东人马，不下数十万，若随操继进，人多势盛，如何抵敌？不若用缓兵计，使人修和，乃遣大鸿胪韩融，少府阴循，执金吾胡母班，将作大匠吴循，越骑校尉王瑰，东出宣慰，劝令罢兵。袁绍等当然不从，拘戮胡母班、吴循、王瑰，袁术亦执杀阴循，惟韩融素有名德，释令西归。卓闻报大怒，飞饬中郎将徐荣，扼住汴水，不准放过关东一卒；又拨锐兵助荣。荣奉卓命，在汴水旁严行防守，可巧曹操驰至，即开营搦战，两军对阵，荣兵比操兵约多数倍，操兵突遇劲敌，一见便惊，各有退志，还是操慷慨誓师，引兵突出，与荣大战一场，自午前杀至日昃，兀自支撑得住。荣见部兵战操不下，抽出锐骑，专攻操阵中坚，又使余众开张两翼，包围操军。操军已经战乏，禁不住荣军围裹，只好各顾生命，分头乱跑；惟有几个曹氏亲将，如曹仁、曹洪、夏侯惇、夏侯渊等，还算保住曹操，舍命冲突。操料不能支，拍马返奔，偏后面追军，喊杀不绝，天时又至昏暮，路黑难行，正在危急万分的时候，猛听得弓弦声响，连忙闪避，已是不及，项下已中了一箭，接连又是一声，马随声倒，把操倾翻地上；当有敌兵数人，竟来杀操。亏得曹洪驰至，抡刀赶散，复一跃下马，将操扶起，拔镞裹疮，掖令坐上己马，自愿步行。操顾洪道："我弟岂可无马？倘或追兵到来，如何厮杀！"洪应声道："天下可无洪，不可无公！"从兄弟尚且如此，同胞当如何？操正在叹息，后面喊声复至，乃加鞭急走；行约里许，前面忽火炬通明，又有一军趋至，操与洪俱不胜惊忙，及仔细审视，乃是后军卫兹，方才放心。兹到了操前，见操狼狈得很，也不暇多说，拥操回马，连夜趋还酸枣。酸枣屯兵，共有数路，差不多有十数万人，张邈、刘岱、桥瑁、袁遗诸太守，均按兵不动，镇日里置酒高会，快活消遣。操目睹情形，向众愤语道："诸公在此屯留，莫非待贼坐毙不成？如肯听我计，最好请袁本初引河内众士，移至孟津酸枣间，诸公分守成皋，据敖仓，塞镮辕、大谷，制贼死命；再使袁公路<small>术字公路。</small>率南阳兵甲，攻入武关，耀威三辅，然后可深沟高垒，勿与彼战，但用疑兵左出右入，使彼自相惊乱，必亡无疑；今兵以义动，专在此徘徊观望，惹人耻笑，窃为诸公不取哩！"张邈等微哂道："孟德新败，锐气方挫，只好休养数日，再作良图。"<small>全然不关痛痒。</small>操闻言益愤，掉头径出，自与曹洪、夏侯惇等，东赴扬州，进见刺史陈温，及丹阳太守周昕，勉以忠义，共讨董卓。二人亦庸碌无奇，只因碍着情面，拨给兵士四千人。操乃还至龙亢，夜宿帐中，忽帐外哗声四起，急忙起视，但见烟尘缭乱，火势炎炎，一时不暇细问，想必是营兵谋变，当下拔剑在手，冲将出去，砍倒了十数人；可巧曹洪、夏侯惇等亦执械进护，才得将乱兵驱散，扑灭余火。彻底调查，只有五百人不动，由操用言奖勉，乘夜起行；沿途复招得壮士千余人，仍至河内。闻得刘岱、桥瑁，互相仇杀，瑁竟被岱刺死，改任王肱为东郡太守，操不禁嗟叹道："逆恶未除，先自推刃，如何得成事呢？"

好容易过了残年，关东诸将，发生一种议论，要推立幽州牧刘虞为帝，虞为汉室支裔，已见前文，<small>应六十四回。</small>自莅任幽州后，招携怀远，课农劝耕，开上谷胡市，通渔阳盐铁，民安物阜，颇称小康。青徐士庶，避难归虞，约有百万余口，经虞收视抚恤，各得重生，董卓尝拜虞为大司马，且进加太傅，只因道路梗塞，使命难通，所以虞仍守原任，安镇一方。关东牧守，因闻洛都西迁，天子幼冲，未卜存亡，乃拟奉虞为主。袁绍却也乐从，转询曹操，操慨然道："我等举兵西向，远近莫不响应，无非因师出有名，乃得致此；今幼主微弱，受制贼臣，非有昌邑亡国的罪孽，乃一旦改易，是我等亦将为董贼了！诸君如欲北面，我却仍然西向，不改初心。"说得袁绍哑口无言，再使人致书袁术，术答书不从。看官阅此，几疑袁术、曹操，宗旨相同，其实术已阴图自立，操尚有志效忠，试阅后文，自见分晓。小子有诗叹道：

> 谋国只应定一尊，如何横议欲分门？
> 袁曹抗辩非无理，心迹犹难共比论。

究竟袁绍等曾否立虞，待至下回再详。

山东兵起，董卓遣将出御，未闻败衄，而忽议西迁，意者其即由贼胆心虚，有以慑其魄而夺其气欤？然于伍孚行刺，则杀之；于周毖、伍琼之进谏，则亦杀之；于袁隗、袁基之有关绍、术，则又杀之；穷凶极恶，何其残忍乃尔？且屠戮富人，焚毁宫室，二百里内，不留鸡犬，虽如秦政、项羽立暴虐，亦未有过于是者。诚使袁绍等同心戮力，联镳西进，则以顺攻逆，何患不胜？乃貌若相合，心实相离，口血未干，私争已启，徒赖一气盛言宜之曹操，亦何能济？汴水之败，非操之罪，乃诸牧守之罪耳！寡不可敌众，弱不可敌强，愚夫犹且知之，且牧守逗留不进，任令操之孤军深入，不败何待？操虽败犹奋，尚欲募兵再往，此时之曹阿瞒，固不可骤然加责也。若袁绍诸人，其固所谓尸居余气者乎？

第六十八回

入洛阳观光得玺　　出磐河构怨兴兵

　　却说袁绍等欲推戴刘虞，虽经曹操、袁术二人梗议，但尚未肯罢休，即遣故乐浪太守张岐，赍书至幽州劝进。虞厉声叱责道："今天下崩乱，主上蒙尘，我受国厚恩，恨未能扫清国耻，诸君各据州郡，正宜戮力王室，同诛首恶，奈何反造作逆谋，来相垢污呢？"说着，便掷还来书，拒绝张岐。岐扫兴还报，袁绍、韩馥再遣使诣幽州，请虞领尚书事，承制封拜；虞复不听，并将使人斩首，杀使亦未免过甚。于是众议乃息。但袁绍等始终不进，渐至兵疲粮尽，陆续解散。独长沙太守孙坚，豪气逼人，自荆州至南阳，有众数万，向太守张咨借粮，咨不肯发给。坚即假称急病，愿将部众交咨接管，咨也恐有诈，率五六百骑至坚营，坚令部将佯与周旋，自从后帐突出，直至咨前，举剑一挥，刜落咨首；咨部下五六百人，无不股栗，情愿投诚。坚至城内取得军粮，即转赴鲁阳城，与袁术相见，术表坚行破虏将军，领豫州刺史；坚乃向术约定，自往冲锋，由术输粮接济，当下引兵急进，所向无前。董卓闻报，忙调中郎将徐荣，截击坚军；荣素有勇略，先引轻骑驰抵梁县，令大队从后继进。坚方屯兵梁东，探得荣兵不多，未以为意；谁知到了夜间，营外火起，竟有敌兵前来劫营。坚也曾防着，一闻有变，便披挂上马，引众出战，既至营外，从火光中望将过去，但见四面八方，统是敌军旗号，也不禁暗暗生惊，自思营垒已陷入围中，万难保守，不如令部兵各自为战，得能杀出重围，再作计较。于是下令军中，分队冲杀，坚亦自当一队，驱率亲兵，拼命杀出；待至跳出围外，只有亲将祖茂，及残骑数十人随着。那敌兵尚不相舍，在后急追，茂劝坚脱下赤帻，与自己盔帽掉换，让坚先走，留身断后，坚急驰得脱。独茂为敌骑所麋，情急智生，把赤帻挂在冢间柱上，悄悄下马，走伏草中，敌骑望见赤帻，四面绕集，环至数匝，想就此活捉孙坚；有几个胆大的军士，奋拳张臂，抢步前拿，一声怪响，倒把拳头爆回，血染淋漓，仔细辨认，才知是个石柱，并不是个孙坚，只得叹声晦气，转身引去。这是黑夜中贪功之失。

茂亦得脱逃，归见孙坚，坚很是喜慰，黄夜收集败卒，尚得一二万人；次日复部署成军，移屯阳人聚。徐荣闻报，又领兵往攻；坚此时已惩前前辙，不敢浪战。先令亲将程普韩当黄盖诸人，三伏以待，看到敌军近攻，方亲出诱敌，战至数合，便拍马返奔。徐荣部下有一骁将，叫做华雄，平时出入敌阵，无人敢当，至此见坚已败逃，就不顾得失，挺身出追，部军自然随上，荣见坚军寥寥，也道是众可制寡，挥军直上。坚引敌入伏，一声号令，程普、韩当、黄盖先后杀出，围住华雄。雄仗着一柄大刀，左招右架，还是勉强支持，不防箭声四起，利镞攒飞，一刀如何敌百矢？眼见得附贼骁雄，身受重创，倒毙马下。罗氏《演义》中谓为关羽所杀，真善附会。雄既射死，所领部兵，也被坚军杀尽。待至徐荣到来，得知前军覆没，慌忙退回，累得自相践踏，辙乱旗靡；再经坚军驱杀一阵，十死五六，匆匆逃归。败报传入洛阳，董卓亟使陈郡太守胡轸为大督护，义子中郎将吕布为骑督，领兵东出，助荣击坚。轸自恃年长，瞧布不起，预在军中扬言道："今日出军，须先斩一青绶，方可使士卒效命，杀敌扬威。"布不胜愤懑，待行至广成，去阳人聚约数十里，遂不愿再进，让轸先往。轸因人马困乏，也拟休息一宵，待旦进攻，夜间在旷野安营，不及设栅，军士远来疲倦，统皆解甲就寝。约莫睡了片刻，蓦听得有人大呼道："贼来了！快走！"各军从梦中惊起，四散狂奔，甲不及披，马不及乘，统皆弃去；就是胡轸也觅路乱跑。急走了十余里，并不闻有敌军影响，究竟声从何来？实是吕布欺轸的诡计。好容易等到天明，再至原处，拾取兵械，不意尘头大起，果有敌兵杀到，为首大将，正是破虏将军孙坚。轸军都皆失色，回头就逃，稍迟一步，便被坚军杀死，轸复仓皇窜还，直至数十里外，后面才无追兵。最奇怪的，吕布一军，不知去向；待了多时，方有溃军趋集，十成中已丧失四五成，惟吕布仍然不见。那时轸垂头丧气，自思不能再战，只好奔回洛阳。及入报董卓，见布已在侧，方知布早趋还，连忙叩头谢罪，好在布亦投鼠忌器，但言坚军势盛，未尝指斥轸时，轸始得免谴；由卓说了且退二字，好似皇恩大赦，再磕了几个响头，起身出外去了。大是幸事。

　　孙坚既两得胜仗，遣人报知袁术，且催术运粮济师。术误听谗言，惟恐坚得洛阳，不能再制，遂勒粮不发。坚得去使归报，即乘夜驰白袁术，用杖画地道："坚与董卓，本无怨隙，所以挺身前来，不顾生死，一是为国家讨贼，二是为将军报仇！今大勋垂捷，将军乃听人谗构，不发军粮，无怪吴起抱恨西河，乐毅转投赵国呢！"术面有惭色，不得已拨粮给坚。坚还屯阳人聚。可巧卓遣将军李傕，来求和亲。坚勃然大怒道："卓逆天无道，荡覆王室，若不夷他三族，悬首示众，我虽死不能瞑目，尚欲向我和亲么？"说罢，传令将傕撵出。何不将他枭首？也可预除一贼。傕回洛复命，卓尚欲张皇威武，镇定人心，乃遣兵往阳城。适值民间结社祀神，男女毕集，兵士突然闯进，尽杀男子，枭首系住车辕，并将妇女全数掠归，歌呼入城，只说是攻贼大获；卓令将首级焚去，所掠妇女分赏兵士。

忽有军吏入报道："孙坚兵入大谷，距此止九十里了！"卓当然着急，顾见长史刘艾在旁，便与语道："关东各军，屡次败衄，皆无能为；独孙坚颇能用人，与我为难，当传语诸将，小心对敌。我当亲出督战，与决雌雄！"说着，即命吕布为先锋，自为元帅，出城迎敌。行抵诸皇陵间，见坚军奋勇杀来，气势甚锐，当令布持戟出战。坚使程普、韩当等，敌住吕布，自率精骑直捣中坚，来攻董卓。卓将李傕、郭汜，慌忙拦阻，统被坚一人杀退。卓看坚骁勇异常，也为震悚，当即策马回走；帅旗一动，全军皆乱，吕布虽然多力，不能不舍敌保卓，踉跄西奔；卓不愿入洛，竟与布同走渑池。坚得驰入洛阳，扫除宗庙，祠以太牢，凡董卓所掘陵寝，饬军吏一体掩护，使复原状；又分兵出新安渑池间，追击卓兵。卓使中郎将董越、段煨等，分守要隘，自与吕布径赴长安。孙坚闻卓西去，也不亲追，但在洛阳城内，四面巡逻，筹备修筑；怎奈满城瓦砾，到处荒凉，教坚从何着手，徘徊凭吊，禁不住流涕唏歔。忽见城南有一道豪光，向空冲起，凝成五色，不知是何物作怪；因即驰将过去，凝神细视，乃是井口发光，如釜中蒸气一般，袅袅不绝，井栏上面镌有"甄官井"三字；再从井中俯瞩，尚有流水停住，深不见底，无从辨明。当下饬令军士，先将井水汲干，然后用一辘轳，载兵入井，须臾复出，取得一匣，捧呈与坚。坚启匣看视，乃是一方玉玺，回圆四寸，上有五龙交纽，下有篆文，镌着"受命于天，既寿永昌"八字，惟旁缺一角，用金镶补。坚料是秦汉二朝的传国宝，不由的玩弄一番；但不知如何缺角，如何投井。及仔细追查，才知王莽篡位时，由孝元皇后掷给玺绶，致缺一角；至少帝为张让所逼，由北宫出走小平津，仓猝间不及携玺，那掌玺的内侍，只恐被人夺去，索性投入井中；<small>应六十五回。</small>后来内侍被杀，无人得知，因此久沈井底，延至孙坚入洛，方始发现。坚既得了传国玺，顿生异想，当即携玺还营，住了一宿，便令军士拔寨齐起，趋回鲁阳。欲知无限意，尽在不言中。

　　袁绍久屯河内，探知孙坚入洛，也想乘势进兵，无如各路兵马已多散归，再加冀州牧韩馥，阴持两端，揹粮不发，又致绍进退两难。绍客逢纪献议道："将军欲举大事，乃徒仰人资给，如何自全？"绍答说道："我亦虑此，但冀州兵强，我亦无法与争。"纪复说道："何不致书公孙瓒，叫他进攻冀州？韩馥乃一庸才，若遇瓒相攻，必然骇惧，公可遣一辩士，为陈祸福，不患馥不让位呢！"绍依计而行，果得公孙瓒允许，兴兵攻冀州。馥遣兵出御，俱为所败，正焦急间，有两人踉跄趋入道："车骑将军袁绍，已从河内退兵，还驻延津了！"馥注视两人，乃是荀谌、郭图，曾为门下宾客，便启问道："两君如何知晓？"谌答道："现由袁甥高干，前来报闻，因此知晓。"馥惊喜道："莫非他前来救我么？"谌又说道："公孙瓒率燕代健士，乘胜南下，锋不可当；袁车骑亦乘此东向，不先不后，居心亦属难料。谌等颇为将军加忧！"馥皱眉道："如此奈何？"谌接入道："袁绍为当世人杰，岂肯为将军下？若瓒攻北面，绍攻西面，区区孤城，亡可立待！但思袁氏与将军有旧，且系同盟，今不如举州相让，归与袁氏；袁氏得冀州，必感将军德惠，厚待将军，还怕甚么公孙瓒呢？"馥性本怯懦，又听他说得天花乱坠，便即依议，拟遣使往迎袁绍。长史耿武、别驾关纯、治中李历等，相率进谏道："冀州带甲百万，支粟十年，真好算做天府雄国；今袁绍孤客穷军，仰我鼻息，譬如婴儿，在股掌中，一绝哺乳，就可立毙，奈何反举州相让呢？"馥摇首道："我本袁氏故吏，才又不及本初，让贤避位，古人所贵，诸君何必多疑？"耿武等只得退去。从事赵浮、程涣，又入谏道："袁本初军无斗粮，势必离散，浮等愿出兵相拒，不出旬月，定可退敌，将军但当闭阁高枕，自可无忧！何用拱手让人？"馥又不听，竟遣子赍着印绶，送与袁绍，迎他入城；自挈家眷出廨，徙居前中常侍赵忠旧宅。袁绍引兵直入，自领冀州牧，使韩馥为奋威将军，但只畀他虚衔，并没有什么兵吏。所有馥部下旧属，一律撤换，另用从事沮授为监军，田丰为别驾，审配为治中，许攸、逢纪、荀谌、郭图为谋主，分治州事。好好一位冀州牧韩馥，弄得无权无柄，反致寄人篱下，事事受人监束，始悔为荀谌、郭图所卖，悄悄的逃出州城，往投陈留太守张邈。后有绍使至陈留，与邈屏人私语，馥疑是图己，竟至惶急自尽，这真叫作自诒伊戚了。人生原如幻梦，一死便休，试看袁绍结果，亦未必胜过韩馥。

　　惟曹操屯兵河内，已有多日，见绍引众自去，各路人马，亦皆解散，料知讨卓无成，也只得自寻出路。鲍信与操为莫逆交，虽由绍表为济北相，仍然随操。至是与操计议道："袁绍名为盟主，因权专利，将自生乱，恐一卓未除，一卓又起；为将军计，若急切除绍，恐亦难能，不如进略大河以南，静待内变，再作计较。"操叹为至言。可巧黑山贼党十余万，即褚燕党羽事，见六十二回。寇掠东郡，太守王肱，不能抵敌，弃城逃生。操即引兵往击，至濮阳杀败贼众，收复东郡，尚向袁绍处报捷；绍因表操为东郡太守。颍川荀彧，为荀淑孙，少时便有才名，何颙尝称办王佐才；及天下大乱，彧率宗族奔冀州，欲依韩馥，馥已避位，乃进见袁绍，绍却优礼相待，视若上宾。彧见绍才疏志鄙，料不能成大业，乃转投曹操，操迎入与语，见彧应答如流，不禁大喜道："君真可为我子房哩！"居然以高祖自居。遂令彧为奋武司马，事必与商。操复尽驱黑山贼出境，东郡咸安。右北平屯将公孙瓒，前由袁绍嗾使，出击冀州牧韩馥；至绍夺馥位，瓒亦退兵。幽州牧刘虞，与瓒宗旨未合，积有宿嫌，见六十四回。但表面上还彼此含容，互相往来。虞子和方为侍中，随献帝迁至长安，献帝仍思东归，使和潜出武关，绕道诣虞，令虞率兵迎驾。远道求援，也是妄想。和道出南阳，得见袁术，与语帝意，术竟将和留住，嘱令作书与虞，愿与虞会师西行。及虞得和书，拟遣数千骑南下，适为公孙瓒所闻，以为术有异志，劝虞留兵不发；虞不肯听信，竟促骑兵登程，瓒又恐术闻风生怨，亦遣从弟越引兵诣术，阴教术拘和仇虞。太觉取巧。和得知风声，觑隙北遁，行至冀州，又被袁绍截住，绍因术不肯戴虞，复书无礼，已觉不平；见前回。术又与公孙瓒书，谓绍非袁氏子，于是兄弟相构，仇隙越深。绍使部将周昂为豫州刺史，与孙坚争领豫州。术令公孙越助坚攻昂，坚将昂击走；惟越身中流矢，竟至毙命。术乃发回越丧，并恁惎公孙瓒，令就近图绍。瓒得书愤愤道："我弟越死，祸由袁绍；且绍赖我得冀州，未闻割地相酬，今反害死我弟，此仇不报，枉为丈夫！"谁叫你听人唆使？且不怨袁术独怨袁绍，意亦太偏。当下出屯磐河，为攻绍计。绍未免心虚，尚想与瓒释怨，特将渤海太守印绶，授瓒从弟公孙范，遣令赴任。范抵郡后，反率渤海兵助瓒，与瓒破灭黄巾余贼，夺取甲仗资粮，不可胜计；瓒威震河北，遂决计攻绍。且先上表长安，数绍十罪，文云：

　　臣闻皇羲以来，君臣道著，张礼以导民，设刑以禁暴。今行车骑将军袁绍，托承先轨，爵任崇浮，而性本淫乱，情行浮薄，昔为司隶，值国多难，太后承摄，何氏辅朝，绍不能举直错枉，而专为邪媚，招徕不轨，贻误社稷，至使丁原焚烧孟津，董卓造为乱始，绍罪一也；卓既无礼，帝主见质，绍不能开设权谋，以济君父，而弃置节传，进窜逃亡，忝辱爵命，背违人主，绍罪二也；绍为渤海太守，当攻董卓，而默选戎马，不告父兄，至使太傅一门，累然同毙，不仁不孝，绍罪三也；绍既兴兵，涉历二

载，不恤国难，专自封殖，乃专引资粮，专为不急，刻剥
无方，百姓嗟怨，绍罪四也；逼迫韩馥，窃夺其州，矫刻
金玉，以为印玺，每有所下，辄皂囊施检文，称诏书，昔
亡新僭侈，渐以即真，观绍所拟，将必阶乱，绍罪五也；
绍令星工伺望妖祥，赂遗财货，与共饮食，刻期会合，攻
钞郡县，此岂大臣所当施为？绍罪六也；绍与故虎牙都尉
刘勋，首共召兵，勋降服张扬，累有功效，而以小忿，枉
加酷害，信用谗慝，济其无道，绍罪七也；故上谷太守高
焉，故甘陵相姚贡，绍以贪婪横责其钱，钱不备具，二人
并命，绍罪八也；春秋之义，子以母贵，绍母亲为傅婢，
地实微贱，据职高重，享福丰隆，有苟进之志，无虚退之
心，绍罪九也；此三条借此补叙。长沙太守孙坚，领豫州刺
史，遂能驱走董卓，扫除陵庙，忠勤王室，其功莫大，绍
遣小将盗居其位，断绝坚粮，不得深入，使董卓久不服
诛，绍罪十也。昔姬周政弱，王道陵迟，天子迁徙，诸侯
背叛，故齐桓立柯会之盟，晋文为践土之会，伐荆楚以致
菁茅，诛曹卫以章无礼；臣虽阘茸，名非先贤，蒙被朝
恩，负荷重任，职在鈇钺，奉辞伐罪，誓与诸将州郡，共
讨绍等！若大事克捷，罪人斯得，庶续桓文忠诚之效，攻
战形状，当前后续闻。

此表上后，即进攻冀州，各州郡不能御瓚，多半服从；瓒
乃令部将严纲为冀州刺史，田楷为青州刺史，单经为兖州刺
史。还有前安喜尉刘备，奔走有年，当山东讨卓时，亦思仗义
从军，嗣闻各军解散，乃与关羽、张飞走依公孙瓒。回应六十
二回。瓒与备本系同学，自然欢迎，且使为平原相。备见瓒部
下有一少将，身长八尺，相貌堂堂，武力与关张相类，遂密与
结纳，引为至交。正是：

英雄独有赏心处，豪杰应当刮目看。

欲知少将姓名，待至下回再叙。

　　讨卓一役，惟曹孟德与孙文台，挺身犯难，尚足自豪。曹以孤军致败，虽败犹荣；孙文台返败为胜，卒能逐走董卓，攻克洛阳，观其祠宗庙，修陵寝，遣将西进，何其壮也？迨得玉玺于甄官井中，即拔营东归，而其志乃骤变矣。夫关东各军，非不欲诛卓徼功，特以卓势犹盛，惮不敢发；有孙文台之三战三克，得播先声，则懦夫亦当知奋，诚使再为号召，联镳齐进，诛卓亦易易耳。乃得玺即还，卷甲无言，谓非阴怀异志，谁其信之？惜乎坚之有初鲜终也。彼公孙瓒之与袁绍，忽合忽离，合不为公，离益营私，其性情之反复，殊不足道。然袁绍身为盟主，不能雪国耻，复家仇，徒为欺人夺地之谋，其罪比瓒为尤甚。瓒虽不足讨绍而数绍十罪，并非虚诬，本回备录全文，所以诛绍之心，而于瓒固不屑播扬也。

第六十九回

骂逆贼节妇留名　遵密嘱美人弄技

　　却说公孙瓒部下的骁将，姓赵名云，表字子龙，乃是常山郡真定人氏。本属冀州管辖，袁绍据住冀州，士多趋附；独云往依公孙瓒。瓒且喜且嘲道："闻贵州人多愿从袁氏，君独何心，乃来依我？"云答说道："天下汹汹，未知孰是，百姓方苦倒悬，但得仁政所在，便当依托，正不必计及远近呢！"瓒闻言大悦，留居麾下，款待颇优。嗣云见瓒行同市井，不足图成，也自悔进身太急；凑巧来了刘备，气谊相投，遂与结好，就是关张两人，亦视为知己，常相往来。惺惺惜惺惺。至备赴平原，邀云同行，且代白瓒前，乞云为助，瓒允如所请，备与云即同赴平原去了。不但赵云不宜放去，即刘关张三人，亦不宜轻离，以是知瓒之失人。袁绍闻瓒军来攻，郡邑多叛，已有戒心，又恐他约同袁术，南北并举，更不可当，乃遣使至荆州，说通刺史刘表，使他牵制南阳，免得双方夹攻。表字景升，籍隶高平，少有才名，列入八俊，八俊见前文。灵帝末年，曾为北军中候，至荆州刺史王睿，为孙坚所杀，坚向西行，表奉诏为荆州刺史，乘虚入城，略定江表，因通使袁绍，愿合兵讨卓，出屯襄阳，作为后应。后来绍赴冀州，表终按兵不发，惟与绍仍使命不绝，绍因此托他防术。术也恐为表所袭，致书孙坚，令攻荆州，坚即进兵往攻。表遣部将黄祖逆战，被坚杀得大败亏输，奔还襄阳，坚驱兵大进，竟将襄阳城围住。表夜遣黄祖等出袭坚营，坚当先迎敌，亲斩敌兵百余人；程普、韩当等挥军继进，杀获甚多，黄祖不获回城，却引了残骑数百，窜入岘山。坚恃勇轻进，驰至山下，见黄祖等已进山坳，尚不肯住马，猛力赶上，后军尾随不及，只有轻骑数十人，与坚同行。黄祖遁匿林间，从月光下望见坚马，便令骑将吕公等，弯弓射坚，杂以巨石，坚尚用槊拨箭，且拨且进，不料顶上来一巨石，不及闪避，竟被压下，一声怪响，脑浆迸流，死于非命，年止三十七岁。好勇者往往不得其死。坚已惨死，黄祖等即踊出林外，把坚骑一律杀尽，舁去坚尸，下山驰回。程普、韩当等正率军寻坚，不料城中亦杀出蒯越、蔡瑁等人，来援黄祖，两下里争杀一场，互有死伤。黄祖、蒯越、蔡瑁竟合兵自去，程普、韩当再至岘山中寻视，只有各骑兵尸首，独不见有孙坚，料知凶多吉少，还营休息。未几天明，襄阳城上，已将坚首悬出，吓得程普诸人，没法摆布；还是孝廉桓楷，与表相识，自愿入城请尸，费了一番唇舌，得将坚尸首领回，归葬曲阿，程普等亦皆退归，下文再表。

且说袁绍既南连刘表，牵制袁术，遂督领全军，出拒公孙瓒。行至界桥，正与瓒军相遇，瓒众约三万人，列成方阵，又分突骑万匹，为左右翼，军容甚盛，绍令部将麹义，领精兵八百人，左挟楯，右挟弓，作为前驱。瓒见来军寥寥，纵骑冲击。义令军士用楯为蔽，屹立不动，待至瓒军将近，将楯撒开，弯弓竞射，呼声动地，瓒军多被射倒，自然退却。义麾军猛进，兜头碰着严纲，正是瓒所新命的冀州刺史，两马并交，被义舞动大刀，劈落马下。绍将颜良、文丑，俱是有名的猛将，望见义前驱得胜，怎肯落后？当即拍马继进，双槊并举，搅入瓒阵，钩倒帅旗，瓒军大乱，纷纷遁去。绍在后尚有数里，闻瓒军已溃，料无他虑，乐得下马暂憩，只有亲兵数百骑随着，不防瓒引步卒二千人，从间道抄至面前，将绍围住，矢如雨下。绍有别驾田丰，时在绍侧，欲扶绍入短墙中，暂避敌锋，绍脱鍪投地道："大丈夫当向前斗死，怎得入墙内偷生呢？"说着，也麾军对射，与瓒相持。可巧麹义亦还军相救，将瓒击退，瓒始引去。既而瓒复出兵龙凑，与绍再战，又复失利，乃退还蓟城，不复亲出。那时穷凶极恶的董卓，却早已安安稳稳的到了长安，在陕公卿，统已出城恭候，拜迎车下。先是左将军皇甫嵩，屯兵抹风，与京兆尹盖勋，共谋讨卓。卓预先防备，征嵩为城门校尉，勋为议郎。嵩长史梁衍，劝嵩不必就征，嵩惧卓势盛，未敢违抗，乃入都就职；勋不能独立，也只可应征还都。嗣嵩任御史中丞，勋迁任越骑校尉，并扈跸西迁，履任逾年，闻得董卓将至，不能不随同百官，共出迎卓。卓与嵩积有微嫌，见六十四回。见嵩亦拜谒车前，禁不住志得气骄，呼嵩表字道："义真可服我否？"嵩惭谢道："凡夫肉眼，但顾目前，不图明公竟得至此！"卓捻髯说道："鸿鹄本有远志，燕雀怎能知晓？"嵩又答道："嵩与明公皆为鸿鹄，只明公今日变成凤凰，怪不得鸿鹄落后呢？"变正为谀，太无气节。卓乃对嵩一笑，总算释嫌。惟与卫尉张温，结恨如故，见六十三回。一入长安，便诬温交通袁术，拘系狱中，且胁朝廷下诏，加官太师，位在诸侯王上，车服僭侈，不亚乘舆；进弟旻为右将军，兼封鄠侯；兄子璜为侍中，领中军校尉，并典兵事，外如宗族亲戚，多居显要，子孙虽在髫龀，俱得拜爵，男受侯封，女号邑君。会闻孙坚战死岘山，更以为大患已除，无人敢侮，乃在长安城东隅，择一隙地，构造大厦，作为太师邸第；再至郿县依山筑垒，迭石为城，内造宫室府库，积谷可支三十年，号为郿坞，亦称万岁坞；自云事成，当雄据天下，万一不成，退守坞中，也足娱老。

卓生平本来好色，至老益淫，特派亲吏四出，采选民间少女八百人，入居坞中，尚有九十岁的老母，与一班妻妾子孙，

悉数迁入坞内，坐享奢华；此外金玉珍宝，锦绣绮罗，逐日运
积，不可胜数。故度辽将军皇甫规，去世有年，遗有寡妇孤
儿，还居安定原籍。规元配早卒，继妻颇有才名，工草书，善
属文，又生得天然秀媚，历久未衰，不知何人报知董卓，令卓
艳羡异常，遽用辌辎百乘，马二十匹，奴婢钱帛，充途塞道，
往聘规妻；规妻毅然拒绝，不愿就聘。卓怎肯罢休？再三催
逼，咯先重利，继迫淫威，规妻自知不免，索性毁容易服，自
诣卓门，长跪陈情，词甚凄切。卓出视规妻，虽是黯淡无华，
仍然姿容未减，一双色眼，惹起淫魔，恨不即刻搂来，与同欢
乐；当下开言劝解，说出许多好处，使她心动。偏规妻不肯从
命，任卓舌吐莲花，只是峻颜相拒，顿时惹动卓怒，令左右拔
刀围住，且与语道："孤令出必行，四海风靡，难道汝一妇
人，敢不相从么？"规妻听了，突然起立，指卓叱骂道："汝
本羌胡遗种，毒痛天下，尚以为未足么？我先人清德奕世，皇
甫氏文武上才，为汉忠臣，岂若汝人面兽心，行同狗彘？汝死
在旦夕，还敢向汝君夫人前，欲行非礼，真正妄想！我若怕
汝，也不敢前来了！"读至此，可浮一大白。卓被她一骂，无名
火高起三丈，即使左右揪住规妻发髻，系住车辄，横加鞭挞。
规妻顾语道："何不从重下手，速死为惠？"俄顷气绝，弃尸
野外。当有人悯她贞节，私为殡葬，后世绘成图像，号为礼
宗。千古不朽。卓尚余恨未消，无从排解，因特赴郿坞消遣，
出都启行。郿坞与长安相隔，约二百六十里，亦须三五日可
到。卓临行时，百官俱至横门外饯别，设帐置筵，备极丰腆，
饮至半酣，适有北地降卒数百人，前来报到，卓即号令卫士，
把降卒为下酒物，先截舌，次斩手足，又次凿眼目，再用大镬
烹煮，呼号声震彻都门。座中与宴诸官僚，吓得魂不附体，或
至战栗失箸，卓独当筵大嚼，谈笑自如。忽又记起卫尉张温，
在狱未死，竟命吕布诣狱提温，将他笞死市曹，然后起座撤

席，向司徒王允拱手，嘱托朝事，登车自去。允字子师，为太原祁县人，尝与同郡人郭泰友善，泰许允为王佐才；后以军吏进阶，出刺豫州，与左中郎将皇甫嵩，右中郎将朱儁等，剿抚黄巾贼党，立有巨勋；嗣为权阉所陷，下狱遇赦，起为从事中郎，转河南尹；回应六十二回。寻且入拜太仆，代杨彪为司空。董卓迁都关中，允悉收聚兰台石室诸书，随驾入关，故经籍具存，不致被毁。时卓尚留住洛阳，朝政大小，委允主持，允亦曲意取容，事多白卓，卓因结为密友，无嫌无疑。其实允是买动卓心，好教卓不复加防，暗地里得设法图卓。前太尉黄琬，复为司隶校尉，与允同志，还有尚书郑泰，也尝朝夕过从，决定密谋，表请护羌校尉杨瓒，行左将军事，执金吾士孙瑞为南阳太守，并率兵出武关，托名往攻袁术，乘间取卓，然后奉驾还洛，仍复旧都。哪知卓却刁猾得很，不准举兵，遂致允计无成；一挫。允乃荐瓒为尚书，瑞为仆射，引作臂助，徐为后图。会河南尹朱儁，移守洛阳，潜与山东诸将交通，东出中牟，移书州郡，招兵讨卓。徐州刺史陶谦，遣兵助儁，推儁行车骑将军事，他郡亦稍有资给。允在内闻警，亟遣使至郿坞，报知董卓，卓即日入朝，允欲使杨瓒等出征，又复为卓所疑，只调亲将李傕、郭汜等，领兵拒儁。允尚望儁杀败傕、汜，乘胜入关，自己可作内应，偏偏不如所料，儁竟败退，卓得大安。二挫。司空荀爽，本意亦欲除卓，未遂而殁。从孙荀攸，少有智略，入拜黄门侍郎，潜与尚书郑泰、长史何颙、侍中种辑等，同谋刺卓；就是允亦曾预闻，事机将成，又被卓略悉风声，收系颙、攸，颙忧愤自杀，攸却无惧色，在狱仍言论自如，卓查无实据，故得缓刑。惟郑泰却逃出关外，东奔袁术，术举泰为扬州刺史，泰就道得病，竟致暴亡，图卓事又致失败。三挫。允日思除奸，历久不能得志，累得形神憔悴，眠食彷徨，幸喜卓只疑他人，未曾疑到自己身上，还好留待时机，再行设策。卓见允面色尫瘵，总道是为己分劳，格外体恤，表封允为温侯，食邑五千户，允固辞不受。仆射士孙瑞进言道："执谦守约，须依时宜，公与董太师并位俱封，乃欲独崇高节，怎得称为和光呢？"允闻言感悟，乃受封二千户，并至卓府中称谢。卓很自喜慰，又欲自号尚父，问诸左中郎将蔡邕。邕已由侍中迁官中郎将。邕劝阻道："昔周武受命，太公为师，辅佐周室，翦除暴商，故尊为尚父，今明公功德，非不巍巍，但欲比诸尚父，还当少待，宜俟关东平定，车驾仍还旧京，庶几名足称实，无人非议了！"卓乃罢议。会遇夏季地震，卓又向邕谘询，邕复答说道："地震乃阴盛侵阳，臣下逾制的现象，公平时所乘青盖车，远近以为非宜，宜从简省！"卓亦依邕议，改乘皂盖车。但卓甚刚愎，邕恐因言取祸，常欲避去，卒因无路可奔，延宕了一两年。当决不决，终归于尽。初平三年春季，霪雨至六十余日，尚未晴霁，司徒王允与士孙瑞、杨瓒等，登台祈晴，觑着一息空隙，再提前谋。瑞进说道："自从岁暮至今，太阳不照，霖雨积旬，昼阴夜阳，雾气交侵，此时若不除奸，后患无穷。愿公速图，毋再迟延！"允点头会意，回至府中，踌躇多时，自思从董卓义子吕布着手，方好进步，乃取家藏珠宝馈送吕布，布当然拜谢，嗣是互相往来，结成好友。允又想到少年心性，一喜财，二喜色，有了财物作饵，还须得一美人儿，献示殷勤，才可笼络吕布。主见已定，随时物色，可巧有一歌妓貂蝉，秀外慧中，非常伶俐，允即召入府中，厚意接待，视若己女。貂蝉不见史传，但证诸稗史，传闻凿凿，谅非无稽。好容易已有数月，貂蝉感念允恩，阴图报答，见允常皱眉不乐，欲言不言，因乘左右无人的时候，向允探问。允正欲与她言明，便引至密室，与谈密谋，貂蝉慨然道："贱妾蒙大人厚恩，恨无以报，今既有此谋，就将贱妾献与吕布，叫他刺杀董卓便了！"允复叹道："布与卓情同父子，岂肯为汝一言，便去行刺？事若不成，我王氏且灭门了！"貂蝉听了，也不禁沈吟。允徐徐说道："我有一计，可以使布杀卓，但未知汝能照行否？"貂蝉应声道："愿听尊命，虽死不辞！"允乃附耳与语，说明如此如此，惹得那貂蝉花容，忽红忽白，待至说毕，方毅然答道："果与国家有益，贱妾亦何惜一身？谨从钧命便了！"却是一位女英雄。允又恐她轻自泄谋，再三叮嘱，经貂蝉对天设誓，才向貂蝉下拜，为国家而拜。貂蝉惊伏地上，待允起身，方才告退。越日即由允特设盛筵，邀布夜宴，酒至数巡，即召貂蝉侍席，貂蝉满身艳装，冉冉出来，行同拂柳，翩若惊鸿，到了吕布座前，先道万福，然后轻抬玉手，提壶代斟。布见她一双柔荑，已是消魂，再睁眼看那芳容，真个国色天姿，见所未见，更厉害的是秋波一动，竟把那吕奉先的灵魂儿，摄了过去；待听到王允语音，有将军请酒四字，方觉似梦初醒，魂返躯壳。饮过一杯，又是一杯，接连是两三杯，统觉得沁人心脾，迥异寻常。匪酒之为美，美人之贻。允再令貂蝉歌舞侑觞，貂蝉振娇喉，运轻躯，曼声度曲，长袖生姿，尤引得吕布耳眩目迷，心神俱醉；铿然一声，歌罢舞歇，竟至布座前告辞，凝眸一笑，返身即去。神仙归洞府。布目送归踪，尚是痴望，好一歇方顾问王允道："此女何人？"允答言义女貂蝉。布又问及曾否字人，允又答言未字；布尚赞不绝口。允竟直说道："将军如不嫌鄙陋，谨当使侍巾栉！"布跃起道："司徒公是否真言？"允微笑道："淑女当配英雄，英雄莫如将军，还恐小女无才，不合尊意，怎得说是虚言呢？"布倒身下拜道："果承司徒公见赐，恩德无量，誓当图报！"允即与约定吉期，然后送女，布喜跃而去。过了两三日，允伺布外出，请卓过宴；卓盛驾赴约，由允朝服出迎，大排筵席，水陆毕陈。卓高坐正位，允在旁相陪，且饮且谈，说了许多谀词，哄动卓意，俟卓已微醺，仍令貂蝉出堂歌舞，脆

生生的歌喉，娇怯怯的舞态，倾倒一时。卓本是个色鬼，见了
这般好女郎，怎不心爱？便问及此女来历，允直称歌妓，不言
义女。卓赞美道："这真可谓绝无仅有了！"允即答道："既蒙
太师见赏，便当上献！"卓不禁大喜，待至酒阑席散，便命貂
蝉随卓同去。一详一略，笔不板滞。嗣为吕布所知，跑至王允府
中，责允负约，允却佯说道："太师谓允有义女，配与将军，
特亲来接取，允怎敢推阻？只好使小女随行，想是太师看重将
军，故有此举，将军奈何怪允？且去问明太师，与小女结婚便
了！"布似信非信，返入太师府中，探听下落，那心上人竟被
董卓占住，布怒气填胸，复去问允。允尚劝解道："这恐是府
中人误传，太师望重一时，怎肯奸占子妇？莫非因吉期未到，
因此迟留，请将军再去探明为是。"布是个有勇无谋的人物，
听了允言，又回去探问；可巧董卓入朝，便大踏步入凤仪亭，
正与貂蝉相遇。貂蝉见了吕布，便泪下如丝，哽咽不止；布看
她泪容满面，好似带雨梨花，复惹动一副情肠，替她拭泪。貂
蝉且泣且语道："将军休污贵手，妾身已为太师所占，只望得
见将军一面，死也甘心。今幸如妾愿，从此永诀！妾为王司徒
义女，许侍将军箕帚，生平愿足，不意堕入诈谋，被人强占，
此身已污，不能再事将军，罢！罢！"说到第二个罢字，竟撩
起衣裾望荷花池内便跳。布忙抢前一步，抱住纤腰，曲意温
存；貂蝉若迎若拒，似讽似嘲，急得布罚起咒来，非取貂蝉，
誓不为人。正絮语间，突有一人趋入，声如牛吼，布转身一
看，不是别人，正是那义父董卓，慌忙向外逃走；卓顺手取得
一戟，挺矛刺布，布手快脚快，把戟格开，飞步跑出，卓身肥
行慢，追赶不上，乃用戟掷布，布已走远，戟亦不及。卓怒责
貂蝉，又被貂蝉花言巧语，说是布来调戏，亏得太师救了性
命，卓为色所迷，由她哄骗过去。这便是女将军兵谋。布却趋至
司徒府中，一五一十，告知王允。允低头佯叹，仰面佯视，说

出几句抑扬反复的话儿，挑动布怒，竟致拍案大呼，拟杀老贼。继又转念道："若非关系父子，布即当前往！"允微笑道："太师姓董，将军姓吕，本非骨肉，掷戟时岂尚有父子情么？"这数语提醒吕布，奋身欲行，即想去杀董卓；还是允把他拦住，与他耳语多时，布一一应允，定约而去。小子有诗咏道：

> 帷中敌国笑中刀，纤手能将贼命操；
> 虽是司徒施巧计，论功首属女英豪。

欲知如何诛卓，容待下回表明。

　　本回标目，以两妇为总纲，皇甫妻固烈妇也，拼生骂贼，足愧须眉；若貂蝉者，其亦一奇女子乎？司徒王允，累谋无成，乃遣一无拳无勇之貂蝉，以声色为戈矛，反能制元凶之死命，红粉英雄，真可畏哉！或谓妇女以贞节为大防，如皇甫妻之宁死不辱，方为全节；彼貂蝉既受污于董卓，又失身于吕布，大节一亏，虽有他长，亦不足取。庸讵知为一身计，则道在守贞，为一国计，则道在通变，普天下之忠臣义士，猛将谋夫，不能除一董卓，而貂蝉独能除之，此岂尚得以迂拘之见，蔑视彼姝乎？或谓貂蝉为他人所捏造，故不见史传，然观唐李贺《吕将军歌》云："搿搿银盘摇白马，傅粉女郎大旗下。"可见当时必有其人。貂蝉！貂蝉！吾爱之重之！

第七十回

元恶伏辜变生部曲　多财取祸殃及全家

却说初平三年，献帝有疾，好多日不能起床，至孟夏四月，帝疾已瘥，乃拟亲御未央殿，召见群臣。太师董卓，也预备入朝，先一日号召卫士临时保护，复令吕布随行。布趋入见卓，卓恐他记念前嫌，好言抚慰，布亦谢过不遑，唯唯受教。并非遵卓命令，实是遵允计议。是夕有十数小儿，立城东作歌道："千里草，何青青？十日卜，不得生！"当有人传报董卓，卓不以为意。次日清晨，甲士毕集，布亦全身甲胄，手持画戟，守候门前。骑都尉李肃，带领勇士秦谊、陈卫、李黑等，入内请命，布与肃打了一个照面，以目示意，肃早已会意，匆匆径入；未几复出语布道："太师令肃等前驱，肃在北掖门内，恭候驾到便了！"布向肃点首，肃即驰去。原来布与肃为同郡人，前次说布归卓，未得重赏，不免怏怏，见六十六回。惟与布交好如故，布因引做帮手，同谋诛卓。及肃既前去，又阅多时，这位恶贯满盈的董太师，内穿铁甲，外罩朝服，大摇大摆，缓步出来，登车安辔，驱马进行，两旁兵士，夹道如墙。吕布跨上赤兔马，紧紧随着，忽前面有一道人，执着长竿，缚布一方，两头书一口字，连呼布！布！卓从车中望见，叱问为谁；声尚未绝，已由卫士驱去道人。卓虽觉诧异，但以为陈兵夹护，自府中直至阙下，防卫周匝，谅无他虞，乃放胆再进。将至北掖门前，马忽停住，昂首长嘶，卓至此不禁怀疑，回语吕布，意欲折回。布答说道："已至阙前，势难再返，倘有意外，有儿在此，还怕甚么？"正怕是你。说着，即下马扶轮，直入北掖门。卫兵多在门外站住，只布驱车急进，蓦见李肃突出门旁，觑准卓胸，持戟直搠，谁料卓裹甲在身，格不相入；肃连忙移刺卓项，卓用臂一遮，腕上受伤，堕倒车上，大呼吕布何在？布在后厉声道："有诏讨贼！"卓怒骂道："庸狗也敢出此么？"以狗嗞贼，正合身分。道言未绝，布戟已刺入咽喉，李肃又复抢前一刀，枭取首级。布即从怀中取出诏书，向众宣读，无非说是卓为大逆，应该诛夷，余皆不问。内外吏士，仍站立不动，齐呼万岁。看官道诏书何来？乃是尚书士孙瑞，早已缮就此诏，密授与布，布得临时取出，宣告大众；大众都怨卓残暴，无人怜惜，所以视死不救，反共欢呼。还有一班百姓，恨卓切骨，闻得卓已伏诛，交相庆贺，舞蹈通衢。司徒王允，喜如所望，即使吕布回抄卓家，又令御史皇甫嵩，率兵往屠郿坞。布跨马急去，驰入太师府内，所有董氏姬妾，一概杀死，单剩一个美人儿貂蝉，载回私第。总算如愿以偿，可惜已变做残商。皇甫嵩到了郿坞，攻入坞门，先将董旻董璜剁毙，再领兵杀将进去，遇着一个白发皤皤的老姬，携杖哀诉道："乞恕我死！"嵩定睛一瞧，乃是卓母，便赏她一刀，分作二段。他如董氏亲属，不分男女老幼，尽行处斩，只所藏良家妇女，一体释放。再将库中搜查，得黄金二三万斤，银八九万斤，珍奇罗绮，积如邱山，当由嵩指挥兵士，一古脑儿搬入都中。时已天暮，见市中有一尸横路，脂膏涂地，尸脐中用火燃着，光明如昼，嵩惊异得很，问明守尸小吏，才知是贼臣董卓的遗骸。先是袁隗等为卓所害，埋尸青城门外，见六十七回。至卓造郿坞，恐尸骨为他人所盗，复搬至坞中；卓既诛灭，袁氏门生故吏，得往坞中拾骨收葬，且将董氏亲属的尸骸，取至袁氏墓前，焚骨扬灰，不使再遗。报应更惨。

献帝命司徒王允录尚书事，进吕布为奋威将军，加封温侯，共秉朝政。允再查究董氏党羽，或黜或诛。左中郎将蔡邕，在座兴嗟，为允所闻，便勃然怒叱道："董卓逆贼，几亡汉室，今日伏诛，普天称庆；君为王臣，乃顾念私恩，反增伤痛，岂不是同为逆党么？"邕起谢道："邕虽不忠，颇闻大义，怎肯背国向卓？但卓族骈诛，并及僚属，一时生感，遂致叹惜；自知过误，还乞见原！倘得黥首刖足，俾得续成《汉史》，皆出公惠，邕亦得稍赎愆尤。"允闻言益怒，竟令左右系邕下狱，众官为邕救解，皆不见从。太尉马日磾谏允道："伯喈蔡邕字，见前文。旷世逸才，多识汉事，当令续成《汉史》为一代大典；今坐罪尚微，若遽处死刑，恐失人望。"允摇首道："昔武帝不杀司马迁，使作谤书，留传后世；今国祚中衰，四郊多垒，若再使佞臣伴侍幼主，执笔舞文，不但无补圣德，并使我辈亦蒙讪议，我所以不便轻恕哩！"日磾退语同僚道："王公恐将无后呢！善人足为国纪，制作乃是国典，今欲灭纪纲，废典章，怎能长久？眼见是为祸不远了！"邕非无罪，但处死未免太甚，日磾之言不为无见。允竟嘱令狱吏，将邕逼死狱中。是时卓婿牛辅，方移兵陕州，防御朱儁，校尉李傕、郭汜、张济等，击败儁军，大掠陈留、颍水诸县，所过为墟。吕布使骑都尉李肃，先讨牛辅，辅出兵与战，将肃杀败，肃竟遁还。布怒责道："汝如何挫我锐气？敢当何罪！"肃因诛卓有功，仍不得迁官，亦怀怨望，免不得反唇相讥，布怎肯忍受？竟命左右推肃出辕，枭首军门；可为丁原泄忿。遂欲亲往击辅。辅素惮布勇，阴有戒心，手下兵士，亦皆惶惧，一夕数惊，辅知不可留，收拾金宝，带得家奴胡赤儿等数人，弃营夜走。赤儿贪辅财物，竟将辅刺死，献首长安。布既得辅首，复商诸王允，拟传诏河南，尽诛李傕、郭汜诸将，允抚然道："此辈未尝有罪，不宜尽诛！"布又请将董卓私财，颁赐公卿将校，允又不从。允与布虽同执朝政，但看布是一介武夫，未娴文事，所以国家政事，往往独断独行，不与布商。布又意气自矜，未肯相下，遂致两人生隙，意见不同。允与仆射士孙瑞商议，拟下诏赦卓部曲，继复自忖道："彼既党逆，不应轻赦，且俟将来再说。"嗣又欲悉罢李、郭等军，或劝允委任皇甫嵩出统各部，俾镇陕州，允亦迟疑不决。当断不断，反受其乱。李傕、郭汜等部兵，俱系凉州丁壮，当时有讹言传出，谓朝廷将尽诛凉州人，李郭张三将，互相告语道："蔡伯喈为董公亲厚，尚且坐罪。今我等既不见赦，复欲使我解兵，今日兵解，明日即尽被鱼肉了！"当下议定一法，使人诣长安求赦，允仍不许，傕等益惧，不知所为，意欲各自解散，逃归乡里。讨虏校尉贾诩，本在牛辅麾下，辅死后，奔投傕军，因即献议道："诸君若弃军东走，一亭长便足缚君，不如相率西进，攻扑长安，为董公报仇，事得幸成，奉国家以正天下；否则走亦未迟。"一言丧邦，诩实祸首。傕等遂传谕部曲道："京师不下赦文，我等总难免一死，今欲死中求生，计惟力攻长安，战胜可得天下，不胜当抄掠三辅，夺取妇女财物，西归故乡，尚可延命。"全是盗贼思想。大众听着，应声如雷，随即一拥齐出，倍道西行。王允闻警，召入凉州弁目胡文才、杨整修二人，忿然与语道："关东鼠子，果欲何为？卿等可呼与同来，听我发落！"片语可惹群虏么？胡、杨虽受命东往，心下很是不平，到了傕等营内，反言允、布异心，劝他急进。傕等沿路收兵，所有牛辅部下诸散卒，悉数趋附，还有董卓旧将樊稠、李蒙等，亦同时会合，数约十余万人，直抵长安。吕布登城拒守，相持八日，部下有蜀兵生变，潜开城门，纳入外兵，傕等纵兵四掠，阖城鼎沸，吕布仗戟与战，自辰至午，虽得刺死多人，怎奈乱兵甚众，并且拼死进来，前仆后继，越战越勇，布亦禁遏不住，部兵又多散去；不得已杀开血路，出走青琐门，使人招王允同奔。允长叹道："若蒙社稷威灵，得安国家，乃允所素愿，万一无成，允惟有一死以谢。主上幼冲，所恃惟允，临难苟免，允不忍为，请为允传语关东诸公，努力国家，易危为安，允死亦瞑目了！"人之将死，其言也善。布乃将卓头悬诸马下，带领残骑数百人，东出武关，投奔袁术去了。

催等逐走吕布，遂率众围攻宫门，卫尉种拂愤然道："为国大臣，不能禁暴御侮，反使乱徒白刃向宫，去将安往？"说着，即带着卫士，出宫力战，终因寡不敌众，受创捐躯；催与汜突入南掖门，杀死太仆鲁旭、大鸿胪周奂、城门校尉崔烈、越骑校尉王颀，此外吏民约死万人。王允扶献帝上宣平门楼，俯瞰外兵，几如排墙相似，势甚汹汹。献帝尚有主宰，呼语催等道："卿等放兵纵横，究怀何意？"催等望见帝容，还算尽礼，即伏地叩头道："董卓为陛下尽忠，乃为吕布所杀，臣等前来，系是替卓报仇，非敢图逆；待事毕以后，当自诣廷尉受罪！"献帝又说道："布已出走，卿等如欲执布，尽可往追，奈何围攻宫门？"催等又答道："司徒王允，与布同谋，请陛下遣允出来，由臣等面问底细！"允得闻此言，拼生下楼，出语催等道："王允在此，汝曹有何话说。"催等皆起指斥王允道："太师何罪，被汝害死？"允张目道："董卓罪不胜诛，长安士民，一闻卓死，无不称庆，汝等独不闻么？"催等复驳说道："太师就使有罪，与我等无干，何故不肯赦免？"允复叱道："汝等党逆害民，怎得说是无罪？即如今日称兵犯阙，岂非大逆？尚有何说？"催等不与多言，竟挥兵将允拥去，且逼献帝大赦天下，并自署官职，表请除授。献帝不得已，颁下赦书，授催为扬武将军，汜为扬烈将军，樊稠、张济等皆为中郎将。催既得志，遂收司隶校尉黄琬，与王允并系狱中；复召左冯翊宋翼，右扶风王弘，入朝听命。翼、弘皆太原人，与允同郡，允使镇三辅，倚为外援，弘不愿应召，遣使语宋翼道：

"李傕、郭汜，因我二人在外，故尚未害王公，若今日就征，明日俱族，计将安出？"翼答说道："祸福原是难料，但朝命亦究不可违。"弘使又语翼道："山东兵起，无非为了董卓一人，今卓虽伏诛，党羽益横，若举兵声讨，入清君侧，料山东亦必响应，这乃是转祸为福的良谋呢！"翼不从弘言，便即入都，弘不能独立，也只好诣阙。甫进都门，便被军吏拘住，交付廷尉，先杀黄琬，继杀王允，又继杀宋翼、王弘。弘与司隶校尉胡种有隙，种欲修旧怨，促令处斩。弘临刑时，望见宋翼在侧，向他唾詈道："宋翼竖儒，不足与议大计，胡种幸灾乐祸，宁得久存？我死且不饶此人！"及弘死仅数日，种辄见弘在旁，用杖扑击，不胜痛楚，未几遂死。全是心虚所致。李傕恨允最深，将允尸陈诸市曹，并杀允妻子，及宗族十余人；惟兄子晨、陵，得脱身亡归。天子感恸，百姓丧气。平陵令赵戬，本允故吏，独弃官至京，收葬允尸，后亦无恙。仆射士孙瑞，前曾与谋诛卓，口不言功，故幸得免祸。傕、汜追寻卓尸，已无余骨，只有残灰尚在，收入棺中，移葬郿坞。墓门方启，突有狂风暴雨，吹向墓中，霎时间水深数尺，变穴成潭，经工役将水泄去，然后下窆；哪知风雨复至，水势又涨，仍把棺木漂出，一连三次，由工役抢堵墓门，草草封讫；哪知天空中又起霹雳，一声怪响，震开墓穴，接连又是一声，棺亦劈碎，连残灰但被卷去，无从寻觅了。天道难容。

太尉马日磾，与傕等无甚嫌怨，由傕等推为太傅，录尚书事，傕迁车骑将军，领司隶校尉，汜为后将军，樊稠为右将军，张济为镇东将军，并受封列侯。济出屯弘农，傕、汜、稠共握朝政，令贾诩为左冯翊，拟给侯封，诩推让道："诩不过为救命计，幸得成事，何足言功？"乃改授诩为尚书典选。诩方才就职，李傕恐关东牧守，声罪致讨，特表请简派重员，东行宣慰。乃遣太傅马日磾，及太仆赵岐，出赴洛阳，宣扬国命。百姓不知内容，望见朝廷使节，却额手相庆道："不图今日复见朝使冠盖呢！"时兖州刺史刘岱，出讨黄巾余孽，战败身死，黄巾复盛，号称百万；东郡太守曹操，从郡吏陈宫计议，乘虚入兖州，自为刺史。济北相鲍信，会同曹操，迭击黄巾，黄巾众盛，操兵寡弱，战辄失利；嗣经操抚循激厉，乘间设奇，方转败为胜，终得击退黄巾。惟鲍信战死，尸无下落，操四觅不得，刻木为象，亲自祭奠，哭泣尽哀；实是笼络众心。众志益奋，追黄巾至济北，大杀一阵，黄巾败却，一大半弃械投降，操得降卒三十万众，汰弱留强，随时训练，号为青州兵。至赵岐奉诏东行，操出城远迎，备极殷勤。就是袁绍、公孙瓒两人，争夺冀州，转战不息，一经岐代为和解，便两下罢兵。岐又与约奉迎车驾，期会洛阳，更南行至陈留，往说刘表；偏偏途中得病，累月不瘳，勉强到了荆州，病益加剧，缠绵床褥，于是洛阳期会的预约，竟至无效。也是献帝该遭巨劫。那太傅马碑，行抵南阳，招诱袁术，术阴怀异志，将他留住，诈言借节一观，竟致久假不归；日碑一再求去，始终不允，气得日碑肝阳上沸，呕血而亡。独曹操既领兖州，颇思效法桓、文，徐图霸业。平原人毛玠，素有智略，由操辟为治中从事，玠亦劝操西迎天子，号令诸侯。操即遣使至河内，向太守张扬借道，欲往长安，扬不欲遽允。定陶人董昭，曾为魏郡太守，卸任西行，为扬所留，因劝扬交欢曹操，毋阻操使；并为操代作一书，寄与长安诸将，令操使赍往都中。李傕、郭汜得书后，恐操有诈谋，拟将操使拘住。还是黄门侍郎钟繇，谓关东人心未靖，唯曹兖州前来输款，正当厚意招徕，不宜拘使绝望，于是傕、汜优待操使，厚礼遣归。

操乃搜罗英俊，招募材勇，文武并用，济济一堂，自思有基可恃，理当迎养老父，共叙天伦。因遣泰山太守应劭，往琅琊郡迎父曹嵩。嵩为中常侍曹腾养子，官至太尉，当然有些金银财宝，储蓄家中，自从去官还谯，复避卓乱，移迹琅琊，家财损失有限，此时接得操书，不胜喜欢，便挈了爱妾，及少子曹德，并家中老少数十人，押着辎重百余辆，满载财物，径向兖州前来。道出徐州，又得牧守陶谦派兵护送，总道是千稳万当，一路福星，不料变生意外，祸忽临头，行抵泰山郡华、费间，竟被谦将张闿杀死，全家诛戮，不留一人。究竟是否陶谦主使，还是张闿自己起意呢？谦字恭祖，籍隶丹阳，少时尝放浪不羁，及长乃折节好学，以茂才见举，得为卢令，再迁至幽州刺史，居官清白，著有廉名。嗣调任徐州刺史，剿灭黄巾余党，下邳贼阙宣作乱，僭号天子，又由谦督兵剿平，且屡遣使，间道入贡，谨守臣节，朝廷加谦为安东将军徐州牧，封溧阳侯。陈寿作《陶谦传》语多不慊，寿推尊曹操，故叙谦多诬，实难尽信。及李傕、郭汜诸将，兴兵入关，挟主怙权，谦特推河南尹朱儁为太师，并传檄牧伯，约同讨逆；偏儁就征入朝，任官太仆，遂致谦计无成，事竟中止。嗣闻曹操有志勤王，正欲向他结交，可巧操父过境，乐得卖个人情，特派都尉张闿，领兵护送。闿系黄巾贼党，战败降谦，毕竟贼心未改，看了曹嵩许多辎重，暗暗垂涎，至夜宿旅舍间，觑隙下手，先将曹德杀毙；曹嵩闻变，亟率爱妾逃至舍后，穿墙欲出，怎奈妾体肥胖，一时不能脱身，那张闿已率众杀入，逃无可逃，没奈何扯住爱妾，避匿厕旁，结果是为闿所见，左劈右剁，同时毕命。为财而死，为色而死，可见财色最足误人。曹氏家小，亦被杀尽，只有应劭逃脱，不敢再复曹操，便弃官投依袁绍。张闿劫得曹家辎重，也奔赴淮南去了。曹操方因袁术北进，有碍兖州，特督兵出拒封邱，击败术军。术还走寿春，逐去扬州刺史陈瑀，自领州事。操尚想乘胜进击，适值一门骈戮的信息，传入军中，险些儿将操惊倒，顿时哭了又骂，骂了又哭，口口声声，要与陶谦拼命。待至哭骂已毕，遂在军中易服缟素，誓报父仇。留谋士荀彧、程昱等，驻守鄄、范、东阿三县，自率全部人马，浩浩荡荡，杀奔徐州。小子有诗叹道：

> 杀父仇难共戴天，如何盛怒漫相迁？
> 愤兵一往齐流血，到底曹瞒太不贤！

欲知徐州战事，待至下回再详。

以千回百折之计谋，卒能诛元恶于阙下，孰不曰此为司徒王允之功？顾王允能除董卓，而不能弭催汜诸将之变者，何也？一得即骄，失之太玩耳。催汜诸将，助卓为虐，必以王允之不赦为过，亦非至论。但允若能出以小心，如当日除卓之谋，溃其心腹，翦其爪牙，则何不可制其死命？乃目为鼠子，睥睨一切，卒使星星之火，遍及燎原。允虽死，犹不足以谢天下，而酿祸之大，尤甚于董卓怙势之时；然则天下事岂可以轻心掉耶？若曹嵩之被害，亦何莫非由嵩之自取？嵩若无财，宁有此祸？然吕伯奢之全家，无故为操所屠，则曹氏一门之受害，谁曰不宜？杀人之父，人亦杀其父，杀人之兄，人亦杀其兄，古人岂欺我哉？观诸曹嵩而益信云。

第七十一回

攻濮阳曹操败还　失幽州刘虞絷戮

　　却说曹操为父复仇，亲督全队人马，直入徐州。徐州自陶谦就任后，扫平贼寇，抚辑人民，百姓方得休息，耕稼自安。不意曹兵大至，乱杀乱掠，连破十余城，不问男女老小，一律屠戮，可怜数十万生灵，望风奔窜，尚难逃生；结果是同入泗水，积尸盈渠。陶谦连得警报，只好发兵拒敌，才出彭城，已遇操兵杀来，两下相见，便即奋斗，操麾众直上，势如潮涌，叫陶谦如何抵挡，没奈何退保郯县。郯城虽小，势颇险固，操追至城下四面猛扑，终不能入；乃往攻睢陵夏邱等邑，焚掘一空，连鸡犬都无遗类，总算是为父报仇。断笔冷隽。谦急得没法，遣使至青州求救。青州刺史田楷，意欲赴援，但恐操兵势大，独力难支，乃致书于平原相刘备，嘱令同行。田楷与刘备俱由公孙瓒委任，事见六十八回。备方东援北海相孔融，往讨黄巾余孽管亥。说来又有一段遗闻，不得不随笔补叙。孔融履历，已见前文。弱冠以后，当由州郡荐举，屡征不就，寻由三府辟召，乃入为司空掾，迁官虎贲中郎将；会董卓废立，因融不愿阿附，出为北海相，立学校，讲儒术，礼贤下士，禁暴安良。适有黄巾贼管亥，纠众侵掠，猖獗异常，融出拒都昌，为贼所围。东莱人太史慈，尝避难赴辽东，有母家居，由融随时赡给，融在都昌城被困，可巧慈还家省母，母因嘱慈往赴融急，借报夙惠。慈即徒步前往，突围入城；复奉融命，再出至平原乞援，慈素来娴习骑射，箭无虚发，因此出入围中，贼不敢近。既至平原，即入见刘备道："慈系东莱鄙人，与孔北海亲非骨肉，谊非乡里，但因北海高义，当与分灾，故特来乞师。今贼目管亥，围攻都昌，北海危急万分，好义如君，谅不忍袖手旁观，坐听成败呢！"措词亦善。备敛容答说道："孔北海也知世间有刘备么？"慨然自负。乃与关张两人，率同精兵三千，往救北海。关张本来骁勇，太史慈亦武力过人，三条好汉，杀入贼垒，好似虎入羊群，纵横无敌，管亥走死，余贼尽散，都昌当然解围。孔融出城迎接，邀备入宴，犒赏备军，不消细说。待至备还平原，青州使人，已待守了两三天，相见后，交付田楷书信，由备阅毕，毫不推辞，便率军至青州，与田楷会师，共救陶谦。曹操攻郯不下，粮食将尽，又探得田楷、刘备，合军来援，自知不能取胜，引兵退去。田楷闻操兵已还，当即折回。独刘备至郯城会谦，谦见备仪表出群，格外敬礼，且留备同居，表为豫州刺史；备一再告辞，经谦殷勤劝阻，使屯小沛，作为声援。备难却盛意，只得依言，引兵至小沛城，修葺城垣，抚谕居民，百姓也爱戴。备屡丧嫡室，至此得了一个甘家女儿，作为姬妾。那甘氏生得姿容绰约，妩媚清扬，艳丽中却寓端庄，袅娜间不流轻荡，尤妙在肌肤莹彻，独得天成，尝与玉琢美人，并座斗白，玉美人尚逊色三分；刘备虽具有大志，不在女色上计较妍媸，但有此丽姝，自然欢爱，遂令她摄行内事，视若正妻。语有分寸，不涉猥亵。好容易过了数旬，闻得曹操又进攻陶谦，来夺徐州，备感谦厚待，不得不引兵往援；行至郯城东隅，正值操兵杀来，千军万马，势不可当。备恐为所围，麾众亟退，操追了一程，见备军去远，便移兵再攻郯城。陶谦很是焦灼，拟欲出走丹阳，勉强守了一宵，操军忽然退去，到了天明，城外已寂静无人了。原来陈留太守张邈，本与操相友善，从前关东兵起，邈列同盟，操亦相从，盟主袁绍，尝有骄色，邈正议责绍，绍不甘忍受，使操杀邈；操独谓天下未定，不宜自相鱼肉，因此邈得安全，遇操益厚。操攻陶谦时，以死自誓，曾语家属道："我若不还，可往依孟卓。"即张邈字。哪知张邈竟弃好背盟，私下结交吕布，使布潜入兖州，进据濮阳。说来也有原因，自吕布奔出武关，往依袁术，术留居幕下，款待颇优，布不安本分，恣兵钞掠，乃为术所诘责，转投河内太守张杨；嗣复舍杨赴冀州，助袁绍击褚燕军，恃功暴横，又遭绍忌，乃再遁还河内。反复无常，终非大器。路过陈留，由张邈遣使迎入，宴叙尽欢，临别时尚把臂订盟，缓急相救。邈亦多事。待布去后，又闻九江太守边让，为了讥议曹操一事，被操捕戮，连妻子一并杀死，邈自是不直曹操，且怀着兔死狐悲的观念，未免心忧。可巧兖州从事陈宫，也因让有才名，无辜遭害，见得曹操有我无人，不能常与共事，意欲乘隙离操，另择他主；适操再攻徐州，嘱宫出屯东郡，宫即密书致邈道："方今天下分崩，豪杰并起，君拥众十万，地当四战，抚剑顾盼，也足称豪，乃反受制人下，岂非太愚。近日州军东出，城内空虚，君不若迎入吕布，使作前驱，袭取兖州。布系天下壮士，善战无前，必能所向摧陷。兖州既下，然后观形势，待世变，相机而动，也不难纵横一时呢？"背操则可，迎布也可不必。邈依了宫计，遂与弟广陵太守张超，联名招布。布正东奔西走，无处安身，一得邈等招请，仿佛喜从天降，立即带着亲从数百骑，直赴陈留。邈接见后，更拨千人助布，送往东郡。当由陈宫迎入，推布为兖州牧，传檄郡县，多半响应，惟鄄、范、东阿三城，由操吏荀彧程昱等扼守，坚持不动。彧亟使人报知曹操，操乃收军急回，途次复接警报，系是吕布已夺去濮阳，陈宫且进攻东阿，一时忧愤交集，恨不得即刻飞归，星夜遄返，得驰入东阿城，幸有程昱守住，尚然无恙。昱向操慰语道："陈宫叛迎吕布，事出不意，

几至全州尽失，今惟三城尚得保全，昱已遣兵截住仓亭津，料
宫不能飞渡，想此城当可无虞了！"操忙执昱手道："若非汝
固守此城，我且穷无所归呢！"遂令昱为东平相，移屯范城；
嗣又得荀彧军报，谓已守住鄄城，击退吕布，布仍还屯濮阳，
请急击勿失。操掀髯微笑道："布有勇无谋，既得兖州，不能
进据东平，截断亢父、泰山通道，乘隙邀击，乃徒屯兵濮阳，
有何能为，眼见是不足虑呢！"布原失策，但操为此语，要先在镇
定军心。遂引兵往攻濮阳。吕布出城拒操，仗着一枝画戟，直
奔曹军。曹军素知布勇，未战先怯，及见布左挑右拨，果然厉
害得很，当即纷纷返奔。操还想禁遏，不意势如山崩，自相践
踏，反将操马挤倒。那吕布更骤马直前，挺戟刺操，还亏曹
洪、曹仁、夏侯惇等，拼命抵敌，才得挡住吕布，救起曹操。
第一次死里逃生。当下且战且行，直返至十里外，布方收兵还
城。操始好择地安营，到了夜间，由操想出一法，立下军令，
要去袭击濮阳西偏的屯营；这屯营是吕布预先设置，与城内为
犄角，操遣侦骑探悉情形，所以乘夜前往，欲使布恃胜无备，
折彼羽翼。当下悄悄出寨，仍由操亲自督领，直抵濮阳城西，
一声喊呐，杀入营中，果然营内未曾预防，得被操军捣破，逐
去守军，占了营垒。部署未定，突由布将高顺，驱军杀来，操
不得不麾兵抵敌，两下混战，将及天明，东方鼓声大震，吕布
亲引兵杀到，急得操不能再留，只好弃寨走还。偏偏布截住归
路，不肯放行，曹仁、曹洪等虽然敢战，却非吕布敌手，连番
冲突，均被吕布击退；自清晨斗至日昃，已有数十百回合，伤
亡甚众，仍无出路可寻，操不禁性起，拍马先进，自去突阵。
不料布阵内梆声骤响，发出许多硬箭，射住操马，任你如何大
胆，也未敢冒险再进。正在进退徬徨的时候，忽跃出一员猛
将，手持双戟，驰出操前，顾语从人道："虏来十步然后呼
我。"兵士听罢，看到敌已近前，便向韦大呼道："十步到

了。"韦仍然不动，复与语道："五步乃呼我。"兵士又呼称五步乃到。韦手中已取得十余戟，连番掷刺，一戟一人，应手而倒，无一虚发，当下戮死十余人，余皆惊走。韦再执着双戟，冲杀过去，布军并旨恟惧，纷纷避开，连布亦禁遏不住；顿被韦荡开血路，引着后军，奋勇杀出，曹仁、曹洪、夏侯惇等，保住曹操，并力向前，好容易突过布阵，天色已暮。布也无心恋战，听令过去，操得匆匆走脱，驰回营中。第二次死里逃生。当下重赏典韦，加官都尉，引置左右。韦系陈留人氏，勇悍无敌，本在太守张邈部下，充当牙役，嗣因不得升官，转投夏侯惇，战必居先，杀敌有功，得拜司马，至是更为操所擢用，自然感激驰驱，为操效死。隐伏后文。那吕布返入濮阳，与陈宫再行商议，设法破操；宫查得濮阳城中，田氏最富，口丁数百，僮仆数千，乃教布捏造书信，托名田氏，诈降曹操，愿为内应。布即依计办理，使人投书操营。操因两次失败，愤无可泄，一得田氏愿降书报，便不察虚实，立即重赏使人，约期夜间，里应外合，使人喜跃而出，返报吕布，布即四置伏兵，悄悄待着。是夜月色朦胧，星月掩映，操带着将士，衔枚疾进，直至城下，但见东门大开，不禁暗喜，当命典韦为前导，夏侯惇为后劲，自率曹仁、曹洪诸将，居中驱入，一进城闉，前面并无一人，才觉可疑；意欲叫转典韦，不令轻进，偏韦已冒冒失失，不管前途厉害，有路便走，与操相距颇远，急切无从招回，操恐失一爱将，不得已驰马再进。突听得一声炮响，鼓角齐鸣，四面喊声，同时俱起，仿佛如江翻海沸一般，操料知中计，忙拨回马头，急转东门，不料前面烟焰冲霄，火光骤起，截住去路，敌骑复围绕拢来，喧声聒耳，不是杀操，就是擒操。急得操五内如焚，眼见得东门难出，只好觑隙他走，跑往北门，偏途次遇着敌兵，不放操行，操手下的将士，又多失散，不能上前厮杀；没奈何转趋南门。南门也有敌兵守住，又是不能出去，乃再向北门狂窜，兜头碰着一员大将，挺戟过来，火光中隐约辨认，不是别人，正是吕布。为操急杀。操情急智生，反从容揽辔，低头趋过，布因东门里面，不见曹操，便疑操往奔别门，所以回马寻捉，既与曹操相遇，应该一戟刺死，偏见他揽辔徐行，又在昏夜中间，看不清曹操面目，总道操没有这般大胆，定是别人；乃横戟喝问道："曹操何在？"操用手遥指道："前面骑黄马的，想是曹操。"真聪明！真灵变！道言未绝，布便纵马前去。当面错过，可见得吕布卤莽。操呕返奔东门，恰好与典韦相遇，引操杀出，路旁统是残薪败草，余焰未消，韦用双戟拨开火堆，冒险冲出，操紧紧随着，亦得驰脱。曹仁、曹洪、夏侯惇等，正在门外待着，拥操回营。第三次死里逃生，真是万幸。操欲安定人心，当夜检点人马，丧失了一二千名，尚幸将吏无伤，余外焦头烂额的兵士，却也不少，由操亲自抚慰，并笑语道："我急欲灭贼，以致误中诡计，此后誓必攻下此城，方消我恨。"将士见操谈笑自若，才各自安心，陆续归帐。次日操复早起，饬营中呕办攻具，连夜制造，三五日已得完备，复督众攻城。吕布督众拒守，矢石交下，操军亦无隙可乘，嗣是一守一攻，相持至三阅月，彼此俱精疲力尽，勉强支持。会值蝗虫四起，食尽禾稻，军中无从得食，操乃退回鄄城。濮阳城内，也是十室九空，布亦只好往山阳就食，权且罢兵。是时大司马幽州牧刘虞，与公孙瓒嫌怨越深，瓒纵兵四掠，由虞上表陈诉，瓒亦劾虞掯粮不给，互相诋毁。朝廷方有内忧，李傕、郭汜等互争权势，管甚么牧守相争。瓒愈欲图虞，特在蓟城东南，筑一小城，引兵驻扎，为逼虞计。虞愁恨交并，屡邀瓒面论曲直，瓒竟不肯往；虞乃征兵十万，出城讨瓒。瓒不意虞兵猝至，拟弃城东奔，及登陴俯视，见虞兵行伍不整，旗帜错乱，料知虞无能为，因留守不出。虞又爱民庐舍，不令焚毁，且申禁部众道："毋伤民兵，但诛一伯珪罢了!"瓒字伯珪。部众虽是遵令,但丝毫不得掠取,已是兴味索然,再经城下逗留,屡攻不下,更觉得疲惰不堪,各有归志。瓒却连日登城,窥望敌容,起初虽不甚严肃,还有些雄赳赳的气象,后来逐渐倦怠,暮气日深;乃决意出击,简募壮士数百人,缒城夜出,因风纵火,慌得虞军东逃西窜,不战先溃,瓒趁势出城,直捣虞营,虞营已经自乱,怎经得瓒军捣入,霎时四散,只剩得一座空垒。虞率亲从狼狈逃回,谁料瓒军追至,突入城阃,没奈何挈同妻子,出奔居庸关,瓒尚不肯舍,乘胜追攻;虞众逃散殆尽,只有残兵数百,如何防守,相拒三日,关城被陷,虞也受擒。所有全家眷属,一古脑儿做了俘囚。瓒收兵还蓟,将虞锢住一室,尚使他管领文书,署名钤印,适有朝使段训,奉诏到来,加虞封邑,监督六州。又拜瓒为前将军,晋封易侯,瓒捺定诏书,诬虞与袁绍通谋,欲称尊号,且请训矫诏斩虞;训尚不肯从,瓒用兵威胁迫,不问训应允与否,遽令兵士把虞牵出,硬邀训同往市曹,号令一下,虞首落地,又将虞妻子,尽行骈戮,即遣使人携虞首级,解往长安。虞素有仁声,北州吏民,无不感叹。故常山相孙瑾,幽州掾张逸、张瓒等,忠义奋发,愿与虞同死。瓒竟令交斩,孙瑾等骂不绝口,至死方休。尚有虞故吏尾敦,在途潜伏,要截瓒使,夺去虞首,用棺埋葬。瓒留训为幽州刺史,上书奏报,其实是借训出面,要他做个傀儡;所有幽州措置,全由瓒一人主持,瓒意气益豪,复想出图冀州。袁绍也曾防着,因欲南连曹操,与同攻瓒,乃派使至鄄城,劝操徙居邺中,互相援应。操新失兖州,军食又罄,颇思将计就计,应允下去。东平相程昱闻报,忙驰至见操道:"将军欲与袁绍连和,迁家居邺,此事果已决断否?"操答说道:"原有此事。"昱接口道:"将军此举,大约是临事而惧,昱以为未免太怯了!试想袁绍据有燕赵,志在并吞天下,力或有余,智却不足。将军今迁家往邺,自思能北面事绍否？昔田横为齐壮士，犹不甘为高祖臣，难道将军聪明英武，反情愿为绍下么？"操徐答道："我何尝甘心事绍，但兖州已大半失去，恐难存身，所以暂与连和，再图良策。"昱又说道："兖州虽然残缺，尚有三城，战士且不下万人，智勇如将军，若再招罗智士，募集壮丁，合谋并力，再图大举，不但可规复兖州，就是霸王事业，也是计日可成哩！"操不禁鼓掌道："汝言甚是，我便依汝。"说着，即召入绍使，与言迁居不便，叫他回去复绍，绍使辞归。操于是购粮募兵，招贤纳士，休养数旬，再拟与吕布决一雌雄。小子有诗咏道：

> 寄人篱下本非谋，暂挫其锋未足忧，
> 善战不亡垂古训，桑榆尚可望重收。

欲知操布复战情形，待至下回再叙。

　　曹操虽智略过人，而经验未深，遂至事多失败。观其为父复仇，不问其父之为何人所杀，徒逞毒于徐州百姓，任情屠戮，是谓忿兵，忿兵必败。陶谦兵微将寡，原不能与操敌；然有陈宫之内变，与吕布之外入，几比败军之祸为尤甚。微荀彧、程昱二人，则兖州尽失，操且穷无所归矣！此而不悛，尤复力攻濮阳，三战三败，可见忿兵之不足恃，操得幸免，乃天意不欲亡操，非操之智略果优也。刘虞为汉室名裔，恩信夙孚，乃以战略之未娴，谬思讨瓒，卒至身死家亡，为天下笑！盖以楚得臣之忿，兼宋襄公之愚，其不至为人禽戮者几希，区区小惠，不足道焉。

第七十二回

糜竺陈登双劝驾　李傕郭汜两交兵

却说曹操欲再攻吕布，移屯东阿，进袭定陶。济阴太守吴资，已与吕布连合，急引兵保守南城，一面向布乞援；布率军驰至，被曹操扼险要击，输了一阵。操复攻定陶，连日不下。布将薛兰、李封，留屯钜野，与定陶相距不远，操恐他援应定陶，因分兵围定陶城，自引健将典韦等，往攻钜野，捣破薛李屯营；及吕布闻信驰救，又被曹军击退，薛兰、李封，先后战死，操得占住钜野，复至乘氏县追击吕布。忽由徐州传来消息，乃是陶谦病殁，把徐州让与刘备。禁不住大怒道："刘备不劳一兵，坐得徐州，天下事有这等容易么？况陶谦是我仇人，我不得手刃谦头，亦当往戮谦尸，今且移捣徐州，报复大仇，然后再来灭布，也是不迟。"道言甫毕，即有一人入谏道："不可不可！"操闻声瞧视，乃是谋臣荀彧，便问他何故不可？彧即答道："昔高祖保关中，光武帝据河内，类皆深根固本，方得经营天下，进足胜敌，退足坚守；故虽有困败，终成大业。今将军首事兖州，得平山东，河济为天下要地，仿佛关中河内，怎得因一时小失，便弃置不顾呢？操以子房比荀彧，彧亦以高祖、光武拟曹操。况我军已破薛兰、李封，先声已振，再勒兵收麦饷军，进击吕布，无虑不克；布既破灭，便可南占扬州，共讨袁术，临兵淮泗，不怕徐州不为我有；若今日舍布东行，布必乘虚进袭，我多留兵，便不足取徐，我少留兵，又不足守兖，兖州尽失，徐州未取，岂不是一举两失么？”操尚愤愤道：“陶谦已死，刘备新任，民心未定，兵力又虚，我若往取徐州，势如反掌，有何难事。”或微笑道：“只恐未必，陶谦虽死，刘备继起，彼惩去年覆辙，自惧危亡，势且辗转结援，合力抗我，现在时当仲夏，东方麦已收入，一闻敌至，必坚壁清野，固垒坐待，攻不能克，掠无所得，不出旬日，全军皆困，况前攻徐州，遍加威罚，子弟念父兄遗耻，拼死相争，胜负更难预料；就使得破徐州，人心未服，待至我军一移，亦必反侧，这真叫做舍本逐末，易安就危，图远忽近，愿将军熟思后行。”*洞中利害。*操乃不复移军，专与吕布对垒，且令兵士四处割麦，作为军粮。*百姓晦气。*蓦有探马入报，吕布与陈宫等，率兵万余，前来攻城。操因兵士四出，一时不及召回，忙驱百姓登城，无论男妇，一齐充役，自率守兵出城拒敌。好多时不见布至，又有探骑入报道：“布军至西面大堤旁，探望许久，又复退去了！”操大笑道：“这是吕布恐我有伏，故欲进又止，彼见堤南多林，容易伏兵，所以动疑；哪知是太觉多心了！明日布必来烧林，然后再进，我却偏要设伏，看他能逃我计中么？”*是谓知彼知己。*待至夜间，便召曹仁、曹洪道：“汝两人可至堤旁，约距林南里许，引兵下伏，俟我亲去挑战，诱布赶来，两下杀出，休得有误。”曹仁、曹洪领命去讫。到了翌晨，西面烈焰冲天，果然吕布前来烧林，操喜语道：“不出我所料，今日定当破布了！”遂麾军出营，前往搦战，行至堤畔，布已将林木遍焚，并无一人杀出，即放胆再进，才越半里，正与操军相遇，两下交战，操佯败急走，布以为前面无林，驱军急进，不意伏兵从堤下突起，竟将布军冲成两撅；布顾前失后，当然着忙，再加操引军杀转，猛将典韦，双戟很是厉害，除吕布无人敢当，布已心慌意乱，也不暇与韦赌胜，当即拍马退回，仓皇中杀开走路，部兵已折去多人；操军直追至布营，天色已晚，方才引归。布经此一败，锐气尽丧，便趁夜遁去。是不及曹操处。陈留太守张邈，闻得布军败走，料知操必来报怨，乃使弟超保着家属，守住雍邱，自向袁术处求救。操攻拔定陶，就移攻雍邱城，城内守备单微，待援不至，竟至失陷，超惶急自尽，家小等均被操军杀死。邈至扬州，亦为从吏所杀，一门殄绝，情状惨然。实是陈宫害他，然亦可为轻率者戒。嗣是兖州复归曹操，操自称兖州牧，不过上了一道表文，声明情迹罢了。吕布失去兖州，又害得无地自存，只好挈着家眷，奔投徐州。徐州刺史陶谦，殁时已六十三岁，临终这一夕，嘱语别驾糜竺道：“我死以后，非刘备不能安此州，汝曹可迎他为主，毋忘我言。”说毕遂瞑。竺为谦棺殓，即率州人至小沛，迎备入刺徐州；备辞不敢当。下邳人陈登，表字元龙，夙具大志，弱冠后得举孝廉，除授东阳长，养老恤孤，视民如伤，陶谦表登为典农校尉，劝民耕桑，广兴地利，至是亦随竺迎备。见备不肯受任，便向前力劝道：“今汉室陵夷，海内倾覆，立功立业，莫如今日，徐州殷富，户口百万，欲屈使君抚临州事，使君正可借此发迹，奈何固辞？”备尚推让道：“袁公路术字公路。近据寿春，此君四世三公，众望所归，何妨请他兼领徐州。”登答说道：“公路骄豪，不足拨乱，今欲为使君纠合步骑十万，上足匡主济民，创成霸业，下足割地守境，书功竹帛，若使君不见听许，登等却未敢轻舍使君哩！”备还有让意，真耶假耶？可巧北海相孔融到来，由备延入，谈及徐州继续事宜；融便说道：“我此来正为此事，诚心劝驾，君今欲让诸袁公路，公路岂是忧国忘家的大臣！我看他虽据扬州，不过一冢中枯骨，何足介意，今日徐州吏民，俱已爱戴使君，天与不取，反受其咎，将来恐悔不可追了！”备乃勉从融议，由小沛移居徐州，管领州事。适值吕布来奔，备因他进袭兖州，得解徐围，与徐州不为无功，所以出城迎入，摆酒接风，席间互道殷勤，颇称欢洽；罢席后送居客馆。过了两三日，布设宴相酬，备亦赴饮，酒至数巡，布令妻妾出拜，格外亲昵，想貂蝉应亦在列。到了醉后忘情，就呼备为弟，有自夸意；备见布语无伦次，未免不谐，但表面上仍然欢笑，不露微隙，及宴毕告辞，方令布出屯小沛。布意虽未惬，究属不便争论，越宿即与备叙别，自往小沛去了。为下文袭取徐州张本。且说李傕、郭汜等，在朝专政，已越二年，献帝加行冠礼，改元兴平，追谥本生姓王氏为灵怀皇后，改葬于文昭陵，时献帝已十有六岁了。四府三公，换易数人，太尉迭更四次，乃是皇甫嵩、周忠、朱儁、杨彪，相继承受。司徒迭更三次，若赵谦，若淳于嘉，若赵温，有名可稽。司空更换了四次，系是循资超迁，先为淳于嘉，次为杨彪，又次为赵温，温进职司徒，后任叫作张喜，由卫尉升任，统共得十余人，大都无从建树，只好随俗浮沈，与时进退，一切军国重权，俱归李傕、郭汜等掌握。傕欲招抚陇西，特使人买嘱马腾、韩遂等，饵以重赏，征令入朝；马腾、韩遂见前文。腾与遂各贪厚利，乃率众共诣长安，朝廷命遂为镇西将军，遣还凉州，腾为征西将军，留屯郿县。腾虽得官爵，心尚未足，更向李傕索赂，傕不肯照给，遂致触动腾怒，与傕有嫌。谏议大夫种劭，为故太常种拂子，前次傕等犯阙时，拂曾遇害，亦见前文。劭欲报父仇，恨傕甚深；且见傕等拥兵逼主，为国大患，乃与侍中马宇，左中郎将刘范，共拟招腾入都，为诛傕计，腾亦与盗贼无异，招腾诛傕即得成功，未必遽安，劭等所见亦误。密使往返；腾即允诺，进兵至长平观中。傕料有内应，先行搜查，种劭等情虚出走，同奔槐里；樊稠、郭汜及傕兄子李利，由傕遣攻腾军，腾交战失利，奔走凉州。樊稠督兵追赶，驰马疾行；李利既不力战，又致落后，被稠促召至军，怒目叱责道："人欲枭汝父头颅，还敢这般玩愒，难道我不能斩汝么？"利无奈谢罪，随稠再进。行抵陈仓，凑巧韩遂兵至，来援马腾，韩见腾等军败绩，乃勒马相待；至樊稠先驱追来，便上前拦阻道："我等所争，并非私怨，不过为王室起见，遂与足下本属同乡，何苦自相残杀，不若彼此罢兵，释嫌修好为是。"稠听他说得有理，乐得息事，与遂握手言别，还入都中。傕又遣他再攻槐里，种劭、马宇、刘范等并皆战死，于是迁稠为右将军，郭汜为后将军。稠复请赦韩遂、马腾二人，安定凉州，方好一意东略，免得西顾。有诏依议，免韩马二人前罪，使腾为安狄将军，遂为安降将军，惟出关东略的计议，傕尚在踌躇，未肯遽允；稠却再三催促，自请效力，反令傕疑窦益深。李利记着前嫌，复向傕密报，述及韩樊共语事，傕不禁大怒道："军前密谈，定有私意，若不速除此人，后必噬脐。"遂与利商定计划，借会议军事为名，邀稠入室，稠还道他是准议发兵，欣然前往。谁知入座甫定，即由傕呼出健卒，持刀直前，把稠劈死。一面宣告稠罪，说他私通韩、马，与有逆谋，诸将似信非信，互生疑谤，连郭汜亦内不自安。傕欲交欢郭汜，屡请汜入室夜宴，或请留宿，汜妻甚妒，只恐汜有他遇，从旁劝阻。一夕傕复邀汜饮，汜被妻牵住，设词婉谢。偏傕格外巴结，竟遣人携肴相赠，汜妻即捣豉为药，置入肴中，待至汜欲下箸，妻便说道："食从外来，怎得便食。"当即用箸拨肴，取药示汜道："一栖不两雄，妾原疑将军误信李公。"说着，向汜冷笑。妒态如绘。汜才知妻含有妒意，力自辨诬，妻却带笑带劝道："总教将军不往李府，妾自然无疑了。"汜应声许诺。转瞬间已是兼旬，又将前言失记，至傕家饮得大醉，踉跄归来，一入室门，呕哕满地。汜妻泣语道："将军尚不信妾言么？明明中毒，奈何奈何！"说着，汜亦焦急起来，捶胸言悔，还是汜妻替他设法，忙用粪绞汁，令汜饮下。汜顾命要紧，没奈何掩鼻取饮，未几心中作恶，复吐出若干秽物，稍觉宽怀；你不肯听从阃命，就要罚你吃屎。随即愤然说道："我与李傕共同举兵,每事相助,奈何反欲害我,我不先发,还能自全么?"越宿就检点部曲令攻李傕。傕闻汜无故来攻,更怒不可遏,出兵拒战,辇毂以下,居然大动干戈,无法无天。傕且遣兄子李暹,率数千人围住宫门,胁迁车驾,太尉杨彪,出语李暹道:"自古帝王不闻有徙居臣家,君等举事,当合人心,为何轻率若此!"暹抗声道:"我家将军,恐郭汜入宫为逆,故遣我迎驾,暂避凶焰,君敢来相阻,莫非与汜通谋不成?"彪不便再言,入白献帝。献帝新立皇后伏氏,甫越三日,便遭此变,急得无法可施。李暹用车三乘,入宫促逼,一乘载献帝,一乘载伏后,一乘由傕吏贾诩、左灵共载,监押帝后至李傕营,天子已成傀儡,由他播弄,余如宫廷侍臣,还有甚么主意?只好随着乘舆,步行同出。暹复纵兵入宫,掠妃妾,掳财物,所有御库金帛,悉数搬至李傕营中;更可恨的是放起火来,把宫阙一律毁尽。董卓毁洛阳宫阙,李傕毁长安宫阙,两京为墟,呜呼炎汉。献帝到了傕营,虽由傕另设御幄,供奉衣食,但比那宫中安养,迥不相同,累得献帝寝食不遑,日夕担忧。乃命太尉杨彪、司空张喜、尚书王隆、光禄勋邓渊、卫尉士孙瑞、太仆韩融、廷尉宣璠、大鸿胪刘郃、大司农朱儁等,至郭汜营内讲和。汜不肯依议,反将群臣留住,逼令同攻李傕。杨彪勃然道:"群臣共斗,一劫天子,一拘公卿,古今曾有是理么?"还讲甚么道理?汜闻言起座,拔剑指彪,凶威可怖,彪却无惧色,正容答语道:"卿尚不念国家,我亦何敢求生!"中郎将杨密,忙上前劝止,汜才罢手。但尚未肯放还群臣,仍与李傕相争不息,傕召羌胡数千人,分给御物缯彩,令他攻汜,且谓诛汜以后,当加赏宫人妇女。汜亦阴贿傕党中郎将张苞,约为内应,自率众夜攻傕营,矢及御幄。傕慌忙出拒,仓猝间闻有箭声,亟向右侧闪过,那左耳上已中了一箭,忍痛拔去,血流如注,忽又有烟焰从营后出来,料知有人图变，更觉惊惶；幸亏都将杨奉，引兵援应，方将汜兵杀退，再查及营后火光已经消灭，独不见中郎将张苞，才知苞阴通郭汜，纵火未成，奔投汜营去了。催经此一吓，免不得顾前防后，遂将献帝迁居北坞，使校尉监守坞门，隔绝内外，饮食不继，侍臣均有饥色。献帝向催求米五斗，牛骨五具，分给左右。催怒说道："朝夕上饭，何用米为？"乃只把臭牛骨送入。献帝见了，不胜懊恨，便欲召催责问。侍中杨琦急奏道："催自知所为悖逆，欲动车驾往池阳，愿陛下暂时容忍，静待后机。"献帝乃低头无语，用巾拭泪罢了！末代皇帝，实是难做。司徒赵温，见献帝为催所制，因致书与催，语多责备。催又欲杀温，经催弟李应劝解，才得罢议。惟催迷信鬼怪，常使道人及女巫，击鼓降神，诳惑部兵，又为董卓作祠北坞，屡往祷祭。每当祭后，顺道省视献帝，不释甲械，奏对时亦言语不伦，或称帝为明陛下，或呼作明主；且言郭汜种种不道，应该加诛。献帝只好随他意旨，而为敷衍。催欣然出语道："明陛下真贤圣主！"嗣是无害帝意。献帝复遣谒者皇甫郦，往与两造解和，郦先诣郭汜营，用言婉劝，汜颇有允意。转至李催处调停，催独不肯从，悻悻与语道："我有讨吕布的大功，辅政四年，三辅清静，为天下所共闻，郭多汜小名为多。系盗马虏，怎敢与我抗衡，且擅劫公卿，罪在不赦，我所以定欲加诛，君为凉州人，看我方略士众，足胜郭多否？"郦听他语言不逊，也忍无可忍，便应声道："古时有穷后羿，自恃善射，不思患难，终归灭亡，近如董公强盛，亦致身亡族灭；可见得有勇无谋，反足取祸。今将军身为上将，持钺仗节，子孙宗族，多居显要，国恩亦岂可遽负？且郭多劫质公卿，将军胁迫至尊，孰轻孰重，不问可知，张济、杨奉诸人，尚知将军所为非是，将军若再不悔悟，恐一旦众叛亲离，虽悔无及了！"语虽切直，究非和事佬声口。催怎肯听服，呵令出去。郦趋出营中，遇着侍中胡邈，前来探信，郦即呼语道："李催不肯奉诏，词多悖逆。"邈急摇手道："毋为此言，徒自取辱。"郦瞋目道："胡敬才，邈字敬才。汝亦国家大臣，奈何也作此语，郦累世受恩，得侍帷幄，君辱臣死，义所当然！今若为李催所杀，莫非天命，何惧之有！"邈不待说毕，匆匆还白献帝，献帝恐郦得罪李催，急遣人召还。催果遣虎贲将王昌呼郦，昌鉴郦忠直，纵令还报，只说是追郦不及，入报李催，且劝催不宜多戮直臣，催乃无言。及郦还白献帝，诏令他免官归里。郦与故太尉皇甫嵩同族，嵩已病殁；郦以忠直闻名，幸得不死，这未始非天眷忠诚，才得脱离虎口呢！寓劝于褒。献帝尚恐催怀怒，特擢催为大司马，位重三公。催归功诸巫，重赏金帛，独不及将士。部将杨奉，至是越不愿事催。潜与催军吏宋果，谋杀催奉还天子，不幸谋泄，果为催所杀，奉得逃脱，催众亦陆续叛去。可巧镇东将军张济，引兵入都，进谒献帝，请宣诏谕和催、氾，并愿奉驾东幸弘农，献帝自然乐从，当下遣使持诏，分谕催、氾两人，催、氾尚有异言。经使臣仆仆往来，直至十次，方得言和，氾乃释放群臣，杨彪等并皆告归。惟朱儁因愤成病，已先释出，回家便死。何不早死数年，免丧英名。张济促驾登程，择定兴平二年七月甲子日，启跸就道。偏有羌胡数千人，窥探御帐，喧声杂呼道："李将军尝许我宫人，今可蒙颁给否？"献帝听着，心上加忧，因遣侍中刘艾，商诸贾诩。诩由李催荐举，已拜为宣义将军，既奉上命，乃召语羌胡酋帅，许予封赏，叫他禁止部属，不得罗唣；羌胡方皆引去。既而启跸期届，由群臣拥护帝后，登车出宣平门，将过吊桥，突有骑士数百人，拦住桥上，不许乘舆过去，惹得献帝又惊又恼，大费踌躇。正是：

困龙失势遭虾戏，毒蟒回头遣蝎来。

毕竟献帝能否出险，容至下回再详。

　　陶谦识刘备为英雄，愿让徐州，不可谓非知人。备之一再谦让，或谓其故为谦饰，亦岂真能知备者！徐州为曹操所必争，只因吕布入兖，不得已回顾根本，彼固未尝须臾忘徐州也！备知兵力之不足敌操，故不愿承受。迨经陈登、孔融等之力为劝驾，方许兼领，而于吕布之奔至，欢然迎入，仍为合力拒操起见，备之用心亦艰且苦矣。李傕、郭汜之乱，始误于王允，继误于种劭，允与劭皆图报君亲，而计划未良，不但杀身，并且祸国。厥后乃因一汜妻之播弄，遂致两贼寻仇，兵争不已，一劫天子，一质公卿，汉室纪纲，扫地尽矣！宣圣有言，女子小人，最为难养，斯固千古不易之定论矣。

第七十三回

御跸蒙尘沿途遇寇　危城失守抗志捐躯

却说献帝出宣平门，突被乱兵阻住，当由护驾诸臣，探问来因。兵士齐声道："我等奉郭将军令，把守此桥，不准吏民自由往来。"侍中刘艾出诘道："吏民不得往来，天子也不得往来么？"兵士尚云须亲见天子，方可取信。侍中杨琦，便高揭车帷，刘艾又大呼道："天子在此，快来见驾。"兵士乃向前审视，献帝亦面谕道："诸兵何敢迫近至尊，快快退去。"兵士乃却，让车驾过桥东行。夜抵霸陵，从臣皆饥，由张济分给干粮，才得一饱。李傕不愿随驾，已出屯池阳。郭汜仍引兵追上，献帝命张济为骠骑将军，郭汜为车骑将军，杨定为后将军，<small>定亦董卓旧部。</small>杨奉为兴义将军，皆封列侯；又使牛辅旧将董承为安集将军，同赴弘农。郭汜独不愿东往，请献帝转幸高陵，献帝遣人谕汜道："弘农与洛都相近，容易奉祀郊庙，幸卿勿疑。"汜不肯受诏。献帝遂终日不食，懊怅异常。汜乃云可幸近县，及行至新丰，汜又欲胁帝还郿。侍中种辑，密告杨定、董承、杨奉，约与抗阻。汜见人众我寡，乃弃军径入南山，余党夏育、高硕等，还想承汜遗意，劫帝西归，遂在营外纵火图乱。杨定、董承拥帝后入杨奉营，夏育等便来劫驾，还是杨定、杨奉，内应外护，杀退夏育等众，才得无恙。越宿复奉驾起行，到了华阴，宁辑将军段煨，出营迎谒，供献帝后服御，及公卿以下资粮，且请乘舆过幸营中。偏杨定与煨有隙，联结董承、杨奉等人，诬煨交通郭汜，希图劫驾。挟天子为奇货，故以小人之腹，度君子之心。献帝疑信参半，未加煨罪，定与奉遽引兵攻煨，煨亦出兵相拒，连战十余日，未分胜负。惟煨遣使供奉，仍然不绝，并上书自陈心迹，不敢生贰。当由献帝遣令侍臣，替他和解，方得息争。这叫做和事皇帝。不意一波才平，一波又起，那李傕、郭汜二人，又复连合，来追乘舆。忽离忽合，是谓小人之交。杨定闻傕、汜又至，恐不能敌，索性弃去帝后，走还蓝田。中途被郭汜截击，落荒逃窜，单骑走亡荆州。本欲扶主逞强，反致弃君逃命，贪心不足者，可引以为鉴。还有张济亦生贰心，谋至杨奉营内，夺还乘舆。杨奉窥知情状，即与董承夜奉车驾，潜走弘农。及张济闻知，尾追不及，竟会合李郭两军，一同赶来。杨奉、董承不得不督兵力战，毕竟众寡不敌，杀得大败亏输，从臣卫侍，纷纷挤入东涧，多半溺死，所有御物国籍，抛弃垂尽，单剩得帝后两车，由董承拼死保护，方得走脱。射声校尉沮俊，受伤坠马，为傕所执，傕问左右道：“此人尚可活否？”俊大骂道：“汝等为逆，劫迫天子，使公卿遭害，宫人流离，自来乱臣贼子，未有这般凶恶，将来不被人诛，必遭天殛，我为主效命，死且留名，不似汝等遗臭万年哩！”傕闻言愤甚，掣出佩剑，将俊杀死。再纵兵大掠弘农，鸡犬一空。献帝挈了伏后，仓皇东走，窜入曹阳境内，天已垂暮，无处栖身，没奈何露宿一宵。杨奉收集败兵，与董承会议道：“我军已败，不堪再战，只好向他处乞援，方可抵敌追兵。”董承也以为然。两人想了多时，远处不及呼救，只河东一隅，尚有故白波贼帅李乐、韩暹、胡才，及南匈奴右贤王去卑等，可以招抚，叫他速来救驾；一面用缓兵计，遣人与傕等议和，佯为周旋。既而李乐等陆续趋至，共约得骑士数千，董承、杨奉令他充当先锋，往攻傕等。傕等遥望旗帜，乃是河东援兵，顿觉心惊，不由的退却下去。李乐、韩暹、胡才诸人，并辔追击，再加董承、杨奉，从后继进，大破傕等，斩获无算，待傕等逃至数十里外，始收军还营。诘旦再奉驾东驱。约行数里，后面尘头大起，傕、汜、济三路人马，又分头赶到，原来傕等探得河东援兵，不过数千，更知白波贼众，向系乌合，不足深虑，因复驱兵来追。董承、李乐，忙保驾先走，杨奉、韩暹、胡才，及匈奴右贤王去卑，率兵断后。谁料傕、汜、济三面夹攻，横冲直扫，把杨奉等截作数撅；奉等队伍大乱，伤毙甚多。傕汜济乘胜肆威，见人便杀，光禄勋邓渊，廷尉宣璠，少府田芬，大司农张义，奔避不及，俱为所害。司徒赵温，太常王绛，卫尉周忠，司隶校尉管郃，被傕截住，几遭毒手，还亏贾诩竭力解免，方幸重生。也有幸有不幸。董承、李乐，随献帝走不数里，背后追兵大至，李乐狂呼道："事急了！请天子上马速行。"献帝哽咽道："不可，百官何辜，朕怎忍舍去。"还不失为仁主之言。李乐等且战且走，彼此兵士，前奔后追，连缀至四十里，才得至陕。日光又暮，追兵少缓，乃结营自守；将士十丧七八，虎贲羽林军，不满百人，傕、汜、济三路叛兵，辄绕营叫呼，侍从等相惊失色，各谋散去。李乐请献帝乘夜渡河，东走孟津，投依关东诸牧守。太尉杨彪道："夜渡岂可无船，且从人尚多，何能一一尽渡。"李乐道："且待我前去寻船，如有船可渡，当举火为号，请君等保帝同来。"彪应声许诺。待乐去后，约历更许，见河滨火光冲起，料知船已备就，乃拥帝出营，徒步夜走。伏皇后云鬓蓬松，花容惨淡，从未经过这般苦楚，至此也只好跟着献帝，踯躅同行。后兄伏德，一手扶后，一手尚挟绢十匹。也是个死要财帛。被董承瞧入眼中，心下不平，竟使符节令孙徽从卒，上前争夺，格毙一人，连伏皇后衣上，也为血迹所污。伏皇后吓得发抖，亟牵住献帝衣裾，涕泣求救，献帝出言呵止，争端方息。及至河滨，河中只有船一艘，泊住岸边，天寒水涸，岸高数丈，叫帝后如何下去。亏得伏完手中，残绢尚存，乃将绢裹住帝身，用两人拽住绢端，轻轻放下。伏德尚有勇力，背负皇后，一跃下船。杨彪以下，依次下投，船中已有数十人，不能再容，董承、李乐，即跳落船头，解缆欲驶，吏卒等多不得渡，争扯船缆。承与奉用戈乱击，剁落手指，不可胜计。早有侦骑报知李傕，傕等出兵往追，见帝后已经东渡，不能截回，惟将岸上未渡士卒，一并掠去。卫尉士孙瑞，亦不得从渡，徘徊岸上，突被乱兵杀死。尚幸李傕等专务劫掠，不遑东追，帝后始得渡到彼岸，跟跄登陆，步行数里，才抵大阳，天色已大明了。董承、杨奉各至民间搜取车马，毫无所得，只有牛车一乘，取载帝后，余皆联步相随。趋至安邑，河内太守张杨，河东太守王邑，方得车驾蒙尘的消息。杨使人奉米，邑使人奉帛，献帝拜扬为安国将军，邑为列侯。李乐、韩暹、胡才等，又举荐党徒数十人，各授官职，印不及刻，但用锥划石，粗成字迹，便即颁发；帝后居棘篱间，门无关闭，群臣议事，就借茅舍作为朝堂，简直是不成体统了。献帝尚恐傕等渡河，特使太仆韩融，西赴弘农，与他讲和。傕等掠得子女玉帛，颇已满欲，乃许从融议，放还所掠吏士，及乘舆器物等类。杨奉、韩暹，便欲就安邑建都，太尉杨彪等，俱拟东还洛阳，文吏拗不过武弁，只好暂时驻驾，徐待后图。献帝命韩暹为征东将军，李乐为征北将军，胡才为征西将军，使与董承、杨奉，并秉朝政。适值蝗虫四起，岁旱无禾，从官无从得食，但取菜果为粮；眼见是不能安居，可巧张杨自野王来朝，也请献帝还都洛阳，杨奉等仍有违言，杨乃复回野王去了。

是时关东重望，首推二袁，袁术复蓄异图，隐然有帝制自为的思想，怎肯西向救主；袁绍虽未敢称帝，但因冀州新定，也不愿轻离。从事沮授进谏道："将军累代辅政，世笃忠贞；今朝廷播越，宗庙残毁，为将军计，正应西迎帝驾，安宫邺中，挟天子足以令诸侯，蓄士子足以讨不庭，名正言顺，事必有成，愿将军勿失此机。"原是最好机会。绍颇被感动，有出兵意，偏有两人入阻道："汉室久衰，势难再兴。且英雄并起，各据州郡，连徒聚众，动辄万计。这好似嬴秦失鹿，先得可王的时势了！今若迎入天子，动须表闻；从命即失权，违命即被谤，不如勿行。"授见是同僚郭图、淳于琼出来阻挠，即驳说道："今奉迎天子，既合大义，又得时宜，若不早图，必落人后。授闻权不失机，功在速捷，请将军急自裁断，毋惑人言。"绍听了三人议论，各执一是，又累得迟疑不决。即此可见袁曹之成败。会闻东郡太守臧洪，背绍自主，绍遂将迎驾问题搁置不顾；竟发兵围攻东郡，数月不下。东郡本属冀州管辖，臧洪得为太守，也是由绍简放出去；当曹操围雍丘时，见前回。张超曾向洪乞救，洪尝为超功曹，因联兵往讨董卓，慷慨宣言，见前文。得邀袁绍赏识，留参帷幄，嗣即使领青州，盗贼屏息；乃复调任东郡。他本生有侠气，好济人急，一闻张超求援，便徒跣号泣，向绍请师。绍与操尚无怨隙，不愿援超，超竟被灭族，洪由是怨绍，绝不与通。绍恨他背惠，驱兵往攻，偏洪誓死固守，历久相持，绍尚爱洪多才，不忍遽迫，乃令里人陈琳，作书晓谕，力劝洪悔罪投诚；洪竟执意不屈，复书约千余言，略云：

　　仆本因行役，谬窃大州，恩深分厚，宁乐今日；自被兵接刃，登城望主人之旗鼓，感故友之周旋，抚弦揽矢，不觉流涕之满面也，何者？自以辅佐主人，无以为悔，主人相接，过绝等伦，盖幸赞襄大事，共尊王室。乃者本州见侵，洪系广陵人，故称雍为本州。郡将遘厄，杖策乞师，一再见拒，使洪故君遂至沦灭；区区微节，无所获伸，斯所以忍悲挥戈，收泪告绝者也。昔张景明超字景明。亲登坛歃血，奉辞奔走，卒使韩牧让印，主人得地，指韩馥让位时。曾几何时？不蒙观过之贷，反受赤灭之祸；足下试思，景明负主人乎？抑主人负景明乎？吾闻之，义不背亲，忠不违君，故东宗本州以为亲援，中扶郡将以安社稷，一举二得以徵忠孝，未敢为非。足下乃欲使吾轻本忘家，倾向主人，主人之于我也；年为吾兄，分为笃友，道乖告去以安君亲，亦可谓顺矣！若吾子之言，则包胥宜致命于伍员，不应号哭于秦庭也？足下或者见城围不解，救兵未至，感亲邻之义，推平生之好，以为屈节而苟生，胜于守义而倾覆也。昔晏婴不降志于白刃，南史不曲笔以求生，故身著图象，名垂后世。主人苟鉴谅苦衷，正当返斾退师，治兵邺垣，西向迎驾，岂可徒盛怒暴威于吾城下哉？行矣孔璋，琳字孔璋。足下徼利于境外，臧洪授命于君亲，吾子托身于盟主，臧洪策名于长安，子谓余身死而名灭，仆亦笑子生死而无闻焉！悲哉本同而末离，努力努力！夫复何言。

陈琳得了复书，当即呈示袁绍。绍阅书中来意，已知洪倔强到底，不肯再降；乃增兵急攻东郡。臧洪昼夜督守，害得力竭身疲，不得已遣二司马，缒城夜出，南赴徐州，向吕布处告急。看官！你想吕布方寄食小沛，自顾不遑，怎能往救臧洪？洪待了旬余，毫无影响，更兼粮尽矢穷，朝不保暮；因召集吏士，涕泣与语道："袁氏无道，所图不轨，且不救洪郡将。洪为义所迫，不得不死；诸君与洪有别，毋与此祸，可就城未陷时，挈眷逃生，洪从此与诸君永诀了！"吏士皆垂泪答道："明府与袁氏本无嫌怨，只为了本州郡将，自致困迫。明府不忍舍故主，我等也何忍遽舍明府呢？"于是同心誓死，守一日，算一日。初尚掘鼠为食，煮筋充饥；及至鼠无可掘，筋亦俱尽，内厨只有粝米三斗，由主簿据实启闻，谋为饘粥。洪叹息道："我何甘独食？可作薄粥，分饷众人。"至粥已煮就，召众共饮，须臾立尽；洪复取出爱妾，亲自下手，把她杀死，烹肉啖众。众皆涕泗滂沱，莫能仰视。可为唐张巡先声，但与巡相较，亦有微异。结果是人人枵腹，同为饿莩。等到城池陷没，男妇七八千名，已皆死尽，无一叛亡；洪亦气息奄奄，坐被擒去。绍盛设帷帐，大会诸将，令将洪推至面前，拈须与语道："臧洪何相负如此，今日可服我否？"洪据地瞋目道："诸袁事汉，四世三公，可谓受恩深重！今王室衰乱，不能急往扶翼，反且觊觎非望，屈害忠良。可惜洪兵少势孤，不能推刃乱臣，为国报仇，有什么服不服呢？"责绍无君，却有至理。绍不禁怒起，叱令左右推出斩首。忽有一人出阻道："将军首举大义，本欲为天下除暴；今乃先诛忠义，上违天心，下乖人望，且臧洪抗命，实为故将效节，将军应该格外鉴原，奈何加戮？"绍闻声瞧着，乃是前东郡丞陈容，与洪同籍，便怒叱道："汝已被臧洪遣出，寄居我侧，怎得尚私祖臧洪？"容顾绍道："人生只凭仁义，不徇爱憎，蹈义为君子，背义为小人，容宁与臧洪同死，不愿与将军同生！"也是硬汉。绍怒上加怒，亦令左右牵容出帐，与臧洪同受死刑。列席诸将，无不叹惜，或私相告语道："奈何一日杀二烈士。"还有臧洪遣往求救的两司马，自小沛还报，探得城陷洪死，亦皆自杀。可见得汉末士人，尚重气节，得失利害，在所不计，要死就死罢了！言下有感慨意。

绍既杀死臧洪，又欲进图幽州。幽州为公孙瓒所据，日渐骄矜，记过忘善，黜正崇邪。八字是致亡原因。前幽州从事鲜于辅，潜集州兵，欲为刘虞报仇，州民多怀虞恨瓒，乐为效死。燕人阎柔，素有恩信，为胡人所悦服；辅即推为乌桓司马，令他招诱胡骑，一同攻瓒。瓒所置渔阳太守邹丹，闻风防御，被辅柔连兵进攻，把丹击死。又探得刘虞子和，留居袁绍幕下，尚然存在，见前文。乃相率至冀州，欲将刘和迎归；袁绍当然允许，并遣大将麴义，领兵十万，护送刘和，长驱入幽州境。公孙瓒连忙出阻，麾下兵却也不少，但与麴义等交锋，一边是劲气直达，一边是观望不前，眼见是有败无胜。鲍邱一战，瓒军大败，好头颅被敌斫去，约有二万余颗，瓒遁还蓟城，不敢出头。代郡、上谷、右北平等处，皆响应鲜于辅、刘和等军，戕吏叛瓒，瓒越觉孤危。先是幽州有童谣云："燕南垂，赵北际；中央不合大如砺，惟有此中可避世。"瓒得闻歌谣，暗想燕赵交界，莫如易地；因即由蓟徙易，缮垒自固。复设围堑十重，就堑筑室；内分数层，每层高五六丈，悬梯相接，中层最高，由瓒自居，熔铁为门，屏除左右。但令姬妾旁侍，凡男子七岁以上，不准擅入，遇有文书往来，辄悬绲上下，以免需人传递；又饬妇女习为大声，宣扬教令。一切谋臣猛将，罕得接见，嗣是群下懈体，雍隔不通。或问瓒何故为此？瓒喟然道："我北驱群胡，南扫黄巾，方谓天下可一麾而定；哪知海内愈乱，兵革迭兴，看来非我所能荡平，不如休兵息民，静待时变。兵法有云：'百楼不攻。'今我设楼橹数十重，积谷三百万斛，可以安食数年，食尽此谷，再作后图便了。"看官阅此，应无不笑瓒为愚，只是命未该绝，还有两三年的运数，所以麴义等捣入境内，为了粮运不继，引军退去；反被瓒追击一阵，夺得许多车仗，满载而回。麴义还报袁绍，只言瓒势尚盛，未可遽灭。袁绍乃暂缓进兵，但心中总想并吞幽州，方肯罢手；那迎驾勤王的大计划，反拱手让诸别人。这真叫做一着弄错，满盘尽输，岂不是大可划惜么？小子有诗叹道：

欲图大业在乘时，一念蹉跎便觉迟；
尽有机宜甘自误，袁曹从此判雄雌。

欲知迎驾大功，属诸何人，且看下回续叙。

　　李傕、郭汜，贼也；张济、杨奉、董承，亦无一非贼；至如李乐、韩暹、胡才，则固以贼自鸣，更不足道矣。堂堂天子顾委身于贼臣之手，尚有何幸？其所以间关跋涉，苟延残喘者，贼胆尚虚，未敢公然篡逆也。当时之力，与勤王足成大业者，莫如袁绍。向使从沮授之计，西向迎驾，光复东京；则上足媲齐桓、晋文，下亦不失为曹阿瞒，何至身名两败，死且无后乎？若臧洪之所为，迹同小谅，未足与语大受。但观其复琳一书，与责绍数语，辄以未安王室为咎，是固犹以忠义为切劘，安汉不足，愧绍则固有余也。后人以烈士称之，不亦宜哉？

第七十四回

孟德乘机引兵迎驾　奉先排难射戟解围

却说董承、杨奉等，护着献帝车驾，驻扎安邑，一住过年，改元建安。太尉杨彪等，名为三公，毫无政权，行止进退，俱由武夫作主，文臣不得过问。杨奉等拟就安邑定都，独董承欲奉驾还洛，与杨奉等更生龃龉，奉竟遣将军韩暹，袭击董承。承奔往野王，投依张杨，杨决意调兵迎驾，使归旧都；乃令董承先赴洛阳，修筑宫室，并致书荆州刺史刘表，请他为助。表却履书如约，陆续派遣兵役，输送资粮，总算是有心王室，戮力从公。杨奉、韩暹等闻信知惧，出屯险要，拒绝张杨、董承；还是献帝下谕譬解，令他扈跸入洛，奉与暹方才奉诏，还至安邑，护驾东行。惟胡才、李乐，仍留居河东，不愿相随，时已为建安元年秋季了。建安年号最久，且为汉朝末代正朔，故一再提明。七月初旬，献帝驾至洛阳，宫阙尚未修成，暂借故常侍赵忠第宅，作为行宫；郊祀上帝，大赦天下。张杨在中途迎驾，一同至洛，先就南宫督修殿宇，半月告竣，号为杨安殿，自志己功；便请帝后迁居杨安殿，且语诸将道："天子当与天下共戴，朝廷自有公卿大臣，不劳我辈干涉，杨当出御外难便了。"乃辞归野王。杨奉亦出屯梁地，韩暹、董承，并留宿卫。献帝封赏功臣，命张杨为大司马，兼安国将军，杨奉为车骑将军，韩暹为大将军，领司隶校尉，皆假节钺。惟洛阳宫府，已被董卓毁尽，急切不能修复，除杨安殿外，尚是瓦砾成堆，荆榛满目。八字写尽荒凉。百官无处安身，暂就破壁颓垣，作为栖处；并且无粮可因，遣人向州郡征求，十无一应。自尚书郎以下，往往亲出采稻，野谷日稀。煮食充饥，甚至朝夕不继，往往饿死；或被兵士沿途劫夺，辄遭格毙。这消息传到兖州，雄心勃勃的曹阿瞒，遂欲托名勤王，挟主称雄。见识原高人一等。部下将吏，多言山东未定，不宜轻出，且韩暹杨奉，负功恣睢，未可猝制，不如从缓为是。独荀彧进说道："昔晋文公纳周襄王，终成霸业；高祖为义帝缟素，天下归心，近自董卓倡乱，天子播越，将军首举义兵，徒因山东扰乱，未敢远赴关右，但尚分遣将吏，冒险通使，上达朝廷，是将军志在效忠，人所共晓。今乘舆旋轸东京，义士思汉，人民怀旧，诚因此时上奉帝驾，下从物望，便是大顺，内秉至公，外服雄杰，便是大略，首持仁义，旁招英俊，便是大德；四方虽有逆节，亦何能为？韩暹、杨奉，出身盗贼，更不足虑了。若一失此机，让人占先，将来恐无此机会呢！"曹操大喜道："文若所言，正合我意。"遂遣中郎将曹洪，引兵西进。将至洛阳，偏为董承等所阻，用兵扼险，不许交通。时骑都尉董昭，方由河内至安邑，随驾入洛，迁职议郎；他本与曹操结交，见前回。因复为操设法，冒名作书，寄与杨奉，略云：

　　操与将军闻名慕义，便推赤心；今将军拔万乘之艰难，反之旧都，翼佐之功，超世无俦，何其休哉！方今群凶猾夏，四海未宁，神器至重，事在维辅；必须众贤以清王轨，诚非一人所能独建。心腹四肢，实相恃赖，一物不备，则有阙焉！将军当为内主，操为外援，操有粮，将军有兵，有无相通，足以相济，死生契阔，相与共之。

奉得书甚喜，即表荐操为镇东将军，袭父嵩爵，为费亭侯。操正在汝南、颍川一带，征剿黄巾余党；斩贼目黄邵，收降贼党何义、何曼，回军驻许，接到洛阳诏使，得袭侯爵，尚不过循例拜命，无甚惬意。过了数日，又接得董承来书，邀令速诣洛阳，方喜如所望；即日引兵起程，与曹洪中途会合，直抵东都。董承本欲拒操，阻洪西进，此次为了韩暹专恣，遇事牵掣，所以变易初心，召操入卫。何进召董卓，董承召曹操，统是引狼入室，自速危亡。操既至洛阳，先将大队人马，驻扎都城内外；然后登殿朝谒，三呼如仪，献帝赐操平身，宣谕慰劳，操拜谢而退。出见董承，承与语韩暹罪状，操并忌张杨，连章劾奏；暹惧诛即走，奔往大梁。献帝因暹、杨扈跸有功，不愿加惩，诏令免议；张杨无罪可言，操之劾杨，全是私心。独假操节钺，领司隶校尉，录尚书事。操得揽政权，严核功罪，有罪请诛，有功请赏。于是杀三人，封十三人，追赠一人，胪述如下：

尚书冯硕，侍中壶崇，仪郎侯祈；并处死刑。卫将军董承，辅国将军伏完，侍中丁冲、种辑，尚书仆射钟繇，尚书郭溥，御史中丞董芬，彭城相刘艾，左冯翊韩斌，东郡太守杨众，议郎罗邵、伏德、赵蕤；并封列侯。故射声校尉沮俊。追赠为弘农太守。

看官听说！这辅国将军伏完，便是伏皇后的父亲，籍隶琅琊，八世祖就是伏湛，系东汉开国功臣，官终大司徒，完得袭世爵为不其侯；曾尚桓帝女阳安公主，生子女二人，子即议郎伏德，女即伏皇后。伏后履历，就此补叙明白。卫将军董承，从驾有功，献帝又选董女为贵人，选承为车骑将军；伏董两家，统算是皇家贵戚了。缀此一笔，为下文两家诛夷伏案。议郎董昭，已迁官符节令，操与他情好甚深，遂引与同坐，向他问计。昭

答说道："将军兴义师，诛暴乱，入朝天子，辅翼王室，这真
所谓当代桓文，功业无比哩！但昭看诸将异心，未必服从，今
若留此匡辅，诸多未便，不若移驾都许，方为上策；但朝廷播
越有年，新还旧京，方冀少安，今复徙驾，必滋众议。昭闻行
非常事，乃有非常功，愿将军临事果断，勿涉迟疑。"操拈须
道："我意也是如此，惟杨奉在梁，拥有重兵，可无他变否？"
昭又答道："奉虽拥众，素乏党援，尝思与将军交好；镇东费
亭侯的封典，全是奉一手造成，将军可随时遣使，厚为馈谢，
慰悦奉心；一面明告内外，但言京都无粮，只好奉驾迁许，往
彼就食，奉为人有勇寡谋，必不遽疑，待他出师相阻，将军已
好奉驾至许了！"操欣然称善，遣使诒奉，厚遗金帛，自己入
朝面奏，请献帝东幸许城，免致乏粮。献帝不得不从，群臣皆
畏操兵威，莫敢异议。当即指日登程，道出辕辕，东向进行。
操预恐有人劫驾，步步为营，且使曹洪等分领锐卒，往伏阳城
山谷中，专防杨奉前来。奉得操馈赠，倒也无心劫驾；惟韩暹
奔梁依奉，从旁怂恿，乃出兵邀击，才抵阳城，被曹洪等发伏
并起，左右夹攻，杀得大败而回。操得安然抵许，筑宫殿，立
宗庙社稷，奉帝居住；进操为大将军，封武平侯。太尉杨彪，
司空张喜，见操大权独揽，并皆辞职。操复请献帝下诏，严责
袁绍，说他地广兵多，不务勤王，专自树党，擅相攻伐。自失
时机，便被他人借口。绍乃上书申辩，且请献帝转幸鄄城；献帝
出书示操，操当然批驳，但请授绍为太尉。诏使到了冀州，绍
怒说道："曹操已濒死数次，赖我救活，今反挟持天子，敢来
令我么？"谁叫你不先迎驾。遂拒诏不受。操得使人归报，恐绍
兴兵来争，乃请将大将军一职，暂让与绍，并封绍为邺侯，绍
仍辞还侯封，惟与操不复争论。操自为司空，行车骑将军事，
当即声讨杨奉，责他出兵阳城，敢图犯驾，罪同大逆，应坐诛
夷等语。诏檄先传，兵马继发，张旗鸣鼓，直捣大梁。杨奉、

韩暹开营逆战，俱被曹军杀败；惟奉有部将徐晃，骁勇过人，驰突无前，操诱令归降；奉既失良将，复丧士卒，弄得势孤力竭，只好弃营东走。韩暹恃奉为生，当然与奉同行，奔往扬州，投归袁术去了。为后文联合袁术，合攻吕布伏案。

曹操最忌杨奉，既得除去，很是喜慰，乃表荀彧为侍中、尚书令；彧子修为军师，郭嘉为司空祭酒。两荀皆颍川名士，智略俱优，郭嘉字奉孝，也是颍川人氏；少有远图，往投袁绍幕下，及见绍多谋少决，乃去绍还乡。操令彧访求才俊；彧即荐嘉才能，召与操语，相见恨晚，操谓嘉必佐成大业，嘉亦谓操真吾主，两荀一郭，参谋帷幄，真是如虎生翼，势力益张。句中有刺。余如曹洪、曹仁、夏侯惇、夏侯渊，惇族弟。及典韦、李典、乐进、于禁、徐晃等，皆为操属下猛将，各得封官；又征前北海相孔融，为将作大匠。融在北海，喜交宾客，尝自叹道："座上客常满，樽中酒不空，我亦可无忧了！"在郡六年，颇得民心，惟与袁曹不相往来。绍子谭为青州刺史，引兵攻融，自春及夏，战无虚日，兵士大半伤亡，所存只数百人，流矢雨集，戈矛内接；融尚隐几读书，谈笑自若；及城被陷没，乃奔往东山。迂疏士，实不中用。操素闻融名，乃征融为将作大匠。融尝师事北海人郑玄，特替他另立一乡，号为郑公乡，会因黄巾入境，玄避居徐州，数年乃还。融既入许，操亦征玄为大司农；玄托病不至，在家考终。却是高士。玄尝笺注经书，凡百余万言，齐鲁间称为经师；所以身虽没世，遗籍流传。操复令羽林监枣祗为屯田都尉，骑都尉任峻为典农中郎将。祗本姓棘，由先人避难易姓，至祗始出仕；曾为东阿令，助操守城，不为吕布所陷，操因此亲信。祗见岁旱涝饥，军食不足，乃创议屯田许下，为固本计。任峻为河南中牟人，操起兵时，峻为县中主簿，劝中牟令杨原举城应操，得操欢心，操将从妹许与为妻，引为戚侣。峻与祗戮力劝耕，才阅数年，得积谷数百万斛，且令州郡各置田官，所在丰饶。操因此得用兵四方，不劳输运，卒能战胜攻取，兼并群雄；曹氏功臣，祇、峻当居首列呢！比诸两荀一郭，殊不相让，可惜都为虎作伥。话分两头。

且说刘备管领徐州已阅年余，仍用糜竺、陈登为辅，并引北海人孙乾为从事，韬甲敛兵，与民休息。不意袁术自扬州起兵，来与刘备争夺徐州，术自得扬州后，号称徐州伯，专务张皇。时当李催等挟权秉政，欲结术为外援，特请旨授术为左将军，封阳翟侯。术阳为受命，阴欲代汉为帝，取快一时，且少年时已见谶文，谓当涂高应当代汉；当涂高，系是魏字。《魏志·文帝纪》载："故白马令李云遗言，当涂高者，魏也。魏阙当道高大。"谶文所云阴寓，以魏代汉之意。暗思自己名字，适应谶文，古者百家为里，里十为术，术为邑中大道，可作涂字解释；路亦为涂，名与字俱相暗合。术字公路。又因袁氏系出陈国，为帝舜后；舜以土德王天下，土德属黄，黄可代赤。汉秉火德五行，火生土，故云，以黄代赤。遂常思代汉，僭号称尊。前时孙坚得玺，为术所闻；见六十八回。坚死岘山，丧归曲阿。玺为坚妻吴氏所藏，术乘她奔丧还里，拘留坚妻，索交玉玺。玺既到手，便拟称帝，为主簿阎象等所阻，权就迁延；惟思徐扬二州，壤地毗连，能得并吞徐州，拓地较广，庶几僭号天子，较为有名，于是调遣将士，侵入徐州界内。刘备闻术兵犯境，不得不亲出抵御；乃令张飞留守下邳，即徐州治所。自与关羽等往屯盱眙，交战数次，未分胜负。不料袁术致书吕布，令他袭取下邳，许助军粮。布素好反复，竟不顾地主情谊，反颜从术，悄悄的引兵东下，由小沛进袭徐州。守将张飞，性喜嗜酒，醉后又不免使性，怒责徐州旧将曹豹，鞭笞数十。豹为此挟嫌，开城迎布，飞仓猝迎敌，已是不及，只好杀出东门，奔往盱眙，连刘备的家眷，都失陷城中。酒之误事也如此。备正与术军相持，突见张飞狼狈奔来，问明情由，才知下邳被吕布夺去；那时顾家情急，只好引兵退回，与布争论。偏偏距城数里，全军皆溃，不得已转走广陵，收集散卒，再作后图。可巧糜竺、孙乾等，从下邳逸出，仍来依备。竺本饶家产，尝至洛阳为贾，归遇美妇，求竺同载，经竺慨然允许，令妇上车，行及数里，并未斜睨妇人；妇感谢下车，临别语竺道："我为天使，当往烧东海糜竺家，感君共载，故特相告。"竺惊问道："可禳免否？"妇人道："天命难违，君当亟归，搬徙人财，一过日中，便无及了！"言讫不见。竺慌忙还家，挈眷出门，所有财物，约略搬出；果然日中火发，屋宇尽焚，惟遗资尚存，不致大损。好义之报。此次本与张飞同守，飞为布所袭，仓猝走脱，竺收拾细软，带领眷属，混出城门，追寻刘备，至广陵相遇。备询及眷属，竺言在城内尚安，但有布兵监护，无法解救，故不能偕来；备当然叹息。竺携有一妹，年已及笄，遂进奉巾栉，为备解忧；且将随身所带的金银，一律取出，充作军资。备赖以不困，孤军复振，乃寄书与布，略述旧情，请他送还家眷，互释嫌疑。布与备本无仇隙，为了一时贪念，遂致背好起兵，既入徐州，究竟天良未泯；所以刘备家小，仍令兵士保护，不得入犯。嗣复遣使诣术，索取军粮。术竟欲悔约，谓必须擒获刘备，方可践言。布得了此报，恨术无信，仍拟与刘备讲和。适得备书递到，乐得照允，且许备还屯小沛，备乃驰回小沛城，布亦派吏送出甘夫人。甘糜相见，却也情同姊妹，式好无尤。一番挫折的刘玄德，虽失去下邳，反得了两美并头，不可谓非转祸为福了。语意隽永。

　　独袁术探得布复和备，复思设计离间，又遣使驰至徐州，愿为子求婚布女，结作姻亲，且助布米麦各若干斛；布又复大喜，礼遣来使，愿如所约。仍是贪心未泯。术得使人返报，即命部将纪灵等，领兵数万，进攻小沛，备使孙乾，向布求援，布不愿援备；经乾揭破术谋，说是小沛不保，徐州亦必不独存；布又被提醒，亲往救备。纪灵正引兵大进，直抵小沛城下，不防吕布亦骤马趋至，与纪灵相对安营，纪灵不知布助何人，派吏问明。布答说道："我与袁公路既结姻好，理当相助，明日请纪将军过叙便了。"纪灵得报甚喜，待至翌日，径诣布营，甫入营门，蓦见刘备在座，不禁大惊，转身退回；谁知营中趋出吕布，一把扯住，不得动弹。便骇问道："将军是否欲杀纪灵？"布答言非是，又问是否邀灵杀备，布亦说非是，害得纪灵莫明其妙，只是发楞。但听布呵呵大笑道："布性不喜斗，转喜解斗，玄德乃是我弟，今为将军所攻，布愿代为调停，各息兵争！"说至此，即将纪灵拉入帐中，令与刘备相见。备也由吕布邀至，故先在座，见了纪灵，不由的惊诧起来。布偏叫他行相见礼，彼此没法，勉强作揖，只心中俱忐忑不定，各怀猜疑。布顾语二人道："我劝两君罢兵讲和，恐两君尚不见信，待我决诸天命，天意倘使汝两君息争，两君不得有违。"二人含糊答应，尚未知他如何处置，布却令左右搬出酒肴，与二人共宴，左纪灵，右刘备，自己居中。饮过三巡，布令左右取过画戟，至辕门外面插定。因笑语纪灵刘备道："两君可看我射戟，如或射中，君等应各自罢兵；否则，安排厮杀，与布无涉，如不从布言，布即视作仇敌，不能以亲友相待了！"纪灵、刘备均无异言。布便起座取弓，搭上雕翎，就从座旁射将出去，飕的一声，那箭镞如鹰隼腾空，远飞至百数十步外，不偏不倚，正中画戟小枝；帐内帐外，无一不高声喝采。我亦喝采。小子有诗赞道：

> 一箭能销两造兵，温侯也善解纷争；
> 辕门射戟传佳话，如听当年嚆矢声。

布射中画戟，便掷弓地上，笑顾纪灵、刘备，要他们罢兵。

究竟两人是否乐从，待至下回详叙。

迎驾入许，为汉魏兴衰之一大关键；魏因此而兴，汉即因此而亡。然观于当日之时势，微曹操迎驾之举，则建安正朔，尚不能延至二十余年。杨奉、韩暹等，但知劫驾，不知佐治，若令其长此秉政，其亡汉也益速！袁绍资望独优，不能上法桓文，尊王定霸；袁术且有异图，妄思代汉。刘备本为汉胄，而兵少势孤，不足有为，余子碌碌，均非英杰，所差强人意者，惟一曹操。操之迎驾入许，彼时尚第欲为五霸，固未尝有心篡汉也。立宗庙，定社稷，光复汉室，诚能守此不变，操亦何愧为汉室功臣乎？若吕布为反复小人，始依备，继袭备，后复和备，始终误一贪字，安望有成。但观其保护备家，不屑淫掠，至射戟一事，更为刘备排难，此亦未始非豪侠所为。后之朝亲暮仇者，且不布若，可胜慨哉！

第七十五回

略横江奋迹兴师　下宛城痴情猎艳

却说吕布掷弓地上，笑顾纪灵、刘备道："这是天意令汝罢兵呢！"备即起座献觞，向布道谢；惟纪灵面有难色，既不便悔赖前言，又不好满口应允，沈吟半晌，方对布道："将军天威，令人敬服，灵自当遵命，但如何回报主人？"布应声道："这有何难！由布修书一函，即烦将军带回便了。"纪灵不能不允，起身告辞；布且与两造约定，明日续宴，并与纪灵饯行。纪灵因未得布书，只好留屯一宵。到了次日，复与刘备共集布营，两下宴叙，比昨日稍为欢洽；待至饮罢，布乃出书给与纪灵，彼此揖别，纪灵拔营自归。备迎布入城，免不得盛筵相待，伸谢德惠，宾主尽兴，布乃辞了刘备，回下邳城。那纪灵回报袁术，呈上布书，术阅书大怒，拟亲自攻布；还是纪灵力为谏阻，谓吕布只可计取，不可力敌，且与他联成姻好，务令除去刘备，方可图布。借婚姻为吞并，古今军阀如出一辙。术方才忍耐，仍与吕布通使，虚作应酬，一面从孙策计议，使策出定江东。策即孙坚长子，表字伯符，本居寿春，少年英达，喜结交游。舒人周瑜，字公瑾，与策同年，亦具大志，闻得策慷慨好友，遂自舒城至寿春，一见倾心，约为昆仲，策长瑜两月，瑜便事策如兄；劝策徙家至舒，并让道南大宅，俾策全家居住，登堂拜母，有无与共。及策年十七，方思出立功名，不意凶信传来，策父坚败殁岘山；坚死岘山，见前文。策哀恸异

后汉通俗演义

常，即偕母吴氏，迎榇东归。策舅吴景，方为丹阳太守，因拟将父榇安葬曲阿；曲阿为丹阳所辖，道过扬州，偏被袁术截住，胁令策母交出玉玺，策母无奈取交，才得释去。策有从兄孙贲，将叔父坚遗众数千，也交与袁术接管，术使贲为丹阳都尉。广陵人张纮，避难江东，博通经术，策屡次往访，具述志趣，且殷勤询问道："方今汉祚中微，天下扰扰，四方枭杰，各拥众营私，不务大义，先君与袁氏共破董卓，功业未就，偏为黄祖所害。策虽庸稚，有志复仇，欲往从袁扬州，求得先君余众，东据吴会，西略荆襄，报怨雪恨，为朝廷外藩；君若以为可行，幸乞赐教。"纮方丁母忧，婉词逊谢；再由策呜咽陈词，声泪俱下，纮才为感动，慨然作答道："卓荦少年，有此大志，何患不成？最好先投丹阳，收兵吴会；然后据长江，奋威德，复仇洗耻，匡君泽民，功业且高出桓文，岂止守藩了事？待纮服阕，当与君同好，共图南济，君却先往建功便了！"策复说道："策有老母，并弱弟三人，可否相托，使策不致忧家？"纮毫不推辞，当即许诺。也是季布流亚。策乃径诣寿春，入谒袁术道："亡父曾从长沙入讨董卓，与明使君共会南阳，同盟结好，不幸遇难，勋业不终；策感念先人遗志，欲自凭结，还请明使君垂察微诚，济师雪恨。"术见他英姿豪爽，语言明达，禁不住暗暗称奇，但尚未肯将策父旧部，直捷拨还，因语策道："我已用贵舅为丹阳太守，贤从兄为都尉；丹阳为三吴要地，不乏健儿，汝可往彼招募便了。"

策乃与汝南吕范，族人孙河，同往丹阳。策舅吴景，当然接纳，且嘱策归迎母弟，同至丹阳。策遂返至舒城，奉母吴氏，及弟权、翊、匡，与一幼妹，共抵曲阿，依父庐墓旁居住；辗转召募壮士，得数百人，寻为泾县贼帅祖郎所袭，丧失过半。没奈何再往见术，涕泣拜求，愿给还亡父部曲，术始将孙坚遗众拨出千余人，交策收领。仍然不肯全给。表拜策为怀义校尉，且谓当迁任九江太守。策拜谢而出，收集乃父旧部，自立一营，故将程普、韩当、黄盖等，亦归麾下。有一骑士犯令私逃，奔入术营，匿居内厩，策察知情隐，率吏掩捕，牵出斩首；因诣术谢罪。术答说道："叛兵应当共恨，不杀何待，毋庸言谢！"*术此语又似明白。*策乃趋退。军中始知策胆略，不敢轻视，就是术部将乔蕤、张勋，亦皆服策英明，互相敬礼。术尝自叹道："使我有子如孙郎，死亦无恨了！"话虽如此，惟心中总不免怀忌。九江太守出缺，仍不肯使策代任，另用丹阳人陈纪接任。后向庐江太守陆康，征米三万斛，不得如愿，乃遣策攻康；临行与语道："日前错用陈纪，致负前言，今烦卿攻拔庐江，便当令卿为庐江守了！"策领兵往攻，力战数次，得将陆康逐去。据有全城，向术报捷。谁知术又召策回郡，另委故吏刘勋为庐江太守；策自是恨术，不过因兵力未充，勉从术命，将庐江城交与刘勋，怏怏引归。适朝廷遣侍御史刘繇，东下为扬州刺史，州治本在寿春，因寿春为袁术所据，乃改至曲阿，逐去丹阳太守吴景，及都尉孙贲，景与贲退居历阳，报知袁术。术愤不可遏，即使故吏惠衢为扬州刺史，更命吴景为督军中郎将，与孙贲共击刘繇。*心目中已无汉帝。*繇令部将樊能、于麋、陈横屯江津，张英屯当利口，分头防守。吴景等屡攻不克，丹阳人朱治，前为孙坚校尉，此时复归孙策，劝策往助吴景，收取江东。策因进白袁术道："亡父前在江东，本有旧惠，今愿助舅氏共略横江，横江得下，可招募土著人士，能得三万兵甲，上佐明公，天下可不难平定了！"术知策隐怀怨望，但闻刘繇据住曲阿，兵力不弱，且有会稽太守王朗，为繇后援，总道策未能与敌，乐得听他出去，败死无怨。*好良心！*遂令策为折冲校尉，行殄寇将军事。策部下兵只千余人，马只数十匹，容易部署，即日启行，途中招徕宾从，陆续趋集；及抵历阳，差不多有五六千人了！策母吴氏，及弟妹五人，已随吴景至历阳，策谒母即行，乘便寄书周瑜，请他出师；瑜有从父周尚方为丹阳太守，由瑜前往省视，途次接得策书，遂向丹阳贷粟借兵，顺道迎策。策大喜道："公瑾远来，我事必谐了！"遂进攻横江，捣入当利口，击走守将张英，与吴景、孙贲等会师；再破樊能等军，渡江入牛渚营，尽得粮谷战具，军势大振。一鸣惊人。

时有彭城相薛礼，下邳相笮融，俱走依刘繇，推繇为盟主；礼据秣陵城，融屯县南，策先领兵攻融，融出营交战，被策击败，伤亡五百余人，奔入营中，不敢再出。策移攻秣陵，日夕猛扑，慌得薛礼手足无措，乘夜溃走。策得入秣陵城，安抚居民，禁兵侵掠，忽有探马入报，乃是樊能、于麋等，复袭夺牛渚营，断策归路；策奋然起座，当即督兵回攻，大破樊能、于麋。擒获万余人，能、麋等统皆遁去，因复转击笮融。融令弓弩手分伏营门，待策趋近，一声号令，万矢齐飞，策尚用楯拨箭，不肯遽退，百忙中不免一疏，股上突然中箭，翻身落马；左右忙将策救起，用车载策，驰还牛渚营。将佐俱入帐问安，策已拔去箭镞，用药敷搽，笑语诸将道："我伤未及重，何至落马？此中寓有深谋，汝曹可说我已死，举哀退兵，笮融必来追我，我就好设法擒融了！"诸将俱拍手称善。策即遣将置伏，一一办妥，然后令军士佯哭，拔寨齐起。早有细作报知笮融，融果遣部将于兹，率兵追策；策军尚是伪退，诱兹入伏，四面攒击，立将于兹射死，扫尽余军。于兹却是个替死鬼。策乘胜复逼融营，融正想接应于兹，出兵就道，忽有一彪人马杀到，首领为一趫趫少年，厉声大呼道："孙郎在此，叫笮融速来受死！"自称孙郎趣甚。融不意孙策复生，驱军亟遁，策追杀数里，得了许多甲胄，方才还军；本编皆采自《吴志》，与罗氏《三国演义》情事略殊。于是破海陵，陷湖孰、江乘，直指曲阿。刘繇闻策军将至，急忙整备兵械，为守御计。可巧太史慈前来省繇，繇因太史慈与己同郡，不得不传入相见。慈入帐行礼，繇自居前辈，不过欠身作答，且问慈道："闻汝曾依孔北海，今日何故到此？"慈答说道："北海早已解围，现闻明公亦至受敌，故特来效力，愿为前驱！"北海事见七十一回。繇却淡淡的相答道："我亦知汝忠勇，可惜少未更事；既来助我，可为侦察敌情，待破敌后，迁擢未迟！"不识英雄，怎能破敌？慈失望而出。或谓慈英武过人，不妨使为大将，繇摇首道："我若重用子义，子义即太史慈字。许子将能无笑我么？"子将即许劭，善操月旦评事，见前文。待至策军已经近城，驻营神亭，慈只率骑卒二人，前往侦探，突与孙策相遇，将慈阻住。策有从骑十三人，就是韩当、黄盖诸夙将；慈本未识策，但看他青年威武，料知不是常人，便喝问道："谁为孙策？"策见慈独饶胆量，也觉称奇，即应声道："只我便是！"好汉识好汉。慈又说道："人人皆怕汝孙郎，我太史慈独不怕汝！可能与我交战百合否？"策笑答道："要战就战，我岂怕汝？且愿与汝独身自斗，免得说我恃多欺寡哩！"说着，即令韩当等退后，自己纵马向前，与太史慈大战数十合，不分胜负。慈喝采道："好孙郎，名不虚传。"一面说，一面拍马便走。策怎肯舍慈，且追且呼道："休得用诈败计诱我，我总要擒汝方回！"慈尽管前走，策尽管后追，彼此跑了数里，慈忽兜回马头，与策再战；大约又是数十合，策觑隙刺慈，慈眼明手快，纵辔一跃，槊中马首，马忍痛一俯，慈亦把头一低，背上短戟，被策掣去。策正在得意，不防慈又复跃起，竟将策兜鍪取去，两人正在相持，韩当等已经赶到，刘繇亦遣将觅慈，又复混战；俄而两下俱有大军驰至，天色垂暮，始各鸣金收军。太史慈还见刘繇，繇反责他轻战启衅，禁令再出。不但慈灰心懈体，连他将也觉不平，于是人人生贰，不愿替繇尽力，终致城池失守，繇奔丹徒，太史慈亦西走泾县。

曲阿遂由孙策占住，入城安民，秋毫无犯。又檄告诸县，凡刘繇、笮融等部曲来降，不究既往，人民愿来从军，一门得免徭役，否亦听令自便。才阅旬日，趋附甚众，约得现兵二万余人，马千余匹，威震江东。策遣吏迎接家眷，还居曲阿，自引兵出徇会稽。吴景欲先平吴中群盗，然后南下。策慨然道："吴中盗贼，只有严白虎最强，但素无大志，容易成擒；一俟会稽平定，还扫鼠辈，好似拉朽摧枯，值得甚么费力呢？"遂引众渡浙江，进取会稽。会稽太守王朗，意欲出拒；功曹虞翻，谓策起兵东来，无人敢当，不如暂避为是。朗未肯听从，发兵拒敌，一再败衄，索性弃城夜遁，浮海至东冶。策又从后大破朗军，朗乃请降。策遂自领会稽太守，仍用虞翻为功曹，待以客礼，惟王朗不得复职，留居幕下。再引兵还讨严白虎，白虎料不能敌策，坚守勿出，且使弟舆至策营请和。策闻舆有勇名，意欲面试短长，乃延舆入帐，与谈和约，且待以酒肴；酒至半酣，策故作醉状，拔剑砍席，舆吓得一跳，耸身欲走，策笑语道："闻君矫健异常，聊以戏君，非有他意！"舆答说道："白刃当前，不得不尔。"实自献丑。策不待说毕，便取过手戟，向舆掷去，应手刺倒，当即鸣鼓进兵。白虎所恃惟弟，弟舆一死，如失左右臂，勉强开营搦战，哪里敌得过策军，遂北走余杭，终至窜死。虎遇狮儿，不死何为？策乃使吴景为丹阳太守，孙贲为豫章太守，朱治为吴郡太守；礼聘广陵人张纮，彭城人张昭等为参谋，居然与袁术抗衡，不复再承术命。术闻报大愤，便欲兴兵攻策。部将纪灵、桥蕤等入帐劝阻，谓宜先取徐州，后伐江东。术问取徐方法。纪灵答道："吕布刘备，同在徐州，必为大患；今仍须履行前计，使吕布攻杀刘备，自剪羽翼，那时一鼓掩击，便可稳取徐州。"术乃依议，再派使人往说吕布，提及婚议，且谓刘备在小沛城，招军买马，如何不防？布着人探听，果闻备集兵万余人，遂率兵往围小沛。备

自知难敌，索性带领家小，与关羽张飞两人，杀出重围，竟奔
许都，投依曹操。操方礼贤下士，笼络人心；一闻刘备来奔，
便即迎入，待若上宾。备具述吕布逼迫情形，操慰语道："布
本无信义，徒恃勇力；将来当助君擒布，尽请纾忧。"备起座
称谢。操复置酒宴备，至晚方罢，送备出居客馆。程昱进言
道："备亦一当世英雄，志不在小，今不早图，必为后患。"
操默然不答。待昱退出，适值郭嘉入见，操即与述昱言。嘉接
口道："昱所见未尝不是，但明公提剑起义，为百姓除暴，推
诚仗信，招罗豪健，犹恐未逮；今备有英名，穷蹙来归，若遽
行加害，是使智士各启危疑，别图择主，试问公将与何人共定
天下呢？"也是备不该死，故有郭嘉相救。操喜答道："卿言正合
我心。"翌日即举备为豫州牧，拨兵数千人助备，令至沛城就
任，东击吕布；备即日辞行，挈眷引兵，出赴沛城。

　　操还想亲出接应，与备共灭吕布，忽由南阳传来军报，乃
是张济南攻穰城，中箭身死；从子绣代领遗众，屯兵宛城，用
贾诩为谋士，连结刘表，意图犯阙。操大怒道："么么小丑，
也想跳梁，我当先除此竖，然后讨布便了！遂大兴兵马，亲督
诸将，出讨张绣。绣闻操督军自至，颇有惧色，即与贾诩商
议；诩亦谓操兵方强，挟主令众，未易抵敌，不如遣使求和。
绣乃令诩至操营通款，诩凤长应对，见了曹操，不过三言两
语，便使曹操倾心。操欲留诩为辅，便与语道："卿尝为尚
书，迁拜宣义将军，今何不随我入朝？我当表卿复任。"诩答
说道："自从御驾东迁，诩即缴还印绶，西走华阴，转投南
阳；今得张绣厚待，不忍遽弃，蒙公厚惠，愿以他日为期。"
隐伏下文。操允从和议，送诩出帐，殷勤嘱别。诩还报张绣，
绣即亲至操营，当面投诚，操自无异言，温语遣归。惟一时未
曾退兵，尚在宛城驻扎；一日挈着长子昂，与从子安民，跨马
出营，游览形势。遥见一轻车徐徐过来，中坐淡妆妇人，缟衣

素袂，飘飘若仙，再瞧那一副芳容，红白相间，真个是桃腮杏靥，秀色可餐。操生平本来好色，弱冠前已娶妻丁氏，纳姜刘氏；嗣见娼家女卞氏有姿，复购作媵姬，大加宠爱，携入洛都。董卓为乱，操避难东行，不及挈回卞氏，洛中讹传操死，或劝卞氏图欢，卞氏不从，誓以死殉；莫谓娼女无节。乱事少定，卞氏得出都归操，操敬爱有加。及见了宛城少妇，比卞氏更增妩媚，禁不住色眩神迷，最厉害的是少妇秋波，也把操瞬了又瞬，更觉得脉脉含情，勾魂动魄。少顷间车行已过，操犹用目注送，看她入城自去，才回营中，心下未肯舍割，密使从子安民，探听该妇下落。安民去了半日，当即返报。原来是张绣叔母，张济继妻，操喟然叹惜，拟作罢论。偏安民逢迎操意，谓济死已久，寡妇何妨取来，谅绣亦无可如何。说得操怦怦心动，待至日光垂暮，令安民带着数十骑士，往取该妇。全是为色所迷，遂致不顾利害。好容易将该妇取到，引入后帐，拜倒操前，操起座相扶，挽住该妇玉腕，该妇全然不避，一任操牵引柔荑，低首无语；及操问明名姓，果系济妻邹氏。当下在帐后开筵，与邹氏相坐欢饮，灯光旁映，四目相窥；男有情，女有意，不由的痴心惓惓，软语喁喁。到了酒阑灯灺，看撤席空，一对宿世冤家，居然就军营中，作了洞房，相偎相抱，并枕同衾，彻夜的凤倒鸾颠，几不知东方既白了！小子有诗咏道：

> 女色原为肇祸媒，倾城倾国不胜哀；
> 谁知一代奸雄魄，也被孀姝勾引来。

露水情缘，欢娱无限，当有人报知张绣，绣不禁大怒，欲与操拼命，究竟如何争闹，待至下回说明。

　　孙伯符以童稚之年，即能结交名士，奋志功名；其锐气之特达，原不在乃父下。及乞师进取，攻略江东，袁术非不加忌，卒之纵虎出柙，俾得横行。或谓术不先害策，酿成尾大不掉之弊，吾意以为策非负术，实术之不能用策，有以致之也。曹操为乱世奸雄，乘机逐鹿，智略过人。袁绍、袁术诸徒，皆不足与操比，遑论一张绣乎？乃宛城既下，遽为一孀妇所迷，流连忘返，几至身死绣手，坐隳前功。董卓之死也，衅由妇人；操之不死于妇人之手，盖亦仅耳！谚云："色上有刀。"诚哉是言！

第七十六回

策十胜郭嘉申议　劝再进贾诩善谋

却说张绣既降曹操，闻得操奸占叔母，不由的怒气上冲，便与贾诩密议，谋袭操营。操为色所迷，日夕与邹氏取乐，竟至忘归；惟邹氏自觉情虚，只恐为绣所闻，前来干涉，因此喜中带忧，劝操加防。操笑说道："我有大将典韦，守卫营门，就使千军万马，也所不惧；况我非长久居此，过了三五日，就要动身，卿随我回去，安享荣华便了！"何不速行？话虽如此，但亦隐有戒心，探得绣麾下健士，首推胡车儿，特使左右暗地结交，馈赠巨金，叫他乘间刺绣；不意车儿受金以后，反向绣报知。绣迫不及待，就在夜间号召将士，往攻操营。操令典韦夜守营门，总道是一夫当关，万夫莫入，将与邹氏安心作乐，别无他忧。黄昏已过，重效于飞，殢雨尤云，倍觉缱绻；渐觉得神情疲倦，魂梦迷离，竟吁吁的睡熟了！典韦虽奉令守门，因见夜静更深，也已解甲就寝。蓦听得一声呐喊，急忙跃起，驰至门首，已是光火四彻，有无数人马刀械，杀入营门。韦即挺身出阻，仗着双戟，挡住许多兵器，还有余隙可刺敌兵，戮倒了数十人，敌众不敢前进；却从旁栅攻入，累得韦不及兼顾，狂呼乱跳，回旋阻拦；随身尚有十数壮丁，亦皆拼死角斗，以一当十。偏敌人愈来愈多，又用长矛攒刺，几与芦苇相似。韦身无片甲，上下被数十创，兀自死战，一战辄摧数矛，两战辄摧数十矛，待至戟已残缺，不堪复用；左右又死伤殆尽，敌众得环近韦身，四面攻击，韦索性掷去双戟，徒手搏人；提起两个敌卒，代作双戟，抵御敌军，又打倒了八九人，敌复退却，再掣出短刀，向前乱劈，砍下好几十个头颅；身上受伤益重，不能复支，乃大吼一声，血流如注，倒地而亡。敌军尚不敢近，及见韦全然不动，方上前枭取首级，捣入后营。此时的曹操，早已惊醒，与邹氏一同起床，慌忙从营后跨马，逃了出去。长子曹昂，与从子曹安民，也飞马赶上，保护曹操。至敌兵搜寻帐后，只有一张合欢床，并不见曹操踪迹；料他由营后逃走，遂并力追赶。驰至清水河边，遥见前面有数人急奔，定是曹操无疑；当下用弓搭箭，接连射去，曹安民中箭先亡，曹操马亦受伤，不能再驰。还是曹昂让马与操，操得跃马渡河，好好的一个爱子，一个情妇，抛弃对岸，从此死别，不复相见了！不肯与情妇同死，终嫌薄幸！看官阅此，恐不免惹起疑团；曹操引军至宛，想总有几万人马，为何张绣劫营，独有一典韦守着，他将并未往援啊？原来操得邹氏，昼夜宣淫，也防军中异议，特遣各将巡视他处，慰谕旁县；就使尚有余兵，亦令散驻宛下，未尝相聚，只留着亲子亲侄，与猛将典韦，带领亲兵千人，守住本营。到了张绣掩袭，营兵从睡梦中惊起，俱已骇走，所以无人抵敌。单有典韦挡住营门，死战多时，终至送脱性命。但当日若无典韦，曹操万难逃脱，恐早与邹氏同入冥途了。闲话休表。

　　且说曹操渡过清水，方由诸将闻风驰至，护操还都。行至舞阴，才闻典韦丧生，不禁流涕。便募间谍往觅遗骸，幸得取回，厚加棺殓，亲自祭奠，恸哭一场，乃派吏送丧，归葬襄邑；授韦子满为郎中，自引军驰回许都，再拟整顿兵马，攻绣复仇。忽闻袁术在寿春僭号，置六宫，设百官，祠南北郊，自称仲氏。操不禁微哂道："此子也配做皇帝么？"乐得揶揄。道言未绝，又由军吏呈上一书，当即启视；署名系是大将军冀州牧袁绍，语多傲慢。顿时触动操怒，把书藏下，默不一言，左右见操有愠色，未敢进问。约莫有两三天，尚觉操心神未定，坐立不安；侍中钟繇，私问同僚荀彧道："曹公近日似患心疾，莫非为了征宛失利么？"彧摇首道："胜败乃兵家常事，曹公决不为此；近日必有他虑，待我往询，自见分晓！"说罢，即别繇谒操。操不待彧言，便出袁绍书示彧。<small>心心相印，不劳问答。</small>俟彧阅毕，便与语道："我欲往讨不义，恐兵力未敌，如何是好？"彧欲作答，巧值祭酒郭嘉进来，抢先接入道："古今成败，但视智愚，不在强弱；刘项存亡，公所深知。今绍有十败，公有十胜，绍虽称强，何足深虑？绍繁礼多仪，公纯任自然，便是道胜；绍以逆动，公以顺取，便是义胜；绍失之过宽，公能济以猛，便是智胜；绍用人多疑，专任私人，公立贤有方，不问远近，便是度胜；绍多谋少决，坐失机宜，公能断大事，应变无穷，便是谋胜；绍高谈揖让，徒务虚名，公至诚待人，实事求是，便是德胜；绍见人饥寒，非不知恤，但往往顾近略远，公与绍相反，近事或有所忽，远虑却无不周，便是仁胜；绍大臣争权，谗言惑乱，公御下以道，浸润不行，便是明胜；绍不识是非，赏罚失当，公洞察贤否，黜陟咸宜，便是文胜；绍自大好夸，未知兵要，公以少克众，用兵如神，便是武胜。据此看来，胜负已分，怕他甚么？"操闻言喜慰道："如卿所言，绍必败，孤必胜，但孤方自愧无德，何足当此？"<small>老奸巨猾。</small>嘉又说道："明公不必过谦，惟徐州吕布，实心腹大患；今绍方与公孙瓒相持，我当乘他远出，东取吕布。否则我欲攻绍，布必袭我，为害正不浅哩！"彧亦接说道："吕布未除，河北亦必难图。"操皱眉道："我所虑尚不止此！倘绍更侵扰关中，西略羌胡，南诱蜀汉，是彼势益强，我势益弱；区区兖豫，还能保守得住么？"<small>有此心事，怪不得坐立不安。</small>彧答说道："关中将帅，惟马腾、韩遂最强，今若抚以恩德，与彼连和，虽未能长久相安，目前总可无虑！或知侍中钟繇，夙具智略，若托付西事，定能弭兵，公可免西顾忧了！"操点头道："此议甚善。"当即令左右缮表，荐举钟繇为司隶校尉，持节出督关中诸军；献帝惟言是从。即遣繇往镇长安，繇贻书腾遂，为陈祸福；腾、遂俱遣子入侍，誓无贰心。操得安心东略，拟出兵先攻吕布。

嗣闻布与袁术结亲，又恐术为布援，未易攻下；乃改用反间计，特使奉车都尉王则，赍奉诏书，往拜吕布为左将军。且由操备书与布，令王则一同带去。王则尚未至徐州，袁术已遣使韩胤，向布求婚，布当即应允，连夜备办妆奁，送女前往。韩胤自然偕行。布既遣女出嫁，入廨休息，忽由沛相陈珪，扶病求见；布不知何因，延入与语，珪开口道："袁术叛汉称帝，将军奈何与彼和亲？"布瞿然道："这……这也何妨？"珪申说道："孙策借兵袁术，得取江东，今尚不肯帝袁，抗词拒绝，策拒袁术借口叙明。试想骄侈如术，可成得大事么？况曹公方奉迎天子，翊赞国政，一旦奉诏讨逆，海内响应，术必灭亡！将军与彼结婚，显系从逆，能勿因此及祸么？"数语已足吓布。布不禁变色，俯首沈吟。珪复说道："为将军计，最好是通使朝廷，协同曹公；既足保名，复足安身，比诸与术结婚，祸福利害，相差甚远哩！"布蹙额道："我女已去，怎得复回？"珪急答道："去尚未久，尽可追还！"布听了此语，立遣轻骑往追；才阅半日，已得将女追回，并拘住韩胤，监禁狱中。珪复劝布解胤入许，即举子陈登为使。原来就是登父，可谓举不避亲。布尚在踌躇，可巧朝使王则到来，开读诏书，赍给左将军印绶，布欣然拜受；则又出操私书，交布展阅，内容多敬慕语，喜得布手舞足蹈，厚待王则，优礼饯归，并遣陈登持了谢表，随则入都。临行时与登密谈，要他代白曹操，荐为徐州牧；登谓宜解胤入都，自得所望，布亦乐允，就将胤推入槛车，令登带去。登至许都，呈入谢表，谒见曹操，操闻韩胤一并解到，立命处斩。真是枉死。登因白操道："吕布有勇无谋，轻于去就，明公宜早图为是！"操喜答道："我素知布狼子野心，不宜久养，卿父子善察情伪，幸为我从中代谋。"登应声如命，操即表增珪秩为二千石，登为广陵太守；且留登数日，方许告归。尚握登手叮咛道："东方事尽行付卿，卿勿相忘！"登喏喏受教，驰回徐州，报知吕布，具述父子邀恩，独不及徐州牧事。布不觉怒起，拔剑斫几道："汝父劝我协同曹操，绝婚公路，今我所求不得，汝父子乃得叨显贵，是明明为汝父子所卖，还敢回来见我么？"始终不脱孩儿气，怎得成事？登夷然自若，从容答说道："登见曹公，原为将军进言，谓养将军譬如养虎，当令食肉得饱，不饱且将噬人；曹公独批驳登言，比将军如养鹰，饥可为用，饱即扬去，所以未肯实授州牧，将军自思，究竟何如？"布转怒为笑道："曹操竟视我为鹰么？"一语甫毕，当有探卒入报道："袁术遣大将张勋、桥蕤，与韩暹、杨奉连兵，步骑数万，分作七道，来攻徐州了！"布大惊道："我兵不逾万，马不满千，如何敌得住袁术？"说着，复瞋目视登道："都是汝父教我绝婚，惹出此祸，汝速去叫父前来，为我敌术；如不能敌，休想活命！"登大笑道："将军为何这般懦弱，登看袁术七军，好似七堆腐草，立可扫平。"是谓元龙豪气。说到此语，那陈珪已经趋至，复由布问及御敌方法。珪即说道："珪正为此事前来，今袁术虽起七军，势同乌合，韩暹、杨奉，未必果为术用；但教将军作书相招，定可倒戈，若术果亲至，保为将军擒术哩！"布乃说道："作书通使，仍须烦卿父子，幸勿推辞。"珪答说道："我子登一人能为，毋烦老朽。"说罢即去。登即为布缮就书牍，当先交布阅过，大略说是：

二将军拔大驾来东，有元功于国，当书勋竹帛，万世不朽。今袁术造逆，当然诛讨，奈何与贼联兵攻布？布有杀董卓之功，与二将军俱为功臣，可因今共击破术，建功于天下，此时不可失也！

布览毕大喜，便遣登持书前去。过了数日，登趋回报布道："韩暹、杨奉，愿为内应，专候将军进兵，会同击术，不致有误！"布因即起兵，带同张辽、高顺、陈宫、臧霸等一班将吏，出城迎敌。行至数十里外，与术将张勋相遇，勋未敢交锋，闭营自守，静待各军接应；布即压营结垒，相去仅数百步。俄而喊声大起，韩暹、杨奉两军杀到，勋望见两路旗帜，总道他前来相助，当即开营出战，不意暹与奉反招呼吕布，三面夹击，杀得张勋叫苦连天，慌忙引兵奔还。逃至汝滨，士卒堕水溺死，不可胜计。布与暹、奉二军，乘胜南下，直指寿春，水陆并进，沿途大掠。行抵锺离，见有重兵把守，乃投书讥术，还渡淮北。术接得败报，方率健卒五千，亲至淮上，与布等隔水相望。布令部兵辱骂一场，班师径归。韩暹、杨奉欲与布同至徐州，布将所掠财物，分赠二人，令他留屯徐扬交界，防御袁术，二人乃依言分驻，免不得纵兵四出，劫掠平民。豫州牧刘备，方在沛城，闻得暹、奉为殃，诱令入宴；阴嘱关羽、张飞，突至席间，把他两人杀死，余众闻变骇散，民得少安。当时与暹、奉挟帝东行，尚有胡才、李乐，留屯河东，乐自病死，才被怨家所害；就是李、郭、张、樊四将，同时作乱，樊稠为李傕所杀，张济战死穰城，郭汜入居郿坞，也由部将伍习刺死，但剩得李傕一人，收拾残众，混迹关西，宁辑将军段煨，奉诏往讨，阵斩李傕，诛及三族。可见天道昭彰，无恶不报，人生何苦作奸行暴，累得身家绝灭，宗族凌夷呢？当头棒喝。

惟曹操得知袁术败耗，方拟东图吕布，忽又接到陈国警信，乃是陈王刘宠，_{明帝子，敬王羡的曾孙。}与陈相骆俊，俱为刺客所伤，相继殒命。这刺客系由袁术差遣，术向陈乞粮不获，故有此举。操想术如此不道，乐得声罪致讨，先灭淮南，再攻徐州；乃表请东征，即日检阅三军，亲出讨术。术闻操大举东来，弃军急走，但留部将桥蕤、李丰、梁纲、乐就等，居守蕲阳。操引众围城，一鼓突入，把桥蕤等尽行擒斩，再追术至淮上，术渡淮窜去，操乃还师。途次遇一壮士许褚，挈众来归，自称沛国谯人，与操同籍；操见他身逾八尺，腰大十围，容貌壮伟，气象粗豪，料他必有勇力，便问他所长何技？许褚答道：“生平无他技能，但力能任重，足举百钧，从前汝南多贼，褚尝倒曳牛尾，行百余步，才得将贼吓退，故乡族党赖褚保全。闻明公礼罗豪俊，故挈众归诚，投效麾下。”操尚恐他所言未实，令他曳牛试技，果如所言；乃喜抚褚背道：“卿真可为我樊哙哩！”_{又想做汉沛公了。}当下面授褚为都尉，引入宿卫，就是与褚同来的武夫，亦因他各具膂力，仍令归褚管辖，号为虎士。自从典韦死后，得褚为继，也算是无独有偶，视亡若存，操复得高枕无忧了！_{可惜邹氏不能复生。}及行抵叶县，闻得张绣结合刘表，谋袭许都，操便令许褚为先锋，移军至宛，就在清水旁追祭亡将，哭至失声；将吏都上前劝慰，操流涕道：“他将尚可恝置，惟典韦在此捐躯，令我余哀未忘哩！”_{还有一位邹夫人更觉可哀。}正唏嘘间，探马报刘表将邓济，进据湖阳，为绣声援。操即下令将士，速击湖阳；许褚奉令先行，操亦继进，将至湖阳城下，许褚已擒济还报，操录褚为首功，将济斩首。湖阳城不攻自降，再分兵略舞阴，也即攻下。乃进围穰城，穰城由张绣亲守，见操军声势甚盛，不敢出战，惟飞使向刘表求援。表遣兵救绣，截操后路。操正拟分兵抵御，突接许都来函，系由侍中荀彧所发，内称袁绍有袭许意，不如速归；但归途务请小心。操复彧书道："刘表屯兵安众，断我归路，我若一退，绣追我后，表扼我前，原是危道。我已定有良策，一到安众，必能破绣，愿君勿忧！"此书既发，立即撤围西归。到了安众地界，果然后有追兵，前有阻卒，操却令军士黉夜凿险，作伪遁状，暗中用部兵分伏两旁，自率骑士待着。绣表两军，联合入险，为尾追计，不防伏兵突发，左右夹攻；再加操纵骑迎击，大败联合军，伤亡无数，余众遁还。先是绣欲追操，贾诩曾预为谏阻，绣不肯从，果致败回，绣始悔不用诩言；诩却劝绣道："今可再往追操，必获大胜。"绣颓然道："我军已败，奈何复追？"诩答说道："兵有变通，此番往追，如若不胜，诩甘坐罪！"绣乃收集散卒，亲自追去。操兵果不敢回战，尽将辎重抛弃，仓皇遁去；绣尚驱众追赶，突有一彪人马，前来截住，为首将弁，大呼李通在此，休得逞威。绣见有援军，方才退回。李通也即还军，送操入许。

通系江夏人氏，表字文达，以勇侠得名；建安初，归依曹操，操令他为中郎将，出屯汝南西境。及闻操出攻张绣，正引兵来会大军，凑巧操军退归，为绣所追；便从刺斜里突出，截住绣兵，操方得全师入都，通得超拜裨将军，封建功侯。惟张绣夺得许多辎重，还至穰城，由贾诩郊迎贺捷。绣笑问道："前用精兵追退军，公云必败；后用败卒追胜兵，公谓必胜；今果尽如公言，究竟从何料着？"诩答说道："这也是容易知晓，将军虽善用兵，究非操敌；操未尝败衄，急急退兵，必因许都有事，所以驰回，他防我军追击，定使劲兵断后，严堵我军；故诩知我军必败。及操已得胜，总道我军不至复追，安心回去；将军掩他不备，追杀过去，就使不能擒操，败操自有余了！故诩知我军必胜。"一经道破，人人易知。绣乃省悟，很加佩服。荆州兵仍然还镇，毋庸细表。

且说曹操既归许都，使人探视袁绍行踪，未曾出发，才觉放心。忽由沛地驰到急足，呈上要书，乃是刘备为吕布所攻，飞乞援师；操问明来使，方知吕布复通好袁术，进攻刘备，当下遣夏侯惇领兵数千，往援沛城。原来备与布失和后，互生嫌怨，彼此相图。布在徐州，使人诣河内买马，运至中途，被备略夺了去；布当然动愤，立遣部将高顺、张辽等，率兵攻沛，备自恐不支，因向许都求救。惇行至沛城，尚未安营，不防高顺部下，有锐骑七百余人，叫做陷阵军，所向无前，乘隙攻惇。惇慌忙接战，不到数合，已被高顺踏破行阵，部兵四散，急得惇脚忙手乱。正拟拍马返奔，左目上突然中箭，鲜血直流，一时忍痛不住，险些儿堕落马下，幸亏亲兵拥护出险，始得逃生。那高顺既击走夏侯惇，又还攻沛城，适值刘备带着关张出城，接应夏侯惇。谁知惇已败退，正与高顺相遇，只好迎战，偏张辽袭备背后，竟将关张二人冲散，单剩得刘备一军，寥寥无几，如何支持？且前后俱无去路，不得已骤马斜奔，窜往梁地。沛城里面只有孙乾、糜竺等，几个文人，哪里还能固守？眼见得全城被陷，署舍一空，好好两位甘糜二夫人，束手遭囚，由高顺派兵监押，送往徐州去了。<small>前只甘氏被掳，此次又添一糜氏，为英雄妇却亦甚难。</small>小子有诗叹道：

　　　　不经险难不艰贞，多少英雄血铸成；
　　　　只是娉婷双弱质，迭遭兵祸可怜生。

欲知刘备后事，且至下回再详。

　　曹操之所虑者，惟一袁绍；然献帝播迁，绍不先迎驾，反让操之挟主争雄，其无能为可知矣！十胜十败之说，原多谀语。而操之必胜，绍之必败，自在意中，虽非郭嘉、荀彧，犹能料及，即操亦何尝不自知之明，其所以徘徊瞻顾者，恐张绣、刘表之掎其左，吕布、袁术之掣其右也。攻张绣攻袁术，再攻吕布，看似闲着，实是要算；诸子得除，然后可专力河北，锐攻袁绍。诸葛公谓曹操用兵，仿佛孙、吴，固有见而云然尔。然一攻绣而濒死宛城，再攻绣而几厄贾诩；以操之智，且不免百密一疏，为敌所乘，彼吕布辈何足道焉！

第七十七回

愎谏招尤吕布殒命　推诚待士孙策知人

却说刘备奔至梁地，仓皇穷蹙，几无所归；忽见前面来了无数人马，张着曹字旗号，飘飘前来。备暗想道："莫非曹操自来救我吗？"及军已行近，走马过问，果由曹操亲来讨布。备即自述姓名，叫曹兵引往见操。操与备相晤，便亲握备手道："孤督兵来迟，致令玄德受惊，幸勿见怪！"权术可爱。备拜谢盛情，且言败状。操复说道："我接夏侯惇败报，方知吕布势盛，沛城难免失守，所以督兵亲来；但吕布是一无谋匹夫，必为我败，玄德放心，看我指日擒布。"说得到，做得到。说着，遂与备并辔齐进，直指彭城。时夏侯惇伤目未瘥，已由操召回许都，令他调养。惟余兵在途中接着，仍然随操东行，既至彭城，守将侯谐，不顾好歹，竟敢开城出战，操将许褚，上前接斗；约有数合，便将侯谐活捉了来。彭城无主，自然被陷，操令将彭城兵民，一体屠戮，何亦残虐至此？再引军进攻下邳。广陵太守陈登，挈众迎操，为操先驱；浩浩荡荡，杀到下邳城下。布亲出交锋，战辄失利，乃回保城中，不敢再出。操军四面设栅，昼夜围攻；关羽、张飞，也收合残兵，来会刘备，与操军并力攻城。布登城督守，俯视操兵如蚁，不免惊心；可巧有一箭飞上，箭镞中贯着一书，由军吏取视吕布。布拆开细阅，系是操劝己投降，不失侯封；布执书下城，商诸陈宫，意欲出降。宫因前时背操迎布，恐无生路，乃极力劝阻，且为布定策道："操军远来，势难久持，将军可率步骑出屯城外，宫率余众闭守城内，操若攻将军，宫即出攻操背；若转来攻城，将军即引兵回救，互相呼应，作为犄角，不出旬日，操兵粮尽，自然退去。那时好并力追击，无虑不胜了！"未始非计。高顺亦接说道："公台所言甚善！宫字公台。将军出屯，非但可作为犄角，并可截操粮道；操若乏粮，不走何待？"说得布易惧为喜，即令高顺助宫守城，自己收拾戎装，即拟出城立营。到了晚间，入语妻妾，妻严氏劝阻道："宫与顺素不相和，若将军一出，两人岂肯同心守城？倘有差失，将军如何自立？且曹氏尝厚待公台，不啻骨肉，公台尚舍彼归我；今将军待遇公台，未必出曹氏右，乃欲委全城，托妻子，孤军远出，一旦有变，妾岂得复为将军妻么？"妇人从一而终，难道吕布有失，便好作他人妇？布听了妻言，又觉沉吟。严氏复流泪道："妾前在长安，已为将军所弃，亏得庞舒匿护妾身，才幸与将军再聚；不料今日又欲弃妾，妾始终难免一死，尽听将军自便，毋以妾为念！"补述前事，意在反跌，比上文还要厉害！布怎忍割舍，只好用言温存，决不他去，一面使属吏许汜、王楷，缒城夜出，悄悄的混过敌垒，至袁术处乞援。术怒问道："布不与我女，反将我使人致死，理当失败；我且欲向他问罪，他还想我往救么？"汜、楷齐声道："这为曹操反间计所误，今已知悔，故向明上求援！术已僭号，故呼为明上。明上若不援布，与自败何异？布为操所破，明上恐亦不免了！"术面色渐平，乃与语道："布既自知前误，可送女前来，我当遣兵救他便了！"汜与楷不便再言，只好返报吕布。布情急无奈，不得不将女遣嫁；但城外满布敌兵，如何送去？想了又想，得了一计，俟至夜半，用绵缠住女身，背负上马，提戟出城。好一条送亲方法，但严氏不肯令布出城，此时何故漫许？才行数十步，已被曹军察觉，上前截住。布挺戟当先，后面又有张辽等将，跟杀上去，倒也冲破了好几重。怎奈操军变计，不用兵刃接斗，但用弓矢攒射，飞矢雨集，无缝可钻；布虽多力，究竟没有避箭方法，且恐爱女中箭，无益有损，没奈何退入城中。

河内太守张杨，素与布善，闻布为操所围，出兵东市，遥为声援。不意部将杨丑，谋叛张扬，竟将杨刺死，拟传首送操；他将眭固，替杨复仇，复纠众杀毙杨丑，北通袁绍，屯驻射犬，终未敢东出援布。布只得振作精神，与陈宫等拼死拒守。约莫过了月余，操攻城不下，也有归志。荀攸、郭嘉入谏道："吕布屡败，锐气已挫，陈宫虽智，性多迟疑；今布气未复，宫谋未定，乘此急攻，自可擒布，奈何无故退兵呢？"操捋须说道："顿兵城下，积久必疲，奈何？"郭嘉道："可决沂泗两河，灌入城中。"操欣然道："此计甚善，应即照行。"说着，即分拨将士，令他决水灌城，不到一日，城内外变作水乡，滔滔不绝，操军尽徙居高阜，坐待内变。布日夕守城，幸尚不致疏忽，至城被水淹，禁不住惶急起来；登城四望，遍地汪洋，当然愁眉双锁，露出惧容。操军在高阜瞧着，且笑且呼道："吕布何不速降！"布答语道："卿曹幸毋困我，我便当自首明公。"陈宫在侧，独怒目视布道："逆贼曹操，怎得称为明公？今若出降，如卵投石，尚能自全么？"布无奈下城，与妻妾饮酒解闷。过了翌晨，揽镜自照，形容已消瘦许多，不由的失惊道："我瘦损至此，想是为酒所误；此后应严禁为是。"遂下令城中，不得酿酒。自己戒酒，却禁别人酿酒，一何可笑。会有部将侯成，失去名马数匹，连忙查究，幸得取回，诸将向侯成道贺，各馈酒肉；侯成恐有违军令，先将酒肉分献与布。布大怒道："我方禁酒，汝等偏酿酒入献，觑我太甚！无非欲谋我不成？"一面说，一面令将成处斩；还是他将宋宪、魏续等，代为跪求，方许贷死，尚命杖责数十下。侯成惭愤交并，潜与宋宪、魏续密谋，待至夜间，竟率众为乱，突把陈宫、高

顺拘住，开城出降。吕布闻变，慌忙趋登白门楼。待至天色熹
微，楼下已遍集操军；剑戟声与哗噪声，杂作一团。布自觉势
穷，见左右尚有数人，便顾语道："汝等从我无益，不如取我
首级，往献曹操，尚可邀功。"左右不忍杀布，却劝布下楼降
操，或可保全身家；布急得没法，依议下楼。操军见了，都七
手八脚，来捉吕布；布已经求降，不便动手，只好由他绑缚，
军士尚恐吕布力大，格外缚紧，牵送至曹操座前。操已引军入
城，泄去水势，升帐高坐，诸将侍立两旁，布被军士牵入，望
见曹操，便大呼道："布被缚太急，请赐从宽。"操笑语道：
"缚虎不得不急。"布复说道："明公所患，当莫如布；布今已
心服了，天下不足忧，公为大将，布为公副，何事不能成功
哩！"操素知布勇，意欲收用，免不得心下踌躇；凑巧刘备进
来，即欠身延坐。布复顾备道："玄德公！汝为座上客，布为
阶下囚，何不代布一言，从宽发落？"大丈夫视死如归，何必向人
乞怜？备闻言微笑。操语备道："公意如何？"备且笑且答道：
"公不见丁原、董卓事么？"一语已足。操不禁点首。布戟手指
备道："大耳儿最无信义，令人可恨！"汝亦知有信义否？忽有
一人入呼道："要死就死！何必多言？"布见是高顺，徒呼负
负。原来高顺屡次谏布，布不肯听，因此及难。操亦知顺忠
勇，劝顺投降。顺复大呼道："宁死不降！"倒是烈士。布又见
高顺左右，站着宋宪、魏续两人，复指语曹操道："布待诸将
不薄，若辈叛布负德，明公何不加诛？"操驳说道："闻君听
妻妾言，违诸将计，怎得称为不薄呢？"布默然不答。悔已迟
了。操即命将布、顺牵出，一同缢死，然后枭首。及陈宫推
至，操与语道："公台！卿尝自谓智计有余，今果如何？"宫
叹恨道："吕布不从宫言，所以致此；若肯从我计，何至成
擒！"操又说道："今日当如何处置？"宫大声道："为臣不忠，
为子不孝，应该受死！"双关语。操又道："卿不惜死，可记得

老母否?"宫慨然道:"宫闻以孝治天下,不害他人父母;宫母存亡,听诸公命。"操又问宫妻子如何?宫复答道:"圣王施仁,罪不及孥,妻子存否,亦惟公命?"说罢,即欲趋出。操问宫何往?宫毅然道:"出去就死,尚有何言?"操不禁起座,流涕相送。猫哭老鼠,假慈悲。至宫受戮后,操使人抚恤宫母妻子,不使失所;就是吕布妻小,亦载回许都,免令连坐。不知貂蝉曾否在内?布将张辽、臧霸皆降,前尚书令陈纪子群,在布军中,亦为操所录用;还有吴敦、尹礼、孙观等,并命臧霸招致,各授官职,令守青徐沿海诸境。刘备妻妾甘糜二夫人,幸尚无恙,复得重会,悲喜兼并。独操邀备回许,只留将军车胄,居守徐州,权任刺史,加封陈登为伏波将军,仍守广陵;自与备率军西归,饮至犒赏,不消细叙。

且说孙策既略定江东,即与袁术分张一帜,为独立计。至袁术僭号,策致书与术,责他不忠。术大失所望,愁沮成疾,但未肯取消帝制;终致策与术绝交,上表献帝,自陈心迹。曹操称策为猘儿,欲加笼络;特使议郎王辅,赍诏东行,拜策为骑都尉,袭爵乌程侯,领会稽太守,使讨袁术。策受命后,复遣张纮赴许,贡献方物。操又表策为讨逆将军,进封吴侯;留张纮为侍御史,且征还前会稽太守王朗,使为谏议大夫。策已得荣封,声望日隆,江东人士,陆续趋附,得众数万;因令周瑜还镇丹阳。适袁术令从弟胤为丹阳太守,接替周尚后任。尚为瑜从父,既已卸职,便邀瑜同返寿春,瑜不得不从。尚引瑜见术,术看他仪表非凡,欲令为将;瑜独固辞,但自求为居巢长,术未识瑜意,当即依允。瑜即日辞行,到了居巢,闻得临淮人鲁肃,慷慨好施,就率数百人往访,乘便贷粮。实是试肃。肃一见倾心,便指家中储米两困,分赠与瑜,每困约三万斛;瑜以为与肃初会,便得他一困厚赠,益信肃名不虚传,遂握手论交,订为知己,方才告辞。肃别瑜后,忽接袁术使命,令署东城县长，他阳为拜受，潜挈家中老幼，及同志少年百余人，竟诣居巢，就瑜商议。瑜问明来意，即呼肃表字道："子敬与我同意，我亦知术终无成，故乞得此差，以便东行。"说着，即弃官整装与肃渡江，使肃家留居曲阿旧宅，自偕肃往见孙策。策闻瑜复至，亲出迎瑜；瑜导肃相见，策与谈数语，亦知肃非常人，改容敬礼，且授瑜为建威中郎将，给兵二千人，骑五十匹，使偕肃出屯牛渚营；自领兵往讨丹阳贼帅祖郎，亲与搏战，活擒归营。郎匍伏谢罪，策微笑道："我前在曲阿，被尔无端掩袭，砍破马鞍，今被我擒来，本应处死；但自念创军立业，不宜记嫌，尔诚能自知前过，我当赦汝！不必惊慌。"郎接连叩头，情愿投诚。策即命释缚，署为门下贼曹。缉贼之官。

　　会闻刘繇旧将太史慈，窜居芜湖山中，结众数千人，自称丹阳太守，出略泾县，号召山越，欲与刘繇复仇，策复提兵往讨，连战数次，未能得手；嗣至勇里设伏，诱慈入险，才得将慈执住。策亲与解缚，笑握慈手道："尚记得神亭时么？若尔时为卿所获，可相害否？"慈亦笑答道："也未可知。"策大笑道："今当与君同休戚，幸卿毋嫌！"说着，即携慈入，延令上坐，咨问进取方法。慈谦让道："破军之将，何足论事？"策婉驳道："昔韩信得李左车，咨询大计，终得成功；今策欲向卿决疑，愿卿勿辞！"惟能虚心用人，才为英雄。慈乃说道："刘军新破，士卒离心，若至四散，恐难复聚，愚意欲出抚余众，引为公助，未知公可相信否？"策起谢道："这正为策所深愿，明日日中，望卿归来。"慈应声即去。诸将进谏道："太史慈如何纵去？恐明日必不复还。"策摇首道："子义乃青州名士，素尚信义，决不相欺。"能知人，方能用人。诸将似信非信。到了次日，策预备酒食，立竿候影，影至日中，太史慈果挈众归报。策下座相迎道："卿真信人，不负策一番赏识呢!"遂命左右搬出酒肴,与共欢饮,至暮方散。越宿即署为门下督,使与祖郎同作前驱,班师还吴。嗣闻刘繇转奔豫章,得病身亡,余众万余人,欲奉豫章太守华歆为主,歆尚未敢受;策即进太史慈为折冲中郎将,遣令前往招安。且语慈道:"刘繇受命朝廷,名正义顺,我非敢与繇相抗,只因我先君遗众数千,尽属袁公路,不得不借此索兵,进据曲阿;我本遣从兄贲往守豫章,终因朝廷简授华子鱼,留贲不遣。子鱼即华歆字,孙贲为豫章太守,由策所授,事见七十五回;至此借策叙明前后,方不至矛盾。公路僭逆,我即与绝交,可见我非真叛汉,不守臣节。今刘繇遽亡,恨我不及与他面辩;今繇子在豫章,未知华子鱼待遇如何,亦未知旧部肯否相依?卿可往宣我意,慰谕该部。该部愿来,便与同来,不愿来亦听彼自便,并看华子鱼能否抚民?一切劳卿裁夺,需兵若干,也由卿自酌罢!"慈答说道:"将军量同桓文,宥慈死罪,慈当尽死报德;今奉命往抚,并非与争,兵不宜多,多兵反使滋疑,数十人便足敷用了!"说罢,即出外治装,隔宿起行。程普等进言道:"慈若出使,必北去不还!"策慨然道:"子义舍我,将依何人?"知彼知己。翌晨为慈送行,亲至昌门饯别,把腕与语道:"何时可还?"慈答称约六十日。两下分手,一出一归,左右尚谓遣慈非计。策作色道:"诸君勿复言,我知子义不轻然诺,行必践言,何至负我?"已而两月届期,慈果回吴,报称华子鱼无他方略,但期自守。策拊掌大笑道:"我亦料子鱼不过如此。"

转眼间已是建安四年,策正拟出兵西略,可巧袁术病死江亭,策扬眉吐气道:"袁皇帝也病死么?"不意上下数千年,有两个袁皇帝。究竟袁术如何病死,当时由策使人探明;小子也正好随笔补叙。自袁术僭号称尊,骄盈益甚,后宫数百,皆服绮罗,餍粱肉,独未肯赡给穷民。故司隶冯方家眷,避乱扬州,有女甚美,为术所羡,就令吏士强取入宫,列作嫔嫱,宠幸无

比。后宫诸妇，各相妒忌，竟将冯女扼死，悬诸厕梁。术还道
她别怀抑郁，投缳毕志，当即恸哭一场，厚礼丧葬。嗣是悼亡
益甚，酿成心疾；又因孙策不肯相助，引为深忧，再加将士屡
败，粮食告空，不得已毁去宫室，走向潜山，奔依部将雷薄、
陈兰。谁知两将已有贰心，把他拒绝，士卒又沿途离散，害得
他忧惶迫切，不知所为；乃遣使至冀州，愿将帝号让与袁绍。
绍子谭方为青州刺史，寄书迎术。术改辕北往，道出徐州，偏
有大军截住；探明何事，乃是刘备奉曹操令，在此邀击，自知
不足敌备，慌忙退还。那后军辎重，已被备军夺去，没奈何欲
南归寿春，行至江亭，距寿春尚八十里。时当盛暑，粮饷皆
绝，只剩麦屑三十斛，分给随从，供不敷求，自己但食粗粝，
不能下咽，欲乞蜜浆止渴，又无所得，不由的大呼道："袁术
袁术！奈何至此？"说到此语，胸前作恶，哇的一声，呕出许
多狂血，接连不已，竟至斗余，倒毙床上。一场皇帝梦至此告
终。妻子等抚尸哭罢，草草棺殓，携榇奔庐江，欲依太守刘
勋。前广陵太守徐璆，闻得术有传国玺，纠众还截，迫将玉玺
缴出，方准过去。术妻无法，出玺付璆。一报还一报。璆始引
众退去，自赴许都献玺，得拜高陵太守。一代国宝，总算是仍
还故主，可惜也不能久有了！为曹氏篡汉伏笔。庐江太守刘勋，
本为袁术部将，术家来奔，当然收纳，又招集袁术部曲，得数
万人，兵势颇盛，苦未足食。事为孙策所闻，正好乘间西略；
便召周瑜为中护军，部署兵马，即日起行。瑜献计道："刘勋
新得术众，若与交战，必费兵力；最好是劝他往取上缭；上缭
豪民，各自举帅，拥粮甚多，勋必垂涎。待他往取，我借出讨
黄祖为名，乘虚掩入，一举可得庐江了！"策闻言大喜，即遣
使赍书与勋，加赠珠宝。果然勋利令智昏，出攻上缭，策与瑜
倍道进兵，行抵石城，令从兄贲辅两人，率兵八千，往屯彭
泽，截勋归路；自偕瑜领兵二万人，往袭皖城。皖城为庐江治

所，因勋他出，守兵不多，蓦闻策兵到来，并皆骇散。策得长驱入城，掳住刘勋妻子，就是袁术家属，亦尽作俘囚，部众除溃走外，统皆投降；惟策素严军律，不许残掠，所有术勋两家妻小，均令释放，仍加抚养，余如子女玉帛，概不妄取。独访得乔公二女，皆有国色，因遣人礼聘，得邀乔公允许，送入一对姊妹花；策纳大乔，瑜纳小乔。小子有诗咏二乔道：

> 两英雄配两婵娟，作合天成算有缘，
> 可惜郎君皆不寿，红颜自古福难全。

郎才女貌，谐成伉俪，当然两情相惬，恩爱缠绵。嗣复接得孙贲捷报，已经击走刘勋，真是喜气重重，无求不遂了！欲知孙贲战胜后事，待至下回叙明。

吕布之勇，足以敌曹操，而智谋之不逮操也远甚！操之图布也久矣！督师东来，目无吕布；但布若能用陈宫之计，内外呼应，犄角相援，则操亦未必有成；就使挫失，布在城外，亦可远走，何至为操所擒乎？乃始则被惑于妇人，继则见嫌于部将，虎为人缚，摇尾乞怜，嗟何及哉！刘备之劝操杀布，亦知布之反复图己，终为后患，故借丁原、董卓事以晓操；而布乃死，而备乃得去一害，是固非徒为操计也。孙策继承父志，略定江东。而于祖郎之不报宿嫌，已昭大度；至擒太史慈于勇里之间，更能释缚周诿，坦然相与。一遣慈而不疑，再遣慈而仍不疑，慈固信士，然何莫非由策之推心置腹，有以致之。用人如策，乃足使人效死，袁术反是，宜其失猘儿之心，身死江亭，终为人笑也。

第七十八回

穿地道焚死公孙瓒　害国戚勒毙董贵妃

却说刘勋为孙策所欺，出攻上缭，上缭土豪，皆坚壁清
野，敛守城中，勋竟无所得，屯兵海昏，为攻城计。忽闻孙策
袭击皖城，慌忙退回；路过彭泽，被孙贲、孙辅截击一阵，败
走流沂，遣使至夏口，向江夏太守黄祖处求援；祖遣舟师五千
人援勋。当由孙贲申报孙策，策督兵亲往，大破勋军；勋逃往
许都，勋部兵二千余人，及黄祖所遣战船数百艘，俱为策军所
获。策得乘胜西进，锐击黄祖，祖率水军迎敌，并向刘表乞
师。表遣从子虎，及部将韩晞，率长矛队五千人，助祖拒策；
一场交绥，晞竟战死，虎亦逃回。黄祖孤立无助，也即退走，
船械尽失，连妻子一概抛去，士卒杀溺至数万人。策乃回徇豫
章，屯营椒邱，使功曹虞翻，招降华歆；歆有文无武，怎能御
策？当即派吏欢迎，待策至豫章，自服葛巾出谒。策因歆素有
才望，执子弟礼，待若上宾。于是实授孙贲为豫章太守，且分
豫章为庐陵郡，增置郡守，即令孙辅任职，留周瑜镇守巴邱，
旋师入吴。小子叙到此处，不得不将刘备事迹，赶紧接入。是
用笔过峡处。先是备随操入许，得见献帝，献帝与叙宗系，应
呼备为叔，当然慰劳有加；操且表举备为左将军，出同车，坐
同席，待遇甚优。惟备见操揽权逼主，隐怀不平，只因兵力甚
微，无法报国，不得不容忍过去。操更诬称故太尉杨彪，私通
袁术，收系狱中；还亏将作大匠孔融、侍中荀彧、许令满宠

等，力为解救，始得赦出。议郎赵彦，恨操专横，上书劾操，为操所杀。操请献帝出猎许田，操射得一鹿，群臣错疑为献帝所射，齐呼万岁，操直受不辞。刘备与关羽等，随驾同猎，羽见操如此无礼，愤欲杀操，经备从旁阻止，方才住手；献帝也为怏怏，罢猎回宫。默思盈廷大臣，只有车骑将军董承，位兼勋戚，尚可与言，但无端宣召，又露形迹；不得已密令董贵人制就玉带一条，把手书藏入带中，用线缝好，赐与董承。承心知有异，剖视带中，得见密诏，乃与将军吴子兰、王服，及长水校尉种辑等，阴谋诛操。并邀同左将军刘备，共预密盟，备因谊关宗室，不能不允，但因操势方强，应从缓图，不可欲速，一面恐操生疑，就寓宅后园种菜，韬晦待时。会操邀备小宴，并坐饮酒，谈及四方枭杰，掀髯笑语道："今天下英雄，唯有使君与操。"话未说完，备不觉一惊，竟将手中所执的匕箸，失落席下。*方图韬晦，忽被曹操叫破，怎得不惊？*可巧天公做美，空中起了一个霹雳，响震厅堂；备即借此语操道："天威如此，怪不得圣人有言：迅雷风烈必变呢！"为此一语，得将自己失惊的情状，轻轻瞒过。及袁术欲奔往青州，备遂向操讨差，愿率关张等，前去邀击。操遣裨将朱灵、路昭，偕备同行，名为帮助，实使监制。哪知备既离虎口，得遂鸿飞，岂是朱、路两庸将所得牵掣？一到徐州，截得袁术若干辎重，即使朱灵、路昭返报；自与关张抵下邳城，伪传操令，诱刺史车胄出迎。*车胄刺徐州及刘备截袁术，俱见前回，*车胄不知是计，开城迎备，兜头碰着关羽，手起刀落，把胄劈做两段；当即枭首入城，只言车胄谋反，所以处死，余众无辜，一律免罪。兵民也未识真假，但教保全生命，自无异言。备省视家属，甘糜二夫人相安如故，却也放心。*插叙一笔，为下文再失妻小张本。*便留关羽守下邳城，自往小沛招集散兵，约得万人；复恐曹操遣兵来攻，特遣从吏孙乾，通好袁绍，倚为外援。绍方击死公孙瓒，得并幽州，原想南下攻操，既由刘备使命，乐得与他连和；即遣孙乾归报，备稍稍纾忧。但回忆公孙瓒为同学旧友，一跌赤族，不免伤心；且自别瓒以后，南救陶谦，正值赵云丧兄，辞归常山，好几年不与相见，亦未知他寄身何处？八十九回不及赵云，恐致阅者怀疑，故此处急忙补叙。死别生离，俱劳感念，不得不北向唏嘘。究竟公孙瓒如何战死？亦应就此叙明。瓒徙居易城，高处层楼，见七十三回。袁绍屡攻不克，贻书慰解，欲与释憾连和，瓒独不答，增修守备。且语长吏关靖道："当今四方虎争，无一能坐我城下，袁本初虽强，亦奈何我不得呢。"绍得闻此语，便大举攻瓒，各守将接连告急，瓒并不赴援，反语左右道："我若往救一人，人人都想我救，不肯力战了。"全是呆话。守将待援不至，或降或溃，绍军长驱直进，竟抵城下。瓒又急得没法，遣子续求救黑山，待久不至，乃欲自领突骑，出迎黑山援军，侵入冀州，横断绍后，偏经关靖谏阻，说是："主将一出，城必失陷，不如坚守待援，可却绍军。"瓒因即罢议。

已而黑山贼帅张燕，即褚燕改姓为张。使人诣瓒，报称起兵十万，来救易城，瓒当然大喜。过了旬日，仍然不至，乃复使人赍书促燕，且嘱子续引兵速来，举火为号，以便内应。不意瓒使出城，被绍军擒去，搜得瓒书，将计就计，便分兵埋伏北郊，纵火诱瓒。瓒还道由续举火，忙开北门，引军出应，哪知伏兵突起，奋击瓒军，瓒慌忙奔还，部众已伤亡大半，剩得残骑数百，逃回城中。绍督兵合围，暗凿地道，通瓒楼下，瓒重楼寂处，未曾知晓。嗣由绍军在地穴内，用柱燃楼，楼辄倾倒，瓒始知难免，先缢死妻子姊妹，然后引火自焚，一道冤魂，随了祝融回禄，同往南方；部将田楷战死。关靖叹道："我若不阻将军出城，或得济事，今乃至此，我闻君子陷人危地，必与同难，将军既死，我岂尚可独生么？"遂拍马赴敌，力战而亡。史称瓒本酷吏，谄事公孙瓒，乃得邀宠，但观其甘与同殉，尚有忠忱。黑山贼帅张燕，闻易城已破，当然罢兵。瓒子公孙续无家可归，流离朔方，旋为屠各胡所杀。

绍送瓒首入许都，曹操暗中加忌，对着绍使，说他未奉朝命，擅取幽州。绍使归报，触动绍怒，即欲兴兵攻操。监军沮授进谏道："近讨公孙瓒，师出历年，百姓疲敝，仓廪空虚，未可轻动。不如务农息民，养足锐气；然后进屯黎阳，规划河南，作舟楫，缮器械，分兵四出，令彼不得安，我乃用逸待劳，方可得志。"从事田丰，亦与授言相同。独郭图、审配，希承绍意，主张出兵。授又说道："授闻救乱诛暴，方为义兵；恃众凭强，乃为骄兵。义兵无敌，骄兵必败。今曹操奉天子，令天下，若我军往攻，名义既乖，且曹氏法令既行，士卒精练。比那公孙瓒安坐受敌，全然不同。若不察敌情，驱众求胜，胜未可必，败实可忧！窃为明公不取哩。"郭图等仍然抗辩，决计南下。且瓒授不从主意，未便监军，绍竟为所惑，分设三督，使授与郭图淳于琼，各典一军，调兵十万，选马万匹，指日南行，为攻操计。

操正使曹仁、史涣诸将，出略河北，击毙张杨遗将眭固，攻下射犬城。眭固北通袁绍，屯驻射犬，见前回。操亦自至河上，遥助军威。嗣闻绍将南来，乃还驻敖仓，与诸将会议进止，诸将恐绍军势盛，难与争锋。操奋然道："我知袁绍为人，志大而智小，色厉而胆落，忌克而少威，兵多而分划不明，将骄而政令不一；土地虽广，粮草虽丰，徒为我资，何惧之有？"虽是安定众心，但袁绍之失，实尽此数语。乃使臧霸等东进青州，防御袁谭，留于禁屯河上，复因官渡为南北要冲，派兵严堵，自还许都，安排粮械，准备敌绍。一面分遣辩士，招抚张绣刘表。绣与操有隙，见了操使，听他一番词辩，却也有些动情，因此迟疑不决。

适袁绍亦遣使招绣，绣无所适从，特召贾诩入商。诩未曾申议，便顾语绍使道："劳汝归谢袁本初，兄弟尚不相容，怎能容天下国士呢？"说得绍使无言可对，匆匆别去。绣惊诧道："奈何拒绝袁氏？"诩直答道："袁本初怎能成事，将军往从，徒自取祸。"绣接说道："难道便投曹操么？"诩接说道："不如往从曹公！"绣皱眉道："袁强曹弱，操又与我有仇，怎可往从？"诩申说道："正惟如此，所以宜从。曹氏方奉承天子，一宜从；袁氏方强，即去从彼，必不见重，曹氏尚弱，得我必喜，二宜从；曹氏既来招将军，岂尚记嫌，必且格外加亲，昭示大度，三宜从。将军勿再怀疑，即日往从便了！"诩既劝绣降操，前日何不王成邹氏，吾恐邹氏有知，死不瞑目。绣乃带领亲从，与诩同赴许都，投降曹操。操见绣大喜，亲握绣手，欢颜抚慰，并开筵接风，殷勤款待。越日即引绣朝见献帝，面举绣为扬武将军，诩为执金吾，献帝自然依议；待朝退后，复愿与绣结婚，聘绣女为庶子均妇，绣也觉乐从，安居都下。前日失去一位叔母，此时复赔了一个女儿，种种吃亏，尚有何乐？

惟刘表观望不前，未肯遽与操合，操因刘表多疑少决，不足深虑，乃待诸后图。适孔融表荐一人，姓弥名衡，字正平，系平原少年，说他淑质贞亮，英才卓烁，见善若惊，嫉恶若仇，有鸷鸟累百，不如一鹗等语。操即使人召衡，衡素刚傲，不肯事操，一再托病，谢绝操使，并有狂言讥操。操闻报后，未免愤怒；但因衡素有才名，不便加刃，惟遣兵吏迫衡入府，衡无可再辞，昂然趋至，长揖不拜。操亦不命坐，由他站立，衡仰天叹道："四海虽大，恨乏人才。"操瞋目道："许都新建，贤士四集，怎得谓尚乏人才？"衡抗答道："大儿孔文举，即孔融。小儿杨德祖，系弘农人杨修。尚有才名。余子碌碌，皆不足数！"操狞笑道："想汝甫入皇都，未识朝中才士，就是我幕下文武，何一非才。"衡微哂道："公以为才，何人敢说是不才；但据衡看来，统是一姓家奴，毫无干济。荀彧但可使吊丧；荀攸但可使守墓；程昱但可使关门闭户；郭嘉但可使白词念赋；张辽但可使击鼓鸣金；许褚但可使牧牛放马；乐进但可使取状读诏；李典但可使传书送檄；吕虔但可使磨刀铸剑；满宠但可使饮酒食糟；于禁但可使负版筑墙；徐晃但可使屠猪杀犬；夏侯惇可称完体将军；曹子孝可呼要钱太守。子孝即曹仁字。此外更不必说了！"痛快淋漓！操怒问道："汝有何能？"衡答说道："上期致君，下期泽民，不似那庸夫坐食，但务逢迎！"操怒说道："闻汝纯盗虚声，徒善击鼓，可在我门下做一鼓吏罢！"衡也不推辞，应声趋退，操不容外出。待至次日，即大集宾佐，置酒宴会，使鼓吏在阶下挝鼓。鼓吏例当易服，皆改装而入，衡独蹀躞登阶，见鼓便击，迭成渔阳三挝，章节悲壮，如骂如讽，座上客听入耳中，俱为动容。三挝已毕，衡进至操前，为吏所阻，且叱衡道："鼓吏何不改装？乃敢轻进！"衡并不答言，竟将衣服脱去，裸体立着，孔融也在座间，只恐衡得罪曹操，麾令下堂。衡退至鼓旁，徐徐更衣，又复三挝，声愈激越，挝罢自去。操笑语宾佐道："本欲辱衡，衡反辱孤。"阖座并皆不欢，席终散归。惟孔融心下未安，出责弥衡道："正平，大雅君子，可如是么？"衡默不一语，融再述操礼贤诚意，嘱衡往谢，衡沈吟半响，方才允诺。融乃复入见操，谓衡有狂疾，现已清醒，当来谢罪，操点头会意；待融去后，饬门吏不得阻客，专望衡至。等到日暮，由门吏踉跄入报道："大胆弥衡，敢在营门外面，用杖棰地，呼号叫骂，语多狂悖，请收案治罪。"操艴然道："弥衡竖子，我欲杀他，不啻雀鼠，惟此人颇有虚名，人将谓我不能容物，所以加诛，今我有一法，叫他往谕刘表便了。"却是一条好法儿。于是传令出去，叫衡前往荆州，招降刘表，限他越宿起行，且预嘱门下谋士，在城南饯行。到了翌晨，便命骑士促衡登程，衡尚不欲往，经骑士再四催逼，乃草草收拾行李，上马出城。但见南门外摆着酒肴，有一簇人马待着，只好下骑相见，哪知一班衣冠楚楚的人物，名为饯行，俱端然坐着，并不起迎。衡用目四顾，失声大哭，大众不能不问，衡挥泪道："坐为冢，卧为尸，我与尸冢相对，怎得不悲。"说罢，仍然上马，加鞭径去。大众还报曹操，操笑说道："我不杀衡，自然有人杀衡，看他狂生能活到几时？"

言未已，忽有人入报道："刘备在徐州勾通袁绍，谋袭都城。"操愤愤道："备前遣还朱灵、路昭，擅杀车胄，我正要讨伐，他还敢前来谋我么？"长史刘岱，方在操侧，听了操言，即自请效力，东出击备。此刘岱与前兖州刺史同名异人，兖州刺史刘岱已死，罗氏《三国演义》并作一人，实是误会。操乃令与中郎将王忠，引兵万人，往攻徐州。岱、忠两人，本来是没甚智略，一到徐州境内，便已遇着备军，当下摆好阵势，请备答话，备纵马出见，岱责备忘恩负义，难逃一死。备从容答道："我非敢有背曹公，实因车胄谋害，不得不将他杀死，请二将军返报曹公，免伤和气。"岱忠齐声道："何人信汝谎言，快快下马受缚，免得我等动手！"备不禁失笑道："曹公自来，胜负或未可知，如汝等碌碌庸才，就是来了一百个，我也不怕。"当面嘲笑。岱、忠听着，双槊并举，上前攻备，备背后已突出关羽、张飞，把他截住，四将四骑，绕场厮杀，岱、忠哪里是关、张敌手，不到数合，便即败走，关、张驱杀一阵，由备鸣金收军，方才退回。岱、忠窜至数十里外，方敢下营；遣人至许都报操，再请济师。操因残腊已届，勉强忍耐，拟在许都度过新年，乃亲出攻备，好容易已是建安五年。

车骑将军董承，见操专横日甚，潜使人致书刘备，使作外援，自为内应，一面与吴子兰、王子服等，暗地安排，日夕筹备；谁知事机不密，竟为操所探悉，立即遣派兵吏，把董承等一并拿下，拘系狱中。操带剑入宫，竟向献帝索交董贵人，献帝方与伏后闲坐，谈及曹操弄权，互相叹息，蓦见操抢步趋入，满面怒容，不由的大惊失色。操开口道："董承不道，竟敢谋反，请陛下即日治罪。"献帝嗫嚅道："董承系朝廷勋戚，如何也至谋反呢？"操又说道："老臣迎驾至此，并未尝有负陛下，董承自恃国戚，竟想害死老臣，臣若被害，陛下恐亦连及，岂不是谋反么？"献帝道："果有实据否？"操张目道："证据昭然，并非诬陷，陛下如袒护董承，莫非教他杀臣不成？"全是无赖徒口吻。献帝本有密诏谕承，至此越觉心虚，只好说是："董承有罪，当依法惩治。"操厉声道："尚有董承女儿，在宫伴驾，应该连坐。"说着，即喝令卫士往拿董贵人，卫士不敢不依，去了半晌，便将董贵人牵出。操复向献帝道："此女应即处死。"献帝呜咽道："董女方怀妊数月，俟分娩后，治罪未迟。"操悍然道："无论董女尚未生育，就使已生子嗣，亦当尽戮，怎得留下种子，为母报仇？"竟欲绝龙种耶？与弑逆何异？献帝听了此语，吓出一身冷汗，连话儿都说不出来，看那董贵人的惨容，更似万箭穿胸，异常痛苦，再听得一声呼叱，竟将董贵人拖出宫去，急得献帝说出数语道："曹公！汝若能相辅，幸勿过甚，否则不妨相舍。"操掉头不顾，趋出宫外，令将董贵人勒死！再至朝堂，晓示刑官，令将董承、吴子兰、王子服、种辑等，一并斩首，并夷三族。可怜一班奉诏图奸的大臣，竟至全家诛戮，惨不忍闻！小子有诗叹道：

> 敢将毒手逞宫闱，凄绝羼皇空泪挥，
> 为语古今名阀女，生生莫作帝王妃！

曹操既杀死董承等人，复督兵出攻刘备，欲知刘备能否敌操？且至下回详叙。

　　公孙瓒之致死，其失与袁术相同。术死于侈，瓒亦未尝不由侈而死。观其建筑层楼，重门固守，妇女传宣，将士解散，彼且诩诩然自夸得计。一则曰吾有积谷三百万斛，食尽此谷，再觇时变。再则曰当今四方虎争，无一能坐吾城下。谁知绍兵骤至，全城被围，鼓角鸣于地中，柱火焚于楼下，有欲免一死而不可得者，较诸袁术之结局，其惨尤甚！《传》有之，"侈为恶之大。"非虚言也！若张绣、刘表，亦皆碌碌不足道，以视弥正平之渔阳三挝，俱有愧色。正平虽狂，骂曹一事，却是痛快！曹操犹不知悛！竟诛夷国戚，勒毙皇妃，操之目无汉帝，至此尽露。而陈寿作《三国志》，尚事事回护操贼，操得为忠，王莽如何为逆乎？

第七十九回

袁本初驰檄疗风疾　孙伯符中箭促天年

却说曹操整缮军马，出攻刘备。诸将恐袁绍南下，乘虚袭许，多有异言。操独谓刘备人杰，定宜早除；还有祭酒郭嘉，亦赞成操意，说是绍性多疑，来必迟缓，不如先击刘备，较为得计。操遂督兵出都，直达徐州，刘备闻报，自知寡不敌众，急遣从事孙乾，驰往冀州，向绍乞援。

绍因幼子有疾，无意进兵。别驾田丰进谏道："曹刘相争，未可猝解，何不乘机袭许，既可杀备，又可灭操。"绍唏嘘道："我三子中，惟少子尚最中我意，今不幸罹疾，累我忧劳，尚有何心再谈军事。"说着，即遣归孙乾，但言子疾得痊，才可出救，乾无奈别归。田丰趋退，用杖击地道："欲图天下，乃因婴儿得病，坐失机会。岂不可惜么？"此机一失，袁曹成败从此分了！绍终不变计，敛兵如故。

刘备日夕待援，至孙乾归报，方知绍无心出救，只好督率张飞，引众出敌。操兵约数万人，比备兵多过数倍，就使张飞骁勇，究竟敌不住操兵；操且令部众分作数路，前后左右，四面杀入，顿致刘备、张飞，不能相顾，及两人杀出重围，彼此失散，又被操军遮断归路，不能再回小沛城。飞向芒砀山窜去，备竟走青州。

操得攻下小沛，复移军转攻下邳，下邳由关羽把守，就是甘糜二夫人，也居住城中。操军漫山遍野，奔至城下，把全城团团围住，关羽屡次杀出，均被操军截回。操令张辽招降关羽，羽想自己单刀匹马，尚可突围，惟二嫂俱系女流，如何得脱？没奈何与张辽定约，只降汉，不降曹；且与刘备义同生死，若闻备投向何方，即当往依云云。为关公保全身分，故采入稗史中语。张辽返报曹操，操一一允许；再由辽告知关羽，羽乃出降。操挈羽归许，羽偕二嫂同行，沿途寄宿馆驿，操令羽与二嫂同室，羽秉烛达旦，坐读《春秋》，彻夜不倦。操自此重羽，回都以后，拜羽为偏将军，待遇甚厚，五日一大宴，三日一小宴；并将吕布遗下的赤兔马，转赠予羽。羽虽然拜谢，心下总不忘刘备。操尝使张辽探试羽意，羽慨答道："我亦感曹公厚惠；但与刘将军誓同生死，义不可忘，我终不能常留此地，但须立功报效曹公，方敢辞去。"两面顾到，情至义尽。辽闻言叹息，回报曹操。操不禁赞美道："好义士！事主不忘本，恨不能叫他久留呢！"辽答道："羽受公恩，谓必当立功以报，想一时总不至遽去。"操点首道："我所以称他义士呢。"足令奸雄心服。

过了旬余，操患头风，痛卧病床上。忽由左右呈入一纸，由操取阅，乃是一篇檄文。但见纸上写着：

　　盖闻明主图危以制变，忠臣虑难以立权，是以有非常之人，然后有非常之事；有非常之事，然后立非常之功。夫非常者，固非常人所拟也。曩者强秦弱主，赵高执柄，专制朝命，威福由己，终有望夷之祸，污辱至今，及臻吕后、禄、产专政，擅断万机，决事省禁，下陵上替，海内寒心，于是绛侯、朱虚，绛侯周勃；朱虚侯刘章。兴戎奋怒，诛夷逆乱，尊立太宗，故能道化兴隆，光明显融，此则大臣立权之明表也。

　　司空曹操，祖父腾故中常侍，与左悺、徐璜，并作妖孽，饕餮放横，伤化虐民，父嵩乞匄携养，因赃假位，舆金辇璧，输货权门，窃盗鼎司，倾覆重器。操赘阉遗丑，本无令德，僄狡锋侠，好乱乐祸，幕府昔统鹰扬，扫夷凶逆，续遇董卓，侵官暴国，于是提剑挥鼓，发命东夏，方收罗英雄，弃瑕录用，故遂与操参咨策略，谓其鹰犬之才，爪牙可任，至乃愚佻短虑，轻进易退，伤夷折衄，数丧师徒，幕府辄复分兵命锐，修完补辑，表行东郡太守；领兖州刺史，被以虎文，授以偏师，奖就威柄，冀获秦师一克之报。引用《春秋》秦孟明事。而操遂乘资跋扈，肆行酷烈，割剥元元，残贤害善，故九江太守边让，英才俊逸，天下知名，直言正色，论不阿谄，身被枭悬之戮，妻孥受灰灭之咎。自是士林愤痛，民怨弥重，一夫奋臂，举州同声，故躬破于徐方，地夺于吕布，彷徨东裔，蹈据无所。幕府唯强干弱枝之义，且不登叛人之党，指吕布。故复援旌擐甲，席卷赴征，金鼓响振，布众破沮，拯其死亡之患，复其方伯之任，是则幕府无德于兖土之民，而有大造于操也。

后会銮驾东返，群贼乱政，时冀州方有北鄙之警，匪遑离局，故使从事中郎徐勋，就发遣操，使缮修宗庙，翼卫幼主。是袁绍自己回护之笔。

而便放志专行，胁迁省禁，卑侮王官，败法乱纪，坐领三台，专制朝政，爵赏由心，刑戮在口，所爱光五宗，所恶灭三族，群谈者蒙显诛，腹议者受隐戮，道路以目，百官箝口，尚书记朝会，公卿充员品而已！故太尉杨彪，历典三司，享国极位，操因睚眦，被以非罪，榜楚并兼，五毒俱至，触情放慝，不顾宪章。又议郎赵彦，忠谏直言，议有可纳，是以圣朝含听，改容加锡，操欲迷夺时权，杜绝言路，擅收立杀，不俟报闻。又梁孝王为先帝母弟，坟陵尊显，松柏桑梓，尤宜恭肃，而操率将校吏士，亲临发掘，破棺裸尸，略取金宝，至令圣朝流涕，士民伤怀！操攻徐州，焚庐发墓，连及梁孝王冢，操知而不问。又特署发邱中郎将，摸金校尉，亦是深文之笔。所过墮突，无骸不露，身处三公之官，而行桀虏之态，玷国虐民，毒流人鬼，加以细政惨苛，科防互设，罾缴充蹊，坑阱塞路，举手推网罗，动足蹈机陷；是以兖豫有无聊之民，帝都有嗟吁之怨，历观古今书籍，所载贪残虐烈无道之臣，于操为甚！

幕府方诘外奸，未及整训，加绪含容，冀可弥缝，而操豺狼野心，潜包祸谋，乃欲摧挠栋梁，孤弱汉室，除灭忠正，专为枭雄，往岁伐鼓北征，讨公孙瓒，强寇桀逆，拒围一年，操因其未破，阴交书命，欲托助王师，以相掩袭，故引兵造河，方舟北济，会其行人发露，瓒亦枭夷，故使锋芒坐缩，厥图不果。今复屯据敖仓，阻河为固，乃欲以螳螂之斧，御隆车之隧！幕府奉汉威灵，折冲宇宙，长戟百万，骁骑千群，奋中黄育获之士，骋良弓劲弩之势，并州越太行，青州涉济漯，大军泛黄河以角其前；荆州下宛叶而犄其后。雷集虎步，并集虏廷，若举炎火以焫飞蓬，复沧海而沃嫖炭，有何不消灭者哉？

方今汉道陵迟，纲弛纪绝，圣朝无一介之辅，股肱无折冲之势，方畿之内，简练之臣，皆垂头揖翼，莫所凭恃，虽有忠义之佐，胁于暴虐之臣，焉能展其节，操又以精兵七百，围守宫阙，外托宿卫，内实拘执，惧其篡虐之萌，因斯而作，此乃忠臣肝脑涂地之秋，烈士立功之会，可不勖哉！未及董承父女事，想袁绍尚未闻知。今操矫命称制，遣使发兵，恐边远州郡，过听给与，违众旅叛，旅助也。举以丧名，为天下笑，则明哲不取也。即日幽并青冀，四州并进，郡邑亦各整义兵，罗落境界；举武扬威，并匡社稷，则非常之功，于是乎著。其得操首者，封五千户侯，赏钱五千万！部曲偏裨将校诸吏降者，勿有所问。广宣恩信，班扬符赏，布告天下，咸使知圣朝有拘迫之难。如律令！

操阅罢檄文，不由的汗流浃背，连头风病都皆发散，一跃而起。顾问左右道："这想是袁绍传来的檄文，文笔却佳，可惜武略不足呢！"遂遣侦骑四出，往探绍军动静。

绍因幼子患病，不愿援备，及备奔至青州，由刺史袁谭迎入。谭系绍长子，曾由备举为茂才，至是格外敬礼，作书报绍；绍亲至邺中，迎备入冀州，便拟起兵攻许。田丰复入谏道："曹操既破刘备，班师回许，许都已不复空虚，未便进攻，且操善用兵，更难轻敌，今将军据有四州，依山带河，诚能外结英雄，内修农战，然后简选精锐，作为奇兵，乘虚迭出，分扰河内，彼救左，我击右；彼救右，我击左。我尚未劳，彼已大困，不出三年，操可坐灭了！"亟肆以疲之，多方以误之，确是古今良策。绍不肯依言，丰再三强谏，致忤绍意，竟将丰械系狱中；特令记室陈琳，草就檄文，数操罪恶，颁行远近。琳前为大将军主簿，避乱至冀州，由绍用为记室，本来是一支大手笔，所以传檄至许，能令操头风忽痊，叹为奇文。

绍即调齐四州人马，共十余万，进攻黎阳；特遣大将颜良，攻白马城。监军沮授，预料绍不能胜操，只因田丰得罪，未敢再谏，临行时取出家资，分给宗族道："主骄卒惰，轻出必败，扬雄有言：'六国蚩蚩，为嬴弱姬。'今日情势，却是相似，我此行恐不复返了！"至绍遣颜良攻白马城，乃进谏道："良虽骁勇，但性情促狭，不宜专任。"绍仍不听。东郡太守刘延，因白马被围，向操告急。操已探得袁绍出兵，正拟亲往拒敌，一闻刘延告急，当即倍道趋救；关羽亦辞过二嫂，随操同行。意在报操。将至白马，军师荀攸白操道："敌众我寡，宜遣偏将西出延津，作为疑兵，待绍西向防堵，我乃直达白马城，掩他不备，定能擒住颜良了。"操依计而行，果闻绍中计西往，当即进逼颜良，压营立阵。良不意操兵骤至，仓猝接战，甫经出营，在麾盖下指挥兵士；不料突来了一位大刀将军，骤马直前，冲开甲仗，手起一刀，向颜良面上劈入，良措手不及，竟被他砍落马下，枭取首级；回马出阵，如入无人之境。看官道是将为谁？原来就是立功报曹的关云长。河北兵士，失了主将，当然大乱，操军乘势追杀，斩获甚多，余众皆遁，白马解围。操见了颜良首级，即录关羽为首功，表封汉寿亭侯，一面移屯河西。

绍闻颜良战死，顿时大怒，亟渡河来追操军。沮授又谏绍道："胜负变化，不可不详，今宜留驻延津，分守官渡，量敌后进，方为善策。"绍哪里肯从？还有骑将文丑，与颜良并名河北，并相友善，誓为颜良报仇，愿作先锋；且闻颜良为关羽所杀，特邀刘备同往一行，验明虚实。绍即令先往，并使刘备继进，备毫不推辞，欣然同去。也欲探听关公消息；且若不与文丑同行，更足惹疑取祸。绍亦督领大军，随后渡河，沮授行至河滨，望流兴叹道："上骄下贪，不败何待；悠悠黄河，奈何遽渡呢！"说罢，即托称有疾，向绍辞职，绍又不肯许；惟裁减沮授属部，归入郭图管领，授无奈渡河，至延津南岸，方由绍下令安营，专待前军消息。文丑领兵急进，遥见操军在南陂驻札，不过数千人，惟马匹散放甚多，明是诱敌。当下纵兵抢马。操军大呼道："贼军来了！请急收马匹。"操独不顾，好狡猾。荀攸向前摇手道："这正是诱敌计，何必收回？"说到此句，回顾操容，作微笑状，乃退不复言。荀攸亦乖。说时迟，那时快，文丑兵已争抢马匹，行伍错乱；操却麾军进击，大破丑军。丑自恃有力，还想拼命力战，不防操军中突出一将，提刀截住，交战数合，又将丑劈下马来，这人就是新任汉寿亭侯关羽。史传只称羽斩颜良，不及文丑，但稗史俱归功关公，今从之。刘备尚在后部，因文丑被杀，操兵追赶过来，也只得退回。绍连失大将二员，不禁夺气，待至刘备回军，起初尚没甚话说，及探闻颜良、文丑俱死关羽手中，禁不住怒气冲冠，欲向刘备问罪。还是刘备能言善辩，谓当招回关羽，共灭曹操，说得绍又心动，便令备致书相招，自屯军阳武县境，与操相持。

操还想再战，会闻黄巾余党刘辟，起兵汝南，响应绍军，连下河南诸郡县，许都戒严，那时不得不回顾根本，只好退军官渡，令将士等闭垒固守，自率关羽等回许。羽至许都，方接到刘备来书，乃告知二嫂，将累次所得赏赐，封置库中，送还汉寿亭侯印绶，作书辞操。操将印绶发还，遣使慰留；羽亲往告辞，操托故不见。于是羽迫不及待，竟备车载好甘糜二嫂，带了十余名旧役，即日起行，把印绶悬挂堂上，余物一概不取；但将赤兔马乘坐了去。当有人报知曹操，操很是叹惜。诸将请引兵追还，操摇首道："不忘故主，来去分明，真是天下第一义士，我前已许约，未便失信，听他自去，不必追还了！"是奸雄过人处。羽奉二嫂驰出都门，一路无阻。稗史中有过关斩将事，未免附会，操既不愿追还，自无阻碍，故不从稗史。

途次有一骑士奔来，叩马拦阻，羽勒缰视明，并非别人，乃是刘备亲吏孙乾。因问他何故到此？乾答说道："刘将军投奔袁绍，颇见优待；惟因绍性多疑，部将又互相猜忌，恐将来未必有成，所以向绍讨差，往会汝南刘辟，恐公未知情迹，误投绍军，或反被害，特使乾前来关照，今幸得相遇，请转往汝南便了！"羽乃与乾拍马南行，路过古城得见张飞。飞还道羽降曹操，挺着长矛，恶狠狠的与羽拼命，亏得甘糜二夫人，从旁劝解，并述历来艰苦，飞始掷矛至地，向羽哭拜，是谓莽将。

导入城中，设宴话旧。羽令飞保护二嫂，暂住古城，自与孙乾同赴汝南，往会刘备。哪知备又还赴绍军，原来操遣曹仁为将，往击刘辟，辟众究系乌合，战败即奔，备无可依止，只好仍投袁绍，累得关公奔走南北，白费艰辛，没奈何再向北行，待至后文再表。

且说孙策吞并江东，通好曹操。操方经营河北，无暇顾及江南，又因策英武迈众，特加笼络，许将弟女配策季弟匡，又为次子章取孙贲女，礼辟策弟权翊。策亦知操为奸雄，虚与酬应，通使往来。嗣闻操出拒袁绍，也想进袭许都，奉迎献帝，乃密治军马，届期待发，忽由巡江将吏，拿住细作一名，密书一封，解送策前。策披书阅毕，不禁大怒，看官道是何书？由小子略述如下：

> 孙策骁勇，与项籍相似，宜加贵宠，召还京邑，彼若被诏，不得不还；否则常留外镇，必为后患！

书末署名，乃是吴郡太守许贡。策怒问细作，才知贡阴通曹操，故有是书。当下派吏召贡，托名议事；贡尚未知使人被获，便即趋至，策取书示贡，贡还想抵赖，即与寄书人对质，贡无从再辩，呆如木偶。策呵叱道："汝欲断送我性命么？"遂顾令左右，将贡牵出，绞死了事。

策性喜微行，更好游猎，功曹虞翻，常为谏阻，策亦知翻忠，终未能改。一日带了骑士数名，出猎西山，突有一鹿趋过马前，急驰而去。策即纵马逐鹿，马甚雄骏，捷足如飞，从骑都不能及，偏鹿亦向前腾跃，窜入林中。此鹿亦孙策冤家。策尚不肯舍，向林探望，鹿却不知去向，只有三人持弓立着，策便疑问道："汝等何人？"三人答系韩当部兵，在此射鹿。策还有疑意，且行且顾，不意一箭飞来正中面颊，当下忍痛拔箭，取弓回射，一人应弦倒地。尚有两人大呼道："我等是许贡家客，特来与主人报仇！"说着，即用箭乱射，策用弓抵拒，一箭未了，又是一箭，正危急间，从骑已到，一拥上前，把两人砍作肉泥，策面上受伤，流血不止，忙纵马归来，命医调治，医称箭头有毒，必须静养，不宜动怒，过了百日，方可无虞。

看官试想，这孙伯符年少气锐，怎肯百日不出，安养府中？勉强休息数天，觉得创痕渐愈，遂召集将佐，出阅城楼；凭眺良久，闻得城下有喧哗声，当即俯首一瞧，见有许多士民，绕住道人，团围下拜，不由的忿怒起来，正要顾问将佐，不料将佐亦纷纷下楼，迎拜道人。策勃然怒道："是何妖人？惑众至此，左右快与我擒来！"左右齐声道："这道人叫做于吉，普施符水，救人百病；地方上呼为于神仙，未可轻拿。"策愈怒道："汝等敢违命令么？"一语说出，左右不敢不遵，只得下城去拿于吉，策亦回至府舍，专待于吉拿到。未几已将于吉拥至，策拍案道："汝敢妖言惑众，罪应斩首！"于吉答道："贫道在曲阳泉上，得神书百余卷，依方疗病，并未惑人，何致坐罪？"策叱道："想汝就是张角余党，若不加诛，贻害无穷。"说至此，即欲将吉处斩，将吏各上前劝阻，惹得策怒上加怒，喝令立斩于吉。忽由屏后趋出内侍，口传太夫人命令，召策入语，策乃命将于吉暂系狱中，入谒母夫人吴氏。吴太夫人语策道："于先生亦助军作福，医护将士，不宜加害。"策懊恨道："于吉妖妄，煽惑众心，儿方阅城楼，将佐等多弃儿下楼，往拜妖道，母亲试想儿为城主，号令不行，反使妖道逞志，还当了得么？"言未已，外面又有连名保章递入，乞赦于吉。策盛怒复出，又欲杀吉，还是将吏想出一法，说是天方干旱，可令于吉祈雨，如若不应，再杀未迟，策乃命从狱中提出于吉，令他祷雨，缚置地上，就烈日中晒了多时。吉念念有词，果然黑云四合，大雨滂沱。于吉若果能祷雨，何至不能逃生？这恐是史乘误传，不足尽信。将士等无不腾欢，争至吉前，释缚称谢。策瞧入眼中，越加忿恨，竟抢步趋出，拔剑在手，喝开众人，把于吉挥作两段，且命将吉尸陈诸市曹，不准收殓；越宿复使人往视吉尸，报称不知所在。想是由将士偷葬。策又欲追究，可巧母夫人吴氏趋至，向策泣语道："汝连日瘦损，奈何尚不知静养呢？"策乃揽镜自照，一声惊呼，金疮进裂，晕倒地上。小子有诗叹道：

> 暴虎冯河死亦宜，圣人垂戒不吾欺；
> 猘儿逐鹿犹遭厄，才信躬行贵自持。

欲知孙策性命如何？并至下回再详。

　　陈琳一檄，原是杰作，后世尚脍炙人口，无惑乎曹操之惊为绝倒，一跃而起也。惟他人处此，必怒不可遏，而操独目笑存之，操之所以过人者无他，即此不动声色，处变如常耳！至若关羽既降，立功白马，即决然舍去，羽之义原足以服操，操之信亦足以孚羽，盖不失信于一人，乃足以驭千万人，操固人杰，惜乎其心术不纯，终至播恶也。若孙策之少年盛气，虽若可以有为，而意气未平，卒遭仇人之暗算，或谓其冤杀于吉，被祟而亡。夫于吉亦何能崇策，策之死实受伤于许贡之三客耳。然于吉之戮非其罪，究不得谓策之明刑。古人云："有容德乃大。"如策之度量褊浅，虽天假之年，亦未必能建大功，故舍德论才，吾不能不首推阿瞒云。

第八十回

焚乌巢曹操屡施谋　奔荆州刘备再避难

却说孙策揽镜照形，遂致晕倒，究竟为着何事？原来镜中现出于吉，令策生惊，所以倒地，及经左右舁置床上，竭力施救，方得复苏。自知不能再起，乃召长史张昭等入嘱道："中国方乱，不能遽平，我得据有吴越，地控三江，吴淞江、钱塘江、浦阳江。根本既立，本思与卿等共图大业，不意天不永年，无可挽回，卿等可善辅我弟，静观成败。"说至此，顾见弟权在侧，便将印绶取交，且语权道："决机战阵，与天下争衡，卿不如我；举贤任能，各使尽心，安保江东，我不如卿。卿宜念父兄创业艰难，毋自贻误。"权涕泣拜受，策又与母吴氏，妻乔氏等诀别，瞑目竟逝，年止二十六岁。难为大乔。

权见策已殁，哭倒床前，张昭从旁劝止道："这时非一哭所能了事，应勉承先志为是。"乃使权易服，扶他上马，使出巡军；且率僚属上表朝廷，下饬内外文武百官，照旧供职，周瑜在巴丘闻讣，星夜奔丧，驰入吴会，权令与张昭共掌国事，一面料理丧葬，措置如仪。时权年方冠，各属地未尽服从，幸亏张昭、周瑜，悉心辅弼，招贤求治，始得复安，太夫人吴氏，亦明达事机，在内筹划，诸政毕理。

既而许都遣回张纮，令为会稽东部都尉，且赍奉诏书，授权为讨虏将军，领会稽太守。纮前为孙策所遣，入贡方物，曹操留他为侍御史，差不多有两三年。至袁曹相争，策欲袭许，颇有风声传入都中，自操以下，俱有戒心；独郭嘉料策轻佻无备，必为匹夫所制，未足深忧，果然不出所料，策即殒命。操得策凶耗，便欲乘丧东略。侍御史张纮，谓乘丧非义，倘或不克，反致弃好成仇，不如羁縻为是。名为曹氏，实助孙权。操乃表权为讨虏将军，即使纮东还辅权，劝权内附，纮因此奉诏归吴，权母吴太夫人，因权尚年少，委纮与张昭共事，纮随时献替，知无不言。

周瑜复荐入鲁肃，说他才足匡时，权即引为宾佐。又有琅琊人诸葛瑾，表字子瑜，避乱江东，敏达有识，权亦闻名延入，待若上宾，嗣即令为长史，转中司马。他如汝南人吕蒙，擅长军事，令为别部司马，教练甚勤。会稽人骆统，素孚物望，令为功曹，行骑都尉事。统尝劝权尊贤接士，勤求民隐。下蔡人周泰，寿春人蒋钦，余姚人董袭，庐江人陈武，皆随策有年，转战立功。泰字幼平，曾随权居守宣城，突遇山贼围攻，权几为所害，亏得泰翼权出围，身中数十创，死里逃生，因此权倚若心膂，待遇较优。尚有吴人陆绩，年六岁往谒袁术，术出橘为饷，绩怀藏三枚，至拜别时，橘竟堕地。术笑语道："陆郎来此作客，乃怀橘引去么？"绩跪谢道："欲归遗老母。"术乃叹为奇儿。至孙策在吴，与张昭张纮等共谈武治，绩年少末坐，起身遥答道："管仲相齐桓公，九合诸侯，不用兵车，孔子亦谓远人不服，须修文德，今闻诸公徒尚武力，绩虽童蒙，未敢赞同，还请诸公三思！"名论不刊。说得张昭等俱为动容，策亦另眼相看，后来绩博览群书，兼通历数，事权为奏曹掾，以忠直闻。此外一班旧将，如程普、韩当、黄盖、太史慈等，并戮力辅权，江东基业，得从此渐固了。总叙一段，见得孙权守业，全赖得人之力。

且说曹操既表封孙权，羁縻东方，乃复出临官渡，与袁绍决战。绍屯兵阳武，探得操再出督师，也欲引军前进。沮授进谏道："我军虽众，勇猛不若彼军；彼军虽精，粮储不若我军；彼军利战，我军利守。最好是坚持不动，待至彼军粮尽，不战亦溃，还怕不能制胜么？"绍怒叱道："汝怎得屡沮士心，看我前去破操，再来问汝！"说着，便麾军大出，进逼官渡，择地立营，绵亘至数十里。操亦分营抵御，发兵挑战。绍军锐气方盛，并力杀出，无人可当，曹军招架不住，且战且退，还丧失了好多人马，操亲率精兵援应，方得战退绍军，收军回营。过了两日，整军再出，又复失利，乃还营静守，徐觇敌变。绍却至操营外面，四筑土山，上设高橹，令弓弩手登楼射箭，飞入操营，操兵大惊，慌忙用盾蔽身，尚有数人中箭毕命。操见军心慌乱，忙集谋士商议，想出一种御敌器械，连夜制造，叫作发石车，车中储石，扳机发动，能击空至数丈以上，车既造成，便向着土山，冲击上去，石势激射，毁坏楼橹，绍军无处藏躲，多被打得头破血流，因骇呼为霹雳车。此即后世用炮之滥觞。嗣是绍军不敢登高放箭，操营少安。绍又令军士夜凿地道，欲通操营，操命在营内四面掘堑，环水自固，绍亦计无所施。两下里持至月余，操军渐疲，粮又不继，各将士多有归志，累得操亦踌躇莫决，自思侍中荀彧，留守都中，不如派人往询，令决进退，乃使人赍书致彧。数日即得彧复书，操急忙展览，书中略云：

> 绍悉众聚官渡，欲与公决胜负，公以至弱当至强，若不能制，必为所乘，是天下之大机也。且绍布衣之雄耳！能聚人而不能用，以公之神武明哲，而辅以大顺，何向而不济，今谷食虽少，未若楚汉在荥阳成皋间也。是时刘项不肯先退者，以为先退则势屈也。公以十分居一之众，划地而守之，扼其喉而不得进，已半年矣，情见势竭，必将有变，此用奇之时，不可失也，惟明公图之！

操阅书后，决计不退，但令侦骑四探敌踪。

忽由徐晃部将史涣，拿住绍谍一人，问明敌情，得知绍遣将韩猛，至冀州运粮，即日可至，因报知徐晃。晃转白曹操，荀攸在旁进议道："绍将韩猛，恃勇轻敌，若使良将绕道往击，定可得胜。"操问何人可使？攸即举徐晃。晃亦自愿效力，便率史涣等往截韩猛。猛押粮车数千乘，将到官渡，适被徐晃截住，两下厮杀，倒也是个敌手，不防史涣潜至猛后，放起一把火来，焚毁粮车，遂致猛心慌意乱，拍马返奔。晃驱军杀上，与史涣合烧辎重，数千辆粮车，统化劫灰，乃引兵回报，得操奖叙，自不必说；独韩猛剩了一双空手，回见袁绍，绍即欲斩猛，经众官一再劝解，才得免死。

绍复遣兵运粮，特选大将淳于琼，带领万骑，驻扎乌巢，保护运兵来往。也算惩前毖后，可惜仍遣醉汉。琼领命自去。沮授复入白道："琼出屯乌巢，尚系孤军，未足深恃，可另遣偏将蒋奇，作为支队，巡弋乌巢，既可防操，又可援琼，庶不致误。"绍摇首不答，授怅怅趋出。又由谋士许攸入谏道："操兵本来不多，今悉众拒我，许都必虚，若遣军袭许，幸得攻克，可奉帝讨操，操必成擒，就令未下，亦好使操首尾奔命，破操也不难了！"确是妙计。绍仍然不从。攸尚欲有言，忽由统军审配趋入，报称攸家属犯法，应拘系论罪，绍遂怒目顾攸道："汝不能正家，还敢向我饶口么？"说得攸且惭且愤，奋然出帐，自思与操有旧，径奔操营。操闻攸来奔，跣足出迎，抚掌笑语道："子远肯来，事无不济了！"子远即攸表字，操延攸入座，殷勤问计。攸先说道："我曾劝绍轻兵袭许，首尾夹攻。"操不待说毕，便惊顾道："子远奈何施此毒计？"攸接入道："公不必惊惶，袁绍无知，未肯听我，反将我家属收系，所以背绍来奔。"操喜答道："绍不能用君，怎得不败？"攸复反诘道："公今尚有几何粮饷？"操答言可支一年，攸冷笑道："这怕未必？"操又言足支半年，攸拂袖遽起，向操作色道："公不欲破袁氏么？奈何相欺！攸当告辞。"操忙将攸挽住，低声与语道："军中不便明言，实告子远，军粮只有一月了！"攸又笑道："我料公粮食垂尽了！内无粮草，外无救援，危急在目前了！"操皱眉道："子远既不弃旧交，惠然肯来，应当为我设法。"攸乃说道："绍有辎重万余，屯积乌巢，派淳于琼把守，琼嗜酒无备，公可用轻骑掩袭，焚彼积聚，不出三日，绍军自乱，尚有不败么？"操闻言大喜，优待许攸。

操即选马步兵五千人，密制袁军旗帜，乘夜至乌巢劫粮；留曹洪、荀攸守营，使许攸同住营中；自己披甲上马，带同许褚、徐晃等一班猛将，及五千人马，至黄昏后起行，人负薪，马衔枚，打着袁军旗号，从间道急走，直指乌巢。乌巢距绍营约四十里，淳于琼虽奉令把守，但恃有大营为蔽，自谓无虞。且酷嗜杯中物，喝得酩酊大醉，高枕卧着，四更将尽，陡闻寨外有哗剥声，方才惊醒，起视全营，已是火光四射，如同白昼。慌忙召兵迎敌，兵士皆脚忙手乱，毫无纪律，如何敌得住曹军？曹军四面杀入，捣破琼营。琼尚有三分醉意，气力不加，勉强上马出战，兜头碰见许褚，接住厮杀，约有六七回合，手臂一松，便被许褚劈落马下，部众亦斗死千人，余皆溃散。操令将士焚毁积谷，烈焰熊熊，光彻百里，绍营中亦得瞧着，便有巡兵入报，绍恐乌巢有失，急欲遣将往援。郭图献议道："操军若攻乌巢，寨内必空，我何勿往劫彼寨哩？"绍喜说道："此计甚妙。就使操能破琼，我已拔彼大寨，彼亦穷无所归。"遂命部将张郃、高览，往袭操营。郃进说道："操善用兵，营内必然预备，不如先往救琼，若琼被一破，粮被焚劫，我等俱束手成擒了。"绍答说道："我自有区处，汝等尽管往袭操营，我当遣蒋奇往援乌巢便了。"郃乃与高览同行，才至操营外面，一声号炮，左有曹洪，右有荀攸，各引兵两路杀来，郃与览分头抵敌，尚是不能支持，只好败回。郭图闻信，自愧失计，遂进白袁绍道："郃等以败为喜，不肯效力，现已报称退回。"绍顿时大怒，立派营弁召回二人，从重治罪。营弁驰告郃、览，郃、览俱恐受诛，索性返奔操营，自请投降。曹洪正收兵回营，闻得郃、览来降，疑不敢受。荀攸道："郃等战败惧诛，故来乞降，尚有何疑？"洪乃开营纳入，专待操自来发落。操尚在乌巢，焚粮未尽，正值蒋奇引兵趋至，操军见援兵到来，忙请分兵迎敌。操大喝道："贼至背后，回战未迟！"及蒋奇进攻，乃麾兵返斗，许褚、徐晃，双马突出，夹击蒋奇。蒋奇措手不及，立被杀死，众又骇奔；操也不追赶，但看辎重焚尽，方令将绍兵尸骸，各割一鼻，牛马各割唇舌，引军自归。

到了营中，由曹洪引见张郃、高览。操好言抚慰，留居麾下；并使人将人鼻兽舌，取示绍军。原来为此！绍军汹惧，自相惊扰，操又四布谣言，谓将驱兵攻邺，绝绍归路，绍军疑为实事，纷纷溃归，连绍亦惊惶失措，与长子谭微服跨马，单骑渡河，操接得侦报，督兵追去，已不及擒绍父子。但截住残兵数万，呼令归降，残兵无路可走，无奈降操。操见未出真诚，悉数坑毙。残虐得很！又擒得绍监军沮授，操与授本系相识，令左右替他释缚，授大呼道："我非降将，既已受擒，情愿一死！"操慰语道："本初无谋，不知用君，今丧乱未定，方当与君共图大事，幸毋执迷！"授抗声道："叔父母弟，悬命袁氏，若蒙公惠，速死为福！"操又说道："我若早能得君，天下已平定了！"因厚礼相待，使留帐下。授在营中盗马，仍欲奔还，被操将察出破绽，当即白操。操见授终不为用，方命处斩，仍为礼葬。是笼络士心处。操驰入绍营，见有文书一束，多系都人交通信札，即令一律焚去，且语大众道："当绍强盛时，我尚不能自保，何况众人？"又收得财物等件，尽赏将士，众皆欢跃；惟操营内粮食已尽，绍营中亦无粮可因，乃移军至安民就食，休养疲兵，再图进取。

那袁绍渡河奔归，神色沮丧，走入黎阳北岸屯营，戍将蒋义渠出帐迎接，绍握手与语道："兵败至此，今日当以首领付卿！"义渠力为劝解，并避帐居绍，使得传宣号令，招谕溃卒，兵士稍稍趋集，寻觅父子兄弟，多半散亡。渠且泣且语道："向若从田别驾言，当不至此！"这语为袁绍所闻，绍亦自悔，顾语护军逢纪道："我前日不听田丰，致有此败，我今归去，羞见此人。"逢纪即进谗道："丰在狱中，闻主公败还，抚手大笑，自谓不出所料。"绍大怒道："竖儒竟敢笑我么？"遂遣吏杀丰。丰羁狱已久，由狱吏入报绍军败状，丰太息道："我今死了！"狱吏惊讶道："主公败回，必自悔前事，释君出狱，大加重用。"丰摇首道："军若得胜，主公心喜，或将赦我，今战败自惭，我有何望？"说着，果有绍使到来，传命杀丰，丰因即自刭。人之云亡，邦国殄瘁。是时冀州城邑，相率生贰，绍收集散卒，分道四略，稍得平定。

独刘备南北驱驰，两次投绍，复两次离绍，道出邺城，得与赵云相遇，阔别有年，重复聚首，当然喜如所望。再至汝南招寻刘辟，途中始会见关羽，又是一番悲喜交并。再由羽述及甘麋二夫人，与张飞同住古城。乃亟诣古城相见，夫妇团圆，弟兄欢聚。再加糜竺、孙乾等亲从毕集，仿佛重光日月，再造家乡。好容易过了几宵，备因古城狭小，不堪久住，决计挈家引侣，偕往汝南，四觅刘辟，不见下落；惟刘辟余党龚都，却占住汝南，迎备入城。未几得袁绍败信，备语关张二人道："我见绍外宽内忌，党与纷岐，已料非曹操敌手，前次到了汝南，已欲与绍脱离，适值曹军到来，不得已再往依绍；嗣见绍不听良谋，败亡在迤，我所以再与绍言，叫他南连刘表，乘机乞使，复得南来。绍不必虑，所虑惟操，只恐此地亦未能安居哩!"借备口中，叙离绍始末。正在踌躇未定，便有侦骑入报道：
"曹操部将蔡阳，领兵入境，想是来攻此城。"张飞跃起道：
"我愿去取蔡阳首级!"关羽、赵云亦愿同往，备允他出敌，
三员虎将，连镳并出，不到半日，便取得蔡阳头颅，欣然回
城。备又喜又惊道："我斩蔡阳，操必自至，彼方胜袁绍，锋
不可当，不如径投刘表为是。"张飞道："操果到来，何妨再
战!难道操能必胜么?"关羽却说："频年依人，终非了局，
且待操果亲至，再作计较。"备乃留居汝南，使人专探曹军举
动。过了数旬，果有急报传至，乃是曹操亲督大军，杀奔前
来，备忙令束装起行，张飞还要出战，经备阻止，匆匆带领家
小，及关张赵等将吏，驰出南门，直抵荆州。汝南城内，只剩
了龚都一人，亦知不能拒操，仓皇避去。至曹操到了城下，已
是虚若无人，由他进城，操总算禁止侵掠，出榜安民，当即顺
道还许，与荀彧商议道："我本想渡河灭绍，偏被刘备据住汝
南，拊我背后，不得不移军往讨。今闻备往奔刘表，我意欲乘
势南下，攻取荆州，君意以为何如?"彧答道："袁绍新败，
部众离心，不乘此时略定河北，乃欲移军江汉，倘绍收合余
烬，乘虚出袭公后，公将如何对待呢?"操乃罢议，就在许都
过年。至建安七年正月，复进军官渡，规图河北。

　　袁绍已还冀州，惭愤成疾，吐血不止，顿时惶急了一个继
妻，借着侍疾为名，日夜进言，劝立少子，累得绍益增愁闷，
病势日增。原来绍有三子，长名谭，次名熙，幼名尚，尚为继
妻刘氏所出，面目清扬，为绍所爱。刘氏早请立尚为嗣，绍因
舍长立幼，恐遭物议，特使谭出继兄后，出为青州刺史；当时
沮授等已有异言，绍却向众解释道："我欲令诸子各镇一州，
试验才能，方好择立后嗣。"乃又使次子熙为幽州刺史；独留
尚不遣，还有并州刺史一缺，派外甥高干赴任。至官渡一役，
绍将谭、熙等尽行调集，不幸为操所算，败回河北，命谭、熙

等回镇本州；且令河上各戍营，坚壁勿战。残年将尽，忽病呕血，娇妻爱子，涕泣床前，已是愁上增愁，闷中加闷。谁料曹操又进军官渡，捣破仓亭，急得绍鲜血直喷，昏倒床上；妻子等慌忙呼唤，虽得苏醒片时，但已时气喘声嘶，不能详嘱，少顷间两眼一翻，呜呼归阴！狂费一生心血。绍妻刘氏，亟召入审配、逢纪，托称遗命，立尚为嗣。配与纪皆与谭有隙，情愿事尚，即奉尚主丧，颁谕四州。绍有宠妾五人，并来举哀，刘氏不禁动恼，指挥卫士，把五妾一并杀害；且令髡发毁面，指尸叱骂道："汝等生前献媚将军，恃色邀宠，今在我掌握，教汝死且无颜，免得再去卖俏了！"如此妒悍，安能有后。袁谭闻丧奔至，不得为嗣，很是怏怏。尚使谭为车骑将军，出屯黎阳，并令逢纪监军，谭因黎阳为拒操要冲，请尚拨添重兵，尚但给数千人马，并传语逢纪，催谭速行，遂致谭忍无可忍，索性杀死逢纪，自往黎阳去了。小子有诗叹道：

> 兄弟如何竟阋墙？外兵未入内先伤，
> 追原祸变非无自，乃父贻谋太不臧！

谭至黎阳，正值操军进攻，究竟谭能否敌操？待至下回再表。

曹操处处能用谏，袁绍处处是愎谏，即此已见袁曹之兴亡，不待战而始决耳！况粮饷为行军之根本，军若无粮，败可立待。袁绍一失之韩猛，再失之于淳于琼，用人不明，贤否倒置，是尚能与操争胜乎？刘备能知绍之必败，其智识远出绍上；操亦目备为英雄，故绍败而不急追，反于势孤力弱之刘备，却郑重视之，麋之于汝南之间，使备不得息肩。操之窘备，亦甚矣哉！彼袁绍既自误其身，复遗误其子，身死以后，两子相争，卒致覆祚，以坐跨幽冀之袁本初，反不若奔走南北之刘玄德，善败下亡，卒能创业垂基，与曹氏抗衡终古也！才与不才之判，固如是欤？

第八十一回

守孤城审配全忠　嫁二夫甄氏失节

　　却说袁谭出屯黎阳，才阅数日，即闻曹军杀到。谭手下不过数千人马，如何抵得住大队曹军？只好向袁尚处告急。尚本不欲救谭，只因黎阳一失，关系非轻，乃自率兵往援，与谭共战曹军；连败数次，没奈何闭城固守。另遣河东太守郭援，会同并州刺史高干，共向平阳进兵，意图牵制曹军；且阴与关中将马腾通书，使他遥应。腾颇有允意。司隶校尉钟繇，方出督关中，见七十六回。探闻消息，也亟遣使往抚马腾，极陈利害，并约腾同御敌兵，腾乃遣子超领兵万人，与繇相会。繇即偕超出发，行抵汾河，适值郭援渡河西来。援本为繇外甥，繇专心助曹，不暇顾及私谊，便麾兵急击，掩他不备；校尉庞德，素有勇力，执刀前驱，兜头遇着郭援，当即交锋，不到十合，已将援首级取去。援众大乱，无论已渡未渡，一古脑儿逼入水中，溺死过半；高干闻败，也即退回。庞德携着郭援首级，向繇报功，繇见了援首，不禁下泪。德深为诧异，嗣知繇与援有甥舅谊，复入帐谢罪。繇怃然道："援虽我甥，今为国贼，理应加诛，何故言谢？"繇徒知援为国贼，不知操亦一国贼。徒忠于操，殊不足道。遂驰书告操，请操免忧。操接得捷音，不必西顾，便猛攻黎阳，谭、尚两人保守不住，走还邺城。操督兵追击，刈麦为粮，还想乘胜攻邺，会闻祢衡为黄祖所杀，且喜且愤，召语将佐道："祢衡狂士，我能容受，他人怎肯相寄？我已料他必死了！明是借刀杀人。但衡是由我遣去，黄祖敢杀我使，也是藐我；我总要前去问罪。免致小视。"衡赴荆州，见七十六回。郭嘉即乘间进说道："何不就移讨荆州？"语尚未毕，诸将谓谭、尚将灭，奈何移师？嘉又说道："谭、尚本不相睦，急乃连兵，缓必生变，我正好乘此退去，南向荆州；待他兄弟阋墙，然后再进庶一鼓可灭了。"家必自毁，然后人毁之。操拈须称善。但留部将贾信，屯守黎阳，自率大军还许，搜乘补卒，南攻刘表。表前时接见祢衡，也知衡为北方才士，优礼相待；嗣因衡傲慢不恭，乃遣往江夏，使见黄祖；祖亦慕衡名，命掌文牍。长子射音亦。尤好文辞，尝托衡作《鹦鹉赋》，文不加点，援笔立成，词旨甚是典赡，大为射所赞赏，视衡如宾师一般。后来黄祖在舰中宴客，衡亦与座，酒后抢白起来，衡骂祖为死么，祖性褊急，欲令军士挞衡；谁知衡骂詈不休，惹动祖怒，竟将衡一刀杀死，年止二十六。祖子射，徒跣来救，已是不及；祖亦酒醒知悔，厚加棺殓。但死已无知，有何益处？衡原自取，祖亦贻讥。八字公评。

　　曹操计毙祢衡，反得借衡为名，进攻刘表，正是妙策；军至西平，忽由袁谭遣使辛毗，叩营求见。操召毗入问，毗答言谭尚相攻，谭败奔平原，事关危急，情愿向公投诚，乞公援助；操乃召将佐会议。群下多谓谭、尚衰乱，已不足忧，刘表方强，应趁早平定，免为后患；独荀攸进说道："天下多事，群雄逐鹿；刘表坐拥江汉，不能展足四方，无志可知；袁氏据有四州，带甲数十万，若使二子和睦，共守成业，势且永固不摇；今兄弟构衅，理难两全，我不乘隙相图，待他并合为一，力雄势厚，也难制服，机不可失，幸即移师！"见识高人一筹。操也以为然，允即援谭，遣毗先归，自督兵再至黎阳。谭、尚本同走邺中，及曹操南还，谭意欲追操，请尚举兵相从，尚又觉动疑，不肯依议，谭当然怀愤；再加郭图、辛评两人，在旁捹掇，就不遑后虑，引兵攻尚。尚兵较多，谭兵较少；一场冲突，谭又败走。别驾王修，自青州援谭，谭更欲还军攻尚，修谏阻道："兄弟犹左右手，譬如与人将斗，自断右手，尚能向人争胜么？况兄弟不亲，何人可亲？彼谗人离间骨肉，为害甚大，愿将军立诛谗佞，讲信修睦，自足安内攘外，横行天下！"语亦激切。谭终执定己见，率兵回攻。哪知尚却已赶来，就南皮城外接仗，谭复失利，败奔平原，尚追至平原城下，督兵围攻。郭图等又劝谭降操，向操求救，谭更为所惑，乃使辛毗乞师；待毗既归报，操亦进兵。尚自然得知消息，忙撤围还邺；部下闻操军大至，俱有惧色，吕旷、高翔两将，竟叛尚降操。偏谭谋招致旷、翔，阴刻将军印信，使人赍给二人；二人既诚心归操，反取印白操。操微笑不答，欲知言外意，尽在不言中。且派吏至平原，令为子整说婚，愿聘谭女，谭不敢不从；操又借口乏粮，引军暂退。好狡诈。尚总道是操已还军，可以无虑，但留审配守邺，复督军往攻平原。审配更献书与谭道：

　　配闻良药苦口利于病，忠言逆耳利于行，愿将军缓心抑怒，终省愚辞！盖《春秋》之义，国君死社稷，忠臣死君命，苟图危宗庙，剥乱国家，亲疏一也。是以周公垂涕以毙管蔡之狱，季友啼嘘而行叔牙之诛，何则？义重人轻，事不获已故也。昔先公出将军以续贤兄，立我将军以为嫡嗣，上告祖灵，下书谱谍，海内远近，谁不备闻？何意凶臣郭图，妄画蛇足，曲辞谄媚，交乱懿亲，致令将军忘孝友之仁，袭阋沈之迹，阋伯实沈为高辛氏子，日寻干戈，以相征讨。语见《春秋》《左传》。放兵钞突，屠城杀吏，冤魂痛于幽冥，创痍被于草棘。我州君臣，若拱默以听执事之图，则惧违《春秋》死命之节。且诒太夫人不测之患，损先公不世之业，岂不痛哉？伏惟将军至孝蒸仁，发于岐嶷，友于之性，生于自然，章之以聪明，行之以敏达。览古今之举措，睹兴败之征符，何意奄然沈迷，堕贤哲之操；积怨肆忿，取破家之祸；翘企延颈，待望仇敌，委慈亲于虎狼之牙，以逞一朝之忿。言之伤心，闻者流涕。若乃天启尊心，革图易虑，则我将军当匍匐呼号于将军股掌之上，配等亦当敷躬布体，以听镤斧之刑。如又不悛，祸将及之，愿熟详吉凶，以赐环玦！配再拜以闻。

看官试想！谭与弟尚，已经势不两立，怎肯为了审配一言，幡然变计？于是再向操乞援，催令进兵攻邺，牵制尚军。操原要待谭求救，然后再进，既接谭使，便麾动人马，直指邺城。审配闻操兵复至，急忙整缮守具，为御敌计，一面使武安长尹楷，屯兵毛城，接济粮饷。配将冯礼，阴蓄异志，开门待操，操兵前队千余人，踊跃趋入；才有一小半进城，城上大石如飞，没头没脑的掷击下来，操兵闪避不及，正想退去，猛听得豁喇一声，放下闸板，将门掩住，把操兵内外隔断。操兵陷入城内，约有三百多名，无路可奔，立被守兵围裹，杀得一个不留，连冯礼也因此毕命。原来审配闻变，赶急登城，指挥士卒，掷石下堑，所以操兵虽入，并不慌张，反结果了三百人性命。<small>配亦能军。</small>至操随后赶到，奋怒攻城，但见矢石齐下，无缝可钻，乃令大小三军，绕城驻扎，且攻且围，好几日不能得手；因想出许多方法，筑土山，掘地道，仰瞰俯临，伺隙掩击。那审配却是能耐，日夕严防，一些儿没有疏虞；再加尹楷随时运粮，源源不绝，所以全城镇定，累日坚持。<small>极写审配忍耐，反衬曹操智计。</small>操连攻不下，特留曹洪等围邺，自引兵往击毛城；正值尹楷输粮赴邺，被操在途截夺。大破楷军。又分兵拔邯郸，降易阳涉县，剪去邺城羽翼，仍然还军邺城，索性将土山地道，一律毁撤，专命军士凿堑城外，周围四十里，广约丈许,深只数尺。审配在城上遥望,见他开濠甚浅,不以为意;谁知操计中有计,到了夜间,却使军士掘深濠堑,竟至二丈有余,沟通漳水,灌入城中。配至此悔不早争,误中操计,但已是无及,不得已悉众登陴,聊避洪流;又阅数日,粮食垂罄,饿死多人。可巧袁尚率兵回援,前锋已至阳平亭,距邺城只十七里,探马报入操营,诸将谓尚军驰归,必将死斗,不如避彼锐气,再作计较。操扬言道:"尚若从大道趋至,我当避彼;若由小路至此,心已先怯,一战便可成擒了!"料敌甚明。嗣经探马续报,尚果从小路还援,操大喜道:"我料尚是无能为呢!"遂令曹洪等堵住守兵,自去对敌袁尚。尚已至阳平,就夜间举火为号,遥示城中,城中亦举火相应,两下里得通消息,满望内应外合可破曹军;偏偏待至天明,曹军却杀到阳平,并不闻审配影响。尚将马延张顗,望见曹操势盛,未战先降,他将统皆骇走,尚亦只好返奔;所有辎重器械,尽行抛弃,甚至印绶节钺,亦为操兵所得。操也不穷追,引还邺下。

审配曾出兵城北,想去接应袁尚,适被曹洪截回,退守城中;及操又还攻,将阳平所获物件,取示守兵,兵心大沮。审配尚誓众固守道:"操军已疲,料难久持;且幽州必来相援,何患无主?汝等但坚守死战便了!"操再拟猛攻,正值袁谭遣使辛毗,复来操营,操令毗招降审配。毗至城下,呼配与语,配大怒道:"袁氏兄弟,全由汝兄辛评,与郭图党同挑拨,以致失和,甘召外侮,今汝兄家属已系狱中,他日拿住汝曹,当一并枭首,上谢先君!尚敢向我招降么?"说着弯弓欲射,慌得辛毗连忙退回。原来袁谭去邺时,郭图、辛毗等家眷,俱得随行,独辛评妻子迟走一步,为尚所收,所以系住狱中,无从逃脱;及辛毗返报曹操,操知配决计不降,冒矢督攻,箭彻车盖,指挥如故,入夜不休。审配自守东南隅,令兄子审荣抵御西北;荣不愿坐毙,竟献门迎操,操军当然拥入。配在东南角楼上，遥见西北失守，亟遣人驰诣狱中。杀毙辛评全家，自率残兵下城巷战，战到兵尽力穷，倒地受擒。时辛毗入救兄家，已嫌太晚，回到操营，巧巧碰着审配，被兵士押解过来，冤家相见，格外眼红，即举起手中马鞭，乱挞配首道："死奴也有今日么？"配亦反詈道："狗辈破我冀州，恨不诛汝！"及入见曹操，操颇怜配忠壮，有意劝降。乃故意问配道："汝知献门为谁？"配答言未知。操说是审荣所献，配愤愤道："儿辈无行，乃竟至此！"操又说道："孤至城下督兵，何箭多乃尔？"配厉声道："恨少恨少！"操尚慰语道："卿为袁氏尽忠，不得不然；今已成擒，还有何说？"配直答道："城亡与亡，何必多言？"语可屈铁。操犹豫未忍，辛毗在旁号哭道："兄家一门遭戮，乞速杀此贼，借慰冤魂！"配瞋目视毗道："汝为降虏，配作忠臣；生不如死，可速杀我！"操方令左右牵出，置诸死刑。配叱刑士道："我主在北，不应南面受诛！"乃听令北向引颈受戮。虽死犹生。操命将遗尸棺殓，茔葬城北，然后出营入城。

　　次子曹丕，年方十八，随父从军，当即跃马先驱，径诣府舍；府中已由操兵监守，见了曹丕进来，当然让入。丕提剑下马，径入后堂，但见一中年妇人，兀坐垂泪，膝下有一少妇跪着，用首枕膝，乱发蓬头，作颤动状；丕瞧入眼中，见少妇发光可鉴，已是动情，遂按剑问道："汝等为谁？"中年妇人答说道："我为袁将军妻刘氏。"又用左手遮少妇玉颈，右手指着道："这是次男熙妻甄氏，年轻胆怯，幸乞垂怜！"妒妇也不能不丢脸了。丕和颜道："既系刘夫人，我当代为保全；可令新妇举头，不必惊慌。"刘氏乃推起少妇，嘱令道谢。不留心注视，已哭得花容狼藉，脂粉模糊，但一种娇羞情态，已是欲盖弥彰，动人怜惜；当下揽袖近前，替她拂拭，一经去垢，露出庐山真面，端的是桃腮杏脸，妖艳绝伦。烈妇被人牵臂，且断腕全贞，熙妻任令曹丕拭面，其不贞可知。丕即自述姓名，叫她放心，刘氏闻是曹操世子，忙令甄氏下拜检衽，且与语道："此后可不至忧死了！"总教人尽可夫，何致遽死？甄氏含羞拜毕，偷觑丕容，正是一位翩翩少年，英姿潇洒，仪表风流，不由的勾动芳心，含情脉脉。丕痴立多时，忽听外面人声嘈杂，乃掉头趋出，往迎乃父；适曹操已入府厅，升帐上坐，问及袁氏家属，丕抢步上前道："袁家只有姑媳两人，尚存内室，狼狈相依，幸乞怜恕！"操点首道："我与本初起兵讨逆，誓同患难，不幸为好不终，致兴兵革；如果全家投顺，应该一视同仁，何况妇女呢？"奸雄狡词。这数语正中曹丕心坎，便入内引出袁氏姑媳，使见曹操。操见甄氏花貌雪肤，也为叹赏，便问刘氏道："汝家如何止留二人？"刘氏答道："子妇等并皆远出，惟次媳愿侍妾身，所以尚留在此；现蒙世子曲意保全，实为万幸。"操已闻言知意，旁顾曹丕，见他两目钉住甄氏，几不转瞬，益知丕暗里寓情，遂嘱丕引还二妇，安心居住；一面下令安民，豁免租赋一年，百姓自然喜悦，相率安堵。操遂置酒高会，宴集将佐，就是袁氏姑媳，也并馈酒肉，一例看待。将佐饮毕，均向操申谢，独许攸醉意醺醺，顾操大言道："阿瞒若非我相助，恐未能坐得此州！"操不禁动怒，强颜为笑道："汝言亦是，当录汝首功！"攸狂笑自去。死期将至，还在梦中。操复上表奏捷，有诏授操为冀州牧，操拜受诏命，愿将兖州让还。将佐俱入帐道贺，惟曹丕却尚怏怏。俗语说得好："知子莫若父。"当由操使人作伐，愿娶熙妻甄氏为子妇，刘氏不敢不从，商诸甄氏，也无异言，当下就府舍为礼庐，择吉成婚。待至洞房合卺，并蒂谐欢，柳絮随风，轻狂乏力，桃花逐浪，含笑无言；两口儿枕席绸缪，不消絮述。只委屈了幽州刺史袁熙，叫他去做死乌龟，未免不甘。还有将作大匠孔融，已调任大中大夫，闻得操为子娶妇，就是袁熙妻室，因戏致操书道：

"昔武王伐纣，尝以妲己赐周公，想明公有心希古，敢不拜贺？"操得书后，还道融博学多闻，定有所见。后来与融晤谈，问及前书来历，融笑答道："这是由愚衷揣度得来，当时武王明圣，谅不致戮及美人，赐与周公，岂不是两美相谐么？"语足解颐，可惜招尤。操方知融语带讥嘲，蓄恨谋害，事见下文。

　　且说曹操既得冀州，复想并吞幽并诸州；幽州刺史高干，闻风纳款，自请归降，操仍令干守原职。会闻袁尚窜入中山，为谭所攻，复走幽州，谭收得尚众，还屯龙凑，有自主意；乃遣使赍书责谭背约，与他绝婚，当即出兵进击。谭不能敌操，退保南皮；操追至城下，围攻了一两月，尚未能拔。时已为建安十年正月，腊尽春来，残雪初霁，操为议郎曹纯所激，亲执枹鼓，促兵登城，兵士奋力直上，搴旗斩将，齐集城楼。谭下城出走，甫离北门，突被曹洪截住，心慌力怯，由洪大喝一声，劈落马下；郭图、辛评尚在城内，俱为操军所擒，操命把郭图斩首，但将辛评贷死。青州别驾王修，正从乐安运粮回来，得知谭已被杀，便下马号哭道："无主何归？"乃径诣操营，乞收葬谭尸；操嘉修忠义，准如所请，仍使修至乐安运粮。乐安太守管统，不肯降操，操嘱修取统首级，修不忍杀统，执统诣操，代请赦罪，操也即依从，且留修为司空掾。郭嘉劝操延揽名士，借孚众望。操因随处招致，但有才艺可称，即辟为掾属，独不赦袁绍记室陈琳，悬赏购缉，竟得擒来。小子有诗叹道：

　　　　下笔千言气亦雄，冀州一破术皆穷；
　　　　若非曹氏怜才切，颈上难逃剑血红。

　　欲知陈琳性命如何，容至下回表明。

　　审配为袁氏旧臣，始不闻以立长之经劝袁绍，继不闻以友于之义谏袁尚，亡袁之咎，配亦难辞；但观其誓守孤城，死不降曹，亦有足多者。本回于配之守邺，叙述独详，盖即善善从长之意，不忍没其忠也。独于甄氏之再适曹丕，却未肯下一曲笔，可褒则褒，可贬则贬；古称妇人从一而终，夫死尚当守节，胡为袁熙未亡，甄氏即背夫改适耶？至若曹丕之霸占人妻，与曹操之妄纳子妇，皆为名教罪人，贬甄氏，正所以贬操、丕也。人情孰不贪生而恶死，况属妇人？而迫命改醮者，实由操、丕，操、丕之不道可知矣。

第八十二回

出塞外绕途歼众虏　顾隆中决策定三分

却说陈琳被曹军擒住，解至操前，操盛怒相待；及见琳温文尔雅，不禁起了怜才的念头，即霁颜问琳道："卿前为本初作檄，但可罪状孤身，奈何上及祖父呢？"琳答说道："箭在弦上，不得不发，公今罪琳，琳亦知罪了；活琳惟公，杀琳亦惟公。"操听了琳言，怒意益平，遂赦免琳罪，使与陈留人阮瑀，同为记室。袁氏旧臣崔琰，曾劝绍守境述职，不宜用兵，绍不肯听，终败官渡；后来谭、尚交争，各欲用琰，琰托疾并辞，为尚所囚，亏得陈琳营救，才释归河东；至是琳与操说及，操遂召琰为别驾从事。琰应召到来，操与语道："孤查本州户籍，可得三十万甲兵，故向称大州。"琰从容道："今天下分崩，九州幅裂，二袁兄弟，日寻干戈，冀民暴骨原野，未闻王师布德，存问风俗，救民涂炭，乃先估计甲兵，似非敝州士女想望明公的本意，望明公见察！"操乃改容称谢，视若上宾，使为世子丕师傅，留居邺城。不为丕求淑女，虽有贤傅，恐亦寡效。自己部署人马，欲往攻幽州；忽由袁熙部将焦触、张南，使人投递降书，内称慕风归义，已将袁尚、袁熙，逐奔乌桓，特此报闻；操当然大喜，特派吏宣慰，表封焦触、张南为列侯。已而并州刺史高干，举兵守壶口关，复与操绝；操遣部将乐进、李典，率兵往攻，多日不下。河内人张晟，河东掾卫固、范先等，又纠众应干，转寇渑崤间；操用荀彧计，议调西平太守杜畿，为河东太守。畿抵任后，阳与固先联络，暗中却解散叛众，使不相连；再由操遥结马腾，使击固先，里应外合，便将固先擒斩，再移兵讨灭张晟，河东复安；独高干据住并州，负嵎如故。建安十一年正月，操亲率大军，出击壶口关，围攻至两月有余，关上守兵，不堪疲敝，因开关纳入曹军。高干闻壶口失守，无险可恃，不得已留吏守城，自诣匈奴求救。匈奴久已服汉，不愿与操构衅，当即拒绝高干。干率数骑驰回，途次闻知并州降操，害得无家可归，乃南奔荆州。道过上洛，被都尉王琰截住，斩首献操，并州又为操有了。袁绍属地，至此悉亡。先是山阳人仲长统，游学至并州，得干优待，屡问世事，统直答道："君具有雄志，惜乏雄才，也知好士，未能择贤；愚颇为君代虑，愿预先戒慎，勿务高深！"干闻言不乐，微露愠意，统即辞去；及干已败死，果如统言。荀彧素知统才名，特举为尚书郎，操便即引用。操复顺道东略边疆，黑山豪帅张燕，率众十万人来降，受封列侯；独海贼管承，不肯归附。操使李典、乐进为先锋，击走承众，承窜入海岛，操乃还师，至邺城度过残冬。经春行赏，奏封功臣二十余人为列侯，且特陈荀彧功状，彧已受封万岁亭侯，至此更增封千户；又欲进爵三公，彧使荀攸再三辞让，方才停议。操尝谓忠正密谋，抚宁内外，莫如文若，次为公达。文若即荀彧字，公达即荀攸字。彧封侯后，攸亦得封陵树亭侯，叔侄并荣，一时称最。操且将爱女嫁彧长子，联为姻娅，好算是相得益欢了。彧妻为中常侍唐衡女，今得操女为子妇，比妻尤荣。

　　且说袁尚、袁熙，奔往乌桓。乌桓部酋蹋顿，为故王印力居从子，占住辽西偏隅，素与袁氏相往来，袁绍曾立他为单于，使家奴冒充己女，遣嫁蹋顿，蹋顿未知真假，遂认绍为妇翁，聘问不绝；及尚熙往奔，当然迎纳，拨众相助，使复故土。早有幽州边吏报达曹操，操便拟北伐，先凿平虏、泉州二渠，作为运道，然后指日出师。诸将皆有疑议，或谓尚、熙垂亡，蹋顿未必为用；或谓大军北征，刘表、刘备，将乘间袭许，不可不防。独郭嘉与操同意，排斥众议道："袁氏厚待乌桓，蹋顿不忘旧惠，必为效力；若袁尚兄弟，号召华夷，大举入寇，青、冀、幽、并随在可危；彼刘表不过一坐谈客，自知才不足驭刘备，未肯重任，备亦未必乐为表用，两人异心，断难成事，公虽虚国远征，亦可无忧，但放心前往便了。"操因即起行，既至易城，欲下令休息，郭嘉又进议道："兵贵神速，况千里袭人，更宜掩彼不备，最好是留住辎重，只令轻骑速进，猝临乌桓，必可破虏，愿公勿疑。"操接说道："卿言甚是。但北路崎岖，无人引导，却也难行。"嘉又答道："公若留心访察，何至无人？"操如言探访，果得右北平人田畴。畴曾为幽州牧刘虞从事，虞为瓒所杀，畴适自长安北还，哭祭虞墓，险遭拘戮，嗣有人替他解免，始得脱归；见前文。袁绍灭瓒，遣使招畴，授将军印，畴辞不就。操使传命，一召即来，当由操延入谘问，畴直答道："畴志不在官，所以愿见明公，实因乌桓不道，害我乡贤，畴早思往讨，苦未能逮；今得公北征，为民除害，畴敢不前来，勉献刍言？"操相见恨晚，即拜畴为蒩县令，畴不愿就职，但引操军进次无终。时方溽暑，大雨时行，海滨污下，泞滞不通，虏众又分扼蹊径，无路可通，操乃复向畴问计，畴献策道："此路原未易交通，水浅时不通车马，水涨时不载舟船，若要向前进兵，处处为难，惟旧北平郡治在平冈，道出卢龙，可达柳城；自从建武以来，行人稀少，尚有一径可通，今虏众无知，总道大军就此北进，但教守住要口，便可无虞；若使改道从卢龙口，潜越险阻，直捣虏巢，蹋顿虽强，不怕不为公所掳了。"操自然乐从，扬言退军，且在路旁署木为表，上刻数语道："今当夏暑，道路不通，且俟秋冬，乃复进军。"欺虏已足。随即令田畴为向导。

改从卢龙口进兵，堑山堙谷，潜行五百余里，乃通白擅，历平冈，涉鲜卑庭，东指柳城。蹋顿得侦骑还报，总道操军已退，不必严防；偏操军悄悄进行，距柳城仅百余里，才得闻知，当下仓皇部署，带同袁尚兄弟，领数万骑，出截操军。操正抵白狼山，与敌相遇，遥见虏众甚盛，部下多有惧色，操登山望虏，顾语部将张辽道："虏众不整，虽多无益，卿可为我先驱擒虏！"辽应声下山，当先突阵，许褚、徐晃、于禁等，随后继进，立将敌阵捣破。蹋顿正在惊惶，不防张辽杀到，兜头一槊，刺落马下，眼见得不能活命了。尚、熙早知曹兵厉害，又见蹋顿落马，慌忙返奔，虏众大溃。操下令招降，胡汉兵民，先后投诚，共得二十余万口；遂整军驰入柳城，表封田畴为亭侯，畴向操固辞，操乃中止。嗣探得袁尚兄弟，奔投辽东太守公孙康，诸将请进击辽东，操微笑道："不必不必！尚与熙自投死路，管教康送首到此，还费甚么兵力呢？"大众将信将疑，操却分兵屯守柳城，自率诸将还师。将士伤亡无几，只郭嘉不服水土，竟至得病，返至易城，病重而亡，年只三十有八；操亲为祭奠，哭泣尽哀，荀攸等从旁劝解，操与语道："诸君年龄，与孤相等，惟奉孝最少，我欲托彼后事，不期中年夭折，岂非云命？"乃表述嘉功，请加封谥，嘉已受封洧阳亭侯，至是复追增封邑八百户，予谥曰贞，令子郭奕袭爵。正拟由易还邺，忽由辽东遣使到来，献上首级二颗，一是尚首，一是熙首，未知甄氏闻之，曾否泪下。诸将俱服操先见，但尚未知操如何料着，因齐声问操，请操析疑。操笑说道："公孙康素畏尚熙，今尚熙穷蹙往投，我若急击，彼且并力拒我，惟我已退兵，免彼后虑，彼乐得杀死尚熙，向我示惠，这是情理上应有事件，诸君但未细思哩！"众将方皆拜服。

究竟公孙康杀死尚、熙，是何意见，应该就此表明：康父名度，本系辽东人氏，由董卓举为辽东太守，乘乱自主，号称辽东侯，领平州牧；东伐高句骊，西击乌桓，又越海收东莱诸县，独霸一方。操因辽东路远，但欲奉诏羁縻，拜度为武威将军，封永宁乡侯，度怒说道："我已自王辽东，还要甚么永宁乡侯？"遂将所赐印绶，搁置武库中。既而度死康嗣，就将永宁侯封，转给弟公孙恭。袁绍据冀州时，尝欲并吞辽东，未得如愿；及尚、熙败走，途中私相谋议道："我兄弟为操所攻，致失四州，今不如投奔公孙康，康若出见，就好把他格毙，得了辽东，尚可借地容身哩。"四州且一并失去，还欲窥伺辽东，真是妄想。不意公孙康比他狡诈，待至二人报到，预先埋伏甲士，然后延令入见。二人佩剑进去，才至中门，便由甲士突出，把他抓住，连拔剑都来不及，只好束手受缚，牵置门外。时已初冬，塞外早寒，尚为风所吹，求给坐席，熙怅然道："头颅且远行万里，要席何用？"爱妻已向人送暖，自可死心塌地。果然席不得给，反赠他一碗刀头面，同时毕命，康即将两首献入曹军。操表封康为襄平侯，拜左将军；并将尚首悬竿示众，下令敢哭者斩。袁氏故吏牵昭独设祭举哀，操却叹为义士，举作茂才；田畴也往吊祭，操亦不问，不顾前令，全是奸雄手段。惟仍欲封畴为侯，畴以死自誓，决不就封，但挈家族三百余人，随操同返邺中。操见畴志决词坚，乃不予封邑，使为议郎；何不并议郎辞去。一面养兵蓄锐，再图南略。会闻荆州牧刘表，遣刘备出屯新野，为北伐计；乃遣部将夏侯惇、于禁等，率兵万人，南行拒备。备自汝南奔依刘表，光阴易过，倏忽五年。建安六年九月，备奔荆州，此时已建安十二年了。曹操北攻袁氏，即劝表乘虚袭许，表素无大志，不愿远图。果不出郭嘉所料。及袁氏败亡，操回邺城，表复觉生悔，乃邀备与宴道："前日不用君言，坐失机会，很觉可惜！"备反慰语道："今天下分裂，干戈四起，前失机会，怎知日后不得再逢？但教后此毋误，就不必追恨了。"话虽如此，心中总不免惆怅。少顷起座如厕，自视髀肉复生，不觉潸然泪下，回至席间，面上尚有泪痕，为表所见，向备诘问。备实告道："备尝身不离鞍，髀肉皆消，今久不骑马，髀里肉生，日月如流，老已将至，功业却毫无建树，所以不能无悲呢！"表乃遣备出屯新野，备宴毕即行。既至新野，得与颍川人徐庶相遇，延为宾佐，凑巧操将夏侯惇、于禁，引军来攻，庶为备划策，自烧屯粮，出城南走；惇与禁疑备怯战，麾兵急追，不意伏兵四起，掩击一阵，杀得夏侯惇等七零八落，收拾残众，逃回邺中。

备复至新野，待庶益厚，庶语备道："南阳有诸葛孔明，世称卧龙，将军亦愿相见否？"备忙说道："既有这般名士，怎不愿见？但比君才何如？"庶答说道："孔明尝自比管仲、乐毅，如庶不才，怎得相拟？"备又说道："君既与彼相知，请即劳君一行，邀与俱来。"庶摇首道："此人可就见，不可屈致，将军宜枉驾相顾，或可出来预谋；否则虽厚礼招聘，恐卧龙未必出山呢。"备听了庶言，乃留庶与赵云等守城，自偕关张二人轻车简从，径往南阳。一时访不着孔明，只遇一襄阳名士司马徽，两造叙述姓名履历，才知徽字德操，隐居不仕。备虽与徽初次会面，但见他道貌清癯，料非庸俗，因叩问世事，并乞相助，徽答语道："山野鄙夫，未识时务，识时务须求俊杰，此间有伏龙、凤雏，皆济世才，得一人便可定天下。"备问伏龙、凤雏，姓甚名谁？徽答称诸葛孔明、庞士元。备即说道："此来正欲访卧龙先生，可惜未遇。"徽答说道："卧龙高卧隆中，若果诚心相访，当肯出见，幸勿轻视此人。"备唯唯谢教，方才告别。越日又往隆中，访问孔明。隆中系是山名，在襄阳城西二十里，为南阳属地。孔明名亮，本系琅琊郡阳都县人，就是故司隶校尉诸葛丰后裔，父珪早卒，亮与弟均随叔父玄，徙居南阳。玄与刘表有旧，旋亦病殁，亮遂就隆中结一草庐，躬耕陇畔，好为《梁父吟》。平居与博陵

人崔州平，汝南人孟公威，颖川人石广元，常相往来；就是徐
庶，亦与为知友。徐庶等学务精纯，惟亮独持大体，尝与庶等
晤叙道："君等出仕，可至刺史郡守。"及庶等问亮志趣，亮
微笑不答。自命不凡。他知刘备过访，未肯遽见，第二次复谢
绝，直至备三次枉顾，方才出迎。备见亮身长八尺，貌秀神
怡，头戴纶巾，纶音关。身披鹤氅，飘飘然如神仙中人，不由
的肃然起敬，便向亮拜手道："久闻先生大名，如雷贯耳；前
已两次晋谒，留告姓名，今日得蒙接见，不胜荣幸。"亮从容
答礼，亦自道歉衷，彼此谦逊一番，各归坐位。备始自述本
意，请亮出山，亮推辞道："索性愚野，无志功名，将军如忧
国忧民，还请另访高士。"备慨然道："德操、元直，并极称
扬，先生不出，如何安国？如何定民？"亮乃笑问道："将军
意欲如何？"备移坐密告道："汉室倾颓，奸臣窃命，主上蒙
尘已久，备不度德量力，欲为天下声明大义；只恨智浅术短，
迄无所成。惟私心耿耿，不甘作罢，所以敬候先生，幸乞赐
教。"亮因说道："自从董卓构乱以来，豪雄并起，跨州连郡，
不可胜数；曹操比诸袁绍，名微众寡，乃竟并吞袁氏，转弱为
强，虽赖天时，亦借人谋。今操已拥众百万，挟天子令诸侯，
此实不可与争锋；孙权据有江东，已历三世，国险民附，贤能
乐为彼用，根基已固，不可轻图，只能与他结好，恃为外援，
荆州北据汉沔，利尽南海，东连吴会，西通巴蜀，自古称为用
武之地，主不得人，决难坐守，天今留待将军，将军可有意
否？还有益州险塞，沃野千里，向号天府，高祖尝得此以成帝
业；今刘璋暗弱，张鲁在北，民殷国富，不知存恤，草野智
士，望得明君。将军为帝室世胄，信义著闻四海，总揽英雄，
思贤如渴，若跨有荆益，保守岩阻，西和诸戎，南抚夷越，外
结孙权，内修政治，待天下有变，可命一上将，自荆州出向宛
洛，将军自率益州众士，出向秦川，百姓必且箪食壶浆，欢迎

将军，岂不是霸业可成，汉室可兴么？"规划分明，了如指掌。
备喜答道："先生所言，足开茅塞，但愿不弃庸陋，出山相
助，俾备得随时领教。"亮又推让道："将军雅意，本当敬从，
但亮疏懒已久，恐多废事，未敢应命。"备黯然道："先生具
此大才，不肯为备屈驾，备原不幸，汉且垂亡。"说至此，语
带哽咽，竟至泪下。肝胆如揭。亮不禁感激，因即允诺。备乃
命关张入拜，留赠玄纁束帛，亮不肯受，经备再三诚恳，方才
收下。亮有妻黄氏，为沔南耆士黄承彦女，发黄面黑，才德独
优，亮不嫌丑陋，竟纳为妇。南阳人有谣言云："莫作孔明择
妇，止得阿承丑女。"亮听人嘲笑，独谐伉俪，毫无闲言。梁
孟以后，应推诸葛夫妇。至是令弟均，奉嫂家居，自与刘关张三
人，同至新野，当由徐庶等接入，故人聚首，当然相亲；徐庶
走马荐诸葛，出自罗氏《三国演义》，按《蜀志·诸葛传》中，庶尚留
新野，未曾诣操，今从之。备更待亮若师，情好日密。关张二人，
颇有疑议，备独与语道："我得孔明，仿佛如鱼得水，幸勿复
言。"关张乃止。可见得才如诸葛，唯刘备方能揽用，自是君
臣相得，言听计从，三分天下的政策，就此开始了。小子有诗
咏道：

　　茅庐三顾感情真，前席才将伟略陈；
　　未届壮年才冠世，知公不是等闲人。
　　亮出山时，年方二十七岁。

过了数日，备与亮方商议整军，忽由刘表遣人致书，邀备
至荆州议事。欲知备曾否应召，且至下回再详。

　　田畴不肯事袁绍，独于曹操之北伐，一召便来，
虽为乡里报怨，愿诛蹋顿，然蹋顿为汉虏，操亦一汉

贼耳。就使蹋顿可诛，而袁氏二子，不应迫之同毙！
畴曾得袁氏之征辟，知己之感，宁独无之？岂可因前
日之未往，即视袁氏如眼中钉，必歼灭之而后快乎？
然则袁尚兄弟之毕命，下手者为公孙康，实则畴实使
之。吾不知畴何憾于袁氏，何德于曹操也。及尚首揭
竿，向之吊祭，侯封所及，誓死固辞，此特矫情干誉
之为，有识者固已齿冷矣。必如诸葛孔明之隐处南
阳，不屑轻出，待至刘备三顾，勤勤恳恳，方效驱
驰，名士之出处，如此慎重，岂田畴辈所得望具项背
乎？三国人才众矣，如孔明者，其固超类轶群哉！

第八十三回

入江夏孙权复仇　走当阳赵云救主

　　却说刘备接得荆州来书，即与诸葛亮商议行止，亮答说
道："想是因黄祖败死，故请将军，往议抵御东吴，将军不妨
前去，亮愿随行。"备闻言甚喜，便偕亮出城，同诣荆州。看
官欲知黄祖败死情形，还须从源至委，补叙一番。先是孙权继
承先业，安踞江乐，见七十九回。曹操恐权强盛，责令遣子入
侍，为抵质计。权与张昭等会议，犹豫未决，独周瑜入白吴太
夫人，极言送质非计，吴太夫人乃嘱权道："公瑾与伯符同
年，相差只有一月，我视公瑾如子，汝当事公瑾如兄，不得违
议！"慧眼识人。权唯唯受教，遂不应操命。惟权弟孙翊，出任
丹阳太守，好酒渔色，未洽众心；督将妫览，郡丞戴员，尝为
翊所责，阴怀不平，密与翊亲吏边鸿结为心腹，有害翊意。可
巧孙权为父报仇，出攻黄祖，览、员两人趁势发作，嘱使边鸿
行刺，适丹阳属县令长，诣郡大会，翊出见后，送客至门，被
鸿在后刺死。翊妻徐氏，秀外慧中，颇善数理，曾卜得一卦，
爻象大凶，劝翊不宜会客，翊不听妻言终遭奇祸；徐氏抚尸大
恸，并饬将佐等速拿凶手。妫览戴员，便将边鸿拿住，不待问
讯，当即处斩。览遂入居军府中，强取翊家姬妾，及左右侍
御；并因徐氏姿色可人，亦思占为己妾。徐氏阳为许诺，但言
须俟至晦日，设祭除服，方可成婚；暗中却召入旧将孙高、傅
婴，授与密计。到了晦日，设祭堂上，尽哀易服，沐浴熏香，

浓装艳裹，好象另做新人模样，且派侍婢出室邀览；览喜如所望，也即盛服进去，徐氏从容迎入，待览坐定，一声暗号，突出孙高两将，双刃并举，刜落览首；一面伪传览命，邀员入宴，也即处死。徐氏再着丧服，持得两贼首级，往祭翊墓，军士方共称为智妇。实是烈妇。孙权在椒邱闻报，急回丹阳，见二贼已经授首，索性尽诛逆党，擢孙高两人为牙门将，令守丹阳；接归徐氏，及孤儿松，厚加抚养，保全节孝。独权母吴太夫人，悼翊非命，积哀成疾，奄忽一两年，终至不起，弥留时召见张昭等，托付后事，悠然而逝。权依礼丧葬，守制逾年，复议往伐黄祖。还有少年都尉凌统，因父操从征江夏，为黄祖部将甘宁射死，志在复仇，自请冲锋效力；权即亲督军马，克期出发。适由都尉吕蒙，引一降将进见，问及姓名，就是凌统仇人甘宁，表字兴霸，他本巴郡临江人，少好游侠，杀人亡命，奔走江湖间；后来折节读书，往投刘表，表不能用，因是东行入吴。道出夏口，被黄祖留住军中，一再立功，不见重赏，祖部下军将苏飞，替宁保举，反为祖所呵斥，飞乃更为设法，调宁为鄂县长，使他自图去就，宁始得脱身入吴。因恐前时射杀吴将，求荣反辱，故先见吕蒙，探问凶吉，蒙一力担承，决无他害，乃引宁见权。权亦开诚相见，谈及江夏情形，宁进策道："今汉祚日微，曹操擅权，必为篡窃。荆南为操所必争；刘表素无远虑，诸子又劣，万难保守，将军若不早图，恐操将捷足先得了！今请先取黄祖，祖年已昏耄，专嗜货利，不修战备，有船无兵，有兵无律，将军往攻，必能灭祖；祖既破灭，鼓行西进，楚关一下，巴蜀亦可规取了！"宁策恍似诸葛孔明。权大喜道："复仇雪恨，就在此举呢！"权志但在复仇上，故下文得半而止。当下命周瑜为大督，率同吕蒙、董袭、凌统诸将，充作先驱，即使甘宁为前导，溯江上行。至沔口前面，有两大艨艟，挡住要隘，鼓声一响，艨艟中千弩齐发，箭如雨集；吴军不得前进，董袭、凌统，分募敢死士各百人，令被重甲，乘舟执刀，冒矢冲入，斫断艨艟缆索，艨艟分流，吴军便得大进。黄祖忙令都督陈就，带领水军，鼓棹迎战，被吕蒙、甘宁等，一阵驱杀，就军大败，蒙亲枭就首，进攻江夏，祖将苏飞，开城出战，又为所擒；黄祖挺身出走，由吴军追杀过去，斫死祖身，取首报功。于是周瑜、孙权，先后入江夏城，函盛祖首，拟归祭孙坚墓前；尚有一函制就，将盛苏飞首级。飞向甘宁求救，宁传语道："彼若不言，宁岂忘心？"会权为诸将犒劳，置酒大会，宁下席泣拜道："宁若不得苏飞，早死沟壑，怎能效命麾下？今飞罪当夷戮，乞将军开恩一线，为宁赦飞！"以德报德，不愧义士。权动容道："今为卿赦飞，飞若逃去，卿肯受责否？"宁又答道："飞已蒙赦，感恩不浅，还肯逃走吗？如果逃去，宁头当代入函中！"权乃命将飞释出槛车，且召令与宴。飞入谢权恩，正欲随宁就坐，忽席间有一人跃起，拔剑出鞘，竟刺甘宁，宁慌忙趋避，连苏飞亦窜一隅；诸将忙起座拦住。权亦起身惊视，仗剑的，并非别人，就是凌统，因即出言劝解道："兴霸射死卿父，彼时各为其主，不得不尔；今同聚一堂，只好不念旧仇，愿卿息怒！"统叩头大哭道："父仇不共戴天，统岂可与仇人共席？"说得权也为唏嘘，因令宁领兵五千，带着苏飞，出屯当口，宁拜谢自去，席亦遽撤。权未免扫兴，掳得男女万余口，班师径回。

这时候正是刘表着忙，邀入刘备同议拒吴，诸葛亮早已料着，劝备模糊对付。备见了刘表，只言宜详探军情，再图抵敌。表因使人再探，返报权已回军，表乃放下了心；但邀备与宴，酒至半酣，表叹息道："我年已老，诸子又皆不才，看来我死以后，此州非君莫属了！"备惊起避席道："公何出此言？备怎敢当此重任？况公子皆贤，幸勿过忧！"表再欲有言，听得屏后有环珮声，乃不复出口。备亦从旁窥透，起身告辞，退至客馆，与亮述及，亮笑语道："将军何不承认下去？"备摇首道："景升刘表字。待我颇厚，我若夺彼位置，岂非薄情？我决不忍出此！"亮喟然道："将军仁厚过人，但恐将来多费谋力了！"料定后文。正谈论间，外间来了表子刘琦，因即延入，琦说了几句套话，便请屏人密谈。亮不待备命，立即趋出。琦乃向备泣拜，悄悄的谈叙片时，备眉头一皱，计上心来，因与琦附耳数言，琦始别去。原来琦为刘表长子，少年失恃，表娶继室蔡氏，生子名琮，蔡氏因琦非己出，常劝表舍长立幼，且并娶侄女为琮妇。表溺爱后妻，免不得被他人蛊惑，所以立嗣问题，始终未定。这位蔡夫人，又硬要干政，每遇表会见宾客，往往隔屏窃听，所以备入宴时，有环珮声，传出外庭，便是蔡氏私听秘言。释明上文。琦年已长成，恐为后母所害，日夜危疑，因此向备求计。备嘱他转问诸葛，又知亮小心慎重，未肯代谋，乃特为设法，令琦照行。次日备佯称未适，使亮答拜刘琦，琦延入密室，自述苦况，求亮指教。亮默然不答，琦乃邀亮游览后园，共上高楼，琦复长跪求计，亮尚辞谢道："这乃公子家事，外人怎敢与谋？"说着便欲下楼，哪知楼梯已经撤去，此非亮中备计，实防外人窃听，故有是举。琦复哀请道："今日上不至天，下不至地，言出君口，但入琦耳，先生奈何尚未赐教？"亮乃低语道："公子应阅史事，独不闻申生在内而危，重耳在外而安么？"这两语将琦提醒，当即拜谢，便取梯接楼，送亮出去。亮返告刘备，备已知秘计，就拟向刘表辞行，凑巧表复来邀备，备闻召即入。表蹙额道："江夏重地，必须得人接守，我欲遣长子往镇，未识可否？"备已知琦从中运动，因即怂恿道："黄祖性暴，所以致祸，长公子宽厚仁恕，必能爱民，况有亲子弟为外藩，更足免虑，又何不可？"表又说道："闻曹操在邺中整兵，意将南下，如何是好？"备即答道："备愿出屯樊城，幸请免忧！"表当然乐允。

备即起辞，回馆整装，顺便接取家眷，是时甘夫人已生有一儿，取名为禅，表字公嗣；甘夫人尝梦吞北斗，故又为禅取一乳名，叫做阿斗。阿斗生于建安十二年，至是已将周岁了。^{特志年岁。}备见他体质壮伟，恰也心欢，当下使他母子，乘坐一车，又用一车，载着糜夫人，自与亮跨马同行。至新野召集关张等人，一古脑儿移入樊城。才阅数旬，忽由荆州来了急使，说是主公病重，请将军速临一诀。备欲召问孔明，偏值孔明外出，迫不及待，只好带了赵云，匆匆至荆州。趋入刘表寝室，见表病已垂危，不禁泪下，表亦感动流涕，与语道："前与君谈及后事，谅君尚未忘怀？"备接入道："备当竭力辅佐公子，不敢负托！"表复说道："我子不才，奈何奈何？"备又劝慰道："公子并能守城，何必多虑？"表拱手道："全仗贤弟教导，愚兄就要长别了！"^{郑重托孤，未始无见，其如疏不间亲何？}说罢，痰喘不止，备不便多坐，当即辞退。偏由表妻舅蔡瑁，及他将蒯越，邀备会议善后事宜，备只好暂留外厅，与之议事。瑁越二人，佯与备商及立嗣问题，备沈吟无语。俄有一人入语道："曹操已发兵邺中，来取荆州！"说至此，以目视备；备见是山阳人伊籍，素在刘表幕下，相识有年，此时两目相对，料知有异，乃伪起如厕。籍亦随往，低声语备道："蔡瑁心怀不良，公宜急走。"备不禁着忙，亏得籍导至后园，开门引出；备尚忧无马，籍答说道："籍已将公坐骑，牵到此处，请公上马速行。"备又言赵云在外，尚未得知，恐遭毒手，籍复说道："籍当往报赵将军，请公先行一步。"备乃加鞭疾驰，直出西门，再经里许，前面有一檀溪，阔约数丈；清流激湍，映带潆洄，备所乘马，叫作的卢，颇甚雄骏，惟额边生有白点，相马家谓不利主人，备却听诸命数，仍然乘坐。及至檀溪，眼见是不能飞越，回顾后面，又见尘头大起，想有追兵到来，一时情急无奈，只好跃马下溪，马足陷入淤泥，几乎蹶倒，备惊惶道："的卢的卢，今日果要害我了？"话才说完，那马竟一跃三丈，跳过彼岸。殆有神助。备惊魂未定，似醉似痴，猛听得夹岸大呼道："使君何故遽去？"这一声方将备叫醒，遥顾对岸，是蔡瑁人马，也不暇答话，纵马驰去。瑁亦暗暗诧异，收军自回，途次遇见赵云，问及刘备，瑁答言已经回去；云已得伊籍通报，故无心详问，策马自行。到了檀溪，又为备吃一大惊。返问守门军士，各言刘使君跃过檀溪，千真万确，云乃绕道至樊城，果然备已早归，安然无恙。既而伊籍亦至，报称表已病殁，刘琦省疾被拒，仍回江夏；蔡瑁蒯越，已立表次子刘琮为主了。从伊籍口中叙过，省却许多文字。诸葛亮在旁叹息道："刘琮竖子，怎能守此荆州？若不早图，必为操有。"伊籍接口道："何不借吊丧为名，袭取荆州？"亮拍手赞成，备独不愿，但派吏至荆州吊丧罢了。此时却失之过厚。

　　且说曹操既平河北，即思南取荆州，因恐朝右大臣，从中牵掣，索性奏罢三公，自为丞相；用崔琰为西曹掾，毛玠为东曹掾，司马朗为主簿，司马懿为文学掾。懿即朗弟，系河内温县人，朗字伯达，懿字仲达，崔琰尝谓朗不及懿，故操特引用；懿佯称风痹，不肯就职，经操察知懿诈，欲加收禁，懿始出就职。懿甫出现，即怀诈意，曹操何必定要使诈？操安排已定，便拟整军南下，适大中大夫孔融，奏称王畿以内，不宜封建诸侯，又谓天下粗定，疮痍未复，不宜兴师。明明与曹操反对，操当然怀恨，御史大夫郗虑，与融有隙，竟诬融在北海时，招合徒众，图为不轨，入朝后暗通孙权，讪谤朝廷，且与祢衡互相赞扬，衡谓仲尼不死，融答颜回复生，大逆不道，应坐诛夷。操有词可借，便令廷尉系融下狱。融有二子，并在幼年，闻父被收，尚对坐弈棋，左右劝令急走，二子说道："复巢下何有完卵！"道言甫毕，缇骑已至，把融妻及二子，一并拘去，与融同斩东市，暴尸示众。京兆人脂习为融故友，尝戒融刚直太过，恐遭奇祸，融终因此遇害。习往抚融尸，嚎啕大哭，有人报知曹操，操命人执习，习长叹道："文举融字文举。已死，我亦不愿求生了！"操又偏不使习死，将他释放。习遂将融全家尸首，收殓埋葬，操亦不复问，便督率大队人马，疾驱南来。才抵宛城，荆州大震，蔡瑁踉跄，慌张失措，掾属傅巽王粲等，想出一条乞降的末策，入内白琮。琮庸稚无能，有何主见？琮母蔡氏，至此也急得没法，不得不顾全性命，情愿将荆州全土，献与曹操；痴心立爱，终归无效。遂命王粲缮好降表，派吏送去。刘备留屯樊城，闻得操军南下，亟使人问琮，琮尚讳言降曹，未肯详告；直至操军已到新野，方遣掾吏宋忠，诣备报命，备才知琮已降操，且惊且怒道："汝曹既欲降操，何不早告？今曹军已至，方来报我，可惜可恨！"说着，复拔剑指忠道："今虽断汝首级，尚未足泄恨，但大丈夫已经临别，杀人何为？汝可速去，教刘琮自思罢了。"忠抱头出去。备急与诸葛亮等，会议行止，亮进言道："上策莫如取襄阳，下策只好走江陵；若待操军大至，区区樊城，如何能保守哩？"备踌躇半晌，方开口道："据宋忠言，刘琮已赴襄阳，迎候曹操，今往取襄阳，势必害琮；刘荆州临殁时，向我托孤，我不能保护彼子，反去加害，他日死后，有何面目再见刘荆州？我意不如径往江陵。"备之失机在此，备之留名亦在此。乃悉众尽行。路过襄阳，在城下驻马呼琮，琮惧不敢出，蔡瑁等且登城拒备，乱箭射下，备不得已，至襄阳城东，拜辞表墓，涕泣而去。荆襄士民，见备如此仁慈，不愿相舍，竟陆续赶上，随备同行。备抵当阳，众至十余万，辎重数千辆，不能急走，每日只行十余里，将佐多向备进议道："此去江陵，程途尚远，急宜倍道疾趋，方能速至，况士民相随，不能争战，虽多无益；若还要兼顾，恐曹操兵到，免不得玉石俱焚了。"备流涕道："欲济大事，全赖人心，人愿归我，我何忍弃去？"

诸葛亮接说道："将军既不忍弃民，应遣云长先赴江夏，借得战船数百艘，速来接应，方可无虞。"备依言遣羽，羽即驰去，亏有此着。备仍徐行如故。忽有探马走报道："曹操已亲率大军，长驱追来了！"备因使张飞断后，赵云保护家小，孙乾、糜竺、伊籍等，照顾百姓，自与诸葛亮、徐庶，缓辔同行。

　　哪知曹操煞是厉害，既由刘琮迎入襄阳，便调琮为青州刺史，勒令东往，所有蒯越以下，悉数截留，阳封蒯越等为列侯，阴实剪琮羽翼，不使相从；一面自率轻骑万人，兼程追备。一日一夜，得越三百余里，径达当阳。备正在前进，猝闻曹军从后追到，还想保全百姓，挥令同行，诸葛亮着急道："祸在眉睫，奈何迟延？"遂促备疾驰，自与徐庶护备同进。哪知曹军已从后掩至，单靠一张飞截击，也是拦阻不住。曹军冲入前面，顿将大众驱散，连甘糜二夫人，也只好各走各路，不能相顾。赵云仗着一干长枪，左挑右拨，杀开一条血路，已不见甘糜二夫人，再从乱军中杀入，得将甘夫人觅着，引回长坂坡。可巧张飞已走至坡上，据桥立马，见赵云送到甘夫人，便让令过桥，问及婴儿阿斗，知由糜夫人抱去，云不顾死活，再回旧路，一枝枪神出鬼没，无人敢当，好多时杀散曹军，救出糜夫人。糜夫人身已受伤，尚抱住阿斗，不肯释手，见了赵云，方将阿斗交付与云，一跃入枯井中，竟至殉难。史传中未见载明，姑从罗氏《演义》。云不遑捞尸，即将阿斗裹入怀中，单骑走回。张飞尚立在长坂桥上，等候赵云。云方至桥畔，后面追兵又至，忙呼飞求援，飞应道："有我在此，请君放心！"遂让开一步，令云过桥。须臾，曹军大至，飞令手下二十余骑，在桥后伏着，自己横矛桥上，瞋目大呼道："我是燕人张翼德也，可来与我决一死战！"这声呼喝，好似空中起一霹雳，吓得曹军纷纷倒退，没一人敢上桥与争。小子有诗咏道：

一声叱咤敌先惊，长坂桥头独著名；
身是燕人张翼德，好凭七字作长城。

张飞既吓退曹军，乃拆断桥梁，拍马见备。欲知备再走与否，试看下回便知。

黄祖本无才智，而孙坚死于祖手；孙策又不能亲复父仇，命为之，势为之也。坚阻于命，策限于势；至权承父兄之业，用瑜、蒙诸将，一出再出，方举黄祖而枭夷之，《春秋》之义大复仇，如孙仲谋者，其固不愧为令子乎？曹操谓生子至如孙仲谋，若刘景升诸儿，与豚犬等，原非虚言。但刘景升亦非杰出才，偷息荆襄，不思展足，其无能已可概见；至如惑后妻，远长子，卒至身死未几，全州归曹；而于真诚坦白之刘玄德，若即若离，反使其仓皇奔走，濒死当阳，玄德不负景升，景升实负玄德耳。赵云百战长坂坡，保全甘夫人母子，可谓忠臣；而糜夫人甘心殉难，亦可谓贤妻。孙徐氏以不死报夫仇，刘糜氏以宁死全夫嗣，俱足为彤史生光云。

第八十四回

召周郎东吴主战　破曹军赤壁鏖兵

　　却说刘备奔走途中，幸有张飞断后，始得脱难。及见赵云救回甘氏母子，又闻糜夫人伤亡，禁不住百感交萦，潸然泪下。到了张飞驰至，报称毁桥拒敌，备失声道："桥梁不断，曹军尚恐有伏，未敢追来，今已拆去，彼料我胆怯，必然追我，不如速走罢！"遂带领残众，从小路斜投汉津。行抵沔口，后面果有追兵驰至。正在惊惶，那江中有许多船只，扬帆驶到，船头立一大将，披甲横刀，正是云长关羽；_{名字并举，乃是特笔。}备转忧为喜，忙率众人登舟。羽留心审视，独不见糜夫人，便向备问明，备太息道："甘氏母子，尚亏是子龙救回，子龙入围数次，或说他北投曹操，我料子龙必不弃我，果然仗着百战，救回妻孥，糜氏已经殉难了！"羽悲愤道："往日猎许田时，若从羽言，可不至有今日的困厄！"备答道："当时投鼠忌器，所以劝止，若天道辅正，怎知不转祸为福呢？"说着，遥见追兵将到，急命开船；羽说是不妨，江夏太守刘公子，悉众来援，就在后面。道言未绝，果由刘琦引船千艘，顺流来会。羽索性挥兵登岸，要与曹军决个胜负。就是张飞、赵云，亦跃至岸上，与羽驱杀过去，曹军又皆吓退，反被关张赵三将，夺取许多甲仗，方才回船。当下招集溃众，次第趋集，备等稍稍安心。独徐庶未见老母，很是担忧，备欲遣将往寻，有归卒禀报道："徐母已被曹军拘去了！"庶不禁流涕，即起身辞备道："本欲与将军共图大业，今失去老母，方寸已乱，不能为谋，请从此别！"备亦唏嘘道："卿莫非往投曹营么？"庶泣答道："欲全老母，不得不尔；但此心仍属将军，决不为操设谋！"说至此，又与诸葛亮告辞道："孔明大才，必能弼成王业，庶虽去，亦得放怀了。"于是舍舟登陆，由备亮等送至十里外，始与诀别。《三国志·诸葛亮传》详载此事。庶归曹操，系在备当阳败后，且庶母亦不闻自杀，与罗氏《演义》不同。庶径诣曹营，幸母未死，乃留住曹操麾下，后由操表为御史中丞，这且搁过不提。庶母若死，庶亦不肯依操，可见罗氏附会之失。

且说刘备等返至船中，方命解缆行驶。到了夏口，适与东吴使人鲁肃相遇，彼此接见，互道殷勤。肃本来请命孙权，欲与刘备联络，共拒曹操，因借吊问荆州为名，乘便见备。可巧备自当阳败走，在途晤谈，肃即探试备意，问欲何往，备佯答道："前与苍梧太守吴臣有旧，拟即往投。"以假应假。肃素忠厚，便直说道："苍梧僻处岭南，何足为助？愚意不如东投孙氏，孙讨虏聪明仁惠，敬贤礼士，江左英豪，都愿归附；曹操表权为讨虏将军，见前文。今为君计，最好是与他联络，共御曹军。"说到拒曹是鲁肃一生宗旨。备尚未及答，诸葛亮即从旁插嘴道："刘使君与孙将军，素未会面，如何轻投？"肃笑答道："令兄子瑜，现为江东长史，与肃友善，肃愿偕君同至江东，既可与令兄聚首，复可与孙将军共议大事。"亮乃语备道："事机已急，愿奉命往见孙将军，合谋拒操。"本有此意，偏待鲁肃相邀，才肯说出。备点首允诺，亮即偕肃登舟，共赴江东。时曹操已进据江陵，复拟东下，孙权出屯柴桑，观望成败。肃引亮入见，权起座相迎，延亮入座。亮见权方颐大口，目有精光，料非庸主可比，因开口说权道："海内大乱，将军起兵据有江东，刘豫州亦收众汉，南与曹操并争天下，两主志趣相同，真所谓无独有偶了。"徐徐引入。权皱眉道："今曹操拥兵

百万，顺流东来，或为我主战，或为我主和，究竟和为是，战
为是呢？"亮又答道："曹操芟夷群雄，平河北，破荆州，威
震四海，虽有英雄，无从用武；故刘豫州遁逃至此，将军请自
为计！若能举吴越兵众，与中国抗衡，不如早与操绝；否则按
兵束甲，北面事操，尚可偷息苟安。今将军外似服从，内实犹
豫，当断不断，祸至无日了。"用反激语。权不禁作色道："刘
豫州何不降操？"亮续说道："田横一青齐壮士，犹守义不辱，
况刘豫州为汉室胄裔，英才盖世，众士并皆仰慕；事若不济，
也是天命使然，怎肯卑躬屈节，甘心事操呢？"再激再厉。权至
此亦勃然道："我不能举全吴土地十万甲兵，俯首事人，计已
决了！非刘豫州莫与敌操，但刘豫州新遭败衄，如何能抵制操
军？"亮申说道："刘豫州虽新败当阳，尚有关羽水军，不下
万人，刘琦合江夏战士，亦在万人以上，操众远来疲敝，闻他
追刘豫州，日夜行三百余里，古所谓强弩之末，势不能穿鲁
缟，就是此意；《兵法》亦垂诫云：'必蹶上将军。'且北方人
士，不习水战，荆州百姓，为操所迫，并非心服，可见操非真
不可敌呢！将军诚能督选猛将，统兵数万，与刘豫州协力同
心，必能破操；操破亦必北返，荆吴势盛，鼎足形成，就在此
举了。"仍是三分决策。权大喜道："先生伟论，令人敬服，孤
当与刘豫州合拒曹军。"遂命肃引亮出帐，使与诸葛瑾相见。
瑾字子瑜，就是鲁肃所说的江东长史，本为亮兄，避乱东吴，
因即臣事孙氏。补前文所未及。兄弟重逢，自有一番密谈，不
消絮述。惟孙权既闻亮言，便召群下，会议出兵；适曹操遣使
致书，由权展阅，书中略云：

　　近者奉辞伐罪，旌麾南指，刘琮束手；今治水军八十
　万众，愿与将军会猎于吴，将军其留意焉！已露骄态。

权览毕后，取示群下，大众统皆失色，长史张昭说道："曹操挟天子威望，用兵四方，若欲拒绝，名不正，言亦不顺；况将军足以拒操，惟赖长江，今操得荆州，据有艨艟战舰，沿江东来，是长江天险，已无所用，不如往迎为便。"余众亦多附和昭言，独鲁肃不发一语，嗣见权入内更衣，当即随入，权已知肃意，握手与语道："卿意如何？"肃答说道："众议专欲误将军，众可降操，独将军不应迎操。"权更问何因，肃又答道："如肃等降操，名位未必遽失，就使失位，也得安然还乡；将军降操，将归何处？愿早定大计，毋惑众言。"权叹息道："子敬所言，正合我意；但欲敌操军，须用何人督师？"肃接口道："莫如周瑜。"权从肃议，立即使人至鄱阳，召瑜入商。瑜方在鄱阳湖督练水军，奉召即至。权与言和战情形，瑜奋然道："操名为汉相，实是汉贼，将军承父兄遗烈，奄有江东，地方数千里，兵精粮足，当为汉家除残去害，奈何往迎汉贼哩？"_{快人快语。}权徐答道："我并不欲迎操，只恐众寡不敌，故召卿一商。"瑜扬眉说道："操今东来，实犯数忌，北土未平，马腾、韩遂，尚在关西，为操后患，操乃一意东略，就是一忌；南人善水战，北人善陆战，操竟舍鞍马，仗舟楫，弃长用短，与吴越争衡，就是二忌；时值隆冬，天气盛寒，马无藁草，就是三忌；驱中原士众，远涉江湖，不习水土，必生疾病，就是四忌。操犯此数忌，多兵何益？将军擒操，正在今日，瑜愿将精兵数万人，出屯夏口，保为将军破贼，将军勿忧。"_{慨当以慷。}权听了瑜言，投袂起说道："老贼久欲篡汉，只忌二袁、吕布、刘表与孤数人，今数雄已灭，唯孤尚存，孤与老贼，势不两立，卿言当击，甚合孤意，这是皇天以卿授孤哩。"瑜又说道："将军可决意否？"_{再逼一句。}权拔剑斫案，剁去一角，向众宣言道："诸将吏如再言迎操，可视此案！"张昭等在侧，并皆失色，瑜乃辞去。当由鲁肃见瑜，具述诸葛亮求援情事，瑜即令肃邀亮，亮与瑜相见，寒暄已毕，谈及军事，亮笑语道："一傅众咻，恐孙将军尚有疑虑，应该替他剖解，使知操军虚实，了然无疑，方可成事。"瑜闻言称善。待亮别后，日已垂暮，吃过夜餐，乃复入见孙权道："诸人劝将军迎操，无非因操虚张声势，说有八十万众，所以惊惶；其实操军断无此数，操所得北方兵士，不过十五六万，且久战成疲，至若荆州降兵，至多不过七八万，尚怀疑贰，试想以疲兵疑卒，沿江东来，人数虽多，实不足惧；瑜得精兵五万，便可制操了。"权起抚瑜背道："公瑾所言，足释我疑。张子布等，子布即张昭字。各顾妻孥，毫无远见，大失孤望，独卿与子敬，与孤同心，孤已选得三万人，备齐粮械，烦卿与子敬程普，即日先发，孤当再集军马，为卿后应；卿前军倘不如意，便还兵就孤，孤誓与操亲决一战，更无他疑。"至是始决计主战了。瑜乃告退。

翌日即命周瑜、程普为左右督，鲁肃为赞军校尉，领兵三万，往会刘备，并力敌操。程普在诸将中，年齿最长，乃反为瑜副，未免怏怏；及见瑜调署人马，井井有条，才为叹服。瑜见诸葛亮智出己上，欲招与同事，特向孙权陈明，令诸葛瑾留亮仕吴。权当然告瑾，瑾奉命留亮，亮反邀瑾同行，瑾乃返报道："瑾弟亮已委质刘氏，义无二心，弟不留吴，亦犹瑾不往刘；且彼此既合力拒操，也不必计及亲疏了。"权因复告瑜，瑜便与亮同行，辞过孙权，联樯西进，行至樊口，刘备已守候多日，既见东吴水军，便使麋竺犒军致意。瑜语麋竺道："我本欲见刘豫州，共议良策，只因身统大军，不便轻离；若刘豫州肯屈驾来临，深慰所望。"竺应声还报，备即单舸往会，问瑜带得若干兵马，瑜答称三万人，备尚嫌太少，瑜微笑道："兵不在多，恃在将才；刘豫州但看瑜破操便了！"自负语。备赞了数语，当即辞回，自去安排将士，助瑜攻操。瑜统军再进，舟抵赤壁，与操军前驱相遇，两下交锋，操军败退，瑜收军结营，屯驻南岸；操亦驻军北岸，夹岸相持。惟操军多系北人，不服南方水土，动辄呕吐，筋疲力软，未堪争锋，所以逗留不战；瑜亦未得胜算，静觇敌变。转眼间已阅旬余，操见江中波浪，时作时止，舟军一经颠簸，便患晕眩，因此想出一法，把各舰连环锁住，免得动摇。罗氏《演义》谓为庞统献计，亦系附会。吴将黄盖，探知曹军动静，便向周瑜献计道："寇众我寡，难与久持，操军方钩连船舰，首尾相衔，但教用火一烧，不怕不走。"瑜微笑道："我亦早有此意，但操军沿江巡弋，恐不容我舰过去，如何纵火？"盖跃起道："何勿用诈降计！"瑜鼓掌道："此计非公复盖字公复。不行，可先使人献书曹操，操若中计，便可成功。"盖奉令修书，交与周瑜阅过，待至夜静，乃派人送去。史传中未及阚泽，故不羼入。是夜寒月横空，水天一色，操对月感怀，与将佐痛饮数杯。乘着三分酒兴，出寨登舰，眺览夜景，忽见乌鹊一丛，向南飞去，不由的取过一槊，横搁船头，信口作歌道：

> 对酒当歌，人生几何？譬如朝露，去日苦多。
>
> 慨当以慷，忧思难忘。何以解忧？惟有杜康。杜康作酒。
>
> 青青子衿，悠悠我心。但为君故，沉吟至今。
>
> 呦呦鹿鸣，食野之苹。我有嘉宾，鼓瑟吹笙。
>
> 皎皎明月，何时可辍？忧从中来，不可断绝。迭言忧字，便是不吉之兆。
>
> 越陌度阡，枉用相存。契阔谈宴，心念旧恩。
>
> 月明星稀，乌鹊南飞，绕树三匝，何枝可依？
>
> 山不厌高，水不厌深。周公吐哺，天下归心。

歌方罢唱，蓦有军吏入报，谓东吴有人献书，操即将吴使召见，由吴使呈上书信，就阅灯下。书中系吴将黄盖署名，但见纸上写着：

> 盖受孙氏厚恩，常为将帅，见遇不薄；然顾天下事，当知大势，用江东六郡山越之人，以当中国百万之众。众寡不敌，海内所共见也。东方将吏，无有愚智，皆知其不可，唯周瑜、鲁肃偏怀浅戆，意未解耳。今日归命，志在择主，乞保吴民。瑜所督领，自易摧破。交锋之日，盖为前部，因事变化，效命在近。书不尽言。此书本《吴志·周瑜传》。

操看了又看，回环数次，方问吴使道："汝由黄盖遣来，莫非诈降不成？"吴使极言黄盖诚意，操又说道："黄盖如果愿降，当授高爵，我处不必答复，但烦汝口述便了。"吴使自然归报，黄盖大喜，即转告周瑜，瑜令盖预先筹备，待令乃发。盖选得轻舸十艘，预备燥荻枯柴，满载船中，灌以火油，上覆赤幔，船头插一青龙旗，船尾各系走舸，布置停当，专待周瑜号令。瑜却未敢遽发，只因隆冬时候，常有西北风，独少东南风，操军在北，非东南风如何纵火？所以迁延不决，特请诸葛亮密商。亮素知天文，已料定冬至节边，有东南风，便起座道："亮不才，颇能祈风，当为君借助一帆，可好么？"风安可借？故先叙明来历。瑜大喜过望，便请亮择地设坛，自去祈祷。过了一日一夜，果然东南风渐起，瑜不胜诧异，使人视亮，亮已轻舟一叶，自往樊口，回见刘备去了。于是瑜即下令，悉众夜发，使黄盖再致书曹操，说是待夜来降，但看船上有青龙幡，便是降船。操得书后，尚信为真情，俟至黄昏，亲率将佐出营，眼巴巴的望盖来降。智谋如操，也为所愚，可见行军不易。约阅片时，星光闪烁，月色迷蒙，江中刮起一阵大风，扑面生寒，侵人肌骨；操尚不以为意。忽见对岸有许多军舰，顺风前来，隐约有青龙旗飘动，操迎风开颜道："黄盖果来降了！"程昱、贾诩等在侧，齐声语操道："来船甚众，不可不防，且东南风刮得利害，倘彼因风纵火，如何抵敌？"操不禁省悟，已经迟了。传令各船将弁，小心戒备，且派巡船出探虚实。号令才下，那敌船已经驶近，相距不过二里，霎时间火焰冲天，被狂风卷火过来，烧及曹军各舰，军士连忙援救，已是无及，但见得火趁风威，风助火势，烧了这船，延及那船，船又被铁环锁住，急切里无从奔避，再加来船乘风突入，接连放火，不但北船被毁，甚至岸上营寨，亦皆延烧。可怜操军焦头烂额，扑通扑通的都投入水中。操见不可支，还想从岸上逃走，幸亏张辽驾一小舟，上前救操，操得跳入舟中，如飞遁去。黄盖从火光中瞧着，连忙追操，不防一箭飞来，正中肩窝，翻身落水；后面便是韩当水军，盖在水中大呼求救，为当所闻，急令军士将盖捞起，拔箭易衣，送回大营医治。当代盖追操，操部下尚有残舰，随操遁走。哪知东吴舟师，相继驶集，就是吴大都督周瑜，亦乘船擂鼓，从后追来，操军十死七八，余亦多半受伤。赤壁山成火焰国，扬子江作死人堆，曹操在水路中，逃了数十里，方敢登岸，百忙中寻了一匹快马，扳鞍上坐，向北急奔；吴兵也上岸紧追，还亏操部下诸将陆续赶到，保护操身，且战且走。谁料刘备也遭到关张赵诸将，沿路追截，杀开一重，又是一重，等到重围杀透，东方已明，检点残兵，不过数千骑了。操拟奔南郡，就华容道小路进行，较为近便，偏偏疾风未息，暴雨又来，一阵淋沥，害得曹操等拖水带泥，不堪狼狈，路上泥淤马足，壅滞难行，操令赢兵负草填堑，骑乃得过；赢兵已尽疲乏，等到堑坑填满，不能再进，往往卧倒道旁。操等只恐追兵又至，跃马前奔，也不管赢兵死活，蹀躞过去。罗氏《演义》中，有关公放操一段，史传中并无其事，故亦从略。好多时才到南郡，操兵已寥寥无几了。操仰天长叹道："今日若郭奉孝犹存，当不使孤至此！"说着复大哭道："哀哉奉孝！痛哉奉孝！惜哉奉孝！"诸将佐统皆惭沮，勉强安息一宵，越日由操升帐，命征南将军曹仁、横野将军徐晃，留守江陵，折冲将军乐进，出守襄阳，布置已毕，乃下坐跨马，自回许都。这一番赤壁鏖兵，若非孙刘合力，瑜亮并智，哪里杀得过曹军？可见得曹军一熸，乃有吴蜀，虽曰天命，亦赖人谋。小子有诗咏道：

> 一火延烧百里军，神州从此定三分；
> 老天有意存刘裔，权把东风借使君。

周瑜等追至南郡，曹仁已备好兵马，与瑜对敌。欲知后来胜负，且至下回说明。

予幼时阅《三国演义》，至赤壁一战，联篇叙述，多至七八回，每叹罗氏演写此役，最为刻意经营之作；及年稍长，得见陈寿《三国志》与各种史籍，乃知罗氏所述，多半附会，虽未始不足餍阅者之目，空中楼阁，总觉太虚，且反足滋后人之疑窦，毋亦所谓得半失半欤？祈风之说，尤为荒诞。诸葛公犹是人耳，宁有幻术？假使诸葛公有此神奇，则当阳长坂之时，何至为操所追，使刘玄德之抛妻撇子，奔走仓皇乎？即此以观，罗氏且自相矛盾，无从自解矣。本编简而不漏，信而有征，虽不若罗氏之烘云托月，而实事求是，不等虚诬。盖借说部以传真，非假辞说以斗靡，亦何苦荒诞为也？至若赤壁一役，为三分鼎足之所由始，书中已详言之，不赘述焉。

第八十五回

续嘉耦老夫得少妻　上遗笺壮年悲短命

却说周瑜引兵至南郡，与曹仁夹江相持，曹仁固守勿战，瑜亦未便急攻；甘宁独请进取夷陵，瑜乃拨兵三千，付宁带去，驶至夷陵，一鼓即下。曹仁闻夷陵失守，分兵往援，竟将夷陵城围住，宁向瑜求救，瑜欲统兵救宁，又恐曹仁出击，累得进退两难。吕蒙进说道：“但留凌公绩在此，凌统字公绩。蒙与都督往援，当可从速解围。蒙保公绩，能十日固守，不致有误。”瑜乃令凌统守住营寨，自与吕蒙等赴援；到了夷陵城下，击退曹兵，夺得战马三百匹，当即驰回。凌统果然无恙，屯兵北岸，相机进攻。孙权闻瑜大捷，亦引兵自攻合肥，连日不克。曹操遣将军张喜，率众驰援，许久未至，扬州别驾蒋济，伪言援至，遣使赍书语城中，为孙权巡兵所获，得书呈阅，权信为真情，撤围退去。那刘备却用诸葛亮计议，表举刘琦为荆州刺史，分遣关张赵三将，往取武陵、长沙、桂阳、零陵，嗣经三将先后略定四郡。就中有一段却婚轶闻，为赵云生平亮节，可法可传，不应从略。云奉刘备命令，往略桂阳，桂阳太守赵范，开城迎降，邀云入宴；云坦然直入，与范对饮，彼此虽非同族，却是同姓，杯酒言欢，很觉融洽。到了兴酣意畅，复由范邀入后园游览，片时洗盏更酌，接连如是数觥，范托词更衣，既入复出，引着一少年美妇，姗姗前来，行至赵云座旁，嫣然含笑，替云斟酒，云连忙避席，辞不敢当。再举目看那丽姝，淡妆浅抹，缟衣綦巾，恰似一枝秋后海棠，愈白愈艳，但究不知她为谁眷属，是何意见？一时又未便遽问，只好拱手为礼。那妇人却斜送秋波，把云上下打量一回，方才辞去。文君原是多情，怎奈武夫不比文人，空负那一片雅意。云方才就座，问及该妇来历，范答说道："这是家嫂樊氏，青年寡居，令人怅惜。"云听这数语，越加诧异，原是怪事。正要出言责范，范又说道："守节为妇人难事，范探明家嫂意见，亦思他适，但必择一出色英雄，方肯改嫁，天缘凑巧，幸遇将军，又与范为同姓，如将军不嫌寒陋，愿为玉成。"云不禁动恼，勉强答语道："云与卿同姓，卿兄即我兄，卿嫂即我嫂，奈何使我乱伦？这事断不敢闻命。"说得范无词可答，满面生惭。云当即辞出，尚恐范心下芥蒂，暗中为变，乃命部兵昼夜加防，并遣急足，往迎刘备。及刘备闻信到来，范竟先逃去，云具白辞婚情事，备笑语道："这也无妨！"云应声道："赵范新降，情未可测，云怎敢遽应彼请？况彼令寡嫂改嫁，既使失节，又甘背兄，无礼无义，心迹可知。天下不少美女人，云岂可为此堕行哩？"备当然赞叹，遂授云为偏将军，领桂阳太守。云将赵范家眷，及寡嫂樊氏，遣兵护送回籍，自在桂阳就职。备又尊诸葛亮为军师，兼职中郎将，使督零陵、桂阳、长沙三郡，量收赋税拨充军实。长沙太守韩玄，零陵太守刘度，武陵太守金旋，自降备后，仍使为官。又有攸县守将黄忠，年老力强，亦来请降，由备录用。就是庐江营帅雷绪，也率部曲数万人归备，备乃得所措手，开创初基。偏是好事多磨，悲歌又起，似玉似花的甘夫人，竟为了长坂一役，受惊成疾，缠绵床缛，好容易延过一年，竟致不起，玉殒香消，备迭次悼亡，无限伤感，不在话下。为后娶孙夫人伏笔。

且说吴督周瑜，围攻江陵，积久未下；瑜年壮气盛，定欲力破此城，反被曹仁用诱敌计，佯开城门，与瑜厮杀，瑜恐军士未肯尽力，跃马当先，亲自掠阵。仁诈败回城，等到瑜追至城旁，却预使部将伏住城楼，觑准瑜身，飕的一箭，中瑜右胁，翻身落马，仁复从城中杀出，意欲擒瑜。幸由韩当、徐盛一班吴将，截住仁军，救瑜回营；吴兵自相践踏，伤亡甚多，江陵城却不损分毫。瑜拔出箭头，虽然用药调治，却是肿痛难消，好多日不能督军。仁闻瑜不能起，屡来挑战，瑜力疾上马，突出阵前，大声呼道："曹仁匹夫，可认得周郎么？"仁军大惊，俱皆骇退，倒被瑜驱杀一阵，毙敌无数。从此曹仁气沮，待援不至，没奈何弃城北走，瑜得入江陵城，报捷至吴。孙权命瑜领南郡太守，屯兵江陵；程普领江夏太守，寄治沙羡；吕范领彭泽太守，吕蒙领寻阳令；召鲁肃等还吴。曹操得江陵败报，不胜惭恨，适因九江人蒋干，雅擅口才，谓与瑜为故交，可以招降，操即令前往。干布衣葛巾，至江陵投刺见瑜，瑜出厅迎干，笑呼干字道："子翼远来良苦，但莫非为曹氏作说客么？"一语道破。干只好设词道："干与足下，相别有年，遥闻芳烈，特来叙阔，并观盛仪，奈何疑我为说客呢？"瑜又笑道："我虽未及夔旷，夔，舜臣；师旷，晋国人。闻弦赏音，已知雅曲了。"原来瑜少精音律，乐有阙误，瑜一闻即知，既知必顾，干与瑜有旧，当然识瑜有顾曲癖，故瑜即说此解嘲。既而留干共饮，引观仓库军资，及服饰器玩，更向干笑语道："丈夫处世，既得人主知遇，名为君臣，实同骨肉，言行计从，祸福与共，就是苏张更生，郦贾复出，亦无从容喙，足下幸不为说客，否则岂能移人，恐反致绝交了。"这一席话言，弄得干有口难宣，因即告别。罗氏《演义》载此事于赤壁战前，证诸《周瑜本传》，应在战后。返报曹操，称瑜雅量高致，非言辞所得招徕，操亦无法，只得休养疮痍，徐图报怨，江东得以无事。孙权闻鲁肃还吴，与诸将出城迎肃，及肃既相见，向权下拜，权亦下马答礼，因与语道："子敬劳苦，孤今日出城

迎卿，卿以为显扬否？"肃直答道："尚未！尚未！"大众俱为
愕然，肃举鞭徐说道："愿将军威德，旁讫四海，总括九州，
得成帝业，再用安车蒲轮，迎肃入辅，肃始觉显扬了。"权抚
掌大笑，偕肃入城，欢宴竟日。肃具言赤壁大捷，也亏刘氏相
助，所以成功，此后应当始终并力，方可拒曹，权也以为然。
会值刘琦病殁，权乃使备领荆州牧，且使周瑜分南岸地，属备
管辖；备乃得移屯油口，改名公安。权有妹年已逾笄，尚未字
人，闻备连丧妻妾，因拟将妹嫁备，作为继室。备亦有意联
吴，乐从婚议，待至两造说妥，应由备至东吴亲迎，诸葛亮语
备道："将军此行，忧喜参半；亮不怕孙权，但怕周瑜，瑜非
真心愿和，还是鲁肃从中调停，才议和亲，将军如必欲赴吴，
往返皆须从速，且宜择人护卫，方保无虞？"遂将赵云调回，
随备同行。备既至江东，由权迎入，两人初次会面，自有一种
特别酬酢，无容细叙。但彼此统是汉末英雄，谈到投机时候，
也觉心心相照，欢洽逾恒。惺惺惜惺惺。权代择吉期，留备在
东吴成婚，备亦只好应允。转瞬间便已届吉，就把客馆中铺设
停当，准备行礼。等到万灯齐灿，双炬联辉，便有一班乐府仙
仗，引入鸾舆，恭请新人登堂，与备交拜。百余侍婢，簇拥了
一位珠围翠绕的佳人，步上红毯，立在右侧；备亦整肃衣冠，
至左首参拜天地，大礼告成，同入洞房。堂上客犹未散，免不
得由备复出，与为周旋，大约酒阑席散，已是斗转月横的时
候，备送客出馆，返入房中，新夫人当然未寝，惟两旁刀枪森
竖，杀气腾腾，侍婢等俱佩剑侍立，仿佛娘子军出征气象。原
是一座好战场。吓得备大惊失色，忙问何因。侍婢答道："郡主
少好武事，随身不离兵器，故有此布置。"备又说道："今夕
不妨暂去。"侍婢转告孙夫人，孙夫人微哂道："厮杀半生，
尚畏兵器么？"此夜武事，却是有别。乃命侍婢撤去刀枪，并脱
佩剑，自己也卸了华服，改作浅妆；灯光交映，四目相窥，一

个是英气未衰，丰神奕奕，一个是雌威已敛，态度痈痈，是过来人合解温存，为奇女子不加羞涩。写孙夫人处，自得身分。等到三敲更鼓，四屏娇鬟，两人便携手入帏，谐成燕好，阳台巫峡，乐趣可知。接连住了月余，备虽身入温柔乡，却也记起荆州来了，一日过见孙权，说起荆州故吏，多半相依，所得分土，还恐未足容众，加承厚惠，乞借荆州全土云云。权不及深思，慨然许诺，备起座称谢，且欲即日辞归，经权一再挽留，尚未得返。已被江陵太守周瑜闻知，飞使上书道：

> 刘备以枭雄之姿，有关张赵云诸将，更得诸葛为谋，必非久屈人下者，愚意宜留备在吴，为筑宫室，多给美女玩好，以娱其耳目；分此数人，各置一方，然后使如瑜者，得挟与攻战，大事定矣，今猥割土地，以资业之，且纵令西归，恐蛟龙得云雨，终非池中物也，愿将军熟图之！

权得瑜书，出示鲁肃、吕范诸人，范谓宜从瑜言，独肃驳说道："将军虽神武命世，势力尚不及曹操；操志在报败，仍思夺还荆州，今不若将荆州借备，遣彼归抚，令当操军要冲，外足拒曹，内足蔽吴，方为上计。"计固甚是。权听了肃言，又觉他说得有理，遂不坚留备。备稍有所闻，遂商恳孙夫人，即欲乘隙西归，孙夫人却也豪爽，执定嫁夫随夫的主意，收拾细软，当即起程。备但留书辞权，自与赵云等轻舟西去。待至权得览备书，亟乘飞云大船，亲率鲁肃、张昭等十余人，追送备行，竟得相及；备从容见权，具言曹操方眈视荆州，不能不返，权亦未尝诘责，惟置酒饯别，且邀孙夫人过宴。鲁肃等未便列席，避入后仓。酒至半酣，备低声语权道："公瑾文武兼全，为万人杰，只恐他器量远大，未必肯久为人臣，愿公预防为是。"也欲谮毁周瑜耶？权含笑无言，待至宴罢，备夫妇仍出

登轻舸，扬帆径去；权亦退归。事见《周瑜本传》，罗氏《演义》
响壁虚造，究属不经。及备至公安，由诸葛亮等接入，备语亮
道："天下智士，所见略同，前日先生虑孤东行，也是为此；
若仲谋信从周瑜，恐孤不能与卿等再见哩。"诸葛亮等，并皆
起贺，一面开筵庆赏，喜气盈庭。备复重赏赵云，留居麾下，
不复再回桂阳；且作书寄吴，索借荆州。适周瑜自江陵诣吴，
问权何故纵备，权以防操为辞。瑜复说道："曹操新败，忧在
腹心，未能遽与将军构衅，刘备方结姻好，一时当不致失和；
但备不窥吴，必将图蜀，最好是先发制人，瑜愿偕奋威将军仲
异，名瑜，系孙坚弟静次子，时为丹阳太守。同取巴蜀，即留仲异
居守彼地，与马腾子超结援，瑜再还与将军夺据襄阳，向北蹙
操，方可图功。操若得破，刘备更可无虑了。"权应声称善，
即使瑜归整军马，为取蜀计。瑜返至江陵，途中得病，尚力疾
至巴丘阅操，且嘱孙瑜速赴夏口；并请孙权致书刘备，预为关
照，免受牵制。权乃使人至公安，赍书与备，略云：

> 刘璋不武，不能自守；若使曹操得蜀，则荆州危
> 矣。今欲先攻取璋，次取张鲁，一统南方，虽有十
> 操，无所忧也。

看官，这刘璋、张鲁，究是何人？璋即益州牧刘焉少子，
曾任奉车都尉，留居京师，献帝使璋抚焉，焉不愿报命，索性
使璋随侍蜀中；沛人张鲁，系五斗米道张陵孙，世承祖业，流
寓蜀中，鲁父衡早殁，鲁母颇有姿色，兼通鬼道，出入焉家，
得焉亲信，恐不免暗作鬼戏。焉遂令鲁为督义司马，出屯汉中。
既而焉生背疽，竟致暴亡，璋得袭职为益州刺史。张鲁积渐骄
恣，不服璋命，璋竟杀鲁母，与鲁成仇。鲁母始实通鬼道。鲁就
据住汉中，自号师君，大行鬼道，号学徒为鬼卒，学道有年，

进号祭酒，所行制度，约略与黄巾相似。璋屡与争战，互有杀伤，因此双方对峙，未分胜负。刘备与璋，统是汉室苗裔，既得权书，便出示诸葛军师，诸葛亮进议道："要取益州，何劳东吴？今且作缓兵计，复书相报，再作计较。"备即令亮缮好复书，交与吴使带回。吴使归报孙权，由权展阅，但见书中说是：

> 益州民富地险，刘璋虽弱，足以自守。今将军出师蜀汉，转运万里，欲使战克攻取，举不失利，此孙、吴之所难也。孙膑、吴起为古良将。议者见曹操失利于赤壁，谓其力屈，无复远志；试思操三分天下，已有其二，将欲饮马于沧海，观兵于吴会，何肯守此坐老乎？若转攻蜀汉，授操以隙，使得乘间东下，甚非计也。且备与璋，托为宗室，冀凭英灵，以匡汉朝；今璋即得罪于左右，备独悚惧，非所敢闻，愿加宽贷，谨布腹心。

权将来书阅毕，即寄示周瑜，瑜怎肯罢手，仍催孙瑜引兵就道。孙瑜颇谙韬略，与周瑜又相契合，两人同名，应该投契。当即由丹阳发兵，溯江至夏口，遥见前面排列战舰，阻住去路，不得不向他问明。忽有一人遥呼道："请吴将答话！"孙瑜望将过去，乃是荆州牧刘备，便与言奉命取蜀，备朗声答道："君欲取蜀，请从他道，备已贻书孙将军，劝他得休便休，若必欲取蜀，备当披发入山，决不敢为天下失信哩！"瑜再欲有言，备竟退入船中，累得孙瑜无法再进，又不好与他交战，自伤和气；只得麾舟退回，报知周瑜。瑜正想督军继进，接得此信，不由的忿怒异常，俗语说得好："怒气伤肝"，周瑜得病未愈，哪禁得一番盛怒？顿致口吐狂血，晕倒地上，经左右舁瑜至床，已是气息奄奄，延医调治，始终无效；自知病终不起，因令书记草一遗笺，口授数语道：

　　瑜以凡才，昔受讨逆将军之遇，指孙策。委以腹心，遂荷荣任，统御兵马，志执鞭弭，自效戎行，规定巴蜀，次取襄阳，凭赖威灵，谓若在握；至以不谨，道遇暴疾，延医疗治，有加无已，人生有死，修短命也，诚不足惜；但恨微志未展，不得复奉效命耳。方今曹操在北，疆场未静；刘备寄寓，有似养虎；天下事尚未知终始，此朝士盱食之秋，至尊垂虑之日也。鲁肃忠烈，临事不苟，可以代瑜。人之将死，其言也善，倘或可采，瑜虽死不朽矣。

　　口授至此，已喘急的了不得，复大呼道："既生瑜，何生亮？"呼罢即亡，寿止三十六岁。毕竟美人薄命，小乔又复丧夫。当由部将替他棺殓，并将遗书飞报孙权。权流泪叹惜道："公瑾有王佐才，今忽短命，孤赖何人？"及阅瑜遗笺，举肃自代，因即命肃为奋武校尉，使至巴丘，代领瑜营。瑜有两子一女，奉榇还吴，权加意抚恤，后来女配权子登，长子循得尚权女，拜骑都尉，颇有父风。循又早卒，弟胤官兴业都尉，封都乡侯，这且慢表。且说鲁肃往代瑜任，道出寻阳，晤见寻阳令吕蒙。蒙系汝南人，少年好武，不读经书，经孙权勖令求学，方专心攻习，手不释卷。肃与蒙相见，蒙置酒款待，谈论古今时事，各中窍要，肃起抚蒙背道："吕子明，蒙字子明。我不意卿才如此，竟非复吴下阿蒙了！"蒙笑答道："士别三日，当刮目相看，大兄何轻事觑人？"肃乃进拜蒙母，珍重言别。及抵江陵，仍执定前意，请暂将荆州，借与刘备，权复书依议，于是召孙瑜还守丹阳，把江陵南郡等地，借备管领。备令诸葛亮守南郡，关羽守江陵，张飞守秭归，自驻潺陵。曹操闻周瑜死耗，心下甚喜，正拟亲颁手书，嘱曹仁等再取荆州，忽又接到探报，乃是孙权将荆州借备，不觉转喜为惊，举笔投地，乃将进取荆州问题，暂从搁置。自就邺中，造一铜雀台，随时游赏，且更迭下令，访求才士，不计名节，但尚智谋。此为曹阿瞒意中之才士。嗣复让还三县，故意鸣谦，自称出仕本意，但望为国家讨贼立功，得一侯爵，他日死后，题志墓道，号为"汉故征西将军曹侯之墓"，于愿已足；适值国家多难，举兵四讨，幸得削平群慝，位至宰相，贵显已极，尚复何望？但若今日无孤，正不知几人称王，几人称帝？或见孤兵势强盛，疑有异志，实为大谬，周文王三分有二，尚服事殷，私心耿耿，每怀古人；本拟解职就国，但恐兵柄一解，为人所害，慕虚名，受实害，窃所未甘；如果人人心服，何必防害？惟封邑可得辞去，今且上还阳夏柘苦三县，只食武平万户，少减孤责，且期免谤云云。说来似属娓娓可听，一经明眼人瞧着，早已知他饰辞欺人，欲盖弥彰了。小子有诗叹道：

> 心同王莽口周文，汉贼何曾知有君？
> 怪底后人多踵智，好将伪语诳同群。

曹操虽自言无他，但拓土争雄的思想，日甚一日，免不得又要动兵了。欲知他何处用兵，待至下回续叙。

孙权以妹妻刘备，详阅史传，并非计出周瑜，而罗氏《演义》，谓瑜使用美人计，弄假成真，说得周瑜如何刁狡，诸葛亮如何神奇，褒之太过，毁之亦太甚。虽系小说，究不应如是雌黄，得是书以矫正之，则足以存史之真，而不至为野乘所误耳。周瑜年第逾壮，方可有为，乃以意气之未除，遽致短命，不无可惜。至若三气周瑜之说，亦属无稽，尽信书不如无书，况燕谈郢说乎？

第八十六回

拒马儿许褚效忠　迎虎主刘璋失计

却说关西一带，向由马腾、韩遂驻扎，两人本相和好，结为异姓弟兄，嗣因部曲相侵，竟成仇敌。曹操奉承诏命，替他和解，征马腾为卫尉，使腾子超，代领部众。操欲往攻汉中，先遣亲将夏侯渊，发兵河东，与关中督军钟繇相会。关西诸将，闻事生疑，马超少年好勇，更恐操征父入朝，不怀好意，又复联同韩遂，及侯选、程银、李湛、张横、梁兴、成宜、马玩、杨秋八部兵马，会师十万，进攻潼关。操得知警报，便加罪马腾，阖家下狱；据《马超传》中，超起兵后，为操所败，操始灭马家。可见罗氏《演义》所叙无据。当即命曹仁率同诸将，驰往守关，嘱使坚壁勿战，然后亲督大军，从后继进。建安十二年七月，出发邺中，使子丕为五官中郎将，与奋武将军程昱等，留守邺城，此外谋臣猛将，统皆从操西行。好容易到了潼关，与超夹关立营，或谓关西兵士，多习长矛，非精选前锋，不能与敌，操掀须微笑道：“战与不战，主权在我，贼众虽持长矛，我若使他无所用处，怎能便刺诸君？但看我破贼便了。”乃但令将士固守，潜遣朱灵、徐晃二将，率步骑兵四千人，渡蒲坂津，沿河屯扎。马超闻曹军分扎河滨，料操必将北渡，来袭背后，乃急向韩遂献议道：“操军若得至河北，势难与敌，超愿引兵截住渭河，使他不得北渡，彼远来乏粮，不消二十日，河东粮尽，怎能不走？到那时我军追击，必获全胜。”遂答说道："何必如此？待他半渡时，出兵奋击，岂不更快么？"遂计未始不是，但不若超计之完善。超意虽未惬，但也以为不失中计，专探听南岸消息。翌晨得探马走报，曹操已带领全军，将要渡河了，超亟率部众万余人，驰往截击。遥见操踞坐南岸，麾兵渡河，便即纵马过去，直前奔操，操尚端坐不动，好胆略。旁由许褚大叫道："贼来了，请丞相赶紧下船！"操还说贼至无妨，回头一瞧，相距不过百余步，倒也心惊，因即起身离座。许褚忙将操拖了过去，正要登舟，超已杀到，亏得操手下亲从，拼命敌住，操才得下船。岸上余兵，半被超军杀死，剩得若干残卒，逃回河边，争欲上船避敌，船重将复，许褚竟执刀乱砍，把船旁危立的兵士，都劈落水中，急命水手开船西驰。哪知南岸的马超，麾兵攒射，箭如飞蝗，曹操船上的水兵，尽被射死；连船中士卒，亦多中箭倒毙。许褚恐操受伤，左手举马鞍蔽操，右手握木篙撑船，再用两足夹舵，向西摇去。操至此也叹息道："马儿不死，我无葬地了！"适有渭南县令丁斐，在南岸散放牛马，作为敌饵，超众不免贪利，都去夺取牲畜，无心追操，操方得安抵北岸。

至蒲坂下营，割须弃袍事，不见史册，故亦不载。将士等各来请安，操大笑道："我今日几为小贼所困，幸得许仲康救我。"仲康即许褚字。许褚接说道："还幸南岸有牛马四放，贼争取牛马，始得渡河。"操亟问牛马为何人所放，褚亦不知，至派人访问，才知由丁斐所为，当即擢斐为典军校尉，并加厚赐。一面饬诸将带同兵役，就河岸筑起甬道，由北至南，甬道外多张旌旗，作为疑兵，暗中却用舟载兵，偷过渭水，筑造浮桥，便在渭南结营立栅。偏又为马超所闻，屡来冲突，营不得立，地又多沙，栅树便倒，害得操无计可施。忽来了一个娄子伯，黄冠野褐，向操献计，不知此是何人？说是秋尽冬来，天气骤冷，但教夜间起沙为城，用水灌沃，凌晨凝冱，一日可成；操依言

施行，果得奏功。超急来攻击，已是不及，乃与韩遂会计，黄
夜劫营。不防曹操预先设伏，反把超军围住，经超奋力杀出，
已伤折了许多人马。超经此一败，锐气顿挫；又见韩遂等不肯
努力，专靠自己一人厮杀，越觉怏怏。此反间计之所由来也。韩
遂本来无能，更欲易战为和，向操议款，超怀着满腔懊闷，不
愿争议，听令遣人求和，遂即派人至操营，自请割地纳质，各
息兵戈。操不肯遽允，独贾诩进言道："彼来求和，何妨慨
许？明日与韩将军相见便了！"说着，以目视操，操已经会
意，即遣来使返报。至来使去后，又问贾诩道："计将安出？"
诩附耳语操，说是如此如此，操鼓掌称善，越日排队出营，专
请韩遂会叙。操与遂父同举孝廉，又与遂同时出仕，两下相
见，只把旧事重谈，并不提起军情。超在遂后面，相距颇远，
听不出什么问答，惟欲乘间刺操，骤马向前，蓦见操背后立着
一人，怒目持刀，好似地煞星一般，因不敢率尔举手，但向操
问道："汝军中虎侯为谁？"操回顾许褚，褚厉声道："即我便
是！"超不复多言，勒马便回；遂亦与操罢谈。正要话别，遂
军各上前观操，操扬鞭与语道："汝等欲观曹公么？曹公与人
无异，并非四目两足，不过智识较多呢！"说至此便向遂拱
手，径回营中，遂亦自归。超不能再忍，就问操有何言，遂答
称操无他说，止叙旧谊，说得超越起疑心。过了一宵，又由操
贻书与遂，书中多半改窜，遂展书阅毕，正在惊讶，忽由超入
帐索书，取过一看，越看越疑，总道是韩遂有心改抹，悻悻趋
出；越宿与成宜、李堪两军，率兵攻操。操先令轻骑接战，约
阅多时，一声鼓响，发出两翼，抄击超军，超支持不住，向后
倒退，成宜、李堪，被操军包裹了去，先后战死，操军愈奋，
超军愈怯，韩遂又不肯援超，超只好西奔，遂亦遁去。操麾兵
追超，至数十里外方回，关中复安。操下令班师，凉州参军杨
阜，进见曹操道："马超骁勇，不亚吕布，羌胡等并皆畏服，

苦大军遽归，不复设备，恐陇上诸郡，终非国家所得有哩。"
以曹操为国家，都是被欺。操闻阜言，不免迟疑，会得河间警信，
乃是土豪田银、苏伯等作乱，乃决计还军，令阜辅冀州刺史韦
康，镇守河北，留夏侯渊屯长安，使为援应，自引兵还邺中。
遣将讨平田银、苏伯，然后上书奏报，且请诛马腾家族，于是
马腾阖门一二百口，并受诛夷，虽由超私忿忘亲，毕竟是曹瞒
毒手杀人，如刈草芥呢！一语断定。

　　且说益州刺史刘璋，袭父遗业，因与张鲁屡年战争，也恐
人心未服，特向朝廷上表，且遣使致意曹操。操承帝命，令璋
领益州牧，加封振威将军。璋庶兄瑁，为平寇将军，瑁忽发狂
疾，竟致殒命。为下文刘备纳瑁妻伏笔。既而璋复遣别驾张松，
向操修好，操方击破马超，还兵至邺，见了张松，颇有骄态，
傲不为礼。松即日回蜀，劝璋绝操，璋疑虑道："我若绝操，
操兵必来进攻，如何抵敌？"松答说道："将军如何舍近图远？
好好一个宗亲，不去结交，却要去孝敬曹操，真令人不解
了！"璋问为何人，松即把刘备大名，陈说出来，璋又虑无人
可使，松又举荐一人，叫作法正。正籍隶扶风，曾为益州军议
校尉，有所陈请，不得施行，所以居常抑郁，每与松谈及世
事，互相叹息。至此由松推举，叫他出使，他却故意推让，经
璋面命至再，方赴荆州。好多时才得归来，具言刘备宽仁长
厚，足为外援，又退见张松，独谓备雄武过人，可以奉作州
主，松亦怀有此意，乐得与正定谋，待时乃动。会值曹操命锺
繇发兵，进逼汉中，张松即乘机说璋道："操兵西来，势不可
当，若既据汉中，必入巴蜀，将军将如何抵御呢？"璋怆然说
道："我正为此担忧，未知卿有无良策？"松答说道："莫若先
迎刘豫州，刘豫州为将军宗室，且与曹操有仇，必能帮辅将
军，同心并力；今趁操军未入汉中，亟请刘豫州来蜀，使讨张
鲁，鲁必破灭；鲁灭以后，益州无虞，操军虽来，也是无能为

呢。"拒狼引虎，终要噬人。说得刘璋喜出望外，即命正调兵四
千人，往迎刘备；正奉命欲行，突有一人趋入道："不可不
可！刘备素有英名，岂肯屈居人下？今招令入蜀，视若部曲，
彼必不服，待以客礼，免不得喧宾夺主，客得安如泰山，主人
却危如垒卵，决不可从！"璋见是主簿黄权，进来谏阻，便怫
然道："曹操若长驱入境，试问汝能抵拒否？"权答说道："益
州不少将士，宁独一权？倘曹兵入境，权愿与诸将深沟高垒，
据险固守，也未必定为操胜呢。"璋摇首道："单靠本州将士，
怎能敌操？待至兵败地失，还有何幸？"权再欲有言，璋竟不
令多说，叫他出任广汉长，权只好去讫。又有从事王累，亦阻
璋迎备，璋亦不听，遂使法正起行。正到了荆州，刘备诸葛亮
以下，很表欢迎，比初次还要优待。正即向备献策道："如明
公大才，何必局促居此？益州天府，刘牧庸愚，公若不取，必
为操有；现宜从速进行。张别驾又为内应，何患不成？"备踌
躇道："刘季玉璋字季玉。与我同宗，我不忍夺取，还须从长
计议。"

　　正谈话间，有文吏趋入，扬眉与语道："天与不取，反受
其咎，愿将军勿疑。"刘备瞧着，乃是副军师庞统，便欠身邀
坐。庞统就是庞士元，号为凤雏，籍出襄阳。见八十二回。吴
督周瑜，尝契重统才，当夺取江陵时，曾荐统为南郡太守；未
几瑜殁，统送丧至吴，吴人陆绩、顾劭、全琮等，皆与统交
结，引统入见孙权，权见他面貌不扬，淡漠相待，仍令还守原
职。统返至南郡，适荆州借与刘备，由诸葛亮前来接取，见前
回。亮与统本来熟识，且关亲谊，统为庞德公从子，德公子尝娶亮
姊为妻，故云亲谊。当即代作荐书，使统诣备。统复向鲁肃辞
行，肃正欲与备结好，许令前去。及备得见统，也与孙权一般
思想，但使他为耒阳县令，统到任后，高卧不治，被备下令免
官。可巧鲁肃使至，遗书通问。书中询及庞士元，谓士元非百

里才，当使为治中别驾，方得展彼骥足等语。备尚以为疑，及诸葛亮面与备言，详述统历来闻望，备始猛忆道："彼就是司马德操所说的凤雏么？"亮答言正是，且谓德操雅善知人，世因称他为水镜先生。_{补前文所未及。}备忙邀入庞统，亲自谢过，进为治中从事，嗣且拜为副军师中郎将，待遇与亮相同。及法正愿献益州，备尚迟疑未决，因即入帐怂恿，劝备速行。备尚拟从缓，统申说道："荆州荒残，人物凋敝，且东有孙吴，北有曹操，如何得志？今益州户口百万，土广财富，可资大业，奈何不往？"备半晌方说道："我与曹操，常相水火，操以急，我以宽，操以暴，我以仁，操以谲，我以忠；今若贪利忘义，食言背信，不但操将笑我，天下亦且叛我，如何行得？"_{非虑曹操，实怕孙权。}统微笑道："将军但知守经，未知达变；方今四海流离，不能拘守一道，汤武尝兼弱攻昧，不失为顺，若事机顺手，得取益州，封璋大国，亦不失为信义；今日不取，徒为人利，将军原是有损，刘璋岂真有益吗？"备不禁心动，乃遣法正归报刘璋，约期相见。待正既去，复请诸葛亮决议，亮所说略如统言，因留亮居守荆州，关张赵三将为辅；自己带同庞统，及黄忠魏延诸将，令步卒数万人，西赴益州。刘璋先得法正归报，已知备即日将至，便令地方官吏，沿途供张，不得有慢，至备既入境，官吏都出郊迎接，馈遗不绝。行抵巴郡，太守严颜，独拊膺叹息道："这叫做独坐深山，引虎自卫呢！"话虽如此，但既奉璋命，不得不照例供给。备得一路无阻，直抵涪城，刘璋亲率步骑三万余人，至涪城迎备。黄权又复力阻，璋终不从。王累且倒悬州门，俟璋出城，抗声强谏，璋仍置诸不理，累竟用刀割绳，跌毙城下。璋使法正为先驱，驰白刘备。正已与张松筹定密计，见备后，便劝备乘会袭璋，备摇首不答。庞统进说道："今若在会所执璋，一举便可得益州了。"备蹙然道："初入他国，恩信未著，仓卒欲行此事，莫谓益州无人，遂不用正谋。"既而刘璋已到涪城，与备会面，叙及世系，应该兄弟相称，当下略迹言情，备极欢洽，今日合宴，明日会饮，差不多有数十天。璋推备行大司马，领司隶校尉，备亦推璋行镇西大将军，领益州牧，互相标榜，互相敬重，几比同胞兄弟，还要亲昵三分。璋乃请备出击张鲁，备毫不推辞，由璋厚加资给，握手送行。

　　备北至葭萌关，接到荆州报信，乃是孙夫人由吴迎去，备子禅本与偕行，幸由张飞、赵云，将禅截回云云；未几又得孙权致书，说是曹操攻吴濡须坞，兵锋甚盛，乞备还援。原来孙权从张纮议，由吴会徙居秣陵，改号建业，筑造石头城；即金陵，为六朝建都之始基。又用吕蒙计策，就濡须水口，创设船坞，预备拒曹。旋闻刘备西入益州，自背前言，权不禁大怒道："猾虏乃敢如此么？"妹倩为猾虏，妹亦可呼为猾妹。遂潜遣舟船迎妹。赵云受刘备嘱托，管理家事，此时巡弋江面，便截住孙夫人，又得张飞为助，夺还刘禅，但放孙夫人过去。权既将妹迎还，便想进袭荆州，不防曹操已乘隙东来，进攻濡须坞口，权与备失和被操利用，可见鲁肃之主张和备实为上计。权急出师堵御，与操对垒多日。操见权军伍整齐，防堵严密，也极口称赞道："生子当如孙仲谋，若刘景升诸子，真是豚犬，有何用处？"既而得权来书，内言春水方生，公宜速去；又云足下不死，孤不得安。操笑语诸将道："权不欺我！"遂撤军西归。权本欲移攻荆州，恐曹操以退为进，乃寄书刘备，致意乞援，令备不得安取益州。备得信生怒道："彼无故劫我妻孥，尚敢向我求援么？"庞统道："吴不欲我得益州，故借求援为名，促我还师，我既到此地，怎肯空回？现在却有三计，请将军自择。"备当然愿闻，统便说道："今若潜遣精兵，昼夜兼道，径袭成都，璋既不武，又无预备，我军猝至，一举便定，这是上计；杨怀高沛，为璋名将，现方据守白水关，曾闻他上书谏璋，毋归我军，我正好因孙曹相争，伪言还顾荆州，即日东归，杨高二将，喜我退师，必来送行，我就将他擒住斩首，长驱捣入，乃是中计；若退还白帝城，空回荆州，徐作后图，便变做下计了！"备答说道："愿从中计。"当下贻书刘璋，只言曹操东攻孙吴，荆州地处要冲，也属可危，备不得不还兵自顾，幸借精兵万人，粮万斛，返击曹操，俟操退兵，再讨张鲁未迟。这书到了成都，璋展览后，自思迎备入蜀，本为灭鲁拒操起见，今备还援荆州，与己无益，还要借索如许兵粮，殊属不情；且除张松法正外，无论文武官吏，多言备不可亲，也未免有所感动，因止给羸兵四千人，劣米五千斛，交与刘备。备怒对来使道："我为益州讨御强敌，师劳力殚，今汝主靳财吝赏，如何得使将士效死哩？"来使返报刘璋，张松在旁听着，还道备真要东归，忙遣法正驰告道："今大事将成，如何舍此他去？请亟进兵为要。"哪知备尚未进兵，松谋已为乃兄所泄，乃兄叫作张肃，曾为广汉太守，一闻松谋，恐灭门遭累，竟去报告刘璋。璋至此如梦初醒，捕系张松，立命斩首，且令关隘守将，不得复与刘备交通，但已是无及了。小子有诗咏张松道：张松献西川地图，亦属后人附会，概不屑入。

食禄应思勉效忠，如何卖主妄邀功？
西川未去头先落，奸猾由来少善终。

张松方死，刘备已进赚杨怀高沛，把他们拘戮，欲知被戮情形，下回再行详叙。

马超猛将，韩遂庸奴，两人皆非曹操敌手。但操先轻视马超，当引兵北渡时，危坐不动，微许褚之翼操下船，几已为马超所毙矣。及已知超勇，始用贾诩

计议，立马语遂，抹书间超，超刚而遂愚，适堕操
计，此用兵之所以尚谋也。刘璋暗弱，即使不迎刘
备，亦未必常能守成；益州不为备有，亦必为曹操所
取耳。但张松法正并为璋臣，璋可辅则辅之，不可辅
则去之；必卖主而求荣，殊非人臣之道，松之受诛宜
也！法正特幸而脱祸耳，是可为后世之不忠者戒焉。

第八十七回

失冀城马超奔难　逼许宫伏后罹殃

　　却说刘备用庞统中计，佯欲东归，即遣人至白水关，报告杨怀高沛二将；杨高巴不得刘备东归，亲出送行，突被备军擒住，说他居心不良，立命斩首，遂占据白水关，进拔涪城。是时法正才到，始知备系诈言东归，当即入贺。备留住法正，探听成都消息，得悉张松被诛，关隘不通，益州从事郑度，向璋献计，教他坚壁清野，固垒勿战，免不得心下担忧。因即转问法正，正慰解道："刘璋无谋，终不能用此计，请将军放心。"果然璋不从度言，但遣部将刘璝冷苞张任邓贤等，引兵拒备，累战皆败，退保绵竹。备置酒大会，宴集将士，饮至半酣，顾语庞统道："今日宴会，不可谓不乐了！"统直答道："伐人家国，反以为乐，仁主用心，不宜如此。"备已酒意醺醺，听得统言，很觉逆耳，便作色道："武王伐纣，前歌后舞，难道不算为仁主么？卿言殊不合理，可速退去！"统大笑而出；备亦因醉入寝，一睡竟夕。翌旦方起，自觉前言未忘，深加后悔，遂延统入厅，向他谢过；统却不答谢，谈笑自若。备复说道："昨日言论，我为最失。"统方答道："君臣俱失，何必追忆？"善于分谤。备乃开颜大笑，欢叙如恒。既而刘璋复遣吴懿、李严、费观诸将，出御备军，先后败挫，反皆降备，备军益强；分遣诸将略定蜀地。冷苞邓贤战死，张任刘璝，退至雒城，璋子循奉了父命，至雒助守。任素有胆力，屡出冲围，虽屡被击退,气不少衰;备与庞统商定计策,诱任出城,引过雁桥,把桥拆断,前后夹攻,害得任进退无路,为备所擒。备劝任投降,任抗声道:"忠臣岂肯复事二主?速死为幸。"备始令推出斩首,收尸礼葬;任死雁桥,在庞统未死之前,史可复按;罗氏《演义》指为任之受擒出自诸葛,且雁桥上加一"金"字,不知何据。且命诸军四面筑垒,并力围城。刘循刘璝,不敢再出,但从严防守,积久未懈,城中所需粮食,又由刘璋源源接济,故相持逾年,尚得守住。备正在焦急,忽接到葭萌关来书,乃是守将霍峻,报称张鲁诱降,已经叱退;现由璋将扶禁向存等来攻,正由峻设法抵御等语。原来备自葭萌关还袭益州,留中郎将霍峻守关,部兵不过千人,张鲁遣将杨帛招峻,峻怒叱道:"我头可得,城不可得!"帛乃退出。嗣由刘璋遣兵万余人,从阆水上攻,统将就是扶禁向存,亏得峻战守有方,尚得以少制众。惟备得了此信,越觉加忧,既不便分兵援峻,又恐巴东有警,截断后路;不得已致书荆州,请诸葛亮派兵相助。独庞统急欲邀功,亲出督军,猛攻雒城,城上矢如雨下,竟将统射中要害,回营毕命。落凤坡诸说,亦属无稽。

备失去庞统,如断右臂,飞使邀请诸葛军师,入蜀参谋。诸葛亮已遣张飞西行,至此闻庞统又殁,不得不亲身入蜀;乃将荆州全权,尽委关羽,自率赵云等,泝江西进。时张飞已至巴郡,为太守严颜所遏,不得前往。飞用诱敌计,擒住严颜,瞋目呵叱道:"大军到此,汝何故不降,反敢拒战?"颜亦抗语道:"汝等不道,侵犯我州,我州只有断头将军,没有降将军!"飞闻言愈怒,顾令左右道:"快把这老匹夫,砍下头来!"颜神色不变,向飞笑语道:"要砍便砍,盛怒何为?"说得飞也为心软,竟下座释颜,延诸上座,优礼相待;颜感飞厚遇,乃许投诚。葬张飞也有奇谋。飞遂令颜为前导,畅行无阻,直抵雒城,与备会师。诸葛亮亦令赵云先驱,从外水经过江阳犍为，所至皆降，也得至雒城相会。雒城固守年余，已经力乏，怎禁得备军大至？不由的慌乱起来。刘循开城夜遁，刘瑰为乱军所杀，雒城遂为备有了。备正思进攻成都，有人报知张鲁援蜀，特遣骁将马超，领兵西来。超素有勇名，为备所知，当即与商诸葛亮，亮笑答道："将军勿忧，但遣一辩士往说，便可招降。"乃留意简选，得了一个建宁人李恢，前为郡中督邮，方来投备，雅善口才，遂遣令前往。究竟马超如何投依张鲁，又如何助鲁援蜀，说来又是话长，不得不从简补叙。

超自为曹操所败，西奔凉州，果如杨阜所料，略夺陇上诸郡，回应前文。又复进攻冀州；刺史韦康，忙遣别驾阎温，告急长安。不料温出水关，被超擒斩，急得韦康没法，只好请降。杨阜哭谏不从，竟开门迎超，超却将韦康杀死，独用杨阜为参军，自称征西将军，领并州牧，督凉州军事。长安屯将夏侯渊，闻信驰救，反为超所杀败，只好退还。会阜遇妻丧，乞假归葬，路过历城，得见抚夷将军姜叙，叙与阜为中表弟兄，当然延入。阜面有戚容，叙还道他是悼亡心切，不便多问。及进谒叙母，索性泪下不止，叙忍不住诘问道："妻殁不妨续娶，何必过哀？"阜摇首道："何从为此？"叙复问何因，阜凄然道："守城不能完，主亡不能死，恨无面目再见尊亲；但阜无权无勇，不能力讨超贼，独怪兄拥兵历城，忍心坐视，咎亦难辞，《春秋》书赵盾弑君，便是此意。"叙慨叹道："我非不欲讨超，实恐超勇悍过人，急切难图。"阜又说道："超强暴无义，非真难除。"叙母亦接口道："汝不早图，尚待何时？即如韦使君遇难，亦岂尽由义山负责？阜字义山。汝亦与有过失呢！人谁不死？死得有名，奈何不为？汝若虑我年老，我已将生死置诸度外，毋劳汝忧。"叙母亦一女丈夫，可惜见理未明。叙乃与校尉赵昂尹奉等，合谋讨超。又由阜致书冀城，潜结军吏梁宽赵衢，使为内应，安排已定。惟赵昂有子名丹，在超麾下，昂引为己忧，归语妻室，妻厉声道："为君父雪耻，陨首亦属无妨？何况一子呢！"又一奇妇人，但究不知谁为君父。昂意乃决，遂据住祁山，与姜叙杨阜，同声讨超。叙阜两人，进兵卤城，超听赵衢诡议，亲出拒战，留衢与梁宽守城。及与叙阜交锋，不能得利，引兵退归；哪知城门紧闭，连呼不应，但掷出头颅数枚，超不瞧犹可，瞧了一遍，险些儿坠落马下。看官！这是何故？原来是娇妻爱子的首级。有勇无谋，如何保家？当下越悲越怒，恨不把城池踏破；可奈姜叙杨阜及赵昂等，两面杀到，只好回头就走。赵昂子丹，由超带着，就将他一刀两段。复悄悄的掩袭历城，竟得冲入，搜获姜叙老母，用刀搁颈，逼令召叙回来，叙母大骂道："汝乃背父逆子，杀君恶贼，为天地所不容！尚敢横行人世么？"说到末句，头已落地。

　　杨阜闻历城失守，忙引兵还援，与超交战城下，拼死力斗，身中五创，尚不肯退。嗣由姜叙赵昂等，一齐杀到，方将超众杀败；超乃南走汉中，投依张鲁。鲁令超为都讲祭酒，且因超妻子被戕，欲把爱女嫁为继室。或谓超不知爱亲，怎能爱人？鲁乃罢议。超从鲁乞师，往围祁山。姜叙等又向夏侯渊告急，渊使偏将张郃，率五千军先行，自督万人继进，击走超军；复移兵长离，大破韩遂残众，然后还师。超败回汉中，鲁以为超无能为，礼貌渐衰。鲁将杨伯等，更欲害超，超当然愤悒。适刘璋失去雒城，急不暇择，反使人向鲁求救。鲁与璋本系世仇，怎肯赴急？偏马超欲乘此图功，愿去取蜀。鲁乐得遣超一行，阳助刘璋，阴图刘璋。超有部将二人，一系从弟马岱，一系南安人庞德，并皆勇敢。德适遇疾，不能从军，留居汉中养疴。超只偕岱西进，由鲁拨兵数千，给令同行。到了武都，正值李恢奉刘备命，前来招降。恢本来善辩，再加超乞得此差，原为避祸起见，一经恢巧言说合，自然语语投机，当下随恢同进，直指成都。刘备已自雒城进发，先至成都城下，既得马超来降消息，便欣然说道："我定可得益州了！"乃潜分兵数千，使会超军，嘱令屯驻城北，交逼刘璋。璋还道马超来援，登城俯问，哪知超扬鞭仰指，口口声声，叫璋出降刘豫州，吓得璋面色如土，几乎跌倒。经左右扶璋下城，璋长叹道："不听忠言，悔无及了！"庸主往往如此。会由刘备遣从事简雍，入劝璋降。璋城中尚有兵士三万人，谷帛足支一年，吏民多欲死战。璋流涕道："我父子在州二十余年，并无恩德加及百姓，百姓为璋攻战数年，已害得膏血涂野，璋何忍再令死斗，使无孑遗？不如出降为民罢了。"说得群下都为流泪，璋无可奈何，只得与简雍并舆出城，径诣备营。备开门迎璋，面加抚慰，复偕璋入城安民，所有璋私储财物，一并检还，令佩振威将军印绶，徙居公安。一面大开筵宴，遍飨士卒，取库中金银，分赏将吏，多寡有差。备自领益州牧，进诸葛亮为军师将军，黄忠为讨虏将军，魏延为牙门将军，糜竺为安汉将军，简雍为昭德将军，孙乾为秉忠将军，伊籍为左将军从事中郎，马超为平西将军，法正为蜀郡太守，兼扬武将军；旧益州太守董和，得掌军中郎将，并署左将军府事，旧广汉长黄权得为偏将军；尚有严颜吴懿费观李严宓许靖费诗孟达彭羕等一班降官，约数十人，并皆录用。独零陵人刘巴，夙负才名，曾由备具书招致，巴不肯从，反自交趾入蜀，奔依刘璋；及璋迎备，巴一再谏阻，拟备为虎，终不见听，乃闭门称疾。备攻成都，即下令军中，谓有人害巴，诛及三族。故成都既下，得巴甚喜，令为左将军西曹掾，巴无奈受命。璋将扶禁向存，前尝围攻葭萌关，逾年不克，至成都围危，两将当然撤还，被守将霍峻，追击一阵，向存授首，扶禁遁去。备因霍峻有功，授峻为梓潼太守，全蜀悉平。惟刘璋家眷，已俱随璋东徙，只有璋寡嫂吴氏，为刘瑁妻，即吴懿妹，依兄居住，仍在成都。吴氏少时，有相士谓当大贵，璋父刘焉，因娶为子妇。偏偏结褵未

几，竟丧所天，相士所言，似乎未验。想由相士未便详说，留此
缺陷。到了备据益州，独少内助，孙夫人已经还吴，备恨她迹
同专擅，且与孙夫人虽为夫妇，仿佛一闺中敌国，随时加防，
故由她大归，不愿再还。于是左右从臾，竟将懿妹吴氏，向备
关说。备使人觇视，华颜未老，丰韵犹存，却也有些合意；但
自思与瑁同族，未免含嫌，何必定纳娶妇？不但同宗有嫌！乃更
问法正。正答说道："晋文且纳怀嬴，比诸将军，相去何如？
将军尽可从权呢。"恐是逢君之恶。备乃决纳吴氏，重整鸾凤，
领略温柔滋味。这且不必絮谈。

　　且说法正得掌重任，外统都畿，内参帷幄，无德不酬，无
怨不报，常擅杀仇人数名。或请诸葛亮转达刘备，预加抑制，
亮独驳说道："主公在公安时，北畏曹操，东惮孙权，内复为
孙夫人所制，日夜不安，幸得法孝直入为羽翼，导引西翔，今
主公已得高飞，难道孝直独应下降么？"但口中虽有此论，心
下也不无微嫌，遂改订治蜀条例，概从严峻。法正语亮道：
"昔高祖入关，约法三章，公初至益州，亦应缓刑弛禁，借慰
民望，奈何反从严峻呢？"正要你知法守正！亮正色道："君但
知一不知二，秦尚苛法，高祖不得不从宽；今刘璋暗弱，德政
不举，威刑不肃，蜀土人士，无法已久，我今以法率民，法行
然后知恩，以爵限吏，爵加然后知荣，恩荣并济，上下有节，
方可挽回宿弊，否则恐复蹈故辙了。"法正也为佩服，渐自敛
戢，不敢犯禁。吏民亦各守法规，比那前时的上疲下玩，已好
得许多，这就叫作乱国用重典呢。且说曹操攻吴不克，撤兵还
邺，休息了一两年，但时常示意左右，表扬功德；有诏令操剑
履上殿，入朝不趋，赞拜不名。既而长史董昭，复谓操宜进爵
国公，加九锡礼。侍中荀彧，独向昭驳说道："曹公本仗义兴
师，匡朝宁国，岂徒为安富尊荣起见？君子当爱人以德，不宜
谄谀若此。"昭怀惭而退；偏被曹操闻知，暗生忿恨。会值或

有小恙，乞假数日，操竟借馈食为名，使人持送一盒；及彧揭视，乃系一个空器，并没有甚么珍馐，遂长叹数声，服毒自尽。死得迟了。彧子恽讣告曹操，操佯为举哀，予谥曰敬，令恽袭爵为侯。越年建安十八年。由御史大夫郗虑，赍奉册书，命操为魏公，兼加九锡。策文有云：

朕以不德，少遭愍凶，越在西土，迁于唐卫，当此之时，若缀旒然；幸天诱厥衷，诞育丞相，保乂我皇家，弘济于艰难，朕实赖之。今将授君典礼，其敬听朕命，昔者董卓不道，挠乱王纲，赖君首启戎行，得平大憝；后及黄巾，反易天常，侵我三州，延及平民，君又剪之，以宁东夏，此则君之功也。韩暹杨奉，专用威命，君则致讨，克黜其难，遂迁许都，造我京畿，设官兆祀，不失旧物，此又君之功也。袁术僭逆，肆于淮南，惵惮君灵，用丕显谋，蕲阳之役，桥蕤授首，积威南迈，术以陨溃，此又君之功也。回戈东征，吕布就戮，乘辕将返，张杨殂毙，眭固伏罪，张绣稽服，此又君之功也。袁绍逆乱天常，谋危社稷，凭恃其众，乘兵内侮，君奋其武怒，运其神策，致届官渡，大歼丑类，俾我国家，拯于危坠，此又君之功也。济师洪河，拓定四州，袁谭高干，咸枭其首，海盗奔迹，黑山顺轨，此又君之功也。乌桓三种，崇乱二世，袁尚因之，逼据塞北，束马悬车，一征而灭，此又君之功也。刘表背诞，不供贡职，呈师首路，威风先逝，百城八郡，交臂屈膝，此又君之功也。马超成宜，同恶相济，滨据河潼，求逞所欲，殄之渭南，献馘万计，遂定边境，抚和戎狄，此又君之功也。鲜卑丁零，重译而至，单于白屋，请吏率职，此又君之功也。君有定天下之功，重之以明德，班叙风俗，旁施勤教，恤慎刑狱，吏无怀慝；敦崇帝族，表继绝世，旧德前功，罔不咸秩。虽伊尹格于皇天，周公光于四海，方之蔑如也。我为阿瞒羞死。朕以眇眇之身，托于兆民之上，永思厥艰，若涉渊水；非君攸济，朕无任焉！今以冀州之河东河内魏郡赵国中山常山钜鹿安平甘陵平原凡十郡，封君为魏公，锡君玄土，苴以白茅，其为丞相领冀州牧如故，又加君九锡。其敬听朕命，简恤尔众，时亮庶功。用终尔显德，对扬我高祖之休命。

当时九锡典礼，一是车马，大辂戎辂各一。二是衣服，衮冕之服，赤舃副焉。三是乐悬，王者之乐。四是朱户，户用朱色。五是纳陛，所以登阶。六是虎贲，三百人。七是斧钺，八是弓矢，九是秬鬯圭瓒。操既得此异数，应思如何报答，哪知他愈贵愈横，愈荣愈恶，不但建宗庙，立社稷，置尚书侍中，六卿僭拟皇家；甚且一朝国母，也被曹操害死，连二子也送入黄泉，说来尤令人发指。先是董贵人遇害，伏皇后内不自安，尝与父伏完手书，数操罪恶，乞完伺隙密图。完虽尝授职辅国将军，却是性甘恬退，不愿与曹操争权，所以接得后书，始终未发。至操为魏公，伏完已殁过三四年了。操有三女，长名宪，次名节，又次名华，长次俱纳入皇宫，惟季女尚幼，在闺待年，拟及笄时，续行送入。莽只献入一女，操却纳入三女，总算忠心。献帝并封为贵人。甫越期年，不意伏后致父书信，竟被伏家怨仆，偷献曹操，操不禁大怒，立入宫中，胁迫献帝，废去伏后。献帝踌躇未忍，操不待许可，便使尚书令华歆，代草诏书，逼帝盖印。书中有云：

　　皇后伏后名寿。得由卑贱，登显尊极，自处椒房，二纪于兹，既无任姒徽音之美，文王母太任，武王母太姒。又乏谨身养己之福，而阴怀妒害，包藏祸心，弗可以承天命，奉祖宗；

今使御史大夫郗虑，持节策诏，其上皇后玺绶，退避中宫，迁于他馆。呜呼伤哉！寿自取之，未致于理，为幸多焉！

诏至中宫，伏皇后惊出意外，不敢不将后玺缴出，正想出徙别馆，忽闻外面人声嘈杂，好似来捕大盗一般，吓得伏后三脚两步，急至复壁间躲避。谁知助操为虐的华歆，引兵入宫，四觅不见，竟由歆破壁得后，麾兵动手，兵士尚有难色，歆竟亲揪后发，拖至外殿。适值献帝与郗虑坐谈，见后披发跣足，状甚凄惨，不禁泪下。伏后泣语道："竟不能复相活么？"献帝呜咽道："我亦不知命在何时！"又顾语郗虑道："郗公！天下果有是事么？"那华歆不由分说，竟牵伏后入暴室中，与后所生二皇子，一体鸩死。小子叙至此处，随书一绝句道：

诛奸无力反招灾，巾帼拼生剧可哀；
前有董妃后伏后，魂兮可向许宫来！

伏后已死，伏氏家族，骈戮至百余人，华歆方向操复命。欲知歆为何等人物，待至下回表明。

马超多勇无谋，卒致上害父母，下及妻孥；设非投入刘备，则其身尚不能保，遑问与曹操为敌乎？姜叙母及赵昂妻，名为劝忠，实则知其一不知其二，仍不过为妇人女子之见，无足取焉。刘备之取成都，势固难已，而情究未安；至纳刘瑁妻为继室，尤足贻讥后世，"操以暴我以仁"之说，殆亦未免欺人欤？若操之所为，黯无天日，贵妃可杀，皇后可弑，其与篡逆相去，能有几何？假令老而不死，否知其繁阳受禅，固不待曹丕也！

第八十八回

见外使奸雄代捉刀　察重伤功臣邀赐盖

却说华歆弑了伏后，并戮伏氏家族，然后复报曹操，操当然心喜，录为首功，寻且表歆为军师。说起华歆履历，本来是有些名望，曾与北海人管宁、邴原，为同学友，时号三人为一龙，歆为龙头，原为龙腹，宁为龙尾。但歆佯为高尚，阴实贪惏。宁尝在园种蔬，锄地见金，掉头不顾，歆却在旁拾视，然后掷下。宁见歆如此举措，已怀鄙薄。一日同坐观书，闻户外有车马声，宁不为所动，独歆弃书出观，自是宁与歆割席，不复与友；后来宁庐居山谷，终身不仕。邴原虽由曹操辟召，入为丞相征事，但仍闭门自守，非公事不出，两人志趣，俱有足称。惟歆得为豫章太守，已归服孙吴，嗣复得曹操征命，往投许都，参司空军事。荀彧死后，竟代彧为尚书令，竭诚事操，居然为虎作伥，弑起皇后来了。比操尤恶。惟献帝自伏后死后，悲怀未释，操却进言道："臣女已并邀宠御，次女最贤，可立为中宫。"献帝无奈，遂于建安二十年正月，册立曹贵人节为皇后。百官因是魏公操女儿，格外谀颂，且并至魏公府中拜贺，自不消说。只难为了曹操长女，名为阿姊，却要向妹子朝参。操复起兵西征，命夏侯渊张郃为先锋，自率诸将为后应，往图汉中。张鲁闻报，忙与弟张卫商议，鲁谓操兵势大，不如出降；独卫以为汉中险阻，可以拒操，遂号召兵马，据守阳平关。关在丛山峻岭中，却是天然险要，居然有一夫当关，万夫莫开的形势。操连攻旬月，竟不能下，欲引兵退归。西曹掾郭谌入帐谏阻，略言："鲁兄弟同守异心，必有内变，不如缓待时机，总可得志，"操却想出一计，扬言退军，拔寨齐起。张卫闻得操兵引回，即出关追击，哪知行至半途，突有野鹿数千头，掩入卫军，卫军自相惊溃，阵势遂乱。不意操将后军变做前军，蜂拥杀来，卫如何抵挡？当即奔回。操兵复乘胜进逼，四面围攻，守兵已无斗志，纷纷遁去，卫亦只好夜走，与张鲁窜入巴中。鲁临行时，左右请尽毁仓库，免为敌资，鲁独慨然道："我本欲归命国家，只苦意不得达，今不得已出奔巴中，仓廪府库，应归国有，奈何毁去？"当下一律封藏，方才西走。操既入阳平关，一路无阻，直抵南郑，见鲁封库自去，料有降意，便遣人慰谕张鲁，叫他前来投诚，不失侯封。鲁复书愿降，操便派吏往迎，待以客礼，拜鲁为镇南将军，封阆中侯。鲁五子及部将阎圃等，亦各得封爵，还有马超遗将庞德，也降操受封。操乃令鲁就国，留夏侯渊张郃，同守汉中，即日下令班师。主簿司马懿献议道："刘备以诈力虏刘璋，蜀人尚未归心，今公已得汉中，益州必然震动，若乘胜进攻，定致瓦解，圣人不能违时，亦不应失时哩。"操笑答道："人生苦不知足，既得陇，还望蜀么？"遂不听懿言，起行还邺。即此可见懿之贪狡更过于操。

先是操妻丁氏无出，姜刘氏生子昂，殉难宛城。见七十五回。操复纳娼女卞氏，生子丕彰植熊，遂得专宠。操竟以姜为妻，废黜丁氏，进卞氏为继室。操本来不知礼义。植性机警，才又敏赡，尝作《铜雀台赋》援笔立就，彬彬可观，操独加宠爱，欲立植为嗣子。问诸贾诩，诩默然不答，及操再三诘问，诩始微笑道："适有所思，思袁本初刘景升父子呢！"一语足矣。操大笑而止。已而丁仪杨修等，复屡誉植才，劝操立嗣，操又觉动疑，密书问及百官，尚书崔琰独露板作答道："《春秋》

大义，立子以长，五官将指丕。仁孝聪明，宜承正统，琰愿誓死守道，不敢违经。"操得书后，未免叹息。且因植为琰侄婿，不私所亲，更加推重。琰尝荐举钜鹿人杨训，辟为丞相属掾；至操自汉中引归，群吏复议进操为王，杨训更发表称颂，备极阿谀，琰览表不悦，即贻书责训道："省表事佳耳，时乎时乎！会当有变！"操竟令左右入白献帝，取得诏命，晋爵魏王。可巧南匈奴单于呼厨泉，遣使入朝，并谒贺魏王操。操恐仪容不足服众，特使琰作为替身，自己执刀旁立，琰眉目疏朗，须长四尺，甚有威重，所以操有此举。及外使谒毕自归，单于呼厨泉，问及魏王德仪，使人笑答道："魏王原非凡姿，但捉刀人，却是真正英雄。"独具只眼。呼厨泉乃亲自入朝，为操所留，岁给钱帛刍米，如列侯例。但使右贤王去卑，监管匈奴。嗣且分匈奴为五部，令呼厨泉子弟，皆作部长，选汉人为司马，充作部监，意在分铄房势，不令猖獗。但胡人多散居内地，无复防闲，华夷界限，逐渐溃裂，不可谓非曹操作俑哩。特笔提叙。操自以为威德及远，无人可比。嗣探得崔琰书语，说是会当有变，遂目为怨谤，收琰下狱，罚充徒隶。一夕登台玩赏，想是铜雀台上。望见植妻乘车出游，满身衣绣，装束得非常艳丽，心下不禁愤恨，竟罢赏归家，逼令自尽。复因植妻为琰兄女，迁怒及琰，亦将琰赐死，时人无为琰呼冤。东曹掾毛玠，伤琰无辜，作文哀吊，亦被逮系；幸由僚佐桓阶和洽，代为申理，始得释出，免官归里。

　　操因南匈奴已服，忽记起故中郎将蔡邕，有女名琰，陷入匈奴，乃特遣使赍金北去，将琰赎归。琰字文姬，博学多才，兼精音律，邕尝夜坐鼓琴，琴弦忽断，琰知为第二弦，邕疑琰偶然猜着，再鼓再绝，琰复答称第四弦，并无差谬。嗣嫁与河东卫仲道为妻，不幸夫死无子，归宁母家。及邕为王允所杀，家室流离，琰竟被胡人掳去，没入右贤王帐下，生得二子，作

"胡笳十八拍，"流传远近。操与邕素相善，故特赎琰归国，令再嫁屯田都尉董祀为继妻。有才无节，终留遗憾。祀甫得才妇，竟致犯法，当坐死罪。文姬太无帮夫运。琰蓬头跣足，诣操乞免，操正大会宾客，冠笏盈堂，有属吏入白数语，操因顾语宾客道："蔡伯喈女在外，诸君亦愿一见否？"宾客齐称愿见。操即令吏引琰入厅，琰至阶前下跪，为夫乞免，措词甚哀，满座皆为改容，操语琰道："情实可矜，但文状已去，如何是好。"琰泣答道："明公厩马万匹，虎士成林，何惜一快足，不为援手哩？"操也被感动，乃即饬属吏，驰递赦书，贷祀死罪。且嘱琰起身入厅，赐琰头巾履袜，因即顾问道："令先人遗传文籍，可曾留藏否？"琰答说道："昔亡父赐书四千余卷，流离涂炭，所存无几，今所诵忆，只四百余篇。"操又说道："今当派文吏十人，就夫人处录述。"琰接口道："妾闻男女有别，礼不亲授，乞给纸笔，真草唯命。"操乃遣琰归家，使琰随时录送。琰将曹娥碑文一并录入。碑文为邯郸淳所撰，独文后有八字云："黄绢幼妇，外孙齑臼。"为琰父邕所题。操瞧这八字，不解所谓。查及曹娥履历，乃是顺帝年间的孝女，女父盱为巫祝，在上虞江迎婆婆神，堕水溺死，捞尸不获。曹娥年仅十四，沿江号哭，阅十有七日，也投入江中，背负父尸，同浮江面，里人因为埋葬。事在顺帝建安二年。后来县长度尚，复为改葬，就在墓道旁立碑，使弟子邯郸淳为文。邕南游吊古，就在碑后续题八字，时人都莫名其妙，连足智多谋的曹阿瞒，也被难倒。转问左右文吏，独有主簿杨修，能识邕意，谓黄绢系由丝染色，色旁加系，便是"绝"字；幼妇即少女，少女拼成一字，便是"妙"字；外孙为女之子，女旁加子，便是"好"字；齑味属辛，臼受辛器，便是受旁辛字，合成"辞"字；总计是"绝妙好辞"一语。操不禁叹服，但亦未免忌修多才，阴为加防。不脱奸雄故智。叙入此段，实为二女写照。

　　好容易已是建安二十六年，操因孙权不服，复出师东下，进至居巢。权先遣部将吕蒙，攻拔皖城，擒住庐江太守朱光；嗣又由权亲率大军，进围合肥。合肥在皖城北，由操将张辽、李典、乐进居守；操预防孙权进攻，致与密函，谓待敌至乃发。及吴军大至，张辽等始敢发书，书中只有三语云：“若孙权到来，张李将军出战，乐将军守城，勿得同出。”李典乐进，尚以众寡不敌为疑，辽独慨然决战，典与进始无异言。当下募得敢死士八百人，椎牛夜饮，诘旦开城猝发，辽挺戟先驱，陷入权营，直至权麾盖前面。权走登高阜，挥兵围辽，绕至数匝。辽十荡十决，无人敢当，再加李典引兵援应，也是踊跃无前。自清晨战至日中，吴人夺气，辽与典乃徐徐引归，登城固守，众心始安。权围城逾旬，竟不能拔，撤兵东归，自与诸将断后；尚在逍遥津北，不意被辽察悉，遽率步骑掩至，权将吕蒙甘宁，急忙抵敌，还是招架不住。张辽仗戟突入，领兵围权，幸亏权亲将凌统，翼权出围，再回马与辽接战，不使再进，权得驰上津桥，放马过去。哪知桥南已被辽军拆断，相隔丈余，慌得权仓皇失措，进退两难；牙将谷利，请权退后数步，自在马后扬鞭一击，马始奋足腾跃，飞过桥南。凌统截住张辽，血战多时，左右尽死，统亦身受数创，料知权已走脱，方才奔回。吕蒙甘宁，也都败退，沿津逃生。权得部将贺齐舟师，下船避敌，遥见将士等绕河散走，亦令贺齐划船接下，方得渡回。贺齐流涕谏权道：“此后，主公须当自重，不可轻敌，今日几危险不测了。”权答说道：“谨当铭心，不但书绅。”乃收军回保濡须，抚视疮痍，缓图报复。

　　适为了荆州问题，龃龉多日，方得解决；详情见下。忽报曹操亲督大兵，来到居巢，权不得不整军迎敌。操兵号称四十万，权兵只七万人，客主异形，吴人多有惧色。何不记及赤壁时耶？甘宁独挺身效命，愿为前锋，权拨精兵三千人，随宁先进。宁选得健儿百人，俟夜与饮，各尽一觞，当即披甲上马，引百骑潜袭曹营；到了营旁，拔开鹿角，呐喊而入。曹军惊惶失措，被甘宁等左劈右斫，斩首至数十级，宁尚欲冲突进去，里面却用车仗穿连，排若铁桶，无隙可钻，操真能军。宁只得左右驰逐，喧噪了好多时；及见曹营中举火如星，兵马汇集，便领兵还寨，百骑中不折一人，因即夜报孙权。权喜说道："孟德有张辽，孤有兴霸，足与相敌了。"遂赐宁绢千疋，刀百口。既而两军大战，水陆分争。吴将徐盛董袭，督领舟师，至水口鏖斗，盛杀得性起，登岸冲锋；袭守船击鼓，陡有暴风刮来，荡覆数舟，兵士请袭避去，袭仗剑大喝道："将受君命，在此防贼，怎得弃船自去？敢有复言者斩！"说至此，狂飙尤甚，白浪滔天，袭坐船被覆，竟致溺死。徐盛孤军深入，幸得陆军接应，不致陷没。但操军究竟势大，东一支，西一队，把吴军冲作数截，权数被围住，幸有周泰保护，脱围退走。偏将军陈武，竟致战死，各将纷纷引还，驰入濡须坞中；操亦收军引去。权检点士卒，伤失颇多，自思战虽失利，还亏诸将努力，得免大损，乃设宴犒劳；行酒至周泰前，权令泰解衣，见泰创痕累累，问及所苦，泰迭述前后受创，约数十处，并言为主效力，虽死不恨。权不禁流涕道："卿为孤兄弟，不惜身命，被创数十，肤如刻划，孤亦何心，敢不视卿如骨肉呢？从此当与卿同休戚，借报战功。"说着，亲起把盏，连酌三大觥，泰且饮且谢，尽醉方休。待泰回营时，命将自己麾盖，移与护送；越日复另制青盖为赐，特示宠荣。惟与操相拒月余，不能取胜，乃从张昭等计议，令都尉徐详，至操营请和。操亦因江东难下，许从和议，留夏侯惇、曹仁、张辽三将，屯守居巢，自回邺中。权亦进周泰为平虏将军，使督濡须；引兵还都。才阅数旬，即由陆口屯将鲁肃，报称病重求代，权派吏问疾，赍给医药，一时尚未令卸职，叫他在任养疴。

时肃年未满五十，本是服官从政的时候，因平居为国经营，煞费心力，所以未老即老，病不能兴。他始终主张联刘，荆州借备，谋出一人。当备取益州时，权令诸葛瑾索还荆州，关羽不允，几至失和，还是肃出为周旋，请羽单刀相会，面述权命，请羽把荆州缴还。羽勃然道："乌林一役，赤壁在江南，乌林在江北，故不妨互言。左将军身在行间，戮力破敌，难道独无一块土相酬，乃尚来索地么？"肃亦正色道："前与刘豫州相遇长坂，豫州为操军所败，计穷力竭，将图远窜，当由肃转报吾主，特加矜愍，不爱土地兵甲，力却曹军；又因刘豫州无地可容，权借荆州，今刘豫州既已得蜀，仍将荆州占住，背德失好，恐难免天下耻笑。肃闻贪而弃义，必为祸阶，今君身当重任，奈何不以义相辅，反欲以力相争，有伤和气呢？"两人所说，俱非无理。羽尚未及答，旁有为羽握刀的随将，叫做周仓，瞋目大呼道："天下土地，惟德所与，难道必归汝东吴么？"羽佯叱周仓道："这是国家大事，汝有何知？乃亦来多言，可速出去，"仓已会意，立即出外，驾舟迎羽。羽即与肃告别，说是当转达左将军，从长商议，语毕即行。肃复与刘备直接交涉，备乃许分荆州，就湘水为界，自长沙、江夏、桂阳以东属吴，自南郡、零陵、武陵以西，仍为备有，权亦允议，再使诸葛瑾与备订约，始得息争。肃竟于建安二十二年病殁，权亲自临丧，赙赠甚厚。荆州人士，俱为叹息；连诸葛亮亦为发哀。后任为吴左护军吕蒙。蒙生性狡诈，与鲁肃心术不同，于是孙刘和谊，渐致破裂。那曹阿瞒反得一意西略，幸而天意三分，不使曹氏混一，所以汉中地已得复失，反被刘备夺去。操本使夏侯渊为都护将军，督同张郃徐晃诸将，屯守汉中，且命丞相长史杜袭，为驸马都尉，留督汉中事，张郃奉操军令，进略三巴；刘备方令张飞驻守巴西，与郃相拒至五十余日，飞用了一计，袭破郃营，郃败还南郑，飞乃向备告捷。法正乘间说备道："曹操西降张鲁，得定汉中，不乘此入图巴蜀，乃留夏侯渊张郃屯守，匆匆北返，这非由操智不及、力尚未足哩！今观渊郃才略，未必能胜我将帅，我正好进取汉中，为蜀屏蔽，此机不可再失了。"备乃留诸葛亮居守成都，即用法正为参谋，率诸将进兵汉中。行过巴西，由张飞出迎大军，备即命飞移屯下辨，且遣马超吴兰为助，自率诸将，进次阳平关。操闻刘备东出，亟命夏侯渊等拒备，另遣曹洪领兵，往争下辨。张飞使马超、吴兰出战，兰竟阵亡，超收军入城，与张飞合力拒守。备在阳平关上，遣将攻夏侯渊等，亦未得大捷，乃再贻书诸葛亮，促令济师。亮再拨兵二万人赴关，特遣老将黄忠为统帅，往助刘备。自经黄忠一行，遂使曹氏大将，就此丧元。正是：

> 倚老不妨重卖老，妙才未必果多才。
> 夏侯渊字妙才。

欲知后来交战情形，待至下回再表。

　　提刀一事，见得曹操浑身诡谲。即如接见外使，本在无足重轻之例，乃必令崔琰为代，岂非多事？琰敢代操，操已隐忌之矣；置琰于死，岂仅为书语之不逊耶？且赎文姬所以沽名，妒杨修所以嫉才，操之举措，纯然为老奸伎俩；欺一时尚可，欺后世固不可也！孙权不能敌张辽，安能敌曹操？一败于逍遥津，再败于濡须口，仅赖周泰等之拼生翼护，才得脱围，可见赤壁之战，微孙刘之合力，则东吴未必幸存。云长之拒索荆州，非真强词夺理，而鲁肃以联刘为本

旨，始终不变，盖诚有见乎大者。鲁肃殁而孙刘之好
破；孙刘失好，而曹氏篡汉之局成；故鲁肃之存亡，
不第关系吴蜀已也。

第八十九回

得汉中刘玄德称王　失荆州关云长殉义

却说黄忠率领援师驰至阳平关，备与夏侯渊相拒，已经逾年，既得黄忠来助，遂命为先锋，出关南行，渡过沔水，择得定军山要隘，安营下寨。夏侯渊闻报，当即引兵来争，一面奉书曹操，请速接应。操遂亲督全军，西指汉中，先遣使诫渊道："为将当有怯弱时，不可徒恃勇力；勇为体，智为用，有勇无智，一匹夫敌。还宜谨戒为是！"老瞒未始不知人，可惜垂诫太迟。渊不肯少改，定欲争踞定军山。法正劝备坚壁不动，徐俟敌变。那心粗气暴的夏侯渊，麾动部众，一再进搏，俱被备军射退；待至日昃，渊军锐气已衰，势将退去。法正语备道："敌兵已懈，可乘间进击了！"备即令黄忠，登高临下，一鼓作气，忠骤马当先，跃下山来，突入夏侯渊阵中，敌皆披靡。渊正思亲出抵敌，陡与忠马相值，砉然一声，便将渊首劈落马下。益州刺史赵颙，急来救渊，已是不及，遂接住黄忠，交战数合，又被黄忠劈死。备见忠已经得手，策军继进，杀得曹军东逃西散，好似天崩地塌一般。还是张郃引军援应，才得收拾败卒，奔回营中。督军杜袭，与渊司马郭淮，因军中骤失主帅，莫由禀命，势且益危，乃权推郃为军主，勒兵按阵，军心稍定；一面飞报曹操，敦请进兵。备已得大胜，临兵汉水，意欲东渡；只因夹岸有曹兵守住，恐他半渡截击，只好从缓。忽见汉水对面，尘头大起，有许多人马到来，料知曹操亲至，不

禁笑语道："操虽自来，也无能为，我此番定得汉川了！"已有
把握。遂敛众据险，不与交锋。操亦未敢进逼，但与备军隔水
相持，约阅旬余，未分胜负。黄忠探得操军运粮，多在北山下
屯聚，便欲引军袭取，备乃令黄忠先进，赵云后继。忠自欲邀
功，但与云约定期间，过期方令云进援。看官试想曹操专喜劫
人粮草，岂有自己运粮，不加重防的道理？黄忠恃勇轻进，悄
悄的渡过汉水，直抵北山，果见粮车蚁聚，一声呐喊，杀将过
去，看守兵当然骇走，忠正拟向前夺取，不防连珠炮响，曹军
两面杀到，一是张郃，一是徐晃，统是曹操手下的猛将。还亏
黄忠一柄大刀，左招右架，冲开一条走路，且战且行。赵云在
营中候信，已过黄忠所约的期间，尚未见还，乃出营了望，遥
见黄忠为操将所追，败奔回来，当即怒马直前，让过黄忠，截
住操兵。操兵虽众，却被赵云挺枪突入，搅乱阵势，驰骤了好
多时，方才退回。张郃徐晃，怎肯相舍？仍然从后追来。云还
至营中，令兵士掩旗息鼓，大开营门，但令两旁伏住弓弩手，
静待敌军，自己匹马单枪，伫立营外，郃与晃追至云营，见云
孤身独立，不觉称奇，好一歇方敢向前，望云奔来，云仍然不
动，惟把手中枪从后一挥，箭如雨注，攒射曹兵，曹兵统皆骇
走。再加天色昏黄，不知云有多少伏兵，免不得自相践踏，仓
皇奔命。云更鸣鼓尾追，吓得曹兵纷纷投水，溺毙无数。云将
曹兵驱过汉水，夺得许多甲械，乃收兵回营。越日由备至云处
亲视战处，不禁赞美道："子龙一身都是胆呢！"胆大还须心小，
子龙非仅胆大。

　　乃复搜乘补卒，与操坚持。操军不得一胜，又遇疫气传
染，十死二三，不由的怀着退志。忽由许中传到急警，乃是少
府耿纪，司直韦晃，太医令吉本，猝然生变，射伤督军王必；
必与典农中郎将严匡，合兵讨平等语。原来操在邺中，常留长
史王必，督领许中军事。必与京兆人金祎友善，互相通问；祎

系前汉宰辅金日䃅后裔，慷慨任侠，自思世为汉臣，不愿事魏，所以谋夺必军，暗结耿纪、韦晃吉本诸人，拒操迎备。待至建安二十三年的元夜，许中悬灯庆贺，王必亦在营中宴饮，席尚未终，变忽骤起，营外一片火光，照彻营内，必慌忙上马，出营逃生；忙乱中遇着一箭，正中左肩，忍痛逃往金祎家门，意图躲避。祎家闻有叩门声，还道祎等成功归来，漫然相应道："王长史已杀死了么？"必才知祎实同谋，忙转身投入严匡营内，匡即号召兵马，出攻乱党。耿纪等本无军士，只带了家仆数百名，东冲西突，哪里敌得过严匡？金祎、吉本，相继战死，耿纪、韦晃被擒，枭首市曹；诸家老小，尽坐诛夷，匡与必乃联名报操。操心虽慰，总尚不能无忧；嗣复得知王必病死，更加系念，于是拟班师退去。但从此弃掉汉中，心又不甘，因复欲与刘备大战一场，才定行止，当下使人约战，夹水列阵。备用法正计议，使黄忠、赵云等，潜渡上流，绕出曹军旁面，冲击过去，一面用舟渡兵直攻操阵。操只顾前面，不防两旁有敌军杀入，只得分兵对敌，自己徐徐引退，备得安渡汉水，进逼操军。操再整军出战，备遣养子刘封出马，向前突阵，操即令徐晃截住厮杀，且扬鞭指语道："卖履儿惯使假子冲锋，若叫我黄须儿来，看汝假子能相敌否？"语尚未毕，封已退去。操正思麾兵追击，忽闻备营中金鼓齐鸣，又未便轻进，因使人往召黄须儿。黄须儿系操子彰，膂力过人，能手格猛兽，不避险阻；惟颏下生须如铁，色却纯黄，故呼为黄须儿。及黄须儿奉命西来，操已退入长安了。原来操因屡战无功，退至斜谷时，当晚餐庖人呈入鸡汤，由操且食且饮，适由帐下弁目，入请夜间口号，操随口说出鸡肋两字，弁目不敢细问，便传令出去，将士不知所谓。独主簿杨修，连夜束装欲归，旁人惊问何因，修答说道："鸡肋两字，寓有深意，弃之不甘，食之无味，据此看来，是必归无疑了！"将士等听到此言，便各整归装。事为曹操所闻，查诘大众，俱言由杨修所教，操忌修益甚。但看众情已有退志，料难再战，不若弃去汉中，即日旋师，于是拔寨齐起，退还长安。途中与曹彰相遇，嘱令同回，黄须儿难违父命，也即折还。刘备遂得据有汉中。并得降将王平，乃是曹操麾下的署理校尉，素知汉中地理，遂引备将刘封孟达，攻破房陵，再进略上庸，收降太守申耽，汉中大定，群僚遂表请备为汉中王。备再三推辞，嗣经群臣固请，方才勉允，即于建安二十三年七月，在沔阳筑设坛场，陈兵列众，由群佐拥备登坛，备戴王冠，披王服，佩王玺绶，受群下谒贺。礼成以后，立夫人吴氏为王后，子禅为王太子，进许靖为太傅，法正为尚书令，关羽为前将军，张飞为右将军，马超为左将军，黄忠为后将军，赵云为翊军将军。此外文武百僚，俱进位有差，留镇远将军魏延，留守汉中，兼领汉中太守，自引大军，还治成都。军师诸葛亮，当然出迎，备握手道故，具极欢洽。据《亮列传》中，亮并未随攻汉中，故本回从正史，不从罗氏《演义》。亮劝备表奏献帝，缴还左将军宜城亭侯印绶，备自然照行。亮复进言道：“黄忠名望，与关马不同，从前马超来降，云长尚欲与较优劣，今使忠与彼同列，彼必不服，宜从斟酌。”备笑答道：“我自能向彼解说，军师勿忧。”

先是关羽尝与亮书，谓马超人才，可比何人，亮尝答书道：“孟起马超字。兼资文武，雄烈过人，也不愧为一时人杰；但却是黥、英布。彭越。流亚，只可与翼德等并驾齐驱，尚未能及髯公的绝伦超群呢。”羽素美须髯，故亮称为髯公。自羽得此书后，始无异言，至是由司马费诗，奉使荆州，授羽印绶；羽见了费诗，问及他将爵位，知黄忠得授职后将军，与己并肩，不由的愤愤道：“大丈夫岂可与老兵同列？请君将印绶赍还。”这是云长傲气。诗从容道：“君侯也太固执了。从前萧曹与高祖并起，最为亲旧，及韩信亡命后至，却擢为统帅，嗣且封王爵，位出萧曹上，萧曹并不以为嫌，今汉中王与君侯，譬犹一体，休戚相关，不过按功行赏，宜擢黄忠，并无他意，君侯当体王苦衷，不宜以名位高下，爵禄多少，心存芥蒂呢。"羽闻言感悟，因即受命，且愿乘势攻取襄樊，面托费诗归报。刘备壮羽忠奋，准如所请，羽乃部署人马，慷慨誓师，使糜芳守江陵，傅士仁屯公安，责令输粮济师，不得有违；当下自督将士，往攻樊城。樊城为操将曹仁所守，探得关羽兵至，即飞书报操，请即济师。操遣于禁为统将，庞德为先锋，带领七队人马，星夜援樊。既至樊城，与仁相见，仁令于禁等屯兵樊北，作为声援。及羽兵进迫城下，内有曹仁守住，外有于禁、庞德等接应，羽急切不能取胜，也觉愁烦；可巧秋凉水涨，霖雨连宵，汉江一带，两岸泛滥，羽登高了望水势，默有所会，计上心来，便令部兵筹备舟筏，暗遣子平往堵江口，灌决樊城。樊北地势较低，首当水冲，于禁、庞德，全未防及，一夕风雨大作，洪水暴涨，于禁所领七军，都不知水从何至，仓皇乱窜，吓得于禁魂胆飞扬，急往堤上避水。独庞德跃马水中，尚无惧色，时已黎明，忽听得鼓声大震，来了许多战船，顺水杀来，德据住堤上，未肯退去。哪知来舰上一齐放箭，状若飞蝗，操兵多被射倒，德尚张弓挟矢，向他对射，相拒了好多时，日已亭午，水势益高，连堤上亦将淹没，魏将董衡董超，劝德降敌，德大怒道："我受魏王厚恩，怎肯降人？"说着即将二董劈分四段，德亦非曹魏故吏，奈何甘殉曹氏？复顾语督军成何道："我闻良将不怕死，烈士不毁节，今日是我死日了；卿亦当努力死战，勿负国恩。"成何依令向前，立被射落水中，余众大骇，都向敌舰中奔入，弃械请降。连于禁亦偷生乞命，匍伏长堤，束手受缚。独庞德提着大刀，跃入堤边一小船，砍倒船中军士，用刀作橹，意欲驶往樊城，偏兜头遇一大筏，竟被撞翻，德随船落水，方为所擒。关羽大获全胜，升帐讯囚，于禁跪伏乞怜，由羽发往江陵，系狱待刑；及讯至庞德，德兀立不跪。羽与语道："汝兄柔现在汉中，汝旧主马超，亦在蜀中为大将，汝何不早降？"德怒目答道："匹夫敢叫我投降么？魏王方带甲百万，威振天下，汝刘备乃系庸才，怎能与敌？我今日死，明日汝亦不得生了！"羽当然愤起，遂命将德推出斩首，给棺埋葬。复乘水势未退，麾令大小将校，分坐战船，进薄樊城。是夕暂宿舟中，恍惚有野猪进来，啮住左足，忍不住失声叫痛，因致惊醒，方觉是南柯一梦。旁有关平在侧，问及何因，羽自述梦状，且因足上余痛犹存，亦知凶多吉少，不免叹息。平请羽退还荆州，羽慨然道："我年近六旬，死亦何憾？况樊城将下，奈何遽归？"过刚必折。待至天明，即挥兵攻城，城中已变成泽国，内外水溢，垣墙逐渐摧陷，守兵搬土运石，填塞罅隙，尚忧不逮；再加羽军进攻，累得守吏日夜不安。或语守将曹仁道："危城难保，恐将不支，不若乘舟夜走，尚可全身。"仁也觉自危，转语参军满宠，宠谏阻道："洪水骤至，岂能久存？不数日自当退去，且魏王以此城托付将军，正望将军力当冲要，若弃城北走，恐黄河以南，皆非国家所有了！"这一席话，说得曹仁亦为感奋，毅然誓众，与城存亡，大众始有固志。羽连攻数日，竟不能克，乃分兵往取襄阳，收降刺史胡修，及太守傅方；再命襄阳兵进扰郏下。河南土豪，望风响应，警报连达邺中。曹操先闻于禁败降，庞德被杀，不禁长叹道："我于于禁，三十年故交，奈何反不及庞德呢？"因封德二子为列侯。及闻关羽进兵至郏，威震河南，遂与将吏会商，拟移徙许都，避羽锐气。这是曹操狡诈处。忽有二人闪出道："于禁等为水所没，并非力竭败亡，不足深惧，臣等以为刘备孙权，外亲内疏，若使关羽得志，权必不愿，今何勿致书孙权，叫他潜蹑羽后？且许割江南地封权，权当必乐从；彼既起兵，羽回救不遑，何敢再争樊城呢?"曹操瞧着,一是司马懿,方为军司马,一是蒋济,方为西曹掾,操掀须笑道:"两卿所见甚是,应即照行。"遂使人致书东吴,并令宛城屯将徐晃,引兵援樊。嗣接孙权复书,愿依操命,攻羽自效,操当然放心。

先是孙权从鲁肃计议,与羽结好,至吕蒙代肃后任,尝欲图羽,回应前回。权尚欲先取徐州,后据荆州,蒙谓徐州易取难守,不如取羽为宜。权还有疑意,又遣使至江陵,为子求婚羽女,羽不肯许婚,反将吴使叱回。毕竟太傲。权因动怒。及曹操致书相约,便即依允,密饬吕蒙进图荆州。蒙复疏道:"羽往攻樊城,仍留重兵驻守江陵,无非为防蒙起见,蒙常有病,请召还建业,托名养疴,另遣他人代任,羽以为东顾无忧,必调兵尽赴襄樊,蒙却潜军直进,攻彼无备,一举便可成功了。"权依了蒙言,即召蒙还都;蒙复举陆逊自代。逊系吴人,字伯言,为权侄婿,官拜定威校尉,年少多才,未经大任,权虑他望轻资浅,未足代蒙。蒙面答道:"正惟逊未有远名,非羽所忌,故特为荐举;蒙知逊外敛内明,必能任重,幸勿多疑。"权乃令逊为偏将军,任右都督,代蒙守陆口。逊奉命到任,即作书贺羽,备极谦恭。言甘者心必苦。羽竟为所欺,不加后防,且调江陵兵,合攻樊城。是时操将徐晃,已出援曹仁,屯兵阳陵坡。羽闻徐晃将至,急围樊城,尽力督攻;正指挥间,不料城上偷放一箭,正中左臂,箭头敷有毒药,镞虽拔去,毒已入骨,遂致肿痛未消,不能运动。幸亏得沛人华佗,夙长医术,延请调理;佗谓毒陷骨中,必须割骨去毒,方可无恙。羽便伸臂令治,毫无难色。将吏都入帐探视,由羽邀与共饮,右手执杯,左手剖臂,一任华佗刳刮,血满盘器,仍然引酒举觞,谈笑自如。及刳刮已毕,用药敷治,缝裹合口,臂即自能展舒,痛苦自消;羽欢然道谢,留佗夜宴,酬以百金。越宿佗即告辞,劝羽息怒静养,方可复原。羽志在讨曹,怎肯中

止？且因天晴水退，樊城仍未能克，越觉焦灼，营中兵士日
众，粮食不继，屡向糜芳、傅士仁催索，未见时至；禁不住大
怒道："他二人敢慢我军令，他日回军，定当尽法惩治。"遂
行文再催，反至杳无影响。羽不得已，拨兵至湘关截取吴米，
聊济军需，谁知米虽截得，那吕蒙已潜领舟师，扮作商船，使
白衣人摇橹过江，掩至江陵，招降糜芳、傅士仁，竟将南郡公
安，一并取去。云长之后路已断。羽尚未闻知，仍想力攻樊城，
城几垂陷，忽由徐晃统兵杀来。羽与晃本系故交，当即拍马往
迎，既与徐晃见面，各在马上寒暄数语，晃突然回顾将卒道：
"谁能取得云长首级，当重赏千金。"羽惊讶道："公明晃字。
何骤出此言？"晃朗声答道："晃为国家大事，怎敢因私废公？
况素知云长效忠刘备，今南郡公安已被吴将吕蒙袭入，云长且
进退无路，不死将何待呢？"恶极。说罢，即挥兵齐进。羽亦
引军抵敌，约有几个回合，羽部下都系念江陵，并皆溃退；任
你力敌万人的关云长，也只好且战且走。不料樊城里面的曹
仁，又复冲出，与徐晃合兵夹攻，羽兵大乱，引将士急奔襄
阳。就是偃城四冢的屯兵，已由晃射入军书，说明荆州失守，
纷纷记念家室，相率奔还。羽退至沔口，尚疑晃摇惑军心，下
令驻营，探听荆州确耗。偏接侦骑回报，果然糜芳傅士仁，挟
嫌降吴，荆州尽失，顿致悔恨交并，箭疮复裂；急切无从设
法，勉依将吏计议，使人致书吕蒙，责他背盟夺地。及去使还
报，谓由蒙格外优待，所有关公全眷，及从军将士诸家属，无
不周恤，秋毫无犯，惟言荆州本是吴地，所以收还。愈甘愈毒。
说得羽恨上加恨，奋髯张目道："好奸贼！我虽死尚不饶汝！"
遂遣使至刘封孟达处乞援，一面引兵渡江，再欲夺还荆州。行
至半途，正值吕蒙陆逊，分兵邀击，把羽军困在垓心，经羽奋
力杀出，部众多被荆州士兵，招诱回去，单剩数百骑亲从将
吏，走保麦城。再使人催召刘封、孟达，两人竟不奉羽命，托

言山郡初附，未便出师。眼见得这位关公，势穷援绝，没奈何弃去麦城，夜出西奔，随身只有子关平及周仓等十余人。行至临沮，伏兵骤发，吴将朱然潘璋，左右杀出，羽不能再战，夺路急走；前面山径丛杂，夜色昏蒙，一脚踏空，跌入陷坑，潘璋部下马忠，领兵追至，竟将关公父子，一并擒去。看官试想，关公是一位忠肝义胆的丈夫，岂肯临危怕死？孙权虽欲劝降他，却誓不承认，遂致杀身成仁，父子同尽；周仓等亦皆为主捐躯。罗氏《演义》谓关平为关公养子，史传但言子平，今从之。小子有诗叹道：

赤胆忠心誓报刘，越江讨贼死方休；
东吴不念东风惠，万古江潮咽恨流。

欲知关公殁后情形，待至下回便知。

刘玄德据荆益，定汉中，智谋如曹阿瞒，且敛锋避锐，此正蜀汉全盛时代。及关羽北击樊城，锐意讨曹，正应妥选良将，代守南郡，使羽得免后顾之虑；况当时蜀中安堵，赵云、黄忠，并在左右，何一不可遣往？乃令羽孤军无继，卒致败亡，此其误非尽在关公，玄德实尸其咎，诸葛孔明亦与有责焉。或谓孔明预知天数，未便救羽，此则为罗氏《演义》所荧惑，不足取信。荆州为巴蜀下游，关系甚大，若果如罗氏所言，则孔明尤为忍人，不为预筹良策，坐令父子捐躯，荆土全失，何其忍心若是？君相有造命之权，宁可如常人之徒诿天数乎？若关公之败，失之过刚，吕蒙虽胜，不能无罪；亲汉贼而仇汉裔，蒙亦何心？此后人之所以深嫉吕，而不能忘怀于鲁子敬也。

第九十回

济父恶曹丕篡位　接宗祧蜀汉开基

却说吴王孙权，闻报荆州得手，也亲至江陵，犒赏军士。至关公父子遇害，大功告成，乃大会将士，置酒称庆，并释出魏将于禁，令共列席。禁亦知愧否？吕蒙为首功，陆逊为次，分坐权侧。权进酒数觥，欢然与语道："孤自嗣业以来，幸得公瑾子敬及子明诸人，公瑾破孟德，拓荆州，雄才大略，不幸早亡；子敬初见孤时，便谓宜逆击孟德，力排众议，劝孤重任公瑾，后开霸业，这是第一件快事，既知孟德宜拒，此时何反投孟德？后虽劝借荆州与玄德，未免计短，但不能掩彼所长；子明少时，孤即知他具有胆略，可比公瑾，今果能夺还荆州，不负孤言，孤当与子明共保富贵，进爵铭功。"蒙离席谢奖，拜跪下去。权正起座相扶，不意蒙陡然倒地，满口谵言，自骂吕贼，惊得权缩手倒退，忙令左右，掖起蒙身，舁入内室，一团高兴，化作冰消，草草终席，入内探视，蒙尚胡言乱道，不省人事。权亟宜召医官，多方诊治，仍未见效。入夜且叫骂益甚，权连夜出令，谓有人能疗蒙疾，赏赐千金。偏是阴灵缠绕，药石无灵，好容易过了一宵，才觉蒙有些知觉，当即拜蒙为南郡太守，封孱陵侯，赐钱一亿，黄金五百斤。蒙自知不久，俟权入视时，当面固辞，权教他静心保养，幸勿纷心。至亭午颇能下食，权更为欣慰。哪知他到了黄昏，病又发作，忽痛晋，忽惨呼，比昨宵尤为喧闹，权再自临视，被蒙厉声叱出，不得已使巫祝请命，延至夜半，蒙竟七窍流血，呜呼毕命，年止四十有二。大小将士，统猜是关公索命，连权亦将信将疑。莫谓无神！一面为蒙棺殓发丧出埋，一面将关公尸骸，用侯礼安葬；只首级已经往献曹操，不能追回。操已督军出驻摩陂，援应樊城，既闻关羽败退，乃还屯洛阳。会值吴使至洛，献上羽首，操举首一瞧，见他英灵未泯，面色如生，不由的吃一大惊，乃令刻木为身，葬用侯礼。但经此一吓，头风复作，好几日卧床不起。访得名医华佗，疗疾如神，急忙派人召至，佗用针砭治，随手即瘥，瘥后又发，佗谓非剖洗不可，操愤然道："头可劈么？"佗申答道："大王如不愿剖洗，针治只能救一时，不能救数年。"操但令针治，佗知不可愈，诈言家中妻病，须归视再来，及归去后，竟不复往。操屡呼不应，饬吏拘佗下狱，拟成死罪。或谓佗善医人，不宜处死。操怒说道："彼欲斫我头，怎可再留？且天下亦何至少此鼠辈呢。"到死尚且疑人。遂催吏杀佗。佗临死时，出书一卷与狱卒道："感君善事，愿将此持赠，可以活人。"狱卒畏法不敢受，佗竟索火毁书，服毒自尽。或谓狱卒受书回家，被妻取焚，经狱卒上前抢救，已只剩得一两页，就是阉鸡阉猪等小法，所有解剖诸术，尽成灰烬，不复流传，这真所谓千古遗恨呢。操不但杀佗，并致良方俱毁，即此已为千古罪人。

佗既死后，操头风终不得痊，反且加剧，自思主簿杨修，依附子桓，且为袁氏外甥，将来我死，他必导桓为非，乱坏我家，因诬修泄漏机 x，勒令自杀。既而吴使又至，呈入孙权书笺，劝操为帝。操阅书毕，颁示属僚，且语众道："是儿欲使我居炉火上么？"当有侍中陈群，尚书桓阶，盛称曹操功德，宜应天顺人，速正大位。陈群为仲弓孙，何亦如此龌龊？操笑说道："孔子有言：'施于有政，是亦为政。'若天命果当属我，我就做周文王罢了。"明是教子篡逆。遂表授孙权为骠骑将军，封南昌侯，领荆州牧，遣吏赍敕，偕吴使同赴荆州。看官！你道孙权何故媚操？他自占取荆州，只恐刘备出师报复，自己抵敌不住，所以向操献媚，求他援助；操亦狡猾得很，给他高爵，使拒刘备，两下私意，无非是叫人出头防御刘备起见。究竟刘备西据成都，作何举动？备与关羽情同骨肉，岂有闻羽败亡，不加痛愤？当下与大小将士，一体举哀，追谥羽为忠义侯，令羽子关兴袭封。即日部署人马，讨吴报仇。惟自诸葛亮以下，多言是先当伐魏，然后讨吴，一时议论纷纭，尚难解决。蹉跎逾年，由洛阳传到消息，乃是曹操病死，于是备一意恨吴，无心及魏。魏且横行无忌，公然做出篡逆的事情了。建安二十五年正月，是年为后汉末年，故大书特书。曹操病倒洛阳，不遑回邺，镇日里心绪不宁，精神恍惚，一夕梦见有马同槽共食，醒来不知主何吉凶，阿瞒虽智，要亦难详。转问许多谋士，或说是禄马吉兆，应受天禄，无非谄媚。操也不复疑。但一经合眼，往往看见男女冤魂，环立床侧。想是伏后董妃等出现。因疑及洛阳故宫，未便寄住，特使大匠苏越，另造建始殿，以便移居。越素知濯龙祠旁有一极大梨树，高十余丈，可建栋梁，当即禀明曹操，督工采伐，才砍数斧，树中忽漂出血来，众工不敢再砍，越亦大为诧异，匆匆返报。操尚未信，力疾乘车，自去看验，拔剑试砍，树血飞溅身上，淋漓满体，打了好几个寒噤，慌忙返车，易衣奄卧，从此不能再起。到了病笃，方密嘱近臣，谓安葬以后，须置七十二疑冢，免人发掘；又遗命后宫姬妾，分取名香，此后须勤习女工，卖履自给。说到此处，已是口舌蹇涩，不能再言，少顷即逝，年终六十有六。从前方士左慈，自言为庐江人，尝入见曹操，列坐末席，与客共饮，席间珍馐俱备，惟少松江鲈鱼，慈独索铜盘，使贮清水，自用短竿钓取，连得数尾。操又谓恨乏蜀姜，慈向西举手一挥，姜即从空落下，座客无不喝采，偏操满怀猜忌，目顾左右，欲就座上执慈，慈却避入壁中，倏忽不见。操更觉惊忙，派兵侦缉，明明见慈在市上，追将过去，慈向人丛中一混，市人统变做慈状，不辨真假，及仔细审视，真左慈已经走远，扬长自去。嗣复在阳城山头，得见左慈，兵役又急忙追逐，慈走入群羊，由兵役牵住群羊，归操自讯，操知不可得，令就群羊中宣告道："我本无意杀君，聊试君术，幸勿隐身！"还想骗他。道言甫毕，空中忽现一左慈，拍手大笑道："土鼠随金虎，奸雄一旦休！"操命左右射慈，慈又不见，此后遂不知所往。操死时正当子年寅月，适如慈言。

操子丕留守邺中，接到丧讣，即欲嗣位，侍臣谓须俟诏命，方可嗣立，尚书陈矫大声道："王薨于外，爱子在侧，倘或生变，岂非摇动社稷么？"遂传王后卞氏慈命：立丕为魏王，操嘱及分香卖履，而于继统大事，反不提及，实是乖刁。尊卞氏为王太后，然后报答献帝。先立后奏，目已无君。御史大夫华歆，本操私党，立逼献帝下诏，命丕袭封，仍为丞相魏王，领冀州牧。丕既受诏命，乃出郊迎丧，奉操遗榇，安葬西陵，追谥曰武。何不谥为文王？丕弟彰植熊等，俱来奔丧，彰已受封鄢陵侯，植亦受封临淄侯，与丕熊均为同母弟；熊不久即逝。此外尚有异母弟十余人，一并会葬。史传载操有二十五子，数子早殇。彰多力，植多文，二人素为操所爱，丕恐他夺位，蓄猜已久，甫经丧毕，便欲遣令就国。彰本期大用，一闻消息，便怏怏自去；植待遣乃行。丕留华歆为相国，进大中大夫贾诩为太尉，大理王朗为御史大夫，侍中陈群为尚书。群请立九品法，分贤愚为九等，使州郡各置中正，官名。区别等第，借便黜陟，丕即依议施行。上品无寒门，下品无贵族，弊由此起。又选主簿贾逵为豫州刺史。逵明经知兵，受操宠眷，尝护操丧还邺，主持丧务。曹彰问及先王玺绶，被逵正色拒绝。丕因此德逵，授任豫州，锄强抑暴，兴利除弊，为吏民所称仰。丕复布告天下，令以豫州为法，封逖为关内侯。丕即欲篡汉，特仿汉高祖光武故事，率领甲士数十万，南巡谯城，遍召故乡父老，各给宴饮，谯城为曹氏故里。并设伎乐百戏，欢宴终宵。可巧蜀将孟达，遥奉降书，愿举上庸城属魏，丕授达为新城太守。武都氏王杨仆，挈种内附，丕使入居汉阳郡。一面亲笔下令，自陈威德，于是谐子媚臣，或报称黄龙出现，或报称凤凰来仪。丕即授意左中郎将李伏，太史丞许芝，令与华歆贾诩陈群王朗等，先入许都，胁令献帝禅位。献帝以为曹操已死，可望亲政，因改建安二十五年为延康元年，与民更始。哪知一班新朝走狗，竟来逼令让国，要他拜献江山，献帝大吃一惊，不禁泪下。李伏即抗声奏请道："孔子玉版中，已有预言，谓定天下，出魏公子桓。今魏王表字，适合谶文，丕字子桓。所以祯祥毕集，嘉应显然，陛下即宜应天顺人，仿行圣朝禅让故事。"说到此语，许芝也接说道："臣职司天象，默察星纪，魏当代汉，就是证诸图谶，语却尽符。《春秋·汉合孳》云：'汉以魏，魏以征。'《春秋·佐助期》云：'汉以许昌失天下。'故白马令李云上书，曾言许昌气见诸当涂高，当涂高便是魏阙，魏当代汉，自许昌始。《易运期》又云：'鬼在山，禾女连，王天下。'鬼女禾三字，拼成魏字，天数如此，陛下亦怎可违天？"种种佐证，不知如何捏造出来。献帝无言可答，只是两袖拭目，泪湿龙袍。还有华歆等更疾言厉色，几乎要将献帝吞噬下去。皇后可弑，皇帝自然可废。献帝尚未肯承认，忽外面有许多甲士，持械入殿，气焰很是厉害，慌得献帝起座返奔。华歆等竟抢步追入，直至中宫，曹皇后闻声出迎，见献帝形色慌张，惊问何事，献帝泣说道："汝兄欲夺我帝位呢。"曹后听着，禁不住竖起柳眉，让过献帝，阻住华歆等人，开口叱骂道："汝等希图富贵，敢造逆谋，试想我父功盖寰区，尚且始终事汉，我兄嗣位未几，便思攘窃神器，应不至此，总是汝等捧掇出来。"华歆听了，也无惧色，只因曹后是魏王丕妹，不得不略顾面目，权将天命人事的套话，敷衍数语。若非曹丕之妹，又要动手拖发了。曹后全然不采，歆等不得已暂退。越日闻曹丕已将到许，又会合群臣，力请献帝出殿，献帝被逼不过，勉强出来。华歆等已草就禅诏，硬迫献帝颁行，献帝含糊答应，当即遣御史大夫张音，赍诏送丕。丕行至曲蠡，接诏展读道：

> 朕在位三十有二载，遭天下荡覆，幸赖祖宗之灵，危而复存；然仰瞻天文，俯察民心，炎精之数既终，行运在乎曹氏，是以前王既树神武之绩，今王又光曜明德，以应其期，历数昭明，信可知矣。夫大道之行，天下为公，选贤与能，故唐尧不私于厥子，而名播于无穷，朕羡而慕焉。今其追踵《尧典》，禅位于魏王，王其勿辞！

丕读诏毕，心下甚喜，但形式上未便遽受，不得不上表推辞，即遣张音返报。华歆等忙驰书劝进，一面胁献帝交出玺绶。献帝流涕道："玺绶由皇后收藏，不在朕身。"歆等因再向曹后求玺，曹后仍然不与，乃转报曹丕，丕竟遣曹洪曹休两族人，引兵入宫，劫取玺绶。曹后料不能坚持，将玺绶掷抵轩下，且泣且语道："天不祚尔！"曹洪得玺，未便亲交曹丕，再由华歆等续缮诏书，仍使张音持玺献丕。更可恨的，是硬要帝女二人，充作魏嫔，一齐献去。好算是善法《尧典》。丕在曲蠡待诏，见张音奉玺到来，并有娇娇滴滴的两帝女，随玺同至，真是喜气重重，大快所望。但见禅诏有云：

> 惟延康元年十月乙卯，皇帝曰："咨尔魏王，夫命运否泰，依德升降，三代卜年，著于春秋，是以天命不于

常，帝王不一姓，由来尚矣。汉道凌迟，为日已久，安顺以降，世失其序，冲质短阼，三世无嗣，皇纲肇亏，帝典预沮，暨于朕躬，天降之灾，遭无妄厄运之会，值炎精幽昧之期。变兴萑毂，祸由阉竖，董卓乘衅，恶甚浇獟，逢蒙子，见《夏纪》。劫迁省御太仆官庙，遂使九州幅裂，强敌虎争，华夷鼎沸，蝮蛇塞路。当斯之时，尺土非复汉有，一夫岂复朕民？幸赖武王德膺符运，奋扬神武，芟夷凶暴，清定区夏，保乂皇家。今王缵承前绪，至德光昭，声教被四海，仁风扇鬼区，是以四方效琛，人神响应；天之历数，实在尔躬。昔虞舜有大功二十，而放勋禅以天下；大禹有疏导之绩，而重华禅以帝位。汉承尧运，有传圣之义，加顺灵祇，昭天明命，厘降二女，以嫔于魏，使持节行御史大夫事太常音，奉皇帝玺绶；王其永终万国，敬御天威，允执其中，天禄永终。敬之哉！

丕得此诏，即欲老实接受，还是太尉贾诩等，叫他再还玺绶。不乃将帝女二人留住，先行受用；丕妹为帝后，则帝女应为丕甥，丕可谓善效楚成王了。再使张音将玺奉还。至第三次下诏，内有天不可违，众不可拒，重华不逆尧命，大禹不辞舜位等语，仍由音赍玺奉丕，丕不复再让，命在繁阳亭，筑受禅坛，择于十月庚午，代汉登基。公卿列侯，及大小将吏，届期至坛下候驾等候；片时由侍从拥着魏王，乘舆到了坛前，由丕徐徐下车，升坛受玺，南面称尊。文武百官，拜倒坛下，齐称万岁。即位礼成，丕下坛祭告天地，望燎乃返。顾语群臣道："舜禹受禅，我今方知道了！"恐不象汝所为。遂驰入许都，改延康元年为黄初元年，国号魏，废献帝为山阳公，曹后为山阳公夫人，勒令出宫就封；惟仍得用汉天子礼乐，算做另眼看待。追尊父操为武皇帝，庙号太祖，称母卞氏为皇太后。改号相国为司徒，御史大夫为司空，余官亦多易旧名。就是郡国县邑，亦陆续改称，许县变作许昌县，算是魏国首都。又在洛阳大营宫室，作为陪都。这消息传入蜀中，但言曹丕篡汉，未及汉帝下落，或谓汉帝已经遇害。汉中王刘备，即为发丧成服，遥谥献帝为孝愍皇帝，蜀中一班将佐，遂劝备绍承汉统，即日正位，备不从所请。将佐等又援引谶讳，摭拾嘉符，再三怂恿，仍未见从。会由刘封奔还成都，谓孟达申耽，并皆叛去，反引魏兵袭封，封寡不敌众，只好奔回。备怒叱道："汝知荆州危急，并不往救，今反敢来见我么？"封答说道："孟达从中挠阻，孤身不能赴援，所以中止。"备不待说毕，即喝声道："我闻汝与孟达不和，故达敢阻挠，汝当思食人禄，忠人事，怎得复听达言？我若贷汝，如何服人？"封跪伏求饶，适诸葛亮在侧，备顾语道："封罪当诛否？"亮答称凭王裁夺四字，备乃赐封自尽。封临死自叹道："我悔不听孟子度言！"子度就是达字，这语传入备耳，才知达降魏后，曾有书招封，封毁书斩使，致为所逐，备不免生悔，懊怅了好几天。封本姓寇，为长沙刘氏外甥，备至荆州时，尚未生禅，因留封为养子。封颇有膂力，随诸葛亮入益州，转战有功，乃得受职副中郎将。诸葛亮虑封刚暴，后终难制，故不为请免，听令加诛。封之罪固不免于死。转瞬月余，亮与许靖等，会衔上笺，申请正位。略云：

> 比闻曹丕篡位，湮没汉室，窃据神器，劫迫忠良，酷烈无道，人鬼怨毒，咸思刘氏。今上无天子，海内惶惶，靡所式仰。群下前后上书者，八百余人，咸称述符瑞，图谶明征，吁称绍德。伏惟大王出自孝景皇帝中山靖王之胄，本支百世，乾祇降祚，圣姿硕茂，神武在躬，仁复积德；爱人好士，是以四方归心焉。宜即帝位，以纂二祖，

绍嗣昭穆，光复旧物，天下幸甚！录劝进书，与专言符谶，一味虚谀者不同。

刘备览笺，尚欲固辞，再经诸葛亮等，进陈兴灭继绝的大义，乃准如所请，令博士许慈，议郎孟光，订定礼仪，就在成都武担山南，筑坛登位，并昭告天地，由祝礼官代读祝文道：

维建安二十六年四月丙午，延康改元，备尚未接诏，故文中仍用建安年号。皇帝备敢用玄牡，昭告皇天上帝，后土神祇。汉有天下，历数无疆。曩者王莽篡盗，光武皇帝震怒致诛，社稷复存。今曹操阻兵安忍，戮杀主后，滔天泯夏，罔顾天显。操子丕，载其凶逆，窃据神器，群臣将士，以为社稷堕废，备宜修之，嗣武二祖，恭行天罚。备虽否德，惧忝帝位，询于庶民，外及蛮夷，佥曰天命不可以不答，祖业不可以久替，四海不可以无主，率土式望，在备一人。备畏天明命，又惧汉邦将湮于地，谨择元日，与百僚登坛，受皇帝玺绶，修燔瘗告，类于天神。类系祭名。惟神飨祚汉家，永绥四海，垂于无穷！

祝告既毕，受百僚朝贺，颁诏大赦，改元章武，仍称汉帝。史家号为蜀汉，示与后汉有别。且因刘备殁后，庙谥昭烈，又沿称昭烈皇帝。惟陈寿作《三国志》，但称为蜀。寿本魏人，出仕晋朝，晋受魏禅，不得不微辞寓意，惟始终称备为先主，与《吴志》直呼孙权不同，是寿亦隐以正统予蜀，与朱子《纲目书法》名异实同。小子此后演述，就沿称备为先主。自是中土三分，势成鼎足。未几吴亦改称黄武，寻且称帝，居然是三帝并峙了。惟蜀承汉统，幅员虽小，名号最正。刘先主既已正位，进诸葛亮为丞相，许靖为司徒，置百官，立宗庙，祫祭高祖以下诸世系；立夫人吴氏为皇后，子禅为皇太子。典制粗定，便欲兴师东下，讨吴雪耻。忽有一将进谏道："国贼曹操，并非孙权，陛下不应置魏先吴。"先主听着，默然不悦，那将军又继续陈词，讲出一段绝大的理由。小子录述至此，即随写一诗道：

> 君父仇深兄弟轻，后先应自辨分明；
> 忠臣伏阙陈言后，英主如何不听行？

欲知何人进谏，申明理义，请看下回再详。

　　司马温公退居洛阳，阅陈寿《三国志》，识破一事，谓操留遗嘱，下至分香卖履，如家人婢妾，莫不处置详尽，独无一语及禅代之事，其意以为禅代乃子孙所为，吾固未尝教之也，此正为操之大奸处。然操尝以周文王自拟，亦何曾不教丕篡汉乎？且温公既知操之奸，不应有帝魏寇蜀之书法，陈寿尚称刘备为先主，温公何嫌何疑，乃必以正统予魏也？本回就事论事，未尝明辨，而于魏蜀之称帝，前后写来，自觉邪正之不同，文人手笔，具有阳秋，岂必断断然评论善恶哉？

第九十一回

陆伯言定计毁连营　刘先主临危传顾命

却说刘先主筹备军马，意欲伐吴，有一将军伏阙谏阻，谓当先行伐魏。看官！这是何人？原来是翊军将军赵云。云先言魏为国贼，比吴为重，未见先主听从，乃复申谏道："曹操虽死，子丕篡位，陛下宜出图关中，扼住河渭上流，声讨逆贼；臣料关东义士，必将裹粮策马，欢迎王师。待魏既讨灭，吴亦可不劳而服了。"至理名言。先主终不肯从，再经诸葛亮联名奏阻，稍有回意；忽有一大将，踉跄趋入，拜伏先主座前，抱足大哭。先主瞧着，乃是车骑将军张飞，飞已由右将军升任车骑将军。不由的潸然泪下。飞且哭且语道："桃园盟誓，陛下奈何遽忘，不为二兄报仇。"先主答道："朕早欲讨吴，百官谓先宜讨魏，是以稽迟。"飞急说道："陛下不去，臣愿自往。"确是急性子。先主道："朕怎忍令卿独去？卿可速回阆州，起兵来会，惟有一语相诫，幸勿嗜酒，迁怒部下；既加鞭挞，不得再令在左右，至要至嘱！愿卿勿忘！"飞奉命即去。先主乃决计兴师，无论何人进谏，统皆拒绝。留丞相诸葛亮辅太子禅，居守成都，先主譬亮为鱼水。水不并行，鱼安得活。自率诸军东下。是时黄忠已殁，罗氏《演义》谓忠曾随军东出，中箭阵亡。按诸史志，忠殁在建安二十五年，可知罗氏附会之误。马超出镇凉州，只有赵云，是老成宿将，先主因他谏阻东征，不使前驱，但令他督运军粮，作为后应。此外所率将士，多系新进，毅然出都。

益州从事秦宓，叩马力谏，面陈天时不利，违天行师，恐防有失；说得先主怒从心起，竟将宓下狱羁囚，俟回师时再行定罪，遂麾兵东下，直指秭归。途次接得阆州来表，总道是张飞遣至；及取阅表文，乃是飞营内都督署名，不禁惊诧道："难道飞已死了么？"忙展开一阅，果系飞怒挞左右，为帐下将张达范强所害，携首投吴。顿时放声大哭，更触起关公遗痛，号恸不休，将佐等从旁力劝，方才收泪，追谥飞为桓侯。查得飞长子苞，已经早亡，乃令次子绍袭爵。史传载苞早夭，罗氏《演义》无稽可知。正在下诏抚恤，忽由东吴来了使人，呈上一笺，系由南郡太守诸葛瑾差来，先主已有愠色，撕开函封，但见笺中有数语云：

> 陛下以关羽之亲，何如先帝？荆州大小，孰与海内？俱应仇嫉，谁当先后？若审此数，易于反掌矣。

先主阅到此处，即掷笺委地，喝将来使斩讫，还是将佐援引古义，奏言两国相争，不斩来使；且诸葛瑾为丞相兄，更宜曲为顾全，从宽贷宥。先主才命赦死，喝将来使逐回。原来吴主孙权，闻刘先主督师东来，兵势甚盛，料他志切报复，不能轻敌，因命诸葛瑾作书求和。或谓瑾不可恃，恐将借此降蜀，权摇首道："孤与子瑜，为生死交，从前孔明来吴，孤使子瑜留住孔明，子瑜谓弟不留吴，犹瑾不往刘，此言可贯神明；今难道反有贰心么？"嗣得瑾遣人报命，果言蜀无和意。已而张达、范强，复献到张飞首级，权只好收纳，但自思越弄越坏，万难言和，乃亟遣部将李异、刘阿等，率兵四万，往御秭归。一面向魏上表，称臣纳贡，并送魏将于禁等还魏，为乞援计。魏王曹丕，当即受降，群臣皆贺，独侍中刘晔进谏道："孙权无故求降，必因蜀兵大举，自恐难敌，又虑我乘隙进攻，国将不保，所以委地称藩，今不若出师渡江，进袭江东，蜀攻外，我攻内，吴必不支；吴亡蜀孤，怎能久持？这便是一举两得的至计。"丕答说道："彼既来降，我反加讨，是适令天下疑沮，如何能怀柔远人？"遂不听晔言，遣归吴使，并使太常邢贞，赍册至吴，封孙权为吴王，加九锡礼。贞到了江东，孙权亲率百官，出城迎接。甘心事魏，便是逆党。贞昂然前来，见了孙权，并不下车，恼了吴长史张昭，厉声叱责道："礼无不敬，法无不肃，君乃敢自尊大，蔑我江南，莫非我江南果无寸刃么？"争此小节，抑何太晚？贞乃下车相见，偕权入城，宣读魏诏，取交封印，由权北面拜受。中郎将徐盛在侧，且愤且泣道："盛不能奋身致命，为国家取魏吞蜀，反令吾主屈身受封，岂不可耻么？"贞听得盛言，不禁叹语道："江东将相如此，当不至久居人下呢。"权盛筵待贞，留居三日，贞乃辞归。权复遣中大夫赵咨报谢，咨入谒曹丕，丕即向问道："吴王为何等主？"咨便答道："聪明仁智，雄略兼优。"丕微笑道："这也太觉过夸了。"咨又答道："并非由臣过夸，能用鲁肃，不失为聪；能拔吕蒙，不失为明；既获于禁，终未加害，不失为仁；安取荆州，兵不血刃，不失为智；据有三州，虎视四方，乃竟能屈身陛下，岂非雄略兼优么？"丕复问道："吴王亦曾学问否？"咨便答道："吴王任贤使能，志存经略，有暇即熟览经史，但不似书生寻章摘句，徒事咿唔。"丕又问："吴可征否？"咨正色道："大国有征伐雄师，小国亦有备御良策。"丕谓："吴不畏魏么？"咨答言："吴国带甲百万，江汉为池，何必畏人？"丕改容道："吴如大夫才辩，能有几人？"咨应声道："聪明特达，约有八九十人，若以臣为例，却是车载斗量，不可胜数。"丕乃说道："如卿可谓不辱使命了。"当下待遇如礼，越日遣归。惟丕仍不欲助吴，坐观成败，只是按兵不动。那吴将李异、刘阿等，军行至秭归，与蜀将吴班、冯习等相遇，一场交战，吴军败退。孙权闻报，不免徬徨，默思盈廷将佐，只有陆逊才略过人，乃特授逊为大都督，面授节钺，使督同朱然、潘璋、韩当、徐盛、宋谦、鲜于丹、孙桓诸将，领兵五万，出拒蜀兵。逊以年轻望浅为辞。权令他便宜从事，先斩后奏，于是逊受命启行。孙桓为权族子，父名河，出继姑母俞氏，嗣仍复姓为孙，年方二十有五，得拜安东中郎将；状貌魁梧，饶有勇略，权尝称为宗族颜渊。至是随逊西行，愿充前锋，逊慨然允诺，桓即带领偏师，驰至彝陵。适来了蜀将吴班，便与交锋，当先突阵。班见桓气势凶猛，引军便退，诱桓至彝道间，骤鸣鼓角，号召伏兵。但见蜀兵四起，弥山盈谷，向桓杀来。桓虽然骁勇，究竟寡不敌众，被蜀军困在垓心；桓率部下竭力冲围，竟由桓杀得性起，掷去长槊，拔出短刀，冒险冲突。可巧吴将朱然，引兵来援，才得杀透重围，奔回彝陵。吴班引军再进，把城围住，桓使朱然向逊求救，逊独不肯发兵。诸将俱上帐前请道："孙安东系是公族，今为敌所困，奈何不救？"逊徐答道："彝陵城高粮足，孙安东又得士心，定能坚守，不致疏虞；待我出军破备，安东自然解围了。"诸将复道："都督欲与备交锋，请即传令，末将等便当前往。"逊微笑道："且慢。"诸将道："既不救彝陵，复不击刘备，难道待蜀兵自毙么？"逊变色道："我自有计破蜀，诸君但当各守营垒，阻敌前进，毋得违我号令。"诸将乃退。韩当徐盛等，统是宿将，心已轻逊，又见他逗留不进，越觉愤闷，俱相率私叹道："用此书生为都督，江东休了！"*反跌下文。*

且说刘先主已到秭归，连接捷报，当然欣慰。嗣闻吴用陆逊督军，统兵五万，在猇亭东南屯营，料知必有剧战，因令各军严行加防，准备厮杀。待了旬余，不见动静，乃拟亲出攻逊；治中从事黄权进谏道："吴人耐战，我军又沿流直下，易进难退，况吴魏近时通和，陆逊多智，未始非待魏进兵，为夹攻计。臣愿效力前驱，抵当吴寇，陛下宜为后镇，静守要隘，方无他虞。”先主不从，但命权为征北将军，督守江北，防御魏人，自率诸将东进，直抵猇亭。吴将闻先主亲至，各向陆逊前请战，逊与语道：“刘备举军东下，锐气方盛，不宜急攻，待他日久敝生，一举且可破灭了。”诸将不信，还欲争辨，逊拔剑置案道：“备为天下枭雄，曹操尚且生畏，今与我交兵，正是劲敌；诸君并受国恩，当思计出万全，共翦此虏；仆虽书生，受命主上，正惟仆能忍辱负重，故托付全权；军法如山，不应轻犯，如有妄言生事，立当斩首！”说至此，面色如铁，非常森严，诸将不敢再言，悻悻退出。好多日不闻战令，那蜀军却遍地扎营，自巫峡延至猇亭，约有数十万屯，前部督叫作张南，大督就是冯习，且由刘先主调回吴班，引兵数千，就吴营面前立寨。吴将忍耐不住，又复请战，陆逊只是不允。韩当徐盛等齐声道：“如若不胜，愿按军法。”逊引诸将出营，遥望多时，扬鞭西指道：“前面山谷中，隐笼杀气，必有伏兵，彼欲诱我入伏，可以掩击，我岂肯堕他诡计？故不允诸君出战！”诸将听了，尚暗暗冷笑，不得已，随逊回营。过了三日，班竟退兵，山谷间果有蜀兵，拥着主子，徐徐回去，吴将方知逊先见。惟相持数月，未见逊出一谋，总不免笑他庸懦，逊却上表孙权，指日破蜀。诸将闻悉，不知他葫芦里卖什么药，互有疑言；蹉跎蹉跎，逊与蜀军相拒，差不多过了半年，好坚忍。时阅盛暑，红日炎炎，蜀军大营，移至树林间屯驻，借便纳凉，逊也未尝发兵截击。到了翌晨，忽召入诸将道：“今日方可破蜀了。愿大家努力！”诸将道：“破蜀当在初时，今令蜀兵深入五六百里，连营相望，又持久至七八月，彼已固守要隘，怎能破得？”逊笑说道：“备转战一生，更事甚多，今率锐东来，初至时必思虑周详，未易与敌；及屯留多日，未得逞志，兵疲意沮，计不复生，欲破此虏，正在此时。”遂命鲜于丹引兵往攻，韩当、徐盛为后应，陆续前去，不到半日，三将败回，入帐禀报道："蜀兵势大，难与争锋，末将等攻他一营，各营齐至，首尾相应，因此致败。"逊答道："我已有破蜀计策，今夕定可成功，诸君可早食晚餐，入帐授计。"未几，日已西昃，将士等饱食一餐，入听号令，逊方说出"火攻"二字，分拨诸将，各执火具，往烧蜀营。刘先主在营夜坐，正与将佐等谈论军机，从事程畿道："近日军营上面，有黄气罩住，长十余里，广数十丈，恐与全军有碍，不可不防。"先主道："吴军屡战屡败，怕他甚么？"骄必败！畿答说道："陆逊多谋，恐有狡计。"先主道："朕使侍中马良，安抚五溪蛮夷，昨得奏报，谓已一体响应，俟他毕集，与陆逊大战一场，看他如何敌我？"营上黄气，与安抚溪蛮，俱借口叙过。

正谈论间，忽由军吏入报道："吴兵来攻，各屯火起。"先主忙说道："快快传语冯习张南等将，小心迎敌。"军吏方出，又有一人趋入道："冯张二营，已被吴兵毁破了。"先主大惊，忙披甲上马，出营了望，四面八方，火光燎绕，连树木俱被延烧，渐渐的侵及御营，并且喊声四震，不知有多少吴兵，前来劫营。蓦见将军傅彤，踉跄前来，报称冯习、张南，并皆阵亡，吴兵很是厉害，请速回銮。先主即使傅彤断后，自率亲军西走，一面令从事程畿，往谕水师，上岸援应。程畿自去，傅彤随驾徐行。到了马鞍山，吴军四面环集，进退无路，不得已上山驻扎，令傅彤据住山口，堵御吴兵。遥见火势燎原，熊熊不绝，好容易俟至天明，望得长江一带，尸骸重迭，随流而下。先主且愤且惭道："我乃为陆逊竖子所折辱，岂非天数？"不能尽诿诸天。言未已，又有军弁趋至道："吴军放火烧山，傅将军危急万分，请御驾速行裁夺。"先主乃决意再走，领兵杀下，冲突了好几次，仍然不能出围。未几又是傍晚，吴兵各去晚餐。稍稍宽缓，傅彤拼命杀出山口，让过先主，请他前行，自率残兵，截住吴军。吴军竟来环击，彤与他力战多时，看看手下垂尽，还是挺枪死斗，吴兵叫他投降，彤呵声道："吴狗！大汉将军，岂肯降汝？"说着，复格死吴兵数人，身受重创，力竭捐躯。死且不朽。先主仓皇西奔，后面吴兵穷追，又复大至，乃令将士脱甲塞路，纵火焚甲，断住追兵。吴兵拨去残甲，仍然追赶。蜀兵沿路溃散，只剩得骑士百余，尚随先主，先主长叹道："我命休了！"道言甫毕，前面有蜀兵趋至，为首大将，乃是翊军将军赵云，先主方转忧为喜，忙令他截住吴兵，自引百余骑，入白帝城。云本在江州督粮，因见东南火光冲天，不知前军胜败，因领兵前来，亏得有此一举，方得杀退敌兵，保回主驾。此外蜀中将士，多半伤亡。从事程畿，奉命往招水军，水军已被吴兵掩击，逃得精光；畿乘得孤舫，溯江徐退。从吏催畿道："追兵将至，何不速驶？"畿慨然道："君辱臣死，我岂可畏死偷生？"既而吴兵果到，围住畿船，畿拔剑自刎。足与傅将军并光蜀史。尚有蛮王沙摩阿，挈众从蜀，亦至战死。余如蜀将杜路刘宁等，穷蹙投吴；镇北将军黄权，被吴兵截断，却引兵投魏去了。

魏主曹丕，闻蜀兵连营七百里，知蜀必败，群臣问为何因，丕与语道："刘备不晓兵机，岂有连营七百里，尚可拒敌？兵法有言：'包原隰险阻而成军，必为敌擒。'江东捷书将至了。"过了七日，吴果呈入捷书，丕却令吴送子人质，吴置诸不答。丕即命曹休等出洞口，曹仁出濡须，曹真等围南郡，三路兵约有数万，同时攻吴。前可攻而不攻，至此乃欲攻吴！丕亦徒知料人，不能察己。吴兵既得胜蜀，欲进攻白帝城，陆逊独下令班师，适值彝陵围解，孙桓来见陆逊，逊慰劳一番，桓语逊道："前因公连日不救，未免滋疑，今始知公调度有方，终得破蜀，但何故不乘胜进攻呢？"逊答语道："曹丕外托助我，内实谋我，我若穷兵入蜀，必为所算。"乃收军东归。将返荆州，果闻魏兵三路进攻，当即飞报孙权，遣将防堵。权已闻知消息，使将军吕范等，率水师拒曹休，诸葛瑾拒曹真，朱桓拒曹仁，决意与魏绝好，改元黄武，临江把守。曹丕闻吴抗命，也自许昌督师南下，接应三路兵马。刘晔复谏阻道："吴方破蜀，上下齐心，况复襟江带湖，到处可守，不如缓攻为是。"丕不肯从，竟引军至宛城，忽接得探马来报：曹休出兵洞口，颇得胜仗，嗣由吴军援应，休被杀败，只好退回。丕方才惊讶。旋又有人报称曹仁败还，部将常雕阵亡，王双被擒，丕更觉心惊。只有曹真一路，围攻江陵，尚无音响，丕方遣夏侯尚督领水军，往助曹真。江陵守兵，适患疫病，吴将诸葛瑾等，不能却敌，险些儿支持不住；可巧陆逊遣到朱然，带着舟师万人，与夏侯尚鏖斗一场，尚兵败溃，曹真孤军失势，不得不报告曹丕，丕乃懊怅道："悔不用刘晔言，多事劳师。"说着，即遣使召还曹真及曹休、曹仁两军，并还洛阳。吴主孙权，尚恐蜀人报怨，未敢追击魏兵；且将王双送还。曹丕乐得示惠，虚言慰谕，自回许昌去了。

且说刘先主奔回白帝城，还想收合余烬，再行讨吴。可奈七千余万人，死亡大半，溃卒虽然渐集，不过一二万名，还是焦头烂额，疲敝不堪，一时如何成军？惹得先主又悔又恨，又恨又悲。嗣由东吴传来耗闻，乃是孙夫人得知兵败，误传先主被害，竟濒江遥祭，投江殉节。说本《枭姬传》。先主本因她无故归吴，置诸度外，不料她有这般贞烈，未免有情，谁能遣此？遂至怏怏成病，起居不适。赵云等请回成都，又不见许；且因白帝城为鱼复县治所，就改县名为永安，馆舍为永安宫。会由吴使至白帝城，报称孙夫人丧信，并请罢兵息争。无非因与魏绝交，故有是使。先主含糊答应，也遣大中大夫宗玮，赴吴报命。惟心中总不能无嫌，终日里郁郁寡欢，忘餐废寝。看官试想！刘先主年逾六十，怎能禁得起这般神伤？迁延半年，终致不起，遂召丞相诸葛亮，及尚书令李严等，到永安宫，听受遗命。章武三年二月，亮等到了永安，尚有先主庶子鲁王刘永，梁王刘理，一同随至，俱到先主榻前问安。先主见了诸葛亮，欷歔与语道：“朕不能用丞相言，悔已无及了。”亮劝慰道：“陛下须善自珍摄，幸勿再忆故事。”先主道：“命数已终，看来是无可挽回；惟与丞相契合有年，深蒙辅导，乃智短命穷，将成长别，奈何奈何！”说至此，泪流满面。亮亦不禁涕下，但见先主精神未敝，不致遽危，故尚忍泪劝解，率众暂退；只留二王侍侧。嗣是逐日入省，就是留居成都的官僚，亦陆续到来请安。成都令马谡，系侍中马良弟，良有兄弟五人，并有才名。良字季常，谡字幼常，余亦以常字为号，惟良眉中有白毛，里谚谓马氏五常，白眉最良。良奉命抚慰五溪，及猇亭败后，归路遽断，竟至遇害。诸葛亮尝器重马谡，特荐为成都令。至是请安已毕，退出行宫，越宿由亮入视，先主顾语道：“马谡言过其实，不可大用，君宜留意。”亮应命而退，到了孟夏，先主病已垂危，乃召诸葛丞相等，托孤寄命。正是：

复辙自知由智短，托孤尚幸得人贤。

欲知刘先主顾命如何，且至下回详叙。

曹操之败于赤壁，一骄字致之；刘先主之败于猇亭，亦未始非误于一骄耳。夫献帝之为魏所篡，与关公之为吴所害，皆先主之大仇也。然权其轻重，则仇魏为先，而仇吴为后，赵云之谏，最明大义。就使志欲报吴，但命一二将东出可也。乃孤注一掷，连营七百里，旷日持久，卒败于陆逊之手，虽曰天命，岂非人事？且无猇亭之败，先主或尚得永年，亦未可知。或谓诸葛公坐守成都，既不能出救关公，又不能出救先主，陈寿谓其将略非所长，并非刻论；是说也，余亦疑之。

第九十二回

尊西蜀难倒东吴使　平南蛮表兴北伐师

却说刘先主病到弥留，宣扬遗命，丞相诸葛亮，尚书令李严等，并侍榻前。先主顾亮道："君才十倍曹丕，必能安邦定国，终成大事。嗣子可辅，劳君匡辅；若不可辅，君可自取。"先主亦知嗣子禅不才。亮慌忙拜倒道："臣敢不竭股肱，效忠贞，誓死毋贰，勉报圣恩？"先主乃命李严代作遗诏，留嘱嗣君。且唤永、理二兄弟至前，叫他父事丞相，不得有违。又与翊军将军赵云，叮咛数语，无非是托他辅国，说至此，长叹一声，瞑目竟逝，享寿六十三岁。诸葛亮主持丧事，棺殓如仪，使李严为中都护，留镇永安，自率百官奉丧还成都。太子禅年方十七，在都留守，不遑奔丧，但出都门，守候梓宫；及灵榇已到，迎入正殿，举哀行礼。礼毕展读遗诏，诏云：

> 朕初得疾，但下痢耳；后转杂他病，殆不自济。人年五十，不称夭，朕已六十有余，何所复恨？不复自伤。但以汝兄弟为念。勉之勉之！勿以恶小而为之，勿以善小而不为！惟贤惟德，乃可服人！汝父德薄，不足效也！汝兄弟当父事丞相，更求闻达，无替朕命！

太子禅拜受遗诏，亮即请禅嗣位，改元建兴，是为后主。崇谥先主为昭烈皇帝，奉葬惠陵；尊皇后吴氏为皇太后，颁诏大赦。益州从事秦宓，已得释狱，由亮选为益州别驾。宓少有才名，也是法正一流人物。亮因法正早殁，尝叹为孝直若在，必不令主上东征，就使东行，也不致一败若此；故秦宓因谏得罪，亮甚为叹惜，至赦免后，随即录用。后主封亮为武乡侯，开府治事；嗣复使领益州牧，政无巨细，皆归裁决，后主惟拱手受成。亮约官职，修法制，信赏必罚，风化肃然。忽闻益州耆帅雍闿，戕杀益州太守，叛蜀附吴，亮因新遭大丧，未便动兵，且意在和吴伐魏，故决计缓征。广汉太守邓芝，方入为尚书，窥知亮意，请向东吴修好。亮欣然道："我早有此意，一时苦乏使才，今始幸得人了。"芝问为谁，亮答言莫如使君，芝亦不辞，奉命即行。吴王孙权，正再迁鄂县，改名鄂为武昌，作为吴都。百忙中补叙此文。闻蜀中遣使到来，心下狐疑，不肯即见。芝待了两日，作书致权道："臣今到此，非但为蜀，并且为吴，若大王不愿见臣，臣就去了。"权得阅此书，即召芝入见，芝行礼毕，便开口问权道："大王，今日欲与魏和呢？抑与蜀和呢？"权答说道："孤非不欲和蜀，但恐蜀主幼国小，不足敌魏，所以怀疑。"芝应声道："大王为命世英雄，诸葛亮亦一时俊杰，蜀有重险，吴有三江，若互为唇齿，进可兼并天下，退可鼎足峙立；今大王甘心事魏，魏必征大王入朝，索王子入侍，一不从命，便当奉辞伐叛，蜀亦顺流进取，臣恐大王两面受敌，江东地不能复有了。请大王熟思！"权沈吟良久道："君言亦是，孤当与蜀连和，烦君先归通报，孤当遣使订盟便了。"芝乃辞归。倏忽间已过一年，吴乃遣中郎将张温报聘。温至成都，后主当即接见，并由诸葛丞相等，优礼相待，与申盟好。温谈笑自若，颇有傲容，过了两日，便辞行东还。丞相亮带领百官，亲与饯行；独秦宓不至。亮屡使人敦促，好多时未见到来，温疑问道："尚待何人？"亮答言益州学士秦宓。既而宓至，温即笑问道："君为益州学士，究竟所学如何？”宓正色道：“蜀中三尺童子，尚皆就学，何况我辈？”温接问道：“君既宿学，必知天文，天可有头否？”问得无谓。宓随口答一“有”字。温问在何方？宓答：“天在西方。《诗》云：‘乃眷西顾。’可知西方有头。”温问天有耳否？宓又答道：“天处高听卑。《诗》云：‘鹤鸣于九皋，声闻于天。’若天无耳，如何得闻？”温问天有足否？宓复引《诗》言，‘天步艰难’一语，证明有足。温又问天有姓否？宓答言姓刘。温问宓如何知晓？宓答称天子姓刘，可以推知。随口道来，都成妙谛。温复说道：“日生于东。”宓不待说毕，就接口道：“日虽东升，至西必没。”说得温瞠目结舌，不敢再言。宓却把天道盈虚，转诘张温，温无词可答，急得汗流浃背，满面生惭；还是诸葛亮替他排解，方勉强饮了数杯，逡巡告别。亮复令邓芝偕行，既至武昌，请温先报孙权，然后进见，权与语道：“两国通好，若得同心灭魏，天下太平，从此可二主分治，岂非快事？”芝直答道：“天无二日，民无二王，如得灭魏，尚未识天命所归；但使君各茂德，臣各尽忠，那时势均力敌，或当再起战争，必待统一以后，方得太平致治哩。”权大笑道：“君何诚款乃尔！”因厚礼送归。嗣是吴蜀又往来如初了。总结一笔。

　　惟魏主曹丕，闻得吴蜀联盟，自知不妙，便召群臣商议，即欲起兵伐吴。侍中辛毗进谏道：“天下新定，土广民稀，骤欲劳师，未必果利；为今日计，不若养民屯田，待十年后，足食足兵，方可吞吴并蜀，混一天下。”十年为期，并非迂言。丕雄心勃勃，十个月且不肯待，怎肯待至十年以后？当下叱退辛毗，进司马懿为尚书仆射，留镇许昌。此为司马氏篡魏之兆。看官！听说丕多亲弟，又有长子，为何不嘱子弟监国，却叫司马懿留守？说来又有特因，可得就此补叙：丕弟彰、植，同为卞太后所生，因丕素性猜忌，为魏王时，就将二弟遣往就国。见九十回。丕妻甄氏，容既绝世，发尤美观，尝将万缕青丝，挽就云鬟，号灵蛇髻，光泽可鉴。她本为袁熙妇，当再嫁曹丕时，植也为艳羡，只因丕捷足先得，无奈让兄，惟心中未免失望，颇有怨言，丕益加妒恨。植既出封临淄，监国灌均，阴承丕意，劾植使酒悖慢，遂由丕征植入朝，意欲加诛，还亏卞太后从中保护，才得不死。但尚限令七步成诗，即以兄弟为题，不准直说，植随口答咏道："煮豆燃豆萁，豆在釜中泣，本是同根生，相煎何太急？"丕听了此诗，心稍知感，恨终未除，特贬植为安乡侯。会因丕多内宠，除献帝二女外，见前文。尚有郭李阴三贵人，最宠爱的乃是郭氏。郭氏为安平人郭永女，少即秀慧，永号为女王；长成后艳名愈噪，为丕所闻，遂纳为姬妾，格外爱怜。郭氏不特善媚，并且善谋，丕得立为太子，也是受教阃中，所以宠郭尤甚。至丕既篡汉，进郭氏为贵嫔，本想立她为后，只因甄氏尚存，一时未便发表。郭氏却谋夺后位，多方谗间，丕竟为所迷，将甄氏留置邺中，且说她心怀怨望，平白地将她赐死。何若早死邺中，为袁熙殉节。郭氏无出，独甄氏有一子名叡，为丕所爱，丕立郭氏为后，就将叡交与郭氏，令她抚养。叡生性聪颖，明知母死由后，但不得不勉承后颜，谨问起居。到了十五岁时，随丕出猎，见有大小二鹿，由丕一箭射去，大鹿即毙，丕令叡射小鹿；叡凄然道："陛下已射死鹿母，怎忍再杀鹿子？"丕不禁心动，将弓掷下，罢猎回宫。未几即封叡为平原王，但终不使为太子。就是彰、植二弟，虽照例增封，彰为任城王，植为鄄城王，毕竟不见亲信。所以丕亲出伐吴，独使司马懿居守许昌，这也是天心播弄，特令他亲疏倒置呢。

丕复特置龙舟，亲自乘坐，督率大小战船数千艘，由蔡颍二水入淮，越过寿春，直至广陵。吴将徐盛，奉命防御，故意把战舰匿入港中；至曹丕舟达江北，远远眺望，并不见一船，未免诧异，一时不敢轻进，就在江北停泊一宵。翌日起视，忽见江南一带，连城绵亘，城楼上插满旗帜，遍列士卒，丕不觉大惊，且望且叹道："魏虽有武骑千群，至此都成无用；江南人物如此，未可进图呢。"语尚未毕，蓦有巨风刮起，白浪滔天，龙舟在水中狂簸，险些儿不能支持；丕急改乘小舟，仓皇北返，各战舰亦没命逃归。*一场兴作，空去空来，风师原巧弄曹丕。*惟江南一带城楼，究从何来？原来是吴将徐盛，乘着夜色迷蒙的时候，放舟出港，排列江滨，舟中预备假城疑楼，沿江张设，士卒统是芦苇缚成，外罩军衣，惟旗帜是真；可巧秋江盛涨，岸阔雾浓，魏自曹丕以下，都不能仔细端详，遂至吓退，吴得不劳一卒，安堵依然。蜀相诸葛亮，闻知吴魏相攻，料他无暇侵蜀，乃筹足军饷，定议南征。适永昌功曹吕凯，府丞王伉，接连上书，报称雍闿势盛，屡次入寇；更有牂牁太守朱褒，与越嶲夷王高定，皆叛应雍闿，随处骚扰。亮因调齐兵马，辞别后主，督兵南下。成都令马谡，已由亮署为参军，送亮出都，亮与语道："与君共谋数年，今可更惠良规，免得误事。"谡答说道："南中蛮人，自恃险远，不服王化，就使兴师入境，所向皆捷，窃恐今日得破，明日复叛，若必杀尽遗种，永除后患，亦非仁人所忍为；且须连年积月，或可奏功。谡闻用兵伐人，攻心为上，攻城为下，心战为上，兵战为下；丞相此次南征，最好使他心服，方可一劳永逸呢。"*却是高见。*亮笑答道："君言甚是，我亦有此意呢。"谡送行至数十里外，亮始遣还成都，自率大军径进。蛮人素无纪律，怎能敌得过王师？再加诸葛亮用兵有方，事事占人先着，因此所向无阻，势如破竹。当下自越嶲进兵，斩雍闿，诛高定，传檄诸郡，剿抚兼施。门下督马忠，隶籍牂牁，自请效力，亮便拨兵与忠，叫他前往。才阅半月，即得忠捷书，谓朱褒已经受戮，牂牁复安，叛虏头目，诛灭已尽。

本来是大功告成，可以旋师，偏有一蛮酋孟获，收合雍闿余众，出拒蜀兵。亮探得孟获生平，虽无智略，却甚骁悍，为夷汉所畏服，因此打定主意，决将孟获收为己用，使他死心塌地，庶无后虞。孟获不识军谋，一味蛮抗，战了一次，便由亮诱他入伏，一鼓擒住，亮问他心服否？获抗言不服；亮却藏过精兵，故意使嬴卒站列，令他周视。获更笑说道："向不知汝兵虚实，被汝诱获，今看汝兵，不过如此，有何难胜呢？"蛮子蛮语。亮因纵使回去，整军再战。获返至蛮寨，纠众来劫亮营，又被亮预设机谋，四面兜拿，复擒孟获。获仍然不服，亮更纵还。获渡过泸水，负险自固。时当五月，溽暑熏蒸，水中又无船只可行，蜀兵俱畏难欲退，亮下令道："我兵若归，虏必再出，我去彼来，我来彼去，何时始得平定？今惟有再接再厉，渡泸进去，捣穴平蛮，就在此举，愿大众努力，后当重赏。"兵士听了，方才踊跃起来。亮即命将士潜造木筏，至夜间悄悄渡泸，直抵蛮峒；孟获自恃险固，并不加防，待至蜀兵深入，仓猝迎敌，好容易又被蜀军擒去。亮仍不加诛，令获还峒，获更避入深巢，又为蜀兵所破。直至七纵七擒，获无处可容，方才拜服。亮尚欲遣归再战，获泣谢道："丞相天威，无坚不摧，南人誓不复反了！"是谓攻心。遂引蜀兵入滇池，奉亮如神，无论蛮子蛮妇，并来拜谒。亮好言抚慰，仍令孟获管理蛮众，听蜀政令，众皆欢跃去讫。罗氏《演义》满纸捏造。什么朵思大王，什么木鹿大王，什么祝融夫人，好象《封神传》《西游记》一般，看似五花八门，实则十虚九幻，不值识者一噱。或请亮留置官吏，与孟获同守蛮方，亮慨然道："设官有三不易，留官必当留兵，兵无所食，必将生变，是一不易；蛮人屡败，父兄伤亡，免不得记恨官兵，互生衅隙，是二不易；汉蛮易俗，当然异情，留官抚治，怎肯相信？是三不易。今我不留人，不运粮，但使他相安无事便了，若欲令彼同化，容待他年。"于是下令凯旋，孟获率众拜送，并献金银丹漆耕牛战马，作为军用。亮分犒将士，一无所私。唯途中往返，辄患暑疫，经亮采查药物，合锉为末，用瓶收贮，每人各给一瓶，遇有中暑中疫等症，吹鼻即解，故盛暑行军，奔波万里，得免死亡。今药肆所售"诸葛行军散"，就是当时留下的秘方，这且无庸絮述。且说诸葛亮班师回国，饮至行赏，人人欣悦，朝野清平。南中复按时进贡，各呈方物。亮复与民休息，安养两年，国富民饶，乃拟出师北伐，规复中原。时魏主曹丕，已经病殁，遗嘱中军大将军曹真、镇军陈群、抚军司马懿等，立平原王叡为太子，即日嗣位。叡谥丕为文帝，尊太后卞氏为太皇太后，皇后郭氏为太后，即用一班顾命大臣，秉持国政，统驭四方。吴主孙权，乘丧进攻，围江夏城。魏太守文聘，登陴拒守，坚持不下。吴将诸葛瑾，转击襄阳，也被司马懿击退；权乃收军东归。诸葛亮却缓了一年，然后兴师。外使中都护李严，移屯江州，护军陈到驻永安，作为东防；内使中部督向宠，典宿卫兵；尚书陈震、侍中郭攸之费祎董允、长史张裔、参军蒋琬，分治宫府诸事。乃上《出师表》一篇，陈明宗旨。表云：

　　臣亮言：先帝创业未半，而中道崩殂。今天下三分，益州疲敝，此诚危急存亡之秋也。然侍卫之臣，不懈于内，忠志之士，忘身于外者，盖追先帝之殊遇，欲报之于陛下也。诚宜开张圣听，以光先帝遗德，恢弘志士之气；不宜妄自菲薄，引喻失义，以塞忠谏之路也。宫中府中，俱为一体，陟罚臧否，不宜异同。若有作奸犯科及为忠善者，宜付有司，论其刑赏，以昭陛下平明之治；不宜偏私，使内外异法也。侍中侍郎郭攸之费祎董允等，此皆良实，志虑忠纯，是以先帝简拔以遗陛下。愚以为宫中之事，事无大小，悉以咨之；然后施行，必能裨补阙漏，有所广益。将军向宠，性行淑均，晓畅军事；试用于昔日，先帝称之曰能，是以众议举宠为督。愚以为营中之事，事无大小，悉以咨之，必能使行阵和穆，优劣得所也。亲贤臣，远小人，此先汉所以兴隆也；亲小人，远贤臣，此后汉所以倾颓也。先帝在时，每与臣论此事，未尝不叹息痛恨于桓灵也。**数语最关紧要，谁知后主他日，又用黄皓。**侍中尚书长史参军，此悉贞亮死节之臣也，愿陛下亲之信之，则汉室之隆，可计日而待也。臣本布衣，躬耕于南阳，苟全性命于乱世，不求闻达于诸侯。先帝不以臣卑鄙，猥自枉屈，三顾臣于草庐之中，谘臣以当世之事，由是感激，遂许先帝以驱驰。后值倾覆，受任于败军之际，奉命于危难之间，尔来二十有一年矣。先帝知臣谨慎，故临崩寄臣以大事也。**此诸葛自述要语。**受命以来，夙夜忧叹，恐托付不效，以伤先帝之明。故五月渡泸，深入不毛。今南方已定，兵甲已足，当奖帅三军，北定中原，庶竭驽钝，攘除奸凶，兴复汉室，还于旧都。此臣所以报先帝，而忠陛下之职分也。至于斟酌损益，进尽忠言，则攸之祎允之任也。愿陛下托臣以讨贼兴复之效；不效，则治臣之罪，以告先帝之灵。若无兴德之言，则责攸之祎允等之咎，以彰其慢。陛下亦宜自谋，以咨诹善道，察纳人言，深追先帝遗诏，臣不胜受恩感激。今当远离，临表涕泣，不知所云。

这表上陈，系在建兴五年三月间，后主禅年已逾冠，立故车骑将军张飞女为后，生男育女，年富力强；只是生性庸懦，未识大体，一切军国重事，幸由诸葛丞相处理。诸葛既表请北伐，后王自然依从，当下催趱人马，次第出发，振旅阗阗，伐鼓渊渊，由阳平关进兵，往驻汉中。写得堂堂皇皇，不愧为北伐之师。小子有诗咏道：

> 三分鼎足早纡筹，受托讨曹志更道；
> 史笔煌煌称北伐，紫阳书法足千秋。

蜀兵出驻汉中，当有探马报达许昌。欲知魏主叡如何抵敌，且看下回说明。

　　欲承汉不得不伐魏，欲伐魏不得不和吴，诸葛公之所以出此者，全为时势所迫，非真不欲报先主之耻也。为吴使则遣邓芝，难吴使则命秦宓，折冲樽俎，用当其才，此尤为诸葛公之妙算。至若南征孟获七纵七擒，盖不如是不足以服蛮人之心。南蛮不服，终无由专心北伐耳。然必如罗氏《演义》之荒诞成文，几似诸葛公之具有神术，毋乃惑人？中国小说，往往谈仙说怪，酿成近世义和团之乱；救国不足，病国有余，罗氏其流亚也！《前出师表》一篇，内外兼顾，备极殷勤，录此可见诸葛公之仗义，阅此益知诸葛公之效忠。

第九十三回

失街亭挥泪斩马谡　返汉中授计戮王双

　　却说诸葛亮领兵伐魏，已出汉中，屯驻石马城。魏主曹叡，甫经嗣位，改元太和，闻得蜀兵进攻，即欲亲出御敌。散骑常侍孙资，谓南郑斜谷，险阻异常，不宜劳师进取，但命大将据守要害，自足震慑寇敌，静镇疆场，叡乃罢议。但进抚军将军司马懿，为骠骑大将军，都督荆豫二州诸军事，屯兵宛城，堵御东西。大将军曹真，都督关右，专拒蜀兵。新城太守孟达，本来由蜀投魏，孟达降魏事，见第九十回。与魏侍中桓阶，将军夏侯尚友善，尚阶相继病殁，达心不自安。事为诸葛亮所闻，嘱中都护李严招达，达复书如命；偏魏兴太守申仪，与达有隙，时常侦伺，一闻达阴通蜀使，即报知曹叡，叡令司马懿相机进讨。懿佯为慰解，暗中却调动兵马，潜赴新城。达得懿书，迟疑未决，因遣人访问诸葛亮。亮令达赶紧加防，毋堕懿计。达尚复书与亮道："宛城距洛阳八百里，至新城且一千二百里，若司马懿前来，亦当表闻魏主，往返须一月间事，达城池已固，自足拒懿，幸请放怀。"这书递至石马城，亮阅毕惊叹道："达必为司马懿所擒了！"果然不到半月，便由达飞书乞援，内称达举事八日，懿兵即到城下，神速异常，请即发兵相救。亮又叹为无及，不得已派遣偏师，往援新城。兵方就道，孟达败死的消息，便即传到，亮乃将偏师调回，合力北向。行至南郑，镇北将军魏延出迎，亮即使延为丞相司马，统领前军。延献议道："魏令夏侯惇都督长安，惇系揖子，曾娶操女为妻，年少志骄，毫无谋略，延愿得精兵五千，取道褒中，沿秦岭东进，绕出子午谷，不过旬日，可到长安；惇闻延掩至，必不敢持久，弃城东走，丞相可从斜谷，进与延会合，并力一举，咸阳以西，便可平定了。"计却甚是。亮摇首道："此计甚危，不如安从坦道，方保万全。"延又说道："丞相从大道进兵，彼必沿路防守，旷日持久，何时得取中原？"亮慨叹道："天若祚汉，何患不胜？"遂不从延计，延怏怏退出。暗伏下文。亮佯言由斜谷取郿，却使赵云为镇东将军，邓芝为扬武将军，据住箕谷，作为疑兵；一面亲率诸军，进攻祁山，队伍整齐，号令严肃。南安、天水、安定三郡，闻风请降。惟天水太守马遵，正与参军姜维，功曹梁绪等，案行属县，闻得蜀兵已至祁山，郡县响应，料知无路可归，拟往投上邽，维劝遵仍归郡治，遵疑维有异志，贪夜自去。维还至天水郡中，吏民已相率降蜀，闭门拒维，害得维进退维谷，没奈何奔投蜀营。维本天水郡冀县人，字伯约，少读兵书，熟谙韬略。亮引与共语，皆中机要，当然心喜，遂举维为仓曹掾，加号奉义将军。事依《姜维本传》，不同罗氏《演义》。

魏大将军曹真，方督兵守郿，哪知蜀兵却西出祁山，连下南安、天水、安定三郡，急切无分身法，只好飞报魏主，请派将扼守关西。魏主叡遂起兵五万，使右将军张郃为前驱，自为后应，同至长安，并调司马懿由东会师，共击蜀兵。蜀将马超，时已早殁，不略马超。只有超从弟马岱，从军出征，岱勇略不及马超，虽为蜀将，未堪大任，故亮得三郡，不复令再镇凉州。会亮闻张郃、司马懿合兵来攻，遂召诸将与语道："魏兵两路前来，必攻街亭，街亭为汉中咽喉，非得大将把守，不能无虞。"参军马谡，正随亮北伐，便向前请命道："谡愿往守街亭。"魏延吴懿，亦愿前往，亮因谡素有智略，不致误事，遂使谡统兵二万人，出屯街亭。临行时再三叮嘱，叫他坚守城寨，毋得疏忽；且使王平为偏将军，与谡同往；又遣魏延等往驻阳平关，遥应马谡。也算严密。谡与王平行至街亭，见街亭前面有山，便欲引兵登冈，据山立寨。平独谓宜据城守栅，阻住敌锋，不宜屯兵山上，谡傲然不从。平复说道："倘敌兵前来围山，计将若何？"谡笑答道："居高临下，势若建瓴，敌若来围，我即麾兵四下，还怕不能杀退么？"平又说道："倘敌兵断我水道，又将若何？"谡大笑道："我既能杀退敌兵，还怕他断甚么水道？"平还要苦谏，谡瞋目道："丞相行事，尚且每事问我，汝怎得挠我兵谋？"也是误一"骄"字。平知不可阻，乃请分军相应，作为犄角。谡恨平违令，只拨兵千人给平，平引兵据城听令。马谡上山，平遣人走报祁山大营。哪知司马懿、张郃两军，夤夜杀到，谡尚据住山顶，扬旗招飐，自鸣得意。待至翌晨，魏兵已环集山麓，把山围住，谡麾兵杀下，魏兵全然不动，惟用强弩仰射，蜀兵多被射倒，只好退回。谡尚欲与敌拼命，驱兵再下，一连冲杀数次，毫无效力。张郃更堵住水道，不放蜀兵汲水，蜀兵无从饮食，当然自乱。嚷至夜半，竟纷纷下山，投降魏营，谡禁遏不住，尚望王平救应。看官试想：平手下只有千人，哪里杀得过十多万魏兵？他也曾努力相救，半途被魏兵截回，没奈何坚壁自持，保全危寨。谡待援不至，无法把守，只得率兵窜出山谷，向西逃走。魏兵截杀一阵，二万人所存无几，还亏魏延从阳平关杀来，方得将谡救出。延见魏兵气势甚盛，不敢恋战，忙与谡退保阳平关。王平自知难守，在城中佯鸣鼓角，作进兵状，暗中却收集溃卒，徐徐退去。魏将张郃，疑他诱敌，不敢进逼，平得全师引归。好王平。

司马懿不去追谡，却统兵径趋祁山，来攻诸葛亮大营。亮接王平军报，已知马谡误事，急忙退回西城，且檄令天水诸郡守吏，齐回汉中，并饬赵云邓芝，收军还阳平关。忽报司马懿统兵十余万，蜂拥前来，城中留兵不多，欲趋往阳平关，已是不及将士等并皆失色，亮独谈笑自若，但说无妨。如此镇定，方可将兵。待懿兵将到，传令城上偃旗，城中息鼓，大开四门，每门令军役洒扫，不准妄动，自引小僮两人，携琴登城，在城楼上焚香操琴。有胆有识。司马懿当先跃马，来攻西城，遥见诸葛亮如此布置，不禁大疑，端详了好多时，一些儿没有破绽，乃麾令退兵。部将问为何因，懿与语道："我闻亮不入子午谷，煞是谨慎；今大开城门，岂肯这般疏略？明明是诱我入城，为掩杀计。我宜速退，休为所算。"说毕自去。亮见司马懿退兵，不由的鼓掌大笑。参佐问亮道："司马懿号称能军，为何忽来忽去？"亮笑说道："懿知我谨慎，不肯弄险，他见我如此模样，必疑有伏，所以退去；我料他不走大路，必沿北山遁去，今还要送他一程，截留一些辎重，也不负他一番奔走哩。"说着即派部将吴懿等，速赴北山，只准在山谷中呐喊，不准厮杀，如敌有辎重，即可夺取，运回阳平关便了。吴懿等奉命即行，亮率参佐等出了西城，赶归阳平关。那司马懿果为亮所料，绕走北山，蓦闻后面喊声大震，总道是蜀兵追来，慌忙抛弃辎重，没命跑去。吴懿等谨依将令，不敢追袭，但将辎重运回阳平关。亮已退入阳平关内，由魏延、马谡等接着。谡跪伏请罪，亮作色道："汝违我节度，几至倾覆全师；若非明正军法，何以服众？"谡泣答道："丞相视谡如子，谡亦视丞相如父，今自知偾事，罪该万死；但愿丞相思殛鲧兴禹故事，谡虽死，亦感深恩。"亮不禁挥泪道："汝若早听王平计议，何致此败？今事已至此，不能挠法，汝家小自当抚恤，汝子与我子相等，不必挂怀。"说至此，即令左右将谡推出；斩首徇众，仍令缝合尸骸，具棺埋葬；且亲自临祭，月给谡家钱米，抚养遗孤。先公后私。亮更太息道："先帝尝谓谡言过实，不可大用，今果应此言，自愧不明，致误军事。谡果有罪，我亦难辞。"遂拟上表自劾，可巧赵云、邓芝，自箕谷退归，缴还军令，云自言无功，应受惩戒。亮问明邓芝，芝言魏将曹真，率兵追袭，幸由云亲身断后，步步为营，始得全军归来。亮欷歔道："街亭军退，兵将不复相顾，箕谷军退，兵将并不相失，可见用兵在人，原不在多寡呢。"云尚有军资带还，亮使分赏将士。云答称军士无利，何为有赏？且暂贮库中，作为冬赐；亮点首称善。因即表请自贬，云亦附表请惩。后主得表，召问蒋琬、费祎，祎等谓应从亮言，暂行降职，乃贬亮为右将军，行丞相事；降赵云为镇军将军，使蒋琬赍诏至营。亮受诏后，留琬共饮，琬语亮道："昔楚杀得臣，晋文公然后心喜；今天下未定，遽杀马谡，自失智士，岂不可惜？"亮流涕答道："孙武所以能制胜天下，全赖法严；今四海分裂，兵交方始，若复废法，何以治军？"琬劝亮回成都，亮摇首道："奉诏讨贼，奈何罢休？"琬复说道："如再欲伐魏，必须增兵。"亮怅然道："街亭败退，非由兵少，实由亮误用马谡，致有此败；不肯讳过。今当减兵省将，明罚思过，惩复辙，慎将来，且望在朝诸公，勤补吾阙，然后事可定，贼可灭，功可跷足而待了。"琬当然佩服，旋即辞去。亮乃考劳勋，扬壮烈，引咎责躬，厉兵讲武，再作后图。既而吴鄱阳太守周鲂用诈降计诱魏攻皖，魏扬州牧曹休，误听鲂言，当即发兵；魏王曹叡，又使司马懿向江陵，建威将军贾逵向东关，三道俱进，吴用陆逊为大都督，朱桓、全琮为副，领兵击休。休恃众深入，被吴兵邀击石亭，大破休军，休奔回夹石。又由吴兵追及，险些儿不能脱身，还亏贾逵兼道援休，才得幸免；所有军士粮械，丧失垂尽。司马懿中道折还，休惭愤成疾，疽发背上，不久即死。继任为魏将满宠，老成持重，控御有方，遂成重镇。独诸葛亮闻吴人败魏，复欲乘隙北伐。正要调动军马，不料镇军将军赵云病亡，亮大为恸惜，后主禅亦甚悲悼，两次救护，安得不悲？追谥云为顺平侯，令云长子统袭封。群臣谓失一大将，不宜兴师，独诸葛亮锐意北伐，未肯中止。乃更上表奏闻道：

先帝虑汉贼不两立，王业不偏安，故托臣以讨贼也。慷慨激昂。以先帝之明，量臣之才，故知臣伐贼，才弱敌强也。然不伐贼，王业亦亡；惟坐而待亡，孰与伐之？是故托臣而勿疑也。臣受命之日，寝不安席，食不甘味，思惟北征，宜先入南，故五月渡泸，深入不毛，并日而食，臣非不自惜也。顾王业不可偏安于蜀都，故冒危难以奉先帝之遗意，而议者谓为非计；今贼适疲于西，又务于东，兵法乘势，此进趋之时也。谨陈其事如左：高帝明并日月，谋臣渊深，然涉险被创，危然后安。今陛下未及高帝，谋臣不如良、平，而欲以长策取胜，坐定天下，此臣之未解一也。刘繇、王朗，各据州郡，论安言计，动引圣人，群疑满腹，众难塞胸，今岁不战，明年不征，使孙策坐大，遂并江东，此臣之未解二也。曹操智计殊绝于人，其用兵也，仿佛孙、吴；然困于南阳，险于乌巢，危于祁连，逼于黎阳，几败北山，殆死潼关，然后伪定一时尔；况臣才弱，而欲以不危而定之，此臣之未解三也。曹操五攻昌霸不下，四越巢湖不成，任用李服，而李服图之，委任夏侯，而夏侯败亡；先帝每称操为能，犹有此失，况臣驽下，何能必胜？此臣之未解四也。自臣到汉中，中间期年耳；然丧赵云、阳群、马玉、阎芝、丁立、白寿、刘郃、邓铜等，及曲长屯将七十余人，突将、无前、賨叟、青羌、散骑、武骑一千余人，此皆数十年之内，所纠合四方之精锐，非一州之所有；若复数年，则损三分之二也，当何以图敌？此臣之未解五也。今民穷兵疲，而事不可息，事不可息，则住与行，劳费正等，而不及早图之，欲以一州之地，与贼持久，此臣之未解六也。夫难平者事也，昔先帝败军于楚，当此时，曹操拊手，谓天下已定。然后先帝东连吴越，西取巴蜀，举兵北征，夏侯授首，此操之失计，而汉事将成也。然后吴更违盟，关羽毁败，秭归蹉跌，曹丕称帝。凡事如是，难可逆料，臣鞠躬尽瘁，死而后已。注重在此二语。至于成败利钝，非臣之明，所能逆睹也。

这道表文，蜀人称为《后出师表》，后主惟亮是从，随即批准。亮复引兵数万，道出散关，进围陈仓。魏大将军曹真，使将军郝昭，守陈仓城。昭字伯道，太原人氏，知兵善战，智勇兼全。智能敌蜀，勇足保城，故特详叙履历。既至陈仓，当即缮城修郭，筹足守具，及亮兵攻城，已是坚固得很。亮累攻不下，特遣郝昭乡人靳详，诣城下招降，昭在城楼上应声道："魏家科法，君所深知，我已为魏臣，誓死毋惑，请君不必多言。但教回报诸葛，能攻即攻，不能攻即退。"详知不可动，便还营告亮。亮再遣详至城下，与语顺逆利害，毋贻后悔，昭奋然道："前言已定，何劳再说！我与君原是相识，恐箭头无眼，不能识君呢。"说至此，即拈弓搭箭，欲射靳详。详慌忙退回，亮也觉动怒，麾兵猛攻。城上矢石如雨，无隙可乘，亮特制云梯数十具，四面攀登。昭用炙箭注射，梯被烧断，兵皆坠死。亮再用火冲车攻城，昭又用绳索穿石，猛力掷下，冲车皆折。亮更遣人运土填堑，暗掘地道入城，昭内筑重濠，横截地穴，使蜀兵无从钻入。好容易已越兼旬，城完如故。曹真遣将军费耀援昭，魏主叡亦使张郃驰救。亮正虑军食不继，又闻魏兵大至，乃撤围引归，但授魏延密计，使他领兵断后。延徐徐退回，忽后面扬起飞尘，喊声逼紧，料有魏兵追来，延令部兵张旗先行，自率锐骑数十，伏林箐中，静候魏将。魏将乃是王双，望见前面旗帜，挥兵急追。延待他骤马跑过，却握刀突出，大喝一声，不俟王双回头，便从他背后劈去，连肩带头，砍落马下。魏兵见主将毙命，当然骇散。延得驱杀一阵，枭得许多首级，然后返入汉中，向亮缴令。亮休养月余，又是冬尽春来，时为建兴七年。乃再遣部将陈式，出攻武都、阴平二郡。魏雍州刺史郭淮，引兵驰援，与陈式相持数日；亮用奇兵助式，击退郭淮，遂得攻下二郡城池，留将把守，自回汉中。后主禅复拜亮为丞相，亮尚固辞，经诏使费祎相劝，然后受命。嗣闻吴主称帝，遣使至蜀，拟与蜀平分中原。蜀臣聚讼纷纭，多主绝交，亮仍拟和吴，入都觐见后主；后主正因吴事未决，向亮谘问。亮陈议道：“孙权意图僭号，非自今始，我朝与他修好，无非为声援起见；今若加显绝，仇我必深，更当移兵东戍，与彼角力，彼贤才尚多，将相辑睦，划江自固，守御有余，我却屯兵上游，坐而待老，反使北贼得计，甚非良图；故不如仍与周旋，俟北伐得志，东略未迟。”后主唯唯受教，遂使卫尉陈震，往吴庆贺，权依礼相待，与申盟誓，约定平魏以后，豫青徐幽四州归吴，兖冀并凉四州归蜀，惟司州以函谷关为界，震如约西归。当时三国鼎峙，魏地最大，有州十三，除上文所说九州外，尚有荆扬秦凉四州，但只得片土，未据全境。吴只有荆扬交广郢五州，荆扬且与魏分据。蜀土最小，仅得遂州，惟分益为梁；又得凉交二州边隅，算作四州。从前汉武帝时，分中国全土为十三郡，不列郢广，郢广二州名，乃是由吴分置出来。详明地理，万不可少。吴孙权久欲称帝，因畏魏东下，所以迟迟；及见魏兵东西致败，乃放胆称尊。吴臣趁势献谀，谓有黄龙出现武昌，因即改黄武八年，为黄龙元年，追尊父坚为武烈皇帝，兄策为长沙桓王，立子登为太子，进陆逊为上大将军，诸葛恪为太子左辅，张休为太子右弼。休为张昭少子，昭已年老，入朝贺权，褒赞功德。权笑说道："假使如张公计，早为魏仆，恐今已乞食了。"指赤壁事。说得张昭伏地惭汗，谢罪而出。当即上书乞休，由权封为娄侯，食邑万户，归家不起，又得享寿八年，至八十一岁乃终。权复还都建业，留上大将军陆逊，辅太子登，驻守武昌。这消息传入蜀都，诸葛亮因权还江东，更可免忧，复欲北向讨魏。部署了好几月，已是建兴八年的夏季，忽有警报传入，乃是魏将曹真司马懿两路进兵，来夺汉中。正是：

> 西陲方见三军集，北寇先闻两道来。

欲知魏兵如何寇蜀，且看下回再详。

甚矣哉，知人之难也！以诸葛孔明之才识，犹且失之马谡，况他人乎？谡前进攻服南蛮之议，为孙吴兵法所未详，乃独出己见，卒如所言，是谡固非不足行军者；且在营参议，语多扼要，而于街亭一役，偏不从孔明之节度，王平之计议，上山被困，坐失要区，论者几目为天命使然。然刘先主尝谓谡言过实，不可大用；孔明误用而偾事，咎有攸归，固不能尽诿诸天也。空城计一事，史传中列入小注，疑为未确。但故老相传已久，不便略去，果有此役，诸葛其亦危矣哉。及再攻陈仓，遇郝昭之善守，累攻不下。惟退兵之时，得斩王双。魏将多才，而蜀仅得一诸葛，至鞠躬尽力而后已。北伐北伐，名称虽正，其如将佐之乏人何也？

第九十四回

木门道张郃毙命　五丈原诸葛归天

　　却说魏大将军曹真，收复南安、天水、安定三郡，自恃有功，尚想出师报怨，乃上书曹叡，请由斜谷攻蜀，数道并进，可以大克。*真是贪心不足。* 叡依了真言，便命大将军司马懿，溯汉西上，与真会攻汉中。司空陈群上言，斜谷险阻，转运为难，不宜遽从真议。*实系不欲攻蜀。* 叡转询曹真，真又表从子午谷进兵，群又言未便，真却不待复诏，当即启行。蜀丞相诸葛亮，接得警报，即引兵出汉中，分屯成固、赤阪，严营待敌。一面召李严率兵二万，至汉中会师，表严子丰为江州都督，继严后任。*东顾无忧，故可调严并力。* 会值秋雨兼旬，山谷水溢，曹真自长安出发，随在阻滞，就途月余，尚不能度子午谷。当由魏太尉华歆、少府杨阜、散骑常侍王肃等，迭请班师，魏主叡乃召还曹真。司马懿本来乖刁，当然借天雨为名，按兵不进。亮却遣司马魏延，西入羌中，招抚羌众，与魏雍州刺史郭淮，大战阳溪，斩获甚众，奏凯而还。时长史张裔病殁，亮迁蒋琬为长史。琬字公琰，籍隶湘乡，尝随先主入蜀，受命为广都长，沈湎不治；先主意欲加诛，独亮器重琬才，代为请免。及后主嗣立，亮遂举琬为参军，进任长史。琬尝筹足饷糈，供给军用，故亮每出师，馈运无阙。亮每言公琰托志忠雅，可属大事。到了建兴九年仲春，亮复兴师伐魏，进攻祁山。魏曹真已升任大司马，抱病甚重，不能督军，乃调司马懿西屯长安；未几真即去世，由子曹爽袭爵。为后文懿杀曹爽伏笔。懿得握军事全权，即使部将费曜、戴陵，率精兵四千，保守上邽，自偕将军张郃等，往救祁山。张郃请分守雍郿，懿谓兵分势散，适为敌擒，因悉众西行。亮闻懿亲来援应，偏不去迎战，但留王平攻祁山，自率魏延姜维等，从间道往攻上邽。守将费曜、戴陵，仓皇出战，哪里是蜀兵对手？四千人几被杀尽，还亏雍州刺史郭淮，领兵援应，才得救回。二将闭城静守，天气清和，陇上麦熟，亮令军士四散割麦，作为兵粮。郭淮等不敢出争，只遣人飞报司马懿，促令还援，懿急忙回军。行抵上邽城东，适值蜀将魏延、姜维等，分路杀来，当即下令军中，结阵自固，只许放箭，不许出战。魏延、姜维，左右夹攻，都被魏兵射退，不得已收军回营。司马懿能军。懿却敛兵依险，坚壁拒蜀，蜀将一再挑战，只是不出。亮引军还抵卤城，懿反从后追逼，亦至卤城东偏下寨。亮使魏延、高翔、吴班等将，分头埋伏，自往懿营搦战，懿仍然不出；蜀兵在懿营外百般辱骂，懿置若罔闻。恼动了大将张郃，入帐语懿道："蜀兵远道来攻，请战不得，知我利在不战，必将变计困我；为今日计，不如与彼一决，如得胜仗，彼自退去，祁山亦可解围了。"懿摇首道："诸葛亮军孤食少，便要退兵，我兵将来追击，自可得胜，何必定要急斗哩？"郃又说道："正惟敌军将退，越好追击，且众志皆奋，何患不胜？"懿终是不从，反且依山掘濠，为久屯计。以守为战，却是好计。忽有二将趋入道："蜀兵又来挑战了！"懿接口道："由他挑战，我总固垒不动，看他有何妙法？"二将齐声道："人言公畏蜀如虎，岂不可耻？况我军比蜀较多，难道竟不能一战么？"懿被他一激，也有些忍耐不住，乃语二将道："既如此说，可传语各营，指日决战。"二将得令趋出，便向各营通报。这二将叫作贾栩、魏平，年少气盛，既已分头传令，便即磨拳擦掌，专等厮杀。

过了两日，懿召诸将入议道："欲击蜀兵，必须两道并进，一路攻卤城，一路救祁山，使他不得相顾，方可奏功。"张郃出应道："郃愿往祁山。"懿乃拨兵万人，令郃引去，自率大军出战。亮闻懿营中有鼓角声，料他发兵前来，便授计与魏延、高翔、吴班三将，使他分头行事，自率大队出城，就城外布成阵势，从容待着。好整以暇。约阅片时，便见懿兵过来，亮却令前军用连臂弓，射住懿兵。连臂弓由亮特制，一弓能连射十箭，懿兵虽然锐悍，究竟禁不住许多箭镞，一再冲激，都被射回。待至锐气少衰，忽蜀阵内一声鼓号，万军潮涌，猛扑过来，懿忙督众截住；甫经交锋，刺斜里杀到一支人马，乃是蜀将高翔的旗号，当即分兵对敌，抵死不退。谁知后面喊声大震，蜀将吴班，又复杀到，懿始大惊，麾兵退回。蜀兵三路追击，懿且战且行，才经半途，蓦见一彪军横截路中，为首一员大将，拍马舞刀，大呼魏延在此，吓得懿魂驰魄散，几乎坠马，幸亏骁将贾栩、魏平等，保住懿身，奋力夺路，才得走脱。这番交战，蜀兵大捷，斩获甲首三千级，衣铠五千领，战具不可胜计。懿得脱归营，埋怨部将好战，致有此败。

嗣是决计坚守，不敢再出。张郃闻懿兵败，却也即退还，两下又相持旬月。魏将郭淮，调集雍凉劲卒，拟从间道往袭剑阁，偏被蜀营探卒侦知，飞报大营，诸葛亮便派兵守险，使姜维、马岱等，带领前去。长史杨仪，报称现存八万人，四万人应该更替，现因来兵未到，新旧难继，只得暂从权变，留屯一月，方可遣归。亮微笑道："我自统兵以来，未曾失信，今既到了更替的时候，理应如约遣还，且应归军士，想已束装待返，家中父母妻子，并皆悬望，就使大敌当前，我却不能临危失信，乃令他如期归去便了！"欲留故纵。仪出传亮命，军中偏不愿速行，共称丞相大恩，死且难报，愿留营再战，誓扫魏兵。正持论间，忽由李平差到，参军狐忠，督军成藩，呈上平书，请亮即日还师。亮不免惊疑，但想李平是老成宿望，当必另有所见，且平方督主粮运，粮若不继，亦难行军，因决意退归。先遣狐忠成藩还报，一面召集将士，示以归意，且谓魏兵追来，须努力退敌。将士等都想再战，听到班师命令，尚觉失望，欲要他力敌追兵，巴不得杀敌多人，借报恩遇；所以军令一下，齐声相应。亮复说道："诸君肯努力杀敌，还有何说？但死战也是无益，我当诱彼至木门道，并力围攻，就使他有千军万马，也不能脱逃了。"当下遣人至祁山，嘱令老将王平，乘夜潜退；自在卤城拔寨齐起，却是堂堂皇皇，还向汉中。早有魏谍报知司马懿，懿再使探明虚实，果然卤城内外，不见蜀兵，乃笑语诸将道："蜀兵已退，何人敢去追击？"部将都称愿往，惟张郃默不一言，懿目视张郃道："将军意见，莫非是不宜追去？"郃答说道："兵法有言：'归军勿追'。"语见《张郃传》。懿微哂道："公亦未免前勇后怯了。"为此一语，激得张郃性起，竟奋然道："郃临阵至今，向不落后，要追就追，岂肯怯敌？"懿复语道："公为前驱，我为后应，但教兵多将奋，不怕诸葛诡计。"说罢即令轻骑万人，随郃先行，自率三万人继进。郃长驱直往，追及蜀兵，蜀将魏延，回马与战，约有数十回合，方才徐退。郃步步紧逼，不肯相舍，延又回战数次。及见张郃后面尘沙飞起，料有魏兵踵至，索性引兵急奔，甚至兵士弃甲抛戈，塞满道路。郃亦恃有后军接应，放心再赶。延驰入木道中，道路逼狭，佯作人马蹴乱的情形，诱郃追来。郃骤马急进，已入窄径，两旁统是高阜，一声炮响，万矢齐下，可怜张郃不及回马，已被飞矢射中右膝，倒毙马下。魏兵跟入道中，都被射死；只有后队仓皇逃回，又被蜀兵驱杀多名，幸由司马懿驰至，让过败卒，截住蜀兵。蜀兵如熊如虎，锐不可当，懿知是难敌，翻身急退，已丧失了千余人。蜀将魏延，依着亮命，不复穷追，收兵自归。亮已早入汉中，会晤李平。看官！这李平为谁？原来就是中都护李严，严改名为平，自亮调入汉中，叫他督运，他因夏天多雨，恐粮不能继，拟劝亮还军；及与亮相见，又满口支吾，反欲归咎狐忠成藩。亮不屑与辨，径入成都，面奏后主。后主方得平表，谓亮佯退诱贼，亮乃取呈李平手书，劾他颠倒迷罔，居心不良，因黜平为庶人，徙置梓潼；惟仍用平子丰为中郎将，参赞军事。罪不及孥，纯然王道。亮乃劝农讲武，推演兵法，作八阵图，立石为表，俾便练习。又命军吏采办材木，制成牛马，内用机捩转旋，自能行动，可运粮米，叫做木牛流马；预约三年以后，再行出征。魏将司马懿，返入长安，当然不敢寇蜀，但敕诸将，严守要害罢了。

且说魏主叡即位以后，仍守乃父遗志，专任异姓，不重同宗。任城王曹彰，在曹丕黄初二年，便已暴亡；独甄城王曹植尚存，徙封雍邱，再徙浚仪，很不满意。会因入朝许宫，得见金缕玉带枕，为甄夫人故物，更不免触动旧怀，格外悲悼，回应九十二回。还经洛水，作《感甄赋》，可歌可泣。何劳阿叔这般多情？魏主叡嗣位时，虽已追谥生母甄夫人为文昭皇后，但于甄夫人冤死情形，尚未详悉。相传甄夫人死不成殓，甚至披发覆面，用糠塞口，就中都由郭后暗地安排，一手掩住，不令叡知。叡虽郭后抚养成人，但尚有李贵人暗受丕嘱，从中监护，所以叡得无恙，安然嗣位。哪知天下事若要不知，除非莫为，郭后害死甄夫人种种情弊，却被曹植一一侦悉。太和四年，太皇太后卞氏病殁，植还都奔丧，乘间白叡，述及甄夫人惨死情状，叡尚疑信参半，密询庶母李贵人，才知植言非诬，不胜悲愤。因命甄夫人兄子甄象，以中郎将兼代太尉，持节赴邺，改葬甄夫人，号朝阳陵，且改封植为陈王。植虽得增封，仍然不获大用，就国以后，得病即亡，谥曰思王。叡复搜植遗著，得赋颂诗铭，杂论百余篇，内有一篇《感甄赋》，迹近嫌疑，改名《洛神》，这且毋庸细表。惟叡尝立毛氏为皇后，出入同辇，伉俪甚谐。嗣复得河西太族郭氏女，美丽无双，拜为夫人，宠逾毛后。郭氏生女名淑，数月而夭，叡哀痛异常，适甄后从孙甄黄，亦致幼殇，因特替他阴配，取棺合葬，为女子谥立庙，并追封甄黄为列侯，且令举朝素服。司空陈群，少府杨阜，联名谏阻，均不见听。溺爱至此，古今罕闻。既而为避灾计，与郭夫人出幸摩陂，特筑景福承光殿，作为行宫。忽闻摩陂井中，出现青龙，便挈郭夫人往观，井中果隐见鳞甲，蛇耶？龙耶？遂号摩陂为龙陂，改太和七年，为青龙元年。寻且想入非非，命郭夫人从弟郭德，过继甄黄，承袭亡女淑封爵，淑为平原懿公主，德即袭封平原侯。德为郭夫人从弟，即为叡女淑从舅，从舅可为甥女继子，真是荒谬。并常至郭太后前，诘问甄后死状，郭太后忿然道："先帝自赐彼死，与我何干？况汝为人子，何必追仇死父，为前母逼死后母呢？"叡更加气愤，凡郭太后饮食服用，故意裁减，气得郭太后有口难言，郁郁致死。叡令内侍棺殓，使如甄后故事，惟表面上治丧如仪。郭太后生平，颇知守俭，不好音乐，又能抑损母族，力戒骄奢，只因谗妒甄氏，终至结局不良，天道好还，莫谓善恶无报呢！暮鼓晨钟。会因山阳公病逝，魏主叡总算尽礼，素服举哀，仍许用天子礼丧葬，墓号禅陵，追谥为孝献皇帝。东汉自光武帝起，至献帝止，共历八世，凡十二主，得国二百九十六年；献帝在位三十一载，被篡后，又阅十四年，寿终五十有四。孙康，嗣为山阳公，再传二世，至晋怀帝永嘉年间，五胡乱华，山阳公秋被杀，祚绝国亡。总结汉事，笔无渗漏。

献帝方葬，忽有军报传入许昌，乃是蜀相诸葛亮，与吴主孙权，东西进攻，两国各兴兵十万，浩荡前来。魏主叡亟使将军秦朗，督兵二万，往长安会合司马懿，一同拒蜀，自率将士东行，抵敌吴师。吴主权正出兵巢湖，进攻合肥新城，并遣陆逊等入江夏沔口，西指襄阳；孙皓等入淮北，向广陵淮阴。魏主叡也遣将分堵，惟自乘龙舟东下，直达寿春，援应合肥。合肥守将满宠，欲设一欲取姑与的计策，佯弃合肥新城，诱敌至寿春城下，合兵围攻，叡却不从，但使宠饬众坚守，静待援应。会陆逊献策孙权，愿出奇兵，截叡归路，不幸使人被魏逻骑所得，计不得行。吴将诸葛瑾闻知，忙即报逊。逊方催人栽种菜菽，自与诸将弈棋，闲暇如常，瑾不胜惊异。逊见他慌张情状，不待详说，便与语道："军机漏泄，我已探知，但若遽退，敌必来追，岂非危道么？"说罢，复邀瑾入后帐，密嘱数言，瑾欣然趋出，仍督舟师向襄阳城；逊亦催动陆军，与瑾并进。襄阳守将刘劭，本已接到叡令，出兵攻瑾，一闻陆逊亲出，慌忙退还。逊至白河口潜遣部将周峻等，分略江夏新市安陆石阳；魏兵俱不敢出，任他来去自由。极写逊才。那吴主权督攻新城，反被满宠招募壮士，毁去攻具，权失利退归。逊闻吴主已退，然后徐徐引还，毫无损失，安然抵镇。孙韶等也即回军。魏王叡素闻逊名，还恐他截击后路，既闻吴兵东返，也不愿进逼，回棹西行；诸将请径赴长安，合兵击蜀。叡独说道："吴既却兵，蜀自丧胆，司马大将军，自足制敌，无烦我亲往了。"遂遄返许昌。嗣接司马懿军报，谓蜀兵出屯五丈原，未分胜负，现惟以守为战，彼若粮尽，自然退师等语。叡揣知懿意，饬令懿约束诸将，坚壁拒敌。原来懿与诸葛亮战过数次，败多胜少，此次闻亮进攻，当然打定主意，但守勿战。当亮出军渭南时，懿即引兵渡渭，背水立寨，且语诸将道："亮若出武功，依山东进，却是可忧；若西出五丈原，便可无虑了。"这也安定军心的巧言。嗣闻亮果屯五丈原，乃使郭淮据住北山，为犄角计，及蜀兵到了北原，已由郭淮扼守，进击无效，因即退去。亮已命运粮军士，用着木牛流马，运米集斜谷口，尚恐日久告罄，特派兵屯田，散处渭滨；惟严申禁令，不准侵扰居民，兵民相安无事，亮亦欣慰，满望就地得粮，好与司马懿坚持到底，免得奔波往返，再致徒劳。一面使人送下战书，促懿出战，无论斗将斗兵斗阵，任懿自择。懿只是不出，经亮催逼不过，方才出斗阵法。亮布成八卦阵，懿亦认识，及遣戴凌等攻打，按着兵书，嘱令前往。哪知戴凌等一入阵中，辨不出甚么方向，没头乱撞，终被蜀兵个个擒住，亮命把魏兵剥去衣甲，一律放回，叫他转语司马懿，要懿自来攻阵。懿佯约明日，收兵还营，竟不复出。亮使人责懿背约，懿始终忍辱，置诸不答。及亮贻懿巾帼女服，懿假意笑说道："孔明竟视我作妇女么？"好一番忍耐工夫。说着，厚待来使，问及孔明寝食，及事情烦简，使人答道："诸葛公夙兴夜寐，凡罚在二十以上，皆须亲览，日食不过数升。"懿闻言大喜。及使人辞去，即顾语将佐道："孔明食少事烦，不能长久了。"诸将以为遣我女服，受辱太甚，俱请一战泄忿，懿禁遏不住，故意表请出战。魏主叡见了表文，询及卫尉辛毗，毗谓懿志在拒守，恐将佐违言，欲得诏旨压服，方免群议，叡也以为然，统是司马知己。乃令毗持节传诏，只准守，不准战。事为蜀护军姜维所闻，入告诸葛亮道："敌营内有辛毗到来，定是如懿所愿，不复出战了。"亮叹息道："懿本无战志，不过佯为请战，借此服众；古称将在外，君命有所不受，若果能制我，何必千里请战呢？"

嗣是懿竟不出，相持至三月有余，亮郁愤成疾，渐致不起。后主闻信，忙遣仆射李福省视，并谘大计，亮略与谈论，遣福返报。福已经辞去，数日复来，亮病愈加重，见了福面，便与语道："我知君来意，后事不暇细谈，可尽问蒋公琰。"福又说道："公琰后谁可大任？"亮答言费文祎。福再问其次，亮却不答，汉祚已终，不消再说。惟召入杨仪姜维，密嘱后事，并及退军方法，且令左右扶起榻中，出营四望。时正黄昏，夜色沉沉，忽有一大星，自东北来，色赤有芒，流至西南，欲向营中坠下，亮不禁失色，哇的一声，呕出了一口鲜血，接连尚带着喘声，左右见不可支，扶令返寝，亮顾杨仪姜维道："天象如此，命已难延，只恨不能与诸君讨贼了！"遂口授遗表，令仪写讫。挨至夜半，竟尔寿终，享年五十有四，时为蜀汉建兴十二年八月二十三日。详志月日，遗恨无穷。小子有诗叹道：

> 危厦徒凭一木支，明知艰险且驱驰；
> 臣心未已臣躬瘁，遗表流传两出师。

杨仪姜维，遵嘱办事。欲知如何措置，请看下回再叙。

木门道之射死张郃，可为马谡泄恨；谡非死于诸葛，实死于张郃之手。郃为魏著名大将，街亭一役，郃实主之；诸葛公计毙此獠，马谡有知，能无快意？至若吴蜀联盟，东西夹攻，本为一时之胜算，乃吴兵无功而退，蜀与司马懿相持数月，天丧诸葛，赍恨而终，此非天之佑魏，实天之阴欲启晋也。不然，如曹操父子之篡汉，曹叡之举措乖谬，宁反能仰邀天眷乎？惟罗氏《演义》演写诸葛之六出祁山，说成许多奇诞，与七擒孟获相同，按诸史事，十虚七八；且诸葛尝六出汉中，并非六出祁山，褒扬失实，何若存真之为愈也！

第九十五回

王子均昌言平乱　公孙渊战败受擒

却说杨仪、姜维，依着诸葛亮遗嘱，秘不发丧，但将尸骸安载车上，拔营徐退。当有魏谍，报知司马懿，懿闻诸葛亮已死，放胆追来，将及蜀兵，忽见蜀兵回旗鸣鼓，前来截击，并有一派喧声，齐呼司马懿休走，此番中计，快来受死！司马懿听着，拍马便奔，魏兵都弃甲曳兵，仓皇逃命，跑了好几十里，不见后面动静，方才停住。再使人探听蜀兵虚实，回报蜀兵尽退入斜谷，扬起白旗，为亮发丧，懿再转身往追，驰至赤岸，毫无影响，料知蜀兵去远，只得退还。越乖越丑。途人有歌谣云："死诸葛，走生仲达。"懿听见后，却也不恼，但宣言解嘲道："我能料生，不能料死。"忍辱含垢，却是司马懿一生特长。及回视蜀兵营垒，无一不布置有方，因即叹美道："孔明真天下奇才哩！"又顾语诸将道："国家有福，敌丧良才，从此可高枕无忧了。"遂引回长安，表陈魏主，不消细说。且说蜀兵已入斜谷，扬旛举哀，全体素服，方将故丞相遗骸，妥为棺殓，然后扶榇南归。将登阁道，遥见前面火光冲天，喊声盈路，杨仪、姜维不知何因，急忙令人探问，返报前军帅魏延，截住去路，不放杨长史过去。原来魏延自恃才勇，藐视杨仪，只因仪为丞相长史，不得不稍从含忍，及丞相病殁，仪欲令延断后，先令司马费祎，往探延意，延勃然道："丞相虽亡，难道就不去击贼？杨仪等为丞相官属，尽可奉丧还葬，我仍当留此讨虏。且杨仪何人？敢令魏延断后哩？"祎劝解道："这是丞相遗命，不宜有违。"延瞋目道："丞相若依我计，已早至长安；我今官居前军师征西大将军，受封南郑侯，应继丞相后任，杨仪不必托名丞相，使君诳我，可即将兵符缴来。"祎知不可说，支吾对付，飞马回报。仪乃与姜维商议，维想出一法，从槎山小路进发，绕出栈道，昼夜兼行，抄到魏延背后。延闻仪等已至南谷，亟往谷口迎击，并奏称杨仪造反；仪亦劾延作乱。两表递入成都，后主方得李福还报，说是丞相亮寿终，免不得悲恸逾恒；忽又接得延仪二人的讦奏，心下大惊，急召侍中董允，留府长史蒋琬，入示二人表文，询明顺逆。允与琬齐声道："臣等愿保杨仪，不保魏延。"后主道："丞相新亡，两人便自相争杀，岂非大患？"蒋琬答道："丞相非不知魏延骄戾，只因他勇力过人，妥为驾驭；臣料丞相必有遗策，授与杨仪，请陛下勿忧。"蒋琬料事如见，不负诸葛所托。后主稍稍放心，专待延仪二人消息。仪等到了南谷，令王平为先行。平至谷口，适与魏延相遇，彼此各摆开兵马，互相答话，平叱延道："汝何敢造反？"延亦叱平为叛党，挥兵击平。平扬鞭指语道："丞相待汝军士，何等厚恩？今丞相骨尚未寒，汝等为何从逆？况汝等俱系蜀人，不乘此时回家团聚，静候赏赐，反且助延为乱，自取灭门，汝等试想，该不该呢？"道言甫毕，延部下同声应响，纷纷散去，魏延大怒，挥刀出战。平接住厮杀，未及数合，又有马岱，来助王平，延虽多力，终因部卒尽散，不敢恋战，拍马返奔。马岱从后追去，王平留报杨仪。史鉴或称何平，按诸《王平传》中，平本养外家何氏，后复姓王，且传文载入前屯祁山，及迎击魏延诸事，故本编独书王平。仪闻魏延败窜，乃偕平西进。未几，即由马岱回军，持入延首，仪用足蹴踏道："贼奴！尚敢作恶么？"遂表请夷延三族。仪亦过甚，怎能善终？先是延梦头上生角，问诸占梦赵直，直诈言麟角呈祥，必主吉兆，及退语密友道："角字上从刀，下从用，头上用刀，必遭大凶。"至是果验。延并非欲反，实因与仪有隙，妄思除仪代亮，哪知舆情不服，害得势孤力竭，身败家亡，这也可谓自作孽不可活呢。留府长史蒋琬，欲分主忧，特出宿卫各营，出都赴难，行约数十里，得接杨仪军报，延已受诛，乃退回成都。过了两日，仪等奉亮遗榇，已至都门。后主带领百官，亲出迎丧，哭声载道，当下扶榇入城，暂停丞相府中。亮子瞻，年尚幼弱，一切丧葬，尽由蒋琬等监理。杨仪呈亮遗表，即由后主展阅，略云：

> 伏闻生死有常，难逃定数；死之将至，愿尽愚忠。臣亮赋性愚拙，遭时艰难，分符拥节，专掌钧衡；兴师北伐，未获成功。何期病入膏肓，命垂旦夕，不及终事陛下，饮恨无穷。伏愿陛下清心寡欲，约己爱民，达孝道于先皇，布仁恩于宇下；提拔幽隐，以进贤良，屏斥奸邪，以厚风俗。臣家有桑八百株，田十五顷，子孙衣食，自有余饶，至于臣在外任，随身所需，悉仰于官，不别治生，以长尺寸；臣死以后，不使内有余帛，外有赢财，以负陛下也。

后主阅罢，复潸然泪下，随即传旨卜葬，杨仪面奏道："丞相已有遗言，命葬汉中定军山，因山为坟，但足容棺罢了。"后主依议，择期奉葬，又拟定谥法，加予册文道：

> 维君体资文武，明叡笃诚，受遗托孤，匡辅朕躬，继绝兴微，志存靖乱；爰整六师，无岁不征，神武赫然，威震八荒，将建殊功于季汉，参伊周之巨勋。如何不吊？事临垂克，遘疾陨丧！朕用伤悼，肝心若裂。夫崇德序功，

纪行命谥，所以光昭将来，刊载不朽。今使使持节左中郎将杜琼，赠君丞相武乡侯印绶，谥君为忠武侯。魂而有灵，嘉兹宠荣。呜呼哀哉！呜呼哀哉！

后来朝野官民，追念亮恩，屡请立庙致祭，乃筑祠沔阳，四时享祀。诸葛瞻年至十五，拜为骑都尉，得尚公主，后文再表。后主谨从亮议，进蒋琬为尚书令，总统国事；吴懿为车骑将军，出督汉中。忽闻吴增兵巴丘，数约万人，后主不胜惊疑，亟问蒋琬，琬请一面添兵永安，防备不测；一面保举中郎将宗预，出使东吴，探明动静。后主一律依从，遂遣宗预东行，预至吴都。吴主权反诘他添兵永安，是何意见？预答说道："江东增戍巴丘，西蜀增戍白帝城，无非为事势所迫，不劳细问。"权欣然道："卿真不亚邓伯苗；芝字伯苗。我闻诸葛丞相病殁，恐魏人乘丧侵蜀，故就巴丘增兵，遥为蜀援，并无他意。"预又答道："东西联盟，和好已久，当然彼此相关；陛下且增戍援蜀，难道蜀可不增戍应吴么？"权乃优礼待预，并使预代达己意，决不负约。预拜谢西归，报知后主，后主当然喜慰，蜀中亦闻信咸安。独杨仪返成都后，虽得进拜中军师，却已撤销兵权，有名无实，仪自谓才逾蒋琬，资望又比琬为优，乃反位出琬下，未免怨望；后军师费祎，暇时过谈，仪慨然道："曩时丞相初亡，我若举军就魏，何至落寞如此？"祎假意劝慰，及辞退后，密将仪言入告，后主遂废仪为庶人，徙置汉嘉郡。仪至徙所，心愈不平，还要上书诽谤，结果是一道诏旨，收系郡狱，仪惭愤自杀。不至夷族，还算幸事。于是迁蒋琬为大将军，即授费祎为尚书令。琬举止不苟，喜怒不形，祎应事敏速，识悟过人，两人同心辅政，力守诸葛成规，故蜀安如故，魏与吴亦敛兵守境，好几年不动刀兵。百姓之福。独魏主叡坐享承平，恣意淫乐，既作许昌宫，又治洛阳宫，起昭阳太极殿，筑总章观，高十余丈，徭役不休，农桑失业。司空陈群等，上书力谏，辄不见从，且欲铲平北邙，上筑台观；卫尉辛毗，中书郎王基，少府杨阜，交章谏诤，方才罢议。魏青龙三年秋季，洛阳华殿被焚，叡问太史令高堂隆道："汉柏梁殿失火，尝大起宫殿，作为厌胜，卿可识此义否？"高堂隆道："这乃越巫所为，不合古训，愿陛下毋惑邪言。"叡不以为然，立命博士马钧，征发民夫数万，昼夜督造，穷极技巧，殿前有九龙环绕，号为九龙殿。又引谷水，通过殿前，旁设玉井绮栏，神龙吐出，蟾蜍合受。马钧更仿造指南车，叫作司南车，俾叡得随意游幸。并在殿北设立八坊，专选美貌妇女，序居坊中，最上封贵人，次封夫人，就中有数人知书识字，特任为女尚书，出纳章奏。他如歌姬舞妓，采女宫娥，不可胜计。殿外特造芳林园，搜罗奇花名卉，珍禽异兽，中凿陂池，编列画舫，每舫贮佳丽数人，教以楫棹越歌，俱臻灵妙。叡随时游幸，遇有中意的美人儿，当即召御，未有虚夕。谁知连宵跨凤，累岁绝麟，叡已越壮年，未得一子，廷尉高柔，请叡简省侍女，育精养神，方可"螽斯衍庆"云云。叡虽然优诏报闻，却仍是肆淫不已，寻且就宗室中，取得二儿，一名芳，一名询，充作己子，即立芳为齐王，询为秦王。

皇后毛氏，性颇端淑，与叡向无闲言，自郭夫人专宠后，遂将毛后爱情渐渐移到郭后身上；回应前回。后来贵人以下，承接甚多，更将毛后撇置中宫，不复过问。一日叡游芳林园，郭夫人等并皆随行，独毛后不与，郭夫人问叡道："何不一请皇后同行？"恐是故意诘问。叡频频摇首，且嘱左右，不得通报中宫。及既至园中，赏花饮酒，备极欢娱，直至日落西山，方才回宫。毛皇后怆怀失宠，郁郁寡欢，镇日里望断乘舆，免不得嘱托宫娥，探听魏主行止，适有人得知游园消息，走报毛后，毛后益觉怏怏，甚至一宵废寝。翌日早起，特至西宫外候

着，等到日上三竿，方见叡乘辇出来，当即迎前笑问道："陛
下昨游北园，可极乐否？"说尚未毕，但见叡勃然变色，满脸
怒容，禁不住吓退三步，叡掉头径去。到了傍晚，竟由宫宦赍
入谕旨，劝令毛后自尽。可怜毛皇后又悲又愤，又愤又悔，想
到无可奈何的时候，竟取过鸩酒，一口吸干，转瞬毒发，便致
暴亡。前有甄后，后有毛后，可谓两次同命。叡尚恨左右违旨，擅
敢漏泄，不问是否通报，竟杀死了十余人。不过表面上说不过
去，伪言毛后暴崩，依礼丧葬，加谥曰悼，号后墓为愍陵，是
年为魏青龙五年。茌县茌音仕。报称黄龙出现，青变为黄，已寓
死兆。有司乐得献谀，说是魏得地统，宜改正朔，易服色，一
新观听。叡遂改元景初，建丑为正，服色尚黄，牺牲尚白。又
用太史令高堂隆奏议，在南北郊，营方圜二丘，圜丘祀天，方
丘祀地，诏称曹氏系出有虞，应以虞帝舜配天，皇祖武皇帝配
地。武皇帝即曹操，见前文。已而徙长安诸钟簴，及秦始皇所铸
铜人，汉武帝所制承露盘，尽至洛阳。铜人重不可致，留置霸
城，承露盘在途折断，声闻数十里，叡乃另采别铜，铸成铜人
二个，号为翁仲，分列司马门外；更铸铜龙铜凤，置内殿前，
龙高四丈，凤高三丈余。有何用处？还要在芳林园中，增筑土
山，限令三日告就，土役无暇，即令公卿群僚，荷畚担土，好
容易堆成高阜，上植松竹杂木，作为美观。司徒掾董寻，太子
舍人张茂，陆续奏谏，始终无效。高堂隆得病将死，口占遗
疏，请黜奢崇俭，亲亲任贤，也徒博得区区褒赠，赍志以
终。只有大将军司马懿，进宫太尉，位高责重，却是片言不
发，噤若寒蝉。数语已足诛心。嗣由幽州刺史毋丘俭，报称公
孙渊借号燕王，改元绍汉，置官吏，诱胡虏，纠众入寇，骚扰
北方，叡乃亟召司马懿入朝，与议讨渊。渊为辽东太守公孙度
孙，父名康，曾斩袁尚袁熙首级，献与曹操，操表封为广平
侯。见前文。康死时，渊尚幼弱，官属立康弟恭。恭庸劣不能

治事，及渊年渐长，胁夺恭位，上表曹丕，丕意在羁縻，拜渊为扬烈将军，领辽东太守。未几，渊与魏有贰，遣使至吴，愿为吴藩，吴主权乃使太常张弥，执金吾许晏等，赍着金宝珍货，航海授渊，且封渊为燕王。渊又恐魏人讨伐，收没货赂，诱杀张弥许晏，传首至魏，魏进渊为大司马，封乐浪公。刁狡至此，宁能久存？吴主权，闻渊反复，即欲督兵讨渊，陆逊薛综，连章谏阻，权方中止。谁知渊又贪心不足，复欲背魏，对着魏使，时出恶声。幽州刺史毌丘俭，奉魏王命，赍玺书征渊，渊竟发兵抗俭，俭因众寡不敌，退还幽州。渊遂自称燕王，屡寇魏境，毌丘俭乃表请济师。太尉司马懿为了讨渊一事，奉召入都，谒见曹叡，叡问及方略，懿答言得兵四万，自足破贼。叡又问道："卿料渊行动若何？"懿又答道："渊若弃城预走，乃是上计，据守辽东，抗拒大军，乃是中计，若坐守襄平，便成下计，必为臣所擒了。"叡问渊能行上计否？懿谓渊徒凶狡，不知兵谋，定出下计；叡复问大军往还，应需几时？懿预约往百日，攻百日，还百日，又须休息六十日，大约满足一年，就可了事。武侯已殁，应让司马争雄。叡闻言大喜，便令懿带兵启程。公孙渊闻懿出讨，也觉心惊，又遣使向吴称臣，谢罪乞援。吴主权欲戮渊使，嗣经谋臣羊衜等计议，衜即古道字。阳为许援，阴图乘隙，所以发兵驻境，静观成败。那司马懿驱兵大进，直指辽东，渊令部将卑衍杨祚，分率步骑数万，屯踞辽隧，设堑二十余里，堵遏懿兵。懿用胡遵为先锋，引兵挑战。渊令杨祚守寨，自出交锋，被遵杀退，自是坚守不出。也想学袭司马懿旧法么？懿笑语诸将道："贼不与我战，欲我老师糜饷，粮尽退兵，我岂肯为贼所料？且贼众多在此处，巢穴必虚，我不如潜攻襄平，一举破贼哩。"乃多张旗帜，佯作南行，卑衍等尽锐南追。懿却潜渡济水，北趋襄平。至衍等察觉，转向北进，却被懿用伏兵掩击，杀得七零八落，审往首山。懿兵追入山中，卑衍战死，杨祚乞降，于是懿得进围襄平。公孙渊出战失利，退守危城。会值秋雨兼旬，辽水暴涨，运粮船直达城下，平地水深三尺，懿兵行立不便，各欲移营，懿反下令军中，敢言移营者斩。都督令史张静，入帐固请，竟被斩首，悬竿示众，军人乃不敢再动。城中见懿营阻水，乐得出外樵牧，魏军司马陈珪，请出兵截击，懿独不从。珪疑问道："太尉前攻上庸，昼夜兼进，故能立拔坚城，擒斩孟达；今远来反缓，又纵贼樵牧，究是何意？"懿笑答道："孟达兵多粮少，我粮多兵少，若非急进，出彼不意，怎能取胜？今贼众我寡，贼饥我饱，何必速攻？正当任彼内乱，然后纵兵合击，可以聚歼，倘或掠彼牛马，截彼樵采，是驱令远走，反为不妙。"陈珪听了，方才拜服。既而天雨晴霁，懿乃分兵合围，四筑土山，登高俯攻，矢石不绝，守兵死伤甚多，并且粮食垂尽，不能再支，只得遣使请和，懿怒斩来使，送还首级，檄令渊自缚来营。渊窘急无法，再令亲臣卫演求降，愿送子入质，懿忿然道："军事大要有五，能战当战，不能战当守，不能守当走，不能走当降，不能降当死；何必遣子为质，多来絮聒？"说罢即叱演使归。*司马大出风头。*先是渊家有犬，冠帻绛衣，上屋驰行，民居午炊，有小儿蒸死甑中；襄平北市，土中生肉，周围数尺，头目口鼻俱全，独无手足；占验家已预知凶兆，说是有形不成，有体无声，国必灭亡。至是围城紧急，夜有流星数十丈，从首山东北，坠下襄平城东南，自公孙渊以下，并皆惊骇。又值卫演返报，无术图存，不得已挈子公孙修等，突出南门。懿早已防着，预令先锋胡遵，屯兵梁水，等到渊父子逃来，便即截住，后面又由大兵追上，立把渊父子擒住。司马懿已攻入城中，搜获公孙渊家族，及吏士七千余人。可巧渊父子解到，懿即喝令斩首，并将所获人犯，一体诛夷，筑成京观；惟渊首传送洛阳。渊叔恭为渊所囚，许得释放，俾存一脉。凡中原人流寓辽东，听令还乡，辽东遂平，懿亦班师。途次接得朝旨，喻令回镇长安，及行到河内，偏来了宫使辟邪，叫懿速至洛阳。正是：

内旨两岐成枘凿，外臣一入据钧衡。

究竟懿行止如何，待至下回续表。

魏延、杨仪，心术相同，延不过早为发作，自速其死耳。若仪之与费祎言，谓不若前时就魏，是延之所未及设想者；而仪欲为之，其居心尤出延下。微诸葛丞相之善为驾驭，几何而不先作乱也？曹叡奢淫无度，违理蔑伦，种种荒谬，俱足亡国，而反得平定辽东，擒斩公孙渊父子，是所谓天夺之鉴，而益其疾也。司马懿为莽操流亚，功不显，位不高，乌得擅权窃国？公孙死而司马益崇，魏之不亡亦仅矣。谁谓荒淫之主，能贻厥子孙哉？

第九十六回

承遗诏司马秉权　缴印绶将军赤族

却说魏主叡淫荒过度，酿成疾病，年仅三十有五，已害得骨瘦如柴，奄奄不起；当下立郭夫人为皇后，命燕王宇为大将军。宇为曹操庶子，与叡素来亲善，故叡欲嘱咐后事。又使领军将军夏侯献，武卫将军曹爽，曹真子。屯骑校尉曹肇，曹休子。骁骑将军秦朗等，与燕王共同辅政。偏有中书监刘放，中书令孙资，意图揽权，不愿燕王等人辅，每思乘间进谗，苦未得隙。会接司马懿班师奏报，燕王宇便向叡请旨，令懿仍回镇长安。叡已不能治事，任令燕王主持。一夕叡气喘不休，宇恐有急变，自去宣召曹肇等，与谋大计。独曹爽侍侧未退，刘放、孙资，急排闼泣奏道："陛下若有不讳，后事果付托何人？"叡惨然道："卿尚不闻朕用燕王么？"放申奏道："先帝有诏，藩王不得辅政，且陛下方病，曹肇、秦朗等，托词入省，辄与宫人戏言，燕王并不监束，反拥兵宫外，不令臣等进奏，这与古时的竖刁、赵高，尚有何异？况太子幼弱，未能亲政，外有强寇，内有金壬，恐国家从此多事了。臣久叨恩宠，不忍漠视，故敢冒死入陈。"所谓肤受之愬。叡不禁怒起，急问刘放道："卿以为谁可大任？"放见曹爽在旁，不便立异，便举爽代宇；资亦随口赞同。叡即顾爽道："卿自思能胜任否？"爽汗流浃背，不能措词，放急伸足蹑爽，爽才逼出一语道："臣……臣愿死奉社稷。"曹真生此庸儿，何能保家？放资又接入道："太尉懿才略过人，可参大政。"叡点首称善，放便欲请旨召懿。适值曹肇趋入，放资乃避出殿外，叡与语及召懿情事，肇涕泣固谏，引董卓事为戒，何不即引曹操？叡又觉心动，不愿召懿。待至肇退，放资又即趋进，极言肇有异心，叡复依放言，嘱令草诏，放答说道："请陛下自作手书。"叡欷歔道："我已病重，不能执笔。"放竟取过文具，握住叡手，勉强书诏，草草告成，便赍出大言道："有诏免燕王等官，不得再停殿省中。"燕王宇性本温和，当即出去，献肇朗三人，亦无法可施，流涕归第。放即令内使辟邪，驰召司马懿。懿见前后诏旨两岐，料知宫中有变，星夜赶至洛阳，入宫求见。叡握懿手与语道："朕忍死待君，今得相见，托付后事，我无遗恨了。"否则，懿怎得揽权？懿顿首受命。叡复召入齐秦二王，与懿相揖；又指齐王芳语懿道："这就是他日储君，请卿审视，勿误勿忘！"懿非目盲，应早认识。又教芳前抱懿颈，懿流涕道："陛下放心！难道不忆及先帝临崩，曾将陛下嘱臣么？"叡开颜道："如此甚好。愿卿与爽，共辅此子便了。"乃即立芳为皇太子，曹爽为大将军，懿仍守官太尉，辅导东宫。越宿叡即告终，曹爽司马懿，奉太子芳即位。芳年才八岁，或谓系任城王曹楷子。楷即彰子。尊皇后郭氏为皇太后，追谥叡为明皇帝，葬高平陵。加爽懿侍中职衔，并假节钺，都督中外诸军事，录尚书事。一切兴作，皆托称遗诏，即令罢免。便是懿笼络人心的手段。爽懿各领兵三千人，轮流宿卫，权势相埒；惟爽年轻望浅，常事懿如父，每事谘访，不敢专行，懿亦佯为谦抑，故尚得相安。

时有东平人毕轨，南阳人何晏邓扬李胜，沛人丁谧，并有才名，挟策干进。魏主叡在位，曾说他浮华躁竞，屏黜不用，偏爽引为僚佐，一经秉政，便相继录用，视若腹心。晏等即为爽划策道："国家重权，不宜轻委异姓，今可入白天子，加懿为太傅，外示推重，内慎防维，此后尚书奏事，先白大将军，免为懿所牵掣，大权庶不致旁落了。"为爽划策，看似尽心，实欲以傀儡待爽。爽闻言称善，遂推懿为太傅，且举弟羲为中领军，训为武卫将军，彦为散骑常侍。又徙吏部尚书卢毓为仆射，即令何晏代任，进邓飏、丁谧为尚书，毕轨为司隶校尉，李胜为河南尹，拔茅连茹，交相庆贺。黄门侍郎傅嘏，密语爽弟曹羲道："何平叔晏字平叔。外静内躁，餂巧好利，将来必摇惑君门；幸转达大将军，毋轻委任。"羲即将嘏言告爽，爽方恃晏为心膂，怎肯信嘏？反说嘏从中谗构，把他黜免。嗣复出卢毓为廷尉，寻且罢官；众论多为毓讼冤，乃更用毓为光禄勋。大将军长史孙礼，亮直不挠，为晏等所嫉忌，出为扬州刺史，司马懿冷眼旁观，早已窥透情隐，但因爽尚存礼貌，姑与周旋，不加干涉。这是郑庄公待段秘诀。越年改元正始，迁中书监刘放为左光禄大夫，中书令孙资为右光禄大夫。定是司马懿荐举。又越年孟夏，爽与何晏等选色征歌，饮酒作乐，正在兴高采烈的时候，忽由门吏入报道："吴兵三路入寇，警报已到过数次。"爽不禁失色道："有这等事么？看来只好请太傅主张。"急来抱佛脚。何晏等亦计无所出，但促爽入朝，与司马懿会议军情，爽不得已，离席出门。趋至朝堂，朝中侍臣，亟向爽问计，爽谓须待太傅计事，当下遣人往迎司马懿。惟知懿托辞有疾，不肯到来。爽惶急无措，忙入见少主芳，请旨召懿。懿尚诿诸曹爽，谓俟臣疾少愈，便当入朝；乐得摆点架子。爽更觉着急，再使光禄勋卢毓，赍诏向懿问计，懿才出答道："芍陂为淮南要冲，现由将军王陵把守，可以无忧，惟樊城祖中两处，祖读为祖。必须大将往援，方能却敌。"毓还朝复旨，朝臣瞩望曹爽，劝令东征。爽未经大敌，不敢出师。转眼间已越数日，樊城被吴将朱然围住，祖中亦为诸葛瑾所攻，连章告急，许洛两都，人心惶惶，司马懿乃自称病愈，出议军事。时

乎？时乎？适值王陵报捷，击退吴将全琮，淮南解严。吴兵三路
分写，又是一种笔墨。懿进议道："俎中民夷十万，流离无主，
樊城被围逾月，紧急万分，大将军方握兵权，奈何坐视不救
哩？"还要推与曹爽。爽无词可答，只好自说无才，特候太傅定
夺。何晏在旁发言道："樊城坚固，易守难攻，敌众屯兵城
下，不战亦疲，但用长策制御，自足屈人。"懿微哂道："疆
场骚动，主少国疑，不乘此时出师却贼，如何安定社稷？大将
军能往则往，如若不能，懿年虽老，愿督军一行。"明明是奚落
曹爽。朝臣闻懿愿出师，当然赞成，懿即调动人马，克日南
征。少帝芳亲率百官，送至津阳城门外。懿拜别而去。才经旬
月，便得捷书，樊城解围，吴兵夜遁，俎中亦击退吴人，于是
宣诏班师。太傅司马懿振旅而还，献俘行赏，又有一番张皇气
象，毋庸细述。独曹爽相形见绌，未免减色，邓扬、李胜，劝
爽相机立功，方足敌懿。事有凑巧，闻得蜀大将军蒋琬，进任
大司马，出屯涪城，谋袭魏境。爽即听扬胜等言，自请伐蜀。
司马懿谓蜀未进兵，何用劳师？因复迁延了两三年。

　　是时蜀后张氏已殁，更立后妹为继后，长子璇为太子，次
子瑶为安定王，改建兴十六年，为延熙元年。车骑将军吴懿，
又病亡出缺，诸军皆归蒋琬节制，监军姜维为副。琬与维分驻
汉中及涪城。至延熙六年，琬抱病甚重，因令姜维屯涪城，另
简镇北大将军王平，往守汉中。魏曹爽得此消息，复拟攻蜀。
还有征西将军夏侯玄，为爽姑子，附和爽议，怂恿兴师。司马
懿再出劝阻，爽不肯从，乃于魏正始五年，即蜀延熙六年，春
日发兵，与玄会师长安；计得十余万众，逾骆谷，逼汉中，声
焰甚盛。蜀兵在汉中驻守，不满三万，诸将各有惧色，拟婴城
固守，静待涪城援军；镇北大将军王平，独宣言道："此去涪
城约千里，援兵怎能骤至？倘贼众攻入阳平关，就为大患，不
可不防。"说罢，即遣护军刘敏，引兵万人，往据兴势山，多

张旗帜，绵亘百里，兴势山为关口保障，与关内互相呼应，便成重镇。魏兵为兴势所阻，不能前进；长安运饷多艰，沿途跋涉，非但役夫奔命，辄致道亡，甚至牛马亦相继僵仆。爽与玄屯兵月余，粮食将尽，寸筹莫展；玄复接懿手书，内称《春秋》责大德重，兴势至险，已为蜀兵所据，万难进兵，若再不知退，恐必致覆军，究由何人负责？故先咨照等语。<small>明见万里，究竟要算此老。</small>玄即将懿书转告曹爽。爽未肯遽归，忽由探马入报，蜀已任尚书费祎为大将军，统兵来援，爽知不可敌，方与玄议决退师。还至三岭，<small>沉岭衙岭分水岭为汉中入骆谷通道。</small>岭间已满布蜀兵，旗帜上面，表明汉大将军费字样，吓得魏兵人人胆怕，个个心寒。爽到此无路可走，只得令玄为先锋，自为后应，硬着头皮，麾兵过去，接连冲突数次，才得杀开血路，越岭奔回；所有辎重甲仗，抛弃殆尽，十万人丧亡过半，狼狈还都。<small>徒为司马懿所笑。</small>蜀大将军费祎，奏凯还朝，受封成乡侯。蒋琬本兼益州刺史，因见祎才略冠时，固让州职，乃令祎兼刺益州，侍中董允，代祎为尚书令，佐祎辅政。越年蜀太后吴氏寿终，接连是大司马蒋琬，尚书令董允，得病去世；蜀人称诸葛亮、蒋琬、费祎、董允，为四圣相，亦号四英，至是惟祎尚存。祎用曹选郎陈祗为侍中，祗多技巧，好行小智，与黄门丞黄皓相昵。皓素来便佞，见宠后主，惟畏一公忠体国的董休昭；休昭即董允字。董殁后，皓无所忌惮，又由陈祗入侍，遂得朋比为奸。且后主从此亲政，擢皓为中常侍，亲小人，远贤臣，诸葛公苦口垂箴，终成空论，免不得日就倾颓了。<small>令人三叹。</small>

　　且说曹爽旋师后，不知引咎；仍任首辅；少主芳虽已加元服，立后甄氏，究竟年龄尚稚，不过十五六岁，未识贤愚。郭太后深居宫中，守着曹丕遗诏，不预外事，<small>魏黄初三年，记令群臣不得奏事太后，后族不得辅政。</small>所以曹爽丧师，无人纠劾，爽越得专恣，植党营私，骄奢无度。郭太后稍有违言，爽即徙太后，居永宁宫，派人管束。且至宫中搜寻美女，见有姿色可人，不论她曾否召幸，便即取去。魏主叡身后遗妾，封过才人，也被爽强取数名，藏入窟室，轮流奸淫。好算得内无怨女。他如饮食衣服，借拟天子尚方，珍玩充牣府中；又建重楼画阁，雕宇峻墙，昼与私党纵饮，夜与姬妾交欢，真个是事事称心，无求不遂。爽弟羲深以为忧，屡次泣谏，爽终不从；有时与弟训、彦等，出外游畋，日暮不归。司农桓范进谏道："将军总万机，典禁兵，不宜与兄弟并出；若有人闭城拒绝，谁为纳入？还乞三思。"爽瞋目道："何人敢为此事？汝太多心。"范无奈趋退。独太傅司马懿，又复称疾，累月不出。河南尹李胜，欲回官故乡，求爽表荐，爽即表胜为荆州刺史。胜向懿辞行，见懿拥被卧着，令二婢左右分侍，目借口塞，似乎不省人事，胜连叫数声，才应响道："汝为何人？"胜答语道："河南尹李胜？今奉诏命，调为荆州刺史，特来拜辞；不意太傅竟病体至此。"懿为喘息道："并州么？君……君受屈此州，地近朔方，须好好防备。"胜急说道："当刺本州，并非并州。"懿故意错说道："君从并州来么？"胜复答道："现奉调为荆州刺史。"懿才大笑道："年老耳聋，未解君言，君今还官本州，威德壮烈，好建奇勋；可惜我死在旦夕，不得复见了。"胜复以吉人天相为解，懿唏嘘道："人生总有一死，只我子师昭两儿，才浅识短，还望君等念我旧情，代为照拂；且请将我意，代达大将军。"说至此，声带呜咽，旁顾二婢，用手指口，似作渴状，亏他装做。一婢取汤与饮，懿将口就汤，不能尽吸，流下沾襟，一婢忙取襟揩拭，累得懿不堪疲乏，气竭声嘶。活象将死情状。胜不便再说，因即告辞，当由懿子师昭二人，送出门外。胜飞马至曹爽家，向爽报告道："司马公尸居余气，形神已离，可无再虑了。"爽亦大喜。胜别过曹爽，自去赴

任。何晏邓扬等，闻懿病笃，无不开怀。平原人管辂，雅善卜
易，远近著名，晏延至家内，与辂论易，邓扬亦闻声趋至，列
座倾听，约阅片时，便问辂道："君自谓善易，何故语中不及
《易》义？"辂应声道："善易不言易。"晏含笑赞辂道："可
谓要言不烦。但我有疑虑，烦君一卜。"辂问有何疑，晏与语
道："我位可至三公否？且连日梦见青蝇聚鼻，究为何兆？"
辂接口道："这亦何必卜易？从前元恺辅舜，周公佐周，并皆
和惠谦恭，享受多福。今君侯位尊势重，人鲜怀德，徒多畏
威，恐非小心求福的道理。且鼻为天柱，与山相似，高而不
危，贵乃长守，今梦集青蝇，适被沾染，亦非吉兆，位峻必
颠，轻豪必亡，愿从此哀多益寡，非礼勿履，然后三公可至，
青蝇可驱了。"然有至理。扬嘲笑道："这也不过是老生常谈。"
辂复应声道："老生见不生，常谈见不谈。"说罢便拂袖径去。
路过舅家，为述与何邓二人语意，舅惊问道："何邓方握重
权，汝奈何出言唐突？"辂怡然道："与死人语，何必避忌？"
舅又问道："何谓死人？"辂详解道："邓扬行步，筋不束骨，
脉不制肉，起立倾倚，若无手足，此为鬼躁；何晏视候，魂不
守宅，血不华色，精爽烟浮，容若槁木，此为鬼幽；眼见得死
期将至，怕他甚么？"一目了然。舅尚是不信，斥辂为狂，辂亦
自归。哪知过了残年，果然应验，竟如辂言。

　　魏正始九年正月，少主芳出谒高平陵，曹爽兄弟，及私党
并随驾出都，独司马懿称病已久，未尝相从，爽总道是懿病将
死，毫不加防。哪知懿与师、昭二子，已经伺隙多日，此番得
着机会当即发难，勒兵闭城，使司徒高柔，假节行大将军事，
据曹爽营，太仆王观行中领军事，据曹羲营，然后入白郭太
后，只言爽奸邪乱国，应该废斥。郭太后为了迁宫一事，颇恨
曹爽，当即允议。太尉蒋济，尚书令司马孚，为懿草表，由懿
领衔劾爽，使黄门赍出城外，往奏少主；懿自引亲兵，诣武库

取械授众，出屯洛水桥。爽有司马鲁芝，留住大将军府中，蓦闻变起，即欲出城见驾。商诸参军辛敞，敞狐疑不决，转询胞姊辛宪英，宪英为太常羊耽妻，秀外慧中，谈言多中，既见敞踉跄进来，便问何事？敞急说道："天子在外，太傅谋变，我姊尚未闻知么？"宪英微笑道："太傅此举，不过欲杀曹大将军呢。"敞又问道："太傅可能成功否？"宪英道："曹将军非太傅敌手，成败可知。"明于料事，可谓女诸葛。敞复问道："如姊言，敞可不必出城？"宪英道："怎得不出？职守为人臣大义，常人遇难，尚思顾恤，况为人执鞭，事急相弃，岂非不祥？我弟但当从众便了。"敞即趋出，与鲁芝引数十骑，夺门径去。早有人报知司马懿，懿因司农桓范，素有知略，恐他亦出从曹爽，乃托称太后命令，召范为中领军。范欲应命，独范子谓车驾在外，不可不从，范遂出至平昌城门，门已紧闭，守吏为范旧属司藩，问范何往？范举手中版相示，诈称有诏召我，幸速开门。藩欲取视诏书，范怒道："汝系我旧吏，怎得阻我？"藩不得已，开门纵范，范顾语藩道："太傅谋逆，汝可速随我去。"藩闻言大惊，追范不及，方才退回。司马懿闻范出走，急语蒋济道："智囊已往，奈何？"济笑答道："驽马恋栈豆，怎肯信任智囊？请公勿忧。"懿即召侍中许允，尚书陈泰，使往见爽，叫他速自归罪，可保身家。待许陈二人去后，又召殿中校尉尹大目，婉言相告道："君为曹将军故人，烦为致意曹将军，免官以外，别无他事；如若不信，可指洛水为誓。"无非是牙痛咒。大目亦依言去讫。那曹爽尚随着少主，射鹰走犬，高兴得很；忽有黄门驰至驾前，下马跪呈，少主芳接受后，启封览表，但见上面写着：

臣懿言：臣昔从辽东还，先帝诏陛下秦王及臣，升御床，把臣臂，深以后事为念。臣谓太祖操高祖丕亦属臣后事，皆为陛下所见，无所忧苦，万一有变，臣当以死奉明诏。今大将军爽，背弃顾命，败乱国宪，内则僭拟，外则专权，破坏诸营，尽据禁兵，群官要职，及殿中宿卫，皆易用私人；又以黄门张当为都监，伺察至尊，离间二宫，伤害骨肉，天下汹汹，人怀疑惧，此非先帝诏陛下，及引臣升御床之本意也！臣虽朽迈，敢忘往言？太尉臣济，尚书令臣孚等，皆以爽有无君之心，兄弟不宜典兵宿卫，奏永宁宫皇太后，令敕臣如奏施行。臣因敕主者及黄门令，罢爽羲训吏兵，以俟就第，不得逗留，以稽车驾；否则即以军法从事！臣力疾出屯洛水浮桥，伺察非常，谨此上闻！

　　少主芳阅罢，交与曹爽，爽目瞪口呆，面如土色。俄而鲁芝辛敞到来，报称城门四闭，太傅懿出屯洛水桥，请大将军速定大计。爽与兄弟等商议，俱无良策，可巧桓范亦到，下马语爽道："太傅已变，大将军何不请天子幸许都，调兵讨逆？"爽皇然道："如卿言，我家属尽在城中，必遭屠戮了。"真是驽马。范见爽当断不断，又顾语羲道："若不从范言，君等门户，岂尚能保全？试想匹夫遇难，还想求生，今君等身随天子，号令四方，谁敢不应？奈何自投死地呢？"羲亦默然。范复进议道："此去许昌，不过一宿可至；关南有大将军别营，一呼即应，所忧惟有谷食，幸范带有大司农印章，可以征发。事在急行，稍迟便要遇祸了。"道言甫毕，许允陈泰又至，传达懿言，请爽兄弟归第，可保身家。爽更觉滋疑。未几又由尹大目驰至，谓太傅指洛水为誓，但要大将军免去兵权，余无他意。爽信为真言，稍展愁眉；时已天晚，便留宿伊水南岸，发屯田兵数千名，聊充宿卫，自在帐中，执刀徘徊，直至五鼓，尚无把握。范入帐催逼道："事已燃眉，何尚未决？"爽举刀投地道："我虽免官，尚不失为富家翁。"休想。范大哭出帐道："曹子丹即曹真。也算好人，奈何生汝兄弟，愚同豚犊。我不意到了今日，坐汝族灭哩。"待至天明，爽竟白少主，自愿免官，并把大将军印绶，解付董允陈泰，赍还洛阳。主簿杨综，慌忙谏阻道："公挟主握权，何事不可为？怎可轻弃印绶，徒就东市呢？"爽尚自信道："太傅老成重望，谅不食言。"呆极。遂将印绶付给许陈自去。爽兄弟奉主还宫，懿当然迎驾，且听令爽等还家。是夕即由懿遣兵围住爽第，越日即由廷尉奏称，谓已拿讯黄门监张当，却将先帝才人，私送爽第，且与爽兄弟三人，及何晏邓扬丁谧毕轨李胜等，一同谋反，约于三月间举事，司农桓范，知情不报，应该连坐。于是分头拿捕，结果是一同下狱，陆续斩首，并夷三族。桓范之死，实由替爽划策，并非出城之过。鲁芝辛敞杨综三人，亦为有司所收，谳成重罪，懿独慨然道："彼三人各为其主，不必处刑。"仍是笼络人心。当下释出三人，使复旧职。辛敞出狱自叹道："我若不谋诸我姊，险些儿陷入非义了。"小子有诗赞辛宪英道：

> 变起争权事可知，教忠仍使守纲维；
> 羊家智妇辛家姊，留播千秋作女师。

还有一位烈妇，也是扬名彤史，千古流芳。欲知烈妇为谁，下回再当报明。

曹爽一庸奴耳，不度德，不量力，竟以一时之徼幸，入为首辅，就使小心谨慎，犹难免复竦之凶；况淫奢无度，酒色是酖，何晏邓飏诸人，毫无伟略，引为谋士，兄弟中仅一曹羲，犹有一隙之明，而爽不肯从，其能保家保国乎？当日即无司马懿，吾知爽亦未必不亡也。惟懿之奸雄，不亚曹操，始则纵爽，继则赚爽，终则拒爽，玩爽于股掌之上，卒使爽无噍类，何居心之阴鸷若是！然回忆操之欺人，与懿略符，天生一操，又生一懿，正冥冥中之巧为安排，于爽乎何恤也？而后世之机械变诈者，可知所返矣！

第九十七回

猛姜维北伐丧师　老丁奉东兴杀敌

　　却说曹爽被诛，祸及宗族，无论男妇老幼，一概丧生。惟爽从弟文叔早亡，妻夏侯氏，青年无子，乃父夏侯文宁，欲令女改嫁，女名令女，号泣不从，甚至截耳出血，誓不他适；及爽被诛，令女适归宁母家，不致累及。文宁方为梁相，上书与曹氏绝婚，又使家人讽女改嫁。令女佯为允诺，悄悄的趋入寝室，取刀割鼻，蒙被自卧，女母迭呼不应，揭被审视，血满床席，不禁大骇。家人忙为敷药，且劝解道："人生世上，如草上轻尘，何苦出此？况夫家夷灭已尽，尚与何人守节呢？"令女泣语道："仁人不以盛衰改节，义士不以存亡易心；曹氏盛时，尚欲保终，及今衰亡，便思背弃，这与禽兽何异？我宁死不肯出此。"贞节可风。家人闻言，无不感动，乃听令守节。事为司马懿所闻，也觉起敬，因使令女乞子自养，为曹氏后。烈女足愧奸雄。还有晏妻金乡公主，系是操女，为操妃杜夫人所出，性情端淑，夙有贤名，晏自诩风流，雅好修饰，粉白不去手，行步顾影，无丈夫气，时人号为傅粉何郎。惟性亦渔色，又尝嗜酒，日与曹爽等为长夜饮，不问家事。金乡公主归语母杜夫人道："晏为恶日甚，恐难保身家。"杜夫人还疑公主妒忌，笑言诘责；谁料晏阅时无几，竟至杀身。晏有一男，年才五六岁，由杜夫人取匿宫中，遣人向司马懿缓颊，请勿连坐；懿素闻公主贤明，并看公主同母兄沛王林情面，乃赦他母子，不复加诛。但晏好清谈，与夏侯玄、荀粲、王弼等，引为同调，虽身已受戮，尚煽余风，魏晋清谈的流弊，实自晏始。特志祸根。这且慢表。

且说司马懿计杀曹爽，得专政权，光禄大夫刘放孙资等，咸称懿有大功，应升任丞相，并加九锡；少主芳不敢违议，便使太常王肃，赍册授命，懿固辞不受，方将册命收回。是年改元嘉平，即蜀汉延熙十二年，后主禅进监军姜维为卫将军，与费祎并禄尚书事。维具有胆略，尝欲继丞相亮遗志，北伐中原，独费祎不以为然，隐加裁制，但使维统兵万人，不令逾限。且与维相语道："我等才智，远不及丞相，丞相尚未能戡定中原，何况我辈？不如保国安民，静待能人，今不可希冀侥幸，轻举妄试，一或挫失，后悔无及了。"未始非持重之言。维因权在祎手，不便与争，只好蹉跎过去。会有一魏将奔入蜀境，叩关请降，自述姓名，叫作夏侯霸，当由关吏报知姜维。维惊疑道："霸系夏侯渊次子，与蜀有仇，何故前来乞降；莫非怀诈不成？"渊死于定军山，事见前文。维系魏人，应该知霸履历。遂嘱关吏严行盘诘，嗣接关吏复报，才知霸为曹爽外弟，官拜护军，归魏征西将军麾下，爽被诛后，玄奉诏入朝，改派雍州刺史郭淮代任；霸与淮有隙，又恐坐爽亲党，必将及祸，不得已奔入蜀中，路过阴平，仓皇失道，甚至随身粮尽，杀马为食，步行荆棘，履穿足破，千辛万苦，始得入蜀逃生。既已情真语确，当然由维召入，霸跪伏地上，泣诉前情，维亲为扶起，用言抚慰。复引霸入见后主，后主亦慰劳一番，令为维参军，霸拜谢而出。维问霸道："司马懿专政，未知他来窥我国否？"霸答说道："懿方营立家门，无暇顾及外事，惟钟士季年少有才，他日得志，必为蜀患。"维问钟士季为谁？霸谓故太傅钟繇子，现为秘书郎。维听到此语，乃欲先机伐魏，遂上表固请，奉诏出师。夏侯霸随维同行，到了雍州境内，审视地势，见有曲山可据，即引兵占住，分筑二城，使部将勾安李韶居守，自募羌胡遗众，往略诸郡。魏征西将军郭淮，急令雍州刺史陈泰往攻二城。泰发雍州兵前往，把二城团团围住，令他水汲不通，城中无水可取，将士枯渴；亏得初冬下雪，融作饮料，尚得苟延残喘。维闻二城被困，引兵趋救，方至牛头山，即被陈泰阻住，泰才识炼达，料知维军来援，必过此山，故就山设垒，亲自守候。维连日攻扑，终不能克，突有探骑入报道："魏将郭淮，前来援泰，先驱已渡过洮水了。"维亟与夏侯霸商议道："郭淮进至洪水，定来截我归路，如何是好？"霸皱眉道："看来不如速退，免得丧师。"维乃令霸先行，自为断后，星夜退归。那曲山二城，待援不至，守将勾安李韶，无术图存，只好降魏。姜维初次出师，便丧二将，不利可知。独维还入汉中，心下未惬，因拟约吴夹攻，遣使东下。

吴主孙权，年已昏耄，为了许多内宠，遂致嫡庶争权，内政尚且丛脞，还有何心外略？所以对着蜀使，模糊应付，当即遣归。自从吴主权称帝以来，差不多有二十余年，初次纪元黄龙，越三年改号嘉禾，又越六年，改号赤乌，又越十三年，改号太元。权元妃谢氏无出，纳妾生子，长名登，次名虑，登已立为太子，虑未冠而亡。权有外弟徐琨女新寡，貌美无双，为权所羡，复纳为妃。琨父名真，真妻为权姑母，琨女初嫁陆尚，尚卒，乃为权妃，事见史传。谢氏恚恨成病，不久即殁。权使徐氏抚养子登，登得为太子，群臣请立徐氏为后。偏后宫又有步氏袁氏，及王氏两夫人，步氏亦有姿色，与徐氏可称伯仲，徐氏性妒，步氏量宏，故权复右袒徐氏，终至后位不定。步氏无子，只生二女，长名鲁班，小字大虎，前配周瑜子循，后适全琮；次名鲁育，又字小虎，前配朱据，后适刘纂。何孙氏多再醮妇。至徐氏病殁，步氏因未曾生男，亦不得为后。袁氏即袁术女，品性最良，也无子嗣，步氏又不幸疾终，权欲立袁氏为后，袁氏以无子固辞。两王夫人，一生和霸二子，一生子休。后来权复得一犯女潘氏，娇小玲珑，使充妾媵，几度春风，生子名亮。赤乌四年，太子登卒，和依次立为太子；和弟霸受封鲁王，群臣谓母以子贵，应立和母王氏为后，权颇欲依议。哪知全公主即鲁班。与和母有嫌，屡进谗谤，权竟信女言，常责和母，和母王夫人无从辩白，忧郁致死，和亦因此失宠。和弟霸为权所爱，与和同居东宫，礼秩如一，群臣多上书谏净，权乃命分宫别僚，二子自是生嫌。霸阴谋夺嫡，交结朝臣杨竺全寄吴安孙奇等人，谗构乃兄，权渐为所惑，嫉和益甚。上大将军陆逊，已代顾雍为丞相，仍守武昌，闻得太子兄弟，不相和协，因上书切谏，略言："太子正统，鲁王藩臣，当使宠秩有差，然后上下得安。"权置诸不理，逊书亦数上，仍无影响。太子太傅吾粲，请遣鲁王出镇夏口，并出戍杨竺等，不准留京，词尤激切，反触权怒。霸竺乘间潜粲，粲愤无可诉，致书陆逊，自鸣不平，偏又被霸竺所闻，诬他交通外臣，蓄谋不轨，竟致下狱毙命。权复遣使责逊，逊年已垂老，禁不住连番愤闷，也即病终。逊子抗为建武校尉，代领逊众，送葬东还；权召抗入问。抗陈乃父苦衷，声泪俱下，权稍稍感悟，才知霸竺所言，不情不实，于是霸宠亦衰。后宫里面的潘夫人，尚在华年，独承恩宠，眼见和霸二子，俱已失爱，乐得乘机献媚，为子谋储；且与全公主往来日密，并纳公主侄孙女全氏为子妇。权可纳姑母孙女为妃，亮亦何妨娶阿姊之侄孙女为妻？于是彼此益亲，日在吴主权面前，谗毁和霸，劝立幼子孙亮。权内惑宠妃，外信爱女，遂欲废和立亮，密语侍中孙峻道："子弟不睦，恐将蹈袁氏覆辙；指袁谭、袁尚。若使朕不为变计，后患且无穷了。"峻为权叔父孙静曾孙，有姊为全尚妻，尚女嫁亮，亲上加亲，当然祖亮母子，赞成权议。惟权虽有此言，尚因废储事大，难免众谤，复延宕了好几年。

赤乌十二年间，右大司马全琮病殁，全公主又致守孀，年近四十，还是好淫，因孙峻壮年伟岸，即多方勾引，与他私通。乃母步氏以仁惠称，不意生此坏女。两下里暗地绸缪，密商长策，决拟将太子和捽去，改立孙亮，方好久图富贵，安享欢娱。未必。峻入侍吴主时，遂肆意诬蔑太子，惹动吴主宿嫌，竟将太子和幽锢别室。骠骑将军朱据，尚书仆射屈晃固谏不听，两人泥首自缚，连日伏阙，请赦太子，终不见许。无难营军督陈正，五营军督陈象，吴置左右无难营，又置五营，各设军督。上书切谏，反致族诛。据与晃且被牵入殿，各杖百下，谪据为郡丞，斥晃归里；太子和被废为庶人，徙置故鄣。鲁王霸亦同时赐死。霸党杨竺全寄吴安孙奇等，一体受诛，遂立少子亮为太子，亮母潘氏，居然被象服，著翟衣，进位皇后，统掌吴宫。吴王改年太元，便是为了册立潘后，有此特举。惟潘后得如所望，免不得恃宠生骄，比那前时的柔媚情形，迥不相同。吴主权亦瞧透三分，始悟太子和无辜，转生怜惜。是年八月朔日，天空中忽起大风，江海汹涌，平地水深八尺，吴主先陵所种松柏，尽被拔起，直飞到建业城南门外，倒插路旁，权因此受惊成疾，月余不能视事。到了仲冬，才觉少瘥，乃亲祀南郊，途次又冒风寒。及还宫后，复至患肿，意欲召和入侍，全公主及侍中孙峻，中书令孙弘，力言不可，方才罢议。好容易挨过残年，权病不能起，命立故太子和为南阳王，使居长沙；王夫人子休为琅琊王，使居虎林；还有一子名奋，乃是后宫中仲姬所出，年比太子亮少长，授封齐王，使居武昌。过了月余，权稍有起色，有司奏称凤凰来仪，乃复改年神风。不料皇后潘氏，遽尔暴亡，权力疾往视，见潘项下有痕，舌不能藏，料有他故，因令左右秘密调查。嗣得察出破绽，乃是潘后待下甚暴，各有怨言，她见权老病垂危，即使宫人出问中书令孙弘，考察汉吕后称制故事。宫人因潘后临朝，必好残杀，不

如先机下手，俟她夜间熟睡，竟将她项中扼死。权亦知她咎由
自取，但看到惨死情状，不免悲愤交并，乃将与谋行凶的宫
人，杀死数名。嗣是心绪不宁，病益沈重，又拖延了两三月，
气绝身亡，寿已七十有一。太子太傅诸葛恪，太常滕胤，中书
令孙弘，侍中孙峻，将军吕据，并受顾命，立太子亮为嗣主，
夹辅朝政。弘与恪积不相容，意欲矫诏诛恪，商诸孙峻，峻反
向恪报知，恪遂诱弘议事，把他杀死。然后为权发丧，追谥权
为大帝。亮既嗣位，改元建兴，进恪为帝太傅，胤为卫将军，
领尚书事，孙峻以下，俱进爵有差。

　　恪为诸葛瑾长子，少年颖悟，词辨过人，权闻名召见，欲
试恪才，特遣人牵入一驴，用笔题面云："诸葛子瑜"。子瑜
就是瑾表字，瑾面似驴，故以此为戏。天子无戏言，权以驴戏瑾，
亦太失体。恪即跪请道："乞赐笔更添二字。"权将笔给恪，恪
在诸葛子瑜下，添入"之驴"二字，举座称奇，权亦为称赏，
便把驴赐恪。恪年甫弱冠，便拜为骑都尉太子登宾友，已而升
任抚越将军，出平山越，更擢任威北将军，封都乡侯，望重一
时。惟瑾谓恪非保家子，引为深忧。及瑾病殁，恪自矜才智，
好陵上位，丞相陆逊，辄贻书相诫，恪不少悛。既而逊又去
世，恪竟得为大将军，代领逊众，驻节武昌。吴主权病笃，召
恪受遗，恪遂为首辅，欲收时望，缓逋责，除关税，宣布惠
泽，远近腾欢，乃修筑东兴堤，左右倚山，夹筑两城。堤在巢
湖东面，久废不治，恪恐湖水泛滥，并为吴魏冲道，故集众兴
修，使全端留略二将，分守二城。复因休、奋二王，封地濒
江，关系重要，恐他据境谋变，特将琅琊王休，徙封丹阳，齐
王奋徙封豫章。奋不肯遵行，由恪致笺恫吓，然后迁往。恪有
族叔诸葛诞，仕魏为征东将军，闻吴修堤筑城，当即详报魏
廷，请先机伐吴。时司马懿已死，长子师进任抚军大将军，代
父执政，颇善诞言；再加征南将军王昶，征东将军胡遵，镇东

将军毌丘俭，各献军谋，力主东征，师遂令诸葛诞集兵七万，会同胡遵，直攻东兴。又遣王昶攻南郡，毌丘俭攻武昌，三路进发，探报驰达江东。诸葛恪忙率同将士，昼夜兼行，往救东兴，吴冠军将军丁奉，老成炼达，愿为前驱，恪令他将吕据唐资三人，引兵二万，与奉并进；自率二万人为后应。奉向吕据等申议道："兵多行缓，若被贼据险，难与争锋，我宜速往，君等随后接应，方可无虞。"说着遂率麾下三千人，轻舸前行，顺风扬帆，两日余即达东关，据住徐塘。魏将胡遵，已在湖滨，筑造浮桥，渡过军士，结营东兴堤上，分兵攻扑两城，三日不下。适值天寒雨雪，未便急攻，遵高坐营中，与将佐置酒豪饮，闻得吴兵来援，乃遣将探望，返报吴兵寥寥，不过二三千人，遵不以为意，仍然畅饮；_{仿佛酒鬼。}但命兵士数百人，守住营门。丁奉见魏兵未出，即拢船近岸，顾语部众道："取封侯爵赏，正在今日，愿诸君努力。"说着，即脱去战袍，轻装持刀，一跃登堤，兵士亦相率解甲，甚至袒裼露臂，左执楯，右执刀，随奉上岸。魏兵瞧着，以为天寒至此，不战先僵，相率大笑，谁知丁奉用刀一挥，众皆踊跃，直扑魏营，魏兵始仓皇入报。魏前部督韩综桓嘉，起座出战，摇头摆脑的趋至营外，_{曲摹醉态。}可巧碰着丁奉，一刀砍来，正中韩综头颅，倒毙地上，综系东吴叛将，屡为吴害，奉正欲枭取首级，不防桓嘉一戟刺来，亏得奉眼明手快，用刀格开，嘉酒尚未醒，倒退了两三步，被奉趋前一刀，砍伤左肩，又复倒地。魏兵见两将毕命，统皆逃入营中，奉得从容枭首，麾兵再进，三千吴兵，冲入魏营，胡遵即上马对敌，哪禁得吴兵厉害？所向无前，慌忙弃去前屯，退入后寨。可巧吴将吕据留赞唐资等，陆续杀到，眼见得魏兵骇走，连后寨都不能保守，你贪生，我怕死，纷纷向浮桥渡回，人多桥坏，溺死了好几万人；胡遵飞马先走，幸得逃命，所有辎重甲仗，尽被吴兵搬归。魏将王昶毋丘俭，接得胡遵败报，也烧屯退回。诸葛恪行至东兴，赏劳诸将，奏凯还朝；特将叛将韩综首级，献入大帝庙中，声罪报功，恪得加封阳都侯，领荆扬二州牧，都督中外诸军事。

越年，恪复欲出兵伐魏，群僚固谏不从，当即遣司马李衡，西行至蜀，约同举兵。蜀大将军费祎，方被降将郭修刺死，将佐多不愿出师；独卫将军姜维，有志北伐，以为有机可乘，不行何待？乃率数万人出石营，经董亭，进围狄道。诸葛恪得李衡归报，也领兵入淮南，环攻新城。魏大将军司马师，用主簿虞松计，使毋丘俭等堵御吴兵，坚壁勿战；另檄征西将军郭淮，雍州刺史陈泰，尽发关中士卒，速援狄道。淮与泰奉檄驰援，甫抵洛门，那姜维已探知消息，自恐粮食不继，撤围引去，诸葛恪却尚屯兵新城，连日督攻。城将陷落，守将张特，佯为乞降，只言魏法须守城百日，方可出降，家族免罪，今被围已九十余日，乞恩许满限，然后开城拜纳等语；恪信为真言，饬兵缓攻。不意特乘夜修城，补阙完残，至次日登城大呼道："我情愿斗死，岂肯降汝吴狗？" 特为一牛之称，牛固不宜事狗。恪闻言大怒，再饬攻城，竟不能克，军士锐气已衰，更兼天气蒸闷，多半遇疫，死亡相继，恪尚虐待将士，说他不肯尽力，众益离散。魏将毋丘俭等且乘敝进援，吴兵大恐，不战自溃，恪也只好逃归。沿途散失军械，不可胜计，于是吏民失望，怨詈交乘，恪不自引责，反苛求将吏过失，或诛或黜，累日不绝。且恐他人暗算，累得精神恍惚，寝食不安。先是恪出兵淮南，整装将行，忽有一人满身素服，趋入阁中，内吏问为何事？那人谓至寺院迎僧，为亲超荐，不意误走至此内，吏将他叱出，转语外门守卒，俱言持械把门，并不见有一人进来，大众都为诧异。及出行后，舟车左右，时有白虹环绕，家中厅屋栋梁，无故自断，家人都目为不祥，替恪担忧，恪却安然归家，总算幸事；但与恪语及，恪也觉惊心。一日早起盥洗，闻水中有血腥气，连易数盆，血腥如故，待至戴冠加衣，衣冠上亦有腥气，正惊疑间，忽侍中孙峻，赍诏到来，召恪入宴。恪亦防有他变，诈言腹疾，不便饮酒，峻忙说道："天子设宴宣召，欲与太傅共议大事，请太傅力疾一行；若因御酒不便下饮，尽可自赍药酒，随身带去。"以诈应诈。恪因峻素来亲信，计划周到，料无他谋，乃令峻先行，自易朝服出门。门内蓦有黄犬，突至恪前，衔住恪衣，恪愕然道："犬不欲我出门么？"乃还坐片刻，少顷复出，犬衔衣如故，恪不禁动怒道："犬亦敢来戏我么？"遂令卫士将犬赶出，登车入朝。散骑常侍张约朱恩，为恪爪牙，呈递密书，劝恪毋入。恪省书欲归，适遇太常滕胤，问将何往？恪以腹痛甚剧为辞，胤答说道："既已到此，应该一见主上，方可告归。"恪踌躇多时，又由孙峻出来敦促，乃剑履上殿。这一番有分教：

列席未终头已落，覆巢以下卵无完。

恪既入殿，究竟有无祸变，试看下回便知。

姜维之主张北伐，欲继诸葛遗志，非不足嘉？所惜者有志乏才耳。费祎阴加裁制，不令兴师，亦为知己知彼之论。然伐亦亡，不伐亦亡，诸葛武侯之《后出师表》，详哉言之。天不祚汉，武侯殂于中寿，姜维才不逮武侯，而又辅佐无人，此北伐之所以寡效也。牛头山一役，未得寸土，既丧二将，先声已挫，后事可知，蜀其尚能长存乎？孙权承父兄遗业，任才尚计，史谓其有勾践遗风，乃内宠相寻，晚年益愦，废长立幼，乱本已成；诸葛恪、孙峻诸徒，皆不足托孤寄命，而权则倚为心膂，嘱令辅政。恪修缮湖堤，

筑城自固，尚为保境之良策；东兴破敌，功由丁奉，
班师东返，遽沐侯封，恪之幸也。乃小胜即骄，穷兵
不已，至于新城顿挫，犹且不知引咎，作福作威，虽
欲不亡，乌可得耶？语有之："小时了了，大未必
佳。"观诸葛恪而益信；若孙峻则更不足齿矣。

第九十八回

司马师擅权行废立　毋丘俭失策致败亡

却说诸葛恪剑履上殿，见过吴主孙亮，列席饮酒，恪辞不能饮，无非防他下毒。孙峻即进言道："太傅有药酒带来，何勿敢取饮？"恪即命从人取入，放心酌饮。酒至数巡，亮托称更衣，起座入内，峻亦如厕，脱去长袍，改着短服，怀刃趋出，大声说道："有诏收诸葛恪。"恪惊起拔剑，尚未出鞘，峻已一刀斫至，剁落恪首。散骑常侍张约，坐在恪旁，急掣恪剑砍峻，峻向右一闪，稍伤左手，右手亟持刀劈约，约趋避不及，右臂中断，殿侧已先伏甲士，一齐突出，把约杀死。座上诸官，统皆惊走。峻复宣言道："恪谋逆已诛，余人无罪，尽可归座。"大众听着，乃复留片刻，旋即辞去。峻令甲士舁出二尸，用苇席包裹，竹篾扎缚，投诸城外石子岗；一面遣令甲士往收诸葛恪妻孥。恪妻正在室中，见有一婢进来，带着血腥，禁不住掩鼻诘问，婢忽跃起道："诸葛公乃为孙峻所杀，冤乎不冤？"道言甫毕，恪子竦建，踉跄趋入，哭报乃父被诛，捕吏将至，请母亟奔。恪妻听了，也不及举哀，慌忙出门登车，与二子逃出都门；偏被骑督刘承追至，把他们围住，尽行拿下，押还都市，一齐枭首。恪甥都乡侯张震，及常侍朱恩等，连坐处死，并夷三族。临淮人臧均，表请收葬恪尸，辞多凄恻，乃听令收埋。当时建业有童谣云："诸葛恪，芦苇单衣篾钩落；于何相求成子阁？"成子阁，即石子岗别名，钩落就是苇带，至是谣言果验。这谋杀诸葛恪的计议，出自孙峻，峻得受拜丞相大将军，都督中外诸军事，加封富春侯。太常滕胤，本未预谋，且为恪子竦妇翁，因乞辞职。峻笑语道："鲧禹犹不相及，滕公为何出此?"遂仍使守位，且进爵高密侯。南阳王和妃张氏，为恪甥女，峻为此收和印绶，且逼和自尽。胤可免罪，和何故受诛？和接到朝命，与张妃泣别，张妃凄然道："吉凶当相随，妾终不独生。"遂与和一同服毒，相继毕命。和妾何氏，独叹息道："若皆从死，何人抚孤?"乃留育和子皓德谦俊四男。皓即为东吴末主，后文再表。且说魏主曹芳嗣位已十余年，正始九年，嘉平六年，共十有五年。仍用夏正，一切政事，俱归司马氏裁决。司马懿前杀曹爽，威震朝野，到了临死这一年，尚杀扬州都督王凌，及凌甥兖州刺史令狐愚，说他谋立楚王彪，请旨赐彪自尽，并将诸王公锢置邺中，派人管束，不准与郡国交通。补叙之笔。及司马师继懿辅政，权过乃父，魏主芳年已逾冠，一些儿没有主权，当然不乐。嘉平三年，芳后甄氏病逝，越年立光禄大夫张缉女为继后，缉不得与政，反令避嫌家居，亦怀怨望。太仆李恢，有子名丰，少有清名，为世所称，独恢严令约束，饬令闭门谢客。与诸葛恪父子情迹相同。恢既去世，丰遂出为尚书仆射，司马师且擢他为中书令。丰与夏侯玄亲善，玄自被召入都后，因为曹爽亲属，致削兵权，但得了一个太常职衔，居常怏怏，辄与丰秘密商议，诛司马氏，为爽复仇。丰子韬得尚齐长公主，官拜给事中，父子常入侍宫廷，参预机要，魏主芳亦视为心腹，与语司马氏专横情状，往往流涕。丰虽为司马氏所拔擢，但心常属夏侯玄，隐恨司马师，更兼魏主涕泪相嘱，因即一力担承，愿除权蠹；且使韬转告后父张缉，联为指臂，缉当然相从。嘉平六年二月，魏主芳拟封后宫王氏为贵人，丰暗与黄门监苏铄，永宁署令乐敦，冗从仆射刘贤等，私下定谋，拟俟魏主临轩，召诛司马

师，即令夏侯玄代为大将军，张缉为骠骑将军。就使司马师被
诛，尚有昭在，计亦未周。

谁知事机不密，为师所闻，立遣舍人全集，引兵召丰；丰
也知谋泄，不敢不往。既与司马师相见，一再盘诘，丰不禁动
恼道："汝父子包藏祸心，将图篡逆，可惜我无力诛汝，死亦
当为厉鬼以击贼。"师勃然大怒，便令武士执着刀环，猛击丰
腰，丰即刻晕毙。师遂遣吏收捕夏侯玄，及后父张缉，交付廷
尉锺毓。毓亲自讯玄，玄正色道："我有何言？随汝定谳罢
了。"毓乃令玄系狱，自作谳词，流涕示玄，玄不加辩论，当
即点首。待至谳词呈入，公卿等都惮师威权，不敢异议，遂将
玄缉二人，斩首东市，玄颜色不变，引颈就刑。玄子韬以尚主
赐死，再执苏铄乐敦刘贤等，一体交斩，并夷三族。师意未
足，带剑入宫，见了魏主芳，便瞋目道："张女何在？"芳战
栗道："谁为张女？"师厉声道："就是张缉女儿！"芳起揖道：
"张缉有罪，该女并未知情，乞大将军宽恕。"皇帝丢脸，但亦
忆及乃祖逼宫时候？师又说道："逆犯女儿，就使未尝知情，亦
岂可为国母？应该即日废置。"芳俯首无言，师竟逼令张后出
宫，可怜张后毁妆易服，哭辞魏主，由内侍拥出宫门，幽锢别
室。与伏皇后何异？师方才趋出，始令词臣草诏，废去皇后张
氏，不到数日，张氏暴亡，想是被司马师谋死了。毒逾乃父。
魏主曹芳，无法可施，只得册王氏为贵人，即将王氏续立为
后，后父奉车都尉王夔，迁官光禄大夫，受封广明乡侯。但芳
虽不能制师，始终怀嫌，师亦心下忌芳，潜谋废立。适蜀将姜
维，复出陇西，收降魏狄道长李简，进拔河间临洮诸县，司马
师接得警耗，拟调亲弟安东将军司马昭，引兵拒蜀。当即入白
魏主，请旨召昭，昭留守许昌，奉召入见，魏主芳至平乐观劳
师，中领军许允，与魏主左右侍臣，欲乘间杀昭，勒兵收师，
当下密奏曹芳，芳亦允议。及昭入辞行，芳见他威风凛凛，不

由的胆战心惊，因将密谋搁起，未敢遽发。偏昭乖刁得很，微
有所觉，退白乃兄司马师，师嘱暂留洛阳，觇察内外动静。一
时查不出什么确音，只有许允屡次入内，与魏主背地私议，乃
即诬他擅散官物，谪戍乐浪郡，且遣壮士夤夜追上，把允刺
死。手段真辣。会接陇右守将徐质军报，与蜀兵连战数次，击
死蜀将张嶷，蜀兵已退，姜维三次无功，即从魏将口中叙过。师乐
得表留亲弟，与议废立事宜。昭狠戾不亚乃兄，极口赞同，师
遂入朝，大会群臣，首先倡议道："今主上荒淫无道，亵近娼
优，听信谗言，闭塞贤路，几与汉昌邑王相同，若长此守位，
必危社稷，敢问诸公意见何如？"群僚并皆畏师，只好随声附
和道："伊尹放太甲，霍光废昌邑王，俱为安定社稷起见；今
日事亦惟公命。"师欣然道："诸公既以伊霍望师，师亦何敢
避责呢？"说着，即从袖中取出奏稿，令众署名，众见奏稿，
是请命太后，说得曹芳如何昏愚，如何淫乱，明明是十有九
虚，但欲违师命，必致诛夷，乃依次署讫。使人呈入永宁宫，
郭太后本不预外政，看到这般奏本，默不一言。师在朝候信，
且与群僚议定，将迎立彭城王据为嗣君，惟太后复命好多时不
见颁到，因再遣大鸿胪郭芝入问。芝驰至永宁宫，见太后与魏
主芳对坐，并带愁容，芝竟顾芳道："大将军欲废陛下，改立
彭城王。"太后道："待我面见大将军，从容决议。"芝作色
道："太后有子不能教，今大将军已与群臣商决，勒兵坐待，
尚有何言？"简直似太上皇训令。太后无词可答，不禁泪下，俄
而复有人驰入，手持齐王印绶，交与曹芳，令他退就旧藩，芳
知不可留，拜辞太后，与郭芝同至殿中，别过百僚，出乘王
车，竟赴故邸。为主无权，不如勿为。有几个忠厚官员，送了一
程，太尉司马孚，悲不自胜，余亦未免欷歔；独司马师昂然自
若，复使郭芝往索玺绶，太后与语道："彭城王据是武帝庶
子，为先皇季叔，若果迎立，试问将我置诸何地？且明帝从此

绝嗣，大将军想亦未安，我意不如迎立高贵乡公髦，髦系文帝长孙，明帝从子，准诸古礼，小宗应继大宗，可与大将军谨议，再来报我。"芝听了此言，倒也不便驳斥，便出告司马师。师也觉正论难违，只好依命，使芝再白太后，仍取玺绶。太后道："高贵乡公小时，即由我见过他，既入嗣，我当亲交玺绶便了。"徒保玺绶，也是无益。芝复出告师，师乃遣使持节，往迎高贵乡公髦，一面肃清宫禁，降王皇后为齐王妃，勒令出宫就邸，专待曹髦到来。髦系明帝弟，东海定王霖子，正始五年，受封高贵乡公，年才十四，既至洛阳，群臣迎拜西掖门，髦下车答拜，礼官谓不必答礼，髦正色道："我亦人臣，今奉太后征召，未知何事，怎得见了群僚，便不答拜呢？"十四岁便能如此，聪慧可知。说着，即步行入殿，郭太后早已闻知，在太极殿东堂坐待，及髦拜见后，嘱咐数语，交与玺绶，髦固辞不获，方受玺易衣，御殿登座，朝见百官，即改嘉平六年为正元元年，大赦天下。假大将军司马师黄钺，入朝不趋，奏事不名，剑履上殿，其余文武百官，亦封赏有差。废立既得增封，何妨篡弑？

未几，已是一年上元，庆贺方才告毕，忽报扬州都督毌丘俭，与刺史文钦，托名讨逆，渡淮前来。司马师方病目瘤，延医割治，在府养病，闻得此报，急召河南尹王肃，尚书傅嘏，中书侍郎钟会等，入议军情；且与语道："我本欲亲征叛乱，可惜目瘤未愈，不能出行。"钟会起答道："此事非大将军亲出，恐一时未能荡平。"王肃等亦赞成会议，师蹶然跃起道："诸君既勉我亲征，我亦顾不得目疾了。"遂命弟昭兼中领军，暂摄朝政，自乘软舆督军，命荆州刺史王基为监军，向东进发。基向师献议道："淮南人民，非真思乱，不过为俭等胁迫而来，若大军一临，必然瓦解，基愿统率前军，速往平乱。"师欣然依议，基即星夜进兵，先将南顿城据住。毌丘俭因王凌死后，代督扬州，素与夏侯玄李丰友善，玄丰受诛，俭亦不安，因与刺史文钦结交。钦本与曹爽同乡，为爽所爱，乃得擢用。爽与玄丰二人，同为司马氏所害，故钦俭并恨司马氏。曹芳被废，俭子旬请父兴师，乘机讨逆，俭乃矫托郭太后密诏，移檄州郡，号召兵马，讨司马师；自率州兵渡淮，行至项城，探悉王基据守南顿城，乃就项城驻扎，使健足赍书至兖州，往招刺史邓艾。艾字士载，籍隶棘阳，口吃不能急言，尝自呼艾艾，少年丧父，为人牧牛，每见高山大泽，辄留心形势，时人笑他为痴；独同郡吏见他聪慧，给资使学，终得成材。初入为太尉掾，继迁尚书郎，出参征西军事，任南安太守，调擢兖州刺史，有所规划，无不合宜，因此与锺士季齐名。为锺邓二人入蜀张本。此次接着俭使，看罢来书，竟随手扯碎，且将俭使斩讫，立率万余人，趋乐嘉城，与师相应。师命镇南将军诸葛诞，由安风出取寿春，征东将军胡遵，由青州出谯宋地，截俭归路，自引兵往就邓艾。适文钦进袭乐嘉城，猝与师遇，不战即却。钦子鸯年方十八，骁勇绝伦，独无惧色。且请与钦夜袭师营，分兵夹攻，钦从东进，鸯从西入。父子计议已定，待到夜半，鸯率壮士，至师营前，鼓噪杀入，师本善行军，自有预备，当即传令坚守营门，不准妄动。将士虽遵令守住，怎奈营外的喧声，愈响愈震，师病卧帐中，惊愤交并，急得目睛突出，痛不可耐，但又未便呻吟，强为镇定，啮被皆破，好容易挨至黎明，营尚未陷。那文鸯专待父至，两路进攻，哪知钦竟不到，日已高升，只得引兵退去。行未里许，后面来了许多追兵，统将乃是司马班，鸯匹马单枪，回头杀入，无人敢当，纷纷倒退，鸯乃复去。司马班又麾兵追鸯，鸯返战六七次，杀死班兵六七百名，班不敢再进，鸯乃徐徐引还。途次始遇见乃父，问明情由，系是夜间失道，不得已觅路归来，鸯很是叹惜。父不及子，奈何？及还抵项城，毋丘俭已经遁去。原来吴丞相孙峻，闻俭出兵逾淮，料知扬州空虚，乘间进攻寿春。再加诸葛诞亦出安风津，向寿春进发，俭闻得此信，慌忙走还。钦父子孤军无继，也只得弃了项城，奔回寿春。背后忽有一人追呼道："文刺史何不暂留数日，乃如此急走呢？"钦回顾来骑，乃是尹大目，便骂他负爽旧恩，助师为逆，大目尚欲有言，钦竟弯弓欲射，大目且却且语道："罢了罢了！幸各努力！"说毕即返。其实大目是有心曹氏，来报师已突出，教他留守项城，静心待变；偏钦闻言不悟，竟致大目白走一遭。心粗胆怯，怎能成事？至行近寿春，闻得城中已溃，无家可归，没奈何投降孙峻去了。毌丘俭遁出项城，意欲南归，被胡遵截杀一阵，部兵四散，乃北走慎县，随身已无一卒，独至水草中暂憩，适为安风津民张属所见，把他射死，献首军前。俭子甸未曾随父，逃往新安，终被捕诛。尚有甸子弟数人，亦奔投吴军。吴军方至橐皋，诸葛诞已入寿春，孙峻料已无及，也即引还。司马师已平定淮南，即令诞都督扬州，自率大军还都。甫抵许昌，目痛愈剧，一经朦胧，便见夏侯玄李丰张缉等，立在面前，自知性命不保，不能至洛，可巧司马昭前来省疾，便即嘱咐后事，语尚未毕，眼中一声怪响，鲜血直流，顿致毙命。昭取得乃兄印绶，即总督人马，上表讣闻。魏主髦令昭留屯许昌，援应内外。昭询诸中书侍郎锺会，会劝昭回驻洛南，昭不待朝命，便即引归。魏主髦无可奈何，只得使昭继承兄职，嗣是大权复归昭有了。也可谓兄终弟及了。

且说蜀将姜维，探知司马师已死，复议乘间伐魏，大将军张翼，以为国小民劳，不宜黩武，劝维守险自固，为休养计。维不肯依议，竟请准朝命，与车骑将军夏侯霸等，率兵数万，进兵枹罕。魏征西将军郭淮已殁，由雍州刺史陈泰升任，新刺史姓王名经，轻率寡谋，引兵出拒，两军会战洮西。维令夏侯霸绕出经后，前后夹攻，经军大败，丧师无算，乃退保狄道城。维欲进攻狄道，张翼又谏阻道："大功已立，可止则止；若再行进兵，恐如画蛇添足，将隳前功。"维反恨他阻挠，驱军径进，魏征西将军陈泰，旁夜往援，就狄道城东南山上，鸣鼓举烽，张皇声势；再加兖州刺史邓艾，也受了朝旨，迁官安西将军，领兵来助陈泰，维闻两路兵到，急收兵退驻锺堤。四次无功。泰与邓艾相会，置酒谈兵，将佐毕集，俱谓蜀兵却退，未敢再来。艾独笑说道："洮西方败，彼必思乘胜再举，是一当来攻；彼屯兵汉中，容易出发，且知我将易兵新，更思乘隙，是二当来攻；彼用船行，我从陆行，我劳彼逸，是三当来攻；狄道陇西南安祁山，皆为边境，我须四处把守，彼得一路直进，是四当来攻；彼出南安陇西，可资羌谷，若出祁山，可就食陇麦，是五当来攻；我料他不出一年，就要前来了。"知己知彼，百战百胜。将佐始服艾远虑，交口称善。艾往屯祁山，逐日练兵，专待敌至。越年魏主髦改元甘露，就是蜀汉后主禅延熙十九年，蜀将姜维，进位大将军，又自锺堤出兵，北向祁山，途中探得祁山有备，乃改趋南安。偏为邓艾所料，引兵往据武城山，截住蜀兵去路，山势险峻，蜀兵连攻不克，维又欲移攻上邽，檄令镇西大将军胡济会师，就留夏侯霸屯武城山，自率部众，旁夜渡渭，潜向上邽进发。走至天明，见两面山路崎岖，不便驰骤，正在疑虑，前驱已返报道："此处名为段谷，谷后旗帜飘扬，恐有伏兵。"维变色道："段谷名称未佳，不如退师。"遂掉头回走，不料邓艾却挥兵杀来，兜头拦住，蜀兵已经心慌，更加道途逼窄，不能成列，被艾军一阵截击，杀得七零八落。维还望胡济来援，哪知待久不至，只好向前冲突，艾却纵兵兜围，不令窜逸，维兵越战越少，幸亏夏侯霸前来救应，才得拔出，姜维奔回汉中。这番姜维败回，丧失甚多，实皆被邓艾占了先着，处处设防，所以维有此败。第五次又失败了。嗣是蜀人怨维，维亦上表自贬，降为后将军，仍行大将军事。过了一年，魏扬州都督诸葛诞，又起兵讨司马昭，于是吴蜀两国，亦各东西出兵。小子有诗叹道：

> 阵云扰扰起神州，未壹舆图战不休；
> 汉土三分数十载，可怜尸血满江流。

欲知诸葛诞何故讨昭，且看下回分解。

有曹操之废伏后，乃有司马师之废张后。操废后而止，至废帝一事，留待其子曹丕；而师独以一身兼之，既废张后，复废魏主芳，乱贼效尤，比前为甚。无怪后事之愈出愈凶。然使前无曹操父子，后亦必无司马师兄弟；天鉴不远，加倍相偿，世人欲为子孙计，亦何勿稍留余地乎？毌丘俭等之讨司马师，史笔尝嘉予之，然才不逮志，终致覆灭。俭子甸知讨贼之义，而不能为父先驱，坐致赤族；文钦有子，似胜毌丘，然子有勇而父无谋，其曷能济？此所以倏起倏仆也。然天欲覆曹而生司马氏，岂容毌丘俭之讨贼有成乎？

第九十九回

满恶贯孙綝伏诛　竭忠贞王经死节

却说诸葛诞驻节寿春，坐镇扬州，他本与夏侯玄邓扬诸人，互相标榜，号为八达，至玄等夷灭，诞力不敌司马氏，乃隐忍不发。及毋丘俭等发难，复助司马师平乱，因得代俭位置，且进封高平侯，加官征东大将军。但自思王凌毋丘俭，相继诛夷，恐不免再蹈覆辙，乃赦罪犯，蓄死士，散财赡众，收结人心，且借口防吴，更请添兵筑城，为自固计。<small>初志已出毋丘俭下。</small>司马昭方秉国政，颇有疑意，长史贾充，请借慰劳为名，遣使观变，昭即使充至寿春，与诞相见。诞留充宴饮，与语时事，充用言探试道："洛中诸贤，皆愿禅代，君以为何如？"诞不禁作色道："君非贾豫州嗣子么？<small>充系豫州刺史贾逵子。</small>世受国恩，奈何出此妄言？"充惭沮道："充不过将人言告公。"诞不待词毕，又厉声道："洛中有变，我当效死报国，身为人先。"<small>何不与毋丘俭等同时报国。</small>充已知诞意，饮罢告辞，返报司马昭，并向昭献议道："诞在扬州，颇得众心，不如征令入都，免为后患。"昭蹙眉道："恐诞未必肯来。"充又说道："充亦知他未肯应召，但召他不至，反速祸小，否则反迟祸大，愿明公裁察。"昭乃请旨，征诞为司空。诞果然迟疑，且见诏书中云，可将兵符，交与扬州刺史乐綝，更觉得乐綝从中倾轧，不由的愤嫉交乘，当即带领数百骑，径赴扬州，佯言将奉诏入洛，与綝辞行。綝不知有诈，迎诞入厅，诞便指挥骑士，一拥上前，吓得綝逃至楼上，终被杀死，于是诞征兵聚粮，准备起事；且遣长史吴纲，送少子靓入质东吴，称臣乞援。吴相孙峻，骄淫无道，国人侧目，司马桓虑，将军孙仪等，先后谋峻，俱被杀死。全公主与峻私通，往来日久，因前曾潜害太子和，妹夫朱据，与妹朱公主，均有异言。据已贬死，惟妹尚存。全公主余恨未消，竟诬妹与孙仪通谋，朱公主复致坐死。是何戾气，出此淫悍残忍之妇人？峻年未四十，恶贯满盈，忽患心痛，自称为诸葛恪所击，半日即毙，后事属诸从弟孙綝，綝已为偏将军，至是进任侍中，拜武卫将军，领中外诸军事。骠骑将军吕据，素嫉孙綝，遂与诸督将连衔，表荐卫将军滕胤为丞相，綝独奏调胤为大司马，使他出镇武昌。胤尚未行，据已由江都回来，使人告胤，共黜孙綝。綝得知消息，遣从兄孙宪，引兵御据，且促胤即日赴镇。胤不肯依言，反勒兵自卫，綝遂奏称胤谋反，率军攻胤，将胤杀死，并夷三族。胤不自量力，死亦自取。据既失内应，复为孙宪所阻，害得进退两难，或劝据北行奔魏，据慨然道："我若为叛臣，有何面目对我先人？"遂服毒自尽。据为故大司马吕范次子，自杀以后，由綝奏为叛首，亦夷三族。吴主亮下诏改元，号为太平，亮嗣位时，改元建兴，越二年改元五凤，五凤三年，又改号太平。进綝为大将军，封永宁侯。綝从兄宪引兵还都，未得升迁，且见綝倨傲无礼，心甚怏怏，因与将军王惇，同谋诛綝，不幸事泄，綝即受诛，宪亦自杀。过了一年，正值诸葛诞遣子入质，称臣请救，綝方欲图功耀威，当然乐从，便命将军全端全怿唐资等，与降将文钦父子，领兵三万，往救寿春。

魏大将军司马昭，闻得诸葛诞起兵，急忙入宫面奏，逼令魏主髦亲征，且请郭太后慈驾同行。挟天子并挟太后，无非防有内变。郭太后及魏主髦，不敢不从，当由昭调集大兵二十六万，陆续东下，自拥两宫车驾，出屯丘头，使镇东将军王基，与安东将军陈骞，领兵十万，进图寿春。基等方至城下，吴将全端全怿等，已先入寿春城中，助诞固守；基挥兵围城，再向司马昭请兵十万，把寿春四面环住，围得水泄不通，文钦等屡出犯围，均被击退，吴又遣将军朱异率三万人至安丰，为寿春外援。魏亦令将军石苞，督同兖州刺史周泰，徐州刺史胡质等，击败朱异。异走报孙綝，綝乃大发士卒，出屯镬里，仍使异同将军丁奉黎斐等，引兵五万，再救寿春。异将辎重留屯都陆，自出黎浆，不意魏将石苞等，又复杀来，异与战失利，仍然失败。还有魏泰山太守胡烈，潜引精兵五千，从间道绕出都陆，把朱异所留的辎重，一炬成灰；异兵丧粮尽，不得已仍回见孙綝。綝怒责道："汝两次失败，何颜见我？"异以魏兵势大为辞，綝复叱道："再去决一死战，不必向我饶舌。"异答言有兵无粮，不能再往。綝拍案道："谁叫汝辎重被毁？到此还敢违我令么？"一味蛮话。异尚欲再辩，綝竟拔剑起座，把异劈为两段。异为东吴名将，骤被杀死，将士都有违言，綝自知支持不住，索性退归吴都。适吴将全怿兄子炜仪，因讼得罪，奉母奔魏，可巧司马昭亲来督攻，即收纳炜等，且伪作炜书，嘱炜从人，赍送寿春，递与全怿。书中大意，说是孙綝还都，责诸将救诞无功，罪及家族，因此奔魏逃命。怿得书惶急，即与全端，带领部众，出城降魏，寿春城内，兵力益孤。诞部将蒋班焦彝，劝诞背城一战，诞又不从，二人料诞必败，也出降魏军。寿春自被围后，差不多已有半年，勉强过了残冬，粮食垂尽，诞屡次突围，终不能脱。文钦向诞献议，请将北兵尽行驱出，但留吴兵，与诞坚守，方可省食，诞不禁起疑，钦说至再三，诞勃然大怒道："汝教我尽去北军，连我也好送死了！"说着即拔刀砍死文钦。钦子文鸯文虎，闻乃父被杀，当然痛愤，便逾城奔投魏营，军吏请按他前罪，一并加诛，司马昭独解说道："钦敢叛国，应受族诛，但今却不应出此。钦子穷迫来降，若将他诛戮，反使城内守兵誓死拒我，岂不可虑？"乃召入鸯虎二人，面加抚慰，更表为偏将军，封关内侯。能收能放，奸谲不亚老瞒。一面使骑士数百人，绕城大呼道："文钦子尚不见诛，反加封赏，汝等何不早降，同受爵禄呢？"守兵听着，俱被诱动，往往缒城出降，昭乘势攻城，一日一夜，便得登陴，杀入城中。诸葛诞率亲兵数百人，开城欲走，被魏司马胡奋追及，一刀毕命，奋指挥部曲，将诞亲兵，一齐缚住，劝令投诚。谁知他都不肯降，杀一个，劝一个，随劝随杀，竟至杀尽，并将诸葛诞全家诛戮，夷及三族。吴将唐咨降魏，惟偏将军于诠，慨然太息道："大丈夫受命行军，不能救人，反甘屈节，我所不为。"说罢，竟免胄突阵，致为乱军所杀。可见吴大帝于地下。司马昭安民已毕，查点吴兵，乞降不下一二万人。或谓吴兵家小，尽在江南，将来必有他变，不如坑死了事，昭摇首道："古时良将出师，全国为上，但教元恶歼除，何必多戮他人？"遂令降卒分布三河，听令安处，拜唐咨为安远将军，咨以下有裨将数人，亦各予名位，众皆悦服。司马昭子孙得为帝数年，未始非这件阴功。惟昭欲乘胜伐吴，由镇东将军王基谏阻。又闻蜀将姜维，复出汉中，乃留基都督扬州，自率大军西归。途次接得邓艾军报，乃是蜀兵已经却退，昭得放心，还抵丘头，奉着两宫车驾，回到洛阳，群臣又称昭功德应授荣封，魏主髦乃令昭为相国，封晋公，加九锡，昭尚推辞再四，方将成命收回，这且待后再表。

且说吴大将军孙綝，引兵还都，威名虽挫，骄横如故。吴主亮年已十六，亲揽政事，见綝专权好杀，未免不平，往往因綝入朝，设词问答，綝辄为所窘，乃托疾不朝。使弟据为威远将军，入宫宿卫，恩为卫将军，干为偏将军，闿为长水校尉，分屯诸营，为自固计。吴主亮尝翻阅旧案，得见朱公主死状，疑有冤诬，乃召问全公主，全公主胆虚心怯，反谓朱公主罪

证，是由朱据二子熊损所言。熊已督虎林，损亦督外都，亮责
他有心害母，立使将军丁奉，赍诏赐死。损妻为孙峻妹，綝因
上书谏阻，亮独不从。全公主恐祸及己身，故意讨好亮前，叙
述孙綝兄弟罪恶，<small>被孙峻奸污有年，乐得借此出气</small>。亮遂与她谋诛
孙綝，且引将军刘承，密商计划。亮妃为全尚女，时已立为皇
后，尚子纪为黄门侍郎，亮召入与语道："孙綝遇事专擅，藐
我太甚，若不早图，必将及祸；卿父为中军都督，烦为密告，
叫他严整军马，我当亲率各营，围取孙綝，但切勿使卿母闻
知，妇人不晓大事，且为綝从姊，倘或漏泄，贻误非轻！"纪
唯唯受教，出告父尚。尚素无远虑，竟向妻孙氏漏泄，孙氏即
使人报綝。<small>但顾母家，不顾夫族，妇人误事，往往如此</small>。綝闻报大
怒，夜使弟恩袭执全尚，并在苍龙门外，诱杀刘承，然后引兵
围宫。亮亦愤不欲生，上马带綝鞑，持弓欲出，且语近侍道：
"我为大帝嫡子，在位已五年，中外大臣，孰敢不从？贼敢这
般放肆么？"<small>也是一厢情愿</small>。近侍等向前拦住，极力谏阻，全后
也已闻知，与亮乳母一同趋至，牵住亮衣，不令外出，亮叱全
后道："汝父糊涂，败我大事！"全后本有姿色，更兼泪容满
面，令人生怜，惹得亮欲行又止，将弓掷地，一面使人召纪。
纪对来使道："臣父奉召不谨，负上实甚，臣无颜再见陛下。"
说至此，竟拔剑自刎。<small>可谓烈士</small>。使人当即返报，亮不胜叹息，
尚想设法解围，哪知孙綝敢作敢为，嘱使光禄勋孟宗，往告太
庙，废亮为会稽王，且列亮罪状，班告远近。尚书桓彝，不肯
署名，被綝当场杀死，又遣中书郎李崇，带兵入宫，夺取玺
绶，迫亮夫妇出宫，由将军孙耽，押送就国，亮始终无法，只
好挈眷去讫。綝复徙全尚至零陵，全公主至豫章；尚在途中，
又被綝使人刺死。<small>独不刺全公主，莫非尚为亡兄顾全私爱么？</small>綝欲
自立为主，恐众情不服，商诸典军施正，正劝綝迎立琅琊王
休。綝乃令宗正孙楷，与中书郎董朝，迎休入都。休尝梦见乘

龙上天,有首无尾,惊为奇事。是不得传子之兆。至是启行至曲
阿,有老人于休前请道:"事久变生,愿大王速行。"休乃兼
程入都,留驻便殿。孙恩奉上玺绶,三让乃受,即日登正殿嗣
位,下令大赦,改元永安。孙綝自称草莽臣。缴还印绶节钺,
乞避贤路。死期将至,何必做作?休特旨慰谕,命綝为丞相荆州
牧,恩干闿皆晋爵加官,余亦封赏有差。

先是丹阳太守李衡,因休徙封丹阳,见九十七回。屡加侵
侮,衡妻习氏,劝谏不从。休上书乞徙他郡,乃改迁会稽;至
休入嗣位,衡惧休报怨,意欲奔魏。习氏复谏道:"君本布
衣,荷蒙先帝拔擢,未曾报德,乃反虐待诸王,自贻嫌衅,一
误已足,奈何再叛主降虏呢?"又正词严。衡蹙眉道:"今将奈
何?"习氏道:"琅琊王素好声名,当不至肆行报复,但为君
计,须先诣狱请罪,妾料君不但免祸,并可复官。"衡听了妻
言,自诣建业,入狱待罪。果然奉诏赦免,说他在君为君,不
必多疑,仍令还郡治事,并加威远将军职衔。辛敞有姊,李衡有
妻,并录之以示女界。后来衡欲治产,习氏又屡次加诚,但在武
陵,种橘千株,故卒得令终。惟孙綝一门五侯,并典禁兵,权
倾人主;吴主休阳示恩宠,内实加防。綝尝奉牛酒入宫,向休
上寿,休谦谢不受,綝乃持酒至张布府中,与布共饮。酒后触
起私怨,便向布直告道:"我前废少主,朝臣多劝我自立,我
为今上贤明,故迎他为君,今我奉酒上寿,反致见拒,莫非疑
我不成?看来只好变计呢。"布方超任左将军,为休心腹,与
綝别后,即入宫密报。休很是不安,没奈何优给赏赐,遇綝请
求,无不勉从。綝佯请出屯武昌,调兵给仗,擅取武库兵器。
将军魏邈,与卫士施朔,便入奏道:"綝必将谋变,不可不
防。"休因急召张布密议,布举荐老将丁奉,可任大事,休乃
再征奉入宫,与谋诛逆。奉答说道:"丞相兄弟,支党甚多,
不易猝制;好在腊日将到,大会群臣,待綝入席,便可下手,

内属左将军布，外属老臣便了。"休闻言大喜，即嘱布奉两人，秘密行事，并令魏邈施朔为助。未几已届腊会，先一夜间大风拔木，飞石扬沙，杀一孙綝，何干天怒？想是适逢其会。綝也觉惊心，托言有疾，不愿赴会，偏中使屡来敦促，只好应召。家人从旁劝阻，綝勃然道："朝命已至，何惮不往？万一有变，可令府中放火为号，我自当速归。"言讫遂行，到了朝堂，百官统皆待着，綝入殿，连吴主休亦起座相迎，綝行过了礼，昂然高坐，当即开宴聚饮。酒至半酣，望见殿外浓烟冲起，即诧言何处失火，起座欲归。休忙劝止道："外兵甚多，何劳丞相出视？"綝不肯应命，离席便行，张布举杯一掷，便有武士突出，立将孙綝拿下。吴主休喝声道："斩！"綝慌忙跪叩道："乞贷一死，愿徙交州。"休怒叱道："汝何不徙滕胤吕据等人？"綝复碰头道："愿没为官奴。"休又叱道："汝何不使胤据为奴？"两诘甚妙。布即将綝押出殿门，一刀斩讫，持首示众道："罪止孙綝，余皆不问。"殿内外听了此言，俱肃静无声。俄而丁奉牵入孙恩孙干，亦由休叱令枭首；惟孙闿乘船北走，由魏邈施朔追去，终得擒诛；孙綝兄弟家属，一概骈戮；追夺孙峻官爵，剖棺戮尸；改葬诸葛恪滕胤等冢。廷臣或请为恪立碑，吴主休驳说道："盛夏出师，徒丧士卒，不可谓能；受遗辅政，身死贼手，不可谓智；怎得无端立碑呢？"驳得甚是。惟休妃为朱据女，母即休姊朱公主。以甥女为妻，亦太悖谬。朱公主为峻所杀，埋尸石子岗，无从辨识，惟有老宫人尚记主衣，再使两巫至乱冢前祷祝，夜见有一妇人，从冈上来，冉冉入冢，因即开验，果如宫人所言，乃得改葬。册朱妃为皇后，立子䚢为太子，䚢读如弯。封南阳王和子皓为乌程侯，皓弟德为钱塘侯，谦为永安侯。所有与谋诛綝诸将，如张布丁奉等，并膺懋赏，江东乃安。惟吴得诛逆臣孙綝，魏却反弑嗣主曹髦，下手是舍人成济，主使实大将军司马昭。语似老吏断狱。先是魏宁陵井中，两现黄龙，群臣上表称贺，魏主髦独叹息道："龙为君象，上不在天，下不在田，乃屈居井中，有何祥瑞可言？"遂作《潜龙诗》以自讽云：

> 伤哉龙受困，不能跃深渊；上不飞天汉，下不见于田；
>
> 蟠居于井底，鳅鳝舞其前；藏牙伏爪甲，嗟我亦同然！

这诗为司马昭所闻，很是不悦。乃复阴图废立。每见魏主曹髦，辄用言讥嘲，惹得髦忍无可忍，乃召侍中王沈，尚书王经，散骑常侍王业，私下与语道："司马昭居心叵测，路人皆知，我不能坐受废辱，今当与卿共讨此贼。"经当即谏阻道："昔鲁昭公不忍季氏，散走失国，为天下笑；今大权久归司马氏，内外公卿，俱为彼爪牙，不顾顺逆，陛下宿卫空虚，甲兵单弱，如何能出讨权臣？还乞慎重三思。"髦愤然起座道："我已决意出讨，虽死不惧，况未必遽死哩。"说着，即从袖中取出诏书，投诸地上，自往永宁宫禀白太后去了。太觉卤莽。王沈等踉跄趋出，沈即语王经道："此事只好往白司马公，免致同尽。"业也以为然，宁宫出来，竟不顾利害，但集殿中宿卫，及苍头官僮数百人，鼓噪出宫，自己拔剑升辇，当先押队，直奔止车门。门外有屯骑校尉司马伷，系是昭弟，当即引兵拦住；髦厉声喝退，向前再行。方至南阙，见贾充带着兵士数千，前来迎战，髦呼喝不住，两下竟厮杀起来。太子舍人成济，颇有勇力，随充军前，便问充道："此事究应如何处置？"充悍然道："司马公养汝何用？正为今日！"济复问道："当杀呢？当缚呢？"充复答道："杀死便了，何必多问。"济遂挺矛趋进，驰至辇前，髦尚大喝道："我为天子，贼臣怎得无礼？"

济并不答话，横矛直刺，髦用剑招架，挡不住成济的长矛。霎时间胸际受伤，撞落辇下，济再顺手一刺，刃透背上，呜呼毕命。这叫做螳臂挡车，自不量力。卫士僮仆等，统皆逃散，充竟往报司马昭，昭假意大惊，自投地上。太傅司马孚闻变奔往，手枕髦股，且哭且语道：“陛下被杀，实由臣罪！”身为太傅，不能事前调护，徒哭何益？当下命从吏棺殓髦尸，异入偏殿，司马昭趋至殿中，召群臣会议，百官皆至，独陈泰已为尚书仆射，在都不入。昭令泰舅荀顗往召，泰欷歔道：“时人谓泰可比舅，今舅反不如泰呢。”泰子弟俱劝泰一行，泰素服入朝，先至灵前，恸哭一番，然后见昭。昭佯为流涕道：“今日事该如何办理？”泰泣答道：“独斩贾充，稍可以谢天下。”昭沈吟半晌。又复问道：“再思至次。”泰朗声道：“只有比此更进，何次可言？”昭乃不复问，令左右为太后作诏，诬髦忤逆不孝，意图弑母，宜废为庶人；尚书王经，敢逢君恶，亦应重惩等语，当即使人至永宁宫，迫令太后钤印，即日颁发。昭却与司马孚等联衔，请用王礼葬髦，吾谁欺？欺天乎？惟拘王经全家入狱。经尚有老母，亦被囚系，经因向母叩谢道：“不孝子累及慈亲，奈何奈何？”母反破涕为笑道：“人谁不死？但恐死不得所！今因此并命，死亦何恨呢？”比潘母更胜一筹。越日王经全家就诛，满城士民，无不泪下。司马昭见人心未死，乃归罪成济，派兵收捕。济不肯就拘，裸体登屋，丑诋司马昭，把他主使贾充，及所有弑君阴谋，和盘说出。却是痛快，但汝何故从逆？嗣经兵士四面放箭，济无从逃避，当然射倒，临死尚骂不绝口，昭竟夷济三族。小子有诗叹道：

> 王经报主甘从死，成济弑君亦受诛；
> 等是身家遭绝灭，流芳遗臭两悬殊。

欲知嗣立何人，且至下回续表。

　　孙綝出救诸葛诞，弃师而归，犹且骄横如故，安
能久存？吴主亮若能濡忍以待，则如休之所为，未必
不能为之。盖綝之怀逆，与司马昭相同，而才力之不
逮昭也远甚。昭父兄累建功勋，为人畏服，綝无是
也；昭之智不让父兄，倾动内外，朝臣俱受彼牢笼，
綝又无是也。綝兄孙峻，作恶多端，及身幸得免诛，
而綝则丧师辱国，众怨交乘，捽而去之，固易事耳。
亮所托非人，因致失败，非綝之不易诛也。魏主髦卤
莽从事，仿佛孙亮，亮且不能诛綝，髦亦安能诛昭？
南阙遇弑，莫非其自取耳。惟王经见危授命，始则进
谏，继则抗逆，身虽被戮，名独流芳，而经母亦含笑
就刑，贤母忠臣，并传千古，以视成济之为虎作伥，
亦夷三族。其相去为何如乎？

第一百回

失蜀土汉宗绝祀　篡魏祚晋室开基

却说司马昭既诛成济，遂议另立嗣君，决迎燕王宇子璜为魏主；使长子中垒将军司马炎，行中护军事，持节至永次县，常道乡，迎璜入都。璜为常道乡公，年方十五，既入洛阳，即至永宁宫，谒过太后，登殿嗣位，更名为奂，改号景元，进司马昭为相国，封晋公，加九锡礼，昭仍然固辞。何必做作？是年故汉献帝夫人曹节病殁，追谥为献穆皇后，丧葬礼仪，皆依汉朝故例。特笔书此，以志曹女之犹不忘汉。越年，又命司马昭晋爵，昭谦让如故。又越年十月，洮阳递入军报，乃是蜀姜维复为大将军，出兵攻魏。昭令安西将军邓艾，过意严防。先是蜀汉主禅延熙二十一年，改元景福，正值魏兵出攻寿春，蜀将姜维，欲乘虚北伐，特率数万人，通道骆谷，进攻长城。此长城系是县名，非秦所修筑之长城。魏安西将军邓艾，与长城都督司马望，坚壁拒维，相持不下。及魏平寿春，司马昭还师，维乃引还。是补前回未详之阙。但自姜维执掌军政，主张北伐，至此已经过六次，差不多是连年兴师，蜀民当然愁苦。中散大夫谯周，曾作《仇国论》讽维，维尚无回意。尚书令陈祗，与中常侍黄皓，在内用事，扰乱国政。已而祗死，后主禅用仆射董厥为尚书令，尚书诸葛瞻为仆射；嗣且进厥、瞻为将军，共平尚书事，命侍中樊建为尚书令。厥本义阳人，曾仕丞相府中令史，诸葛亮常称为良士。瞻即亮子，得尚公主，位兼勋亲，但

两人素性慎重，未能力除黄皓。独樊建不与皓往来，皓累承宠
眷，蒙蔽后主，伐异党同，右将军阎宇，与皓亲善，皓欲黜去
姜维，以宇为代。维察知阴谋，入白后主道："皓奸巧专恣，
将败国家，请陛下速诛此人。"后主笑答道："皓一趋走小臣，
有何能为？从前董允嫉皓，朕常以为过甚，卿幸勿介意。"说
着，复呼皓出谢姜维，维不便多言，当即趋出。好一个和事天
子。至景耀五年，维又欲伐魏，车骑将军廖化，劝阻不从，退
语亲属道："兵不戢，必自焚，伯约姜维字。恐难逃此语呢！
上语本《左传》。智既未优，力又未足，乃用兵无厌，何以自
存？"果然维进攻洮阳，前锋夏侯霸，中箭阵亡；维与邓艾交
战，侯和城下，又复失利，只得退还。姜维七伐中原，至此才了，
罗氏《演义》添入计赚王瓘一回，称作八伐，不知何指？黄皓遂乘间
进谗，请令阎宇代维，后主虽未依言，心下却有疑意。维在途
中，得知消息，乃自请种麦沓中，不复还都。才阅两月，即得
魏人窥蜀消息，上表后主，请遣左右车骑将军张翼廖化，督领
兵马，出镇阳平关，及阴平桥头，防备不虞。后主接得此表，
乃与黄皓计议，皓复奏道："这又是姜维贪功，故有此表。臣
料蜀中天险，魏人亦未必敢来，陛下如尚怀疑，都中有一师
巫，能知未来，可传旨问明。"后主遂令皓往问师巫，未几返
报，谓巫已请得神言，说是陛下后福无穷，何来外寇？全是搞
鬼。后主信以为真，乐得耽情酒色，坐享太平，所有姜维表
文，置诸不理。适有都乡侯胡琰妻贺氏，美丽绝伦，因入宫朝
见皇后，被留经月，方许还家。琰疑贺氏与后主私通，竟呼家
卒至贺氏前用履挞面，差不多有数十百下。看官试想！好好一
张俏庞儿，能禁得这般糟蹋么？琰俟家卒挞罢，将妻驱出。可
怜贺氏哭哭啼啼，竟至宫中面诉冤情；后主见她面目青肿，不
禁大怒，立命左右拘琰下狱，饬有司从重定谳，谳文有云：
"卒非挞妻之人，面非受履之地，罪当弃市！"于是琰处斩。

时人因琰罪轻法重，越生疑议，遂致舆情失望，怨谤交乘，后主似痴聋一般，全无知觉。且自姜维上表后，过了半年，并不见魏兵入境，益觉得黄皓忠诚，远过姜维。

谁知霹雳一声，震动全蜀，魏兵竟三路杀到，势如破竹，管教那岩疆失守，全蜀沦亡。魏大将军司马昭，因蜀人屡次犯边，意欲遣客入蜀，刺死姜维，从事中郎荀勖道："明公当堂堂整整，出师讨蜀，奈何令刺客西行，无名无望呢？"说得司马昭跃然心动，遂拟大举攻蜀。朝臣多以为未可，独锺会竭力赞成，昭即令会为镇西将军，都督关中，部署人马，再使邓艾为征西将军，与会并进。艾以蜀未有衅，屡陈异议，昭遣主簿师纂，为艾司马，再三劝勉，艾无奈奉命。**本非情愿，已为后文埋根。** 约阅数月，锺会已筹足饷械，便统率十余万人，分从骆谷斜谷子午谷，直趋汉中。邓艾督三万余人，自狄道入沓中，牵掣姜维。再令雍州刺史诸葛绪，督三万余人，自祁山往武卫桥头，绝维归路。三路魏兵，同时出发，又由昭遣廷尉卫瓘，持节监军。瓘行过幽州，由刺史王戎出迎，与瓘宴叙。席间谈及行军得失，戎与语道："道家有言，为而不恃，可见得成功不难，保守为难呢。"瓘复述参军刘实微言，谓锺、邓二人，必能破蜀，但皆不得生还。戎微笑道："我意亦然，君应守秘密，且看将来。"瓘乃尽兴而去。从前刘先主手定汉中，曾在阳平关外，分置边戍，严防外寇；至姜维用事，谓不如敛兵聚谷，退守汉寿及汉乐二城，较为简省；寇若攻关，势难遽拔，待他粮尽引还，可由诸城并出搏击，自足歼敌等语，后主依议施行。因将各边戍撤退，惟饬将军傅佥，守住关隘，王含蒋斌，分戍汉乐二城。外户不守，撤屯引敌，这是姜维第一失计。此次锺会进兵，遂得长驱无阻，直达阳平关下。自督诸军攻关，使前将军李辅，与瓘军荀恺，各率万人，往围汉城乐城，使他隔绝不通。阳平关本来险峻，守将傅佥，扼住关口，任凭锺会有十万大军，一时总难飞越。惟金恐寡不敌众，忙遣使飞报成都，乞师相助。未几来了一个蒋舒，本为武兴军督，由后主调他助金。金意在坚守，舒偏要出战，两人各执一是，结果是金仍守关，舒出迎敌。谁料舒出关以后，竟向魏营乞降，反引魏先锋胡烈，同来叩关。金在关上俯瞩，明明是蒋舒还军，当然开关接入。关门甫辟，魏兵如潮涌进，乱杀守兵，金始知为舒所卖，下关格斗，力杀魏兵数十人，自己身受重伤，血满袍铠，当下用剑拟颈，忍痛力挥，一道忠魂，往寻乃父傅肜去了。父子同为蜀死，节足光汉乘。魏兵入关，锺会率队进来，得了许多粮草甲仗，很是喜慰，便即犒赏军士，就在关上休息一宵。越日得李辅荀恺军报，乃是汉乐二城，已经归降，会就放胆前进，行经定军山，忽见阴云布合，愁雾迷蒙，几乎连前面路径，都不可辨。会驱问降将蒋舒道："山上有无神庙？"舒答言并无庙宇，只有蜀故丞相诸葛亮墓，全蜀将亡，怪不得阴云愁惨。会恍然道："诸葛公遗惠及民，理应致祭。"遂谨备牲醴，亲往墓前祷祀，且誓言入蜀以后，决不妄杀一人，待至祷毕，云雾徐开，然后再进。

后主闻汉中失守，急遣左右车骑张翼廖化，及辅国大将军董厥，领兵拒魏，迟了！迟了！且遣使向吴求援，一面下令大赦，改景耀六年，为炎兴元年。姜维尚在沓中，闻得魏兵进攻，慌忙调兵抵御，可巧邓艾引兵杀到，便与对垒，相持了好几日。忽由探马来报，汉中失守，傅金战死，维大惊道："汉中一失，我无归路，只好速退罢。"当下拔寨齐退。行至强川口，后面追兵又至，维无心恋战，且斗且走，丧失部兵多人。将抵阴平，后有探马走报道："魏将诸葛绪，进据桥头，截我去路。"维闻言沈吟，想命军士改向北行，扬言将截击绪后。绪果为所绐，退兵三十里，四面窥探，并无蜀军，哪知维已还向桥头，趋回剑阁去了。蜀将廖化张翼董厥等，奉命拒魏，正与姜维相遇，维谓剑阁险阻，必可固守，不如并力扼住，待敌粮尽退归，再可规复汉中。廖化等也以为然，遂合兵同至剑阁，依险分屯，果然锺会兵至，无隙可乘，就是邓艾诸葛绪，一齐趋集，也是屡攻不克，徒费奔波。会知难欲退，偏邓艾冒险进取，引兵自行，惟诸葛绪仍与会合军。会因艾不受节制，迁怒及绪，密奏绪畏懦无功，竟将他槛车送归，所有绪兵三万人，悉归会管辖。会且留攻剑阁，专探邓艾消息。艾却率领部曲，就阴平僻道，趋入前面，都是丛山峻岭，渺无人迹；艾不顾艰险，勒令军士逢山开道，遇水架桥，到了危崖峭壁的地方，却用毡裹住身体，先滚下去，将士等不敢落后，如法遵行，及至无毡可裹，各用绳索束腰，攀木挂树，鱼贯而进。艾不久即死，何苦为此。途次尚有二废垒，虚无一人，艾指示将佐道："此间空垒尚存，想诸葛孔明在日，定必派兵把守，今已废置，是天使我成功了。"及行近江油，路渐平坦，总计所经路险，约有七百余里，部众在途伤亡，亦不下数千人，自是有进无退，只好拼死杀入。江油守将马邈，漫不加防，一闻艾兵已到城下，吓得魂飞胆落，慌忙开城迎降。蜀卫将军诸葛瞻，方守涪城，闻得江油被陷，忙调兵抵御；尚书郎黄崇，劝瞻急出据险。瞻因兵尚未集，不便遽出，才阅两日，魏兵已将险要占去，眼见得涪城难守，不得已退保绵竹。艾令子忠及司马师纂，引兵追瞻，被瞻一鼓击退，还见邓艾，报称敌未可击。艾大怒道："存亡利害，在此一举，若非冒死进击，难道还有生路么？"忠与纂乃复驰去，与瞻再战。这番接仗，与前次迥不相同，魏兵俱怀死志，锐不可当，瞻正虑招架不住，偏又有大队杀来，乃是邓艾自来接应，两军杀至日暮，蜀兵四散，瞻与尚书黄崇，并皆阵亡。瞻子尚年将弱冠，登城遥望，见父瞻陷入阵中，不禁恸哭道："我父子荷国重恩，应该效死，只恨朝廷不早斩黄皓，致有此祸！今我父已死，我何生为？"遂策马杀出，格毙魏兵数名，也即捐躯。父死忠，子死孝，不愧为武侯子孙。艾遂杀入绵竹城，守兵尽溃。绵竹距成都，只百余里，败报早发夕至，急得后主禅束手无策，忙召朝臣商议，或谓宜东出奔吴，或谓且避往南中七郡，惟光禄大夫谯周，谓不如降魏，后主迟疑未决，流涕还宫。何不叫师巫退敌？

是时吴太后与梁王理，皆早殁，鲁王永徙封甘陵，不在都中，余如张后及太子璿等，毫无主见，只有在旁陪泪。忽有一人趋入道："如果势穷力屈，祸败必及，便当父子君臣，背城一战，同死社稷，方好见先帝于地下！奈何遽欲出降呢？"后主瞧着，乃是第五子北地王刘谌。刘禅庸主，不意有此奇儿。原来后主有七子，长名璿，已立为太子，次为安定王瑶，又次为西河王琮，时已去世。又次为新平王瓉，第五子就是北地王谌，六子恂，封新兴王，七子虔，封上党王，谌最号英明，故有此谏。后主怒说道："童子何知？也来多言！"谌大哭道："先帝创业艰难，一旦拱手让人，岂不可惜？谌宁死不受辱呢。"后主将他叱退。俄而谯周复入报道："魏兵将到城下，陛下若依臣言，还可保全爵禄，必无他虞，臣愿至魏营力争，决不使陛下罹灾。"后主听到此语，心下稍宽，总教性命可保，何惜屈膝？乃使周缮就降表，与侍中张绍，驸马都尉绍良，同赴艾营请降。艾方至雒城，得表大喜，答书有"微子归周，当为上宾"等语，因遣绍良持书返报，自率部兵，径诣成都，后主面缚舆榇，出城降艾。艾令焚榇释缚，好言抚慰，仍令还宫安民，是日北地王刘谌，挈妻子至昭烈庙中，哭拜一番，起拔佩剑，先杀妻子，然后自杀，虽死犹生。汉至此乃亡。总计蜀汉自先主开基，称帝三年，后主禅嗣位四十年，合得四十三年，独详蜀汉历数，隐宗紫阳书法。三汉共二十六主，总计得四百六十九年。再加一笔。邓艾既入成都，禁止将士掳掠，独收锢黄皓，意欲加诛，皓赂艾左右，终得免死。奈何不诛此竖？艾依东汉邓禹故事，承制拜后主为车骑将军，太子诸王，各有封职；但使后主驰书剑阁，饬令姜维降魏。维闻诸葛瞻败死，还援成都，行至郪县，接得后主敕书，踌躇多时，乃令部兵还降锺会，就是廖化张翼董厥诸将，亦偕维同降，将士统皆愤激，拔刀斫石，尚欲与魏兵决一死战，经维密为晓示，方随至会营。会素闻姜维才名，开营迎入，莞然笑语道："伯约来此何迟？"维流涕道："维不能保主，本当一死，因闻将军仁明英武，故不惜来降，今日至此，尚为太速呢。"会听了此语，忙起握维手，引置上座，与谈心腹，并使维依旧领兵，维自然暗喜，遂导会至涪城驻扎。会闻艾恃功专断，心甚不悦，艾又上书司马昭，请乘胜伐吴，并封降王刘禅父子，使吴人望风畏服云云。昭表封艾为太尉，会为司徒，独未肯遽从艾请。特檄监军卫瓘谕艾，叫他事须先报，不得专行。艾奋然道："大夫出疆，苟利社稷，何妨专命？艾惟知《春秋》大义，怎得无端牵掣呢？"说得瓘无词可答，走白锺会。蜀将姜维，得此知信，便进语锺会道："公自入蜀以来，算无遗策，今反位出艾下，已伏内疑；维闻陶朱沼吴，泛舟绝迹，张良破楚，辟谷全身；公何不上效古人，保功立名呢？"故意反激。会笑答道："君言错了！我年强仕，何能行此？"维接口道："公若不愿高蹈，凭公智力，何事难为？无烦老夫陈策了。"明是逼他谋反。会乃屏去左右，与维议定秘谋，即与卫瓘联名上书，白艾反状。

　　司马昭既防邓艾，复防锺会，先请魏主下诏，囚艾解京，一面使锺会进兵成都，一面令贾充将兵入斜谷，自奉魏主出屯长安。着着防到，昭才实过锺邓。会接到诏敕，便欲麾兵直进，维急劝会道："艾若拒公，必且劳动兵戈，不如先遣监军卫瓘，前去收艾，然后进兵不迟。"会极口称善，立遣卫瓘引兵百骑，往拘邓艾，自率全军继进。瓘却也乖巧，明知前去收艾，危险异常，他却就夜间驰往成都，待晓入城，托言有要事密商，径至邓艾卧室中。艾尚高卧未起，璀竟叱从兵将艾缚住，艾子忠起身入问，亦为所执，因厉声大呼道："奉诏收邓艾父子，余皆不问。"当下牵艾父子入槛车。待至艾部众齐集，意欲阻挠，偏城外已由锺会大军，一拥直入，众乃不敢再动，听锺会处置，会入城谕众，各守专职，但派遣将吏将艾父子押送洛阳。忽由魏廷颁到哀诏，乃是郭太后病亡，会乘机谋变，佯召诸将举哀，驱置一室，待至哀毕，突从怀中取出一纸，向众宣言道："太后有遗诏颁来，使会入讨司马昭。"诸将问昭有何罪？会拔剑置案道："南阙弑君，罪状昭然，诸君如甘心从逆，请试吾剑！"众皆惊愕，勉强应命。会却将诸将锢住室中，不准私出，独卫璀诈称有疾，得居外廨。会因璀手下无兵，许令自由；复与维密议起兵，使为先驱，维一口应承，但言诸将未服，不可不防。会即举剑示维道："有此物在，何必多忧？"维大喜趋出，往报后主禅道："愿陛下忍辱数日，便可使社稷复安，日月重明了。"哪知汉祚已终，不能再挽，才隔一宵，就起变端。魏护军胡烈，亦被锢禁室中，独子渊尚在外面，烈使亲兵出外取食，嘱他寄语，伪言锺会已作大坑，并办就大杖数千，将驱众尽死坑中。渊闻语大惊，传告诸军，一夕皆遍，到了日中，由渊击鼓召众，顷刻便集至万人，杀入殿中。会方与姜维共坐内殿，密商出兵事宜，蓦闻殿外有鼓噪声，会惊起道："莫非是外兵变乱么？"维答说道："就使有变，一击便了！"语尚未毕，乱兵已经趋入。会急拔剑出御，忽被一箭射着，仓猝倒地；维尚欲救会，忽觉心痛难当，乃仰天大呼道："我计不成，岂非天命？"说至此，就举剑自刎，须臾毕命。人定不能胜天。乱兵将会杀死，再剖维腹，胆大如卵，并皆咋舌，于是乘势杀掠，骚扰全城。胡烈等也穿屋驰出，一同行凶，不但姜维家属，尽遭屠戮，甚至蜀太子璇，及蜀将数人，也为所害；蜀民死亡无数，积尸盈途，想是

百姓应该遭劫。还亏卫瓘出来弹压，好几日才得平安。邓艾旧
部将吏，飞骑追艾，幸得相遇，忙将艾父子，放出槛车，仍向
成都回来。将至绵竹，见有一彪军驰至，艾仔细审视，先驱为
部将田续，当即拍马相迎。续忽手起一刀将艾劈落马下，艾子
忠向前救父，又被续顺手杀死。看官！这是何因？原来续前越
阴平，畏难不进，被其叱辱一番，心中记恨，此次为卫瓘所
遣，叫他袭杀邓艾父子，免得艾还蜀报仇，续只说是奉诏诛
逆，无人敢抗，当即持首还报。既而贾充入蜀，遂将后主禅
等，共徙洛阳。蜀臣惟秘书令却正，及殿中督张通，随禅北
行。司马昭已奉主回洛，待禅到来，封他为安乐公。昭邀禅与
宴，命奏蜀乐，却正等并皆感伤，禅乃嬉笑自若。昭乃语贾充
道："此人可谓无心，就使诸葛亮尚存，亦难保护，何况是一
姜维呢？"乃复问禅道："颇思蜀否？"禅答说道："此间乐，
不思蜀了！"安乐公名符其实。待至宴毕，禅辞别回邸，却正入
语道："主公前次失言，倘他日再如前问，应流涕相答，说是
先人坟墓，远在蜀中，怎能不思？"禅点首记着，后来果由昭
再问，禅依却正言答昭，只苦一时无泪，乃闭目作态。昭忽问
道："此语何似却正所言？"禅开目惊视道："诚如尊命！"昭
不禁失笑，左右亦吃吃有声。禅乃惘然告退，但亦得使人不
疑，安享余生。至晋泰始七年，方才病终，倒也活得六十有五
岁，这且搁过不提。呆人呆福。

　　且说吴主休嗣位六年，因蜀使告急，曾遣大将军丁奉向寿
春，偏将丁封孙异向沔中，为蜀声援；嗣闻蜀已入魏，乃令各
军退回，惟心中不能无忧，奄忽成疾，猝致不起。遂召丞相濮
阳兴入宫，嘱咐后事，休已不能言，但握住兴手，使太子䕫出
拜，算是托孤的遗命，是夕遂殁。兴却与左将军张布商议，谓
蜀已新亡，势将及吴，太子䕫年尚幼弱，恐难保国，不如迎立
乌程侯皓，较为得计，布也即赞成，遂入宫禀白朱后。朱后是

一柔顺的女流，潸然答道："我一寡妇人，何知大虑？但凭卿等裁决罢了。"妇道尚柔，此处似因柔召祸，但误在兴布，不能为朱氏咎。兴等趋出，便迎皓嗣位，改年元兴。当即为休发丧，奉葬定陵，追谥休为景皇帝。皓为休从子，既已入嗣休位，例应尊休后朱氏为太后，且群臣已将太后玺绶，送入宫中。偏皓将玺绶夺还，但号朱氏为景皇后，独崇谥父和为文皇帝，尊庶母何姬为太后，封休子𩖕为豫章王，勒令就国，立妃滕氏为后。系是故卫将军滕胤族女，父名牧，得封高密侯，拜卫将军。皓初次颁发优旨，如发仓廪，赈贫乏，放宫女，出苑禽等事，倒还有些贤明；后来骄淫不道，沈湎酒色，丞相兴与将军布，未免生悔，轮流进谏。皓竟目为怨谤，杀毙两人，寻且逼死朱后，及后二子，残𩖕如此，怎得久存？那魏大将军司马昭，平蜀有功，始受封相国晋公，及九锡典礼。太尉王祥，司徒何曾，司空荀𫖮，又请加封昭为晋王，昭亦直受不辞。至此已无庸做作了。一班趋炎附势的臣僚，就将禅让的典礼，争先呈入，昭因东吴未平，还想少待，唯命长子炎为副相国；百官又趁势逢迎，表进炎为抚军大将军。越年，为魏主曹奂咸熙二年，昭已立炎为世子，复进称太子。未几昭死，炎嗣为相国晋王，迁魏司徒何曾为晋丞相，令骠骑将军司马望，为晋司徒。魏主奂名为人君，早与傀儡无异，左右侍臣无一非司马氏爪牙。好容易在位六年，还是司马昭不肯受禅，才得迁延时日。无非想学曹操。及炎承父爵，不肯再缓，端的要帝制自为了。与曹丕何异？是年秋季，襄武县中，报称有大人出现，身长三丈余，迹长三尺二寸，白发黄巾，拄杖自呼道："我乃民王，传语兆民，国运将改，从此太平！"言讫不见。真耶？伪耶？何曾等遂推为晋瑞，向炎劝进，炎佯为推辞，偏朝臣已逼令魏主，就南郊筑受禅坛，择于咸熙二年十二月壬戌日禅位。转眼间已是届期，百官至晋王府前，请炎受禅，炎居然戴冕旒，服衮衣，乘辇出来，由大众拥至南郊，下车登坛，早有黄门官捧着皇帝玺绶，敬谨上献。炎接受后，当燔柴告天，一如魏受汉禅故事，<u>真好报应。</u>礼毕还朝，御殿受贺，国号晋，改元泰始。废魏主奂为陈留王，即日徙居金墉城。奂含泪别去，太傅司马孚，拜辞故主，流涕欷歔道："臣年老将死，尚不失为大魏纯臣哩。"<u>自称自赞。</u>未几又徙奂至邺城，直至晋太安元年寿终，追谥为元皇帝。废主曹芳，由齐王降封为邵陵公，殁时追谥为厉。余如魏氏诸王，皆降封为侯，魏历五主而亡。独吴至太康元年，方为晋灭，事见《晋史演义》中。汉事已完，墨干笔秃。小子只有绝诗两首，作为本编的煞尾声。诗曰：

> 舂陵起义汉重光，后嗣昏庸又致亡；
> 赢得蜀中延一线，谁知宦竖且贻殃？
> 妇寺原为乱国媒，群雄扰攘亦堪哀，
> 试看两汉同三国，多少兵民付劫灰！

姜维才不逮诸葛，而欲与魏争胜，连岁出师，致民劳苦，不可谓非失计。然如后主之昏愚，亲小人，远贤臣，就使维不伐魏，蜀亦宁能久存乎？况维闻魏人窥蜀，即表请遣将守险，而为一黄皓所误，卒至魏兵三路，长驱直入；是咎在黄皓，于维无尤也。剑阁守险，钟会屡攻不克，而邓艾从阴平进兵，直趋涪城，诸葛瞻不依黄崇之议，让敌深入，猝至战死，是咎在诸葛瞻，于维亦无尤也。成都虽危，尚堪背城借一，后主宁从谯周，不从北地王谌，面缚出降，坐丧蜀土，是咎在后主，于维更无尤也。至大势已去，维尚诈降钟会，意图规复，乃不幸失败，一死谢国，维之报主，至矣尽矣！天不祚蜀，何维之足尤乎？若夫司马氏之篡魏，实为天道之循环，不有曹操父子之作俑于前，何有司马昭之效尤于后？故篡魏者晋，实则魏自诒之也。而晋之亡，当于《晋史》中寻其源，故不赘云。